한국서사문학과 동물

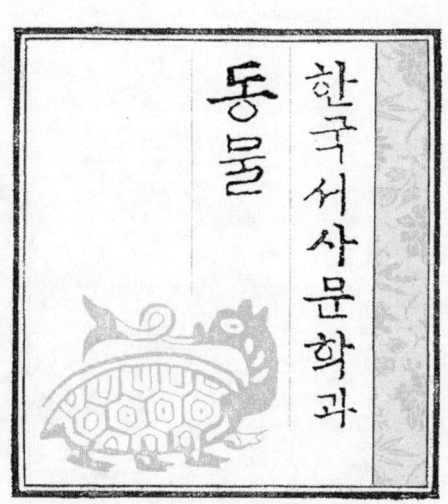

한국서사문학과 동물

김재환 편저

보고사

서설

동물은 자기 힘으로 움직이는 생물로서 대지(大地)에 뿌리박은 움직이지 않는 식물과 구별되며 다른 사물과는 달리 운동을 할 뿐만 아니라 감각 기능을 갖추고 주로 유기물을 섭취하며 소화·배설·호흡·순환·생식 등의 여러 기관이 분화되었다는 점에서 사람도 그 궤를 같이 하고 있다.

19세기 다윈의 〈진화론〉은 동물의 심적 기능에까지 확대되어 모든 동물에 있어서의 차이는 정도의 차이에 불과하다고 주장했으며 인간도 동물도 감각본능이나 기본 정서에 있어서 별다른 차이는 없다고 하였다.

한국서사문학에는 일찍부터 동물과 관련된 것이 많다. 인간이 만물의 영장이라는 입장에서 보면 인간과 동물은 구별되기 마련이지만 인간과 동물은 생리적으로 같고 심리적으로 가까워질 수 있기 때문에 사람살이를 표현하는 문학에 동물을 소재나 주제로 한 것이 많을 수밖에 없는 것이다.

서사문학의 원천은 설화에서 찾아진다고 볼 때 동물과 관련된 한국서사문학은 『삼국유사』와 같은 설화문학서에서 찾아야 할 것이다. 설화 속에 나타난 동물은 토템(Totem)이나 애니미즘(Animism)의 존재로 인식되었을 뿐만 아니라 신성(神聖)이나 주력(呪力)의 현시(顯示)로서 영혼을 가지고 있거나 신비로운 힘의 소유자로 인식되고 있다. 동물은 인간 이상의 존재로서 신(神)의 대행자가 되어 사람과 신의 뜻을 교류하는 영매가 되기도 하고 인간과 동화되어 교혼(交婚)을 하기도 하는 존재로 서사(敍事)되기도 한다.

이같이 인류 사회 초기에서 동물과 인간의 만남은 외경(畏敬)의 대상으로 떠받들어지기도 했고 정신적인 면에서 동류로 취급되어 그에 따른 서사문학이 자리잡아온 것이다. 인지(人智)가 발달함에 따라 동물과 인간의 관계 양상은 바뀌게 된다. 동물은 여전히 인간과 관계되어 관심을 불러일으키는 대상이었지만 신적인 존재로서나 사냥물이 되었던 동물이 어떤 것은 인간에 의해 길러 길들여지고 또 어떤 것은 인간을 침해하여 소란을 피우다 보니 동물에 대한 관심이 현실적일 수밖에 없었다. 그러다 보니 동물의 생사(生死)・생태(生態)・외형(外形)・습성(習性) 등에 관심을 갖게 되고 그에 따른 인간 나름대로 합리적인 해석을 내린 바탕에서 동물과 관련된 이야기 문학으로서의 서사문학이 자리잡게 되는 것이다.

특히 동물의 생태나 외형, 습성과 관련지어 인간 사회의 일을 비유적으로 말하려 한 동물의인문학(動物擬人文學)의 배태는 〈한국서사문학과 동물〉을 논하는 입장에서 획기적인 사실이 아닐 수 없다.

동물의 문학적 형상화는 동물의 생활을 본질적으로 표현하고 있는 시이튼의 〈동물기〉와 같은 동물문학(Animal literature)도 있지만 동물을 의인화하여 인간생활을 표현한 것이 무엇보다도 압권(壓卷)이다. 우리나라의 서사문학에 수용된 동물을 의인화한 허구적 창작물에는 동물가전(動物假傳)과 동물우화, 그리고 동물우화가 소설로 장르 진화한 동물우화소설이 있다.

동물가전 작품의 대표적인 것은 거북을 의인화한 〈청강사자현부전〉, 게를 의인화한 〈무장공자전〉, 두꺼비를 의인화한 〈용부전〉, 꾀꼬리를 의인화한 〈금의공자전〉, 고양이를 의인화한 〈오원전〉이다.

동물가전은 동물우화와는 다른 별개의 개념에 속하는 것으로 동물가전이 인간에 빗대어진 동물의 전기인 데 비하여 동물우화는 인간의 일을 동물에 우의(寓意)하여 풍자한 것으로 전자의 의인(擬人)은 동물이 원관념(原觀念)이고 사람이 보조관념(補助觀念)인 데 반하여 후자는 사람이 원관념이고 동물이 보조관념이라는 점에서 구별된다.

동물가전은 동물우화와 문학의 본질상 의미가 다르다고 하더라도 동물의 의인화라는 입장에서 동물우화와 그 특성을 공유하고 있고 계세징인(戒世懲人)에 목적을 두고 있다는 점에서 공통적 맥락을 가지고 있다.

동물우화는 동물의 행태에 가탁(假託)하여 인간생활을 기지(機智)로써 풍자하고 윤리적 교훈을 주는 것을 주된 목적으로 한 단편담으로서 겉으로는 관습화된 동물의 성격을 내세우지만 인간사상(人間事象)을 다루는 것으로 속뜻을 삼기 때문에 우의적(寓意的) 성격이 강한 소박하고 흥미로운 서사문학의 한 분야이다.

우리나라 동물우화의 대표적인 것을 유형별로 보면 구토설화류(龜兎說話類), 쟁년쟁장류(爭年爭長類), 두더지의 혼인류(婚姻類), 동물들의 송사류(訟事類), 동물 형태유래담류(形態由來譚類)로 대별(大別)되는데 이런 동물우화를 모태로 하여 소설로 변용되면서 동물 관련 한국서사문학은 세계적으로도 유례를 찾아볼 수 없도록 다채로운 꽃을 피운다.

동물을 의인화한 한국동물우화소설은 조선조에 이르러 번성기를 맞이하는데 특히 영·정조 이후 실학사상을 배경으로 한 인간사에 대한 현실비판의식을 동물에 투사 반영함으로써 사회 현상을 폭로하고 인성을 계발 각성시키는 방편으로 표현하였던 것이다.

이 시기 동물을 의인화하여 표현한 소설에는 서류(鼠類)들의 소송사건을 통하여 인간 사회의 위선적인 생활을 풍자한 〈서대주전(鼠大州傳)〉, 역시 쥐를 의인화하여 자기의 죄상을 타인에게 전가시키려는 비굴한 행동을 풍자한 〈서옥기(鼠獄記)〉, 소송사건을 통하여 인간 사회를 풍자하는 한편 인자하고 아량 있는 인간형의 현양과 여권(女權)을 옹호한 〈서동지전(鼠同知傳)〉, 황새, 따오기, 꾀꼬리, 뻐꾸기 등을 의인화하여 쟁송(爭訟)을 벌임으로써 부조리한 소송사건을 풍자한 〈황새결송〉, 까치와 비둘기를 의인화하여 탐관오리와 토호(土豪)들이 결탁하여 선량한 백성들을 죽이고 착취하는 사회상을 폭로한 〈까치전〉, 나이 자랑이나 상좌(上座) 다툼을 두고 두꺼비나 여우같은 인간상을 대조시켜 가식에 찬 인간 사회를 풍자한 〈섬동지전(蟾同知傳)〉, 사슴과 여우와 토끼 등의 동물을 의인화하여 어른에 대한 대우, 시기하는 마음에 대한 경계, 가학적 관원에 대한 무능과 부패상을 폭로한 〈녹처사연회〉, 노루, 두꺼비, 여우를 의인화하여 포악한 관리에 대한 경계와 존장(尊長)에 대한 대우, 교활한 간지(奸智)로 오만해지기 쉬운 인간성에 대한 교훈을 주는 〈노섬상좌기〉, 장끼와 까투리를 의인화하여 봉건적인 남성의 권위의식에 대한 비판과 개가(改嫁) 문제를 다룬 〈장끼전〉, 자라와 토끼와 문어와 너구리, 자가사리 등을 의인화하여 봉건적 지배체제에서 억압된 울분과 저항의 숙명밖에 지닐 수 없었던 서민의식을 풍자한 〈토끼전〉, 메기가 꾼 꿈을 두고 고래와 가자미의 상반된 해몽의 양측면을 대비시켜 직언(直言)이 통하지 않는 아이러니컬한 현실을 그린 〈메기장군전〉, 뱀과 개구리를 의인화하여 살해 사건을 둘러싸고 옥안(獄案) 처리 담당관을 중심으로 사건 연루자들이 벌이는 정황을 그린 〈와사옥안(蛙蛇獄案)〉 등이 있다. 갑오경장 이후 개화기에는 신소설이 등장하면서 〈금수회의록〉, 〈금수재판(禽獸裁判)〉, 〈만국대회록(蠻國大會錄)〉이 출현하여 전대의 동물우화소설의 전통을 이어갔고 현대소설 시기에 있어서도 1950년대 김성한의 〈개구리〉, 〈중생〉 등이 단편으로 창작되어 동물우화소설의 현대소설로서의 창작 가능성도 입증된다.

동물의 의인화 수법을 빌려 쓴 현대소설의 양태는 〈개구리〉, 〈중생〉 등과 같이 전적으로 정통의 동물우화소설의 양식을 취하고 있는 것, 〈번견탈출기〉, 〈큰 즘생〉 등과 같이 동물의 시점에서 인정기미(人情機微)를 터치하고 있는 것, 〈왕치와 소새와 개미와〉 등과 같이 동물 형태유래담의 성격을 띠고 있는 것, 〈요한시집〉 등과 같이 동물우화를 부분적으로 활용하고 있는 것 등으로 다양하게 펼쳐지고 있다.

인간과 동물은 오랜 세월 동안에 걸쳐서 가까이 접촉하면서 살아왔고 또한 그 육체적, 생리적 동질성으로 말미암아 일찍부터 정신적 관계를 맺어왔다. 동물에다가 정신적 가치를 부여하여 그들의 영리함, 우세함 등을 찬양하거나 외경했을 뿐만 아니라 그들로부터 많은 것을 배우려고도 했다.

인류 사회 초기에서 동물과 인간의 만남은 동물이 신적인 존재로 떠받들여졌는가 하면 인간처럼 말하고 행동한다는 발상에서 상호 교감하는 것으로 인식되었다.

동물과 인간의 현실 생활적 관계로 보더라도 수렵 시대에는 식용물로서 생활에 중요한 요소로 인식되었고 농경생활에 있어서는 생산노동 활동의 협조자이기도 했다.

인지가 발달함에 따라 동물과 인간의 관계 양상도 바뀌게 되었지만 동물은 여전히 인간과 관계되어 관심을 불러일으키는 대상이었다. 그 중에서 동물의 이야기를 빌려서 인생의 도리를 말하려고 하는 것은 동서고금을 막론하고 인류에 공통된 취향이다.

직설할 수 없는 인간 사회의 모순, 부정, 부도덕성 따위를 풍자하고 인간의 내면에 도사리고 있는 인간적 약점을 동물의 행위에 결부시키는 동물의인의 표현수법은 확실히 매력있는 표현법이다.

문학은 본질적으로 상징의 언어공간이며 상징은 어떤 추상적인 것을 대신하는 구체적인 사물의 제시이다. 사물과 조응관계를 이루면서 연상과 암시에 의해서 그 사물에 특별한 의미를 응축시키는 힘을 문학은 가지고 있는 것이다. 동물과 인간이 깊은 연대성을 가지고 있다는 것은 재론할 여지가 없다.

동물들의 생태에 대한 경험적인 관찰과 인식 및 반응이 동물에 대한 한국 사람들의 심성의 기틀을 자리잡게 하였고 동물을 끌어와서 인간의 상태를 비유하거나 상징적으로 표현하기 시작했던 것이다. 동물은 인간의 정서와 심경을 상징적으로 표현하는 가장 적절한 매개물이었기 때문이다.

인간과 동물을 상호 조응하여 동물 속에서 인간을 관조하고 인간 속에 동물을 반영시킬 뿐더러 동물의 속성과 인간의 속성과의 한계적 교차점을 포착하여 동물인 동시에 인간인 새로운 과도적 생물을 창조함으로써 일종의 동물성과 인간성을 이중 복사적으로 투시하는 표현법을 원용한 카프카적 발상법도 있다.

전통적 동물우화 내지 동물우화소설의 세계에 있어서는 동물들이 인간의 갖가지 상황을 반영하거나 또는 진부한 도덕적 이념이라든가 권선징악적인 윤리적 교훈이 동물의 모습을 빌려 풍자적으로 표현되고 있지만 보다 자유로운 동물 관련 현대소설은 동물의인이 보다 상징적으로 수용되고 있다.

동물을 인간과 긴밀한 동일성과 친화성이 있다고 보고 균등의 관계로 인지하려는 의식이 있는 한 동물의 문학적 발상과 상징은 지속되지 않을 수 없는 것이다.

인간이 보다 현명하게 인생을 살아가는 데 도움이 되는 교훈을 펴고 흥미를 돕기 위하여 인간에 지극히 친근한 자연물, 그 중에서도 동물을 빌려 인간 사회의 현상을 그린 한국서사문학은 세계적으로 두고 보더라도 조금도 손색없는 문학의 정수이다.

동물의 문학적 발상은 시공(時空)을 초월하여 오래고도 널리 편재(遍在)한 인류에게 사랑받을 문학 현상이다. 이러한 문학이 한국에서 크게 꽃피고 있었다는 데 자긍심을 가져도 좋다고 생각된다.

김재환

차 례

동물담 연구
- 조선후기 문헌설화를 중심으로

I. 머리말

『청구야담(靑邱野談)』에 보면 다음과 같은 이야기가 나온다.

> 京中에 한 吳姓 사람이 있으니 古談을 잘 하기로 세상에 擅名하여 宰
> 相家에 두루 놀되 食性이 오이나물을 즐기는 고로 사람이 오물음이라 부르
> 니, 그 때에 한 宗室이 연로하고 네 아들이 있으니, 재물을 모두어 巨富를
> 이루었으되, 天性이 인색하여 추호도 남 주는 바가 없고 또한 모든 자제에
> 게 分財를 아니하니 친한 벗이 권한즉 답하되 '내가 또한 商量이 있노라.'
> 하고, 遷延歲月하며 차마 능히 주지 못하더라. 일일은 오물음을 불러 古談
> 을 시킬새, 물음이 마음에 一計를 생각하고 古談을 제 스스로 지어 말하되
> ……(중략)…… 宗室 노인이 그 말을 들으매 은연히 自家를 핍박하고 조
> 롱한 뜻인 듯하나 그 말인즉 옳은지라. 즉석에 頓然히 깨달아 오물음을 厚
> 賞하고 이튿날 드디어 諸子를 分財하고 宗族과 故舊에게 錢穀을 다 흩어
> 주고 山亭에 처하여 琴酒로 自樂하고 종신토록 財物上에 말하지 아니하
> 니 대저 宗室이 一言에 돈연히 깨달음이 쉽지 아니하고, 오물음은 진짓 사
> 람을 잘 격동하는 자이도다.[1] (밑줄 필자)

---

1) 『靑邱野談』卷 3, <諷吝客吳物音善諧>, 金東旭・鄭明基 共譯, 『靑邱野談』(上),
   敎文社, 1996, 203~205쪽.

조선후기의 이야기꾼 오물음(吳物音)은 짤막한 이야기 하나를 통해 인색한 종실(宗室) 노인의 마음을 움직여, 그의 삶에 대한 태도를 변화시켰다. 종실 노인의 마음을 움직인 이야기인즉, 시신의 두 손을 관 밖으로 내놓은 채 지나가는 상여의 연유에 대한 것이었다. 자식은 물론 형제들에게도 한 푼을 주지 않던 부가옹(富家翁)이 죽음에 임하여 사람이 죽은 뒤에는 결국 빈 손으로 돌아갈 수밖에 없다는 것을 뒤늦게 깨달아, 그 사실을 보이기 위해 관에 구멍을 뚫어 두 손을 밖으로 내 놓은 채 입관하라고 유언함에, 자식들이 이를 어기지 못해 그렇게 장사를 지내지 않을 수 없었다는 이야기이다. 종실 노인은 이 이야기를 듣고 자신을 빗대어 말하고 있음을 짐작하기는 했지만, 그 이야기가 그릇된 것이 아님을 깨닫고, 삶의 태도를 바꾸기에 이른다.

설화는 이처럼 진실을 바탕으로 사람의 마음을 움직이는 힘을 가지고 있다. 비록 우회적이고 간접적인 방법을 통해 이야기하지만, 듣는 사람의 마음에 커다란 움직임과 반향을 일으키고 실제 행동의 변화까지 가져오는 신비한 힘을 가지고 있다. 오히려 직접적으로 이야기하는 것 이상의 효과를 기대할 수 있는 것이 설화이다. 이처럼 설화는 그 진실성과 교훈성, 그리고 흥미성을 통해 사람들의 다양한 욕구를 충족시켜 왔기에 오랜 기간 사람들은 설화와 함께 살아오지 않을 수 없었다.[2]

이와 같은 설화 가운에 본고에서는 조선후기의 문헌설화집에 수록된 동물담에 대해 살펴보고자 한다. 조선후기 문헌설화는 특정한 시기에 특정인에 의해 특정한 목적의식 아래 문헌에 정착된 것이기 때문에, 오랜 기간 입에서 입으로 구구전승되어 온 것임에도 불구하고, 그 정착 과정에서 일단의 변개를 겪었을 가능성을 전제해야 한다. 또 문자로 정착되는 그 순간부터는 일정하게 고정된 형태를 지니게 됨으로써 설화로서

---

2) Stith Thompson, The Folktale, The Dryden Press, 1946, 3~6쪽 참조.

의 본질적 생명이라 할 수 있는 설화행위(telling) 대신 읽기(reading)라고
하는 새로운 경로(물론 문자로 정착된 것이 다시 구연되기도 한다)를 통해
향유되었다. 이러한 과정은 곧 한 편(또는 한 유형)의 설화가 본래 가지
고 있었던 이념적 지향이나 계층적 특성에 일정 정도의 변개가 있었음
을 의미한다. 따라서 조선후기 문헌설화에 대한 연구는 시대적 상황과
편찬자의 신분이나 사상적 배경, 설화에 대한 인식 등을 종합적으로 고
려하지 않을 수 없다.

특히 대부분의 자료가 일정한 사건을 중심으로 하여 전개되고 종결되
는 구전설화와는 달리, 조선후기의 문헌설화는 사건구조를 명확히 갖추
지 않고 인물의 성정(性情)이나 행적들을 단편적으로 서술한 경우가 많
다.3) 이 점에서 문헌설화에 대한 이해와 연구는 구전설화를 다룰 때의
체계나 틀을 그대로 적용하기보다는 자료 자체의 특성을 기반으로 한
귀납적 접근을 통해 일반론에 이르러야 한다. 구전설화와 문헌설화를
동일한 기준으로 함께 다루고자 했던 기존의 연구는 구전설화와 문헌설
화 사이의 이러한 편차를 보여준다는 점에서 연구사적 의의를 지닌다.4)

조선후기 동물담에 대한 연구 역시 구전설화와 문헌설화의 편차를 염
두에 두고 진행되어야 할 것이며, 이것이 곧 한국의 동물담이 가지고 있
는 특성과 전체적인 모습을 온전하게 드러내는 작업이 될 것이다. 본고
는 이러한 시각에서 동물담에 대한 개념 규정과 분류, 그리고 이를 바탕
으로 한 조선후기 문헌설화집에 수록된 동물담5)의 유형과 특성에 대해

---

3) 서대석, 『朝鮮朝文獻說話輯要』(I), 집문당, 1991, 670쪽.
4) 김정석은 구비설화를 대상으로 제시된 『한국구비문학대계』의 유형분류 체계에 의
   해서 『청구야담』에 수록된 자료들을 분류한 결과, 전체 자료의 반 정도를 특정한 하
   위 유형에 귀속시킬 수 없었다. 또한 서대석은 문헌설화의 제재별 분류안을 내놓으
   면서 『한국구비문학대계』의 유형분류 체계를 따를 수 없는 이유를 여기에서 찾았다.
   김정석, 「청구야담과 구전설화의 관련 양상」, 한국정신문화연구원 한국학대학원 석
   사학위논문, 1987.
   서대석, 「문헌설화의 제재별 분류안」, 위의 책.

고찰하는 것을 목적으로 삼는다. 아울러 구전설화와의 관계를 염두에
두면서 둘을 아우를 수 있는 전체적인 틀을 모색해 보고자 한다.

Ⅱ. 동물담의 개념과 분류

동물담에 대한 개념 규정과 분류 작업은 설화 전반의 분류체계를 마
련하는 과정에서 구체적으로 논의될 수 있었다. 특히 1950년대 후반부
터 장덕순에 의해 지속적으로 시도된 일련의 설화 분류 작업은 이 방면
에 커다란 획을 긋는 작업이었다. 이어 조회웅, 최인학의 작업과 한국정
신문화연구원의 설화유형분류안 및 서대석의 조선조 문헌설화에 대한
제재별 분류안이 나오면서 한국설화에 대한 전반적인 정리가 구체적인
성과를 거둘 수 있었다. 여기에서는 이상과 같은 일련의 설화분류 작업
을 중심으로 동물담에 대한 개념 규정과 분류 문제가 어떻게 다루어졌
는지를 검토하고, 이를 바탕으로 논의의 단서를 마련해 보고자 한다.

우선 장덕순[6]은 우리나라의 설화를 신화, 전설, 민담으로 삼분한 뒤,
민담을 다시 A. 신화적 내용 B. 동물담 C. 일생담 D. 인간담 E. 신앙가

---

5) 본고에서 다루게 될 자료는 『어우야담』, 『계서야담』, 『청구야담』, 『동야휘집』 소
재 동물담으로 국한한다. 여타의 문헌설화집에도 동물담 자료를 확인할 수 있는 것
이 없는 것은 아니지만, 조선후기 문헌설화를 대표하는 것으로 이들 4개의 문헌설화
집을 들고 있으며, 조선후기의 문헌설화집은 대부분 전대의 기록에서 본 것이나 편
자 자신이 직접 들은 자료를 수록한 것으로, 서로 중복되는 것이 적지 않기 때문이
다. 본고의 텍스트로 이용한 자료는 다음과 같다.
  『어우야담』(萬宗齋本), 영인본 『어우집·어우야담』, 경문사, 1979.
  『계서야담』(奎章閣本), 동국대학교 부설 한국문학연구소 편, 『한국문헌설화전집』
  1, 태학사, 1991.
  『청구야담』(버클리大本), 김동욱·정명기 공역, 『청구야담』(상)(하), 교문사, 1996.
  『동야휘집』(대판부립도서관장본), 정명기 편, 『원본 동야휘집』(상)(하), 보고사, 1992.
6) 장덕순, 「설화의 분류와 한국설화개관」, 『한국설화문학연구』, 서울대출판부, 1978,
  11~41쪽.

치담 F. 영웅담 G. 괴기담 H. 소화(笑話) J. 형식담 등 9개 부분으로 분류하였다. 특히 동물담(動物譚)에 대해서는 "동물을 대상으로 한 모든 설화"를 말한다고 하였다. 논자는 동물담을 다시 유래(由來), 대인간(對人間), 대동물(對動物), 상상동물(想像動物)의 네 가지 부류로 하위 분류하고, 각 동물을 대상별(對象別)로 하는 보조 분류를 둔다고 하였다. 논자에 따르면 '유래담'은 동물의 성질·외모와 동물간의 천성에 관한 것을 말하고, '대인간관계담(對人間關係譚)'은 동물이 인간을 상대로 하여 관련을 맺는 것, '대동물관계담(對動物關係譚)'은 동물이 다른 동물을 상대로 한 것, 그리고 '상상동물담(想像動物譚)'은 '용(龍)', '강철' 등 특수동물 자체의 여러 면을 설명하는 동물담이다. 특히 논자는 동물담 중 '대인간관계담(對人間關係譚)'을 세분하면, 인간에게 이익이 되는 '우호동물(友好動物)'과 해를 끼치는 '가해동물(加害動物)', 그리고 우호동물과 가해동물 및 인간이 등장하되 우호동물이 인간편을 드는 내용으로 된 '호·해동물(好·害動物)'로 나눌 수 있다고 하였다.

　동물담에 대한 논자의 이와 같은 개념 규정과 분류는 조선시대 중기까지의 문헌설화를 중심으로 하여 이루어진 것으로, 체계적인 자료정리와 분류체계가 마련되어 있지 않은 상황에서 우리나라의 설화를 전반적으로 개관하고 있다는 점에서 우선 그 의의를 찾을 수 있다. 아르네-톰슨의 설화유형과 關敬吾, 柳田國男 등의 일본설화 유형분류, 그리고 손진태[7]와 한국문화인류학회[8]의 단편적인 민담분류를 참고로 하기는 했지만, 우리나라의 설화에 나타나는 독특한 면모를 귀납적인 방법으로 정리하고 있다는 점에서 논자의 업적은 높이 평가하지 않을 수 없다. 다만 동물담에 대한 개념 규정이 지나치게 광범위하지 않은가 하는 혐을 면키 어렵고, 자료의 구체적인 실상을 보여준다는 장점에도 불구하고

7) 손진태, 『조선민담집』, 향토문화연구사, 1934.
8) 한국문화인류학회, 「한국민속자료분류표」, 1967.

그 하위 분류에 있어서는 일정한 체계를 발견할 수 없다는 점[9]에서 비
판의 대상이 되지 않을 수 없다는 한계를 지닌다.

최인학[10]은 1970년 발표한 일어판 『韓國昔話の硏究』와 1979년 발표
한 영문판 『한국민담유형』에서 한국의 민담 2,500여 화를 아르네-톰슨의
민담 분류 기준에 따라 ① 동물담(Animal Tales), ② 일반담(Ordinary
Tales), ③ 소화(Jokes and Anecdotes), ④ 형식담(Formula Tales), ⑤ 신화
적 민담(Mythological Folktales), ⑥ 기타(Unclassified Tales) 등 크게 6부
로 구분하고, 이를 다시 20항 621개의 유형으로 세분하였다. 논자는 이
후 자료를 더욱 보완하여 4,055화를 대상으로 ① 동식물민담, ② 보통민
담, ③ 소화(笑話), ④ 형식담, ⑤ 신화적 민담, ⑥ 기타(補遺) 등의 6부
21항 815화형(실제 話型數는 625話型)을 제시한 바 있다. 본고의 관심 대
상인 동물담에 대해, 논자는 '동식물민담'은 "주로 동물이 등장하는 민
담"이라고 정의한 뒤, 다시 하위단위로 ㉠ 동물의 생태를 설명하는 "동
물의 유래", ㉡ 동물의 생존권이나 갈등 문제를 다루는 "동물의 사회",
㉢ 식물의 생성 이유를 밝힌 "식물의 유래", ㉣ 인간과 동물이 함께 등
장하는 "인간과 동물"을 설정하여 우리나라의 민담분류를 시도하였다.
이 중 ㉣의 "인간과 동물"에 관해서는 또다시 ⓐ 도찬(逃竄), ⓑ 바보동
물, ⓒ 동물보은, ⓓ 둔갑으로 세분하여 놓았다. 논자는 특히 동물담이
의인화 표현수법을 사용한다는 점, 그리고 동물을 통해 인간 사회를 드
러낸다는 점에 주목하여, 동물담이 가지고 있는 우화성과 희화성을 강

---

9) 최인학은 장덕순의 설화분류안이 가지고 있는 이와 같은 문제점에 대해 "기능보다
   는 모티프별 항목이라는 인상이 짙게 풍긴다."고 비판한 바 있다. 崔仁鶴, 『韓國民
   譚의 類型 硏究』, 仁荷大出版部, 1994, 53쪽 참조.
10) 崔仁鶴, 『韓國昔話の硏究』, 弘文堂, 1970.
    _____, A Type Index Of Korean Folktales, Myong-Ji Univ. Publishing, Seoul
    Korea, 1979.
    _____, 『韓國民譚의 類型 硏究』, 仁荷大學校 出版部, 1994.

조하였다.[11)]

이상과 같은 논자의 논의는 본격적인 한국 설화의 유형분류 작업으로, 설화 유형들 간의 일정한 상호관계 속에서 체계적으로 이루어졌다는 점에서 커다란 의의를 가질 뿐 아니라, 설화분류의 국제적 체계를 인식하고 다른 나라의 설화와 비교할 수 있는 틀을 마련했다는 점에서도 중요한 업적으로 평가되지 않을 수 없다. 그러나 아르네-톰슨의 설화유형을 근거로 하여 한국의 자료를 분류함으로써 아르네-톰슨의 설화유형이 본래 가지고 있는 한계를 극복할 수 없었다는 점에서 비판의 대상이 되었다.[12)] 동물담의 경우에는 그 개념과 범주에서는 장덕순과 큰 차이를 보이고 있지는 않으나(식물까지를 포함하고 있다는 점에서는 보다 포괄적으로 보고 있다), 하위 분류에서 아르네−톰슨의 유형을 따르면서도 모티프별 분류까지를 아울러 고려하고 있는 듯한 인상을 주고 있어 한국 설화의 특성을 드러내고 아르네−톰슨의 유형을 보완하고자 한 논자의 고민을 볼 수 있다. 특히 동물담의 특징으로 그 표현기법(의인화)이나 상징적 의미 내지는 '우화성'과 '희화성'을 강조함으로써 동물담 자체에 대한 설화문학적 접근을 시도하고 있는 점은 주목할 만하다.

조희웅[13)]은 한국의 민담을 ① 동물담 ② 신이담(神異譚) ③ 일반담(一

---

11) 최인학, 앞의책, 1994, 264~265쪽.

12) 조동일은 아르네-톰슨의 유형 분류가 가지고 있는 한계를 두 가지 점에서 지적하였다. 첫째, 체계적인 일정한 원리를 가지고 마련된 유형 분류가 아니라 편의상의 분류에 불과하다는 것, 둘째 그것도 인도-유럽의 민담(신화와 전설은 제외되어 있다)만을 대상으로 해서 귀납적으로 이루어진 것이기 때문에 보편성을 획득하기 어렵다는 것이다. 그 결과 최인학의 설화분류 역시 같은 한계를 지닌다고 하였다.
조동일, 「한국설화연구의 현황」, 『한국·일본의 설화연구』, 인하대출판부, 1987, 45쪽 참조
임재해, 「설화유형분류의 평가와 활용」, 『구비문학』 9, 한국정신문화연구원, 1990, 150쪽.

13) 조희웅, 「韓國動物譚 Index」, 『文化人類學』 第5輯, 韓國文化人類學會, 1972.
_____, 「韓國의 動物譚」, 『백영정병욱선생환갑기념논총』, 신구문화사, 1982.

般譚) ④ 소화(笑話) ⑤ 형식담(形式譚)의 다섯으로 나누고, 동물담이란 "의인화된 동물들의 이야기"라고 정의하였다. 논자는 동물담에 등장하는 동물들은 인간화된 인격을 가지고 인간처럼 행동하고 대화하며 선악현우(善惡賢愚)의 갈등을 일으킨다고 하였다.[14] 논자는 동물담을 다시 ① 기원담(起源譚, 由來譚), ② 지략담(智略譚), ③ 치우담(痴愚譚), ④ 경쟁담(競爭譚)으로 세분하여, 기원담(起源譚)이란 괴이한 자연현상이나 인간의 지혜로는 불가해한 것에 대해 합리적이고 과학적으로 설명하기 위해 만들어낸 이야기이며, 지략담(智略譚)과 치우담(痴愚譚)은 "꾀 있는 동물"과 "어리석은 동물"의 이야기로서, 약(弱)과 강(强), 현(賢)과 우(愚), 선(善)과 악(惡)의 대립이라는 세태를 동물우화로써 풍자하고자 한 것으로 민중의 소박한 철학 정신이 발현된 것이라 하였다. 즉 기원담이 민중의 원시적인 과학정신으로부터 나온 것이라면 지략담과 치우담은 교훈적인 목적의식 아래 만들어진 이야기라 하였다. 그리고 경쟁담은 문자 그대로 동물들의 경쟁을 이야기해 주는 민담이라고 정의하였다. 논자는 이러한 분류 기준에 의해 기간된 민담집이나 전래동화집, 단편적인 기사와 논자가 수집한 자료 등을 대상으로 기원담(由來譚] 35가지 유형, 지략담 32가지 유형, 치우담 27가지 유형, 경쟁담 9가지 유형, 기타 10가지 유형을 제시하였다.[15] 그리고 이를 아르네-톰슨의 설화 유형, 이솝 우화, 에버하르트(Eberhard)가 작성한 중국의 설화 유형, 세키 게이고(關敬

_____, 『韓國說話의 類型的 硏究』, 韓國硏究院, 1983.
_____, 『增補改正版 韓國說話의 類型』, 一潮閣, 1996.
14) 조희웅, 앞의 논문, 1972, 121쪽.
15) 논자는 1972년에 발표한 「한국동물담 Index」에서는 기원담(起源譚) 25가지, 지략담 15가지, 우치담(愚痴譚) 10가지, 경쟁담(競爭譚) 8가지를 제시했으나, 1983년 『한국설화의 유형적 연구』를 내놓으면서 이를 보충하여 위와 같이 정리하였다.
조희웅, 「한국동물담 Index」, 『문화인류학』 제5집, 1972, 한국문화인류학회.
_____, 위의 책, 1983.

폼)와 지전홍자(池田弘子)가 각각 작성한 일본의 설화 유형 등과 비교하였다.

이와 같은 일련의 논의는 최인학의 설화분류가 민담을 중심으로 한데 반하여 신화와 전설까지를 포함하는 한국 설화 전반의 독자적인 분류안을 목적으로 한 작업이었다. 하지만 아르네-톰슨의 유형분류를 근저부터 재검토하는 결과에 이르지는 못하였고, 가능한 한 절충을 하고자 하였다는 점에서 최인학이 받았던 비판을 함께 받지 않을 수 없었다.16) 논자의 「한국동물담 Index」는 동물담에 대한 최초의 본격적 논의였음에도 불구하고, 동물담의 개념과 유형 분류 및 한국 동물담의 특성 등을 밀도있게 제시함으로써 이후 동물담 연구의 기본적 방향을 뚜렷이 제시하였다고 평가할 수 있다. 특히 동물담의 하위 분류에서는 이전의 모티프별, 소재론적 분류에서 벗어나 일정한 원리에 따라 체계적인 분류를 시도했다는 점에서 주목할 성과였다. 그러나 동물담의 개념을 정의하면서 '의인화된 동물들의 이야기'라고 한 것은 장덕순이나 최인학의 광범위하고 범박한 개념 규정을 보다 구체화하여 명확히 한정하려 하였다는 점은 인정되지만,17) 과연 그러한 규정이 동물담의 개념과 범주를 너무 제한하고 있는 것은 아닌지 하는 혐을 버릴 수 없다. 논자는 동물담에 등장하는 동물들에 대해 '인간화된 인격을 가지고 인간처럼 행동하고 대화하며 선악현우(善惡賢愚)의 갈등을 일으'키는 존재로 규정함으로써, 둔갑(遁甲), 변신(變身), 이류교혼(異類交婚), 상상적(想像的) 동물, 동물보은담 등을 신이담(神異譚)으로 처리하고 있다. 그 결과 조선후기의 문헌설화집에 보이는 동물담의 대부분을 차지한다고 할 수 있는 '대

---

16) 조동일, 앞의 논문, 5쪽.
    임재해, 앞의 논문, 149~150쪽.
17) 최래옥, 「한국설화의 유형적 연구에 대한 서평」, 『구비문학』 7, 한국정신문화연구
    원, 1984, 128~129쪽 참조.

인간관계담(對人間關係譚)' 내지는 '인간과 동물'에 분류될 설화유형들[18] 역시 동물담에서 제외하고 있다.

조동일을 비롯하여 이복규, 김대숙, 강진옥, 박순임이 참여하여 제시한 한국정신문화연구원의 『한국구비문학대계』 설화유형분류안은 한국의 설화를 불완전한 서구의 설화유형에 대입하여 분류하는 것을 부정하고, 한국 설화를 분류하는 적절한 방법을 마련하면서 세계적인 범위에서 설화학을 발전시키는 과업을 적극적으로 수행한다는 목적 아래 이루어진 의욕적인 시도였다. 특히 설화의 존재양상을 구조적인 관점에서 파악하여 특이한 주체(주인공)와 특이한 상황(주인공의 인식 및 행동의 대상과 맺는 관계)을 음양의 원리에 따라 8개의 상위유형을 마련하고, 다시 서두와 결말의 관계에 따라 하위유형을 마련하는 분류안을 제시함으로써 전혀 새로운 체계를 마련하였다.

이 분류안은 분류 체계의 논리적 명징성과 자료의 포괄성, 이용의 편이성 및 효율성을 고려함으로써 방대한 자료를 일정한 원리에 따라 분류할 수 있도록 하고 이용에 편이를 도모하였다는 평가를 받았다.[19] 그러나 실제 분류작업에서는 분류자의 주관적 해석에 따라 설화의 분류가 달라질 수 있는 가능성이 남아있고, 상위유형 사이의 애매성(주체의 특이한 정도와 상황의 특이한 정도에 대한 구분)을 내포하고 있을 뿐 아니라 구체적인 작품분석을 통하여 규명되어야 할 작품의 의미가 섣불리 규정지어져 버릴 위험성도 안고 있다는 비판을 받고 있다.[20] 본 분류안은 설

---

18) 이 설화 유형들에 대해 張德順(對人間關係譚)과 崔仁鶴(인간과 동물)은 동물담의 하위 갈래로 인정하고 있다. 이는 동물담의 개념 내지 범주를 어떻게 규정하느냐에 따른 결과로 보인다. 장덕순과 최인학은 동물담의 개념을 폭넓게 잡음으로써 이들을 동물담의 범주 안에서 다룬 반면, 조희웅은 상당히 제한된 동물담 개념을 설정함으로써 이들을 동물담이 아닌 신이담의 범주에 넣고 있다.

19) 林在海, 앞의 논문.

20) 林在海, 위의 논문, 150~152쪽.

화의 존재양상을 구조론적 관점에서 파악하여 분류체계를 세운 것이기 때문에 특별히 동물담이란 분류항목을 별도로 설정하지는 않고, 다만 동물담에 해당하는 자료를 그 구조적 측면에 따라 바르고 그르기, 움직이고 멈추기, 오고 가기, 잘되고 못되기 등의 상위유형에 나누어 놓았을 뿐이다.[21] 때문에 동물담에 해당하는 자료를 찾기 위해서는 일일이 자료를 검토 확인해야 하는 수고를 요한다.[22]

서대석[23]은 구전설화와 문헌설화의 편차로 인해『한국구비문학대계』의 설화분류안을 조선후기 문헌설화를 분류하는 데에 그대로 적용할 수 없다는 점에서, 문헌설화자료의 실상에 바탕을 둔 독자적인 분류체계를 제시하였다. 논자는 문헌설화의 제재별 분류안을 제시하였는데, 그 대강의 골격은 우선 인물에 초점을 맞춘 인물담과 사건에 초점을 맞춘 사건담으로 나누고, 다시 내용상의 신이성(神異性)과 일상성(日常性)을 기준으로 하여 각각 행실(行實)·성정(性情)·재예(才藝)·법술(法術)·이물(異物)·승부(勝負)·선악(善惡)·화복(禍福)·이합(離合)·소사(笑事)·괴사(怪事)로 분류하였다. 그리고 설화로서의 결구를 갖추었다고 보기 힘든 설명, 논평류의 자료들은 별도로 잡화류(雜話類:史話·逸話, 雜識, 論

徐大錫, 앞의 책, 669쪽.

21) 제2차 '한국설화분류방법협의회'의 토론 과정에서 성기열이 동물담에 대한 문제를 제기하였으나, 조동일은 답변을 통해 동물담은 따로 독립시키지 않고, 주인공이 동물이든 사람이든 관계없이 함께 분류한다고 하였고, 그러면 동물담이 어디 있는지 찾아내지 못한다 하는 반론이 나올텐데 그에 대해서는 색인식 분류 속에서 찾아내면 된다고 하였다.「第2次 韓國說話分類方法協議會 토론」,『口碑文學』7, 한국정신문화연구원, 1984, 65~75쪽 참조.

22) 한국설화유형분류안이 논리적 명징성과 자료의 포괄성, 이용의 편이성을 갖추고 있다면, 그 효율적 이용을 위해서라도 미비한 부분은『한국설화유형 색인집』에서 보완하고 있어야 한다. 그러나 동물담의 경우에는 그러한 설화자료를 효율적으로 찾기가 용이하지 않았다. 앞으로『한국설화유형 색인집』이 보완해야 할 점이라고 하겠다.

23) 서대석, 앞의 책.

評)로 처리하였다. 논자는 동물담을 이 중 인물담(人物譚)의 '이물(異物)'에 분류하고, 그 하위분류로 이호담(異虎譚), 신룡담(神龍譚), 의구담(義狗譚), 명마담(名馬譚), 기타 동물담을 두었다. 조선후기 문헌설화를 대상으로 제재별 분류를 하였기 때문에, 자료의 실상을 구체적으로 확인하고 활용할 수 있게 하였다는 장점은 있으나, 『한국구비문학대계』의 설화분류안에서 얻었던 분류체계의 논리성이나 구조적 파악에까지는 이를 수 없었다.

이상과 같은 기존 논의에 대한 검토를 토대로 논의의 단서를 마련할 차례이다. 동물담의 개념을 살펴보면, 논자에 따라 그 정의가 달랐고, 또한 초기에는 너무도 소박하게 규정되었음을 알 수 있다. 그에 따라 동물담이라는 범주에 포괄되는 내용이 논자마다 차이를 보이지 않을 수 없었음은 물론이다.

"동물을 대상으로 하는 모든 설화"(장덕순), "동물이 등장하는 설화"(최인학)를 동물담이라 규정한 것은 동물을 주인공으로 하는 설화를 의미하는 것으로 해석할 수도 있고, 이야기 속에 동물이 등장하는 설화는 모두 동물담이라고 볼 수도 있어 그 개념이 명확하지 않다. 이와 같은 동물담에 대한 정의는 동물담의 범주를 너무 광범위하게 규정하고 있는 것이 아닌가 한다. 흔히 볼 수 있는 범속한 주인공이 누구나 겪을 수 있는 상황을 만난다고 하는 이야기는 설화가 되지 못한다.24) 이 점을 인정한다면 동물을 대상으로 한 이야기, 동물이 등장하는 이야기라고 모두 동물담이 될 수는 없는 것이다.

한편 서대석은 명시적으로 동물담에 대한 규정을 밝히고 있지는 않지만, 그의 분류안을 통해 추론해낼 수 있는 개념은 '동물에 관한 이야기', 더 좁혀서 말하면 '특이한 행동을 하는 동물에 관한 이야기' 정도가 아

---

24) 조동일, 「한국구비문학대계자료 수집과 설화 분류의 기본원리」, 『韓國口碑文學大系』 별책부록(I), 한국정신문화연구원, 1989, 12쪽 참조.

닐까 한다. 논자가 동물담의 갈래를 이호담(異虎譚), 신룡담(神龍譚), 의구담(義狗譚), 명마담(名馬譚), 기타 동물담으로 나누어 놓고 있는 것을 통해 볼 때, 이러한 개념을 상정하지 않았을까 추론해 보는 것이다. 일상적인 동물이 아니라 특이한 성격의 동물, 즉 특이한 행동을 하는 동물에 대한 이야기를 동물담으로 보고 있다는 점에서 기존의 개념 규정에 비해 진전된 면모를 볼 수 있다.

조희웅은 "의인화된 동물들의 이야기"라고 하여, 이야기 속에 등장하는 동물의 성격에 주안점을 맞추어 동물담을 정의하였다. 물론 '의인화된'이라는 규정은 동물의 행동양식까지를 규정하여 주는 것이어서 의인화된 동물의 행동은 일상적인 동물의 행동과는 엄밀히 구분된다. 그렇지만, 동물담의 개념을 이렇게 규정할 경우, 의인화되지는 않았지만 특이한 행동을 하는 동물들에 관한 이야기는 동물담이라고 할 수 없게 된다. 특히 서대석이 동물담으로 분류해 놓은 조선후기의 문헌설화들은 모두 그러한 이야기에 해당한다.[25]

이와 같은 동물담의 개념과 범주에 대한 혼란을 해결하기 위해서는 동물담에 해당하는 자료들을 포괄적이면서도 명확한 규정하에 다룰 수 있는 개념의 설정이 필요하다. 이에 본고에서는 우선 동물의 '특이한 성격'이나 '특이한 행동'을 다루고 있는 이야기를 동물담이라고 규정하고 논의를 진행하고자 한다. 단순히 동물이 등장하는, 또는 동물을 대상으로 한 이야기라는 범박한 개념규정에 어느 정도의 한계를 짓고, '의인화된 동물들의 이야기'라는 한정된 개념으로는 포괄할 수 없는 동물담의 다양한 양상들을 수용할 수 있도록 하기 위해 이러한 개념을 설정하는 것이다. 또한 실제로 그렇게 해야만 문헌설화와 구전설화의 편차를 극복하고 한국설화 전반의 동물담을 다룰 수 있는 근거가 마련될 수 있다.

---

25) 조희웅과 서대석은 결국 서로 다른 설화들을 각기 동물담이라 규정하고 있는 것이다.

특히 『어우야담』만물편(萬物篇)의 '금수(禽獸)'조나 『동야휘집』술이부(述異部)의 '물감(物感)'조나 '보주(報主)'조 등은 동물담에 해당하는 자료를 모아놓은 부분인데, 실제 그 내용을 살펴보면 당시 문헌설화 편찬자들이 동물담에 대하여 그 개념이나 범주를 어떻게 상정하고 있었는가를 짐작할 수 있다. 다음의 예화를 통해 그러한 면모의 일단을 검토해 보자.

ⓐ 어떤 사람이 수리가 학 새끼를 잡아가는 것을 보았다. 학이 하늘에 떠서 돌며 큰 소리로 부르짖으니, 여러 학들이 몰려와 하늘을 뒤덮었다. 새끼를 잃은 학이 먼저 큰 수리를 뒤쫓다가 밭 가운데로 떨어지니, 뭇학들이 수리를 둘러싸 둥그렇게 진을 쳤다. 수리가 노한 눈을 하고 다리에 힘을 주고 버티며 위협하자, 뭇학은 눈만 부릅뜨고 감히 앞으로 나아가지 못하였다. 그러기를 한참이나 하다가 무리 중에서 가장 빼어난, 커다란 학 한 마리가 밖에서부터 활보하며 안쪽으로 들어와 몇번인가 빙빙 돌다가 홀연 비바람이 몰아치듯 단단한 부리로 한 번 쪼으니, 수리는 가슴을 위로 한 채 거꾸러졌다. 뭇학들이 다투어 쫓아가며 쪼아서 수리의 몸을 다 찢어버린 뒤에야 획연히 흩어져 갔다.[26]

ⓑ 갈재[蘆嶺]는 전라도 장성 땅에 있다. 고개 아래에 사냥을 업으로 삼아 살아가는 사람이 있었다. 집에서 수십마리의 개를 길렀는데, 하루는 술에 만취하여 집으로 돌아왔는데, 집안 사람들은 모두 밭에 가고 없었다. 술에 취해서 화로 앞에 거꾸러졌는데, 옷자락이 화로에 닿아 불이 붙어서 온 몸을 태워 살이 타는 냄새가 집안 가득하였다. 집안의 개들이 모여서 그 사람 고기를 다 먹어버렸다. 집안 사람들이 돌아와 그 모습을 보고는 놀라고 애통히 여겨 개들을 때려 죽였는데, 그 중의 56마리가 달아나 산 속으로 들어갔다. 이미 人肉의 맛을 본 개들은 그 맛을 잊지 못하여 要路의 갈대 숲속에 숨어 있다가 홀로 지나가는 사람을 보면 떼를 지어 달려나와 컹컹 짖어대며 숲속으로 끌고 들어가서는 먹어버렸다. 날마다 이렇게 하니 고을 사람들이 근심으로 여겨 무리를 모아 개들을 섬멸하였다."[27]

---

26) 『於于野譚』卷 5, 萬物篇 禽獸, <有人見鷲取野鶴之雛>.

ⓒ 安孝婦는 충주 양반가의 여인으로, 17세에 단양의 崔氏姓을 가진 선비에게 시집을 갔으나 얼마 안되어 남편을 잃었다. 눈이 보이지 않는 시아버지를 봉양하며 죽음을 맹세코 改嫁하지 않겠다고 하였다. 물을 긷고 방아를 찧으며 그 댓가로 받은 것을 가지고 극진히 봉양하였는데, 혹 출타할 때에는 음식을 차려놓고 '무엇은 여기 있습니다.'라고 말해 눈먼 시아버지가 찾아서 먹을 수 있도록 해놓곤 했으니, 이웃에서 그 효성을 칭찬하였다. 친정 부모들은 딸이 일찍 남편을 잃고 자식 없음을 안타깝게 여겨 다른 데 시집을 보내고자 하여 사람을 시켜 '어머님의 병이 위중하다.'고 하여 그녀를 오게 하였다. 안효부는 이웃에게 시아버지를 봉양해줄 것을 부탁하고 창황히 달려와 보니 어머니는 건강한 모습을 하고 있었다. 그녀가 의아해 하니 친정 부모가 말하기를 '네 나이 스물도 안 되어 청상으로 의지할 곳 없이 청춘을 허송하고 있으니 네 인생이 가련하구나. 좋은 남자를 널리 가려 명일 혼례를 치르기로 하였으니 거절하지 말라.' 하였다. 안효부는 거짓으로 그렇게 하겠노라 하니 부모가 매우 기뻐하였다. 안효부는 밤이 깊기를 기다려 몸을 빼내어 혼자 80리나 되는 길을 걸어서 시가로 향하였다. 20리쯤 가자 발이 부르터서 더 이상 걸을 수 없을 지경이 되었다. 한 고개에 이르렀는데 호랑이가 길을 막고 앉아 있었다. 안효부는 호랑이에게 말하기를 '너는 영물이니 부디 내 말을 들어보거라.'하고는 그 동안의 일을 이르고, 또 '내가 죽고자 해도 죽을 수 없었으니, 네가 나를 해치고자 한다면 어서 잡아먹거라.' 하고 호랑 앞으로 나아가니, 호랑이가 뒤로 물러섰다. 이렇게 하기를 몇번 하다가 호랑이가 갑자기 땅에 무릎을 꿇고 엎드렸다. 안효부가 말하기를 '네가 혹 연약한 내가 밤길에 혼자 가는 것을 가엽게 여기는 듯하니, 나를 태워주지 않겠느냐?' 하였다. 호랑이가 머리를 끄덕이며 꼬리를 흔들었다. 안효부가 마침내 호랑이 등에 올라타 그 목을 꽉 잡으니 호랑이는 나는 듯이 달려 잠깐 사이에 시가 문밖에 도착하였다. 안효부가 내리면서 말하기를 '네가 배가 고플 터이니 우리집에 있는 개 한 마리를 먹거라.'하고는 문 안으로 들어가 개를 몰아내니, 호랑이가 그 개를 물고 가버렸다. 며칠 후 이웃사람들이 이야기하기를 커다란 호랑이 한 마리가 함정에 빠져서 발톱을 세우고 큰 소리로 울부짖으니 사람들이 두려워 가까이 가지 못하고 굶어죽기를 기다

---

27) 앞의 책, 卷 5, 萬物篇 禽獸, 〈蘆嶺在全羅之長城地〉.

린다고 하였다. 안효부는 그 이야기를 듣고 혹시 자신을 태워다 주었던 호랑이가 아닌가 하여 가보니, 그 털무늬가 방불하였으나 밤중에 보았던 것이라 분명히 알 수 없었다. 안효부가 호랑이에게 '네가 지난 번 밤에 나를 태우고 왔던 호랑이냐?'하고 묻자, 호랑이가 머리를 끄덕이며 눈물을 흘렸다. 그 모습이 마치 살려달라는 것 같았다. 안효부는 그제서야 이웃사람들에게 그간의 사정을 이야기하고 '저 짐승이 비록 맹수이긴 하지만 나에게는 仁義를 베푼 동물이라. 나를 위해 살려준다면 내 비록 가난하지만 호피에 해당하는 금액을 내도록 하겠소.'하니, 이웃 사람들이 시끄럽게 상의하다가 말하기를 '효부의 청하는 바이니 어찌 들어주지 않을 수 있겠소. 다만 이 호랑이를 놓아주면 사람을 해치는 일이 많을텐데, 이를 장차 어찌하면 좋겠소.'하였다. 그러자 안효부가 '내게 함정을 열어줄 방법을 일러주고 여러분은 멀리 피하시오. 내가 놓아주겠소.' 하였다. 이웃 사람들이 그 말대로 하고, 안효부가 함정을 열어 호랑이를 구해주자, 호랑이가 눈물을 머금고 그녀의 옷을 물고는 오랫동안 차마 놓지 못하다가 한참만에야 떠나갔다. 안효부의 시아버지가 돌아가시어 장사를 지내게 되었는데 호랑이가 묘자리에 앉아 꼼짝않으니, 그 자리를 쓰지 말라고 하는 것 같았다. 호랑이가 또 다른 곳으로 달려가 땅을 파니 마치 묘자리를 만드는 것 같았다. 이에 먼저 정했던 곳을 버리고 호랑이가 새로이 정한 자리에 묘를 써서 장례지냈다. 그 후 안효부는 양자를 얻어 시아버지와 남편의 제사를 모셨다. 그 후에 자손이 과거에 급제하여 벼슬을 함이 끊이지 않았으니, 단양 최씨는 마침내 창대한 문벌이 되었다. 지금도 효부의 행적을 전하고 있다. 外史氏는 말한다. '安氏가 어린 나이에 守節을 하고 병든 시아버지를 至誠으로 奉養한 烈行貞操는 저 옛날 陳孝婦에 조금도 부끄러울 것이 없다. 사나운 범이 등에 태워 데려다 준 것과 같은 데에 이르러서는 天地神明의 도움에 말미암지 않고서는 불가능한 일이다. 진실로 하늘을 감동시킬 만한 지극한 精誠이 아니고서야 어찌 이러한 일이 있을 수 있겠는가. 安氏가 함정에 빠진 범을 구해주고 또 범이 安氏에게 장사지낼 땅을 일러준 것은 서로 그 類가 달라서 그 은혜를 주고 받은 것은 아니니, 또한 그 心德의 일단을 볼 수 있다. 훌륭하도다.'[28]

---

28) 『東野彙輯』卷 15, 述異部 8 物感, <放虎占穴相酬惠>.

ⓐ는 학의 새끼를 잡아간 수리에 대하여 학의 무리가 힘을 모아 복수하는 이야기이다. 물론 학이나 수리가 인간처럼 행동하는 것도 아니고, 말을 하는 것도 아니다. 동물 그 자체로 등장할 뿐이며, 자신의 혈육에 대한 애정과 복수의 문제는 인간 사회만이 아니라 동물 사회에서도 얼마든지 있을 수 있는 일이다. 다만 그 이야기를 받아들이는 인간이 거기에 '어떤' 의미를 부여함으로써 널리 이야기되어 왔고, 문자로 정착하게 된 것이다. 아마도 동물과 동물 사이에 벌어진 싸움을 통해 부당한 폭력이나 침해에 대한 항거와 가족애 내지는 동족애 등의 우의적 의미를 은연중 의도했을 것이다.

ⓑ는 동물[개]로 인해 피해를 입은 사람들이 그 화의 근원을 퇴치한 이야기이다. 여기에 등장하는 개는 단순한 동물로서의 개이지 의인화되었거나 특이한 인격적 요소가 그 속에 담겨져 있지 않다. 그럼에도 불구하고 이러한 이야기는 일상적으로 만나게 되는 일이 아니라는 점에서 인구에 회자될 수 있었다.[29] 사람과 가장 가까운 동물로 알았던 개에게 도리어 화를 입는다는 내용은 그 이야기의 상황 내지는 동물의 행동 자체가 특이하기 때문에 기록으로 남게 되었다고 하겠다.

ⓒ는 안효부(安孝婦)의 행적에 초점을 맞추고 있어 동물담이라고 분류하는 데에는 적지 않은 난점이 있는 것이 사실이다. 그러나 바라보는 시각을 사람에 고정시키지 않고 동물에 초점을 맞춘다면, 이 이야기는 동물의 특이한 행동에 대한 이야기로 볼 수 있게 된다. 더구나 조선후기의 문헌설화 편찬자들은 동물 이야기 그 자체에 관심을 가지고 있었다기보다는 인간과의 관련에서 일어난 동물들의 이야기, 그것도 인간의 성정(性情)에 감화를 받은 동물 이야기나 동물의 행동을 통해 인간 사회

---

29) 특히 호랑이가 등장하여 사람들에게 해를 입히는 虎患에 관한 이야기는 조선후기 문헌설화에서 많이 찾아볼 수 있다. 또한 개가 술에 취해 잠든 주인을 화재에서 구한 이야기가 많이 전해오는 이유 역시 동일한 점에서 생각해 볼 수 있다.

에 교훈을 얻을 수 있을 만한 이야기에 주요한 관심을 두었다. 설화를
세교(世敎)의 방편으로 인식했던 그들의 태도는 결국 그들로 하여금 동
물담 가운데 무엇보다도 이러한 이야기에 관심을 기울이게 할 수밖에
없었고, 그것은 곧 조선후기 문헌설화집 소재의 동물담 자료들이 대부
분 이러한 성격의 이야기로 이루어져 있는 사실과 일정한 관계를 가지
고 있다.

조선후기 문헌설화에 실려있는 이와 같은 자료들을 토대로 볼 때, 문
헌설화 편찬자들이 이른바 '동물담'이라는 개념으로 파악하고 수록한 이
야기들은 대부분 동물들의 특이한 행동이나 동물을 통한 인간사에 대한
예견, 또는 우의적 풍자나 교훈 등을 전제로 하였던 것이라고 할 수 있
다. 이렇게 볼 때 동물담에 대한 개념을 지나치게 협소하게 제한할 경
우, 전통적으로 동물담으로 관념해 오던 자료의 상당수를 현대 연구자
의 안목에서 제외하게 되는 결과를 가져오게 된다. 이에 본고에서는 동
물담의 개념과 범주를 지나치게 확장하는 것을 경계하면서, 또 한편으
로는 지나치게 제한함으로써 초래할 수 있는 문제점을 동시에 극복하기
위하여 위와 같이 동물담의 개념과 범주를 설정하고자 하는 것이다.

보다 중요한 것은 동물담에 해당하는 자료들을 어떤 기준으로 분류[30]
하여 설명할 것인가 하는 점이다. 이는 곧 동물담의 존재양상 및 특성을

---

30) 임재해는 분류란 축적된 자료를 체계적으로 정리하고 편리하게 이용하기 위한 작
업이라면, 갈래는 분류의 목적을 넘어서 대상이 되는 자료의 존재양식을 보다 깊이
있게 이해하고 체계화하려는 작업이라고 전제하고, 따라서 분류는 구별되는 자료의
특징만을 말하는 것이지만, 갈래는 개별적 특징의 설명에 그치지 않고 갈래들 서로
간의 체계적 관계를 논리적으로 설명하는 데에까지 이르러야 한다고 하였다. 본고에
서 사용하는 '분류'라는 용어는 논자가 말하는 '분류'보다는 '갈래'를 지향하는 개념
의 용어로 사용하고자 한다. 동물담의 하위 분류가 단순한 자료의 정리 분류에 그치
기보다는 동물담의 존재양상을 체계적으로 설명하고 보여주는 것을 목적으로 하기
때문이다.
　임재해, 「설화의 존재양식과 갈래체계」, 『구비문학』 8, 한국정신문화연구원, 1985,
87~88쪽 참조.

드러내는 것과 맞물리는 문제이기도 하다. 논자들의 분류를 간략히 정
리하면 아래와 같다.

張德順 ; 由來譚, 對人間譚, 對動物譚, 想像動物譚
崔仁鶴 ; 동물의 유래, 동물의 사회, 식물의 유래, 인간과 동물
曹喜雄 ; 起源譚(由來譚), 智略譚, 痴愚譚, 競爭譚
韓國精神文化硏究院 ; 동물담을 설정하여 하위 분류하지 않고 다른 기준에
　　　　의해 함께 처리함
徐大錫 ; 異虎譚, 神龍譚, 義狗譚, 名馬譚, 기타 動物譚

위와 같은 하위 분류를 보면, 장덕순과 서대석, 조희웅의 경우에는 자
료의 귀납적 분류, 최인학은 亞르네-톰슨의 체계에 따른 연역적 분류
에 중점을 두고 있음을 알 수 있다. 특히 조희웅은 설화의 결과적 의미
나 중심적 모티프를 중심으로 분류하고 있다. 설화의 분류는 그것이 상
위의 분류이건 하위의 분류이건, 양적으로 균등하게 분류하는 데 의미
를 지니는 것이 아니라, 편재성이 보이더라도 기본 원리에 맞게 분류되
어야 하고, 현재 구전되는 자료를 포함하여 이미 전승이 중단된 자료와
설화의 형성 및 전승의 원리상 앞으로 생성될 수 있는 자료까지 거시적
으로 포괄할 수 있어야 한다.[31] 귀납적 분류는 구체적인 자료의 바탕
위에 있기 때문에 자료의 실상을 보여줄 수 있다는 장점은 있으나, 앞으
로 생성될 수 있는 자료까지를 포괄할 수는 없다는 약점을 지닐 수밖에
없다. 그 점에서 연역적 분류는 앞으로의 생성 가능성까지를 고려한다
는 점에서 바람직한 것이지만, 최인학의 경우에는 그 연역적 분류의 준
거로 사용한 틀(물론 아르네-톰슨의 동물담 분류 체계를 그대로 따르고 있
는 것은 아니지만)이 인도 유럽 지역의 제한된 자료를 바탕으로 귀납적
방법에 의해 제시된 것이라는 한계를 가지고 있었기 때문에 논자의 분

31) 앞의 논문, 90~91쪽.

류 역시 엄격한 의미에서의 연역적 분류라고 하기에는 문제가 있다. 연역과 귀납을 동시에 수행하고자 했던 한국정신문화연구원의 분류안은 동물담 자체를 별도로 설정하지 않음으로써, 의욕적인 시도와 전폭적인 지원 속에 이루어진 성과를 동물담의 경우에는 활용할 수 없다.

여기에서 필자는 동물담의 하위 분류 역시 동물담의 개념과 범주 속에 포함되는 기존의 자료 및 앞으로 포함될 수 있는 자료들을 함께 아우를 수 있는 틀을 다시 마련하지 않을 수 없다. 본고에서는 앞에서 제시한 동물담의 개념에 따라 다음과 같이 동물담을 분류하고자 한다.

> 동물의 특이한 성격 - 유래담, 동물의 특이한 모양이나 성질, 천성 등을 다룬 것, 상상동물담
> 동물의 특이한 행동 - 인간과의 관계 또는 동물들 사이에서 義, 忠, 烈, 報恩, 競爭, 智略 등 동물의 행동을 다룬 동물담

동물담이란 동물의 '특이한 성격'이나 '특이한 행동'을 다루고 있는 이야기라는 점에서, 동물담은 자연히 동물의 특이한 성격을 다루는 것과 동물의 특이한 행동을 다루는 것으로 나뉜다. 동물의 특이한 성격을 다루는 동물담에는 동물의 외모, 생태, 속성, 음상(音相)에 대한 것, 동물의 생태나 속성을 바탕으로 인간사에 대한 예시나 조짐을 다룬 것, 그리고 상상동물(想像動物)을 다룬 것 등이 포함된다. 따라서 기존의 동물 유래담이나 상상동물담으로 분류되던 것은 여기에 포함된다. 한편 동물의 특이한 행동을 다루는 동물담에는 동물이 의인화되어 등장하는 우화를 비롯하여, 지략(智略), 보은(報恩), 보수(報讐), 충(忠)과 의(義) 등 동물의 행동에 초점을 맞춘 동물담이 포함된다. 기존에 '인간과 동물'(또는 對人間譚), '동물과 동물'(또는 동물의 사회, 對動物譚 : 智略譚, 痴愚譚, 競爭譚 등)로 분류되던 것이 여기에 포함된다. 이와 같은 동물담의 분류는 새롭

게 설정한 동물담의 개념과 범주를 그 분류의 기준으로 삼아 기존에 논의되어 온 동물담의 범주를 모두 포괄하고, 앞으로 생성 가능한 자료들까지도 포괄할 수 있다는 점에서 의의를 갖는다.

Ⅲ. 조선후기 동물담의 유형과 그 갈래

본 장에서는 앞에서 제시한 동물담의 개념과 분류에 따라 조선후기 문헌설화집에 수록된 동물담을 대상으로 실제적인 작업을 통해 조선후기 동물담의 유형과 갈래의 구체적 양상에 대하여 살펴보기로 하겠다. 우선 동물담을 동물의 특이한 성격을 다룬 것과 특이한 행동을 다룬 것으로 나누어 검토하기로 한다.

1. 동물의 특이한 성격

동물의 특이한 성격을 다룬 이야기는 특이한 행동을 다룬 이야기에 비해 조선후기 문헌설화에 많이 보이고 있지는 않다. 동경구(東京狗)에 대한 이야기가 유일한 유래담으로 보일 뿐, 동물의 외모나 특이한 관계 등을 설명하는 유래담은 보이지 않는다. 그러나 사람들이 특정 동물을 어떻게 인식하고 받아들였는가에 대한 이야기들은 많다. 이는 특정 동물을 통해 인간사의 어떤 사실과 관련지어 해석하려 했던 인간 중심적 사고 방식에서 연유한다고 할 수 있다.[32] 즉 동물이 가지고 있는 특정 속성을 앞으로 벌어질 인간사에 대한 예시나 조짐으로 해석한다든가, 그로 인한 금기, 또는 특정 동물에 대한 기휘(忌諱) 등으로 받아들였던

---

32) 이런 점은 서구의 경우에도 찾아볼 수 있다. 동물에 관한 서구의 민간신앙 및 민속에 대한 크라페의 연구는 곧 동물을 인간과의 관계에서 이해하고 관념하여 온 보편적인 시각의 한 면을 보여주는 예이다. Alexander H. Krappe, The Science Of Folklore, W · W · Norton & Company Inc., 1964, New York, 245~260쪽 참조.

것이다.

(1) 동물의 외모 - 동경구(東京狗)의 유래

慶州의 風水는 뒤에 남는 여운이 없다. 때문에 그 지방의 개는 모두 꼬리가 짧다. 그래서 세간에서는 東京狗라고 칭한다. 지금 서울에서도 꼬리가 짧은 개를 보면 東京狗라고 한다.[33]

꼬리가 짧은 개를 '동경구(東京狗)'라고 칭하게 된 연유를 경주의 풍수와 관련시켜 설명하고 있는 이야기이다. 설화로서의 특정한 사건이나 결구는 찾아볼 수 없다. 일식과 월식 및 개가 뜨거운 것을 먹지 못하는 연유를 설명하는 '불개' 이야기에서와 같은 신화적인 면모도 나타나지 않는다. 다만 조선후기 민간에 널리 유행하던 풍수지리설을 빌려 설명하고 있다는 점에서 주목된다.

삼국시대에 전래된 풍수지리설은 고려 왕조에 큰 영향을 끼쳤을 뿐 아니라, 조선조에 들어와서는 조야(朝野)가 널리 신봉하였고, 국가에서 제과(諸科)의 하나로 음양과(陰陽科)를 두기에까지 이르렀다.[34] 특히 조선 왕조의 중세적 사회 경제체제가 흔들리면서 예학(禮學)이 강조되기 시작한 17세기 이후 풍수지리설은 널리 유행하게 되었다. 풍수지리설이 널리 유행함에 따라 그 본질을 왜곡하면서 사회적인 물의를 일으키는 사건들이 나타나게 되자, 이익(李瀷)이나 정약용(丁若鏞) 등의 실학자들은 조선후기 풍수지리설의 왜곡된 현실에 대해 비판을 가하기에 이른다.[35] 이처럼 풍수지리설이 널리 유행됨에 따라 풍수와 관련된 설화들

---

33) 『溪西野譚』卷 6, <慶州風水無後餘>.
34) 李鍾恒, 「풍수지리설의 전래와 보급」, 『한국 민속문화의 탐구』, 국립민속박물관, 1996, 171~178쪽.
35) 조광, 「역사적 측면에서 본 풍수지리설」, 『한국 민속문화의 탐구』, 국립민속박물관,

도 많이 생겨났다. 특히, 특정 동물이 명당(明堂)을 지시해 주는 설화들36)이 조선후기 문헌설화집에 많이 보인다. 동경구(東京狗)에 대한 이와 같은 유래담 역시 그러한 시대적 사상적 배경에서 이루어진, 개의 특이한 외모에 대한 유래담이라고 하겠다.

(2) 동물의 생태와 속성

동물의 생태와 속성에 대한 설화는 동물 그 자체의 생태나 속성의 신비함, 또는 그 연원에 대한 궁금증에서 비롯된 것이라기보다는 일상생활 속의 현실적 필요에 의해서 이루어진 것들이다. 이러한 사실은 실제 설화의 내용을 통해 역으로 헤아려 볼 수 있다. 그러나 또 한편으로는 이를 통해 조선후기 민간생활의 구체적인 실상을 볼 수 있고, 조선후기의 현실주의적인 사유방식을 살필 수 있다는 점에서 의의가 있다고 하겠다.

　수리와 매는 모두 사나운 새이다. 매는 깊은 산 절벽, 인적이 이르지 못하는 곳에 살며, 꿩과 토끼를 잡아 그 털을 벗겨내어 돌 사이의 찬 물에 담가 두어 여름철에도 부패하지 않게 하였다가 새끼에게 먹인다. 그 새끼가 부리가 커지고 바야흐로 꽤 자라나면, 그 어미는 새끼들에게 고기를 먹이다가 도리어 새끼들에게 후려채이기도 하므로 반드시 둥지 주위를 날면서 고기를 던져준다. 때문에 새끼 중에서 용감하고 건강한 놈이 고기를 많이 먹게 되어 먼저 날게 된다. 그러므로 새끼 중에 먼저 건강해지는 놈이 좋은 매가 된다. 초부는 냇가에 이르러 매가 멀리 선회하며 돌아오지 않을 때를 살펴 매가 잡아놓은 토끼고기나 꿩고기를 도둑질하는데, 혹 매가 그것을 알고 얼굴에 상처를 입히기도 한다. 매 새끼를 취하고자 하는 자 역시 그 틈을 타서 해야 하니, 절벽에 사다리를 놓고 둥지로 올라가 새끼를 끈으로 묶어 가지

1996, 216~217쪽 참조.

36) 강중탁은 이러한 유형의 설화를 풍수설화 가운데, 명당지시유형의 하위 유형 '동물지시형'으로 다룬 바 있다. 강중탁, 『한국문학과 풍수설』, 백문사, 1988, 113~116쪽 참조.

고 온다. 매가 돌아와 그 둥지를 보고 새끼를 잃어버린 것을 알게 되면 뱀이
나 승냥이의 짓인가 의심하여 둥지를 옮기고 다시는 오지 않는다. 그러나
신발을 나무가지에 걸어놓으면 수리는 사람이 가져가 기르는 것으로 알고
이듬해에 또 날아와 둥지를 튼다. 따라서 이렇게 하면 사람은 매년 매 새끼
를 얻을 수 있다.[37]

사람이 매나 수리의 먹이 저장하는 법과 새끼 기르는 법 등의 생태에
관심을 갖는 것은 매나 수리가 사냥한 토끼나 꿩고기를 얻기 위한 것이
다. '매가 새 쫓듯 한다'는 속담이 있듯이, 매는 '날쌤과 용맹'의 상징으로
사냥, 특히 꿩 사냥에는 특출난 재능을 가지고 있다.[38] 그런 매에게서
사람은 오히려 쉽게 꿩 고기와 토끼 고기를 얻을 수 있는 방법을 알아
냄으로써 현실생활에 도움을 얻을 수 있었던 것이다. 실제로 이 이야기
는 평소 무섭다고 생각해서 감히 근접하지도 못하던 매에게서 어떤 사
람이 우연한 기회에 그의 먹이를 훔쳐낼 수 있었다는 사실을 자랑삼아
이야기했던 데서 비롯되었을 것이다. 따라서 동물의 생태나 성질 그 자
체에 초점이 맞추어져 있다기보다는 그것을 이용한 인간의 현실적인 이
해관계가 중심이 된다고 하겠다. 그럼에도 불구하고 사람들은 이로 인
해 동물의 생태에 대한 지식을 얻게 되고, 관심을 가지게 되었다는 점에
서 이야기를 둘러싼 현실과 이야기 자체 사이의 메카니즘은 다분히 역
동적이라 하겠다.

이밖에도 동물의 생태를 이용하여 동물잡는 방법을 내용으로 하는 설
화들은 여럿 있다. 예컨대 『어우야담』 권 5의 <유야객회우팽구(有野客會
友烹狗)>(475화), <여위어사(余爲御史)>(476화), <호인취초서(胡人取貂鼠)>
(495화) 등이 그것이다. 이러한 이야기들 역시 동물의 생태 그 자체에 대

---

37) 『於于野譚』卷 5, 萬物篇 禽獸, <鷲雕鷹鶻皆鷙鳥也>.
38) 『한국문화상징사전』 2, '매', 동아출판사, 1995, 193~196쪽 참조.

한 관심에서 나온 것이라기보다는, 조선후기 민간의 생활상의 필요 또
는 현실적인 이해관계를 반영한 것이라 하겠다.

한편 다음의 예는 동물의 본능적 속성과 관련하여 현실생활 속에서
일어난 일, 또는 그렇게 되기를 바라는 희망을 설화화한 것이다.

> 옛날에는 배를 타고 중국으로 갔기 때문에, 使臣들은 大海를 건너 登萊
> (藏書閣本에는 '蓬萊'로 되어 있다)에 이르기까지 험한 파도에 시달려야 했
> 으니, 그 生死를 기약하기 어려웠다. 때문에 命을 받아 使臣으로 가는 朝臣
> 들은 가족들과 死別을 하고 家事를 처분하고 떠났다. 대부분은 집에서 기
> 르던 비둘기를 배에 태우고 가서 비둘기를 이용하여 집에 소식을 알렸다. 편
> 지를 써서 비둘기 발에 매어 날리면, 비록 천리라도 하루 해 안에 날아가 집
> 안 식구들이 그 편지를 얻어 보고 그의 안부를 알았다. 얼마 되지 않아 돌아
> 오니, 그 날짜가 조금도 틀림이 없었다. 대개 비둘기가 주인을 그리워하고
> 집으로 돌아오는 것은 저 바다너머 갔다 돌아오는 제비와 같은 것이다.[39]

평화의 상징, 길조로 알려진 비둘기는 날개가 발달해 최대 1000km까
지 왕래하며 시속 60km의 속도로 야간에도 멀리까지 날아갈 수 있다고
한다. 특히 기러기와 함께 그 귀소성(歸巢性)을 이용하여 예부터 중요한
서신을 전달하는 전서구(傳書鳩)로 사용되었다.[40] 위의 설화는 전서구
로 비둘기가 사용된 예를 보여주는 구체적 자료이다. 조선후기의 설화
담당층이 이같은 과학적 지식을 알고 있었던 것은 아닐지라도, 생활 속
에서 체험하고 경험한 것을 토대로 그들은 비둘기의 귀소성을 믿고 있
었던 것이다. 특히 생사(生死)를 가늠할 수 없는 험한 길에 올라야만 하
는 극한적인 상황과 보내야만 하는 가족들의 안타까운 처지는 길 떠난
이의 안부를 전해오는 비둘기를 단순한 새로 여기도록 할 수만은 없었

---

39) 『於于野譚』 卷 5, 萬物篇 禽獸, 〈古者以舟楫通中國〉.
40) 『韓國文化상징사전』 2, '비둘기', 東亞出版社, 1995, 349쪽 참조.

을 것이다. 그래서 '연주귀소(戀主歸巢)'하는 비둘기의 속성을 설화로 이야기하게 되었다고 하겠다.

동물의 귀소성을 모티프로 하는 설화는 이밖에도 김유신과 창기(娼妓) 천관(天官)의 이야기,[41] 황수신의 개과(改過) 이야기,[42] 잃어버린 물건(담배)을 되찾은 상인(商人) 손량식(孫亮軾) 이야기[43] 등이 있다. 위의 이야기에는 지나온 길을 잊지 않고 찾아가는 말이 등장한다. 그 결과 사람들에게 자신의 과오를 스스로 깨닫게 하는가 하면 잃었던 물건을 되찾게 해 줌으로써 치부(致富)할 수 있게 한다. 이처럼 동물의 귀소성은 사람들에게 뜻하지 않은 결과를 가져다줌으로써 현실적인 인간의 노력으로는 얻기 힘든 소망을 이루어주 는 것으로 받아들여졌다고 하겠다.

동물의 생태와 속성을 바탕으로 한 특정 동물에 대한 신앙은 다음과 같은 설화를 만들어내기까지에 이르렀다.

학 한 마리가 牙山縣의 어느 마을 입구에 있는 커다란 나무에 둥지를 틀고 살았다. 알을 낳았는데, 채 깨치기도 전에 마을의 한 아이가 그것을 빼앗아 가지고 놀다가 조금 깨뜨려보니 날개와 털이 이미 나 있었다. 마을의 한 노인이 그 아이를 꾸짖으며 둥지에 도로 갖다 놓으라고 하였다. 그러나 새끼는 이미 죽어 있었다. 어미학과 애비학이 알이 깨지고 새끼가 죽은 것을 보고는 슬피 울기를 그치지 않았다. 그러다가 한 마리는 둥지를 지키고 한 마리는 멀리 가서 돌아오지 않는데, 사나흘이 지나서야 나갔던 새가 돌아왔다. 얼마 후 죽었던 새끼가 다시 살아나 알을 완전히 깨고 나와 함께 울었다. 마을의 노인이 이상히 여겨 그 둥지로 가서 살펴보니, 둥지속에 아름답게 빛나는 푸른 돌이 있어 그것을 가지고 돌아와 숨겨 두었다. 노인의 아들은 武士였는데, 從事官으로 中國의 燕京에 가게 되었다. 그 아들이 노인이 숨겨 둔 푸른 돌을 가지고 燕京의 저자거리에 매달아 놓고 자랑하니, 중

41) 『溪西野譚』 卷 6, <金庚信鷄林人也>.
42) 『於于野譚』 卷 1, 人倫篇 孝烈, <丞相黃守身丞相黃喜之子也>.
43) 『東野彙輯』 卷 9, 人事部 4 施義 2, <逞豪氣因商掠錢>.

국 商人들이 구경하면서 기이하게 여겨 '이 돌을 어디서 구했느냐?'고 물었다. '학의 둥지에서 얻었소'하고 대답하니, 중국 상인이 천 금을 줄 터이니 팔라고 하였다. 다만 지금은 돈이 준비가 안되었으니, 저자에서 융통해 올 동안 그것을 잘 싸서 기다리라고 하였다. 武士는 매우 기뻐하며 깨끗한 물로 닦고 모래로 그 거칠거칠한 표면을 문지르다가, 구욕새의 눈 같은 것이 튀어나온 흔적이 있음을 보고 돌로 깎아내었다. 그리고는 비단 보자기로 겹겹이 싸고 아름다운 나무로 함을 만들어 그 속에 넣어 봉하고는 상인이 오기를 기다렸다. 며칠 후 중국 상인이 돈을 준비해 가지고 와서 펼쳐 보고는 깜짝 놀라며 '이 돌이 몇일 사이에 그 精氣를 잃어버려 이제는 쓸모없는 것이 되었으니, 어찌 한 조각 돌에 불과하지 않겠소.'하였다. 武士가 '왜, 무엇이 잘못되었소?'하고 물으니, '이 돌은 서해의 流沙에서 나는 것으로 還魂石이라 하는 것이오. 죽은 사람의 가슴 속에 두면 곧 소생하게 하는 돌인데, 지금 돌로써 그 눈을 제거해버렸으니, 그 신비한 精氣가 사라졌소이다. 그러니 장차 이를 어디에 쓰겠소. 안타깝소이다. 그러나 사람의 힘이 닿을 수 없는 絶域의 보배이니, 내 그것을 사놓고 보기만이라도 하리다.' 하고는 십금을 주고 가져갔다. 武士는 천 금을 얻을 수 있었던 것을 놓치고 십 금만을 받을 수밖에 없었던 것을 하루종일 후회하다가 돌아왔다.[44]

자식에 대한 지극한 사랑, '환혼석(還魂石)'이라고 하는 기이(奇異)한 보석, 복선화음(福善禍淫)의 이치[45], 보은(報恩), 허욕(虛慾)에 대한 경계(警戒) 등 다양한 의미와 설화적 모티프들이 어우러져 한 편의 훌륭한 이야기를 엮어내고 있다. 예로부터 죽음에 대한 공포와 두려움에서 벗어나 영원히 살고자 하는 인간의 꿈은 현실적으로 불가능한 것이었음에도 불구하고, 그에 대한 기원과 희구는 더욱더 간절한 것이었다. '환혼석(還魂石)'은 바로 그러한 인간의 꿈을 설화의 세계에서 구현하고 있는 것인지

---

44) 『於于野談』 卷 4, 社會篇 致富, <牙山之縣有鶴棲于村傍大樹>.

45) 선한 사람은 복을 받고 악한 사람은 화를 받는다는 이치를 '福善禍淫'의 이치라고 한다. 강재철, 「先人들의 福善禍淫 信奉觀과 古典小說」, 伽山李智冠스님華甲紀念論叢 『한국불교문화사상사』, 1992 참조.

도 모른다. 동물담은 그런 점에서 인간사회에서 실현될 수 없는 인간의
꿈을 동물세계에 의탁하여 설화화하는 면도 가지고 있다고 하겠다.

(3) 동물 소리의 음상(音相)에 의한 언어유희

이에 해당하는 자료들에서는 설화로서의 유희적, 오락적 특성이 강하
게 나타난다. 특히 우리말과 한자음 사이의 상관성은 그 어음(語音)상의
유사성에 근거하여 파적(破寂)거리로 활용되었다. 아래의 이야기는 그
대표적인 예이다.

> 世間에서 말하기를 '제비는 論語를 읽었다. 때문에 그 울음소리가 知之
> 爲知之 不知爲不知 是知也인 것이다. 개구리는 孟子를 읽었다. 그러므로
> 그 울음소리가 獨樂樂 與衆樂樂 孰樂인 것이다. 倉庚은 莊子를 읽었다.
> 그러므로 그 울음소리가 以指喩指之非指 不若以非指喩指之非指也 以
> 馬喩馬之非馬 不若以非馬喩馬之非馬也인 것이다.'한다. 倉庚의 俗名은
> 노고지리[負鑪口]로, 밭 가운데에서 떨치고 일어나 우는데, 그 울음소리는
> 여러 소리를 낸다. 萬曆 癸巳年 내가 江西 별장에 있을 때 중국의 浙江省
> 선비 黃伯龍과 이야기를 하는데, 내가 중국말을 조금 아니, 그가 묻기를 '우
> 리나라 사람은 經書 한 권을 오로지 읽는데, 당신네 나라 사람들은 經書
> 몇 가지를 공부하시오?'하였다. 내가 답하기를 '우리나라 사람들은 三經을
> 공부하거나 혹 四經을 공부하오. 우리나라에서는 제비나 개구리, 倉庚같은
> 미물까지도 經書 하나 쯤은 공부하였소.'하고 대답하였다. 그가 '무슨 말이
> 오?'하기에, 내가 '우리나라의 제비는 論語를 읽었소이다. 때문에 그 울음소
> 리가 知之爲知之 不知爲不知 是知也하고, ……'하면서 말을 채 마치지
> 도 않았는데, 伯龍이 말하기를 '개구리는 孟子를 공부해서 그 울음소리가
> 獨樂樂 與衆樂樂 孰樂인가요?'하고 묻기에, 내가 놀라서 '어떻게 알았소
> 이까?'하니, 대답하기를 '우리나라에도 그런 말이 있소이다.'하였다. 北京의
> 표준말로는 獨은 豆로 소리나고, 앞의 樂은 天으로 뒤의 樂은 路로 소리나
> 며, 孰은 睡로 소리난다. 이를 北京말로 읽으면 개구리 소리와 같지 않으
> 니, 오직 江南의 말로 읽어야 그렇게 된다. 우리나라 한문은 대개 江南의

소리를 이용하였다.46)

일종의 소화(笑話)에 해당하는 이야기라 할 수 있다. 제비와 개구리, 노고지리의 울음소리를 『논어』, 『맹자』, 『장자』의 구절과 각각 연결시켜 그 음상(音相)의 유사성에 근거하여 파적(破寂)과 한담(閑談)의 자료로 이용한 것이다. 이러한 언어유희를 통하여 조선후기의 식자층들은 고정된 틀, 즉 일상의 구속으로부터 해방될 수 있었으며, 재미와 즐거움 속에서 휴식을 취할 수 있었을 것이다.47) 또한 그들은 자신이 가지고 있는 지식을 자랑하는 기회를 삼을 수도 있었을 것이다. 그러나 그러한 언어유희를 누릴 수 있기까지는 동물의 울음소리에 대한 세심한 관심과 번뜩이는 기지가 필요했을 것이고, 이를 통해 그들은 경서(經書)를 읽는 가운데 어느 정도 무료함을 달랠 수 있는 뜻밖의 소득까지도 얻을 수 있었을 것이다.

음상(音相)에 의한 언어유희는 다음과 같은 설화를 만들어내기도 하였다.

仁同 사람 趙陽來가 점치기를 잘하더니 同鄕의 武人이 과거에 갈 새 趙家에 가 吉凶을 물은즉 양래가 괘를 짓고 혀를 차 가로되 '그대 호랑에게 해는 볼 것이로되 과거를 기필하리라.'하고 인하여 咄歎하거늘, 武人이 듣고 怯하나 과거하기에 급한지라 드디어 발행한 지 수일 만에 한 無人之境에 이르러 日暮月出할 때에 한 賊漢이 졸연히 내달아 그 武人을 말에서 끌어내려 그 멱살을 잡고 발로 가슴을 드디고 칼을 빼어 찌르려 하거늘 武人이 왈 '네가 하고자 하는 바가 財物이라. 내게 있는 바가 마필과 의복이

---

46) 『於于野譚』 卷 3, 學藝篇 文藝, <諺曰燕讀論語>.
47) 임선묵은 유희(놀이)의 심리적 동인을 '일상의 구속으로부터의 해방, 현실적인 불만의 해소, 경쟁에서 이기려는 욕망, 성취욕의 보상, 재미와 즐거움'에서 찾고, 이를 祭儀의 속성과 관련하여 해석한 바 있다. 임선묵, 「文字遊戲攷」, 『동양학』 제17집, 단국대 동양학연구소, 1987 참조.

니, 네가 임의대로 가져갈 것이거늘 어찌 나를 찌르려 하나뇨?' 賊漢이 왈
'내가 어찌 네 재물을 취하리요? 부모의 원수를 갚고자 함이니라.' 武人이
왈 '내가 일찍이 사람을 죽임이 없거늘 너로 더불어 무슨 원수가 있으리요?'
賊漢이 왈 '자세히 생각하여 보라.' 武人 왈 '소년에 성내어 한 婢子를 때렸
더니 홀연히 죽은지라. 이밖은 나로 말미암아 죽은 자가 없나이다.' 賊漢이
왈 '나는 그 婢子의 아들이라. 내가 어미 죽은 후에 남의 수양이 되어 장성
하매 하루도 원수를 잊지 아니하고 갚으려 하니 너는 모르되 나는 틈을 기
다린지 오래더니 다행히 예서 만났으니 어찌 너를 놓으리요?' 武人이 왈 '그
러면 네가 임의로 하라.' 賊漢이 이윽히 생각하다가 칼을 던지고 땅에 엎드
려 왈 '이제는 서로 원을 풀었으니 빨리 행하소서.' 武人이 왈 '네가 이미 나
로 원수가 있으면 어찌 죽이지 아니하나뇨?' 賊漢이 가로되 '내가 들으니 주
인이 비록 내 어미를 죽였으나 후에 뉘우쳐 매양 죽은 날을 당하면 제사를
지낸다 하니 이도 또한 은혜라. 상전이 노비를 죽이나 종이 어찌 감히 갚기
를 바라리오마는 마음에 맺히어 한번 報讎하기를 생각하더니, 이제 도리어
생각하니 상전의 멱을 잡고 칼로 겨누었으니 일찍이 죽이지 아니하였으나
뜻은 조금 풀린지라. 종으로 상전을 陵侮하여 이 지경에 써 이르렀으니 죄
를 또한 赦하기 어렵기로 이제 상전의 앞에서 죽으리이다.'하거늘, 武人이
왈 '이는 예사이라. 어찌 가히 죽으리오? 나로 더불어 상경하면 내가 잘 대
접하리라.'하고, 그 성명을 물은 즉 왈 '소인의 이름은 호랑이옵고 또한 생각
하온즉 종으로 상전의 멱살을 잡고 어찌 다시 종이라 하리요?'하고 즉시 칼
을 들어 자결하거늘 무인이 大驚嗟愕하여 눈물나는 줄을 깨닫지 못하더라.
武人이 上京하여 壯元及第하고 내려간 후 그 屍身을 거두어 묻으니라.[48]

'호랑'이라는 이름을 가진 것에게 해(害)를 본다는 점괘(占卦)는 곧 호
환(虎患)을 의미하는 것으로 인식됨이 일반적이다. 더구나 당시에는 호
환으로 인한 실제 피해가 적지 않았고, 호환에 대한 이야기는 입에서 입
으로 전해져『삼국유사』에 실려있는 '김현감호(金現感虎)'[49]로부터 오늘

---

48)『靑邱野談』卷 12, <問名卜中路遇舊僕>, 이 이야기는『東野彙輯』卷 5, 方術部
　　7 卜筮 1, <舊奴抽劍說分義>에도 실려 있다.
49)『三國遺事』卷 5, 感通 第七, <金現感虎>.

날 우리가 알고 있는 '해와 달이 된 오누이'50) 이야기까지 우리의 설화
속에 오랜 전통을 가지고 있다. 조선후기 문헌설화집에도 호환(虎患)에
대한 이야기는 가장 대표적인 호설화(虎說話)의 하나로 두루 나타난
다.51) 그래서 이 이야기를 듣는 사람은 호랑이에게 무인(武人)이 해(害)
를 입을 것이라는 기대를 하면서 이야기를 듣게 되지만, 실제로는 '호랑'
이라는 이름을 가진 가비(家婢)의 아들을 만난다는 것으로 이야기가 반
전되고 있다. 일종의 언어유희에 의한 설화의 구성이라고 할 수 있다.

(4) 동물의 변신

현실태와 가능태가 하나의 사물 안에 공존하고 있다는 인식을 기저로
하여, 구 자아로부터 새로운 자아로의 탄생을 '변신(變身)'이라고 한다
면,52) 조선후기 동물담에 나타나는 동물의 변신은 '둔갑(遁甲)'이라는 개
념에 더 가깝다. 그것은 변신의 주체인 동물이 변신을 통해 새로운 성격
을 가진 존재로 거듭난다고 이해될 수 없기 때문이다. 오히려 변신을 통
하여 그 존재 본래의 속성을 성취하려 한다는 점에서 단순한 외형상의
탈바꿈을 의미하는 둔갑에 가깝다고 할 수 있다.53) 따라서 여기서 사용

50) 『한국구비문학대계』에는 〈해와 달이 된 오누이〉(유형 511-6)에 속하는 설화가 전
국에서 44편 채록되어 있다.
51) 호환(虎患)에 관한 설화로는 다음과 같은 것들이 있다. 『於于野譚』卷 1, 人倫篇
孝烈, 〈沃野監者宗室人也〉；卷 2, 宗敎篇 僧侶, 〈聞慶縣有僧〉；卷 5, 萬物篇 禽
獸, 〈金堤有一老僧〉. 『溪西野譚』卷 3, 〈湖中一士人〉；卷 4, 〈徐花潭敬德〉；卷 4,
〈朴曄之按關西〉；卷 5, 〈三淵金先生諱昌翁〉. 『靑邱野談』卷 1, 〈李武弁窮峽格猛
獸〉；卷 12, 〈救處女花潭試神術〉；卷 17, 〈新婦抃虎救丈夫〉；漢文本, 〈入虎穴老
翁抱孫〉. 『東野彙輯』卷 1, 儒賢部 2 賢才 1, 〈遣門生讀經活人〉；卷 3, 節義部 7
貞烈 3, 〈扼猛獸救甦夫命〉；卷 4, 技藝部 4 書畵 1, 〈贊大業因畵托契〉；卷 5, 方
術部 7 卜筮 1, 〈貴兒蒙皮度厄運〉, 卷 12, 婦女部 14 奇遇, 〈掃雪庭獲窺故情〉；卷
14, 雜識部 7 橫財, 〈助搏虎復讐受惠〉, 〈獨鉗豹轉禍獲財〉.
52) 金美蘭, 『古代小說과 變身』, 正音文化社, 1984, 31~47쪽 참조.
53) 조희웅은 설화학 내지 신화학에서 일컫는 변신이란 형과 질의 변화를 아우른 개념

하는 '변신'이라는 용어는 질적 변화를 전제로 한 개념이라기보다는 광의의 형태상의 변화를 뜻한다고 하겠다.

서경덕과 관련된 다음의 이야기는 『계서야담』, 『청구야담』, 『동야휘집』에 모두 실려 있어, 인구에 가장 많이 회자되었던 변신담이라고 할 수 있다.

徐花潭 敬德은 博學多聞하고, 天文地理와 術數之學을 無不通知하였다. 長湍의 花潭이라 하는 시냇가에서 살기로 別號를 花潭이라 하였다. 하루는 제자들을 모아 講論할 새, 홀연 老僧이 와 절하여 뵈고 간 후에 화담 선생이 僧을 보낸 후에 홀연 탄식하기를 마지 않거늘, 제자가 그 연고를 물은 즉, 화담이 왈 '네가 이 승을 아느냐?' 제자가 왈 '알지 못하나이다.' 화담 왈 '이는 아무산에 있는 神虎라. 이 동리에 있는 사람의 딸이 내일은 시집갈 날인데, 그 호랑이에게 해를 볼 터이니 가히 불쌍한 일이로다.' 그 제자가 왈 '선생님께서 이미 그것을 아신즉 어찌 구할 도리가 없으리이까.' 화담 왈 '구할 도리는 있되, 다만 보낼 사람이 없도다.' 제자가 가기를 청하니, 화담 왈 '그렇다면 잘되었구나.'하고, 책 한 권을 주며 왈 '이는 佛經이니 그 집에 가서 먼저 누설하지 말고 다만 저들로 하여금 香卓과 燈燭을 廳上에 벌이고, 그 處女를 방중에 넣어 사면 문을 잠그고 또 건장한 계집종 5, 6인으로 굳게 붙들어 나오지 못하게 하고, 너는 廳上에서 이 經을 읽되 두려워하지 말고 그릇 읽지 말거라. 닭이 울 때를 지나면 자연 무사하리라. 조심하고 삼가거라.' 그 제자가 가르침을 받들어 그 집에 이른즉 上下 모두가 紛紛하거늘, 물으니 '明日이 혼인날이라. 이제 바야흐로 綵緞을 받는 중이라.'하거늘 그

이라기 보다는, 자의(字義) 그대로 가시적인 형태 변화만을 가리키는 것이라고 한 바 있다. 또한 강진옥도 설화에서 일반적으로 사용되는 변신의 개념은 인간계 내에서의 인위적 형태변모라든지 정신적인 성장과 같은 관념적인 형태는 제외되며, 인간계와 비인간계와의 관계 아래 이루어지는 외형적 변모가 주된 대상이 된다고 하였다. 따라서, 변신이란 사람이 비인간계에 속한 존재로 변모하거나, 비인간적 존재가 사람 또는 또다른 비인간적 존재로 변모하는 것을 의미한다고 하였다. 曺喜雄,「變身 모티브와 檀君神話」,『說話學綱要』, 새문社, 1989, 111쪽. 강진옥,「변신설화에 나타난 세계인식양상(Ⅰ)」, 茶谷李樹鳳先生回甲紀念論叢 『古小說硏究論叢』, 同刊行委員會, 1988, 611~612쪽 참조.

제자가 주인을 뵙고 寒喧 후 말하기를 '오늘밤 귀댁에 큰 액이 있어 왔으니, 그 액을 면코자 한다면 이리이리 하라.' 주인이 믿지 않고 왈 '어디 있는 과객이 이런 미친 말을 하는고?' 화담의 제자가 왈 '내 말이 옳은지 그른지는 오늘 밤이 지나면 알 수 있을 것이오. 지난 후에 내 말이 영험이 없으면 그때 가서 내쫓아도 될 터이니, 아뭏거나 내 말대로 하시오.' 주인이 마음에 의아하였지만, 우선 그 말대로 대청에 배설하여 기다리고, 딸 역시 그 말대로 방안에 가두었다. 화담의 제자는 대청에 단정히 앉아 촛불 아래 독경하더니, 三更 때가 되자 홀연 벽력소리가 나거늘 집안 사람들이 모두 놀라고 두려워 피하였는데, 보니 커다란 호랑이 한 마리가 뜰에 꿇어 앉아 포효하고 있었다. 화담의 제자는 안색을 바꾸지 아니하고 讀經하기를 그치지 않았다. 이때 처녀가 똥이 마렵다며 한사코 나가려 하거늘, 시비들이 좌우에서 붙드니 마구 뛰며 견디지 못해 하였다. 그 호랑이는 홀연 크게 포효하며 대청 귀틀을 물기를 세 번이나 하다가 홀연 보이지 않았다. 그리고 처녀는 혼절하였다. 집안 사람들이 비로소 정신을 수습하여 더운 물을 처녀의 입에 넣으니 곧 다시 깨어나거늘, 화담의 제자는 讀經하기를 마치고 밖으로 나왔다. 집안 사람들이 모두 절하며 神人이라고 하면서 수백금을 주어 사례하려 하거늘 그 제자가 왈 '나는 재물을 취하려 온 것이 아니오.'하고 인하여 옷을 떨치고 이별한 뒤 돌아와 화담 선생에게 복명하니, 화담이 웃으며 왈 '너는 어찌 세 곳을 그릇 읽었느뇨?' 제자 왈 '그릇 읽은 곳이 없습니다.' 화담이 웃으며 왈 '조금 전에 그 승이 또 다녀갔는데, 나에게 活人한 功을 사례하더구나. 그리고 또 말하기를 經書 가운데 세 곳을 그릇 읽기에 대청 귀틀을 물어서 표시하였다고 하더구나.' 제자가 생각해보니, 과연 그릇 읽었더라.[54]

노승(老僧)으로 변신했던 호랑이가 본 모습을 드러내어 사람을 해치려 하는 것을 막아낸다는 이야기이다. 호랑이는 설화 속에서 대부분 사람의 형상으로 변신한다.[55] 황패강은 특히 호랑이가 승려의 형상으로

54) 『溪西野譚』卷 4, 〈徐花潭敬德〉;『靑邱野談』卷 12, 〈救處女花潭試神術〉;『東野彙輯』卷 1, 儒賢部 2 賢才 1, 〈遣門生讀經活人〉.
55) 黃浿江은 호랑이가 사람으로 변신하는 원인을 '인간 자신의 자기 중심적 사고에 그 원인이 있다고 할 수도 있겠으나, 인간과 호랑이 사이의 어떤 동질성을 관념한 원초

변신하는 것은 어떤 필연성이 있는 것은 아니지만, '호랑이'에 대한 '두려움'과 '우러름'이라고 하는 모순성병존(矛盾性倂存)의 감정과 관련하여 일반인이 아닌 승려로의 변신이 일어나게 된 것이 아닌가 한다고 하였다.56) 이 설화에 나타나는 호랑이는 일반인들에게는 단순한 두려움(虎患)의 대상으로, 그러면서도 서경덕과 대등하게 교유할 수 있을 정도의 신통력을 가지고 있는 존엄한 존재로 나타난다는 점에서, 설화 속의 호랑이의 '존엄(尊嚴)한 두려움'이라는 특성을 확인하게 해주는 예가 된다. 기실 호랑이에 대한 이와 같은 인식은 호랑이가 인간의 능력보다 우위에 있음을 전제로 하는 것이며, 능력상의 우위는 변신을 통해 더욱 신비화된다. 열등한 위치에 있는 인간이 우월한 위치에 있는 호랑이를 두려워하고 받드는 것은 그러한 질서를 승인함을 의미한다.

문제는 그러한 호랑이의 권위와 위협으로부터 인간의 생명을 지키려고 하는 데에서 비롯된다. 서경덕은 제자의 청이 아니었다면, 호랑이가 신부에게 화(禍)를 입히는 것을 인정하지 않을 수 없었을 것이다. 그것은 산신(山神)에 대한 인신공희(人身供犧)의 의례로, 호랑이의 신성성(神聖性)을 말해주는 것으로 받아들여질 수도 있다. 그러나 제자는 인간의 생명이 무엇보다 우선되어야 한다고 생각하는 인간 중심적 관점을 당위로 삼는, 현실적이고 합리적인 사고를 하는 인물이라고 할 수 있다. 그리고 독경(讀經)이라는 인간의 문화적 양식을 통해 호환을 물리친다.57)

적 사고에서 그 연원을 찾을 수도 있다'고 하였다. 즉 지상적 인간이 언젠가는 그의 자유를 속박하던 질곡을 벗어버리고 천상적 존재로 승화되리라는 기대를 한편에 가지는 것처럼, 호랑이도 언젠가는 탈을 벗으면 바로 인간 그것이 될 수 있다는 기대가 설화 속에 반영된 것이라는 것이다. 황패강, 「한국민족설화에 나타난 호랑이」, 『국어국문학』 55~57 합병호, 국어국문학회, 1972, 575~576쪽 참조.

56) 위의 논문, 574쪽.

57) 강진옥, 「설화의 문제해결방식을 통해 본 '인식'과 그 의미」, 『口碑文學硏究』 제3집, 한국구비문학회, 1996, 282~284쪽 참조.

이렇게 볼 때 위의 설화는 인간의 지혜와 문화가 자연을 제어할 수 없
었던 상황, 즉 세계를 신비와 외경(畏敬)의 대상으로 인식하지 않을 수
없었던 상황에서 인간의 지각 능력과 문화의 발달에 따라 세계를 인간
중심적으로 해석하고 통제하고자 하는 상황으로 넘어가는 모습을 보여
준다고 하겠다.

한편 조선후기 동물담 중 동물의 변신을 다룬 것으로 또 하나의 대표
적인 것은 야래자형(夜來者型) 설화이다. 야래자형 설화는 견훤(甄萱)의
탄생담(誕生譚)[58]을 비롯하여 우리나라의 대표적인 설화 유형으로 널리
알려진 것이다.

橫城 읍내에 한 여자가 있었는데, 出嫁한 후에 홀연 일개 장부가 들어와
겁간하니, 그녀가 백방으로 항거하되 어찌할 수가 없었다. 밤마다 왔으나 다
른 사람은 보지 못하고 유독 그녀만이 보니, 비록 그 지아비가 옆에 있어도
어려워하지 않았다. 매번 교합할 때마다 통분한 마음을 견딜 수가 없었다.
그녀가 귀물인 줄을 알되 물리칠 방도가 없었다. 이로부터 밤낮을 가리지
아니하고 와서 사람을 보아도 피하지 아니하더니, 다만 그녀의 오촌 숙부만
은 보면 달아났다. 그녀가 오촌 숙부에게 이 사정을 이야기하니, 숙부가 왈
'내일 그 귀물이 오면 몰래 실꾸러미의 실을 바늘에 꿰어 그 옷자락에 꽂아
라. 그렇게 하면 그 귀물이 어디로 가는지 알 수 있을 것이다.' 그녀가 그 말
대로 하여 이튿날 바늘에 실을 꿰어 귀물의 옷에 꽂았는데, 그 때 숙부가 갑
자기 들어오니, 귀물이 놀라 문을 넘어 달아났다. 실꾸러미가 점점 풀리면서
따라갔다. 숙부가 다만 실꾸러미의 실만을 보고 따라가니, 그 실은 앞 수풀
총총한 나무그늘 아래에서 그쳤다. 가까이 가 보니 실이 땅 속으로 들어갔
는지라, 인하여 땅을 두어 치 남짓 파니 한 썩은 방아공이 하나가 실에 매여
나오고, 그 방아공이 끄트머리에 탄환같이 생긴 붉은 색 커다란 구슬이 하
나 있었다. 그 구슬이 광채를 발하기에 그것을 뽑아 자루에 넣었다. 그 후로
는 이러한 일이 없었다. 하루는 밤에 숙부의 집 문밖에 한 사람이 와서 애걸

---

58) 『三國遺事』卷 2, 紀異 第二, <後百濟 甄萱>.

하며 왈 '그 구슬을 돌려주면 부귀공명이 당신이 원하는 대로 따를 것입니
다.'하거늘, 숙부가 거절하니 밤새도록 애걸하다가 갔다. 이렇게 하기를 4, 5
일 계속하였는데, 하루는 또 와서 왈 '이 구슬은 제게 긴요한 것이지만 당신
에게는 긴요하지 않습니다. 다른 구슬로 바꾸어드려도 괜찮겠지요. 이 구슬
은 당신에게 유익한 것입니다.'하기에, 숙부가 왈 '먼저 보여주시오.' 귀물이
밖에서 들어와 검은 색 구슬을 내보이니 그 크기가 지난번 붉은 구슬과 비
슷하였다. 숙부가 그 구슬마저 빼앗아 주지 않으니, 귀물이 통곡하며 돌아갔
다. 그 뒤로는 귀물의 형적이 없었다. 숙부가 매번 사람들에게 자랑하였으
나, 그 구슬이 무슨 물건인지, 또 어디에 쓰는 것인지를 묻지 않은 것을 안
타깝게 여겼다. 그 뒤 출타하였다가 술에 취하여 길에서 노숙하였는데, 일어
나보니 두 구슬이 모두 어디론가 사라지고 없었다. 그 귀물이 가져간 것인
가보다. 횡성읍 사람이 나에게 이야기해 주었기에 여기 기록한다.[59]

 '뱀' 또는 '구렁이'로 등장하던 야래자(夜來者)가 방아공이[鬼物]로 바뀌
어 있다는 점, 영웅의 탄생이 신묘한 구슬의 획득으로 바뀌었다는 점,
그리고 그 구슬의 용도를 몰라 가지고 있다가 도난당하였다는 점 등의
변이(變異)가 나타나고 있지만, 전체적인 설화의 구조는 야래자형(夜來
者型) 설화의 틀을 벗어나지 않고 있다. 야래자의 정체가 '방아공이'로
나타나는 것은 지역적 특성으로 인한 것이라 할 수 있고,[60] 그 뒤에 영
웅의 탄생이 이어지지 않고 신묘한 구슬 이야기가 이어지는 것은 야래
자형 설화의 변이라고 생각된다.
  야래자 유형으로 대표되는 이물교혼(異物交婚)의 모티프는 야래자의
정체가 무엇인지 알 수 없는 데에서 비롯된 외경과 숭앙감 때문에 그를

---

59) 『溪西野譚』卷 1, <橫城邑內有女子>. 이 이야기는 『靑邱野談』卷 17, <鬼物每夜
   索明珠> 및 『東野彙輯』卷 15, 述異部 6 幽怪, <昭陽亭失珠貽悔>에도 그대로 실
   려있다.
60) 장덕순은 강원도 지역에서는 동물이 등장하지 않고 '용목단(舂木段)'이 등장하며,
   그것은 남자성기를 상징하는 것이라고 하였다. 장덕순, <야래자전설>, 『한국설화문
   학연구』, 서울대출판부, 1978, 138~139쪽 참조.

신격화하는 데에서부터 시작되었다고 할 수 있다. 그러나 그 정체가 뱀이나 구렁이, 또는 방아공이에 불과하다는 사실을 확인하면서 야래자는 퇴치 내지는 제치(除治)의 대상으로 설화화된다. 그것은 야래자가 인간 세계에 개입함으로써 인간 중심적 질서가 흔들리는 것을 원하지 않기 때문이다. 야래자의 퇴치 내지는 제치는 야래자의 정체 확인이라는 인간의 정신적 성숙과 성장에 따른 결과를 반영하는 것으로, 인간 중심적 세계관의 표현이라 할 수 있다.[61] 숙부는 그러한 인간의 정신적 성숙을 대변하는 이인적(異人的) 존재로 등장하며, 그에 의해 야래자는 퇴치된다. 숙부와 야래자의 대면은 곧 인간과 자연의 대결을 의미하는 것이고, 그 대결에서 인간이 승리함으로써 인간 우위의 세계와 질서를 유지하게 된다. 특히 야래자가 가지고 있던 구슬을 인간이 탈취하는 행위는 그 구슬로 대표되는 생산성이나 생명성, 또는 부(富)를 인간이 획득하는 것으로 해석된다.[62] 조선후기의 인간 중심적 사고방식과 치부(致富)를 꿈꾸던 민간의 소망을 설화화하였다고 할 수 있는 것이다.

그러나 위 설화에서는 그 구슬의 용도를 몰라 사용하지 못하고 결국에는 도난당하고 만다. 방리득보형(放鯉得寶型) 설화의 변이형 가운데 해인사(海印寺) 연기설화(緣起說話)와 관련된 각편들이 '해인(海印)'의 획득(獲得)과 망실(亡失)에 대한 이야기를 다루고 있음은 구슬의 의미 문제와 관련하여 시사적이다. 해인은 무엇이든 원하는 것을 써 놓고 찍기

---

61) 강진옥은 변신설화에 대한 일련의 연구를 통하여 변신물의 정체 확인과 그 의미를 인간의 정신적 성숙과 그에 따른 자연 세계와 인간 세계의 관련 양상에 초점을 맞추어 논의한 바 있다. 강진옥,「구전설화의 이물교혼 모티브 연구」,『이화어문논집』제11집, 이화여대 한국어문학연구소, 1990 ;「변신설화에서의 '정체확인'과 그 의미」,『진단학보』, 제73호, 진단학회, 1992 ;「변신설화에 나타난 '여우'의 형상과 의미」,『고전문학연구』제9집, 한국고전문학회, 1994 ;「설화의 문제해결방식을 통해 본 '인식'과 그 의미」,『구비문학연구』제3집, 한국구비문학회, 1996 참조.
62) 최원오,「<神妙한 구슬> 설화 유형의 구조와 의미」,『구비문학연구』제1집, 한국구비문학회, 1994, 296~300쪽 참조.

만 하면, 그 자리에서 그것이 이루어지는 영험(靈驗)을 지닌 도장으로
나온다. 그러나 해인사를 지은 뒤 그 해인을 누가 가져갔는지 모른다는
이야기로 끝을 맺는다. 이러한 후일담은 곧 설화담당층의 미래에 대한
기대를 반영하는 것으로 진인(眞人) 출현 내지는 새로운 세상의 도래에
대한 민중들의 기대와 상응하는 것이라고 할 수 있다.[63] 여기 나오는
신묘한 구슬 역시 '해인'과 같은 기능을 하는 것으로 해석할 수 있지 않
을까 한다. 야래자형(夜來者型) 설화가 본래 영웅의 탄생이라는 주제를
가진 것이라는 점에서, 그리고 영웅은 새로운 세상을 열 인물이라는 점
에서 그러한 해석을 가능하게 한다. 특히 이 구슬이 '부귀공명을 원하는
대로 누릴 수 있게 해준다'고 하는 점은 '해인'과의 관련성을 시사해 주
는 구체적인 증거가 된다. 야래자형 설화의 변이형 가운데 야래자를 통
해 치부(致富)한 이야기[64]가 전하고 있어 그러한 가능성을 뒷받침한다.

박용식[65]은 변신에 대하여 소망의 이미지를 성취시킨다는 뜻에서 가
장 근원적인 꿈을 실현시키는 주술기능을 닮고 있다고 하였다. 조선후
기 동물담 가운데 동물의 변신과 관련된 설화들은 그런 점에서 설화담
당층들의 미래에 대한 소망과 꿈을 구현한 이야기라고 할 수 있다. 이밖
에도 동물의 변신을 다룬 이야기들이 여럿 있으나,[66] 여기에서는 생략
한다.

(5) 인간사에 대한 조짐과 예시

동물들은 그들의 안전이나 생활과 관련된 문제를 해결하는 데 있어서

---

63) 윤승준, 「'용왕 아들(딸) 구해주고 보은받기'譚에 관한 一考察」, 『한국학논집』 제1
집, 강남대학교 부설 한국학연구소, 1993, 174쪽 참조.

64) 『溪西野譚』 卷 1, <原州蔘商有崔哥者>.

65) 박용식, 『한국설화의 원시종교사상연구』, 일지사, 1984, 121쪽.

66) 『於于野譚』 卷 5, 萬物篇 禽獸, <漢江南淸溪之北> ; 萬物篇 鱗介, <進士柳克新
之友> : 『靑邱野談』 卷 2, <鄭北窓望氣消災厄> ; 卷 11, <度大厄朴曄授神方>.

사람들보다도 훨씬 뛰어난 능력이나 통찰력을 가지고 있는 것으로 생각
되어 왔다. 이러한 생각은 특정 동물이나 동물 관련 민속에 대한 민간신
앙에서 연유하는 것이기도 하지만, 그것이 전부라고 할 수는 없다. 오히
려 잘못된 유추나 논리적 추론에서 비롯된 것도 상당수 있다. 어떤 동물
들은(쥐나 황새, 제비 등) 위험의 도래를 미리 알아내는 능력이 있는가 하
면, 어떤 동물들은(말이나 개 등) 사람들에게는 보이지 않는 귀신이나 유
령을 볼 수 있는 능력을 가지고 있다고도 관념된다. 또한 개들의 울부짖
음은 죽음이 다가오고 있음을 의미하는 것으로 이해되기도 한다.[67] 조
선후기의 문헌설화 가운데에도 이처럼 앞으로 일어날 일을 미리 아는
동물들에 대한 이야기가 있다. 산골에 기러기가 난데없이 몰려드는 것
을 보고 앞으로 홍수가 있을 것을 예견하는 이야기[68] 등이 그것이다.

　조선후기 동물담의 특징적인 면모 가운데 하나는 특정 동물에 대한
이와 같은 신앙적 태도가 두드러지게 나타난다는 점이다. 특히 어떤 동
물은 어떤 것을 의미한다고 하는 인식이 보편화되어 있었던 것으로 보
인다. 이는 곧 한국인의 동물관 내지는 동물에 대한 속신(俗信)과도 관
련을 맺고 있는 것이다. 다음의 이야기는 까치가 길조(吉鳥)로, 올빼미
가 흉조(凶鳥)에 인식되었음을 보여준다.

　　禍는 福이 의지해 있는 것이요, 福은 禍가 의지해 있는 것이다. 吉凶이
　오는 것은 하늘의 운수가 있는 것이니, 어찌 人力이 미칠 바이겠는가? 世
　間에서 말하기를 '까치가 남쪽 가지에 둥지를 틀면 반드시 영화를 얻게 되
　고, 흉한 새가 집에 머물면 반드시 재앙에 걸린다'고 하는데, 나는 일찍이 웃
　어버리고 말았었다. 내가 靑坡에 있을 때 까치가 집 남쪽에 둥지를 트니,
　사람들이 모두 내가 과거에 합격하리라고 하였는데, 그해 妻兄의 사위가 과
　연 과거에 급제하였다. 그 후에 까치가 또 그 나무에 둥지를 틀었는데, 그

---

67) Alexander H. Krappe, 앞의 책, 245쪽 참조.
68) 『於于野譚』 卷4, 社會篇 生活苦, <嘉靖乙巳歲年飢>.

해 봄에 내가 司馬試에 합격하였다. 또 그 후에 그 나무에 까치가 둥지를
틀었는데, 내가 또 文科에 장원하였다. 내가 興陽에 거할 때, 까치가 또 남
쪽 언덕 높은 나무에 둥지를 트니, 친족들이 모두 영화가 있으리라고 축하
하였다. 그 해 과연 嘉善大夫에 오르고 이로 인하여 扈聖勳에 参錄되었
다. 明禮坊집 남쪽 버드나무에 또 까치가 와서 둥지를 트니 그 해 한 집에
있던 同姓의 사람들이 武科에 급제하였다. 또 이듬해 그 가지에 까치가 둥
지를 트니, 그 해 계집종의 남편 炮手가 武科에 합격하였으나, 나는 벼슬을
잃고 집안에 憂患이 겹쳤다. 또 들으니, 世間에서 말하기를 '올빼미가 지붕
에 올라가면 반드시 화재가 난다'고 하는데, 내가 과거에 明禮坊家에 있을
때, 이웃에 별도의 방을 정하여 머물고 있었다. 자리에서 일어나지 않았는
데, 家僮이 시끄럽게 와서 이르기를 '매우 이상한 것이 있습니다'하기에, 내
가 일어나 가보니 올빼미가 부엌 들보 위에 둥지를 틀었기에 장대로 쳐서
떨어뜨렸다. 그날 밤 大家 바깥채에 불이 나 임금께서 傳敎를 내리어 禁火
司에 화재를 금하지 못한 것을 책하는 데에까지 이르렀다. 작년 아내의 喪
事 때 加平에 葬地를 정하였는데, 까마귀 한 마리가 제수를 준비하는 사내
종의 아내 가슴에 앉으니, 喪主가 불길하게 여겨 그녀를 喪次 가까이에 오
지 못하게 내쫓았다. 그날 밤 그 종의 집에 불이 나 불길이 산기슭에까지 미
쳐 산의 반을 태우고 墓幕까지 이르렀다. 또 올빼미가 白晝에 사람을 해치
니, 시종 아이가 올빼미를 잡아 나에게 보이거늘, 내가 '일찍이 증험이 있었
으니, 이제 마땅히 불을 삼가도록 하라'고 하였다. 밤중에 불길이 갑자기 치
솟아 인근 집의 반을 태웠다. 明禮洞 집의 동쪽에서 또 올빼미가 교미를 하
여 온 집안이 모두 화재를 삼가고 있었는데, 얼마 지나지 않아 내가 大司諫
大提學이 되었다가 銓曹의 亞長이 되었고, 그 뒤 다시 4년 후에 遞任되었
다. 이로 보건대 까치 한 마리와 올빼미 한 마리가 혹 영화롭고 혹 욕되며,
혹 재앙이 되고 혹 복이 되는도다. 그러나 흰 송아지와 변방 말의 吉凶을
어찌 기필할 수 있는 것이겠는가?[69]

까치가 남쪽 가지에 둥지를 틀면 과거에 합격하는 등의 영화를 누리
게 되고, 올빼미가 집안에 들면 화재와 같은 재앙이 찾아온다는 속신에

---

69) 앞의 책, 卷 2, 宗敎篇 俗忌, <禍兮福所依>.

대한 이야기이다. '아침에 까치가 울면 손님이 온다'는 말처럼, 입에서 입으로 전해져 온 이와 같은 속신은 지금도 우리 사회에 널리 퍼져 있는 것이 사실이다. 『동국세시기(東國歲時記)』에는 정월 초하루 새벽에 길거리에 나가 처음으로 듣는 소리를 가지고 한 해의 화와 복을 점치는 풍속이 있었다고 기록되어 있다. 이 때 까치 소리를 들으면 그 해는 운수 대통하는 것으로 여겨 왔다.70) 그러한 속신은 까치 소리는 등과(登科)를 의미하는 것으로 여겨 '인작(人鵲)'71)이라고 하는 이야기를 만들어 내기까지 했다. 특히 이러한 이야기가 많이 보이는 것은 조선시대의 유생들의 관심이 과거에 집중되어 있었기 때문으로, 문헌설화 편찬자들의 계층적 성향을 보여주는 것이기도 하다.

올빼미는 흉조로 인식되어 왔는데, 이는 올빼미가 야행성 동물이어서 '밤'이라는 이미지과 관련되어 있을 뿐만 아니라, 어미를 잡아먹는 새로서 패륜과 불효의 새로 인식되어 왔기 때문이다.72) 올빼미가 흉조로 인식된 예는 이수광의 『지봉유설(芝峯類說)』에도 보인다.73) 특히 여기에서는 화재의 조짐으로 인식되고 있다.

---

70) "曉頭出街巷間 無定向 以初聞之聲 卜一年休咎 謂之聽讖" 『東國歲時記』 正月 元日. 『한국문화상징사전』, '까치', 동아출판사, 1992, 115쪽 참조.

71) 이 설화의 경개는 다음과 같다. 성종이 밤에 한 동네를 지나다가 한 여인이 자기 집 문앞의 나무 아래로 가서 까치 소리를 내는 것을 보고, 이상히 여겨 그 까닭을 물으니, 남편이 나이 50이 되도록 과거에 합격하지 못하고 있는데, 들으니 까치가 집 남쪽 가지에 둥지를 틀면 등과한다기에 그렇게 하였다고 했다. 성종은 이튿날 시제(試題)를 '인작(人鵲)'이라고 내서 그 유생을 등과시켰다. 『溪西野譚』 卷 4, <成廟 夜行過一洞>; 『東野彙輯』 卷 1, 恩數部 科宦, <感宸夢獨占嵬科>.

72) 『한국문화상징사전』 2, '올빼미', 동아출판사, 1995, 537쪽 참조.

73) 이수광이 안변(安邊)의 수령으로 있을 때, 어느날 올빼미가 관아의 나무 위에 와 울었다. 이튿날 사람들이 "이곳에서 올빼미가 울면 반드시 고을 관장이 해면된다." 고 하면서 걱정하였다. 이수광은 사람들을 타일러 "올빼미 울음이 괴이한 것이 아니라, 그러한 너희들 말이 괴이하다. 나는 해면되는 것을 근심하지 않은데 어찌 너희들이 근심하느냐."고 하였다. 그런데 얼마 지나지 않아 이수광은 安邊 수령에서 해면되었다. 李晬光, 『芝峯類說』 卷 1, 災異部 災眚 참조.

물론 이러한 인식은 과학적 지식에 의한 것이기보다는 특정 동물에
대한 태도, 또는 그 동물이 가지고 있는 상징적 의미와 관련을 가지고
우리의 의식 속에 자리하여 온 것이다. 특히 꿈에 본 특정 동물을 두고
그 의미를 해석하는 몽조(夢兆)에 대한 이야기는 설화의 모티프로 두루
나타난다. 다음의 예화는 조선후기의 몽조 이야기에서 동물이 어떤 형
상과 의미로 나타나는가를 알려주는 보편적인 예이다.

> 康靖大王이 成均館에서 선비들에게 시험을 보게 하였다. 밤에 꿈을 꾸
> 었는데, 龍 한 마리가 성균관 서쪽 뜰의 소나무를 감싸고 있었다. 꿈을 깬
> 大王이 기이한 꿈이라고 생각하여 官奴를 시켜 몰래 가서 살펴보게 하였더
> 니, 한 선비가 소나무 아래에서 보따리를 베고 누워서는 다리를 그 나무 위
> 에 얹은 채 자고 있었다. 그 선비의 용모를 자세히 살펴 기록하여 두었다.
> 선비를 가려 뽑은 결과 壯元한 사람은 崔恒이라는 자였는데, 그 모습을 보
> 니 官奴가 기록한 바와 같았다. 이로부터 그 소나무를 '壯元栢'이라고 불렀
> 으며, 崔恒은 벼슬이 후에 相國에까지 올랐다.74)

위의 예에서 보는 것처럼, 조선후기의 몽조 이야기 중 가장 대표적인
것은 과거급제와 관련된 용 이야기이다.75) 꿈은 '현실적 질곡에서 벗어
나고자 하는 인간의 무의식적 욕구를 반영한 것'이라는 전제를 받아들
인다면,76) 조선후기 문헌설화집에 실린 동물담 가운데 과거급제와 관련
된 몽조가 이처럼 많이 나타난다는 사실은 당시 사람들이 그들의 현실

---

74) 『於于野譚』 卷 2, 宗教篇 夢, 〈康靖大王試士于成均館〉.

75) 용이 몽조로서 과거급제의 암시로 나타나는 것은 다음과 같은 예들이 있다. 『於于
野譚』 卷 2, 宗教篇 夢, 〈康靖大王試士于成均館〉, 『溪西野譚』 卷 3, 〈海豊君鄭孝
俊〉 ; 卷 4, 〈成廟夢見黃龍〉 ; 卷 6, 〈尹參判弼秉〉 ; 〈延安文進士者〉, 『青邱野談』
卷 8, 〈崔崑崙登第背芳盟〉 ; 卷 12, 〈聞科聲夢蝶可徵〉 ; 卷 15, 〈夢黃龍至誠發宵
寐〉.

76) 황패강, 「한국고대서사문학의 Archetype」, 『한국서사문학연구』, 단대출판부, 1972
참조.

적 소망과 욕구를 설화에 담아 표현하였음을 말해준다. 한편 몽조로서의 용은 득남(得男)과 관련된 것77) 역시 많이 나타나며, 배필 얻을 것을 예시하는 경우78)도 있다.

이와 같이 특정 동물을 통한 인간사에 대한 조짐과 예시에 관한 설화들이 널리 유행했던 것은 그만큼 미래에 대한 불안과 사회적 불안, 그리고 현실에 대한 불만을 반영한 것으로 해석된다. 특히 미래의 인간사에 대한 조짐, 예시, 또는 예언은 그 설화 전승집단의 현실 인식과 미래에 대한 꿈과 희망을 담고 있다는 점에서, 그리고 설화 속의 진실에 대한 강한 신앙심을 바탕으로 하고 있다는 점에서 이상주의적 성향을 지닌다고 할 수 있다.79) 이는 당시 풍수지리설이나 점복(占卜)의 유행과 그 궤를 같이 하는 것으로 보다 나은 미래에 대한 인간의 희구와도 관련을 맺고 있다고 하겠다.

(6) 특정 동물에 대한 기휘(忌諱)

특정 동물을 인간사에 대한 조짐과 예시로 받아들였던 결과, 특히 불행을 암시하는 동물에 대해서는 극구 기휘(忌諱)하려는 일이 있었고, 그에 대한 설화도 널리 유행하였다. 『어우야담』에 보이는 다음과 같은 이야기가 이에 해당한다.

世間에서는 꺼리고 피하는 일이 많다. 중국 사람들은 배에 타면 머무른다

---

77) 이에 해당하는 자료로는 다음과 같은 것들이 있다. 『溪西野譚』卷 4, 〈鄭錦南忠信〉, 『靑邱野談』卷 16, 〈現宵夢龍滿裳幅〉, 『東野彙輯』卷 2, 將相部 9 名將 5 智略, 〈酒席見六子起敬〉; 卷 11, 婦女部 2 奇婚 1, 〈驚異夢竟成奇婚〉.

78) 『東野彙輯』卷 5, 方術部 8 卜筮 2, 〈假竊馬轉禍媒榮〉; 卷 11, 婦女部 6 異蹟 1, 〈轉誤緣紅錦寄信〉.

79) 신동흔, 「구전 예언의 문학적 고찰」, 敬山史在東博士華甲紀念論叢『韓國敍事文學史의 硏究』, 1995 참조.

는 뜻의 '駐'字를 꺼려 같은 音을 가진 '籌'字를 쓴다. '籌'는 시원스러운 것을 말하니, 매우 빠르다는 뜻을 취한 것이다. 중국말로 무거운 물건을 '沈'이라고 하는데, 배에 탄 사람은 유독 '沈'이라고 하지 않고 '重'이라고 한다. 이역시 꺼리는 것이다. 지난 번 우리나라에서 있었던 일이다. 과거에 응시하는 선비들이 항상 '落'字를 사용하기를 싫어하자, 여러 벗들이 약속하기를 '落'字를 입에 담는 사람은 몰매를 주기로 하였다. 한 선비가 科場에서 식사를 하는데, 낙지[絡蹄] 구이를 먹고 있었다. 다른 선비 한 사람이 젓가락을 가지고 가서 '立蹄炙 좀 먹어봅시다'하고 청하니, 모두 한바탕 웃었다. 立은 '樹立'[낙]의 뜻이었던 것이다. 혹 과거 시험에 등과하기 이전에는 낙지를 먹지 않는 사람들이 있는데, 이는 '落'字와 同音이기 때문에 피하는 것이다. 柳熙緒가 司馬試를 보려고 하는데, 駿馬를 타고 달리다가 중도에 갑자기 떨어지는 꿈을 꾸고서는 꿈을 깬 후 어찌할 바를 몰랐다. 熙緒는 駿馬를 좋아하여 武人의 駿馬를 빌려 타고 서울의 花柳街를 두루 돌아다녔는데 갑자기 말이 넘어져 떨어졌다. 자신이 다친 것은 생각도 않은 채 꿈이 맞은 것을 기뻐하였다. 이튿날 과거에 응시하여 사마시에 합격하였다. 申墊은 매번 시험을 볼 때마다 고양이가 자신이 가는 길 앞으로 지나가면 합격하였다. 한번은 과거시험을 하루 앞두었는데, 종일토록 길에서 고양이를 보지 못하였다. 마침내는 친구의 집을 찾아갔는데, 늦은 밤이었지만 길가 주막에 병든 고양이가 문밖에 쭈그리고 앉아 있었다. 그가 부채를 흔들어 고양이를 놀라게 하자, 고양이는 깜짝 놀라며 길을 가로질러 갔다. 그러자 그는 크게 기뻐하며 집으로 돌아와 잤다. 이튿날 과거에 응시하여 과연 합격하였다.[80]

위에서 보이는 기휘사(忌諱事)는 일종의 유감주술(類感呪術) 내지는 동종주술(同種呪術)의 원리[81] 및 몽조에 대한 강한 믿음, 그리고 일종의 징크스 등에 기초하고 있다. 즉 유사한 것은 유사한 결과를 초래한다는 주술적 사고로 인하여 그와 같은 일이 발생할 수 있는 소지를 미연에 없애고자 하는 것이다. 또한 몽조의 징험을 확신했기 때문에[82], 실제 현

---

80) 『於于野譚』 卷 2, 宗敎篇 俗忌, <世俗多忌諱事>.
81) James G. Frazer, 金相一 譯, 『黃金의 가지』(上), 乙酉文化社, 1983, 42쪽 참조.

실에서 그러한 것을 확인하여야 했고, 자기 최면을 통해 마음의 안도를 구했던 것이다. 이러한 기휘사(忌諱事)에 대해 유몽인(柳夢寅)은 한낱 요설(妖說)에 불과하다고 일축하고 있지만,[83] 그 자신이 이러한 이야기를 『어우야담』에 수록하였다는 것은 그만큼 이러한 인식이 보편화되어 있었고, 실제로 나타나고 있었음을 역으로 보여준다.

이러한 기휘현상은 서구의 경우에도 나타난다. 특히 유해한 동물이나 위험한 동물의 이름을 부를 경우 그러한 동물과 실제로 맞닥뜨리게 되는 일이 생긴다고 여겼기 때문에, 본래의 이름을 부르기보다는 동의어를 사용하거나 다른 완곡한 표현을 통해 지칭하였다고 한다.[84]

(7) 상상동물 - 용

한편 조선후기 동물담 가운데 상상동물(想像動物)에 대한 이야기로는 용과 관련된 이야기가 많다.[85] 용은 예로부터 수신(水神) 내지는 해신(海神)으로 관념되어 왔고, 비[雨]를 주재하는 존재로 인식되어 왔다. 『삼국유사』에 나오는 문무왕 이야기[86]나, 처용 이야기,[87] 또는 보양과 이목 이야기[88] 등은 그 대표적인 예이다. 이러한 용에 대한 관념은 조선

---

82) 꿈에 대하여 유몽인은 『어우야담』에서 "夢者夢 然不明之義 人之信夢 未有災不及身者"라고 하였다. 꿈은 어디까지나 꿈일 뿐이지만, 사람이 그 뜻을 분명히 알지 못한다. 다만 사람이 꿈[夢兆]을 믿으면, 그렇게 믿는 재앙은 꼭 자신에게 일어나고 만다는 것이다. 『於于野譚』 卷 2, 宗敎篇 夢, <古人有夢牛爲竪而死者>.

83) "吁 好忌諱 女子之常事 士子識道理 豈惑於妖說 但士習之重科擧 如賤人之憂死生 可笑也已" 『於于野譚』 卷 2, 宗敎篇 俗忌, <世俗多忌諱事>.

84) Alexander H. Krappe, 앞의 책, 250쪽 참조.

85) 조선후기 문헌설화에 등장하는 상상동물의 대표적인 것이 용이다. 용에 대한 이야기는 국조신화로부터 현대의 민담에 이르기까지 다양하게 나타나는데, 여기서는 그러한 전통을 지닌 용에 대한 설화 중 조선후기의 자료를 중심으로 살펴보기로 한다. 용에 관한 이야기에는 용 그 자체의 성격상 신화적 요소가 곳곳에 잔존해 있다.

86) 『三國遺事』 卷 2, 紀異 第二, <文虎王法敏>.

87) 위의 책, 卷 2, 紀異 第二, <處容郎望海寺>.

후기 동물담에서도 그대로 나타난다. 특히 용이 가지고 있는 성격[89] 가운데, 물을 지배하는 자로서의 용에 대한 설화와 예시자로서의 용에 대한 이야기가 두드러지게 나타난다. 등과(登科) 또는 득남(得男) 등 예시자로서의 용과 관련된 것은 앞에서 다루었기 때문에 재론하지 않는다. 다만 물을 지배하는 자로서의 용에 관한 것, 그리고 해신[行雨]과 관련된 자료를 중심으로 살펴보기로 한다. 다음은『청구야담』권 15에 나오는 <의남임수환유철(義男臨水喚兪鐵)>이라는 설화인데, 내용이 길어 그 경개(梗槪)만을 소개한다.

1. 이의남(李義男)은 철산(鐵山)의 통인(通引)인데, 본관(本官)을 따라 서울에 온 후 유람하다가 잠이 들었다.
2. 꿈에 한 노인이 나타나 편지를 주면서 웅골산(熊骨山) 아래 큰 연못에 가서 유철(兪鐵)을 세 번 부른 후 사람이 나오면 전해달라고 하였다.
3. 의남이 깨어보니 옆에 편지가 있기에 노인이 시킨대로 하니, 물 속에서 사람이 나와 의남을 태우고 들어갔다.
4. 한 미녀[龍女]가 그를 맞이하면서 부친이 편지를 하여 그녀와 의남이 결혼하도록 하였다고 말하였다.
5. 그녀와 결혼하여 머물다 돌아오니, 본관이 그의 옷이 이상한 것을 보고 자초지종을 탐문하였다.
6. 본관이 여자를 보고 싶다 하기에 의남이 여자에게 말하니 마지못해 허락하였다.
7. 약속한 날 못가에 사람들이 모여 있는데, 황룡(黃龍)이 나타나 모두 놀랐다.
8. 본관이 날이 가물었으니 용녀에게 비를 부탁하라고 하였다.

88) 위의 책, 卷 4, 義解 第五, <寶壤梨木>.
89) 장덕순은 용의 성격을 ① 지존자로서의 성격, ② 물을 지배하는 자로서의 성격, ③ 예시자로서의 성격, ④ 인간적인 성격으로 나누어 설명한 바 있다. 박용식도 이러한 네 가지 특성을 한국 설화속에서 볼 수 있는 용의 성격으로 논의한 바 있다. 장덕순,「龍傳說과 <龍歌>의 龍」,『한국설화문학연구』, 서울대출판부, 1978, 111~113쪽. 박용식, 위의 책, 91~93쪽 참조.

9. 의남이 용이 들고 있는 병의 물을 다 쏟자, 여자가 놀라서 천제의 명을 어겼으니 자기는 죽을 것이라고 하며 자기 뼈를 묻어달라 하였다.
10. 의남이 돌아오자 온 고을에 홍수가 나 있었다.
11. 의남이 여자가 말한 대로 백각산(白角山)에 가서 뼈를 모아 묻어주고 돌아왔다.[90]

신물 내지는 영물로 간주되어 온 용은 인간의 상상력이 만들어낸 동물로서 실재하는 동물이 아니기 때문에, 설화 속에 등장할 때에도 신격화되어 나타난다. 이 설화에서도 용의 신성성을 나타내려는 듯 용녀가 살고 있는 곳은 이계(異界)로 그려지고 있을 뿐만 아니라, 조화를 행하는 신적 존재로 나타나고 있다.

ⓐ 의남이 그 말을 조츳 등의 업히니 믈결이 스스로 갈나지고 뒤 귀예 다만 믈결 소릭만 들니더라 이윽고 언덕 우희 나려셔거늘 믄득 눈을 써보니 흰 모릭 언덕 우희 불근 문이 쟝녀ᄒ더라 유쳘이 몬져 드러가 통ᄒ 후 나와 드러가기를 쳥ᄒ거늘 여러 겹문을 지나 드러가미 쥬궁픠궐이 표묘 찬란ᄒ지라 ……(중략)…… 즉일 셩네ᄒ니 위의의 거록홈과 의복의 찬란홈과 찬품의 진이ᄒᄅ 인간의 다 보지 못ᄒ던 배러라[91]

ⓑ 수삭 후 뉴월을 당ᄒ여 한긔 태심ᄒ야 누ᄎ 긔우ᄒᄃ 조금도 효험이 업거늘 심녀의 초민ᄒ여 싱각ᄒᄃ 만일 농녀의게 쳥ᄒ즉 비를 가히 어들ᄃ ᄒ여 의남을 보닉여 농녀를 보고 근쳥ᄒ니 농네 왈 비 쥬는 거시 비록 농의 조홰라 하나 샹제의 명녕이 업스면 무가닉하라 ᄒ거늘 의남이 빅셩의 초조 갈망ᄒᄂ ᄆᆞ옴과 관가의 졍셩이 지극ᄒ 말숨으로 누누 근쳥ᄒᄃ ……(중략)…… 드디여 엽히 씨고 공듕의 소사 구름을 토ᄒ고 우레를 발ᄒ며 버들가지를 가져 병 속의 물 셰 방울을 뿌리더니 의남이 구름속으로셔 구버보니 곳 쳘산짜이라 그 화곡이 다 타고 뎐답이 다 말나 터졋ᄂᄃ 셰 방울 물이

---

90) 서대석, 『朝鮮朝文獻說話輯要』(Ⅰ), 집문당, 1991, 463쪽 참조.
91) 김동욱·정명기 공역, 『청구야담』(하), 교문사, 1996, 346쪽.

태부족홀지라 겨드랑 밋흐로 ᄀ만이 손을 너여 급히 농녀의 가진 병을 아스
모도 업지르니 ……(하략)92)

ⓐ는 용의 거처에 대한 묘사이고, ⓑ는 용의 행우(行雨)를 구체적으로
보여주는 대목이다. 특히 6월이 되어 한기(旱氣)가 심해짐에 따라 화곡
(禾穀)이 다 타들어가고 전답이 다 말라터지는 지경에 이르자, 용녀에게
행우를 부탁함에 마지못해 용녀가 비를 내리게 하는 모습을 그리고 있
는 ⓑ는 설화자의 상상력을 한껏 뽐내고 있다. 이처럼 이 설화에 나타
나는 용은 신적 존재로 나타나면서도, 또 한편으로는 다분히 인간적인
면모를 보여준다. 용녀가 비를 내리게 된 것은 이의남과의 정에서 말미
암은 것이며, 그로 인해 천제에게 견책을 받아 목숨을 잃게 된 것도 그
정 때문이었던 것이다.

용이 행우를 주관하는 존재로 관념해 온 것은 동양의 보편적인 신앙
이었을 뿐만 아니라, 농경사회를 기반으로 했던 우리의 현실과도 긴밀한
관련을 가지고 있는 것이었다. 그런데 무엇보다도 이 설화에서 주목되
는 것은 신적 존재인 용의 죽음과 관련된 비극적 결말이다. 이의남은 꿈
속의 노인이 일러준 바에 따라 용녀와 인연을 맺게 되지만, 용녀와의 사
랑은 천제의 명을 어긴 행우, 이의남 자신의 어리석은 행위로 인한 비극
적 결말로 끝나게 된다. <보양이목(寶壤梨木)>에서는 인간 세상의 가뭄
이 해결될 뿐 아니라 인간을 위해 행우를 한 이목도 천제의 사자로부터
징벌을 면하고 있지만, 여기에서는 인간 세상의 가뭄이 홍수로 바뀌고
있으며, 용녀 역시 천제의 징벌로부터 구제받지 못하고 있다. 이것은 결
국 자연의 위력 앞에 무력한 인간의 모습을 드러내야 하는 '전설적 경이'
를 말해주는 것이며, 동시에 신과 인간 사이의 합일을 꿈꾸어 왔던 '신화
적 질서'가 더 이상 실현될 수 없는 현실을 반영한 것으로 해석된다.93)

---

92) 위의 책, 352쪽.

한편 용은 해신(海神), 또는 수신(水神)으로 설화화되기도 하였다. 『어우야담』 소재의 <만력무오하오월(萬曆戊午夏五月)>[94]은 수신으로서의 용에 대한 이야기이다. 만력 무오년 5월 소금을 싣고 용산 나루에 정박해 있던 길이 10길이나 되는 큰 배가 갑자기 바람과 폭우를 이기지 못하고 침몰하는 사태가 벌어졌다. 간신히 살아난 선원들은 선장에게 해신제(海神祭)를 지내지 않았기 때문에 이러한 일이 일어났다고 탓하였다. 이야기의 내용은 이처럼 용산 나루에 정박해 있던 선박이 전복된 원인에 대한 설왕설래이다. 선원들의 주장은, 예로부터 항해하는 자는 해신에게 제사를 올려야 하는데, 선주가 인색하여 그들의 말을 듣지 않았기 때문에 이러한 화가 일어났다는 것이다. 속신의 한 형태로, 용이 수신 또는 해신으로 신앙되어 온 예라 하겠다. 용에 대한 이러한 신앙은 설화나 소설의 세계에서 두루 찾아지는 보편적인 것이다.

이처럼 용은 설화 속에 신적 존재로 등장함으로써, 그 신성성과 관련하여 이야기되었다. 인간 사회에 절대적인 필요에 의해 행우(行雨)를 관장하는 존재로 설화화되는가 하면, 항해의 안전을 보장하는 수신 내지는 해신으로, 또한 미래의 인간사를 예시하는 존재로 다양하게 기능하고 있음을 알 수 있다.

이상 조선후기 동물담 가운데 동물의 특이한 성격을 다루고 있는 설화들을 동물의 외모, 생태와 속성, 동물 소리의 음상(音相)에 의한 언어유희, 변신, 인간사에 대한 조짐과 예시, 특정 동물에 대한 기휘(忌諱), 상상동물 등으로 나누어 살펴보았다. 여기서 추론해 낼 수 있는 조선후기 동물담의 특성 가운데 하나는 동물 그 자체를 대상으로 한 설화보다

---

93) '전설적 경이'와 '신화적 질서'라는 용어는 조동일의 술어로 여기서 사용하는 개념 역시 그것을 따른다. 조동일, 「소설시대의 이해를 위한 예비적 고찰」,『한국소설의 이론』, 지식산업사, 1977, 137~196쪽 참조.
94)『於于野譚』卷 5, 萬物篇 鱗介, <萬曆戊午夏五月>.

는 인간사와의 관련을 중심으로 한 설화가 많다는 점이다. 더욱이 이것
은 설화담당층의 현실적 필요성에서 비롯된 것이라는 점에서 그들의 삶
자체와 긴밀한 관련성을 보여주고 있다. 따라서 여기에는 당시의 사회
적 배경이나 사상적 흐름이 반영되어 있을 뿐 아니라 그들의 계층적 특
성까지도 담겨 있다. 한편 동물을 인간사와 관련지어 설화화하는 과정
에서 설화담당층은 그들의 '꿈'과 '이상'을 담고자 하기도 했다. 인간 사
회에서 실현될 수 없는 인간의 꿈을 동물세계에 의탁하여 설화화함으로
써 그들의 현실적 소망과 욕구를 구현하고자 했던 것이다. 동시에 거기
에는 특정 동물에 대한 민간신앙이 반영됨으로써, 당시의 민속을 이해
할 수 있는 자료가 되기도 한다. 뿐만 아니라 설화의 사회적 기능을 구
체적으로 보여준다는 점에서 조선후기의 동물담은 중요한 의의를 지닌
다고 하겠다.

2. 동물의 특이한 행동

동물의 특이한 행동을 다룬 이야기는 동물의 특이한 성격을 다루고
있는 이야기보다 상대적으로 많은 양을 차지하고 있으며, 그 설화적 구
성 역시 훨씬 치밀하게 짜여져 있다. 이것은 조선후기 문헌설화집을 엮
은 편찬자들이 동물담을 대하는 태도와도 관련이 있는 것인데, 특히 동
물 그 자체에 대한 관심보다는 동물의 행동을 통해 인간 사회를 우의 ·
풍자하려고 했던 의도가 강하게 작용한 결과라 할 수 있다.

> 外史氏는 말한다. '朴彭年의 후손은 노루를 살려준 陰德이 있어 그 보답
> 을 받았지만, 그의 외척 尹某가 그의 광대한 전답을 부러워하여 본받고자
> 한 것은 단지 허욕에서 나왔으니, 마침내 호남의 수만석의 재산을 輸運하여
> 한 척 무마당에 들이붓고 만 것이다. 항간의 속담에 이르기를 둑 쌓기를 좋
> 아하는 자는 반드시 집안이 망한다.'라고 하고, 또 닫는 사슴을 보고 얻은 토

끼를 잃는다.하니, 이를 이름이다. 아, 이는 큰 것을 좋아하고 이익을 추구하는 자들이 족함에 그칠줄 모르는 것을 경계할 만한 것이다.'95)

위와 같은 논평은 바로 조선후기 설화의 수용이 어떠한 시각에서 이루어졌는가를 보여주는 좋은 예이다. 사냥꾼에게 쫓기는 사슴을 구해준 박팽년의 후손은 그날 밤 꿈에 한 노인으로부터 목숨을 살려준 은혜에 대한 보답이라며 낙동강 하류의 40리를 사서 입안(立案)하면 만석군(萬石君)이 될 것이라는 말을 듣는다. 박팽년의 후손은 미친 놈이라는 조롱을 받으면서도 꿈 속의 노인이 여러 차례 나타남을 이상히 여겨 그 땅을 사지 않을 수 없었다. 그러자 입안한 뒤 며칠만에 강둑이 터져 물이 다른 곳으로 빠져나가고 그가 산 40리는 옥토로 바뀌어 영남의 갑부가 된다. 이 소식을 들은 박생의 외척 윤모(尹某)는 박생을 부러워하며 호남의 땅을 팔아 해서(海西)지방으로 가서 강가의 땅을 산다. 그러나 장마가 몇 달간 지속되면서 둑이 터져 강물과 바닷물이 그의 땅을 휩쓸고 지나감으로써 가산을 잃는다. 모방담의 형식을 갖추고 있는 설화이다. 이원명(李源命)은 이 설화에 대한 논평에서 적덕(積德)과 허욕(虛慾)의 결과에 초점을 맞추고 있다. 특히 허욕에 대한 경계에 무게를 두었다. 설화를 통해 교훈적 가치를 이끌어내려는 문헌설화 편찬자들의 의식을 엿볼 수 있는 것이다.

이러한 태도는 문헌설화집의 서문을 통해서도 확인된다. 『어우야담』 구서(舊序)에는 "묵호공(默好公)은 문단의 노장(老將)으로 당대의 제일가는 문장가였는데, 어우야담 약간 권을 지었으니, 그 중에는 가히 놀라고 경계할 만한 것이 한둘이 아니다. 그러나 한 마디 말과 한 글자라도 세

---

95) "外史氏曰 朴有陰德 而受冥報 理或然矣 尹之欲效顰 特出於虛慾 終使湖中鉅萬之財 盡爲輸一斥鹵之場 諺曰 好築堰者 必敗家 又曰 見奔鹿 失獲兔 此之謂也 吁 此可爲好大求益 不知止足者之戒耶"『東野彙輯』卷 15, 逑異部 11 陰德,〈大江立案成鉅富〉.

교(世敎)에 관계되지 아니한 것이 없다."96)고 하였으며, 『동야휘집』서
에서도 "이 책에 기록된 인정(人情)과 물태(物態)는 요연(瞭然)하기가 마
치 손바닥을 가리키는 것과 같아서 옛날로 거슬러 올라가 사실을 캐고
세간의 노래와 풍속을 징험할 수 있으니, 세교(世敎)에 도움이 되는 바
가 있을 것이다."97)라고 하였다. 이러한 사실은 조선후기 문헌설화의 기
본적인 성격을 대변하는 것으로 설화집 편찬자들의 설화에 대한 기본적
인 인식을 말해주는 것이다. 즉 그들은 설화를 기능주의적 입장, 특히
효용론적 입장에서 수용하였던 것이다.

우의적 성격이 강한 동물담은 설화에 대한 이러한 인식과 연계됨으로
써 그 우의성은 더욱 강조되지 않을 수 없었다. 그 결과 조선후기 동물
담은 동물의 특이한 행동을 통해 인간 사회에 어떤 규범적 가치를 재확
인하고 재정립하고자 하는 방향으로 수용되었다고 하겠다. 여기에서는
우화, 지략, 보은, 보수(報讐), 의행(義行) 등 동물의 행동을 통해 인간 사
회에 교훈적 의미를 전달하는 이야기들을 중심으로 살펴보기로 한다.

(1) 우화

우화는 인간 외의 생물을 의인화하여 인간을 풍자 규계(規戒)하려는
의도를 지니고 있는 양식이다.98) 따라서 우화에는 설교적 내용이 담겨
있기 마련이고, 그 결과 우화는 다른 어떤 서사 양식보다도 이야기를 통
해 보다 고양된 도덕적, 종교적, 철학적 이념을 전달함을 그 특징으로
한다.99) 특히 설화속에 등장하는 동물들이 의인화되어 있다는 점에서,

---

96) "默好公 以詞壇老將 絶代文章 著成於于野譚若干卷 其中可驚可怪非一二 而片
言隻字 莫非有關於世敎" 成汝學, 『於于野譚』舊序.
97) "第書中所載 人情物態 瞭如指掌 可以溯古撫實 驗謠俗 而裨世敎" 李源命, 『東
野彙輯』序.
98) 張德順, <虎說話>, 『韓國說話文學硏究』, 서울大出版部, 1978, 93쪽.
99) Alexander H. Krappe, 위의 책, 66쪽.

그리고 인간과의 관계에서 이루어지는 이야기뿐만 아니라 동물들 사이에서 벌어지는 사건을 통해 인간 사회를 우의하고 있다는 점에서 본격적인 동물담이라 할 수 있다.

　예로부터 國婚으로 인하여 피해를 입는 자가 이루 말할 수 없이 많았다. 이는 들쥐가 同類에게 시집감만 같지 못한 것이다. 무슨 말인가? 옛날에 들쥐가 새끼를 낳아 매우 사랑하였다. 장차 婚處를 구하려 함에 鼠翁이 鼠姑와 상의하기를 '내가 이 아이를 낳아 애지중지하여 키우기를 이러이러 하게 하였으니, 반드시 제일가는 거족을 가리어서 혼인을 시키도록 하리라. 제일가는 족속으로는 하늘만한 것이 없으니, 하늘과 혼인을 시킴이 마땅하오.'하고는, 하늘에게 말하기를 '내가 한 아이를 낳아 애지중지 키워서 반드시 제일가는 거족과 혼인시키려 하네. 생각해보니 제일가는 족속으로는 그대만한 것이 없으니, 우리 자식과의 혼인을 청하네.'하였다. 하늘은 '내 능히 온 대지를 덮어줄 수 있으니, 萬物이 生長함에 나보다 더한 功을 가지고 있는 것은 없지. 그러나 구름만은 나를 가릴 수 있으니, 나는 구름만 같지 못하오.'하고 말하였다. 들쥐가 구름에게 가서 말하기를 '내가 한 아이를 낳아 애지중지 키워서 반드시 제일가는 거족과 혼인시키려 하네. 생각해보니 제일가는 족속으로는 그대만한 것이 없으니, 우리 자식과의 혼인을 청하네.'하였다. 구름은 '내 능히 천지를 채우고 해와 달을 가릴 수 있으니, 山川 萬物이 어둡게 됨에 나보다 더한 功을 가지고 있는 것은 없지. 그러나 바람만은 나를 흩을 수 있으니, 나는 바람만 같지 못하오.'하고 말하였다. 들쥐가 바람에게 가서 말하기를 '내가 한 아이를 낳아 애지중지 키워서 반드시 제일가는 거족과 혼인시키려 하네. 생각해보니 제일가는 족속으로는 그대만한 것이 없으니, 우리 자식과의 혼인을 청하네.'하였다. 바람은 '내 능히 큰 나무를 부러뜨리고 큰 집을 날려버릴 수 있으니, 산과 바다를 까불리고 파도를 일으킴에 향하는 것마다 시원한 바람소리가 나지. 그러나 오직 과천 교외에 있는 돌미륵만은 거꾸러뜨릴 수가 없으니 나는 과천 돌미륵만 같지 못하오.'하고 말하였다. 들쥐가 과천의 돌미륵에게 가서 말하기를 '내가 한 아이를 낳아 애지중지 키워서 반드시 제일가는 거족과 혼인시키려 하네. 생각해보니 제일가는 족속으로는 그대만한 것이 없으니, 우리 자식과의 혼인을 청하네.'하였다. 돌미륵은 '내가 들 한가운데 우뚝 서서 천 수백년을 굳건히 뽑히지 않고 있지만, 들쥐란 놈이 내 발뒤꿈치 부분의 흙을 파면 나는 넘어지니, 나는 들쥐만 못하오.'라고 말하였다. 이에 들쥐가 놀라서 스스로 반성하며 탄식 왈 '천하의 제일가는 거족은 우리만한 족속이 없구만.'하고는 마침내 들쥐와 혼인하도록 하였다. 무릇 사람이 자신의 분수를 모르고 감히 國婚을 하여 豪奢를 부리다가 마침내는 그로 인해 禍를 입게 되니, 들쥐만 같지 못하지 않은가?[100]

<들쥐의 혼인> 또는 <두더지의 혼인>으로 널리 알려진 이야기이다. 『한국구비문학대계』에도 <쥐의 혼처 구하기>(유형 723-3)라는 유형으로 6편이 채록되어 있다.[101] 들쥐 부모가 애지중지 키운 딸의 사윗감을 고르기 위해 해와 구름, 바람, 돌미륵을 차례로 찾아갔다가 결국에는 들쥐 자신들의 족속에게서 사윗감을 찾게 되는 '회귀적 형식'을 갖추고 있다.[102] 다음 혼처로의 이동을 필연적으로 결과시킬 수 있게끔 계기화되어 있어야 한다는 조건을 갖추기만 한다면, 중간에 개입할 수 있는 혼처의 수는 더 늘어날 수도 있다. 물론 줄어들 수도 있다. 그러나 이야기의 초점은 결국 이들이 다시 원점으로 회귀한다는 데 놓여진다. 이러한 형식적 특징과 함께 안분지족(安分知足)이라는 주제는 국혼(國婚)으로 인한 폐해를 우의·풍자하기에 알맞도록 유기적으로 결합됨으로써 설화의 흥미를 배가시키고 있다. 동물의 이야기를 빌려 '분수를 모르고 호사를 부리다가 화를 입는' 인간 사회를 풍자·경계하고 있는 것이다. 특히 유몽인 자신이 사치한 것보다는 검소한 것을 추구하였으며, 이를 통해

---

100)『於于野譚』卷 1, 人倫篇 婚姻, <古來因國婚嫁禍者不可勝記>.

101) 723-3 <쥐의 혼처 구하기>라는 유형의 각편들은 다음과 같다. <쥐의 혼인> 1-7 ; 310, <전라도 개구리와 경상도 개구리> 6-1 ; 26, <쥐의 배필은 두더지> 6-2 ; 776, <쥐와 두더지의 혼사> 7-4 ; 77, <두더지 신랑 고르기> 8-1 ; 305, <두더지의 혼인> 8-6 ; 53.

102) 張德順·趙東一·徐大錫·曺喜雄,『口碑文學概說』, 一潮閣, 1971, 64쪽.

풍속을 바로잡고자 했다는 점[103]에서 위의 설화는 현실 풍자라는 우화
의 속성을 분명하게 보여주는 자료가 된다.

한편 다음의 이야기는 붕당의 틈바구니 속에서 혼란을 거듭하고 있는
정치현실에 대한 우의를 보여준다.

洪瑞鳳의 집은 永敬殿 앞에 있었는데, 손님을 맞아 소를 잡기 위해 큰
소 한 마리를 샀다. 백정이 오지 않아서 기다리고 있을 때, 노비 水孫이 果
川에서 나무를 싣고 왔다. 水孫은 소를 기둥에 매고, 소 등에 나무를 올려
놓았는데 소의 척추가 부러져 움직이지 못하였다. 이에 손님을 맞기 위해
사 온 소가 그 소와 크기가 비슷하여 서로 바꾸도록 하였다. 결국 나무를 싣
고 온 소가 밥상에 오르게 되었고, 죽임을 당하려던 소가 果川으로 씩씩하
게 가게 되었던 것이다. 내 집에 두 마리의 수탉이 있었는데, 검은 것이 암
닭들을 내쫓고 밭을 독차지하고는 매번 붉은 수탉이 들어오지 못하도록 내
쫓았다. 붉은 닭은 어쩔 수 없이 이웃집에 의탁하였다. 종으로 하여금 붉은
닭을 잡게 하였더니, 종이 잘못 듣고 검은 닭을 잡았다. 집안에 있던 것이
밥상에 오르게 되고, 이웃으로 도망했던 것이 도리어 뭇암탉의 우두머리가
되었으니, 微物의 生死도 또한 그 運數가 있는 것이어서 害하려 하는 자가
마음대로 할 수 없는 것이다. 하물며 사람이야 어떠하겠는가? 무릇 生死 때
문에 걱정하고 온갖 수단을 동원하여 도모하는 자가 과연 하늘의 命을 알고
있는 것인가?[104]

소와 닭은 사람의 필요에 따라 마음대로 부릴 수 있고, 살리거나 죽일
수도 있는 한갓 동물에 지나지 않는다. 하지만 그러한 생살여탈권(生殺
與奪權)을 가지고 있는 인간조차 마음대로 할 수 없는 것이 동물의 생사
요 운명이다. 소와 닭의 삶과 죽음을 통해 이를 설화화하고 있다. 그러
나 보다 중요한 것은 그러한 동물의 생사가 무엇을 우의하고 있는가이

---

103) <於于柳先生年譜>, 『於于集・於于野譚』, 景文社, 1977, 271~272쪽 참조.
104) 『於于野譚』 卷 2, 宗教篇 天命, <洪瑞鳳家在永敬殿前>.

다. 유몽인(1559~1623)이 생존했던 시대는 사화(士禍)의 여파로 붕당이
성립되고, 그로 인한 당쟁이 거듭되는 가운데 임진왜란으로 인해 혼란
이 거세게 몰아치던 때였다. 유몽인은 이러한 와중에서 1589년 환로(宦
路)에 올랐으나, 이이첨(李爾瞻) 일파와의 반목으로 2번이나 축출당하는
등 정치 현실의 비애를 맛보게 된다. 『어우야담』은 연산(連山)에 은거하
던 그의 생애 말년(1621년, 63세)에 찬술된 것으로, 이와 같은 현실에 대
한 저항 정신을 반영하고 있다고 평가된다.[105] 따라서 유몽인은 『어우
야담』을 편찬하면서 동물의 생사에 관한 위와 같은 이야기까지도 남다
르게 받아들일 수 있었을 것이다. "무릇 생사 때문에 걱정하고 온갖 수
단을 동원하여 도모하는 자가 과연 하늘의 명(命)을 알고 있는 것인가?"
라고 하는 논평은 그러한 현실 정치에 대한 회의적 태도를 표명한 것으
로, 현실에 대한 우의로 받아들일 수 있다.

우화는 풍자적 속성을 지니기 마련이다. 『어우야담』에 수록된 위와
같은 이야기들은 현실에 대한 비판과 저항 정신을 보여준다는 점에서
우화의 속성을 드러내고 있는 예들이라고 할 수 있다. 이밖에 '말은 낳
으면 제주도로 보내고 사람은 낳으면 서울로 보내라'는 우리말 격언을
통해 당시의 인재등용과 관련한 세태를 꼬집고 있는 이야기[106]도 보인
다. 특히 여기에서는 '도성은 십리에 불과한데 그 안에 인재가 얼마나
되길래, 만조백관을 모두 도성 사람으로 채우고 있는가'(吁 都城十里 人
才幾許 而滿朝青紫 皆出此中) 하는 비판과 '외방(外方)의 인사(人士)는
서울의 망아지와 다를 바 없다는 말인가'(然則 外方人士 比之於京城馬兒
耶) 하는 대목에 이르러서는 그 비판의 목소리가 구체화되고 있다.

---

105) 李雨京,「於于野譚硏究」,『國文學硏究』第33輯, 서울大 國文學硏究會, 1976, 90~
    96쪽 참조.
106)『於于野譚』卷 3, 學藝篇 教養,〈鰲城府院君李恒福〉.

(2) 지략

조선후기 문헌설화집에는 지략담에 해당하는 자료가 많지 않다. 이는 구전설화의 경우와는 상당한 차이를 보이는 점인데, 그것은 민간에서 전승되어 온 구전설화의 경우에는 약자의 편에서 기지를 사용하여 강자를 골려주고 또 강자에게 승리하는 이야기가 널리 호응을 받았던 반면, 문헌설화의 경우에는 그 편찬자들의 계층적 성격과 편찬태도로 말미암아 지략담에 대한 관심이나 호응이 적었던 탓으로 보인다. 그것은 지략담의 경우 강한 동물들이 약한 동물들(토끼, 하루살이 등)의 꾐에 넘어가도록 함으로써 약육강식이라는 동물 세계의 질서를 파괴함과 동시에 약자가 강자에게 승리하도록 하여 약자의 편에서 세계를 바라보는 시각을 제공하기 때문이다. 이는 결국 선과 악, 강과 약, 현(賢)과 우(愚)의 대립에서 선, 약, 현(賢)의 승리를 의미하는 것이다.[107]

『어우야담』에 실려 있는 다음의 이야기를 통해, 문헌설화로 정착된 조선시대의 동물담 중 지략담의 면모를 보기로 한다.

洪川의 한 백성이 산에 들어가 나무를 하고 있었는데, 갑자기 산과 골짜기를 쩌렁쩌렁 울리는 커다란 소리가 들렸다. 숨을 죽이고 벼랑에 올라가 바라보니 커다란 호랑이 한 마리와 멧돼지가 싸우고 있었다. 멧돼지가 바위 속에 몸을 반쯤 넣고 모퉁이에 기대 있으면서 두 이빨을 드러내며 호랑이를 향하여 으르렁대니, 호랑이가 다가섰다가는 물러서고 물러섰다가는 다가서기를 한참 동안이나 하였다. 멧돼지는 그래도 꼼짝 않고 험악한 지형에 몸을 의지하고는 나오지 않았다. 호랑이가 멀리 달려가는 것이 마치 멧돼지를 버리고 가는 것같았다. 멧돼지가 비로소 나와 사방을 둘러보고는 마침내 그 굴로 되돌아왔다. 호랑이가 드디어 은밀히 고개 뒤로 넘어가서는 풀을 뽑아 호랑이 모양을 만들어가지고, 그 虎形을 한 발로 안은 채 세 발로 걸어서 바위굴 앞에 바짝 다가갔다. 그리고는 멧돼지가 생각지 못하고 있는 틈을

---

107) 曺喜雄, 『增補改正版 韓國說話의 類型』, 一潮閣, 1996, 38쪽 참조.

타서 돌연 커다란 소리로 '어흥'하면서 그 虎形을 멧돼지 앞으로 던지니, 멧
돼지가 호랑이인 줄 알고 자기도 모르게 그 굴에서 나왔다. 호랑이와 싸웠
으나 호랑이는 이미 멧돼지의 등에 올라타서는 그 목을 물어 죽였다. 홍천
사람이 사람들을 모아 가지고 가서 그 멧돼지를 빼앗아 먹었다. 호랑이가
포효하는데도 불구하고 태연자약하게 멧돼지 고기를 썹었다. 지나는 객이
말하기를 '호랑이만 포악한 것이 아니로군, 호랑이보다도 더 포악한 것은 사
람이로군.' 하였다.108)

호랑이가 멧돼지를 잡는 꾀는 이 설화를 지략담이 되게 한다. 지략담
에 등장하는 호랑이는 일반적으로 우둔한 성격을 가진 존재로 나타난
다. <꼬리로 물고기 잡는 호랑이>나 <참새 잡는 호랑이>, <함정에 빠진
호랑이> 등의 이야기에서 백수(百獸)의 왕인 호랑이는 토끼나 여우의 꾀
에 넘어가는 어리석고 미련한 존재로 나타난다.109) 약자가 강자에게 승
리하는 모습을 보이는 전형적인 지략담이다.

그러나 여기에서는 강자인 호랑이가 승리하는 것으로 되어 있어, 지
략담 일반의 의미나 주지와는 차이를 보인다. 호랑이는 용(勇)과 역(力)
을 갖추고 있을 뿐만 아니라 지(智)까지 겸비한 절대적 존재로 나타나고
있는 것이다. 이는 호랑이에 대한 당대 설화담당층의 관념을 반영한 것
으로 해석된다. 특히 조선후기 문헌설화에 전하는 호랑이상(像)은 결코
희화화(戱畵化)의 대상으로 나타나지 않는다는 점에 주목할 만하다. 문
헌설화에 등장하는 호랑이는 대부분 두렵고 무서운 존재, 그러면서도
인간의 효성에 감응하여 인간을 도와주는 존재로 나타난다.110) 연암의

---

108) 『於于野譚』 卷 5, 萬物篇 禽獸, <洪川民入山薪樵者>.
109) 장덕순, <虎說話>, 『한국설화문학연구』, 서울대출판부, 1978, 104~106쪽.
　　　황패강, 「한국민족설화에 나타난 '호랑이'」, 『국어국문학』 55~57 합병호, 국어국
　　　문학회, 1972, 577~578쪽.
110) 황패강은 호랑이의 이러한 양면성을 '부정적인 호랑이'와 '긍정적인 호랑이'로 나
　　　누어 논한 바 있다. 황패강, 위의 논문 참조.

<호질(虎叱)>에 나오는 호랑이 역시 진실을 꿰뚫어보는 능력을 가지고 있는 절대자로 나타나고 있다[111]는 점은 이러한 당대의 관념을 반영하고 있는 것이다.

이 설화에서 한 가지 더 주목되는 점은 그러한 호랑이보다 인간은 더 우위에 있다고 하는 점이다. 그러나 그 우위성의 핵심이 '포악성'에 놓여져 있다는 점에서, 단순한 인간 본위의 인간 중심적 사고를 반영한 것으로 볼 수만은 없다. 비록 이러한 인간 행위에 대한 해석이 설화를 채록한 유몽인 개인의 생각일 뿐이라고 할지라도, 설화를 수용하는 시각이 하필 여기에 맞추어지게 된 것은 인간 자신에 대한 비판적 사고에서 연유했기 때문이라고 보아야 한다. 호랑이의 공을 여러 사람이 빼앗아서 호랑이가 아무리 포효를 해도 태연하게 그들 자신의 것으로 독차지해버리는 행위는 곧 인간 사회에서 벌어지는 일련의 암투를 비유하고 있는 것은 아닐지, 삽의(揷疑)해 둔다.

(3) 보은

은혜를 받은 동물이 은혜를 베푼 사람에게 보답을 한다는 이야기는 교훈적 가치를 가지고 있다는 점에서 널리 이야기되어 왔다. 그점에서 조선후기 문헌설화에도 동물보은담에 해당하는 자료[112]는 다른 유형에 비하여 비교적 많은 편이다. 이는 지략담의 경우와는 대조적인 면모를 보이는 것인데, 그것은 설화를 통한 세교(世敎)에 관심을 두었던 문헌설

---

111) 황패강, <虎叱>, 『조선왕조소설연구』, 단대출판부, 1981 참조.
112) 조선후기 문헌설화 중 동물보은담에 해당하는 자료는 다음과 같다. 『於于野譚』
    卷 2, 宗敎篇 僧侶, <寧邊校生郭太虛> ; 卷 5, 萬物篇 禽獸, <文化之將枝>, <有大
    蛇纏繞山獐> ; 卷 5, 萬物篇 鱗介, <禮安有一鄕吏姓崔>, 『溪西野譚』 卷 1, <朴綾
    州右源>, 『靑邱野談』 卷 7, <定名穴牛臥林間> ; 卷 12, <隨京師靈鵲知恩>, 『東野
    彙輯』 卷 5, 方術部 2 地理 1, <憎驕客痴童施術> ; 卷 15, 述異部 8 物感, <放虎占
    穴相酬惠> ; 卷 15, 述異部 11 陰德, <一池放生施陰德>, <大江立案成鉅富>.

화 편찬자들의 편찬의식과도 관련되어 있다. 여기에서는 그 보은의 형
태에 따른 유형별로 살펴보기로 한다.

먼저 동물이 자신에게 은혜를 베푼 사람 또는 주인의 생명을 구해줌
으로써 은혜를 갚는 유형부터 살펴보기로 한다. 은혜를 베푼 사람의 목
숨을 구해주는 대표적인 예는 널리 알려져 있는 의구설화(義狗說話)이
다. 최래옥[113]이 분류한 14가지 의구(義狗)의 유형 중 조선후기 문헌설
화[114]에는 진화구주형(鎭火救主型), 투호구주형(鬪虎救主型), 폐관보주형
(吠官報主型), 수시부고형(守屍訃告型), 수주해난형(守主解難型), 보은순
사형(報恩殉死型) 등 6종(種)의 유형이 나타난다. 특히 아래의 곽태허(郭
太虛)와 그의 개 사이에 있었던 이야기는 『어우야담』과 『동야휘집』에
함께 실려 전한다.

　　寧邊 校生 郭太虛는 定虜衛 金無良의 사위로, 佛事를 좋아하여 중들
　과 많이 사귀었다. 태허가 밖에 나간 사이에 그의 아내가 중과 사통하고 있
　었는데, 태허가 밖에서 돌아오자 중이 그의 가슴에 올라타고 위에서 힘으로
　눌렀다. 태허가 힘이 약하여 밑에 깔려 있었는데, 중이 칼을 꺼내어 찌르려
　하자 태허가 손으로 쳐서 칼을 땅에 떨어뜨렸다. 중이 태허의 아내를 가리
　키며 '저 칼을 가져오라.'하였는데, 아내는 차마 손으로 할 수 없어 발로 그
　앞에 밀어놓았다. 이 때 개가 그 옆에 누워 있었는데, 태허가 강개한 목소리
　로 말하기를 '개야, 개야, 너라도 아는 것이 있다면 이 칼을 좀 치워다오.'하

---

113) 최래옥은 의견(義犬)의 유형을 鎭火救主型, 鬪虎救主型, 變身除去型, 防毒救主
　　型, 吠官報主型, 守屍訃告型, 守主解難型, 報恩殉死型, 授乳救兒型, 遠路傳書型,
　　明堂占指型, 山路開拓型, 耕田寶樹型, 盲人引導型 등 14가지로 분류한 바 있다.
　　최래옥, 「오수형 의견설화의 연구」, 『한국문학론』, 일월서각, 1981 참조
114) 의구설화에 해당하는 자료로는 『어우야담』 소재의 〈寧邊校生郭太虛〉와 〈丁酉之
　　難扶安民〉, 『청구야담』 소재의 〈吠官庭義狗報主〉, 『동야휘집』 소재의 〈義狗救人
　　且復讐〉 등이 있는데, 특히 『동야휘집』의 〈義狗救人且復讐〉에는 편찬자의 의도에
　　따라 기존에 전해내려 오는 관련 설화들을 함께 모아 놓았다는 점에서 여러 가지 유
　　형이 차례로 나타난다.

였다. 그러자 개는 일어나 그 칼을 물어 밖으로 가져다 버리고는, 다시 들어
와 중의 목을 물었다. 중이 마침내 개에 물려 죽었다. 태허는 그 사실을 처
가에 알리고 개를 데리고 집을 떠났다. 강을 건너 고개를 넘는데, 그의 아내
가 울면서 돌아오라고 애타게 불렀으나 태허는 돌아보지 않았다. 태허의 처
가에서는 딸의 머리를 나무에 묶고 큰 나무로 가슴을 쳐 죽였다.115)

　죽음의 위험에 처한 주인을 구해 낸 개 이야기이다. 불의(不義)에 대
한 항거, 주인의 대한 의리, 위험을 무릅쓴 살신성인(殺身成仁)의 행동
등 이 설화 속에 등장하는 개는 충의(忠義)의 상징으로 이야기되고 있
다. 따라서 의구설화에 등장하는 개는 단순한 '동물로서의 개가 아니라,
개로 표상되는 완전한 도덕적 인간상을 희구하는 마음을 대신'한 것이
라는 최래옥의 지적116)은 이 경우에도 해당한다.『동야휘집』의 편찬자
이원명도 이러한 개의 행동에 대하여 다음과 같이 말하고 있다.

　外史氏는 말한다. '寧邊의 개가 수차례 주인의 죽음을 구하고 河東의 개
가 주인의 원수를 갚았으니, 모두 사람으로서도 하기 어려운 일을 개가 문
득 해내었구나. 짐승의 얼굴을 하고 있지만 사람의 마음을 가진 것인가, 사
람의 얼굴을 하고 짐승의 마음을 가진 것인가. 아, 개는 호랑이에 비한다면
미력한 개미나 땅강아지와 다를 바 없거늘, 끝내 사나운 호랑이를 죽이고
주인을 살려냈구나. 그 몸이 죽은 뒤에야 그의 일이 알려지나니, 그래서 形
勢가 弱해서가 아니다. 일을 지혜롭게 꾀하는 자가 功을 이루는 것이다. 地
位가 賤해서가 아니다. 義를 행하는 자가 이름을 세우는 것이다.라고 말하
는 것이다.'117)

115)『於于野譚』卷 2, 宗敎篇 僧侶, <寧邊校生郭太虛>.
116) 최래옥, 앞의 논문, 308쪽.
117) "外史氏曰 寧邊狗之屢救主死 河東狗之爲主報仇 皆人所難辨 而狗輒能之 獸面
　　者人心耶 人面者獸心耶 噫狗之比於虎 何異螻蟻 然卒能殺猛虎存主人 身死而事
　　聞 故曰 勢不以弱 智謀者成功 地不以賤 行義者立名"『東野彙輯』卷 15, 述異部
　　9 報主, <義狗救人且復讐>.

한편 위에서 본 의구의 행동이 자신을 길러준 주인에 대한 것이라면, 다음의 이야기는 동물 자신의 목숨을 구해준 데 대한 보답으로서의 보은이라는 점에서 차이를 보인다.

> 큰 뱀 한 마리가 노루의 몸을 휘휘 감아 노루가 거의 죽을 지경에 처했으나, 빠져 나올 도리가 없었다. 山僧이 마침 그곳을 지나가다가 이를 보고 안타깝게 여겨 錫杖을 휘둘러 그 뱀을 쫓으니 사슴이 비로소 살아났다. 그 뒤로 매일 밤 커다란 뱀이 僧이 거처하는 방 밖에 머무르니, 僧이 조심하고 피하였다. 하루는 밤에 僧이 문을 열고 나오다가 발을 잘못 디뎌 뱀을 밟자, 그 뱀이 僧의 정강이를 물었다. 僧은 온 몸에 부스럼이 나고 마침내 독이 퍼져 거의 죽게 되었다. 절의 僧들이 따로이 草幕을 짓고 절 밖의 산기슭으로 그를 옮겨 놓고는 고민 끝에 돌보지 않기로 하였다. 그런데 갑자기 사슴 한 마리가 풀 한 포기를 물고 와서는 상처 부위에 문지르니, 僧이 곧 깨어났다. 이렇게 하기를 몇 번을 계속하였다. 僧이 눈을 뜨고 살펴보니, 그 사슴은 지난번 뱀에게 禍를 당하여 죽을 위험에 처했던 사슴이었다. 僧이 점차로 병세가 나아짐에 그 풀을 살펴보니, 그 줄기와 잎사귀가 참깨와 비슷하였지만, 어떤 풀인지는 알 수 없었다. ……(하략)118)

뱀과 사슴의 싸움, 사슴을 구해준 승(僧), 승(僧)에게 원수를 갚으려는 뱀, 승(僧)을 죽음의 위기에서 구해준 사슴 등 이 설화에 등장하는 일련의 모티프와 그 구조는 종을 울려 보은한 까치 이야기(치악산 상원사 유래담)를 연상시킨다. 『어우야담』에서는 "은혜를 갚고 원수에게 복수하는 일은 사람만이 아니라 동물들에게도 있는 것이며, 약초로 병을 치유하였으니, 동물에게도 양지(良知)가 있을 수 있다."119)라고 함으로써, 동물의 보은 행위에 초점을 맞추어 기술하고 있다.

---

118) 『於于野譚』 卷 5, 萬物篇 禽獸, <有大蛇纏繞山獐>.
119) "恩讐報復 物亦有焉 豈獨於人哉 且藥以治病 微物亦能有良知".(위의 책, 같은 곳)

　보은의 또다른 형태로는 명당점지형(明堂占指型)을 들 수 있다. 의구
에 관한 구전설화 가운데에도 명당점지형이 있고,[120] 구전설화의 경우
에는 호랑이, 노루, 거북, 꿩, 용 등이 명당을 점지해 주는 동물로 나타
난다고 하지만,[121] 조선후기 문헌설화에는 호랑이와 소가 명당을 점지
해 주는 것으로 등장한다.

　　文化의 將枝에 柳氏 姓을 가진 사람이 있었는데 그 이름은 모른다. 옛
　날에 方伯이 安岳에서 와서 信川에 이르렀을 때, 文化縣官이 그 柳某를
　시켜 염탐을 하도록 하여 밤에 몰래 가게 하였다. 신천과 문화 사이에는 고
　개가 하나 있었는데, 초목이 무성하고 길은 몹시 후미진 곳으로 나 있었다.
　그런데 마침 호랑이가 그 길을 가로막고는 입을 벌리고 서 있었다. 柳某는
　앞으로 나아가기도 하고 뒤로 물러서기도 하였으나 호랑이는 끝내 그 길을
　떠나지 않으면서 柳某가 향하는 길 앞을 막아섰다. 柳某는 벗어날 길이 없
　으니 이제 죽었구나 하고 생각하였다. 때마침 새벽달이 떠올랐는데, 호랑이
　입을 보니 무엇인가가 그 가운데를 가로질러 막고 있었다. 柳某는 혹 기기
　도 하고 일어나기도 하면서 다가가 발로 그 입을 건드려 보았다. 그리고는
　죽음을 각오하고 앞으로 나아가 호령하기를 '내가 이제 네 입속에 있는 것
　을 꺼내어 줄터이니, 너는 나를 물지 않겠느냐?'하자, 호랑이가 머리를 숙이
　고는 일어나 절하며 입을 벌렸다. 柳某는 팔을 뻗어 호랑이 입속에 있는 물
　건을 찾아 뽑아주었다. 뽑고서 보니 쇠로 된 긴 비녀였다. 호랑이가 꼬리를
　흔들며 일어나 절을 하고는 떠나갔는데, 그 모습이 고맙다는 인사를 하는
　것같았다. 아마도 方伯이 安岳에 이르렀을 때, 기녀가 客舍에서 나와 집에
　가서 밥을 먹으려 하다가, 호랑이에게 잡혀 먹힌 모양이었다. 쇠로 된 긴 비
　녀는 곧 그 머리에 장식하던 것이었다. 얼마 후 柳某의 아비가 죽어서 장례
　를 치르려 하는데, 호랑이가 나타나 墓穴을 막고 앉아 있는 모습이 마치 그
　곳에 장사지내지 못하게 하려는 것 같았다. 그리고는 호랑이가 다른 산으로
　가서 땅을 팠는데, 묘혈을 파 놓은 것 같았다. 그래서 먼저 정했던 묘자리를

---

120) 최래옥, 앞의 논문, 300쪽.
121) 강중탁, 『한국문학과 풍수설』, 백문사, 1988, 113~116쪽.

버리고 호랑이가 파 놓은 새 묘자리를 써서 장사지냈다. 그 후 柳某는 丞相
이 되었으니, 지금의 文化 柳氏는 바로 그 후손이다.122)

　구전설화로도 전승되고 있는 문화 유씨에 대한 이 설화는 '적덕(積德)
[施恩] → 택지(擇地)[報恩] → 발복(發福)'의 구조로 짜여져 있다. 특히 호
랑이가 사람을 해침으로써 비녀가 목에 걸려 고통을 받게 되고, 그것을
뽑아줌으로써 명당을 지시받아 현달하게 된다는 이야기는 인과응보(因
果應報), 권선징악(勸善懲惡) 등의 전통적인 관념을 반영하고 있는 것으
로 해석된다.123) 호랑이를 구해주고 그 보답으로 명당을 점지받는 유형
으로는 이처럼 호랑이의 목에 걸린 비녀를 뽑아주는 것 외에도 함정에
빠진 호랑이를 구해준 보답으로 이루어지는 경우도 있다.124) 특히 명당
점지형의 동물보은담에 호랑이가 자주 등장하는 것은 호랑이를 영수(靈
獸)로 관념했던 탓으로 보인다. 명당을 찾아 복정(卜定)하는 것은 풍수
에 의해 가능한 일이라고는 하지만, 실제로 명당(明堂) 획득은 단순한
의욕만으로 이루어질 수는 없다고 관념되어 왔다. 특히 몇 대 적덕(積
德)을 해야만 명당을 얻을 수 있다고 하는 속신은 그러한 명당 획득의
어려움을 반영하고 있다. 따라서 명당의 획득은 적덕과 함께 인위적인
노력을 넘어선 천우신조(天佑神助)가 있어야 가능하다고 믿었던 것이
다.125) 이런 점에서 동물의 명당점지는 적덕에 따른 천우신조 내지는
자연의 감응으로 해석될 수 있고, 호랑이는 그 점에서 신적 존재 내지는
자연을 대표하는 동물로 등장한 것이라 하겠다. 조선후기 문헌설화에는
소가 등장하여 명당을 점지함으로써 보은하는 경우도 있다.126) 그러나

122)『於于野譚』卷 5, 萬物篇 禽獸,〈文化之將枝〉.
123) 姜中卓, 위의 책, 115쪽 참조.
124)『東野彙輯』卷 15, 述異部 8 物感,〈放虎占穴相酬惠〉.
125) 姜中卓, 위의 책, 113쪽 참조.
126)『靑邱野談』卷 7,〈定名穴牛臥林間〉;『東野彙輯』卷 5, 方術部 2 地理 1,〈憎

그 의미하는 바는 호랑이의 경우와 다르지 않다.

이밖에도 동물의 보은 형태는 치부형(致富型)127)과 자식점지형(子息占指型)128)이 있고, 은혜를 베푼 주인을 떠나지 않는 종주수의형(從主守義型)129)이 있다. 치부나 자식점지는 인간의 꿈이나 소망의 실현을 의미하고 있다는 점에서 결국 명당점지(明堂占指)를 통한 발복(發福)과 상통하는 것으로 해석된다. 또한 은혜를 베푼 주인을 떠나지 않고 항상 그 곁을 따라다니는 까치 이야기는 파렴치한 인간의 현실사회를 되돌아보게 하고, 만물의 영장으로서 인간이 갖추어야 할 도덕적 가치를 재정립하는 계기로 기능할 수 있었을 것이다.

사람이 동물의 생명을 구해주고, 구해준 동물로부터 보답을 받는다고 하는 동물보은담(動物報恩譚)은 만물정령사상(萬物精靈思想)과 숭배의식(崇拜意識), 불교적(佛敎的) 금살생관(禁殺生觀)을 바탕으로 인간 사회의 처세(處世)와 관련한 교훈을 준다는 점에서,130) 그리고 '위기에 처한 동물의 발견→시은(施恩)→(施惠者의 위기)→보은(報恩)'이라는 보편적 구조를 가지고 있다는 점에서 다분히 고정화된 이야기 형태임을 부인할 수 없다. 그럼에도 불구하고, 동물보은담이 널리 이야기되어 온 것은 그것이 가지고 있는 고도의 윤리성과 교훈적 가치 때문으로 이해된다. 이와 같은 동물보은담은 다른 한편 전(傳) 양식으로도 입전(立傳)되어 당대 지식인들 사이에 널리 향유되기도 한 바 있어 주목된다.131) 특히 구전 설화가 문헌설화로 정착되는 한편, 한문학의 정통적인 양식이라 할 수

騎客癡童施術>.

127) 『東野彙輯』 卷 15, 逃異部 11 陰德, <大江立案成鉅富>.

128) 『於于野譚』 卷 5, 萬物篇 鱗介, <禮安有一鄕吏姓崔>.

129) 『溪西野譚』 卷 1, <朴綾州右源>；『靑邱野談』 卷 12, <隨京師靈鵲知恩>.

130) 金鉉龍, 「動物報恩說話와 그 敎訓性」, 『敎育論叢』 第12輯, 建國大學校 敎育大學院, 1989 참조.

131) 尹勝俊, 「動物傳 硏究 序說」, 『漢文學論集』 14, 檀國漢文學會, 1996 참조.

있는 전으로도 수용되었다는 사실은 문자체계에 따른 국문학의 이원적 체계를 보여줄 뿐 아니라 조선후기 문학 갈래상의 교섭양상을 보여준다는 점에서 그 의의가 있다.

(4) 보수

원수를 갚는 이야기인 보수담은 은혜를 갚는 보은담(報恩譚)과는 상대적인 이야기이다. 보은담이 시은과 보은이라는 윤리적인 가치를 가지고 있는 교훈담이라면, 보수담은 부당한 원수에 대한 징계라는 점에서 정의의 구현을 목적으로 한 또하나의 교훈담이라고 할 수 있다. 조선후기 문헌설화에 보이는 동물보수담은 그 성격에 따라 동물과 동물 사이에서 일어나는 보수담과 동물과 인간의 관계에서 일어나는 보수담의 두 가지 형태로 나누어 볼 수 있다.

먼저 동물들 사이에서 일어나는 보수담에 대하여 살펴보기로 한다. 이 유형은 동물의 세계에서 벌어지는 이야기라는 점에서 우화로서의 성격을 띠고 있다. 여기에 해당하는 구체적인 예화를 보이면 아래와 같다.

> 어떤 사람이 수리가 학 새끼를 잡아가는 것을 보았다. 학이 하늘에 떠서 돌며 큰 소리로 부르짖으니, 여러 학들이 몰려와 하늘을 뒤덮었다. 새끼를 잃은 학이 먼저 큰 수리를 뒤쫓다가 밭 가운데로 떨어지니, 뭇학들이 수리를 둘러싸 둥그렇게 진을 쳤다. 수리가 노한 눈을 하고 다리에 힘을 주고 버티며 위협하자, 뭇학은 눈만 부릅뜨고 감히 앞으로 나아가지 못하였다. 그러기를 한참이나 하다가 무리 중에서 가장 빼어난, 커다란 학 한 마리가 밖에서부터 활보하며 안쪽으로 들어와 몇번인가 빙빙 돌다가 홀연 비바람이 몰아치듯 단단한 부리로 한 번 쪼으니, 수리는 가슴을 위로 한 채 거꾸러졌다. 뭇학들이 다투어 쫓아가며 쪼아서 수리의 몸을 다 찢어버린 뒤에야 획연히 흩어져 갔다.[132]

---

132) 『於于野譚』卷 5, 萬物篇 禽獸, <有人見鷲取野鶴之雛>.

족제비(鼬)는 黃鼠로, 굴 속에서 산다. 암수 한 쌍이 먹이를 구하러 굴 밖으로 나갔는데, 그 사이에 큰 뱀 한 마리가 굴에 들어와 남아 있는 족제비 새끼 서너 마리를 다 잡아먹고는 배가 불러 숲 속에 누워있었다. 밖에서 돌아온 암수 족제비는 이 사실을 뒤늦게 알고 통곡하다가, 잠시 후 커다란 두꺼비를 이리저리 쫓아서 뱀 앞으로 가게 하였다. 족제비는 나뭇가지 두 개를 두꺼비 뱃속에 가로질러 끼우고는 두꺼비 꼬리부터 뱀의 입쪽으로 향하여 가게 했다. 암수 족제비는 각각 두꺼비 배 속에 넣어둔 나뭇가지의 끝을 하나씩 꼭 물고 있었다. 두꺼비가 뱀의 입안으로 빨려들어갔다 나왔다 하기를 서너 차례 하자, 그 나무가지 때문에 뱀은 꿈틀거리다가 죽었다. 족제비가 뱀의 배를 가르고 새끼 네 마리를 꺼내어 핥았다. 아, 동물도 자식에 대한 사랑 뿐만 아니라 원수를 갚아 눈 앞에서 그 원한을 씻을 줄 아는구나. 또한 相克의 본성을 알고 있으니, 신비하도다. ……(하략)[133]

동물의 세계에서는 약육강식의 논리가 지배한다. 당연한 생존의 법칙이고 자연의 질서이다. 그러나 위의 설화들은 그러한 자연 법칙을 당위적인 것으로 받아들이지 않는다. 그것은 어떤 이유에서 연유하며, 또 그렇게 받아들여지도록 하는 계기는 무엇인가에 관심을 가질 필요가 있다. 위의 두 설화는 모두 약자의 새끼를 강자가 강탈해가는 행위와 그에 대한 약자의 복수가 그 핵심을 이루고 있다. 강자의 행위는 부당한 무단적 횡포로 규정되고, 약자의 행위는 부당한 행위에 대한 응분의 항거로 규정된다. 따라서 위의 두 설화는 모두 강자의 무단적 횡포에 대한 약자의 항거에 초점을 맞추고 있는 것이다. 더욱이 그것은 자식에 대한 부모의 애정이라는 점에서 공감을 자아낸다. 때문에 당연한 생존의 법칙이요 자연의 질서인 약육강식의 논리는 부정되지 않을 수 없다. 동물의 세계에서 일어난 일이지만, 단순히 동물의 이야기로만 받아들일 수 없음은 "物亦知報復以快目前 非但慈愛之天均也"라고 하는 논평의 '역(亦)'

---

133) 위의 책, 卷 5, 萬物篇 禽獸, <鼬者黃鼠也>.

자를 통해 확인할 수 있다. 인간 사회의 일면을 풍자한 것으로 받아들인
것이다. 강자[支配層]의 부당한 횡포에 대한 항거는 약자[被支配層]의 집
단적 저항으로, 또는 영웅의 활약에 의해 이루어진다. 위의 설화는 그러
한 점에서 약자의 집단적 항거를 보여주는 예라고 할 수 있다.[134]

한편 동물과 인간의 관계에서 일어나는 보수담의 유형은 그 복수의
방법에 따라 원한을 품은 동물이 직접 복수하는 경우와 원한을 산 인간
에게 천벌이 내리는 경우로 대별된다. 특히 직접적인 복수와 관련된 이
야기에는 공통적으로 뱀이 등장하며, 변신을 해서라도 자신의 원한을
갚고자 한다는 특징을 보인다.

> 무인 朴命賢이 만력 기축년에 큰 못가에서 노닐고 있었다. 유난히 큰 검
> 은 색의 물고기 한 마리가 마름풀 사이를 오가매 그 물고기를 잡고 싶었으
> 나, 그물도 없었고 낚시도구도 없었다. 허리춤을 살펴보니 마침 화살을 쪼갤
> 때 쓰는 칼이 있었는데 작고 좁다란 것이어서 나무 끝에 매달아서 찔렀더니,
> 물고기가 몸을 뒤집으면서 뛰어올라 그 칼을 부러뜨리고는 도망갔다. 그 뒤
> 17년이 지난 을사년에 朴命賢은 법을 어겨서 군역으로 나갔다가 돌아왔다.
> 하루는 무료하여 다시 그 못가를 한가로이 노닐고 있었다. 말을 버드나무 그
> 늘에 매어놓고 채찍을 쥐고 서 있었는데, 갑자기 못 속에서 물을 헤치는 소
> 리가 커다랗게 들려 놀라서 살펴보니, 한 마리 커다란 뱀이 두 귀를 벌리고
> 고개를 번쩍 쳐들고 있었다. 뱀이 물살을 헤치고 못가로 향하여 돌진해오니
> 사태가 매우 급하였다. 朴命賢이 피하기는 하였으나 형세가 몹시 급박하였
> 다. 평소 용력이 있던 朴命賢이었으나, 창졸간에 닥친 일이라 막아낼 방법
> 이 없었다. 마침내 朴命賢은 손에 쥐고 있던 채찍으로 그 뱀의 머리를 때리
> 니, 뱀이 물 속으로 들어갔다. 朴命賢은 몸을 빼내어 도망을 가는데 채찍질
> 을 쉬지 않았다. 僮僕들이 또한 커다란 돌로 뱀을 내리치니, 뱀이 비로소 스
> 르르 쓰러져 죽었다. 그 뱀의 길이가 십여 尺이나 되었고 머리에는 두 귀가

---

134) 강자의 부당한 횡포에 대항하는 영웅의 활약을 비유하는 동물의 보수담으로는 『於
于野譚』卷 5, 萬物篇 鱗介, <有大蟒登絶壁>을 들 수 있다.

있었다. 혹이 말하기를 '뱀의 쓸개로 포를 만들면 약으로 쓸 수 있다.'하여 그 배를 갈랐는데, 머리 아래에 눈동자처럼 툭 불거져 나온 것이 있었다. 칼로 만져보니, 그 안에서 쇳소리가 났다. 그것을 꺼내 보니, 기축년에 朴命賢이 찔렀던 화살 만드는 데 쓰던 칼 반조각이 그 몸속에 있었다. 세간에서 이르기를 '검은 물고기는 뱀과 교통한다.'하고, 또 '검은 물고기는 뱀이 된다.'고 하며, 또 '뱀은 원수를 갚는다.'하는데, 이 뱀은 17년이 지난 뒤에 전신의 원수를 갚고자 하였으니, 심하도다 뱀의 독기여. 그러나 뱀은 靈物이라, 칼을 몸 속에 감추고 있으면서 17년이 지난 뒤에도 그 칼의 주인을 알아보아서 원수를 갚고자 하였으니, 역시 신비스로운 일이요 괴이한 일이로다.[135]

뎡북창의 일홈은 념이오 그 아오 고옥의 일홈은 쟉이라 일즉 ᄒᆞᆫ가지로 ᄒᆞᆫ 곳을 지날ᄉᆡ ᄒᆞᆫ 집의 니르러 긔운을 바라보고 ᄀᆞᆯ오ᄃᆡ 앗갑다 뎌집이여 고옥이 ᄀᆞᆯ오ᄃᆡ 형쥐 엇지 ᄉᆞᆯ이히 말ᄉᆞᆷᄒᆞ시ᄂᆞ니잇가 잠잠코 지나가미 가ᄒᆞ거늘 이믜 발셜한즉 엇지 참아 그져 지나가리잇가 북창이 ᄀᆞᆯ오ᄃᆡ 그ᄃᆡ 말이 올타 ᄒᆞ고 형뎨 그집의 드러가 밤을 지난 후 북창이 쥬인ᄃᆞ려 닐너 ᄀᆞᆯ오ᄃᆡ 우리 드러온 바ᄂᆞᆫ 쥬인의 ᄋᆡᆨ을 덜고져 ᄒᆞ미니 능히 내 말을 조차랴 쥬인이 ᄀᆞᆯ오ᄃᆡ 그리하리라 북창이 ᄀᆞᆯ오ᄃᆡ ᄇᆡᆨ탄 오십셕을 금일ᄂᆡ로 판득ᄒᆞ라 쥬인이 즉시 쥰비ᄒᆞ거늘 북창이 ᄒᆞ여금 ᄯᅳᆯ에 ᄡᅡ아 불을 피우고 그 가온ᄃᆡ 큰 나모 ᄒᆞ나ᄒᆞᆯ 노흐니 그ᄣᅢ 집안사ᄅᆞᆷ과 마을사ᄅᆞᆷ이 다 모되고 쥬인의 아들이 나히 십여세라 ᄯᅩᄒᆞᆫ 여니 사ᄅᆞᆷ 가온ᄃᆡ 셔셔 구경ᄒᆞ더니 북창이 그 아ᄒᆡᄅᆞᆯ 잡아 궤듕의 넛코 ᄯᅮ에ᄅᆞᆯ 다드니 잇ᄣᅢ 쥬인의 혼실이 다 경황ᄒᆞ고 호통ᄒᆞ여 ᄀᆞᆯ오ᄃᆡ 엇더ᄒᆞᆫ 광ᄀᆡᆨ이 남의 귀동을 죽이려 ᄒᆞ니 엇진 곡졀이뇨 궤ᄅᆞᆯ ᄢᅵ치고 북창을 ᄧᅩᄎᆞ려 ᄒᆞ니 북창이 조곰도 안ᄉᆡᆨ을 동치 아니ᄒᆞ고 ᄀᆞᆯ오ᄃᆡ 만일 살인ᄒᆞ면 우리 형뎨 다 죽을 거시니 나죵을 보라 ᄒᆞ고 노ᄌᆞᄅᆞᆯ ᄭᅮ지져 급급히 살으니 쥬인이 망지쇼조ᄒᆞᄃᆡ 이믜 밋지 못ᄒᆞᆯ지라 차악ᄒᆞᆯ ᄲᅮᆫ이러니 다 살은 후의 북창이 궤ᄅᆞᆯ 여러 뵈니 ᄒᆞᆫ 대망이 쇼죤셩이 된지라 북창이 친히 ᄇᆡ얌을 헷치고 낫ᄉᆞᆺ쇠 수촌을 어더 쥬인을 뵈여 ᄀᆞᆯ오ᄃᆡ 능히 이 쇠ᄅᆞᆯ 아나냐 쥬인이 ᄀᆞᆯ오ᄃᆡ 아노라 내 십년젼의 연못슬 파고 양어ᄒᆞ더니 어츅이 졈졈 업거늘 괴이너겨 직혀본즉 대망이 다 잡아먹ᄂᆞᆫ지라 분ᄒᆞ믈 니긔지 못하여 큰 낫스로 그

135)『於于野譚』 卷 5, 萬物篇 鱗介, <有武夫朴命賢者>.

비얌을 찍을졔 낫긋치 부러지고 비얌이 또 죽은지라 이 쇠가 그 쇠 아니냐
ᄒ고 노즈롤 불너 고등의 두엇든 부러진 낫슬 가져다가 마초와본즉 차착이
업ᄂᆞᆫ지라 북창이 굴오ᄃᆡ 쥬인의 아들은 그 바얌의 졍녕이라 그ᄃᆡ 아들이 되
여나 원슈롤 갑고져 ᄒᆞᄆᆢ니 만일 수월을 지난즉 규인이 망측ᄒᆞᆫ 변을 만나리
니 그러므로 우리 망긔ᄒᆞ고 참아 그져 가지 못하야 이 거죄 잇스니 이후ᄂᆞᆫ
넘예 업스리라 하고 인ᄒᆞ야 쟉별ᄒᆞ니라[136)]

위의 설화들은 표면적으로는 뜻밖의 횡액(橫厄)에 대한 이야기들이라
할 수 있다. 그러나 횡액의 원인이 동물의 원한에 있었고, 그 결과 동물
의 보수라는 결과로 나타난 것이 인간이 만나게 되는 뜻밖의 재앙이었
다는 점을 고려한다면, 이 설화들은 동물의 보수를 다루고 있는 이야기
에 해당한다.

인간이 동물을 대하는 태도는 다분히 인간 중심적일 수밖에 없다. 따
라서 인간의 욕구와 의지는 동물의 그것을 고려하지 않은 채 독선적이
고 이기적인 방향으로 치닫게 되기 때문에 동물과 충돌하지 않을 수 없
게 된다. 위의 설화는 그러한 인간의 욕구와 의지가 동물의 그것을 고려
하지 않고 일방적으로 행해짐에 대한 반동으로 나타난 것이라고 할 수
있다. 물론 그것까지도 인간 중심적으로 해석하고 (퇴치의 대상으로)설
화화함으로써 인간에 복수를 하는 동물을 사악하고 부정적인 것으로 관
념하고 있지만,[137)] 원한을 갚기 위해 복수를 행하는 동물의 입장에서 본

---

136) 『靑邱野談』 卷 2, 〈鄭北窓望氣消災厄〉.
137) 이는 상원사 유래담에 등장하는 뱀을 둘러싼 해석의 문제와도 관련된다. 인간이
    뱀을 죽이고 까치를 구해낸 행위는 과연 뱀의 입장에서 정당한 행위라고 해석될 수
    있는가. 나아가 살생을 금한다고 하는 인도주의적 정신에서 볼 때, 뱀과 까치의 죽
    음을 모두 초래한 인간의 행위가 과연 정당한 행위였는가 하는 질문이 나올 수 있
    다. 崔來沃은 이러한 문제에 관심을 갖고 이는 인간의 선입감이 작용한 오류라고 비
    판한 바 있다. 그렇다면 뱀을 사악한 동물로 여겨온 우리의 전통적인 관념은 정당한
    것인가 하는 의문까지 제기될 수 있다. 崔來沃, 「설화에 나타난 뱀」, 『뱀에 대한 한
    국인의 관념』, 국립민속박물관, 1989, 22〜23쪽 참조.

다면, 인간의 행위는 그들의 이익을 꾀하기 위하여 무고한 자신의 목숨을 앗아가려는 행동에 불과할 뿐이다. 그 결과 동물은 원귀(寃鬼)로 화하여 인간에게 복수를 시도한다. 그 복수는 대단히 집요하고 위협적인 것이기 때문에, 인간으로서는 마땅히 퇴치하지 않으면 안된다는 인간 중심적 논리를 제기하지 않을 수 없다. 그러나 이는 역설적으로 생명체 일반에 대한 존중과 외경을 보여주는 것으로, 인간 중심적 논리의 지양이라는 점에서 의의를 갖는다.[138]

동물담은 인간 사회에 교훈을 주고 경종을 울린다는 점에서만이 아니라, 이처럼 인간 중심적 사고에서 벗어나 객관적 시각으로 세계를 바라보고 인식할 수 있는 또다른 관점을 제공해 준다는 점에서도 의의가 있다. 그러나 조선후기 동물담은 이러한 새로운 인식을 주제로 하는 데에까지는 나아가지 못하고 있다. 단지 동물에게도 그러한 감정이 있고, 그러한 행동이 있을 수 있다는 인식 정도에 그치고 있을 뿐이다.

한편 직접적인 복수는 나타나지 않지만 그에 상응하는 천벌이 내리는 것으로 형상화되어 있는 예로는 『어우야담』에 수록된 <영광유대지미긍대야(靈光有大池彌亘大野)>와 <장흥어인득구여거(長興漁人得龜如車)>를 들 수 있다.

長興의 어부가 수레만한 거북이를 잡아서 長興府使에게 바치니, 府使 朴瑞이 기이하게 여겨 관아에서 기르며 완상거리로 삼았다. 하루는 한 客이 말하기를 '들으니 바다 속의 거북이나 자라는 그 뱃속에 夜光明珠가 많다고 하던데, 갈라서 그것을 취함이 어떠하겠소이까?' 朴瑞의 妾 玉生은 名妓로, 노래와 가야금을 잘타는 石介의 딸이었는데, 그녀 역시 노래와 가야금 솜씨로 장안에 이름이 났었다. 玉生이 朴瑞에게 청하여 거북을 죽이고 夜光珠를 꺼내자고 하니, 朴瑞이 왈 '靈物은 죽일 수 없는 법이라.'하고 거절하였다. 玉生이 몰래 그 客에게 명하여 거북의 배를 가르게 하였으나,

138) 강진옥(1996), 앞의 논문, 279쪽 참조.

그 안에는 아무것도 없었다. 몇 달이 안되어 집안에 불이나 玉生의 두 아들
이 죽었다. 또 거북의 배를 가르자고 했던 客과 칼을 잡고 거북을 죽였던
者도 연이어 죽었다. 長興 사람들이 모두 이르기를 '거북을 죽인 때문이다.'
라고 하였다. 내가 龜莢傳을 살펴보니, 民家에서 얻은 거북은 죽여서는 안
된다는 것이 과연 허망한 이야기가 아니었다.[139]

위 설화의 내용은 간단하다. 탐욕스런 인간이 자신의 욕망을 충족시
키기 위해 영물인 거북을 죽인다. 얼마 후 거북을 죽이자고 하고 실제로
죽인 자들이 죽는다. 사람들은 그들이 죽은 것은 거북을 죽인 때문이라
고 한다. 이러한 설화의 내용 속에는 거북에 대한 민간의 숭배와 외경,
악행을 저지른 자는 반드시 하늘이 벌을 내린다고 하는 믿음이 깔려 있
다. 일종의 동물정령신앙(動物精靈信仰)이 기저를 이루고, 거기에 권선
징악(勸善懲惡) 내지는 복선화음(福善禍淫)의 이치를 바탕으로 한 천명
사상(天命思想)이 함께 작용하고 있다고 하겠다.

위의 설화가 거북이라고 하는 영물에 대한 신앙적 태도에 초점이 맞
추어져 있다면, 동물의 생명 그 자체 내지는 자연의 섭리와 이치에 대한
존중과 인간의 탐욕과 헛된 과시욕에 대한 징계에 초점을 맞추고 있는
설화도 있다.[140] 영광(靈光)의 태수 김외천(金畏天)은 단지 '기장지관(奇
壯之觀)'을 한번 맛보고자 연못의 물고기를 씨까지 말려버린다. 하늘이
주신 생물은 함부로 살상하는 것이 아니라는 주변의 만류에도 불구하
고, 자신의 고집을 꺾지 않는 김외천은 스스로의 욕망 추구에만 몰두하
는 인간의 모습을 보여준다. 그러한 일이 있은 뒤, 그 연못에는 비바람
이 몰아치고 벼락이 내리는 등 하늘의 분노가 수십일간 그치지 않으며
결국 김외천은 그해에 목숨을 잃고 만다. 천벌에 의한 징계가 내림을 설

---

139) 『於于野譚』卷 5, 萬物篇 鱗介, <長興漁人得龜如車>.
140) 위의 책, <靈光有大池彌亘大野>.

화화한 것이다. 어느 경우나 인간의 탐욕으로 희생된 동물들의 보수는 불가사의한 하늘의 권능을 통해, 또는 자연의 위대한 힘을 빌려 이루어지고 있다. 이렇게 볼 때 동물의 보수담은 인간 중심적 세계관에서 벗어나 모든 사물을 객관적인 입장에서 바라볼 수 있게 함으로써 참다운 조화를 이루도록 한다고도 할 수 있다.

(5) 의행

조선후기 동물담 가운데에는 동물의 의행(義行)을 다룬 설화들이 많이 보인다. 이는 문헌설화 편찬자들의 설화에 대한 인식과 밀접한 관련을 가지고 있는 것으로 해석된다. 동물의 행동을 통해 인간 사회의 불의를 풍자하고 비판함으로써 올바른 질서와 가치를 정립하고자 했던 그들의 편찬태도는 동물담 가운데에서도 동물의 의행에 남다른 관심을 갖게 하였던 것이다. 특히 의로운 행동을 하는 동물로는 개와 말, 호랑이, 까치 등이 자주 등장한다. 개는 인간과 가장 가까이 지내온 동물로 인간과의 관계에서 그 의행이 설화화되었고, 길조(吉鳥) 내지는 서조(瑞鳥)로 인식되어 온 까치는 그 신의(信義)와 보은(報恩)을 중심으로 설화화되었다. 한편 말은 주인과의 의리에 초점을 두고 설화화되었는가 하면, 무섭고 두려운 존재로 인식되어 온 호랑이는 인간의 효(孝)와 관련하여 의로운 행동을 하는 것으로 설화화되었다. 개와 까치의 경우는 동물의 '보은'을 다루면서 논급하였으므로, 여기서는 말과 호랑이의 의행을 중심으로 살펴보기로 한다.

광해군 때 어떤 선비가 피찬(被竄)되었는데, 그가 기르던 말이 주인을 잊지 못하여 유배지까지 몰래 달려 왔다가 인조반정이 일어나는 날 크게 울어 그 소식을 알렸다는 이야기는 말의 의행에 관한 설화 가운데 가장 대표적인 것으로 조선후기 문헌설화집에 두루 나타난다.[141]

---

141) 이러한 이야기를 다룬 설화로는 다음과 같은 것들이 있다. 『溪西雜錄』卷 1, 〈東

넷 광희조 써의 흔 원이 이셔 시로 도임흔 후 누년 원옥을 결단ᄒᄂᆞ니 그
노괴 은혜를 갑고자 ᄒᆞ여 치마의 새로 나은 미야지를 담고 와 관가의 드려
굴오디 첩의 아비 싱시예 몰 ᄉᆞ빅필을 치되 미양 몰ᄀᆞᆺᄐᆞᆫ거시 업다 한탄ᄒᆞ더
니 일일은 흔 암몰을 ᄀᆞᄅᆞ쳐 굴오디 이 몰이 맛당히 ᄂᆞᆼ구를 나흐리라 ᄒᆞ더
니 이 미야지는 그 몰의 나흔 배니이다 태쉬 깃거 바닷더니 과만후 상경ᄒᆞ
기에 밋쳐 오히려 흔 져근 미야지라 젼챵위 뉴졍냥이란 사롬은 이쎠 빅낙이
라 일컷ᄂᆞᆫ지라 빅금으로 이 미야지를 삿더니 밋자라매 과연 ᄂᆞᆼ귀라 일홈을
표듕이라 ᄒᆞ엿더니 광희 듯고 그 몰을 탈취ᄒᆞᄂᆞ라 그 후 젼챵위 그 조부 영
경의 옥ᄉᆞ에 좌죄ᄒᆞ야 고부로 찬비ᄒᆞ고 쳔극을 더ᄂᆞ니라 일일은 광희 표듕
을 타고 후원의 돌니더니 그 몰이 홀연 몸을 흔드러 광희롤 ᄯᅥ르치고 두어
길을 소소와 궁장을 ᄲᅱ여 너머 ᄒᆞ로만의 고부를 득달ᄒᆞᄂᆞ라 이쎠 젼챵위 비
소의 잇셔 심야 오경의 홀노 안잣더니 홀연 뒤동산의 몰굽소릭 나거늘 블을
드러 가보니 곳 표듕이라 방문으로 ᄲᅱ여드러 벽 ᄉᆞ이예 스스로 몸을 곱초고
ᄉᆞ러 업듸여 니지 아니ᄒᆞ거늘 젼챵위 크게 놀나고 괴이히 너겨 인ᄒᆞ여 벽실
듕에 두고 먹여 기른지 일년이라 광희 노ᄒᆞ야 갑슬 달아 팔도로 차즐시 고
부위리예 니르러 찻기를 세 번이나 ᄒᆞ디 마ᄎᆞ니 ᄉᆡᄃᆞᆺ지 못ᄒᆞ니라 일일은 몰
이 홀연 갈기를 ᄺᅥᆯ치고 굽을 허위며 목을 드러 기리 우더니 이윽고 반졍흔
쇼식이 니른지라 젼챵위 노임을 닙어 힝ᄒᆞ야 경긔읍에 니를시 그 몰이 문득
산벽 쇼로로 드러가거늘 죵복이 ᄯᅴ어 대로로 향흔즉 졔어ᄒᆞᆯ믈 밧지 아니ᄒᆞ
고 구지 쇼로로 향ᄒᆞ니 그 몰이 ᄌᆞ리 이상ᄒᆞ미 만흔지라 그 간 바롤 ᄯᅡ라
흔 수풀 ᄉᆞ이로 드러간즉 흔 사롬이 그 가온디 숨엇거늘 젼챵위 ᄌᆞᆺ시 보니
이 곳 평싱 결원ᄒᆞ여 원수를 갑고져 ᄒᆞ던 사롬이라 샹히 잡고져 ᄒᆞ더니 이
몰노 ᄒᆞ여 셔로 만ᄂᆞᆫ지라 죵쟈로 ᄒᆞ여금 결박ᄒᆞ야 잡아와 ᄆᆞᄎᆞ니 죄예 업드
리니 사롬이 이상히 너기지 아니리 업더라 인뫼 드르시고 몰을 명ᄒᆞ여 가ᄌᆞ
롤 쥬어 겨시더니 그후 젼챵위 죽어 반혼후 그 몰이 먹지 아니코 죽거늘 드
디여 도셩 동문 밧긔 무드니라[142]

陽尉善推數〉;『靑邱野談』卷 1, 〈訪舊主名馬走千里〉; 卷 12, 〈報喜新櫪馬長鳴〉
;『東野彙輯』卷 2, 將相部 7 名將 3 義氣, 〈對綠林論劍結義〉; 卷 15, 述異部 9
報主, 〈名馬訪主仍報喜〉.
142)『靑邱野談』卷 1, 〈訪舊主名馬走千里〉.

위의 설화에서는 선비의 절의와 말의 의리라고 하는 이중적 주지가 광해군의 횡포와 대조를 이루면서 주제가 부각되고 있다. 말을 매개로 하여 광해군에 대한 역사적 평가를 우의한 설화라 하겠다. 동물의 특이한 성격을 다룬 동물담을 다루면서 논급한 바 있듯이, 말은 그 귀소성이라는 특성으로 인해 설화에 자주 등장한다. 그러나 여기에서는 그 귀소성이라는 속성이 '연주지성(戀主之誠)'으로 나타날 뿐만 아니라, 앞날을 예견하는 능력을 지닌 신비한 동물로 등장함으로써 '의(義)'와 '절(節)'의 상징으로 기능하고 있다. 이원명은 『동야휘집』에 이 설화를 실으면서 다음과 같이 말한 바 있다.

外史氏는 말한다. '둔마(駑駘)를 거두어들여 정성껏 돌보아 준마(騏驥)를 길러냈도다. 말 또한 사람에게 知己之感과 戀主之誠이 있었으니, 짐승의 마음으로써 대하지 않았던 것이다. 천리나 떨어진 곳까지 찾아왔으니 매우 기이한 일이로다. 韓愈의 글에 말이 비록 하루에 천리를 달릴 수 있는 재능이 있다하여도 그 말에 맞는 방법으로 채찍질하지 아니하고 그 재능을 다 발휘할 수 있도록 먹이지 아니하며 말이 울어도 그 뜻을 알아듣지 못하면서 채찍을 가지고 말 앞에 와서 이 세상에 훌륭한 말이 없구나라고 말한다면, 아아 정말로 말이 없는 것인가 말을 알아보지 못하는 것인가라고 하였다.'143)

한퇴지(韓退之)의 <잡설(雜說)>을 인용하면서, 이 말이 지기지감(知己之感)과 연주지성(戀主之誠)을 보여준 것은 말을 정성껏 돌보아 준 박미(朴瀰)(『동야휘집(東野彙輯)』에는 전창위(全昌尉) 유정량(柳廷亮)이 아닌 금양위(錦陽尉) 박미(朴瀰)로 나온다)에 대한 의리에서였다고 평하고 있다.

143) "外史氏曰 擧於駑駘 爹成騏驥 馬亦於人 便有知己之感 戀主之誠 不以獸心 而有間千里來尋 甚奇哉 韓文曰 馬雖有千里之能 策之不以其道 食之不盡其材 鳴之而不能通其意 執鞭而臨之曰 天下無馬 嗚呼 其果無馬耶 其眞不知馬耶"『東野彙輯』卷 15, 述異部 9 報主, <名馬訪主仍報喜>.

말을 대하는 태도라고 하는 작은 단서를 가지고 이야기하고 있지만, 실제로 이야기하고자 했던 것은 이를 바탕으로 한 보다 큰 문제, 즉 '지기지감(知己之感)'과 '연주지성(戀主之誠)'이라고 하는 인간 성정의 보편적인 주제였다고 할 수 있다. 위의 설화는 그 점에서 말의 연주지성(戀主之誠), 내지는 그 절의에 초점을 맞추고 있다고 할 수 있다. 후반부에 보이는 설원(雪怨)과 순사(殉死)의 이야기는 말의 의행을 더욱 부각시키기 위해 첨가된 것으로 보인다. 말은 이밖에 주인을 따라 죽는 순사형(殉死型)의 의행144)과 사람(주인)의 목숨을 구해주는 구주형(救主型)의 의행145)이 설화화되기도 하였다.

한편 호환(虎患)으로 대표되어 온 호랑이에 대한 인식은 효감(孝感)에 의한 의행이라는 점에서 또다른 모습을 보여준다. 다음의 효감천(孝感泉)에 대한 이야기는 효감이적(孝感異跡)을 다룬 설화 중에서도 가장 대표적인 것이다.146)

    성묘됴 시절에 호남 흥덕골을 화룡니에 오쥰이라 ᄒᆞᄂᆞᆫ 재 잇스니 ᄉᆞ족이라 어버이 셤기믈 지극흔 효도로 ᄒᆞ더니 어버이 몰ᄒᆞ미 녕축산의 장ᄉᆞᄒᆞ고 무덤 겻히 막미여 날마다 흰 쥭 흔 그릇슬 마실 뿐이요 곡읍을 슬피 ᄒᆞ미 듣ᄂᆞᆫ재 ᄯᅩ 눈물을 흘니더라 졔젼에 상히 현쥬를 쓸ᄉᆡ 새암이 산곡 듕에 잇셔 맛시 극히 청녈ᄒᆞ니 무덤에셔 가기 오리라 오셩이 반ᄃᆞ시 몸쇼 병을 가지고 물을 길을ᄉᆡ 풍우한셔의도 조금도 게을니 아니ᄒᆞ더니 ᄒᆞ로 저녁의 무슨 소리 산듕으로부터 나미 뇌셩 ᄀᆞᆺ투여 왼 산이 흔들니ᄂᆞᆫ 듯ᄒᆞ더니 아츰의 니러나 본즉 난듸업ᄂᆞᆫ 새암이 무덤 겻흐로 소사나오니 감녈ᄒᆞ미 젼의 깃던 새암 ᄀᆞᆺ거늘 그 새암을 가보니 이믜 말낫더라 이후로조ᄎᆞ 멀니 가 물 깃ᄂᆞᆫ

144) 『靑邱野談』卷 13, 〈投三橘空中現靈〉; 『東野彙輯』卷 2, 將相部 7 名將 3 義氣, 〈對綠林論劍結義〉; 卷 3, 節義部 3 忠節 3, 〈轉忠思孝投金橘〉.

145) 『東野彙輯』卷 2, 將相部 8, 名將 4, 武勇 〈勇將嘯引赤驥騎〉; 卷 14, 雜識部 6 才能, 〈因幕名衙能釋憾〉.

146) "其他孝感異跡甚多 而泉虎事 特其最著也" 『溪西野譚』卷 5, 〈成廟時〉.

수고를 면호니 읍인이 일홈을 효감천이라 호다 거혼 바 녀막이 심산궁곡의
홀노 잇스미 호표의 니웃이오 도적의 모드는 배라 집사롬이 심히 근심호더
니 이믜 소상을 지나미 일일은 큰 범이 녀막 압히 준좌호엿거늘 오싱이 경
계호야 굴오디 네 날을 해코져 호느냐 니 이믜 피치 못홀 터인즉 너 홀디로
호려니와 다만 니 죄 없노라 그 범이 꼬리를 흔들고 머리를 수겨 공경호는
쯧이 현연호거늘 오싱이 굴오디 이믜 히치 아닐진디 엇지 가지 아니호느뇨
그 범이 인호여 문밧긔 나가 업듸고 가지 아니호야 이곳치 혼 지 여러날이
되미 무춤니 어루 만지고 희롱호믈 계견곳치 호야 지나니 이후로 미양 삭망
을 당호면 그 범이 산록과 산졔를 무러와 녀막 압희 노와 졔슈를 니바지호
야 쥬년의 혼 번도 궐치 아니호니 밍슈와 도적이 감히 갓가이 못호더라 오
군이 결복후 집의 도라오미 범이 비로소 나가나라 그 다른 효감과 이젹이
만흐디 감쳔과 범의 일은 고장 나타난지라 도신이 오군의 효힝을 됴뎡의 올
닌디 샹이 특별이 졍문호시고 금빅을 스급호시니라 오군이 뉵십오의 졸호
니 사복졍을 츄증호시고 읍인이 향현사를 지으니라[147]

　시묘살이라고 하는 유가적 의례의 한 과정에서 일어난 사건을 바탕으
로 설화화한 것이다. 부모를 잃은 지극한 슬픔은 인위적으로 제한할 수
없는 것이지만, 조선시대에는 삼년상(三年喪)이라는 최소한의 예로 그것
을 대신하고 다시 일상으로 되돌아와야 한다[148]고 여겨왔고, 때문에 상
례와 제례의 절차를 중시하였다. 거상시(居喪時)의 예법 역시 『예기(禮
記)』와 『주자가례(朱子家禮)』의 지침을 중심으로 철저히 지켜왔다. 시묘
살이는 이러한 전통적 관념과 의례의 하나로 지극한 효성(孝誠)에서 우
러나온 것이지만, 그에 따른 현실적 고통과 위험은 적지 않은 문제를 내
포하고 있었다. 시묘살이 과정에서 있었던 사건을 소재로 한 이야기, 여

147) 『靑邱野談』 卷 9, <盧墓側孝感泉虎>. 孝感泉에 대한 설화는 이밖에 『溪西野譚』
　　卷 5, <成廟時> ; 『東野彙輯』 卷 3, 節義部 4 孝行, <孝子還甦說冥府> 등에도 보인
　　다.
148) "子曰 子生三年 然後免於父母之懷 夫三年之喪 天下之達喪也" 『禮記』 下, 第38
　　篇 三年間.

기 보이는 효감천(孝感泉)에 관한 이야기 역시 이러한 의례와 그에 따른
문제점을 보여주는 설화이다. 이 설화에 등장하는 호랑이는 맹수와 도
적의 위험으로부터 오생(吳生)을 보호해 줄 뿐만 아니라 제수(祭需)를
마련해 주기도 한다. 지극한 효에 대한 응답인 것이다.

　호랑이가 이처럼 효와 관련하여 등장하는 예는, 눈 먼 시아버지를 봉
양하기 위해 친정부모의 권유도 뿌리치고 돌아오는 효부를 집까지 태워
다 주는 호랑이 이야기,[149) 또는 도적을 만난 효자를 구해주는 호랑이
이야기[150)에서도 볼 수 있다. 설화 속의 호랑이상(像)을 긍정적인 호랑
이와 부정적인 호랑이로 대별할 때,[151) 조선후기 문헌설화의 경우, 긍정
적인 호랑이의 모습이 대부분 효와 관련되어 있다는 사실은 주목할 만
한 점이다. 그 이유가 무엇인지는 단언할 수 없지만, 조선시대 최고의
가치규범으로 받아들여졌던 효, 인간 사회의 질서를 유지하는 데 가장
필요하다고 할 수 있는 가치규범으로서의 효, 당대 현실에서 가장 절실
하게 요청되었던 가치규범으로서의 효는 현실적 필요에 있어서나 이상
적 실체로서 불변의 가치를 지닌 것이었고, 따라서 그러한 불변의 가치
를 보호하고 옹호하는 존재는 절대적인 권위와 힘을 가지고 있는 존재
여야 한다는 점에서 호랑이가 등장하게 된 것이 아닌가 추정해볼 따름
이다. 동물 세계에서는 물론이고 인간에게까지 절대적 권위와 힘을 발
휘할 수 있는 존재는 호랑이 외에는 찾아보기 힘들기 때문이다.

　이상으로 동물의 특이한 행동을 다룬 동물담을 우화, 지략, 보은, 보
수(報讎), 의행(義行) 등으로 나누어 살펴보았다. 특히 동물의 특이한 행

149) 『青邱野談』 卷 1, <守貞節崔孝婦感虎> ; 『東野彙輯』 卷 15, 述異部 8 物感, <放
　　虎占穴相酬惠>.
150) 『青邱野談』 卷 2, <聞詔人三代孝行>.
151) 黃浿江, 「韓國民族說話에 나타난 '호랑이'」, 『국어국문학』 55~57 합병호, 국어
　　국문학회, 1972 참조.

동을 다룬 동물담은 인간 사회에 대한 우의적 성격이 강하다는 점에서
조선후기 문헌설화 편찬자들의 설화에 대한 효용론적 태도와 관련하여
비교적 자료가 풍부한 편이다. 그 점에서 동물의 보은과 의행을 다룬 설
화들이 두드러지게 많이 나타난다는 사실은 이해될 수 있다. 한편 강자
와 약자 사이의 대결이 힘에 의한 논리로 이루어지지 않고, 지혜에 의해
결정되는 지략담은 지배층의 이념을 담기보다는 피지배층의 꿈과 이상
을 담는다는 점에서 조선후기 문헌설화에는 많지 않았다. 그럼에도 불
구하고 인간 본성에 대한 우의를 비롯하여 당시의 정치현실이나 역사적
사건 또는 인물에 대한 풍자를 통해 인간 사회의 윤리와 가치규범을 재
확인하고 재정립하고자 했다는 점에서 의의를 갖는다. 아울러 동물담은
인간중심적 사고 방식에서 벗어나 객관적으로 세계를 바라볼 수 있는
시각을 제공한다는 점에서도 의의가 있다.

　이밖에 조선후기 문헌설화 가운데에는 인간과 동물과의 이류교혼(異
類交婚) 모티프,152) 영웅(주인공)의 안내자 또는 영혼의 사자(운반자)로서
의 동물 모티프153) 등이 나타남으로써 설화 속에 등장하는 동물의 기능
과 상징적 의미를 고찰할 수 있게 해주기도 한다.

---

152) 이에 해당하는 자료는 다음과 같다.『於于野譚』卷 5, 萬物篇 禽獸,〈嘉靖中江原
　　道麟蹄縣民〉, 卷 5, 萬物篇 鱗介,〈興陽爲邑在海中如島嶼〉,『溪西野譚』卷 1,〈原
　　州蔘商有崔哥者〉;〈橫城邑內有女子〉,『靑邱野談』卷 1,〈善欺騙猾胥弄痴倅〉;
　　卷 15,〈義男臨水喚兪鐵〉; 卷 17,〈鬼物每夜索明珠〉, 卷 19,〈降大賢仙娥産室〉,
　　『東野彙輯』卷 15, 逑異部 6 幽怪,〈昭陽亭失珠貽悔〉; 卷 15, 逑異部 7 異配,〈官
　　童接黃龍現異〉;〈村珉遇玄熊致饒〉.
153) 이에 해당하는 자료는 다음과 같다.『於于野譚』卷 1, 人倫篇 孝烈,〈車軾松都人
　　也〉; 卷 2, 宗敎篇 靈魂,〈京城有一宰相以淸白名〉,『溪西野譚』卷 2,〈林將軍慶
　　業〉;『溪西雜錄』卷 2,〈金進士錡〉,『靑邱野談』卷 3,〈聽街語柳醫得名〉; 卷 17,
　　〈問異形洛江逢圃隱〉.『東野彙輯』卷 2, 將相部 4 天將,〈赤兔神將掃賊兵〉; 將相
　　部 6 名將2 功業,〈逐鹿客解縛論交〉; 卷 5, 方術部 1 天文,〈藜杖迎入話星象〉;
　　方術部 5 醫藥 1,〈聽街語柿帶奏功〉; 卷 7, 性行部 8 才智 2,〈三施計攫取重寶〉,
　　〈再掠取感化群情〉; 卷 15, 逑異部 1 靈異,〈津路逢人問異形〉.

IV. 맺음말 - 조선후기 동물담의 특성

인간은 오랜 옛날부터 자신을 둘러싼 자연뿐 아니라 동물들의 세계에 특별한 관심을 기울여 왔다. 그러한 관심은 동물들의 세계에 대한 순수하면서도 소박한 흥미나 관심에서 비롯되기도 하였으며, 어떤 지적 호기심에서 비롯되기도 하였다. 그러나 그러한 관심을 통해 인간은 동물들의 생김 생김이나 생활방식, 또는 그들의 특수한 행동양식이나 습성에 주의를 기울이게 되었고, 자연히 그에 대한 설명이나 해석을 요구하게 되었다.154) 때로는 동물의 세계에서 벌어지는 일련의 사건을 통해 인간 스스로 교훈적 가치를 구하기도 하였다. 물론 이야기를 통해 전해져 온 동물들의 외모나 생활방식, 또는 행동상의 특성이나 습성에 대한 설명은 오늘날의 과학적인 지식과는 거리가 먼 것이 사실이다. 그럼에도 불구하고 '동물담'이라고 일컬어지는 이 이야기들은 오늘날까지도 일정한 가치를 가지고 되풀이 이야기되고 있다.

본고는 한국 설화 전반의 동물담을 논의하기 위하여 그 개념 규정과 분류를 새롭게 시도하려고 했던 시론이다. 특히 문헌설화와 구전설화의 편차를 극복하고 동물담 전반을 함께 아우를 수 있는 방안을 모색하는 데 주력하였다. 그 기초적인 작업으로 동물담의 개념을 동물의 '특이한 성격'이나 '특이한 행동'을 다루고 있는 이야기라고 새롭게 규정하고, 그에 따라 조선후기 문헌설화를 분류하고 각 하위 갈래의 특성을 나름대로 검토하여 보았다. 본론에서 검토한 내용을 바탕으로 조선후기 동물담의 특성을 정리하는 것으로 결론을 대신할까 한다.

조희웅은 한국 동물담의 특징을 다음과 같이 지적한 바 있다.

---

154) Alexander H. Krappe, 앞의 책, 60쪽.

첫째, 토끼가 호랑이와 비슷하게, 그리고 여우보다 월등히 많이 나타나고 있
　　다는 점,

둘째, 동물담에서는 작고 약한 자가 슬기로운 반면 크고 강한 자는 어리석다
　　는 점,

셋째, 동물담 속에는 동물뿐만 아니라 인간도 빈번히 등장하고 있지만 동물담
　　속의 인간은 그 존재 자체가 희미하거나 무력하다는 점,

넷째, 동물담의 등장인물로는 사자, 원숭이, 앵무새 등 이국적인 것들도 상당
　　히 나타나고 있다는 점,

다섯째, 신이담에 빈번히 등장하는 동물이 동물담에서 그다지 큰 역할을 하지
　　못하는 예(여우, 뱀)가 있다는 점.155)

　이와 같은 동물담의 특성이 한국 동물담의 특성을 어느 정도 드러냈
다고 할 수는 있지만, 조선후기 문헌설화에 수록된 동물담의 특징적 면
모를 충분히 보여준다고 하기에는 부족한 감이 없지 않다. 물론 논자는
동물담의 개념을 제한적으로 규정하였고, 그에 따라 동물담의 특성 역시
어느 일면적인 측면을 두드러지게 강조하지 않을 수 없었다고 하겠다.

　본고에서 논의한 결과를 중심으로 조선후기 문헌설화에 수록된 동물
담의 특성을 제시해 보면 다음과 같다.

　첫째, 동물담임에도 불구하고 동물의 특성이나 행동 자체에 대한 관
심에 초점이 맞추어져 있기보다는 인간사와의 관련에서 다루어지고 있
는 것이 압도적이라는 점이다. 특히 인간사에 대한 조짐이나 예시로, 또
는 인간 사회에 대한 우의, 풍자, 또는 귀감으로 설화화되고 있다. 이는
동물의 특이한 성격이나 행동에 대한 관심이 설화담당층의 현실적 필요
에서 비롯되었다는 점에서 조선후기 동물담이 그들의 삶 자체와 긴밀한
관련을 가지고 있음을 보여준다.

　둘째, 그에 따른 자연스런 결과로 동물들 사이에서 일어나는 사건을

---

155) 曺喜雄, 『韓國說話의 類型的 硏究』, 韓國硏究院, 1983, 49~51쪽.

다룬 동물담보다는 인간과 동물 사이에서 일어나는 사건을 다룬 설화가
상대적으로 많다는 점이다. 장덕순156)이 동물담을 분류하면서, 대인간
담에 비중을 두었던 까닭도 여기에 있었던 것으로 보인다.

셋째, 동물의 특이한 성격을 다룬 동물담보다는 동물의 특이한 행동
을 다룬 동물담이 양적으로나 질적으로 우위에 있다는 점이다. 이는 설
화의 대상이 되는 동물을 어떤 관점에서 바라보고 있는가와도 관련되는
문제로, 동물 그 자체의 특이한 외모나 습성보다는 동물의 행동을 통해
결과된 현실적 가치, 즉 도덕적·윤리적 가치에 보다 큰 관심을 가졌던
당시의 설화인식 태도를 반영하는 것이다. 즉 설화를 설화 그 자체로 받
아들이기보다는 설화를 통한 '그 무엇'에 관심을 가졌던 것이다.

넷째, 동물담의 우의적, 교훈적 성격이 강조되고 있다는 점이다. 동물
담의 두드러진 하위 갈래라고 할 유래담이나 경쟁담, 지략담, 치우담 등
은 많이 나타나지 않는 데 반하여, 보은담이나 보수담, 동물의 의행이나
인간사에 대한 조짐과 예시를 다룬 설화들은 그 양에 있어서 절대적 우
위를 보이고 있다. 이는 문헌설화 편찬자들이 설화를 '세교(世敎)'의 방
편으로 인식하였기 때문에, 자연 인간 사회에 윤리적 가치나 교훈을 제
시할 수 있는 설화들이 더욱 더 많이 채록될 수밖에 없었던 사정을 반
영하는 것이기도 하다. 조선후기의 이념적 지향과는 배치되었던 탓인지,
지략담은 예화도 많지 않고 약자가 승리하기보다는 강자가 '용(勇)'과
'역(力)'뿐만 아니라 '지(智)'까지 겸비한 존재로 등장한다는 점에서 특이
한 면모를 보인다.

다섯째, 문헌설화에 수록된 동물담은 조선후기 민간의 생활과 세태를
반영함으로써 동물들의 기능이나 상징적 의미 면에서 독특한 면모를 드
러낸다는 점이다. 예를 들어 '까치'가 등과(登科)와 연관된다든가, 문자

---

156) 張德順, 「說話의 分類와 韓國說話槪觀」, 『韓國說話文學硏究』, 서울大出版部,
1978, 11~41쪽 참조.

를 이용한 언어유희적 이야기들은 이러한 당시의 세태를 잘 보여준다. 특히 풍수지리설과 관련된 동물담이나 특정 동물에 대한 속신을 설화화한 예가 적지 않게 보인다는 점도 이와 관련하여 주목할 만한 특징이다.

여섯째, 그런가 하면 동물담은 조선후기 민간의 이상과 꿈을 설화화하기도 하였다. 그들의 과거(科擧)에 대한 꿈과 희망, 장수(長壽)에 대한 꿈, 치부(致富)에 대한 꿈 등, 현실적으로 실현하지 못한 이상과 꿈의 세계를 동물들의 성격이나 행동을 통해 구현하고 있다. 일종의 대리보상이요, 욕구 불만의 배설 작용을 위한 창구가 동물담이었다고 할 수 있다.

일곱째, 인간에게 해를 끼치는 가해동물로는 '호랑이'와 '뱀'이 많이 등장하는 반면, 인간에게 도움을 주는 우호적 동물로는 '개', '말', '호랑이', '까치' 등이 등장한다. 특히 호랑이는 가해동물로 나타나기도 하고 우호동물로 나타나기도 하는데, 이는 호랑이가 가지고 있는 이중적 특성을 모두 보여주는 것이라 하겠다. 호환에 관한 설화에서는 무섭고 두려운 존재로, 인간의 효에 감화되어 인간을 도와주는 우호적 존재로 등장할 때는 절대적인 권위와 힘을 가진 존재로서 인간(인간행위)을 보호하고 옹호한다.

이상으로 조선후기 동물담에 나타나는 특징적 면모를 개괄하여 보았다. 물론 이상과 같은 특성이 한국 동물담의 전반적인 특성이라고 확대 해석되어서는 안된다. 본고에서 검토한 틀과 결과가 구전설화에까지 확대·적용 가능한지를 검토하고 보완할 때에, 비로소 한국 동물담의 전반적 성격이 명확해질 수 있을 것이다. 본고는 그런 점에서 한국 동물담의 전반적인 특성을 규명하기 위한 기본 틀을 마련해 보고자 했다는 점에 의의를 둔다.

〔윤승준〕

의구설화 교재의 이해

Ⅰ. 머리말

일찍이 손진태는 『한국민족설화의 연구』에서 우리나라에 유포되어 있는 의구설화(義狗說話)[1]는 중국으로부터 영향을 받았다고 주장했다.[2] 우리 자료보다 앞선 중국의 자료에 실린 의구설화를 예시했기 때문에 그 영향 관계를 무시할 수 없다.[3] 우리 문학과 중국 문학과의 영향 관계는 비단 의구설화에만 한정된 것은 아니다. 문학 전반에 걸쳐 수수관계(授受關係)가 있음이 여러 논자들의 논증에 의해서 계속 언급되어 왔다.

필자는 초등학교 국어 교과서에 실린 〈오수의 개〉가 문헌과 현장이

---

1) 설화는 통설적으로 신화·전설·민담으로 분류하지만 총체적으로 범칭하기도 하고 부분적인 명칭으로 사용하기도 하는 등 그 범주가 명확하지 못하다. 여기서는 의구(義狗)에 관한 신화·전설·민담뿐만 아니라 전(傳)도 나타나기 때문에 이를 묶어서 설화로 범칭하기로 한다.

2) 손진태, 『한국민족설화의 연구』, 을유문화사, 1981, 참조.

3) 손진태는 東晉의 干寶가 찬한 『搜神記』에 실린 〈殺身救主型 義狗說話〉 등을 인용하면서 중국 의구설화의 한국 영향설을 제기했다. 『수신기』는 원본이 전하지 않고 소재작품들은 후대의 『法苑珠林』, 『太平御覽』 등에 재구성되어 전한다. 『수신기』의 의구설화는 '昔 吳王孫權時 有李信純者…'로 시작된다.(『한국민족설화의 연구』, 을유문화사, 1947, 19~31쪽, 참조.)
최자(1188~1260)의 『補閑集』에 전하는 김개인의 「오수 의구설화」와 『수신기』 소재 의구설화는 〈滅火殺身救主型 義狗說話〉이다.

보존되어 있는 산 교재라는 인식 아래 이에 관한 연구에 착수했다. 먼저 최자(崔滋)의 『보한집(補閑集)』 소재 오수의구의 현장인 전북 임실군 오수면 오수리의 오수의견비각(獒樹義犬碑閣)을 답사하고 현지에서 오수의구에 관한 자료 수집과 탁본을 했다. 이를 토대로 해서 "국민학교 교과서에 실린 <오수의 개>에 대하여"[4]와 "국민학교 교과서에 실린 전설 교재에 관한 연구"[5] 등을 발표한 바 있다.

한국 의구설화의 효시는 최자(1188~1260)의 『보한집』에 실려 있는 <오수 의구설화>이다. 이후 의구설화는 문헌에 많이 전해 온다.[6] 즉 『신증동국여지승람(新增東國輿地勝覽)』(1530)을 비롯하여 이수광(李睟光, 1563~1628)의 『지봉유설(芝峯類說)』(1614), 이유홍(李惟弘, 1567~1619)의 『간정집(艮庭集)』, 유몽인(柳夢寅, 1559~1623)의 『어우야담』(1621), 선산부사(善山府使) 안흥창(安興昌)이 1665년에 찬(撰)한 <의구전(義狗傳)>,[7] 김약련(金若鍊, 1730~1802)의 『두암선생문집(斗庵先生文集)』, 『조선읍지(朝鮮邑誌)』, 『청구야담(靑邱野談)』, 이원명(李源命, 1807~?)의 『동야휘집(東野彙輯)』(1869), 『증보문헌비고(增補文獻備考)』(1908) 등에서 의구설화를 찾을 수 있다. 또한 『한국구비문학대계』는 수십 편의 의구설화를 채집·수록하고 있다.

손진태가 『한국민족설화의 연구』에서 의구전설(其一, 其二)에 관해서 언급한 이후, 의구설화의 연구 성과를 들면 다음과 같다.

---

4) 이신성, 「국민학교 교과서에 실린 <오수의 개>에 대하여」, 『어문학 교육』 제13집, 한국어문교육학회, 1991, 참조.

5) 이신성, 「국민학교 교과서에 실린 傳說敎材에 관한 硏究」, 『어문학교육』 제14집, 한국어문교육학회, 1992, 참조.

6) 개를 지칭하는 漢字語는 '狗', '獒', '厖', '犬' 등이 있다. '獒'는 중국 기록인 『書經』 「旅獒篇」에 나오기 시작해서 李漁(1611~1679)가 지은 「瘞犬文」 등에 보이고, 한국 기록에는 崔滋의 『補閑集』 이후 쓰인 예는 찾기 어렵다. 본고에서는 '狗'로 통일하되 원전 인용 때는 그 원전에 사용된 말을 쓰기로 한다.

7) 金樹基 씨 소장 『義烈圖』(1869)에 수록되어 있다.

손진태가 한국 의구설화의 중국 영향설을 피력한 이후, 김현룡은 『어우야담』에 전하는 영변교생 곽태허의 의견설화가 중국 측 『태평광기』 소재 장연의 의견설화 영향을 받았다고 하는 등 우리 의구설화의 중국 영향설을 제기했다.[8] 그러나 필자는 중국의 영향 관계 이전에 우리 땅에서도 의구가 자연발생적으로 나타났으리라 생각한다.

최인학은 「구경전담의 민속학적 연구」[9]에서 개가 밭을 가는 모티브가 있는 민담을 민속학적으로 고찰했다. 그는 구경전담(狗耕田譚)은 인과응보의 교훈적인 테마가 중심이 되어 있다고 할 수 있지만, '개'라고 하는 동물이 부(富) 혹은 행복을 초래하는 것을 주제로 하여 '선인(善人)과 악인(惡人)의 대립'을 근본이념으로 해서 선인(善人)의 승리를 가져오게 하는 줄거리로 되어 있다고 했다.[10] 특히 최인학의 이 논문에서는 일식(日蝕)·월식(月蝕)의 근원설화가 될 만한 <불개>와 개가 복(福)을 가져다 주는 <단뚱과 떡나무와 생명 나팔> 및 <사람이 죽어 개로 다시 태어난 이야기[轉生 모티브의 민담]> 등을 예시하여, 개는 전생(轉生)할 수 있는 동물의 하나이고, 사자(死者)를 저승으로 안내하는 신(神)의 사자(使者)이며, 복(福)을 가져다 주는 영물(靈物)이라는 점 등을 우리 민속에서 엿볼 수 있다고 했다.

이상익은 "시화집에 정착된 설화들"에서 최자의 『보한집』 소재 의구설화와 『증보문헌비고』의 기록 및 보통학교 『조선어독본(朝鮮語讀本)(卷四)』(1921)에 실린 「의구(義狗)」 기록 전문(全文)을 소개했다.[11] 이는 <오수형(獒樹型) 의구설화>에 관한 본격적인 학적 고찰이라는 의미가 있다.

8) 김현룡, 『한중소설설화비교연구』, 일지사, 1976, 134~140쪽, 참조.
9) 최인학, 「狗耕田譚의 민속학적 연구」, 『관동대학 논문집』 4집, 1976, 183~200쪽, 참조.
10) 최인학, 앞의 책, 187쪽, 참조.
11) 李相翊, 「詩話集에 定着된 說話들 -麗朝散文學小考④-」, 『국어 교육』 31집, 한국국어교육연구회, 1977. 12, 31~144쪽, 참조.

최래옥은 「오수형의견설화의 연구」에서 <오수 의구설화>를 논제로 삼아 '오수형 설화의 분포', '오수설화의 사적 고찰' 등 <오수형 의구설화>에 관한 폭넓은 자료 제시와 본격적인 학적 고찰을 기했다.12) 이는 <오수형 의구설화>의 전국적인 분포로 보아 <오수 의구설화>가 오수라는 지역성을 초월하여 전국적 범민족적인 설화로 정착되었음을 입증한 것이다. 또한 최래옥은 「한·중설화의 동물담 연구」에서 한·중 의구설화를 간략히 비교했으며,13) 이신성도 「한·중 의구설화의 비교 연구」를 발표한 바 있다.14)

홍순석은 의견설화의 형성, 특징 등을 살핀 데15) 이어 오수의견과 <선산 의구설화>의 상사성을 밝히고 <선산 의구설화>를 집중적으로 고찰했다.16)

한양명은 선산지방에 전해오는 의우(義牛)·의구설화를 살폈는데, 이들 설화는 충의라는 지배이데올로기 실천의 전범으로 이용되었다고 했다.17)

이형우는 「한국의 동물설화 연구」에서 수집한 141편의 견(犬)·구(狗)·오설화(獒說話)를 지역별, 주제별, 원인별로 분류하고 견(犬)·구(狗)·오설화(獒說話)가 구비문학과 기록문학에 미친 영향 등을 살폈다.18) 이 논문에서는 주로 의구에 관한 내용이나 개가 사람을 해친 경

---

12) 최래옥, 「獒樹型 義犬說話의 硏究」, 『韓國文學論』, 日月書閣, 1981. 3, 참조.
13) 최래옥, 「韓·中說話의 動物譚 硏究」, 『설화연구』, 국어국문학회, 1998, 205~225쪽, 참조.
14) 이신성, 「韓·中義狗說話의 比較硏究」, 『東洋漢文學硏究』 제11집, 東洋漢文學會, 1998, 275~357쪽, 참조.
15) 홍순석, 「韓國義犬說話硏究」, 『강남대학 논문집』 제21집, 1993, 참조.
16) 홍순석, 「善山義狗說話의 考察」, 『韓國學論集』 제1집, 강남대학, 1993, 참조.
17) 한양명, 「지배이데올로기의 실천을 위한 畜生의 도구화와 義牛·義狗傳說」, 한국구비문학회 하계 학술대회(1998년 8월 10일~8월 11일) 발표 요지 참조.
18) 이형우, 「한국의 동물설화 연구-犬·狗·獒를 중심으로-」, 석사학위논문, 공주

우도 나타난다.

윤승준은 「동물전 연구 서설」[19]에서 이유홍(李惟弘, 1567~1619)의 <의구전(義狗傳)>과 김약련(金若鍊, 1730~1802)의 <충구전(忠狗傳)> 및 <의구전(義狗傳)> 등을 고찰했다.

여기서는 먼저 초등학교 교과서에 실린 <오수의 개>에 관해서 살펴보기로 한다. 이어 교과서에 교재화된 것과 교재의 현장을 연관시켜 구체적 교재로 교과서에 수록되어야 할 필요성을 제기해 보겠다.

<오수의 개>는 오수 지방에 한정된 <오수 의구설화>만 있는 것이 아니다. 그와 비슷한 줄거리를 담고 있는 <오수형 의구설화>가 전국적으로 분포되어 있다. 따라서 <오수의 개>는 오수라는 한정된 지역의 설화가 아닌 전국적 범민족적 설화이며 그 현장도 남아 있다.

<오수형 의구설화>는 개가 불을 꺼서 주인을 살리고 죽는 '멸화살신구주형(滅火殺身救主型)'이다. <오수형 의구설화> 가운데 하나인 <선산의구설화>는 <의구전>과 4폭의 <의구도> 및 설화의 현장이 남아 있기 때문에 <선산 의구설화>의 독자성은 인정해야 한다.

우리나라에는 '멸화살신구주형(滅火殺身救主型)'을 비롯하여 다양한 내용을 담은 의구설화가 많이 전한다. 중국에서도 풍부한 의구설화가 전한다. 본고에서는 지면 사정상 <오수의구설화>와 <오수형의구설화>와 <선산의구설화> 이외의 한국의구설화의 고찰이나 한(韓)·중(中) 의구설화의 비교 등은 생략하기로 한다.[20]

대학교 교육대학원, 1993 참조.

19) 윤승준, 「동물전 연구 서설」, 『한문학논집』 제14집, 단국한문학회, 1996. 11, 참조.
20) 한·중 의구설화 비교와 한국의 다양한 의구설화에 관한 상세한 내용은 이신성, 『우리 고전문학 교재의 이해』, 2001, 보고사, 188~248쪽, 참조.

II. 오수의 개

한국 의구설화의 효시는 최자(1188~1260)의 『보한집』에 실려 있는 <오수 의구설화>이다. <오수 의구설화>는 무수한 <오수형의구설화(獒樹型義狗說話)>를 산생시켰다.

여기서는 『보한집』 소재 <오수의 개>와 초등학교 교육과정 변천에 따른 <오수 의구설화>와 <오수의 개> 관련 유적지 및 교과서에 교재화된 「의로운 개」 등에 관해서 살펴 보기로 한다.

1. 『보한집 소재』 <오수의 개>

<오수의 개>는 최자의 『보한집』에 처음으로 등장한다.

> 김개인은 거령현[21] 사람이다. 개 한 마리를 길렀는데, 매우 영리했다. 어느 날 개인이 외출하는데 개도 주인을 따라 나섰다.
>
> 개인이 술에 취하여 길바닥에 쓰러져 자는데, 들불이 일어나 불길이 번져 오고 있었다. 개는 곧 옆에 있는 시냇물에 들어가 몸을 적시어 불 주위를 빙빙 돌면서 풀을 적셨다. 그래서 불길을 막았으나, 개는 힘이 빠져서 죽었다.
>
> 개인은 잠에서 깨어나 개의 모양을 보고는 슬프게 여겨 노래를 지어 슬픈 심정을 나타내었다. 개인은 개의 무덤을 만들어 장사를 지내주고 지팡이를 꽂아서 그것을 기록했다.
>
> 그런 일이 있고 난 뒤 지팡이는 나무가 되었으므로 그 땅 이름을 오수라고 부르게 되었다. 악보 가운데 견분곡이 이것이다.
>
> 뒤에 어떤 사람이 시를 짓기를, 「사람은 짐승이라 불리는 것 부끄러워하지만 / 공공연히 큰 은혜 저버린다네 / 사람으로서 주인 위해 죽지 않으면 / 어찌 개와 같이 논할 수 있겠는가?」라고 했다.
>
> 진양공 崔怡(?~1258)는 문객들에게 개의 傳記를 지어 세상에 유행하게 했다. 이는 세상의 은혜를 받은 사람들이 그 은혜를 갚을 줄 알도록 하기 위

---

21) 지금의 전북 임실군 지사면 영천리이다.

한 뜻이었다.22)

이 설화는 지명유래담이며 살신구주(殺身救主)한 충견(忠犬)의 정리 (情理)를 담고 있다. 꽂은 지팡이가 살아서 나무가 되어 '오수'라는 지명 을 얻게 되었으니, 이 설화는 최이가 생존했던 시대보다 훨씬 전에 발생 하여23) 최이와 동시대에 살았던 최자의『보한집』에 실려 전하게 되었다 고 하겠다. 〈오수 의구설화〉는 최이가 개의 전기를 짓게 했으니, 최이에 의해 전승되게 되었다고 볼 수 있다. 최이는 살신구주한 개의 감동적인 정리(情理)를 빌려 수혜자(受惠者)의 보은(報恩)을 강조했다.『신증동국 여지승람(新增東國輿地勝覽)』권 39,「남원(南原) 역원조(驛院條) 오수 역(獒樹驛)」에도 〈오수 의구설화〉가 실려 있다.『보한집』에 실린 시와 최이의 기록이 없는 대신 이규보가 오수에 머문 적이 있음을 나타낸 시 가 수록되어 있다.

〈오수 의구설화〉는 부분적으로나마 교재화되었고, 〈오수 의구설화〉 의 현장인 오수원 동산24)은 그 조경 미화가 빼어나게 잘 되었으며, 온 군민의 참여와 관심 속에 오수의견제가 해마다 열리고 있다. '희생과 충 성이 담긴 충직한 의견의 넋을 위로하고 의로운 정신을 길이 보전시키 자.'는 오수의견제에는 지역민의 향토애와 긍지가 흠뻑 나타나 있다.

---

22) 金蓋仁居寧縣人也 畜一狗甚怜 嘗一日出行 狗亦隨之 蓋仁醉臥道周而睡 野燒將 及 狗乃濡身于傍川 來往環繞以潤著草茅 令絶火道 氣盡乃斃 蓋仁旣醒 見狗迹悲 感 作歌寫哀 起墳以葬 植杖以誌之 杖成樹 因名其地爲獒樹 樂譜中有犬墳曲是也 後有人作詩云 人恥呼爲畜 公然負大恩 主危身不死 安足犬同論 晉陽公命門客作 傳記行於世 意慾使世之受恩者 知有以報也
23)『신증동국여지승람』39권, 남원 역원조 오수역에 보면, 이규보(李奎報, 1168～ 1241)가 지은 시 '烏原侵午出 獒樹時留……'에 '오수'라는 지명이 나온다. 따라서, 최이보다 반세기 이상 앞에 살았던 이규보 생존 그 이전부터 〈오수 의구설화〉가 있 었다고 생각된다.
24) 원래 전설의 현장은 상리(上里) 부근이지만 이곳이 거의 전설의 현장이 되다시피 했다.

그러나 이와 같은 성과는 오수리 주민 심병국(1984년 작고) 씨의 19년 간(1965~1984)에 걸친 헌신적인 노력과 선친(先親)의 유지(遺志)를 받든 아들 봉무(奉茂)(43세) 씨의 '오수의 개'에 대한 꾸준한 홍보 활동이 있었기에 가능한 일이었다.25) 이와 같은 활동은 〈제5회 오수 의견제〉 준비 위원장 이종화 씨의 인사말 중 "…의견비 이야기를 교과서에 전문 수록 하고자 노력할 것이며…."(팸프릿 16쪽 참조)에서도 잘 나타나 있다.

〈오수형 의구설화〉는 전국적인 분포와 그것이 지닌 교훈성, 감화력 등과 그 학적인 성과 및 잘 보존된 현장, 설화가 담고 있는 정신을 오늘에 되살리려는 지역민들의 향토애, 자긍심 등으로 해서 지역성을 초월하여 〈오수형 의구설화〉로 정착했다고 할 수 있다. 따라서 〈오수형 의구설화〉는 구체적인 교재로 교과서에 수록되어 교육 현장에서 학생들에게 면밀한 교육이 이루어져야 마땅하다.

2. 교육과정의 변천에 따른 〈오수 의구설화〉

〈오수 의구설화〉가 최자의 『보한집』에 수록된 이후, 설화가 지닌 교훈성, 감화력 등에 힘입어 역대의 여러 문헌에 〈오수형 의구설화〉가 전해오고 있다. 또한 『한국구비문학대계』 등을 통해 전국 곳곳에 구전으로 전해오던 〈오수형 의구설화〉를 간접적으로나마 일별할 수 있게 되었다.

〈오수 의구설화〉가 교과서에 처음으로 등장한 것은, 1911년에 간행된 보통학교 『조선어독본』 권사에 「의구」라는 제목으로 설화의 전문(全文)이 삽화와 함께 실린 적이 있다.

---

25) 심봉무 씨는 부산교대 도서관을 직접 방문(1990. 8)하여 이준연의 『오수의 개』, 〈제 5회 오수의견제〉 팸프릿, 오수의견제 행사 내용을 담은 비디오 테이프 등을 부산교대 도서관에 기증했다. 본고는 이 기증 자료에 힘입은 바 크다. 이때까지 심봉무씨는 '오수의 개' 홍보 테이프 2,200여 개, 동화책 1,500여 권을 각급 교육청과 학교 교육청과 학교 도서관에 기증했다고 했다. [심재석 씨의 증언]

『조선어독본』이후, 1973년에 간행된 국민학교 국어 교과서(3학년 2학기)에 '오수의 개'에 관한 짤막한 내용이 보인다.[26] 4차 교육 과정기 국어 교과서에도 <오수의 개>에 관한 내용이 짤막하게 실려 있다.

<오수의 개>는 5차 교육 과정기 3학년 1학기 국어『읽기』교과서(42쪽)에, 오수의견상 사진과 '주인을 살리고 죽었다는 오수의 개 이야기는 유명합니다.'라는 짤막한 내용이 함께 실려 있다. 그리고 1학년 2학기『말하기·듣기』교과서(62쪽)에 <충성스러운 개>라는 제재로 <오수의 개>와 같은 의구담(義狗譚)을 내용으로 한 삽화가 6개 제시되어 있고, 63쪽에는 삽화에 관한 학습 문제를 실었다. 이 삽화는 5차와 6차 교육 과정기 교과서에 다 실려 있는데 다른 점은 지팡이 유무에 있다. 5차 교육과정기 교과서는 지팡이를 들었고 6차는 지팡이를 들지 않았다. 지팡이는 <오수의 개>에만 나온다. <오수의 개>는 오수 지방에 한정되는 설화이지만 <오수형 의구설화>는 전국적으로 분포되어 있는 '멸화살신구주형(滅火殺身救主型) 의로운 개'이므로 양자는 구별되어야 한다. 그러므로 6차 교육과정기 교과서의 삽화는 오수라는 지명에만 한정시키지 않고 전국적으로 분포되어 있는 멸화살신구주형(滅火殺身救主型)[獒樹型] 의구설화를 지칭할 수 있으므로 타당하게 제시되었다고 볼 수 있다.

4차 교육 과정기 교과서의 <사냥꾼과 사냥개> 삽화가 제5차 교육 과정기 교과서에서는 실물 사진[獒樹義犬像]으로 바뀌어진 변화는 상당히 의미가 있다.[27] 막연하게 전해 오는 이야기가 아닌, 설화의 현장이 남아 있다는 사실을 말해 준다. 이는 추상적으로만 여겨지던 <오수의 개>를 구체적인 교재의 현장으로 떠올릴 수 있게 만든다. 6차 교육 과정기 교

---

26) 「개 가운데에는 주인을 살리고 죽은 개도 있습니다. 우리나라에 전해 오는 옛날 이야기 가운데, 전라 북도 '오수의 개' 이야기는 유명한 이야기입니다.」
27) 제4차 초등학교 국어과 교육과정에 의해 편찬된 3학년 1학기 국어 교과서 44쪽에는 오수의견상 사진 대신 '사냥꾼과 사냥개'의 그림이 그려져 있다.

과서에는 '오수의견상' 사진이 빠지고 맹인 인도견 사진 등이 실려 있다. 이제 각 교육 과정기 별로 〈오수의 개〉 관련 내용상 차이점을 들어보자.

개는 충성스럽습니다. 주인이 위협을 당하면 재빨리 뛰어들어 주인을 보호합니다. 주인을 살리고 죽었다는 '오수의 개' 이야기는 유명합니다. '플란더즈의 개'라는 동화도 개의 이러한 성질을 그린 동화입니다.

우리 나라의 개 중에서 가장 뛰어난 것은 진돗개입니다. 진돗개는 똥오줌도 자리를 가려서 누고, 쥐와 새를 잡을 정도로 빠르며, 집도 잘 지킵니다. [4차 교육 과정기 교과서, 42쪽~43쪽]

개는 충성스럽습니다. 주인이 위험한 일을 당하면 재빨리 뛰어들어 주인을 보호합니다. 주인을 살리고 죽었다는 '오수의 개' 이야기는 유명합니다.

우리 나라에서 가장 뛰어난 개는 진돗개입니다. 진돗개는 비록 몸은 작지만, 쥐나 새를 잡을 정도로 빠르며 집도 잘 지킵니다. [5차 교육과정기 교과서, 42~43쪽]

개는 영리하고 충성스럽습니다. 주인의 생각을 알아차리는가 하면, 발소리만 듣고도 주인을 알아봅니다. 또, 집을 지키고 심부름을 하기도 합니다. 사냥을 돕는 개도 있고, 앞을 보지 못하는 사람들을 돕는 개도 있습니다. 게다가 주인이 위험한 일을 당하면 재빨리 뛰어들어 주인을 보호하기도 합니다. 주인을 살리고 대신 죽었다는 '오수의 개' 이야기는 널리 알려져 있습니다.

개는 의리를 잘 지킵니다. 우리 나라의 토종개 중에서 의리를 잘 지키는 개로는 진돗개와 삽살개가 있습니다. 진돗개는 첫 정을 준 주인을 오랫동안 잊지 못한다고 합니다. [6차 교육 과정기 교과서, 42쪽~43쪽]

5차 교육 과정기 교과서는 4차 교육 과정기 교과서의 문맥을 수정하고 일부 내용이 빠졌다. 즉 '플란더즈의 개'에 관한 설명이 5차 교육과정기 교과서에는 없다. 6차 교육과정기 교과서도 '오수의 개'에 관한 내용은 문맥 수정이 있을 뿐이다.

전북 임실군 오수면 오수리의 오수원 동산에 세워져 있는 의견상 [1975년 건립]은 진돗개 수캐의 형상이다. 이런 점은 '오수의 개 = 진돗개 일종'으로 연결된다.[28] 그러나 오수의 개가 진돗개가 아니라는 의견이 제시되어 6차 교과서에는 오수의견상 사진이 실리지 않았다. 토종개는 진돗개만 있는 것이 아니고 삽살개도 있기 때문이다.

필자는 〈오수의 개〉에 관한 자료 조사 차, 1986년 9월 12일, 1990년 1월 18일, 1991년 4월 3일 등 세 차례에 걸쳐 〈오수의 개〉 현장을 답사했다.

1986년 1차 답사 때 필자는 현장 사진 촬영과 1955년 4월 8일에 세운 「오수고적기실비」에 새겨진 비문을 적어올 수 있었다. 1차 답사의 결과는 필자로 하여금 〈오수 의구설화〉에 관해 눈을 뜨게 했고, 교재의 현장으로서 교육적 가치를 인식하게 했다는 점 등을 들 수 있다.[29]

3차 현장 답사 때(91.4.3) 필자는 「오수고적기실비」의 탁본과 「오수의 개」와 관련한 이야기를 들을 수 있었으며, 심재석[35세, 오수 청년회의소 사무국장] 씨의 안내로 원래 의구비가 서 있었던 곳[上里 철로 부근]과 김개인이 거주했던 지사면 영천리[上里 철로 건널목에서 6km]까지 다녀 올 수 있었다.

〈오수의 개〉는 설화의 현장이 잘 보존되어 있을 뿐만 아니라, 충견(忠犬)으로서의 풍부한 내용을 담고 있고, 우리나라 거의 전역에 유사설화(類似說話)가 분포되어 있다. 그러므로 〈오수의 개〉[또는 〈오수형 의구설화〉를 비롯한 의구설화]는 당연히 설화와 함께 교과서에 구체적인 교재로 실려, 이에 대한 교육이 이루어져야 한다고 본다.[30] 이런 점에서 생각할

---

28) 4차와 5차 6차 교과서에는 똑같이 진돗개의 사진을 실었다.

29) 구체적인 기록물은 필자의 「예술·문화의 향훈이 넘치는 곳, 전라도를 찾아서」, 『한새별』 제24집, 1987. 2, 144~146쪽을 참조하면 된다.

30) 원래 義狗碑는 오수원 동산에 있었던 것이 아니고 上里 鐵路 건너편에 있었다. 그

때, 최인숙의 「국민학교 교과서에 나타난 설화 교재의 구체적 교재화에 대하여」[31]는 <오수의 개>에 관한 구체적 교재화의 필요성을 지적한 타당한 연구물로 꼽을 수 있다.

3. 오수고적기실비(獒樹古蹟紀實碑)

오수원(獒樹園) 동산에 세워진(1955. 4. 8) 「오수고적기실비(獒樹古蹟紀實碑)」의 비문은 다음과 같다.

距今 약 천여 년 전에 巨寧縣 오늘의 只沙面 寧川里에 金蓋仁이라는 분이 살고 있었는데, 한 마리의 개를 기르고 있었다. 蓋仁은 至極히 개를 사랑하였으며 개도 또한 無限히 주인을 따르고 언제나 그림자처럼 身邊을 떠나지 않았다.[32]

어느 해 이른 봄에 獒樹에서 大醉한 蓋仁은 歸路途中 잔디밭에 쓰러져 그만 깊이 잠이 들었다. 때마침 附近에서 일어난 野火는 猛烈한 힘으로 前後不覺의 蓋仁身邊 가까이 타오르고 있었다. 그 날도 주인의 옆을 떠나지 않고 따르던 개는 主人의 生命이 危殆로움을 깨닫자 近處에 흐르는 개울에 뛰어 들어 물에 몸을 적시어 主人이 누워 있는 周邊의 燃燒處에 구르기 始作하였다. 猛火의 불길에도 不屈하고 이렇게 하길 數 十번 겨우 주인의 生命을 救出한 개는 氣盡脈盡하여 그 자리에 쓰러져 버리고 말았다. 얼마 後 잠이 깨인 蓋仁은 몸을 받쳐 自己를 救해 준 愛犬의 死體를 부여안고 痛哭하였다. 그리고 그 자리에 死體를 厚히 묻은 後 가졌던 지팡이를

런데 한 때 비석이 없어져 20원의 현상금을 걸어서 찾게 했다는 이야기가 있다. 그 후 철로 반대편으로 옮겨졌고, 1939년경 당시 오수 소방대장 김용암 등 소방대원에 의해 현 위치(오수리 232번지)로 옮겨졌다고 한다. 이와 같은 증언은 오수리 주민 金泰九(82), 朴準基(75), 趙奇勳(74), 이일문(66) 諸氏가 했다.

31) 최인숙, 「국민학교 교과서에 나타난 설화 교재의 구체적 교재화에 대하여 - <오수의 개>를 중심으로-」, 『국어과 교육』 제8집, 부산교육대학 국어교육연구회, 1988. 2, 133~144쪽, 참조.

32) 윗점은 필자가 찍었다.

무덤 위에 꽂아 주었다. 얼마 후 지팽이에 싹이 트기 始作하더니 漸漸 자라서 하늘을 찌를 듯한 巨木이 되니, 그때 부터 이 巨木은 이름지어 鰲樹라고 稱하고 이 고장의 이름까지 鰲樹라 부르게 되었다 한다. 날이 가고 달이 가고 幾百年의 歲月이 흐르고 흘렀다. 茂盛했던 나무도 有限한 生命의 天則을 어길 길 없어 枯死하고 古人이 義犬의 忠誠을 길이 기념키 爲하여 建立한 碑의 文字마저 헤아리기 困難케 되었다. 그러나 거룩한 義犬의 忠魂은 이 곳 鄕土人의 代를 이어 가슴 깊이 살아 있으며 바로 그것이 이 碑를 改刻하는 원동력이 된 것이다. 그리고 앞으로도 鰲樹의 地名과 더불어 永久히 사라지지 않고 社會가 淨化될수록 더욱 높이 萬人의 讚揚을 받게 될 것이다.

檀紀 四千二百八十八年 四月四日 建立

海州后人 崔東春 謹書

최동춘이 글씨를 쓰고 지방 유지들의 명의로 1955년 4월 8일(단기 4288년 4월 8일)에 비가 세워졌는데, 비문은 『보한집』에 실린 <오수 의구설화>의 줄거리를 유지하면서 논리적으로 설득력있게 문장화했다. '義犬의 忠魂은 이곳 鄕土民의 代를 이어가면서 살아 숨쉴 것'이라는 내용은 애향심(愛鄕心)의 뜨거운 표출로 보인다.

그러나 여기서 원전(原典)의 오역(誤譯)에 대하여 간과해서는 안 될 점이 있다. 「金蓋仁 居寧縣人也 畜一狗甚怜」에서 '심령(甚怜)'은 '매우 영리했다.'로 번역되어야 한다. 비문(碑文)의 윗점한 부분에서 보듯이, '김개인이 개를 매우 사랑했다.'는 말로 바뀐 것은, 주객(主客)의 전도이다. 이는 국역 『보한집』(1972, 대양서적) 등에서 '怜'을 '영리하다'로 하지 않고, '사랑하다'로 잘못 번역한 데서 기인했다고 보여진다.

한국정신문화원에서 간행한 『한국구비문학대계』에 실려 있는 의구담을 표로 보이면 다음과 같다.

〈표 1〉 의로운 개 이야기 일람표

유 형	차례	제 목	채 록 지		채록일지	구술자	채록자
주인을 불에서 구하고 죽은 개 [滅火殺身救主型]	①	주인을 불에서 살리고 죽은 개	전 북	부안읍	'81. 7. 28	이상희	최래옥 외
	②	오수의 개		부안군 보안면	'81. 7. 28	채규택	〃
	③	경주 최부자네 개무덤		남원군 대강면	'79. 7. 31	임상모	〃
	④	오수의 개 무덤		전주시 동완산동	'80. 1. 31	홍귀순	〃
	⑤	개무덤과 최부자		완주군 운주면	'80. 1. 31	이순근	〃
	⑥	익산의 개무덤		〃	'80. 2. 1	옥련화	〃
	⑦	개무덤	경 북	경주군 현곡면	'79. 2. 24	김원락	조동일 외
	⑧	〃		경주군 외동면	'79. 4. 6	김수봉	임재해 외
	⑨	마흘리 개고개의 유래	경 남	밀양시	'81. 7. 30	김동선	류종목
	⑩	주인을 위해 죽은 개	충 남	당진군 당진읍	'79. 8. 25	유진선	인권환 외
첩실이 내버린 아기를 구한 개 [妾室棄兒救濟型]	⑪	사람을 살린 개	강 원	양양군 양양읍	'81. 9. 21	정연옥	김선풍 외
	⑫	개무덤 다른 이야기	경 북	경주군 현곡면	'79. 2. 24	임대순	조동일 외
	⑬	최부자네 개무덤	경 기	남양주군 별내면	'80. 9. 21	조의형	조희웅 외
	⑭	주인의 아들을 구한 개	경 남	거제군 장목면	'79. 7. 30	양또순	류종목 외
묘막살이 한 개 [侍墓型]	⑮	묘막살이한 忠犬	강 원	강릉	'79. 10. 22	함종태	김선풍
옛주인 집에 와서 죽은 개[歸巢型]	⑯	의로운 개	제 주	제주시 오라동	'80. 11. 19	양구협	김영돈
주인 묘자리 점지한 개[地官型]	⑰	名狗무덤		〃	'80. 11. 19	〃	〃
요괴 물리치고 부자되게 한 개 [義狗妖怪退治型]	⑱	경주 개무덤의 최부자	충 남	보령군 오천면	'81. 3. 7	김재식	박계홍 외
	⑲	주인을 도와 준 개		당진군 송산면	'79. 11. 10	김봉한	인권환 외
	⑳	최씨 개무덤	경 북	영덕군 달산면	'80. 2. 29	조유란	임재해 외
	㉑	개 무덤의 최부자 집터	경 남	진양군 금곡면	'80. 8. 10	류성만	정상박 외

개로 다시 태어난 어머니[狗還生型]	㉒	개무덤		〃	'80. 8. 10	김숙분	〃
기타형	㉓	주인을 구한 개	경	거제군 연초면	'79. 8. 2	류치만	류종목외
	㉔	개무덤의 최부자	남	진양군 금곡면	'80. 8. 10	류성만	정상박외
	㉕	주인 은혜 갚은 고양이와 개		보령군 웅천면	'81. 2. 23	황용연	박계홍외

<표 1>에서 보면, 의구담이 25편이고, 이 중 10편이 <오수형 의구설화>이다. 10편 중에서도 6편이 <오수의 개>의 고장인 전북에 분포되어 있다. 『한국구비문학대계』에 실린 자료는 일부에 지나지 않는다. 이 자료 이외에도 채록되지 못한 현전하는 의구담이 많이 있을 것이기 때문이다.[33)

'주인을 불에서 구하고 죽은 개[滅火殺身救主型]' 이외에도 '의로운 개' 이야기는 다양한 소재로 구전하고 있음을 알 수 있다. ㉓~㉕[기타형]는 좀 특이한 구조로 되어 있고, 직접적으로 사람에게 '의로운 개'로 역할하지 않은 것도 있다. ㉔는 '부자 자랑'이 주제인데, 개무덤 가까이 살았기 때문에 부자가 되었다는 것을 암시하고 있다.

이때까지 의구설화에 관한 문헌과 비문(碑文) 기록을 살폈다. 의구설화는 <오수 의구설화>와 <오수형 의구설화> 및 그 밖의 의구설화 등 그 유형과 설화 수가 많을 뿐만 아니라 전국적으로 분포되어 있다. 시공을 초월한 의구설화의 전파력과 감화성을 짐작케 한다.

이와 같은 점을 생각할 때, 의구설화는 충분히 그 교육성이 인정되기 때문에, 교과서에 구체적인 교재로 실려 교육되어야 한다고 본다.

---

33) 최래옥, 앞의 논문에서 義狗이야기를 ① 鎭火救主 ② 鬪虎救主 ③ 變身除去 ④ 防毒救主 ⑤ 吠官報主 ⑥ 守屍計告 ⑦ 守主解難 ⑧ 報恩殉死 등 14가지로 분류해 보였다.(285~287쪽 참조.)

4. 교재화된 〈의로운 개〉

이제 교과서에 교재화한 '의로운 개'(주로 〈오수의 개〉이다)에 관해서
열거해 보자.

〈오수 의구설화〉가 맨 먼저 교재화된 것은 보통학교『조선어독본(朝
鮮語讀本)』권4(1911)이다.『조선어독본』4권에 실린 내용은『보한집』소
재 〈오수 의구설화〉의 뒷부분 '악보 가운데 견분곡이 이것이다. 뒤에 어
떤 사람이 시를 짓기를…'이 생략되었을 뿐이지, 내용은 거의 같다.『조
선어독본』에는 제목을「의구(義狗)」라고 하여 〈오수 의구설화〉 전문(全
文)이 교과서에 실렸다. 이 이후에는 앞에서 살펴본 바와 같이 지극히
짤막하게 교과서에 실었을 뿐이다.

제6차 교육 과정기 교과서에는, 1학년 2학기『말하기·듣기』교과서
[단원 12, 옛날 옛적에, 62쪽~63쪽]에 삽화 6개와 학습 문제가 실려 있다.
학습 문제는 다음과 같다.

옆의 그림을 보고, 여섯 사람이 함께 이야기를 꾸며 봅시다.
◦ 여섯 사람이 말할 차례를 정합시다.
◦ 한 사람이 그림 한 장의 내용을 말하여 봅시다
◦ 이야기 토막이 잘 이어지도록 말하여 봅시다
◦ 친구들의 이야기를 듣고, 누가 이야기를 가장 잘 꾸몄는지 말하여 봅시다.
　개가 한 일에 대해서 말하여 봅시다.

위의 학습 문제는 그림 보고 이야기의 내용을 이해하게 하고, 이해한
내용을 이야기로 꾸며서 말하도록 한다. 이 이야기의 요점은 '목숨까지
잃으면서 주인을 불에서 구한 개 이야기'이다. 어린이들이 이 이야기에
대해서 흥미와 관심을 유발하도록 수업을 이끌어야 한다. 이 교재의 주
제는

충성 - 주인을 구하고 죽은 忠犬의 행위

보은 - 주인이 길러 줌, 개가 주인을 살림, 개무덤

이라고 할 수 있다. 현실성이 약한 면이 있어, 추상적인 교재로 생각될 수 있다. 그러나 오수의구(獒樹義狗)를 비롯한 의구(義狗)의 현장이 여러 곳에 남아 있고 구체적인 기록이 전해 오고 있으므로, 다양한 학습 자료를 활용하면 흥미 있는 수업으로 이끌 수 있을 것이다.

여기서 알아두어야 할 일은, 이 교재가 <오수형 의구설화>를 그림화한 것이지만 '오수'라는 지역에만 한정해서는 안 된다는 것이다. '오수의 개' 이야기를 하면서 다른 지역에도 이와 비슷한 이야기(<표1> 의로운 개 일람표, 참조)가 많이 있음을 알고 수업에 임해야 할 것이다.

제6차 교육 과정기 교과서에 개[狗]를 다룬 교재를 들어보면 다음과 같다.

<표2> 제6차 교육과정기 교과서에 실린 개(狗) 교재 일람표

차례	교과서	단원	제재	내용	비고
①	1-1 <말하기·듣기> 51~52쪽	8. 이야기 잔치	욕심 많은 개	개가 뼈다귀를 주워서 냇가에 이르러 다리를 건너면서 물 속을 보니 뼈다귀를 문 개가 보였다. 물 속의 뼈다귀를 빼앗아 먹으려고 컹컹 짖었다. 개는 마침내 제 입에 물고 있는 뼈다귀마저 물 속에 빠뜨렸다. 개는 꼬리를 떨어뜨리고 어슬렁어슬렁 걸어갔다.	◦4개의 삽화
②	1-2 <말하기·듣기> 62~63쪽	12. 옛날	의로운 개 (오수형 의로운 개)	오수형 의구설화	◦6개의 삽화
③	2-1 <말하기·듣기> 77~79쪽	14. 보람 있는 생활	원숭이에게 속은 여우와 개	고깃덩어리를 발견한 여우와 개가 서로 먹으려고 다투다가 원숭이의 판결을 부탁했다. 원숭이는 꾀를 써서 고기를 다 먹고는 도망가 버렸다.	◦3개의 삽화

④	3-1 <읽기> 42~43쪽	5. 자세히 설명하기	개	개의 특성을 설명하는 가운데 충견(忠 犬)으로서의 '오수의 개'와 진돗개에 대한 설명이 나옴	◦ 오수의견상과 진돗개의 사진
⑤	3-1<쓰기> 30~31쪽	5. 자세히 설명하기	동물의 설명	동물의 크기, 생김새, 색깔, 좋은 점 등 을 설명하는 가운데 개도 나옴	◦ 개 삽화
⑥	4-1 <읽기> 150~151쪽	17. 사랑의 천사	나이팅 게일	나이팅게일의 전기를 서술하는 도입 부에 나이팅게일이 덫에 걸린 개를 구 하여 치료해 주었다는 내용이 나옴	◦ 개를 치료하는 나이팅게일의 삽화
⑦	4-2 <읽기> 130쪽	14. 편지	정우의 편지	내용은 없음	◦ 군견(軍犬)을 앞세운 국군의 순 찰하는 모습을 담 은 삽화
⑧	5-1 <말하기 ·듣기> 86쪽	14. 중심내 용과 제목	동물의 감각	개가 발달한 감각	◦ 개의 삽화
⑨	5-1<쓰기> 108쪽	17. 이번 여 름방학에는	방학 동안 하고 싶은 일	철수가 개집을 만들고 있음	◦ 개, 개집 만드는 삽화
⑩	6-2<쓰기> 35~37쪽	6. 글로 그 리는 그림	진돗개	진돗개의 모양을 설명한 글	◦ 진돗개 사진

위의 표에 따라 개를 교재로 한 내용이나 그림을 분류해 보면, 다음
과 같다.

    ◦ 의로운 개 : 3회(② ④ ⑦)
    ◦ 욕심 많은 개 : 2회(① ③)
    ◦ 개의 특징 : 3회(⑤ ⑧ ⑩)
    ◦ 개를 보살핌 : 2회(⑥ ⑨)

⑦은 군견(軍犬)으로 임무를 수행하는 삽화가 제시되었을 뿐이고, ⑤
⑥⑧⑨⑩도 충견(忠犬)이나 보은의 의미를 내포하고 있지 않다.
개를 교재화한 것 중 삽화로 제시된 ①②③이 완전한 줄거리를 가지
고 있는 교재이다. ③은 개 이외의 다른 동물이 등장하기 때문에 개만

의 교재라고는 할 수 없다. ④는 「오수의 개」에 대한 짤막한 내용과 오
수의견상의 사진을 교재화했다. 오수의견상 사진은 제5차 교육과정기
교과서에 실렸다가 제6차 교육과정기 교과서에는 실리지 않았다. 오수
의견상 사진을 실은 것은 현장을 교재화한 면은 있지만, <오수형 의구
설화>의 구체적 교재화와는 그 거리가 멀다. 오수 원동산에 세우져 있
는 오수의견상은 진돗개상이다. 오수의견은 진돗개가 아닌 옛날부터 있
었던 토종개이기 때문에[34] 오수의견상 사진이 제6차 교육 과정기 교과
서에는 빠져 있다.

　임실군 당국은 오수의견을 로고와 마스코트로 만드는 등 토산품 상표
로 이용하고 이 지역의 문화적 상징물로 발전시켜 명견(名犬)의 고장으로
발돋움하겠다는 의욕을 보이고 있다.[35] 그래야만 <오수 의구설화>가 교

---

34) 오수견연구위원회(위원장 윤신근 한국동물보호연구회장)는 1997년 1월 모임에서
　　문헌과 민화, 동북아 개혈통, 개뼈 등을 토대로 오수의 개는 티베트산 마스티프가
　　토종화한 개로 ①체격이 마스티프보다 약간 작고 진돗개보다 크며 ②털이 많고 길
　　며 ③귀가 처져 있고 ④길게 올라간 꼬리를 갖고 있으며 ⑤총명하면서도 온순하고
　　충직한 내면을 담고 있을 것으로 결론지었다.(중앙일보, 1997월 7월 20일자 참조)
　　　이에 따라 임실군은 오수원 동산 의견동상(진돗개상)과 남원-전주 간 국도변 김개
　　인과 의견의 동상(삽살개상)을 교체하기로 했다. 그러나 표준 의견상이 제작되고 나
　　서 2년이 지났는데도 의견상은 교체하지 않은 상태로 있었다.(필자는 1998년 4월 29
　　일 의견상이 있는 두 곳을 답사한 바 있다) 교과서에 교재의 현장을 수록하여 구체
　　적 교재가 되기 위해서는 표준 의견상이 빨리 세워야 한다.
35) ① 이에 관한 것은 1997년 1월 '<오수의 개> 복원도'가 확정되고 난 뒤, 바로 필자
　　가 임실군 문화공보실과 오수청년회의소에 전화 통화하여 확인한 사실이다.
　　② 임실군 당국은 <오수의견 공원 조성 추진팀(팀장 李壽喆)>을 가동하여 <오수의
　　개> 문화·관광지 조성 계획 청사진을 마련했다. 이 계획서에 의하면 1996년~2001
　　년까지 193억 6백만원의 예산을 투입하여 上里 부근 철로 변 등 9개소 77,200평에
　　경견장(競犬場), 서비스犬 사육 훈련장, 명견(名犬) 동산, 오수원 동산 사적지 복원
　　사업 등을 추진하고, 거령현 영천리에 김개인(金蓋仁)의 생가(生家)를 복원한다고
　　한다. 이 사업 중 99년까지 오수원 동산에 있는 오수의견상을 '<오수의 개> 복원도'
　　로 교체한다고 한다.
　　　필자는 1999년 2월 18일 임실군 李壽喆 씨와 전화 통화로 <오수의견 공원 조성 추
　　진팀>이 가동했음을 알았고, 임실군 당국은 '<오수의 개> 복원도'와 「오수의 개 육종

재의 현장을 담은 구체적 교재로 교과서에 수록될 수 있으리라고 본다.

Ⅲ. 선산의 의로운 개

〈선산의구설화〉는 〈오수형의구설화〉이면서 다른 〈오수형의구설화〉
에서는 나타나지 않는 〈선산의구전(善山義狗傳)〉과 〈선산의구도(善山義
狗圖)〉가 전한다. 이는 〈선산의구(善山義狗)〉의 독자적이고 독창적인 측
면을 찾을 수 있다.

<선산(善山) 의구도(義狗圖)>

(一) 노성원(盧聲遠)이 월파정(月波亭) 부근에
서 말을 타고 가는데 술이 취해 졸고 있고,
그 뒤에 의구(義狗)가 따라간다.

(二) 노성원이 말에서 떨어져 풀밭에 쓰러져
자는데, 들불[野火]이 일어났다. 의구가
주인을 구하기 위해 몸에 물을 적시어 불
을 끈다.

(三) 노성원이 잠에서 깨어나 일어났다. 개가 자
기를 살리기 위해 불을 끄다가 죽었음을 알
게 된다.

(四) 노성원은 의구(義狗)의 정리(情理)에 감
동하여 무덤을 만들어 장사지내 주었다.
의구총(義狗塚)이 지금도 전해 온다.

사업 계획서」 및 「오수의 개 문화·관광지 조성 계획서」를 우송해 왔다. 이 자리를
빌려 임실군 당국과 이수철 팀장께 감사드린다.

선산의구(善山義狗)에 대해서는 선산부사 안응창이 1665년에 지은 <의구전>이 전한다. 의구담(義狗譚)에 관한 <의구전>이 전하는 것은 선산의구밖에 없을 것이다. <의구전>은 김수기[68세, 경북 구미시 형곡동 풍림 아파트 202동 702회] 씨가 소장하고 있는 『의열도(義烈圖)』속에 1745년에 작성된 <선산의구도(善山義狗圖)>와 함께 실려 있다.

<의구전>은 김수기 씨의 번역으로 『선산의 맥락』(1983)에 원문없이 소개된 적이 있었다. 필자는 1991년 2월 24일에 김수기 씨 댁을 방문하여 『의열도』를 복사해 왔다. <의구전>을 보기로 한다.

● 의로운 개의 전기[義狗傳]

내가 이 고을에 부임하여 옛 사실을 듣고 지지(地誌)를 참고하니, 상하수 천년 동안 충효(忠孝)한 자와 의열(義烈)이 있는 자가 계속 이어져 빛나고도 빛이 났다. 이는 사람들은 능히 할 수 있는 일인데, 꿈틀거리는 벌레와 미물도 의를 취하고 본받음이 있었으니, 앞에는 의구(義狗)가 있었고 뒤에는 의우(義牛)가 있었다. 의우의 죽음은 지금부터 겨우 30여 년에 지나지 않는다. 그때 조부사가 입석(立石)하여 그 무덤을 정표(旌表)하고 전(傳)을 지어 그 사실을 기록했다. 그런데 의구(義狗)는 무덤만 있고 표적이 없으니, 어찌 풍성(風聲)을 세우고 의열(義烈)을 드러내는 데 잘못된 일이 아니겠는가? 나는 의구(義狗)의 사실이 오래 되어 전해지지 않을까 걱정하여 고을 노인을 불러 옛 이야기를 물었다.

본 고을의 동쪽 연향(延香)에 있는 우리(郵吏)36)가 집에 한 마리의 황구(黃狗)를 길렀는데, 천성이 영리하여 사람의 마음까지 꿰뚫어 볼 수 있었으며, 주인의 명령에 잘 따랐고 주인과 동정을 같이 하여 떨어진 적이 없었다.

하루는 주인이 이웃 마을에 갔다가 술이 취하여 돌아오는데 월파정 북쪽 한길에 오다가 말에서 떨어졌다. [쓰러져 정신없이 자는데 : 원문에는 없음] 숲에서 들불이 일어나 주인에게로 불길이 타 들어갔다. 개는 꼬리에 낙동강

---

36) 연향은 지금의 해평면 산양이다. 우리는 지금의 우체부이다. 우리의 이름이 『의열도』에는 노성원이고 『선산읍지』에는 김성발로 되어 있다.

물을 적셔서 불을 껐다. 불 난 곳에서 강물까지는 수 백 보 떨어져 있고 길
도 험했지만, 개는 있는 힘을 다하여 불끄기를 되풀이하다가 힘이 빠져 마
침내 죽고 말았다. 술이 깬 주인이 일어나 보니 개가 자기 곁에 죽어 있었는
데, 개의 몸은 젖었고 꼬리는 불에 탔다. 괴이하게 여겨 두루 살펴보니, 개가
불을 껐던 흔적이 있고 젖은 재가 사방에 흩어져 있었다. 그제야 비로소 개
가 자기를 구하고 목숨을 잃었다는 사정을 알고는 마음에 깊이 감동하여 추
도하고 널을 갖추어 장사지내 주었다.

뒷사람들이 개의 의로움을 애닯아 하며 그곳을 구분(狗墳)[무덤]이라 불
렀다. 한줌의 보잘 것 없는 무덤이 지금도 전과 다름없이 있어서 길을 가는
사람들이 개무덤을 가리키며 차탄하지 않은 이 없다고 하는데, 이 어찌 시
대가 바뀌고 사건이 멀어진다 하여 그 자취를 없앨 수 있겠는가? 이에 작은
돌을 깎아 그 무덤에 세우고 '의구총(義狗塚)'이라 했으니, 이곳은 영원히
없어지지 않을 것이다.

아! 한 가닥 순수하고 끈질긴 용기가 하늘과 땅에 충만하여 인간에 모여
서 충효(忠孝)와 절의(節義)가 되고 미물에 있어서는 의구(義狗)·의우(義
牛)가 되었음을 여기에서 볼 수 있다. 산천이 기르고 뽑아 낸 신령스러운
기운을 속일 수 없으며, 임금의 교화(敎化)가 오래 쌓이어 이룬 것이니 더
욱 빛나고 밝게 드러난 것이다.

아! 역시 다르구나, 세상에서 짐승 같은 마음을 가지고서 주인에게 짖고
물어 뜯는 사람은 홀로 어찌 마음에 부끄럽지 않겠는가? 개 주인은 곧 우리
(郵吏) 노성원이라고 한다.

승정 을사(1665) 늦 여름 선산부사 순흥 안응창이 삼가 찬하고
승정 후 재을축(1745) 초여름 고을 사람 박익령이 삼가 쓰다.
옛날본은 글자의 획이 많이 떨어져 나가, 이제 <의구전(義狗傳)>을 <의
열도(義烈圖)>에 첨부하여 다시 써서 새겼다.37)

---

37) <義狗傳>
余忝是邑 據舊聞參地志 上下數千年 忠孝者 義烈者 踵相接而炳炳 是固冣靈 之
或可能也 而至如蠢蠕低微物 亦有取義而效異者 前而有義狗 後而有義牛 義牛之
死 距今纔三十餘載 伊時趙使君立石 而旌其墓 作傳而記其實 獨義狗有其塚 而無
其表 豈非樹風聲 著義烈之一欠事乎 余懼其久而無傳 招耆舊詢其故 則曰府東延
香郵吏家 畜一黃狗 性馴而善 機警能通人意 服使惟命隨 其主動靜而未嘗離主 於

1991년 2월 현재 의구총 비석은 경북 구미시 해평면 낙산동 류수양 (49) 씨 댁 바로 뒷산 언덕에 있었다. 선산—대구 간 국도에서 산쪽으로 10여 미터 지점이었다. 앞의 비석 사진에서 보는 바와 같이, 비문은 원래 '의구총(義狗塚)' 3자였는데, '총(塚)'자가 보이지 않았다. 김수기 씨는, 의구총이 있던 곳은 도로가 되었기 때문에 이곳에 옮겨졌고 도로공사 때[6·25 무렵] 의구총에 관한 인식 부족으로 총(塚)자가 떨어져 나가 버려 총(塚)자는 영영 망실해버렸다고 했다.[38] 1990년 안동 임하댐 수몰민의 이주 단지가 이 지역에 조성되어 의구총 일대 부지가 편입되어 총(塚)자가 떨어져 나간 비석만 외로이 서 있었다.

구미시에서는 1993년 해평면 낙산리 산 148-3번지 387평 부지에 의구총 봉분을 쌓아 비석을 세우고, 봉분 뒤에는 대리석 석벽을 하여 4폭의 <의구도>를 새겨 놓았다. 이에 발맞추어 선산 의구총은 1994년 9월 29일자로 경상북도 민속자료 제105호로 지정되었다. 이제 선산의구총(善山義

一日出鄕隣 被酒而廻 墮馬於月波亭北大道上 野火起藪林 將及於主 狗以尾濡江 水撲滅之 自燎原至洛江遠可數百步許遷又傾險 狗竭心力往復力盡而竟至斃 主於 酒醒後 視之側 狗死其傍而沾其體焦其尾 怪而周覽之 火熄有痕濕燼四圍 於是始 認狗之救己 而殞其命 心竊感念而追悼 其櫬而收瘞 後之人 義而愛之 名其地曰 狗 壇 坊一抔荒塋 到于今宛然猶存 行路莫不指點而嗟歎之 此烏可以時移事遠而沒其 迹也哉 乃斲小石而豎其墓 題之曰 義狗塚 要其不朽地也 噫 一端純剛之氣 充塞於 宇宙間 鍾於人而爲忠孝節義 賦於物而爲義狗義牛 於此可見 山川毓秀之不可誣 而王化積累之所致者 益彰明較著矣 吁亦異哉 世之人面獸心而吠主反噬者 獨不愧 於心乎 狗之主 卽郵吏盧聲遠云

崇禎 乙巳 季夏 善山府使 順興 安應昌 謹撰

崇禎後 再乙丑 初夏 邑人 朴益齡 謹書

舊本 字劃多落 令仍義狗之傳 添補於義烈圖 改書而刻之

38) 구미시에는 의우총(義牛塚) 2기가 있다. 의구는 비석만 있는 반면, 의우는 비석과 무덤이 잘 보존되어 있다. 의우총은 각각 구미시 봉곡동(善州 洞사무소 뒷편 200m 지점)과 구미시 산동면 인덕리 문수마을 입구 논바닥에 있다. 필자는 1991. 2. 25에 金樹基, 李澤容(42. 구미시청 지역 경제과 근무) 씨의 안내로 의우총의 현장을 답사할 수 있었다. 문수 마을 의우총은 군비로 토지를 사들여서 의우총 주변 단장 공사를 하고 있는 중이었다.

狗塚)은 안식처를 제대로 찾아 의기(義氣)를 길이 전할 수 있게 되었다.

선산의구(善山義狗)는 하동의구(河東義狗)와 함께 『청구야담(靑邱野談)』에 <폐관정의구보주(吠官庭義狗報主)>라는 제목으로 실려 있다. 『의열도(義烈圖)』 소재 <의구전(義狗傳)>과 <폐관정의구보주(吠官庭義狗報主)> 등의 기록과 의구총의 현존 및 지역민들이 의구담을 실화로 인식하고 있는 점 등은 선산의구의 사실성을 뒷받침해 주는 근거가 된다.

<선산 의구설화>도 <오수형 의구설화>이다. 그러나 <선산 의구설화>가 <오수형 의구설화>라고 해서, 그 독자성이 손상되어서는 안 된다. 앞에서 살핀 <의구전>, <의구도>, <폐관정의구보주>, 의구총의 현존 등 선산의구의 사실성을 입증할 만한 풍부한 자료는 선산의구가 독자적인 생명력을 가지고 전승되어 왔다는 것을 의미한다. 이런 점을 생각할 때, 서울신문 <건널목>에 <선산의구도>를 '전북 임실군 둔남면 오수리의 오수 의구도가 틀림없다.'는 보도(1987. 12. 5)는 잘못된 기사이다.[39]

그러나 문헌 자료가 현존하고 설화의 현장이 남아 있다고 해서, 그것이 살아 숨쉴 수는 없다. 이를 보존하고 계승·발전시키려는 노력이 부족하면 설화의 의미는 퇴색하게 마련이다. 이런 점에서 볼 때, <선산 의구설화>와 그 현장은 세인(世人)의 관심을 불러일으킬 만큼 조경이 잘 되어 있고 문화재 자료로도 지정되었다. 현재 선산의구총과 <선산 의구설화>는 이에 대한 인식을 새로이 할 수 있는 여건이 조성되어 있다. 이를 바탕으로 해서 이 유적과 설화가 교과서에 교재화될 때, 의구총과 설화는 다시 살아 숨쉬게 될 것이다.

<오수 의구설화>와 <오수형 의구설화>는 교과서에 구체적인 교재로

---

39) 손진태는 『한국민족설화의 연구』에서 의구전설은 중국으로부터 영향을 받아 생겨났다고 했다. 이 점에 대해 필자는 중국 영향과 관계 없이 우리나라에서도 독자적으로 멸화살신구주형(滅火殺身救主型) 의구설화가 있을 수 있다고 했다. 따라서 <오수형의구설화>가 '오수'라는 지역성을 초월하여 전국적으로 분포되어 있음은 사실이지만, <선산의구설화>의 독자성이 이로 인해 퇴색되어서는 안 된다고 생각한다.

실려 면밀하게 교육이 되어야 한다. 구체적 교재화 범위는 최자의 『보한 집』에 실린 〈오수 의구설화〉를 초등학교 아동 발달 수준에 맞게 개작하여 전문(全文)을 교과서에 실어 아동들에게 교육해야 한다는 입장이다.[40]

여기서 간과해서 안 될 일은 〈오수의 개〉가 '오수'라는 지역에만 한정되어서는 안 된다는 점이다. 〈오수의 개〉가 중심이 되면서 〈선산의구〉에 관해서도 교재 속에 언급되어져야만[41] 〈오수의 개〉의 의미가 생동감을 가질 수 있을 것이다. 또한 교과서에 구체적인 교재로 등장했다고 해서 만족해서는 안 된다. 교재의 현장화를 위한 노력이 있어야 한다. 이를 위해서는 직·간접적인 현장 학습도 병행되어야 한다. 이는 바로 산 교육의 성과를 얻을 수 있는 지름길이기 때문이다.

IV. 맺음말

한국 의구설화는 〈오수 의구설화〉부터 윤리 도덕적인 덕목을 의도적으로 표출시켰기에 후대의 의구설화도 그 영향을 짙게 드러내었다. 이는 단선적이고 고식적인 설화로 머물게 할 뿐이어서 다양한 변개과정을 수용하여 풍부한 문학성을 지닌 설화나 소설의 출현을 기대하기는 어려운 일이다. 그렇지만 〈의구구인차복수(義狗救人且復讐)〉(『동야휘집』 소재)에 나오는 곽태허의 개 이야기는 기대해봄직한 의구설화라 할 수 있다. 개를 소재로 한 소설도 없는 것은 아니다. 〈살벌한 황혼〉[김동리]은 전쟁의 와중에서도 개가 주인을 찾는 의리를 보여주고, 〈목넘이 마을의 개〉[황순원]는 일제 강점기 우리 민족의 고난과 애환(哀歡)을 사람들에게 쫓기는 흰둥이[白衣民族]라는 암캐로 상징하여 해방 직후 우리 민족이 이

---

40) 이에 대해서는 이준연의 『오수의 개』(견지사, 1990)가 많은 참고가 될 것이다.
41) 선산의구에 관한 짤막한 내용과 〈선산 의구도〉를 삽화로 싣는 문제 등을 생각할 수 있다.

데올로기의 혼란에 처해 있을 때 민족의 의미가 무엇인가를 느끼게 해 준다.

한국 의구설화는 의구의 유적이 전북 오수면 오수리와 경북 선산군 해평면 및 경남 밀양시 부북면 마흘리 등에 남아 있다. <오수 의구설화>는 오수라는 지역성을 초월하여 한국 전역에 유포되어 <오수형 의구설화>를 뿌리내리게 했다. <오수형 의구설화> 중에서도 <선산 의구설화>는 <선산 의구도> 및 의구총이 현존하고 있기에 <선산 의구설화>의 독자적인 가치가 인정된다.

현행 초등학교 교과서에는 짤막하게 '오수의 개'가 있다는 정도의 소개글과 의구설화와 관련한 6폭의 삽화가 실려 있다. 이 정도의 의구설화 교재화로는 만족할 수 없고, 교과서에 구체적인 교재화가 이루어져야 한다고 본다. 왜냐하면 가치관의 혼돈 속에 방황하고 있는 현대인들에게 의구설화를 통해 충직한 가치관을 심어 줄 수 있기 때문이다. 이를 위해서는 단선적이고 고식적인 의구설화의 범주에서 벗어나 변개과정을 거쳐 풍부한 문학성을 지닌 의구설화나 소설로 발전할 수 있도록 관심을 기울일 필요가 있다고 본다.

〔이신성〕

〈다람젼〉에 더하여

I. 머리말

한글 필사본소설인 〈다람젼〉은 지금까지 우리 국문학계에 소개되지 않았던 고소설로서 동물의 의인소설(擬人小說)에 속하는 작품이다. 원제 (原題)는 '다람젼이라'고 기록되어 있으나, 이는 이 책의 필사자가 〈다람 젼〉을 전사(轉寫)하면서 '이라'라는 말을 첨부한 것이라고 생각되어 본고 에서는 〈다람젼〉이라 부르고자 한다.

이 작품은 한지에 묵으로 비교적 또박또박 쓴 한글 필사본으로서, 책 의 체재는 가로가 17cm, 세로가 28cm인데, 필자가 소장하고 있는 유일 본이다.

이 작품이 전하는 문헌은 5편의 제문(祭文)과 오륜가(五倫歌) 등 여러 편을 합본(合本)하여 총 62면으로 철집(綴輯)된 것으로, 책의 목차 말미 에 '다람젼이라'[1]고 기록되어 있다.

안 표제도 목차의 제명과 마찬가지로 '다람젼이라'고 기록되어 있으 며, 총 62면 중 10면이 이 작품에 해당된다. 그리고 각 면이 10행으로 되 어 있고, 각행 평균 42자로서, 창작 연대와 작자는 미상이다. 이 작품의

---

1) 〈다람젼이라〉(金光淳所藏, 筆寫本)

표기문자나 묵질(墨質)과 지질(紙質) 등으로 보아 18세기경의 고본(古本)일 것으로 추정된다.

그리고 본고에서 논하고자 하는 신자료 〈다람젼〉은 이미 학계에 발표된 〈서대주전(鼠大州傳)〉[2]이란 한문본 의인소설과 표기문자나 내용은 판이하지만, 그 구성에 있어서는 흡사한 점이 없지 않다.

그래서, 여기서는 이들 두 작품을 비교함으로써 상호 관계를 고구(考究)하고, 동시에 이 작품의 구성을 분석하여 문학적인 가치를 천착하고자 한다.

II. 〈서대주전〉과의 비교

1. 의미기능단락

[A] 〈다람젼〉

1.1 옛날 할늬손에 사는 다람이라는 놈이 과동용(過冬用)으로 양식을 모아 두다.

1.2 건넛산에 있는 서대주(鼠大州)라는 놈이 도적질해 가다.

1.3 이에 다람이 분노하여 본관(本官)에게 소장(訴狀)을 올리다.

1.4 그 소장(訴狀)에 이르기를, 금년에는 한재(寒災)가 심하고 몸이 병들어 처자들이 알밤을 근근이 모아 후원에 저장하여 두었는데, 서대주가 몰래 훔쳐 갔다고 하다.

2.1 다음날 치스가 서대주를 잡으러 가다.

2.2 할늬손에 가보니 찾을 곳이 막막하여, 산신 토지신에게 물어 건넛산 굴속에 있다는 것을 알고 그곳을 찾아가다.

2.3 그곳에 가니 문이 열려 있으매 고성(高聲)으로 서대주를 부르다.

2.4 시양쥐가 나와 병환 중이라고 하면서 기세 등등한 태도로 물러가라고 하다.

---

2) 文璇奎 譯, 〈鼠大州傳〉, 『花史・周生傳・鼠大州傳』, 通文館, 1961 참조.

2.5 관치가 그것을 보고 꾸짖어 호령하니 그 쥐가 들어가 서대주에게 고하다.

2.6 서대주가 대경하여 담뱃대를 물어 여러 쥐를 앞세우고 관치에게 나와 집 안으로 데리고 들어오다.

3.1 집안에 들어서니 대문에는 온갖 그림을, 대청에는 비벽새를 붙여놓고, 후 원에는 기화 요초가 만발하고, 온갖 짐승들이 노닐고 있어 별천지 같았다.

4.1 그래서 관치는 진수성찬 별미를 대접받으며 온갖 술을 먹다. 또한 시양쥐 는 노래를 부르면서 환영하다.

4.2 그런 후에 서대주는 관치에게, 좋은 옷을 골라 입고 말을 타고 가고자 애 걸하는데 이에, 관치가 허락하자 관치에게 뇌물로 황금 500량과 명주, 돈 등을 주다.

4.3 그리하여, 서대주는 담뱃대를 물고 여러 쥐로 하여금 옹위하게 하고 관문 밖에 다다르다.

5.1 관치와 원님에게 서대주를 잡아온 사연을 이야기하다.

5.2 칼을 씌우고 황새, 족새까지 채워서 옥에 가두다.

5.3 여러 쥐들은 서대주의 팔과 다리를 주물러 주고 온갖 약을 먹이면서 밤새 도록 통곡하다.

6.1 이튿날 데리고 나와 좌우 나졸들이 지키는 가운데 다람의 양식을 훔쳐간 것에 대해 아뢰어라고 윽박지르다.

6.2 이에 서대주가 잠시 정신을 잃은 후에 교언(巧言)으로 사진의 팔자 이야 기를 들면서 조리있게 변명하다.

6.3 이에 혹한 원님은 다람의 죄상이 인륜에 벗어났다고 심산궁곡에 종신 정 배하다.

6.4 그리고 서대주는 엄장 삼십도 후에, 대대로 사람에게 매여 살게 하다.

[B] 〈서대주전〉

1.1 농서(隴西) 소토산(小兎山) 절벽 밑에 중서암(衆栖岩)이 있고, 그 속에 쥐들이 살고 있었는데, 그 중 큰 쥐의 성(姓)은 서(鼠)요, 이름은 생(甦), 호(號)는 대주(大州)라 하다.

2.1 서대주가 군서(群鼠)를 모아놓고 수년동안 흉년이 들어 창고가 비게 되 자 굶어 죽을 것 같아 묘책을 논의하다.

2.2 좌중에 한 작은 쥐가 농서 남악산(南岳山) 장성(長成) 석굴(石窟)에 타남
주(陀南州)의 정율(精栗)을 탈취하여 구황(救荒)으로 삼고자 제의하다.

3.1 서균(鼠鼲)이 도군총독(都軍摠督)이 되어 강장자(强壯者) 50여 명을 골
라 보내다.

3.2 이때 타남주는 정율 50여 석을 수습해 가지고 축하하는 성연(盛宴)을 베
풀고 모두가 만취되어 서로 베고 누워 존비(尊卑)의 층이 없다.

3.3 서균이 어린 것을 시켜 허실(虛實)을 수탐하게 하여 이 사실을 확인하다.

3.4 서균이 정율, 옷, 보배, 기물 등을 훔쳐 서생(鼠甥)에게 바치다.

3.5 서생은 주연(酒宴)을 베풀어 훔쳐온 노고에 대해 표창함에 온 석굴이 요
동하다.

4.1 타남주의 무리들이 술을 깨고 보니 입고 있던 옷마저도 빼앗기고 나체가
되어 있음을 알다.

4.2 모아둔 정율도 도둑 맞았음을 확인하고는 크게 탄식하다.

4.3 타남주가 논의 한 끝에 서대주의 소행임을 추측하고 소서(小鼠)를 밀파
(密派)하다.

4.4 서대주의 소행임을 확인하다.

4.5 이에 타남주는 관가에 고소하다.

5.1 고소장을 받은 형리가 주쉬(主倅)에게 서대주를 잡아 오게 하다.

5.2 사령(使令)이 서대주를 잡으러 갔더니 무례하게 대함에, 홍사수(紅絲水)
로 끌어내려 하자 간청하므로 풀어 주다.

5.3 서대주가 사령에게 성연(盛宴)을 베풀고 야광주(夜光珠) 한 쌍까지 뇌물
로 주다.

5.4 이에 서대주는 자기 마음대로 의관을 정제하고 담뱃대를 물고 부축을 받
으며 관가에까지 오다.

5.5 관문까지 와서 관대를 벗기고 처음부터 결박해 온 것처럼 하여 형리에게
아뢰다.

5.6 이에 주쉬(主倅)가 대노하자 사령이 상투를 끌고 가니 혼비백산하다.

6.1 주쉬(主倅)가 서대주를 고문하다가 일몰(日沒)함에 옥에 가두다.

6.2 서대주에게 큰 칼을 씌우고 수족에다가 쇠를 채우다.

6.3 서대주가 옥졸에게 돈을 주자 해가(解枷)하고 편식(便食)하게 하다.

7.1 익일에 주쥴(主倅)이 둘을 잡아 놓고 다시 심문하다.

7.2 이에 서대주는 교언유설(巧言流說)로 조리있게 대답하고 타남주의 날조라고 하며 자신을 공훈있는 후예라고 하다.

7.3 이에 주쉬(主倅)는 서대주의 말이 옳다고 믿고 결박을 풀고 술로 대접하고 돌려 보내다.

7.4 타남주를 도리어 무고(誣告)의 죄로 절도(絶島)로 정배(定配)하다.

8.1 그후 서대주는 수백의 여자를 취(娶)하고 자손이 번성하며 도적질로 생활함에, 사람이 보기만 하면 죽여 버리곤 하는 것은 이 때문이라고 하다.

8.2 타남주는 선량하여 변명하지 않고 벌을 받아 사람들이 예뻐하고 해치지 않음은 이러한 음덕(陰德)에 대한 보수라 하다.

8.3 소송을 처리함은 어려운 것이니, 벼슬하는 자는 잘 살펴야 한다는 평을 첨부하다.

2. 스토리 진행 과정

전항에서 논술한 바와 같이 〈다람전〉과 〈서대주전〉은 스토리 진행 과정상에서 상당한 차이점을 지니고 있음을 쉽게 발견할 수 있다. 이하부터 〈다람전〉을 [A]로, 〈서대주전〉을 [B]로 호칭한다.

[A]를 모두 21개의 의미기능단락으로 나누고, [B]를 29개의 의미기능단락으로 나누어 이들 두 작품의 사건진행과정을 상호 비교해 보면 다음과 같다.

[A]는 1.1이 [B]의 3.2와 유사하다.[3] 그러나 [B]의 1.1, 2.1, 2.2, 3.1에 해당되는 스토리는 [A] 작품에는 전혀 없다. [A]의 1.1이 '옛날 할너손에 사는 다람이라는 놈이 과동용(過冬用)으로 양식을 모아 두었다.'고 하면서 시작되는데 비해서, [B]의 3.2는 '이때 타남주는 정율 50여 석을 수습해 가지고 축하하는 성연(盛宴)을 베풀고 모두가 만취되어 서로 베고 누

---

3) 이하부터 [A]는 〈다람전〉을, [B]는 〈서대주전〉을 지칭하고, 1.1부터 8.3까지는 [A][B] 두 작품의 의미기능단락의 번호를 지칭한다.

위 존비(尊卑)의 층이 없었다.'고 하니, [A], [B] 두 작품 공히 양식을 가진 점은 같으나, 그 양식의 대상이나 구체적인 묘사와 성연(盛宴)의 유무, 표기 양상 등이 판이하다.

[A]의 1.2는 [B]의 3.4와 유사하다. [A]의 1.2가 '건넛산에 있는 서대주라는 놈이 알밤을 도적질해 가다'라고 하였는데 비해서, [B]의 3.4는 '서균이 정율, 옷, 보배, 기물 등을 훔쳐 서생(鼠甥)에게 바치다'라고 기록되어 있다. 그러나 [B]의 3.4에는 훔친 물건의 구체적인 물건명까지 명기되어 있음이 [A]의 1.2와는 다른 점이다.

[A]의 1.3은 [B]의 4.5와 유사하다. 따라서 [B]의 3.5, 4.1, 4.2, 4.3, 4.4는 [A]에는 생략되고 없다. 그리고, [A]의 1.3은 '다람이 분노하여 본관(本官)에게 소장(訴狀)을 올리다'라고 한 데에 비해, [B]의 4.5는 '타남주는 관가에 고소하다'라고 하여 관가에 고소하는 것은 [A], [B] 두 작품이 유사하다.

[A]의 1.4에 해당되는 스토리는 [B]에서는 전혀 보이지 않는다.

[A]의 2.1은 [B]의 5.1과 유사하다. 전자는 '다음날 서대주를 잡으러 가다'라고 하고, 후자는 '형리가 주쉬(主倅)에게 서대주를 잡아오게 하다'라고 하여 서로가 비슷한 스토리의 전개를 볼 수 있다.

[A]의 2.2와 2.3은 [B]에서는 전혀 보이지 않고 있다.

[A]의 2.4, 2.5, 2.6은 [B]의 5.2에 '사령(使令)이 서대주를 잡으러 갔더니 무례하게 대함에 홍사수(紅絲水)로 끌어내려 하자 간청하므로 풀어 주다'라는 이야기로 비슷한 스토리의 축약형이라고 볼 수 있다.

[A]의 3.1은 [B]에서는 생략되어 있다.

[A]의 4.1은 '관치가 온갖 진수성찬 별미를 대접받고 술을 먹고 싱양쥐는 노래 부르다'라고 한 데 비해, [B]의 5.3은 '서대주가 사령에게 성연(盛宴)을 베풀고 야광주(夜光珠) 한쌍까지 뇌물로 주다'라고 하여 사건의 진행과정상 그 유사성을 볼 수 있을 뿐이다.

[A]의 4.2는 [B]에는 생략되어 있고, [A]의 4.3은 '서대주는 담뱃대를 물고 여러 쥐로 하여금 옹위하게 하고 관문 밖에 다다르다'라고 한 데 비해, [B]의 5.4는 '이에 서대주는 자기 마음대로 의관을 정제하고 담뱃대를 물고 부축을 받으며 관가까지 오다'라고 하여 상호의 유사성을 짐작할 수 있다.

[A]의 5.1은 [B]에는 없고 [B]의 5.5, 5.6, 6.1 또한 [A]에는 나타나지 않는다.

[A]의 5.2는 '칼을 씌우고 황새 족새까지 채워서 옥에 가두다'라고 한 데 비해서 [B]의 6.2는 '서대주에게 큰 칼을 씌우고 수족에다가 쇠를 채우다'라고 하여 유사한 구성을 보이고 있다.

[A]의 5.3은 [B]에는 없다.

[A]의 6.1은 '이튿날 데리고 나와 좌우 나졸들이 지키는 가운데 다람의 양식을 훔쳐간 것에 대하여 아뢰어라고 윽박지르다'라고 한 데 비해서, [B]의 7.1은 '익일에 주쉬(主倅)가 둘을 잡아 놓고 다시 심문하다'라고 하여 상호 유사한 구성을 볼 수 있다.

[A]의 6.2는 '이에 서대주가 잠시 정신을 잃은 후 교언(巧言)으로 자신의 팔자 이야기를 들면서 조리 있게 변명하다'라고 한 데 비해서, [B]의 7.2는 '서대주는 교언유설(巧言流說)로 조리 있게 대답하고 타남주의 날조라고 하며 자신은 공훈 있는 후예라'고 하여 구체적인 묘사는 다르지만 잘못을 시인하지 않고 극구 변명하는 구성은 상호 유사하다. 그리고, [B]의 7.3에 '주쉬(主倅)는 서대주의 말이 옳다고 믿고 결박을 풀고는 술로써 대접하고 돌려보내다'라는 이야기는 [A]에는 전혀 없다.

[A]의 마지막 단락인 6.3에서 '이에 혹한 원님은 다람의 죄상이 인륜에 벗어났다고 심산 궁곡에 종신 정배하다'라고 한 데 비해서, [B]의 7.4에서는 '타남주에게는 도리어 무고(誣告)의 죄로 절도(絶島)로 정배(定配)하다'라고 하여 [A], [B]의 구체적인 표기는 같지 않으나 상호 유사한 구성을

보이고 있다. [A]에서는 이야기가 끝났지만 [B]에서는 소설 구조에 있어서 흔히 볼 수 있는 대단원에 해당되는 단락이 있어 특이하다. 곧 [B]의 8.1, 8.2, 8.3이 그것이다. 그러나 [A]에서는 이러한 구성이 전혀 없다.

따라서, 한글본 〈다람전〉의 전체적인 골격은 한문본 〈서대주전〉과 유사한 점도 있으나 에피소드의 삽입 여부로 보면, 〈서대주전〉에 있는 단락이 〈다람전〉에는 없고, 〈다람전〉에 있는 단락이 〈서대주전〉에 나타나지 않을 뿐만 아니라, 구체적인 표현이나 사건이 동일한 것은 하나도 없다.

한 예를 들면 〈다람전〉은 모두 21개의 의미기능단락으로 나뉘어지는 데 비해, 〈서대주전〉은 모두 29개의 의미기능단락으로 나뉘어진다. 〈다람전〉의 21개 단락 중에 〈서대주전〉에서 이와 유사한 단락은 11개의 단락뿐이고, 10개의 단락은 전혀 다른 이야기로 구성되어 있다. 그리고 〈서대주전〉에서는 29개의 단락 중에 〈다람전〉에서 이와 유사한 의미기능단락을 지니고 있는 것은 11개 뿐이고, 18개의 단락은 〈다람전〉에서는 볼 수 없는 이야기들로 구성되어 있다. 그렇다고 두 작품이 전혀 관계가 없는 작품이라는 뜻은 아니고, 이야기의 전체적인 골격만은 유사한 점이 없지 않다고 할 수밖에 없다. 그러나 구체적인 사건이나 작품의 구조에 있어서는 전혀 다르게 나타나고 있어 주목된다.

그리고, 작품 전체의 분량은 〈서대주전〉이 한문으로 표기되어 있으면서도 한글로 표기되어 있는 〈다람전〉보다도 2배 이상 긴, 양적인 차이를 보이고 있다.

또한 전술한 바와 같이 스토리 진행 과정상의 차이점을 두고 보면, 작품 전체의 근간이 되는 측면에서는 상호 유사점을 인정하지 않을 수 없다. 그렇지만 두 작품의 구체적인 내용이나 표현이 동일시되는 점은 전혀 발견되지 않는다. 그래서 필자는 두 작품을 이본의 관계로 볼 수는 없고 각기 다른 작가가 쓴 별개의 창작물이 아닌가 생각한다. 다만 [A],

[B] 중 어느 한 작품이 다른 작품에 영향을 입고 형성되었으리라고 짐작된다.

지금까지의 자료만으로서는 두 작품의 선후관계를 단언할 수는 없고, 다만 〈서대주전〉이 〈다람젼〉보다 구체적인 묘사가 되어 있는 점이나, 〈서대주전〉이 한문본인 데 비해 〈다람젼〉이 한글본이란 점 등에서 보면, 〈다람젼〉이 〈서대주전〉보다 후대에 나온 것이 아닐까 추측된다.

그러나 전술한 바와 같이 〈서대주전〉이 〈다람젼〉에 비해 분량이 2배 이상이 되나, 〈다람젼〉의 이야기가 〈서대주전〉에 유사한 이야기로나마 등장되는 단락은 21개의 단락 중 11개의 단락이므로 50.2%밖에 되지 않고, 〈서대주전〉의 이야기도 〈다람젼〉에서 유사한 단락은 전체 11/29이므로 38%에 불과한 점 등으로 보면, 두 작품 간의 관계가 이본이 아닌 다른 작가가 쓴 새로운 창작물일 가능성을 짙게 해 준다. 두 작품 간의 의미기능단락을 상호 비교해 보면 다음과 같다.

다람젼	서대주전	다람젼	서대주전
1.1	3.2	5.3	무
1.2	3.4	6.1	7.1
1.3	4.5	6.2	7.2
1.4	무	6.3	7.4
2.1	5.1	6.4	무
2.2	무		
2.3	무		
2.4			
2.5	5.2		
2.6			
3.1	무		
4.1	5.3		
4.2	무		
4.3	5.4		
5.1	무	총21개	총 11개
5.2	6.2	100%	50.2%

〈도표 Ⅰ〉

서대주전	다람젼	서대주전	다람젼
1.1	무	5.4	4.3
2.1	무	5.5	무
2.2	무	5.6	무
3.1	무	6.1	무
3.2	1.1	6.2	5.2
3.3	무	6.3	무
3.4	1.2	7.1	6.1
3.5	무	7.2	6.2
4.1	무	7.3	무
4.2	무	7.4	6.3
4.3	무	8.1	무
4.4	무	8.2	무
4.5	1.3	8.3	무
5.1	2.1		
5.2	2.4~2.6	총29개	총11개
5.3	4.1~4.2	100%	38%

〈도표 Ⅱ〉

위의 <도표 I>은 <다람전>의 21개의 의미기능단락 중 <서대주전>에서 그와 유사한 단락의 유무를 보인 것이다. 그래서 11개의 단락은 유사한 것으로 나타났고, 나머지 10개의 단락은 전혀 다른 이야기로 구성되어 있음을 볼 수 있다. 유사한 11개의 단락도 그 표현이나 구체적인 인물묘사가 동일한 것은 하나도 발견되지 않는다. 따라서 <다람전>과 유사한 단락은 겨우 50.2%에 불과하다.

<도표 II>는 <서대주전>의 29개의 의미기능단락 중 <다람전>에서 그와 유사한 단락을 보인 것이다. 여기서도 29개의 단락 중 11개의 단락만 유사한 구성을 지니고 있을 뿐, 나머지는 전혀 다른 이야기임을 볼 수 있어서 유사 단락은 전체의 38%에 불과하다.

그러므로 이들 두 작품 간의 상호 관계는 이본의 관계라기보다는 각기 다른 작가가 쓴 것이 아닌가 생각된다. 따라서 한문본 <서대주전>을 읽은 어느 애독자가 한글본 <다람전>을 썼을 가능성이 높다. 그래서 한글본 <다람전>은 한문본 <서대주전>의 영향을 받아 한문본 <서대주전>과 유사한 구성을 지닌 <다람전>이 되었을 것으로 유추된다.

3. 등장인물의 성격

등장인물은 양 작품이 공히 서대주(鼠大州)가 출현하는 점만 같고, 나머지 인물은 전혀 다르게 등장한다. 그러나, <다람전>에 등장하는 서대주가 공신의 후예로서 다람을 곤경에 처하게 하고 관속에 아부하는 인물인 점과, <서대주전>의 서대주도 공신의 후예로서 타남주를 곤경에 처하게 하는 간악한 인물로 등장하는 점은 유사하다.

그러나, 같은 서대주가 등장하지만 인물 묘사나 성격 표현이 전혀 다르게 나타나고 있음이 주목된다.

그리고, <다람전>에 나오는 서대주는 여덟 아들과 두 딸을 두었는데,

그들이 각각 구체적인 역할을 하지 못하고 있는 데 비해서, 〈서대주전〉의 서대주는 다섯 아들과 두 딸을 두어 각각 그 이름을 밝히고 작품 가운데서도 중요한 역할을 맡고 있는 점이 다르다.

그리고, 〈다람젼〉에서는 피해를 받는 쪽이 다람인 데 비해서, 〈서대주전〉에서는 타남주가 피해자로 등장하는데, 그는 근면 성실하나 서대주에게 양곡을 빼앗기고 억울한 사정을 소장(訴狀)에 써서 주쉬(主倅)에게 냈지만, 도리어 귀양을 가게 되는 인물이다. 이와 같이 타남주는 구체적인 인물 묘사가 소설 전반부에 자세하게 서술되어 있는 데 비해서, 〈다람젼〉에서의 다람의 경우는 구체적인 인물 묘사가 전혀 보이지 않고 있다. 그러나 다람의 경우도 서대주에게 피해를 받는 쪽이란 점이나, 억울한 사정을 원에게 제소했으나 판관의 무능으로 죄인으로 판결받는 구성은 유사하다.

그리고 소송사건의 판관으로서 〈다람젼〉에서는 원이 등장하는 데 비해서, 〈서대주전〉에서는 주쉬가 등장한다. 이들 두 사람은 공히 시비를 잘못 판결하는 무능한 관리역을 맡고 있다. 그러나 구체적인 인물 묘사에 있어서 일치되는 표현은 전혀 없고, 〈서대주전〉의 판관역인 주쉬는 서대주를 풀어주면서 술상을 차려 대접해 보낸다고 서술하고 있는데, 〈다람젼〉에서의 판관인 원은 다람을 허위 고소라고 귀양 보내고, 서대주도 간악한 놈이라 생각하고, 엄장 삼십도를 때린 점으로 보아, 후자의 경우는 전자의 판관보다 다소 현명한 판결을 보이고 있어서, 양 작품의 결말 처리를 상이하게 귀결시키고 있음을 볼 수 있다.

그리고 양 작품 공히 서대주를 잡으러 보내어지는 관리가 있는데, 그 구체적인 인물로 〈다람젼〉에서는 관치가 나오고, 〈서대주전〉에서는 형리가 등장한다. 이들 두 인물은 양 작품에서의 역할이 유사하다. 서대주를 잡으러 가서 위엄을 부리다가, 그들의 후한 대접과 뇌물을 받고서는 서대주에게 여러 가지의 편리를 봐주는 점은 유사하나, 뇌물의 수수 과정이나 구체적인 뇌물의 품목, 뇌물을 받은 후에 죄인에게 편리를 봐주는 정실 자체는 양 작품이 전혀 다르고 이들 두 인물의 구체적인 역할이나 묘사도 전혀 다르게 나타나고 있다.

이 외에도 〈다람전〉에서는 어떤 쥐라고만 하는 등 구체적인 인물이 등장하지 않는 데 비해서, 〈서대주전〉에서는 서균(鼠䶅, 타남주의 양곡을 훔치는 데 선봉장이며, 서대주의 사촌), 소서(小鼠), 노서(老鼠) 등 많은 인물들이 등장하여 〈다람전〉에서는 볼 수 없는 이야기로서, 사건이 〈다람전〉보다 복잡한 구성을 보이고 있다. 따라서 의미기능단락도 〈다람전〉이 21개의 단락인 데 비해, 〈서대주전〉은 29개의 단락으로 구성되어 작품의 전체적인 분량에 있어서도 상호 비교할 수 없을 정도의 뚜렷한 차이점을 보이고 있다.

4. 배경

문학 작품에 있어서 배경 연구는 여러 가지 측면에서 수행될 수 있다. 예컨대, 지리적 배경, 시대적 배경, 사회적 배경, 문학적 배경 등이 있지만, 이 작품의 경우는 작자나 창작 연대가 미상이기 때문에 작품을 통한 지리적, 시대적 배경 고구는 가능하지만 사회적, 문학적 배경 연구는 불가능하다. 게다가 〈서대주전〉과 비교하는 측면에서는 더욱 무의미하기 때문에 여기서는 지리적, 시대적인 배경에 대해서만 고찰할까 한다.

먼저 지리적인 배경의 경우 〈다람전〉부터 보면,

> 옛날 시절에 할닉손의 거하난 다람이라ㅎ난 놈이 이시되 일연 과동할 양식을 쥬모아두어더니 천만의위에 건닉손굴속의 셔디쥐ㅎ난 놈이 몰슈이 도적ㅎ여 갓거날 쓸싱경희쌘더러 과동이 만무ㅎ여 원통한 ㅅ경과 분긔를 이긔지 못ㅎ여 쇼졔을 졍ㅎ려 ㅎ고 쇼졔을 만들아 본관의 졍ㅎ되 그 쇼졔을 ㅎ여시되……(〈다람전〉, 27쪽)

라고 한 데서 보면, <다람젼>의 서대주는 '건니손'에 거처하고 다람은 '할니손'에 거처하는 것으로 표기되어 있다. 이에 비해서 <서대주전>을 보면,

隴西小兎山絶壁之下 有奇岩 其名曰 衆栖岩 岩中有穴 穴中有門 疑然若居人之狀也 其中有多鼠 其大鼠姓鼠 名齓 號大州也…… 近聞隴西南岳山長城石堀中 毗南州齓廳爲名漢 數年前 移接於此堀之中 嘯聚族類數百餘名 深入山中 而精栗五十餘石 收置巢穴 而將爲過冬之資云(<鼠大州傳>, 161쪽)

라고 한 데서 보면, <서대주전>의 서대주는 농서(隴西) 소토산(小兎山)에 거주하고, 타남주는 농서 남악산(南岳山) 장성(長城)에 거처하는 것을 알 수 있다. 따라서, <서대주전>의 경우는 분명히 중국을 배경으로 하고 있고, 사건이 진행되는 구체적인 장소는 서대주가 살고 있는 심산궁곡(深山窮谷)과, 구체적인 장소 설명이 없는 관가를 주된 배경으로 하고 있다.

이에 비해서, <다람젼>의 경우는 중국을 배경으로 하고 있는 증거는 전혀 찾아 볼 수 없고, 위의 예문에서 보이는 '할니손'으로 보면 제주도의 한라산으로 추측할 수도 있으나, 작품 내용에서 제주도라 추측되는 구체적인 증거는 전혀 발견되지 않는다.

따라서 두 작품은 그 지리적인 배경에 있어서 전혀 다른 곳을 배경으로 삼고 있음을 볼 수 있다.

시대적인 배경을 보면 <다람젼>의 서두에,

옛날시졀에 할니손의 거하난 다람이라흐난놈이 이시되 일연과동할 양식을……(<다람젼>, 27쪽)

라고 한 데서 보면 '옛날시절에 할닉손'이라고만 기록되어 있어, 어느 시대를 배경으로 하고 있는지에 대해서는 전혀 짐작할 수가 없다.

이에 비해서 <서대주전>의 경우도 작품 서두나 전체에 그 시대를 구체적으로 묘사하고 있지는 않지만, 작품 후반부에

> 雖然 小鼠赤是功勳之後裔也 小鼠二十八代鼠彪 戰國之時 率族類數百萬 夜往敵陣中 矢羽除削 弓絃斷割 本國大捷(<鼠大州傳>, 168쪽)

라고 한 데서 보면, 서대주의 28대조가 전국시(戰國時) 공훈이 있다고 하였으며, 또한 전술한 바 서대주의 거주지가 농서 소토산인 점 등으로 보아, <서대주전>의 지리적인 배경이 중국임에 의심의 여지가 없다. 따라서 <서대주전>의 시대적인 배경도 중국의 어느 시대로 간주된다.

그래서, <다람전>이 구체적인 언급을 할 수 없는 아득한 옛날 한국의 어느 시대를 배경으로 하고 있는 데 비해서, <서대주전>은 중국을 배경으로 하되, 아마 전국시대보다 약 1,000여 년 후대의 어느 시대를 배경으로 하고 있음을 짐작할 수 있다.

5. 주제

두 작품의 전체적인 기본 골격이 동물들을 의인하여 그들의 소송사건을 다루고 있어서 양 작품의 주제도 거의 유사하다.

서대주가 재판관 앞에 끌려 나와서 교언영색으로 죄 없음을 변명하고 또 판관의 무능 때문에 그것을 그대로 믿고 죄 없는 자를 유배시키는 소송사건의 오판은 당시 무능한 판관을 풍자함은 물론, 공신의 후예인 몰락 양반들이 가난하고 힘없는 서민들을 억울하게 착취하던 당시의 사회상을 신랄하게 폭로, 기자(譏刺)하고자 하는 작자의 의식을 두 작품에서 함께 읽을 수 있다.

뿐만 아니라, 서대주를 잡으러 간 관원들이 도리어 서대주의 후한 대접과 뇌물을 받고는 죄인에게 특별 예우를 베풀어주는 것은 당시의 관리들이 얼마나 많은 부정과 부패를 자행하고 있었던가를 신랄하게 비유, 풍자하고 있다는 점에서도 유사하다.

그리고, 서대주의 타락상과 횡포는 당시 몰락 양반들의 타락상과 횡포를 비유한 것이며, 그들이 부패한 관리들에게 뇌물을 주어 특혜를 받는 등 가난한 백성들을 괴롭혔던 점을 비유, 풍자하고 있는 점도 두 작품에서 같이 나타나고 있다. 다만 〈서대주전〉에서 보여지고 있는, 서대주를 옥에 가두고 이튿날 문초를 받게 됨에 옥리에게 다시 뇌물을 주어 하루 저녁 편안하게 쉬도록 하는 플롯은 〈다람젼〉에서는 전혀 보이지 않고 있다. 따라서 〈서대주전〉에서는 옥리들이 뇌물 수수 등 부정 부패가 극심했던 점을 〈다람젼〉보다 신랄하게 기자(譏刺)하고자 하는 작자의 의식을 강하게 느낄 수 있다.

더구나 두 작품의 종결부에 있어서 〈서대주전〉에서는 죄를 지은 서대주를 도리어 무고 당했다고 위로하며 주연(酒宴)을 베풀어 방면시키고, 죄없는 타남주를 절해고도로 유배시키는 데 비해서, 〈다람젼〉에서는 피해를 입은 다람을 심산궁곡에 정배(定配)시키고, 무고한 사실을 밝혀내지도 못했으면서 서대주를 무작정 간악한 놈이라 하면서 엄장 삼십도 후에, 대대로 사람에게 매여 살게 하였다고 한 점에서 두 작품의 결말 처리가 다소 상이하게 나타나고 있다. 따라서 두 작품의 기본 골격이 짐승들의 소송사건을 통한 오판의 결말은 마찬가지지만, 〈서대주전〉은 상벌의 처리를 판관 나름대로는 분명히 했으나, 〈다람젼〉에서는 피해자나 가해자 모두에게 벌을 주었다는 구성에서 그 차이점을 지적할 수 있다.

Ⅲ. 사회의식

〈다람전〉은, 동물을 의인하여 그들의 소송사건을 통해 당시의 문란했던 사회상을 풍자하고자 한 작자의 의식을 엿볼 수 있는 작품이다.

먼저 서대주가 재판관 앞에 끌려 나와 교언영색으로 공신(功臣)의 후예임을 앞세워 자기에게는 죄가 없음을 강력히 변명하자, 판관이 죄 없는 자를 유배시키는 소송사건의 오판을 한 것은 당시 무능했던 재판관을 기자(譏刺)하고자 함은 물론, 공신의 후예인 몰락 양반들이 힘없는 서민들을 부정으로 착취했던 당시의 사회상을 신랄하게 풍자, 폭로하고자 하는 작자의 사회의식을 읽을 수 있다. 서대주가 판관 앞에서 교언영색으로 변명하는 구절에

> 셔디쥐 알외되 소쥐 팔즈 무궁ᄒ와 아들 여들과 쌀 두울 두어습더니 거연 슴월쑨의 장즈셔명은 잠거의 침노ᄒ웁다가 난중마즈 죽어습고 둘지 아들 셔홍은 쥬식의 반ᄒ여 슐먹으로 천틔산 마고할미 집의 가습다가 청삽술이계 물녀 죽습고 셋지 아들 셔용은 슴국시절의 지갈공명 팔진도 속의 들어가 습다가 싱스유무을 아지못ᄒ여…… 중략 …… 그러ᄒ오나 병즈연 츄팔월 쑨의 다람의 디쥬 압녹강의 진을 치오니 소쥐 팔더조 솔긔 자손ᄒ고 쥬야로 가셔 도적의 활셕을 입으로 물어 ᄯᆞ습고 총꿍글터리을 비여 막습고 와습더니 그 은덕으로 잇튼날 셩젼ᄒ웁고 그 공으로 소쥐 팔더조부가 가션더부 즁추부스 통졍낭 가지을 주웁고(〈다람전〉, 30쪽)

라고 한 데서 보면, 파렴치한 몰락 양반들이 선대(先代)의 공훈을 앞세워 불의로 가난한 서민들의 재물을 착취한 당시의 현실을 폭로하고자 하는 작자의 의식을 이해할 수 있다. 다만 서대주가 자신이 도적질한 것을 호도하기 위해 선대의 공훈을 앞세움은 말할 것도 없지만, 그들의 불행을 털어 놓음으로써 도적질할 수 있는 위인이 아님을 변명하는 가운데, 작자는 당시의 몰락 양반상의 일면을 폭로하고 있다.

여기서 서대주의 타락상과 횡포는 당시 몰락 양반들의 타락상과 횡포로서, 이를 비유, 풍자하고자 하는 작자의 의도적인 의식을 엿볼 수 있다.

뿐만 아니라, 서대주를 잡으러 보낸 관원들에게 서대주가 후한 대접과 뇌물을 주는 구절을 보면,

> 이 음식 셰숭의 쏘 보지 못한 음식이라 셔디쥐 친히 잔을 잡고 진지ᄒᄀᆡ 유리잔의 손화쥬를 가득이 부어 들고 권ᄒᆞ되…… 중략 …… 이거 비록 져그나 노읍다 말으시고 가지가긔ᄒᆞ옵소셔 하고 압퓌 놋커늘 관치 바라보니 황금이 오빅양이요 명쥬가 열닷통이요 돈이 숨빅양이라 관치마음이 허락ᄒᆞ여 셔디쥐 ᄒᆞ즈는디로 ᄒᆞ더라(<다람전>, 29쪽)

서대주를 잡으러 온 관원에게 진기한 음식과 귀한 뇌물을 많이 줌에, 잡으러 온 관원은 서대주가 하자는 대로 편리를 도모하게 해주는 것은 부정 부패가 극심했던 당시의 사회상을 이 작품을 통해 풍자, 폭로하고자 하는 작자의 사회의식을 잘 보여 주고 있다.

그래서 이 작품의 작자는 부정 부패가 난무하던 당시 사회, 특히 그 가운데서도 판관의 무능으로 인한 재판의 오류와 관원들의 부정과 부조리를 지적하고자 한 것이다. 따라서 선량한 다람과 간악한 서대주를 의인하여 이들 주인공으로 하여금 끝내는 양반의 허세와 교언영색에 가리어져 오판에 의해 희생되게 하는 것은, 당시 판관의 무능은 물론이고, 소송사건의 부정과 부패를 인식하고 이를 폭로하고자 하는 작자의 사회의식을 강하게 나타내고자 함이다.

Ⅳ. 문학적 가치

<다람전>은 지금까지 알려져 있지 않던 한글본 소설로서 동물의 소송 사건을 소재로 하여, 당시 부정과 부패가 난무하던 사회상을 풍자하고

자 하는 작자의 사회의식을 강하게 반영하고 있는 작품이다.

또한, 이 작품은 주인공 모두가 동물을 의인하여 등장하고 있기 때문에 동물 의인소설이라 할 수 있지만, 그 내용에 있어서는 당시 사회의 부정과 부패를 폭로하고 풍자하고자 하는 작자의 현실인식이 깊이 깔려 있어서 풍자소설이라고도 할 수 있다.

그러나 작품 내용이 빈약하고 사건의 구체적인 묘사나 등장 인물의 성격 표현 등이 거의 생략되어 마치 이야기의 줄거리를 소개하는 것과 같아서 소설 미학적 내지 구조적인 측면에서 보면 고소설로서도 뛰어난 작품이라고 할 수는 없다.

다만, 동물을 의인한 한글본 고소설로서 새로운 작품이 학계에 소개되었다는 점과, 작자가 당시 사회를 의식하고 부정 부패가 난무하던 시대상에 정면 도전을 피하고 동물의 세계에 비유하여 이를 풍자했다는 작자의 사회의식은 의인문학으로서는 물론이고, 풍자문학으로서도 그 가치가 인정된다.

그리고 한국의인소설의 사적 계보[4]로 보아서는, 이 작품은 창작 연대와 작자가 밝혀져 있지 않아 정확한 것은 알 수 없지만, 영·정조대에 나온 한글본 동물 의인소설[5]인 <웅치전(雄雉傳)>이나 <별주부전(鼈主簿傳)>, <뚜껍전> 등과 궤를 같이한다고 볼 수 있다. 그리고 풍자적인 성격이 짙은 점으로 봐서도 <다람젼>은 전술한 한글본 동물 의인소설과 그 성격상의 유사점도 엿볼 수 있어 동궤의 작품으로 유추된다.

따라서 <다람젼>은 한글본 의인소설, 특히 동물 의인소설로서 신자료의 발굴이라는 점에서 보면 학계에서 크게 주목되는 작품이다.

---

4) 김광순, 「한국의인소설의 사적 계보와 성격」, 『한국고소설연구』, 이우출판사, 1983, 33~80쪽.
5) 위의 책, 45~61쪽.

Ⅴ. 맺음말

이상으로 본론에서 천착한 것을 결론적으로 요약해 보면 다음과 같다.

첫째, <다람전>은 우리 고소설로서 지금까지 알려져 있지 않았던 창작 연대와 작자가 미상인 작품으로서, 이를 서지학적인 측면에서 자세하게 논술하였다.

둘째, <다람전>은 전체적인 골격이 <서대주전>과 매우 유사하여 두 작품을 비교하면서 고구하였다. 그래서, 작품의 경개를 소개하되, 두 작품 간의 의미기능단락별로 대비할 수 있게 나열하였다. 따라서 <다람전>은 21개의 단락으로, <서대주전>은 29개의 단락으로 나뉘어졌다. 그리고, <다람전>과 <서대주전>의 스토리 진행 과정상의 동이점을 두 작품의 의미기능단락별로 비교해 본 결과, 구성상으로 보아서는 전체적인 유사점은 있으나, 구체적인 표현이나 작품의 의미기능단락이 같은 것은 한 가지도 없다는 점을 발견하고, 두 작품 간의 상호 관계는 어느 한 작품이 다른 한 작품의 영향을 받아 창작된 새로운 작품으로 간주되는데, 아마도 <서대주전>이 한문본인 데 비해 <다람전>이 한글본이란 점 등으로 보아, <서대주전>이 선행본(先行本)일 것이라고 짐작된다. 그리고 등장 인물에 있어서도 두 작품에서 서대주가 등장하는 공통점 이외에는 같은 인물은 보이지 않고 있다. 또한 서대주의 경우에 있어서도 두 작품에서의 역할이 유사한 점이 있기도 하지만, 동일한 표현이나 묘사는 전혀 보이지 않았다.

그리고 배경에 있어서도, 지리적인 배경으로는 <다람전>은 한국의 한라산으로 유추되나, <서대주전>은 중국 남악산으로 추측되며, 시간적인 배경에 있어서도 <다람전>은 막연한 옛날인 데 비해서, <서대주전>은 중국의 어느 시대로 판이한 양상을 띠고 있다.

주제에 있어서는 작품의 골격이 유사한 만큼 전체적인 대주제도 유사하다. 그러나 결말의 사건 처리 부분에 상이점이 있어 다소의 이질성을 보이고 있다.

셋째, 〈다람전〉은 작자가 부정 부패가 난무하던 당시 사회상을 풍자 폭로한 것으로 그 가운데서도 특히 무능한 판관을 풍자하고, 뇌물 수수 등이 난무했던 관원들을 풍자하면서 당시의 소송 사건의 오류를 신랄하게 풍자하고 있다.

넷째, 〈다람전〉은 한국의인소설 가운데 특히 동물 의인소설로서, 조선조 영·정조대의 작품으로 추측되는 〈웅치전〉, 〈별주부전〉 등과 같은 소설류와 그 궤를 같이 하고 있으며, 소설의 성격도 그와 유사함을 천착하였다.

〔김광순〕

〈장끼전〉 연구의 반성과 전망

Ⅰ. 논의의 필요성

〈장끼전〉은 판소리를 거친 판소리계 소설이면서, 동물이 인격화되어 사건을 이끌어 가는 의인소설(擬人小說)이고 작품외적인 세계에 대해 강한 우의적(寓意的) 기능을 갖는 우화소설(寓話小說)이다. 비슷한 문학적 성격을 드러내는 〈토끼전〉이 주목을 받으면서 무게있게 다뤄져 왔음에 비하면 〈장끼전〉은 연구의 횟수에서부터 열세를 면치 못한다.

〈장끼전〉에 대한 논의가 활발하지 못했던 것은 〈장끼전〉이 갖는 문학적 특성에 기인한다. 〈장끼전〉은 단조로운 구성을 갖추고 우의적 성격이 두드러져 비의(比擬)된 대상이 비교적 쉽게 파악되는 것이 사실인데, 이러한 특성은 작품에 대한 접근을 용이하게 하는 한편 논의의 여지가 작아 연구할 가치가 크지 않다는 선입관을 유발시킨다. 실제 국문학 연구의 초기부터 연구자들의 시선을 끌어 다른 작품 못지않게 비중 있는 작품으로 다뤄지던 〈장끼전〉은, 고전소설 연구가 본궤도에 오르면서 오히려 관심의 주변으로 밀려나게 된다.

한편 〈토끼전〉이 문학적 성격에 있어 〈장끼전〉과 많은 유사성을 지니면서도 빈번하게 연구대상이 되어 온 사정을 염두에 두면, 〈장끼전〉

이 소홀히 다뤄진 데에는 또 다른 이유가 있을 법하다. 곧, <장끼전>이 일찍 판소리로서의 전승이 중단되었기에 판소리문학의 존재양상이 다양하지 못하여 그만큼 연구의 영역이 좁을 것이라고 여겨졌기 때문일 것이다.

그런데 <장끼전>은 현재까지 학자들에 의해 논의되어진 소설사적 비중보다 당시 독자들에 의해 인식되고 평가받은 인기도가 훨씬 컸음을 간과할 수 없다. <장끼전>이 <자치가(雌稚歌)>, <웅치전(雄稚傳)>, <화충선생전(華蟲先生傳)> 등의 이칭(異稱)을 갖는 데에서 먼저 실제의 존재양상이 단순치만은 않았다는 사실이 확인된다. 또한 발굴된 이본의 수가 30종에 육박하고1) 민요나 설화로의 전환 현상2)이 발견되고 있다는 데에서 <장끼전>의 독자층이 꽤 폭넓게 자리잡고 있었음도 깨달을 수 있다.

<장끼전> 연구사를 살펴보는 일은 연구사 논의의 보편성과 특수성을 동시에 지닌다. 연구사에 대한 논의는, 기존 연구가 이뤄낸 업적을 수용한 후 그것을 토대로 앞으로의 연구를 진행시킴으로써 연구의 효율성을 높이는 데 필요한 작업이다. 이러한 보편적 의의가 본고에서 목적하는 바이기도 하지만, 넓은 독자층을 형성하면서 단순치 않은 양식적 변모를 겪었음에도 주목받지 못한 <장끼전>에 있어서는, 연구사를 검토하는 논의에 각별한 자세가 요구된다. 이에 본고는 기존 연구의 업적을 세밀히 살펴봄3)으로써, 연구사가 전개되면서 논쟁이 벌어지고 확충되어 온

---

1) 기존 연구에서 다뤄지거나 지면 혹은 도서관 소장으로 공개된 이본의 수를 모두 합치면 29종에 달하는데, 비공개 자료를 합치면 이 숫자는 더 늘어날 것이다.

2) <장끼전>의 줄거리가 민요로 불리어지는 현상이 채록된 예가 제법 있으며(졸고, 「장끼전의 민요화와 그 의미」, 『문학과 언어연구』 11, 문학과 언어연구회, 1990 참고), 설화로 채록된 예도 있다(『구비문학대계』 1~7, 한국정신문화연구원, 1982, 317~318쪽). <장끼전>의 민요화 현상은 <숙영낭자전>의 특정 부분이 <옥단춘요>로 전환된 경우와는 달리 그 대체적인 줄거리가 다양한 양상으로 나타난다.(김일렬, 「소설의 민요화」, 『어문론총』 16, 경북대 인문대 국어국문학과, 1982, 참고)

문제의식을 통해 〈장끼전〉 연구의 단서를 찾는 데 더 큰 의의를 둔다.

Ⅱ. 시기별 개관

〈장끼전〉의 연구사는 연구의 경향과 성과에 따라 1970년대를 기준으로 크게 세 시기로 나누어 살펴볼 수 있다. 제1기인 1970년대 이전은 〈장끼전〉 연구의 기초가 마련된 시기이고, 제2기인 1970년대는 연구가 본궤도에 오른 시기이고, 제3기인 1970년대 이후는 기존의 업적 위에 다양한 시각을 보인 시기이다.

1. 제1기(1970년대 이전)

〈장끼전〉은 국문학 연구의 초기부터 논의 대상에서 빠지지 않고 주목되었으니 주로 소설사나 문학사 등의 개설서를 통해 논의되었다. 그래서 70년대 이전까지는 분석이 선행되지 않고 단편적으로 논의되거나, 독립되어 다뤄지지 못한 채 작품의 전반적인 성격이 종합적으로 설명되었다.

〈장끼전〉에 대한 최초의 논급은 안자산(安自山)의 『조선문학사(朝鮮文學史)』에서 이뤄졌다. 안자산은 희곡을 논하는 자리에서, 〈장끼전〉을 〈춘향전〉, 〈심청전〉, 〈흥부전〉과 함께 그 당시까지 많이 유행하던 희곡이라고 언급하면서 〈장끼전〉의 문학적 성격을 "貪官汚吏와 射利釣錢輩의 運命을 諷喩한 戱作"[4]이라 평하고, 〈장끼타령〉의 음악적 성격을 "其曲은 巫黨의 넉두리와 방불하니 此 曲을 聽할 時는 고대 祖神에게 祭

---

3) 〈장끼전〉 연구사에 대한 논의가 갖는 이러한 특수성은 논의의 진행에도 영향을 끼치니, 연구사 전체에서 비교적 연구가 활발했던 시기에 속하는 초기의 연구를 많이 주목하고자 한다.

4) 안자산, 『조선문학사』, 한일서점, 1922, 106쪽.

하던 神曲을 정치와 연상하여 非常한 권계를 起케 하는"[5]것이라고 설명하고 있다.

<토끼전> 대신 <장끼전>이 <춘향전>, <심청전>, <흥부전>과 더불어 당시에 "비상히 유행하던 희곡"으로 간주되고 판소리 실전(失傳) 한 마당인 장끼타령의 음악적 모습에 대한 설명이 이뤄진 것은 연구사 전체에서 유일한 논의인데, 부연 설명이나 논증이 제시되지 않은 단편적인 논의이어서 연구사적 의의를 부여하는 데에는 신중함이 요구된다. 또한 작품의 주제로 간주될 수 있는 "貪官汚吏와 射利釣錢輩의 운명을 풍유"함은 현전하는 자료만을 근거로 할 때 정확한 의미를 이해하기가 어려운 점이 있다. 그런데 이 견해는 김태준에게 그대로 수용되고 있어 연구자의 오류로만 판단하기는 어려우니, 그렇게 규정된 현상을 추측 가능한 여러 가지 면에서 검토해 봄으로써 <장끼전> 해석에 중요한 단서를 발견할 수도 있으리라고 여겨진다.

김태준은 『조선소설사』에서 안자산이 제시한 주제를 이어받으면서 <장끼전>에 대한 본격적인 접근을 시도했다. 『조선소설사』에서 <장끼전>은 '동화전설의 소설화'란 장 아래 줄거리에 대한 간략한 소개와 함께 문체, 주제, 근원설화에 대해 논의되고 있다.

문체는 3·4·3·4의 변려체(騈儷體)로 설명되었는 바, 이는 <장끼전>이 형식적 산문의 극치인 변려문만큼 정형적이고 엄격한 율조를 가졌다는 뜻이다. 실제 <장끼전>이 다른 판소리계 소설보다 더 정형화된 율조를 드러내는 것이 사실이니, 김태준의 지적은 <장끼전>의 문체적 특징을 제대로 파악한 셈이다.[6] 김태준에 의하면 <장끼전>의 주제는 여자의 충고를 무시한 남자의 오만에 대한 비유, 당대의 탐관오리와 사리조전(射利釣錢)하는 특권계급의 운명에 대한 풍자, 과부의 수절에 대한 야유

---

5) 위의 책, 같은 쪽.
6) 이에 비해 <심청전>에 대해서는 4·4조의 가사체라는 표현을 사용하고 있다.

로 파악된다고 하는데, "평민문예의 정면사상"[7]으로 지적된 두 번째의 것은 안자산의 견해를 이어받은 것이다.

김태준은 〈장끼전〉을 설화가 소설화된 작품으로 간주했으니, 근원설화 문제를 간과할 수는 없었다. 그는 까투리가 다른 금수와 결혼을 택하지 아니한 것[8]은 『어우야담(於于野談)』에 전하는 두더지의 혼사 이야기와 관련이 있다고 함으로써 근원설화에 대한 접근을 보이고 있으며, 일본과 인도의 설화와 중국의 〈치자반가(雉子班歌)〉와의 관련성도 언급하고 있다. 그 가운데 한대(漢代)의 악부(樂府)인 〈치자반가〉는 내용상 〈장끼전〉과 거의 무관하기에 "강잉(强仍)"한다고 하더라고 근원설화에 대한 논의에서 거론되기 어려운데, 이후의 연구자들이 그대로 이를 수용하는 오류를 범하고 있다.[9]

주왕산(周王山)은 『조선고대소설사』에서 김태준이 제시한 주제의 일부를 수용하면서 자신의 논의를 전개했다. 여기에서 〈장끼전〉은 '동화의 소설화'란 장으로 다루어지고 있어 일견 김태준의 논의와 유사한 것 같으나, 면밀히 검토해 보면 동화를 우화로 인식함으로써 김태준과는 다른 관점에 서 있음을 알 수 있다.[10] 또한 주왕산은 김태준과는 달리 작품의 원문을 인용하면서 일일이 문면에 근거하여 자신의 견해를 제시하는 방법을 취함으로써 몇 가지 새로운 논의가 가능해졌다.[11] 그 가운데

---

7) 김태준, 『조선소설사』, 학예사, 1939, 126쪽.

8) 원문에는 "결혼을 택한 것"(위의 책, 126쪽)이라고 되어 있으나, 논의의 진행으로 미뤄 보아 '결혼을 택하지 아니한 것'의 誤記로 봄이 옳을 것 같다.

9) 김태준은 "强仍하야 이와 같은 예를 중국에 구하면…"이라고 하면서 〈雉子班歌〉를 거론했는데, 이후의 몇몇 연구자들은 '强仍'한다는 부사구 없이 〈雉子班歌〉를 〈장끼전〉과 관련이 많은 것처럼 근원설화로 들고 있다.『文淵閣 四庫全書』, 臺灣商務印書館 발행, 第1368冊 集部 307 總集類 古樂付 참고.

10) 주왕산, 『조선고대소설사』, 정음사, 1950, 179~181쪽. 또한 같은 장에서 다뤄진 〈두껍전〉과 〈서동지전〉이 우화소설로 규정되고 있음과 '설화 전설의 소설화'라는 장이 따로 설정되어 있음을 봐도 김태준과는 다른 관점에 있음을 알 수 있다.

각각 남한지역과 중국의 명(明)이 멸망한 1644년(인조 22년) 이후로 추정된 창작지역과 시기에 대한 논의는 작품 문면의 특정한 문장이나 어휘로부터 유추된 것이어서 단편적인 요소에 의지한 연구방법에 문제가 있다. 그러나 이후 연구들에서 많이 답습 또는 모방되고 있다는 점에서 초기 연구로서의 의의가 있다. 한편 문체에 대해 "가사체(歌辭體)로 되어 있어 읽으면 소설이요, 노래부르면 가사(歌詞)로 될 수 있는 특징을 갖고"[12] 있다고 한 논의는 서론에서 설명된 고전소설 전반의 문체[13]에 대한 구체적 예의 성격을 띠는 것이 사실이나, <장끼전>에 대해서만은 아주 적절한 지적이어서 재음미해 볼만한 여지가 있는 논급이라고 여겨진다.[14]

---

11) 주왕산은 <장끼전>의 원문을 일일이 인용하며 논의를 전개함으로써 김태준의 논의를 극복하려고 노력한 듯이 보이는데, 그 결과 몇 가지의 새로운 논의가 가능했던 것이 사실이다. 그러나 김태준의 논의가 선명하게 전개된 데 비해 주왕산의 논의는 원문 인용과 함께 진행되다 보니 산만하게 나열된 양상을 띠게 되었으며, 결론이 도출되는 과정이 분석적이 되지 못한 채 작품의 지엽에 집착하는 경향을 띠게 되었다.

12) 위의 책, 184쪽.

13) 그의 고전소설 전반의 문체에 대한 논의는 김태준의 조선소설사에서 비롯된 것 같다. 김태준의 경우 <심청전>을 4·4조의 가사체로, <장끼전>을 3·4·3·4의 병려문으로 설명하는 등 판소리계 소설 일부의 작품에 대해서만 문체의 운문적 성격을 지적했을 뿐 고전소설 전반에 대해서는 논급하지 않고 있는바, 주왕산이 이를 고전소설 전체의 문체로 확대한 것이 아닌가 여겨진다. 주왕산의 이러한 착오는 이후 김기동(『한국고대소설개론』, 『이조시대소설론』)에 의해 점차 수정되기도 하였으나, 박성의(『한국고대소설사』), 신기형(『한국소설발달사』) 등에게 답습하게 되기도 하여 근자에 이르기까지 고전소설의 문체를 운문체로 설명하는 경우도 있다.

14) 문체에 대한 그러한 지적이 유독 <장끼전>에 대해서만 가해지고 있다는 것은 유의할 만한 사실이다. 주왕산은 『조선고대소설사』의 서론에서 고전소설 전반의 문체적 특징을 4·4조의 가사체로써 설명하고는 각론에서 어느 작품에 대해서도 문체에 대해 논의하지 않다가 <장끼전>에 대해서만 위와 같이 지적했다. 이는 여러 각도에서 생각해 볼 수 있겠으나, 고전소설 일부 작품의 문체를 전체의 문체로 착각한 주왕산이 각론에서 그러한 설명에 부합되는 작품을 찾지 못하다가, 아주 적절한 실례를 <장끼전>에서야 비로소 찾게 된 결과라는 추측을 가능하게 한다. 여기서 유의미한 사실은, 다른 판소리계 소설에서도 그가 고전소설 일반의 문체적 특징으로 지적한 4·4조의 가사체를 발견할 수 있음에도 유독 <장끼전>을 거론했다는 사실이며, 이

주왕산은 안자산과 김태준이 주제로 중시했던 '탐관오리와 탐욕적인
특권계급의 운명에 대한 풍자'를 주제에서 탈락시키고 있는데, 이때부터
이것은 더 이상 〈장끼전〉의 주제로 거론되지 않게 된다.

연구논문은 아니나 〈장끼전〉에 대한 독립된 논의가 최상수에 의해 시
도되었다. 그는 〈장끼전〉의 주석 작업과 함께 작품에 대한 해설을 곁들
였는데15) 주왕산의 논의를 정리한 정도이다. 주석 작업이 작품에 대한
이론적 접근 못지않게 중요함을 인식한다면 최상수가 작업한 주석은 의
의가 있음에 틀림없으나, 자료의 원문이 제시되어 있지 않고 주석의 불
완전과 함께 주석이 자구의 어원을 밝히는 지식 나열에 그쳐 있음이 그
의의를 반감케 하고 있다.16)

처음으로 고전소설에 대한 개론을 시도했던 김기동은 〈장끼전〉의 근
원설화와 주제를 기왕에 논의된 범위 내에서 설명했다.17) 여기에서 발
견되는 의의는 고전소설의 유형분류를 본격화하여 〈장끼전〉을 다루고
자신이 작업했던 일련의 유형분류의 출발이 되고 있다는 것이니, 여기
에서는 〈장끼전〉이 동물소설로 분류되지만 이후의 논의에서는 의인소
설로, 다시 우화소설로 분류되게 된다.18) 또한 단편적이긴 하나 처음으

는 〈장끼전〉이 다른 판소리계 소설보다 더 정제된 율문적 문체를 지니고 있음으로
써 보다 더 쉽게 눈에 띄었다는 것이다. 〈장끼전〉이 《雌雄歌》라는 가사로 많이 존
재했기에 가사의 율조에 가까운 실상을 염두에 두면, 그가 〈장끼전〉에 대해서만 그
렇게 지적할 법하다고 하겠다.

15) 최상수 교주, 《장끼전》,『현대문학』통권 8~9호, 현대문학사, 1955. 8월~9월.
최상수,「장끼전 해설」,『현대문학』통권 9호, 현대문학사, 1955. 9월, 206~209쪽.
16) 소개된 〈장끼전〉은 자신 소장의 필사본으로서 표기법을 현대적인 문법으로 바꿨다
고 하고 있으며, 정작 작품 해석에 관건이 되는 여러 대목은 주석이 이뤄져 있지 못
하다. 보다 요구되는 주석은 자구의 어원을 밝히는 지식 나열에서 벗어나 작품의 문
맥상의 의미와 문학적 해석을 목표로 하는 것이어야 할 것이다. 조동일,『국문학 연
구의 방향과 과제』, 새문사, 1983, 100쪽.
17) 김기동,『한국고대소설개론』, 대창문화사, 1956, 358~360쪽.
18) 그의『이조시대소설론』, 정연사, 1959에서는 의인소설로,「우화문학의 개요」,『한

로 <장끼전>에 나타나는 동류끼리의 결혼사건이 주는 의미에 대해 논의
하고 있어, 이에 대한 논의의 출발점이 되고 있다.[19]

이어서 김기동은 『이조시대소설론』을 통해 자신의 논의를 진전시켰
다. 그는 당대 문인들의 기록에 근거하여 이조의 개가금지(改嫁禁止) 습
속(習俗)이 상류사회로부터 비롯되었음을 지적한 후 <장끼전>이 과부의
수절에 대해 비판하는 것은 평민의식의 소산임을 첨언했다.[20] 이전의
연구자들이 작품의 역사적 배경을 단조롭게 파악하여 주제를 사회와 단
순 대응시키려고만 한 데 비해, 김기동은 당대의 사회상을 보다 정확하
게 인식하고자 노력함으로써 작품해석에 깊이를 더했다.

박성의도 소설사 작업을 통해 <장끼전>에 대해 기술하고 있긴 하
나,[21] 전개된 순서만 달랐지 실제 기술된 내용은 주왕산의 논의를 거의
그대로 모방하고 있다.

<장끼전>에 대한 독립된 연구는 학사논문이기는 하나 고임순에 의해
비로소 이뤄졌다. 선학의 업적을 수용하면서도 작품의 주제 설정에서
보다 구체성을 확보하고 있은즉, "시대적 의의"로 설명된 작품의 부분적
의미 가운데 몇 가지가 그러하다. 곧 <장끼전>은 여자가 규방의 울타리
속에서 남존여비사상(男尊女卑思想)에 눌린 채 여성의 발언권이 묵살되
던 당대 현실에 비춰 볼 때 남녀동등의 자유를 주장하고 있으며, 무위
도식으로 세월을 보내면서 관념적이고 공론적인 도학만을 학문의 최고
로 삼던 양반계급의 위선적이고 태만한 생활을 풍자한다고 한 것이 그

양』 1권 10호, 1962와 『이조시대소설론』, 이우출판사, 1975 등에서는 우화소설로 다
뤄졌다. 이로써 그는 <장끼전>과 같이 등장인물이 인간이 아닌 소설의 유형을 설정
하는 데 가장 고심한 연구자의 한 사람임을 알 수 있다.

19) 김기동은 이를 이조시대의 폐습인 본부인이 있는 남성들의 첩으로 들어가지 말고
같은 처지에 있는 남성과 재혼하여야 한다는 것을 암시한다고 설명했다.
20) 김기동, 『이조시대소설론』, 정연사, 1959, 152~156쪽.
21) 박성의, 『한국고대소설사』, 일신사, 1958.

것이다.[22]

이 시기에 있어서 북한에서 이뤄진 논의가 있으니 남한에서의 연구의 축적과 비교하여 살펴볼 만하다. 『조선문학통사』에서는 〈장끼전〉을 "전래하는 동물우화를 기초로 하여 판소리 대본으로 창작된"[23] 작품이라고 집약하여 설명하고는, 주제에 대해서 남한에서의 논의에 비해 명료한 견해를 보이고 있다. 즉 〈장끼전〉은, 당시 사회의 모순과 문제 중의 하나였던 남존여비사상과 봉건사회의 가부장적 가족제도의 불합리성에 대해 비판하고 과부의 개가를 허용하지 않던 양반도덕의 허망성에 대해 풍류함으로써, 봉건사회 도덕의 비개화성에 대한 비판이라는 주제를 나타내고 있다는 것이다.

이전의 논의에 비해 나름대로 논리가 정연한 이 논의는, 장끼의 인물적 성격을 당시의 가부장적 가정에서 전횡을 다하던 가장의 전형으로 파악하는 인물 분석도 시도함으로써, 개별 작품론이 아님에도 분석적 시각을 제법 갖추고 있음을 엿볼 수 있게 한다.[24] 또한 〈장끼전〉의 문체가 "다른 판소리대본에 비하여 훨씬 율문화되어 있어 그 대화들도 엄격한 율조를 가진다"[25]고 설명되고 있는데, 자료에 대한 면밀한 관찰을 거쳐야 가능한 정확한 지적이다.

신기형은 『한국소설발달사』에서 〈장끼전〉을 우화소설의 범주에 넣어 다루고 있는데, 장끼전에 대한 논의에 앞서 우화 및 우화문학의 개념과 문학적 성격 등에 대해 설명하고 있다.[26] 우화의 특성에 대한 기본적인

---

22) 고임순, 「〈장끼전〉 연구」, 『국어국문학연구』 1, 이화여대 국어국문학회, 1958, 11쪽.
23) 조선민주주의인민공화국 과학원 언어문학연구소 문학연구실 편, 『조선문학통사』 (상), 과학원 출판사, 1959 : 화다글방, 1989, 367쪽.
24) 이전의 논의에 등장인물에 대한 접근이 전혀 없었던 것은 아니나 방법론이 없었기에 이 정도의 명확한 논급은 발견할 수 없다.
25) 위의 책, 368쪽.
26) 신기형, 『한국소설발달사』, 창문사, 1960. 377~385쪽. 여기에서 이뤄진 〈장끼전〉에

이해는 <장끼전>에 대한 일종의 예비적 고찰과도 같은 성격을 띠는 것
으로서, <장끼전>에서 우화적 요소가 구체적으로 어떻게 작용하고 있는
지에 대한 접근을 가능하게 한다. 그러나 우화에 대해서는 나름대로 논
의했으면서도 아쉽게 작품론의 적용에까지는 연결되지 못하고 말았다.
    '한국소설발달사'라는 이름답게 <장끼전>에서의 여주인공의 역할과
정조관념을 각각 이춘풍전(李春風傳)에서의 춘풍처(春風妻)의 역할과 호
질(虎叱)에서의 동리자(東里子)의 윤리관과 대비하여 설명한 것이 이채
롭다. 이러한 논의가 <장끼전>의 소설사적 위치에 대한 규명을 어느 정
도 해결하고 있는지는 의문스러우니, 단순한 대비에 그치기보다 다면적
인 비교로 발전했다면 <장끼전>을 보다 더 잘 설명할 수 있었을 것이다.
    한편 신기형은, 까투리의 개가사건(改嫁事件)에 대해 유교적 열녀불
경이부(烈女不更二夫) 사상을 타파하고 여성의 정조관념에 대해 반성적
태도를 촉구한다고 평가하면서도, 까투리의 인물형을 "음녀로 化"[27]했
다고 부정적으로 설명하고는 이를 "작품의 실패된 一點"[28]으로까지 규
정하고 있다. 이러한 논의는 일면 설득력이 있는 것도 사실이나 사건과
그 사건을 일으킨 인물에 대한 상반된 시각으로 인해 논리의 파탄을 가
져오게 되니, 결과적으로 음녀인 까투리의 개가행위가 유교적 정절관을
비판한다는 논리적 모순을 내포한다. 그러나 여기에서, 까투리의 개가
사건의 의미를 인물의 성격과 결부시켜 해석하고자 함으로써, 기존 연
구에서 이뤄져 온 일방적인 관점에서의 평가를 무비판적으로 수용하려
하지 않고 나름대로 재고해 보려는 노력이 엿보인다고 하겠다.
    김동욱이 그의 판소리에 대한 초기 연구에서 <장끼타령>에 대해 논의

대한 논의는 「우화문학서설」, 『자유문학』 통권 62호, 한국자유문학자협회, 1962에서
    轉載된다.
27) 위의 책, 384쪽.
28) 위의 책, 같은 쪽.

했는데,29) 단편적인 논의임에도 시사하는 바가 많다. 그는 송만재의 〈관우희(觀優戱)〉와 이유원의 〈관극팔령(觀劇八令)〉에서 보이는 〈장끼타령〉에 대한 한시(漢詩)의 내용이 〈장끼전〉의 전반부(장끼가 죽기까지의 사건)에만 해당되지만, 판소리의 서민적 우의와 해학성으로 미뤄 보아 후반부도 분명 〈장끼타령〉에 존재했으며 오히려 전반부보다 더 핵심적인 결구였을 것이라고 신중하게 추정했다.

그리고 그는 이 후반부는 아내의 충고를 듣지 않는 남자를 위해서는 수절할 필요가 없음을 주장한다고 함으로써 특이한 발상을 보여주며, 서민들의 자유로운 개가사실로써 양반의 봉건적이고 불합리한 결혼생활을 풍자한다고 논의함으로써 김기동의 견해30)와 비교하여 강화된 성격을 띠고 있다. 부연설명이나 논증이 뒤따르지 않은 추정이기에 설득력에 한계가 없진 않겠으나, 〈장끼타령〉에 대한 관극시(觀劇詩)의 기록과 현전 〈장끼전〉의 관계에 관심을 가졌고 당시의 서민들에게는 개가가 자유로웠다는 사실을 주목했다는 점에서 의의가 있다. 김동욱은 논의의 앞부분에서 관극시의 내용으로 미뤄보아 〈장끼전〉의 후반부가 소설에서 첨가되었을 가능성도 있음을 반신반의하고 있는데, 이러한 의문은 이후의 몇몇 연구자들에 의해 긍정적으로 수용되어 자신들의 견해의 논거가 되기도 한다. 또한 그는 사실적인 근거 없이 서민층에는 개가가 자유로웠다고 단정짓고 있는데, 당대의 역사적 현실이 어떠했는가는 〈장끼전〉의 해석에 중요한 관건이 되기에 깊이 검토되어야 할 지적이라고 여겨진다.31)

---

29) 김동욱, 『한국가요의 연구』, 한국문화총서 17집, 을유문화사, 1961, 410~411쪽.
30) 『이조시대소설론』, 정연사, 1959에서 이뤄진 김기동의 논의를 가리키는데, 김기동의 논의에서는 개가금지습속이 양반사회로부터 비롯되어 서민들도 개가를 꺼리게 되었으며 〈장끼전〉은 바로 이러한 사회적 배경 속에서 양반사회를 비판한다고 했다.
31) 필자가 과문한 탓인지는 모르나, 국사학계의 시각은 주로 양반층에 집중되어 있어 서민층의 재혼관이나 그 실상에 대해서는 명확한 논급이 이뤄지지 않은 것 같다.

김광순은 석사학위논문에서 의인소설 전반을 다루면서 <장끼전>을 비교적 자세하게 논의했다.[32] 김광순의 논의는 인물과 구성에 대해 나름대로 분석적인 시각을 가지고자 노력한 데 의의가 있으니, 논의 결과 <장끼전>은 인물과 구성에서 다른 고전소설에 비해 성공을 거두고 있다고 평가되었다. 인물에 대한 그와 같은 결론은 충분히 예상될 수 있는 것이되, 구성에 대한 그러한 지적은 전후반부의 연결에 대한 논의를 기대하게 하기에 주의를 끈다. <장끼전>의 전후반부의 문제는 전술한 바대로 김동욱에 의해 거론된 후 70년대를 거치면서 몇몇 연구자에 의해 재론되는데, 까투리가 음녀로 화함으로 인해 작품 구성에 결함이 있다는 1기의 신기형의 견해도 기실은 전후반부의 연결 문제와 무관하지는 않다.[33] 그런데 김광순은 개가금지에 대한 반항을 위해 언더플롯[伏線]이 장끼가 죽는 사건에서부터 시작되어 까투리의 개가단행에 귀착되고 있다고 했으며, 그러한 복선적 구성을 사용함으로써 <장끼전>이 다른 작품에 비해 뛰어나다는 논지를 폈다. 이와 같은 김광순의 논의는 복선으로써 <장끼전>의 전후반부의 연결을 설명했으니, 양자는 긴밀하게 연결되어 있다고 본 셈이다. 그러나 굳이 복선을 동원하여 사건의 전개 양상을 살핀 근거가 논의되고 있지 않음을 지적하고 보면, 전후반부의 연결 문제가 완전히 해결된 것은 아님을 알 수 있다.

전규태는 『한국고전문학의 이론』에서 논의를 독립시켜 <장끼전>을 다루고 있다.[34] 주제에 대해서는 기존의 논의를 정리한 수준에 머물고 있는데, <장끼전>이 평민들에게 널리 읽혀지고 특히 여성들에게 애독되

---

32) 김광순, 「의인소설연구」, 석사학위논문, 경북대 대학원, 1964.

33) 까투리가 음녀로 변함으로써 작품에 결함이 있다는 사고의 저변에는, 후반부에서 드러난 까투리의 인물적 성격이 전반부에서 나타난 성격과 다르다는 의식이 깔려 있다고 보여진다.

34) 전규태, 「<장끼전>고」, 『한국고전문학의 이론』, 정음사, 1966, 297~300쪽.

었을 뿐 아니라 창곡으로도 널리 보급되었으니 그 대중성을 짐작할 수 있다고 함으로써 독자층과 인기도를 지적한 점이 눈에 띈다.

제1기에서 이뤄진 연구의 성과는 이본을 제외한 모든 면에 연구의 기초를 마련했다는 점이다. 물론 편향된 시각으로 인한 오류도 발견되지만, 반대로 이후의 연구에서도 갖지 못하는 통찰력도 엿보이게 한다. 이 시기에서 거둔 성과의 구체적인 면모는 〈장끼전〉의 주제를 다양하게 제시함으로써 이후의 연구에 활기를 불어넣었다는 점과, 후반부의 형성시기에 대한 문제를 제기하고 〈장끼전〉의 독특한 문체 현상을 포착함으로써 이후 연구가 관심을 가져야 할 영역을 개척했다는 점이다.

2. 제2기(1970년대)

전 시기에서 불충분했던 작품분석이 2기에 이르면 의욕적으로 시도되게 된다. 작품분석은 작품론을 본격화시키는 작업으로서 작품 해석에 대한 진지한 방법론적 고민을 유도하게 한다.

유덕웅은 학부논문을 발전시킨 석사학위논문을 통해 장끼전을 논의했는데,[35] 많은 분량을 통해서 작품분석을 시도하고 주제와 사상을 분리하여 다루는 등 〈장끼전〉에 대한 의욕적으로 접근한 자세에서 〈장끼전〉 연구사의 전환기를 마련한 의의를 발견할 수 있다. 그의 연구 방향에서 나타나는 특색은 꿩이 등장하는 민요를 십수 편 조사하여 작자와 창작지역을 추정한 점과 〈장끼전〉과 〈호질〉을 대비 논의한 점이다.

창작지역 추정과 〈호질〉과의 대비 작업은 각기 주왕산과 신기형의 연구로부터 모범을 삼아 이루어진 듯한데, 방법론의 개발이 부족했던 초기적 연구의 산물이라고 할 수 있다. 여기에서 유덕웅은 구전민요를 이

---

35) 유덕웅, 「〈장끼전〉논고」, 석사학위논문, 고려대 교육대학원, 1971. 이 연구는 자신의 학부논문 「장끼전논고」(『경대문학』 4, 경기대, 1969)를 모태로 한 것이다.

용해 창작지역을 추정함으로써 새로운 시각을 보였고, 까투리와 동리자의 인물적 성격의 차이를 보다 정확하게 인식함으로써 신기형의 논의를 보충하는 성과를 올렸다. 그러나 여기에서 조사된 민요는 한 편에서만 〈장끼전〉 줄거리의 일부분이 변형되어 나타날 뿐 나머지는 단지 꿩이 등장하는 동요나 민요여서 〈장끼전〉과 직접적인 관련성을 따지기 어려운 것이다.36) 그런데도 연구자는 이들의 수집지역을 토대로 〈장끼전〉의 작자가 산 지역을 추정하는 무리를 범하고 있다. 또한 공통적으로 의인적 수법이 나타나고 조선 후기 여성의 정조관이 제재가 된 〈장끼전〉과 〈호질〉을 자세히 대비하여 유사성과 상이성을 추출했으나, 공시적이고 평면적인 비교에 머물렀기에 대비 이상의 의의는 발견되지 않는다.

한편 그의 논의에서는 평면적인 수준이기는 하나 소설의 제요소에 대한 분석 과정을 거쳐 작품의 주제가 도출되었다. 그는 '열녀불경이부(烈女不更二夫)라는 유교에 얽매인 윤리관에 대한 반기(反旗)'를 주제로 제시했는데, 단일 명제가 주제로 설정될 수 있었던 것은 작품의 사상을 주제와 분리시켜 별도로 논의했기에 가능했던 것이 아닌가 한다. 요컨대 유덕웅이 거둔 성과는 그간 주제와 사상이 뒤섞여 논의되었던 문제점을 극복하여 사상을 독립시켜 논의한 결과 단일 주제를 분석해 내었으며, 꿩이 등장하는 민요를 거론함으로써 〈장끼전〉의 민요로의 전환 현상을 간접적으로나마 암시했다는 것이다.

정학성은 조선후기의 동물우화소설 전반을 다룬 석사학위논문에서 각론으로 〈장끼전〉을 논의했다. 그의 논의는 우화의 문학적 특성에 입각하여 〈장끼전〉을 분석한 본격적인 작품론으로서, 우화를 서양의 이론을 곁들여 가며 구조적으로 파악한 후 작품분석에 적용시켰다는 장점을 지닌다. 정학성은 〈장끼전〉의 우화소설로서의 성격을 인물형, 풍자와

---

36) 연구자는 〈장끼전〉의 전환으로 이뤄진 〈꿩요〉의 존재를 모르고 있었던 듯하다.

반어를 중심으로 분석했다. 그에 의하면 장끼는 영웅주의와 권위주의로 써 까투리의 충언을 억압할수록 비소(卑小)함이 폭로되며, 이러한 장끼 의 부조리는 바로 아내의 충고를 무시하는 몽매한 남자의 탐욕 또는 봉 건가장의 맹목적인 자만, 권위의식이고, 작가는 이러한 전형적인 남자 의 부조리를 장끼를 통해 과장과 조롱으로 묘파해 냄으로써 독자의 심 중에 잠재해 있는 이런 부조리를 반성하고 개선케 하려는 것[37]이라고 한다. 이러한 논의는 인물형과 풍자성을 관련시켜 논의하지 못했던 기 존 연구의 한계를 극복하고 작품의 사회적 풍자성 외에 개인적 교훈성 까지 파악했다는 의의를 갖는다.

까투리에 대해서는 전반부에서 현부(賢婦)의 '전형'이던 까투리는 후 반부에서는 비극적 아이러니로 점철된 인생의 '개인'으로 등장하여 당면 한 현실을 욕망대로 삶으로써 운명에 굴하지 않으려는 미천한 여인의 안간힘을 보여준다[38]고 설명하고 있다. 까투리에 대한 이러한 논의는 기존의 것과는 현저한 차이를 가지는데, 이는 연구자가 서민층에서는 개가금지가 구속력을 갖는 규범으로 작용하지 못했다고 작품의 사회적 배경을 파악함으로써 가능했던 것이다. 이어 정학성은 <장끼전>의 주된 사회적 의미는 전반부에서 찾아볼 수 있으며 후반부는 일정기간 지난 후 덧붙여진 것으로 추정할 수 있다고 결론지었으니, 김동욱에 의해 제 기된 의문에 근거하면서도 그와는 다르게 독자적으로 해결하고 있는 셈 이다.[39]

정학성은 작품분석을 철저히 함으로써 기존의 연구에서 기계적으로 다루어 오던 개가문제를 평가절하하고 후반부의 의미를 새롭게 제시했

---

37) 정학성, 「우화소설 연구」, 석사학위논문, 서울대 대학원, 1973, 29쪽.
38) 위의 논문, 32~38쪽.
39) 정학성은 후반부에 대한 견해를 펴면서 김동욱이 표시했던 의문을 논거로 삼고 있 다. 위의 논문, 37쪽.

다. <장끼전> 연구를 작품분석에서부터 시작했다는 점에 대해서는 연구
사적 의의를 부여하는 데 이론(異論)이 없으나, 전반부와 후반부의 구분
을 의식하여 분석한다는 점에 비판의 여지가 있다. 양자에 대한 구분의
근거는 까투리의 언행이 전반부에서는 사족 현부의 것이고 후반부에서
는 하층 여성의 비속한 것이라는 점인데, 특정 이본만을 대상으로 한 단
정적인 논의는 위험하며 그렇게 파악한 시각의 일원성도 검토의 여지가
있다. 문학작품의 의미는 작품전체로써 파악됨이 바람직하려니와, 정학
성은 작품 전체에 관류하는 의미를 추출하기가 어려운 나머지 후반부의
형성시기 문제를 들고 나온 것이라는 혐의를 벗어나기 어려울 것이다.

소재영은 세창서관본과 국립도서관 소장본을 대교, 주석한 후 해제를
통해 <장끼전>을 설명했는데,[40] 글의 성격상 기존연구를 종합하여 논의
하는 수준이며, 단지 <장끼전>을 풍자소설로 분류하면서[41] 작자를 작품
의 문면에 근거하여 남부지방 꿩사냥지였던 추풍령을 중심으로 한 경상
도 지방의 인물로 추정한 정도가 독자적인 논의이다.

홍욱은 이전의 연구가 일방적인 자료선택을 통해 <장끼전>을 논의한
자세를 문제점으로 지적하면서 <장끼전> 연구의 미개척 분야인 이본에
대한 논의의 기초를 마련했다.[42] 고전소설이 많은 이본을 갖고 있다는
것은 주지의 사실인데, 기존 연구는 이를 외면했다는 것이다. 이본종의
수가 적다든지 이본간의 차이가 작은 작품일 경우에는 문제가 다르나,
많은 이본종을 가지며 변이의 폭이 클 때에는 이본론이 선행되지 않은
작품론이 취약한 논의가 될 수 있음은 분명한 사실이다.

홍욱의 연구는 위와 같은 점에서 의의를 가지며, 그의 연구가 학사논
문임에도 불구하고 미소개 자료를 대거 동원하여 자료에 근거한 논의를

---

40) 소재영 편, 『한국풍자소설선』, 정음사, 1975.
41) 풍자소설로 다루면서도 의인소설이란 명칭을 사용하고 있기는 하다(위의 책, 240쪽).
42) 홍욱, 「<장끼전>연구」, 『문맥』 5호, 경북대 사범대 국어교육과, 1977.

전개한 점도 높이 살 만하다. 여기서 다뤄진 이본은 활자본 3종, 필사본 10종[43]으로서, 대비된 결과 활자본과 필사본 1종이 개가 사건의 유무에서 나머지 필사본과 대립적인 차이를 드러냄이 밝혀졌다. 그 구체적인 차이는, 활자본과 서울대 도서관 소장 필사본은 까투리의 개가 후 행복한 결말로 끝나고 그 외 필사본은 까투리의 개가 거절 내지 수절로 끝난다는 것이다. 그의 논의의 초점은 이 두 이본군은 각기 개가허용과 개가금지의 주제를 표출하게 되는데, 개가금지형의 작품은 전통적인 불경이부(不更二夫)의 사상을 반영하면서 영·정조대에 창작되었고, 개가허용의 작품은 실학의 대두, 서구문물의 유입에 영향을 입어 갑오경장을 전후해 개작되어 이뤄졌다는 것이다.[44]

이상의 논의는 이전의 연구에 비하면 새로운 것임에 틀림없다. 그러나 개가 사건의 유무에 따라 주제 표출을 기계적으로 양분하여 상반되게 해석한 것은 무리가 있으며, 개가금지와 허용의 의식 반영을 다른 설명 없이 시간적인 선후관계로 파악한 것은 재론의 여지가 있다.[45]

그의 논의 가운데 주제를 논하는 자리에서, 서울대 도서관 소장 필사본에서 까투리가 반대를 하는 자식마저 버리고 개가하는 사건 구성은 독자에게 저항감을 자아내게 하며 활자본에서 까투리가 음녀로 화한 것은 개가금지의 관점에서 볼 때 독자에게 주는 의미는 판이하다고 한 후, <장끼전>의 "표면상의 주제는 개가금지형과 개가허용형으로 볼 수 있다"[46]고 논의를 이어가고 있다. 이러한 논의의 전개에서 '표면상'과는 다

---

43) 최상수본은 필사본인데(『문학사상』 통권 9호, 206쪽), 홍욱은 활자본으로 잘못 분류했다.

44) 위의 논문, 56~58쪽. 홍욱의 이러한 견해는 김광순에 의해 보충되는데, 김광순은 의인소설의 사적 전개에 대해 논의하면서 소장 필사본 4종과 활자본 1종을 근거 자료로 첨가시켜 홍욱의 견해를 확인했다. 「의인소설의 사적 전개와 문학적 성격」, 『어문론총』 16, 경북대 인문대 국어국문학과, 1982.

45) 이에 대한 보충설명은 3장 2절 참고.

른 '이면상'의 주제가 있다는 연구자의 의중을 감지할 수 있는데, 아쉽게
도 더 이상의 논의를 전개하지 않아 확인할 수가 없다.

한편 홍욱은 주왕산, 유덕웅, 소재영에 의해 시선을 받은 작자와 창작
지역 문제를 이들과 비슷한 방법으로 논의했다. 그는 필사본에서 지명
이 주로 경상도의 군단위 읍명으로 되어 있음과 동시에 안동이 가장 많
은 빈도를 보이는 현상을 중시하여, <장끼전>의 제작지와 작자는 안동
지방을 중심한 경상도 북부의 어떤 이라고 추정했다. 이 논의는 본 연구
의 부산물인 듯한데, 지명이라는 부분적인 요소로써 작자와 창작지역을
추정하는 것 자체가 한계가 있는 방법이며, 설령 방법상의 문제는 그만
둔다고 하더라도 그러한 현상을 보이는 이본이 그렇지 않은 이본에 비
해 원본에 가깝다는 전제가 성립되어야 타당성이 인정될 것이다.

이 시기에 이르러서야 <장끼전> 연구가 본궤도에 올랐으니, 이후의
연구는 2기에서 이뤄진 업적을 항상 의식하고 이뤄지게 된다. 주제는
작품 전체를 포괄하는 의미망으로 제시되었으며, 주제 연구의 전기(轉
機)를 마련하는 이본에 대한 접근도 이 시기에서 이뤄지게 된 것이다.

3. 제3기(1970년대 이후)

3기에서는 <장끼전>을 새로운 시각으로 접근하는 논의가 많이 시도
되었으며, 전시기의 업적을 긍정적으로 수용하여 확대 적용하거나 비판
적으로 수용하여 발전시키는 방향으로 논의가 이뤄졌다.

<장끼전>을 근대적 성향을 지닌 작품으로 본 논의가 황재군에 의해
시도되었다. 황재군은 의인체 설화소설이란 유형을 설정하여 서동지전
과 함께 <장끼전>의 근대성을 새 인간성의 창조, 구성의 일원론적 세계,
표현의 우원(迂遠)한 해학적 풍자, 주제의 반봉건과 휴머니즘, 배경사상

---

46) 홍욱, 앞의 논문, 57쪽.

의 범동양성과 실학, 소재의 현실성 등으로 보았다. 그의 논의에서 주목되는 것은 주제 설정인데, <장끼전>은 표면적으로는 국가, 가정, 사회의 봉건적 역리(逆理)나 모순을 풍자하나 이면적으로는 그러한 풍자 속에서 만민평등의 새 인간상의 창조를 주제로 내세우고 있다[47]고 한다. 여기에서 이전의 연구에서 파악하지 못한 해학적 성격을 고려하여 주제를 설정하고 있음을 발견할 수 있는 바, 그 결과 주제의 형상화에 대한 상반되는 견해의 차이를 극복, 통합할 수 있었다고 하겠다.

이러한 논의는 작품론에서 벗어나 자신있게 근대소설로 규정하고자 함으로써 <장끼전>의 소설사적 위상을 격상시켰으니, 이는 연구사적 축적이 있었기에 가능했던 것이다. 반면에 <장끼전>을 근대성 추출이라는 목적 아래 인물형, 세계관, 주제, 소재, 사상 등의 국면으로 재단하여 근대성에 가까운 면만 부각시킴으로써 작품 전체의 실상을 포괄하는 보편성이 부족하게 되었다.

판소리계 소설에 등장하는 여성인물을 살펴보고자 한 정경혜는 까투리를 사건전개의 주도적 인물로 간주하여, <장끼전>을 전통과 인습에서 벗어나고자 하는 여성의 강한 의지를 표현한 작품으로 규정했다. 특이한 점은, 청혼을 거절하다가 허락하게 되는 과정에서 보여주는 까투리의 언행의 변화는 조선 후기 사회적인 변화를 따라 개가가 허용되는 현실과, 그렇게 되어야 한다는 당위성을 반영한다고 논의한 것이다.[48] 정경혜의 논의는 여성인물만을 살펴보고자 하는 의도 자체에 한계성이 내포되어 있으니, 개가문제만 하더라도 여권신장의 측면으로만 해석함으로써 개가를 일어나게 하는 현실적인 동기와 관련된 사회경제적 배경은

---

47) 황재군, 「조선후기 의인체 설화소설의 근대적 성향」, 『근대문학의 형성과정』, 문학과 지성사, 1983, 176~177쪽.

48) 정경혜, 「판소리계 소설에 나타난 여성인물에 대한 고찰」, 석사학위논문, 계명대 대학원, 1984, 72쪽.

고려하지 못했다.

임용식은 '〈장끼전〉의 새로운 연구'라는 논문명이 암시하듯 〈장끼전〉에 대해 새로운 시각을 보여 주었다.[49] 그는 〈장끼전〉이 당대사회의 심각한 사회문제인 유민들의 생활상과 사회윤리의 모순을 다루고 있다고 전제한 후, 〈장끼전〉의 남녀주인공은 바로 유민부부의 의인화이며 작가는 봉건적 가장의 권위주의의 허상을 폭로하고 개가의 당위성을 주장하고 있다고 논술했다. 이 논의에서 '새로운 연구'는 장끼부부를 유민으로 연결시킨 논의인데, 그 착안이 참신함에도 그 근거가 단편적으로 제시되는 데 그치고 있어 설득력이 부족하다. 또한 주제 도출을 유민 문제와 연결시키지 못한 채 기존의 견해를 답습함으로써 새로운 착상의 의의가 퇴색하게 되었다. 그럼에도 그의 이러한 시각의 전환은 시사하는 바가 크다는 데 의의를 둘 수 있다.

이석래는 기존연구를 간략히 검토하면서 개가주창을 〈장끼전〉의 주제로 설정하는 데 대해 이의를 제기했다.[50] 그는 필사본의 경우, 거의 대부분 개가가 부정되고 있고 개가단행을 보여주는 이본도 후반부의 형성이 판소리 이후 소설에서의 후첨(後添)으로 이뤄졌을 가능성이 짙은 점에서, 개가주창이란 주제 설정은 재검토해 볼 여지가 했다. 그런데 그가 논거로 삼은 필사본의 개가부정 문제는 이미 홍욱에 의해 자료에 의거한 논의가 이뤄지고, 후반부의 형성 문제는 김동욱의 지적을 수용한 정학성에 의해 문제삼아진 바 있었다. 그의 논의에서 정학성의 논의는 소개된 반면에 홍욱의 논의는 김광순의 논의[51]로 대신되고 있는데, 이미 다뤄졌기에 문제 제기의 의의는 감소될 수밖에 없으며 문제 해결의 과정이 홍욱의 논의만큼 귀납적이지도, 정학성의 논의만큼 분석적이지

---

49) 임용식, 「장끼전의 새로운 연구」, 『장안논총』 5, 장안전문대, 1985.

50) 이석래, 「장끼전 연구」, 『성심어문론집』 9, 성심여대 국어국문학과, 1986.

51) 김광순, 앞의 논문.

도 못하고 말았다.[52] 그러나 정학성의 논의가 작품에 가장 밀착하여 이 뤄진 것임에도 이 시기의 많은 연구자들이 외면하고 있는 상황을 고려하면, 연구자가 나름대로 작품 해석에 대해 고민했음을 짐작할 수 있다. 그의 논의에서 나타나는 독자적인 견해는 <장끼전>이 가사로 읽혔던 사정을 인식하고 있음과 동시에 가사체에 개가사건이 나타나지 않음을 들어 이를 판소리의 윤리관과 일치한다고 추단한 점이다.[53] 또한 후반부의 형성시기 문제를 이본과 관련시킴으로써 정학성의 논의를 발전시켰다는 점에 의의가 있다.

김광순은 활자본 2종과 소장본 중심의 필사본 4종을 세밀히 대비한 후 그 차이를 중심으로 작자의 세계관을 살폈는데, 이본론에 관한 한 홍욱의 논지를 긍정적으로 수용하여 새로운 자료에 적용시켰으며 세계관에 대한 논의는 작품내적 논리와 사회적 의미를 연결시킨 점이 새롭다.[54] 이본에 대한 홍욱의 논의, 즉 활자본과 필사본이 개가허용과 개가부정에서 대립적인 차이를 지니며 필사본이 활자본에 선행한다는 논점은 김광순에 의해 거듭 수용됨으로써 거의 정설화되고, 단순 적용됨으로써 줄거리가 짧은 이본일수록 선행본이라는 논리로까지 확대되게 되었다.[55] 그리고 개가금지형인 필사본은 개가해도 행복할 수 없음을 강

---

52) 이석래는 서론에서 미리 결론을 제시한 후 작품분석을 기하고 있는데, 작품분석의 방법론이 정학성의 경우와 유사하다. 결국 문제해결도 기본적으로 정학성이 논의한 범위를 벗어나지 못했으니, 전체적으로 정학성과 비교하여 설명할 만하다. 정학성은 작품의 우화성, 풍자성 분석을 목적으로 했지 처음부터 개가를 주제로 설정하는 데 반대하지는 않았으며, 치밀한 작품분석 결과 독자적인 성과를 거둘 수 있었다.

53) <장끼전>의 다양한 존재 양상을 간략히 지적하면서 가사로 존재한 사정을 거론했다.(이석래, 위의 글, 1쪽)

54) 김광순, 「장끼전의 이본과 두 세계관의 인식」, 『이상보박사 회갑기념논문집』, 동간행위, 1987.

55) 장끼의 치장(治葬)단락까지만 나타나는 이본이 원시형으로 지적되고 있는데, 근거가 분명히 제시되어 있지 않다. 까투리의 개가 사건은 후대에나 덧붙여질 수 있는 것이라는 논리에 집착하다보니, 반대로 개가 사건으로부터 소급하여 그와 관련된 사

조합으로써 유교적 윤리관에 순응하는 세계관을 반영하고, 개가허용형
인 활자본은 모순된 인습을 극복하려는 합리주의적 세계관을 반영함으
로 해석되었다.

1988년에 우화소설 전반을 다룬 박사학위논문이 두 편 나왔으니, 당
연히 <장끼전>이 논의되었다. 먼저 김재환은 조선후기에 집중적으로 나
타난 우화소설 10편의 형성과정과 형식, 내용상의 특징을 살피면서 <장
끼전>을 논했는데, 전반적으로 기존연구를 수용하는 수준이며 지엽적인
논의에서 독자적인 언급이 발견된다. 그것은 <토끼전>과 함께 <장끼전>
은 다른 우화소설과는 달리 "우화소설이 갖는 단편적 교훈성 이상의 내
용이 지나치게 부연되어 여타의 고전소설과의 한계를 모호하게 하고 있
다는 점에서 동물우화소설의 일반소설로의 전화현상(轉化現象)을 드러
내고"56)있고, "까투리의 이율배반적 처신 등은 부분의 독자성을 가진 판
소리사설의 혼입(混入)에서 기인된 것"57)이라는 지적이다. 전자는 <장끼
전>의 사회적 의미와 미의식이 그만큼 단순하지 않다는 것을 인식한 논
의이고, 후자는 일견 전반부와 후반부의 연결이 인과적이지 못한 점은
판소리에 그 원인이 있다는 연구자의 생각을 비친 것이라고 추측된다.

한편 정규훈은 조선후기의 우화소설을 형성배경과 사회적 의미를 중
심으로 살폈는데, 판소리계 우화소설로 분류된 <장끼전>을 김광순본
<자치기라>를 중심으로 작품의 사회적 의미에 대해 논의했다. 그는 근

건이 아예 나타나지 않는 이본이 가장 먼저 이뤄진 이본이라는 결론에 이르게 된 것
으로 보여진다.

56) 김재환, 「한국동물우화소설의 연구」, 박사학위논문, 동아대 대학원, 1988, 58쪽. <장
끼전>의 우화적 기법에 대해 어느 정도 적절한 설명으로 보여지는데, 이에 비해 정
학성은 <토끼전>과 차이를 두고 설명했다. 그에 의하면, <토끼전>이 인간의 삶을 동
물의 가면에 비유하여 허구를 전개시킴에 반해, <장끼전>은 동물의 생태를 인간적
상황에 비유하여 허구를 전개시킴으로써 <장끼전>의 인물들이 동물인지 인간인지
구별이 애매하다고 한다.(정학성, 앞의 논문, 23쪽)

57) 위의 논문, 67쪽.

자의 논의를 재확인하면서도 몇 가지 이론(異論)을 제기함으로써 독자
적인 논의를 전개했다. 그것은 장끼의 해몽은 조선후기 몰락양반이나
서민 등 비참한 생활을 하는 사람들의 이상을 대변함과 동시에 장끼의
죽음은 그러한 이상이 실현되기 어렵다는 사회적 의미를 나타내고,[58]
청혼을 거절하는 결말을 보이는 필사본도 이미 까투리는 여러 번 개가
한 적이 있기에 주제를 개가금지로 파악할 수 없으며 오히려 당시 여성
들의 자아의식의 발현으로 주제를 파악함이 모든 이본에 통용될 수 있
다[59]는 것이다. 이러한 결론은 나름대로의 의의를 지니면서도, 당대의
사회 현실이나 작품의 미의식에 대한 논의가 충분하지 못하고 별다른
설명없이 특정 이본만을 논의 대상으로 삼음으로써[60] 설득력에 한계를
지닐 수밖에 없게 되었다.

　최근에 〈장끼전〉이 서민 여성층에 넓게 읽히면서 민요로 불리어진 현
상을 지적하고 그 변이양상을 논의한 연구[61]가 나와 〈장끼전〉 연구의
폭을 넓히고 있다. 권영호에 의하면, 〈장끼전〉은 서민 여성층의 〈장끼
전〉 수용현장과 민요의 재현현장이 동일함으로 인해 〈꿩요〉로 전환되
며, 〈꿩요〉에는 이야기인 〈장끼전〉이 노래인 〈꿩요〉로 이행됨으로써 그
작품세계가 해체되어 감과 동시에 이야기가 표출하는 까투리의 고난이
나 장끼의 풍자에 공감한 창자의 의식세계가 노래를 통해 적극적으로
표출되어감이 발견된다고 한다. 현재 〈장끼전〉의 줄거리가 구연된 〈꿩
요〉는 10편 이상 채록되어 있는데, 채록작업이 60년대 이후로 이뤄졌음
을 고려하면 실제 〈장끼전〉이 민요로 불리어진 현상은 상당히 보편적이

---

58) 정규훈, 「조선후기 우화소설연구」, 박사학위논문, 계명대 대학원, 1988, 89쪽.
59) 위의 논문, 91쪽.
60) 연구자는 단지 활자본은 많이 다뤄졌기에 필사본을 대상으로 한다고 했을 뿐이다.
　(위의 논문, 86쪽)
61) 졸고, 앞의 논문.

었을 것으로 추정된다. 이러한 현상은 아직 구체적인 증거가 없기에 소
설의 민요화 현상으로 설명되었으나, 가사로 인식된 현상과 함께 〈장끼
전〉의 형성과정과도 관련시킬 수 있는 문제여서 계속적인 관심이 요망
된다고 하겠다.

제3기의 연구에서 거둬진 성과는 새로운 자료의 발굴을 통한 연구 영
역의 확대와 근대문학적 성격의 부각, 작품형성에 관여한 시대적 현실에
대한 폭넓은 인식 등으로 볼 수 있다. 이러한 성과가 〈장끼전〉 연구의
폭과 깊이를 확대시키고 있음에도 틀림없겠지만, 단편적으로 혹은 개별
적으로 이뤄져 그 성과가 가시화되지 못하고 있음은 아쉽다고 하겠다.[62]

Ⅲ. 문제별 검토

1. 형성과정 문제

〈장끼전〉의 형성과정에 대한 독립적인 접근은 아직까지 이뤄지지 않
은 상태이다. 단지 〈장끼전〉이 판소리계 소설이기에 판소리계 소설의
일반적인 양상인 근원설화-판소리-소설을 거쳤을 것이라는 묵시적인
합의가 내려진 정도이며, 그에 대한 반론도 없는 듯하다.[63]

---

62) 연구사적 의의를 갖는 논의 외에도 〈장끼전〉을 다룬 연구는 꽤 있다.
　　김광자, 「朝鮮後期 한글본 寓話小說 硏究」, 석사학위논문, 경북대 교육대학원,
　　1980.
　　김기중, 「장끼전 고찰」, 석사학위논문, 전남대 교육대학원, 1981.
　　손병국, 「조선조 우화소설연구」, 석사학위논문, 동국대 대학원, 1981.
　　이득현, 「조선조 동물소설연구」, 『교육논총』 2, 동국대, 1982.
　　옥정곤, 「고전소설에 나타난 여권신장 연구」, 석사학위논문, 건국대 대학원, 1983 등
63) 조선창극사에 명창 염계달(廉季達)이 판소리 공부하러 음성벽절로 가다가 〈장끼
　　전〉을 주워 소리 공부한 후 대성했다고 되어 있어(정노식, 『조선창극사』, 조선일보
　　사, 1940, 25~26쪽), 〈장끼타령〉 이전에 소설 〈장끼전〉이 선행했다고도 볼 수 있겠
　　으나(정병욱·이어령, 『고전의 바다』, 현암사, 1977, 274쪽), 이 때의 〈장끼전〉은 선

형성과정 전체에 대한 본격적인 접근을 시도한 논의는 없었으나 〈장끼전〉의 형성과정상의 근본적인 성격에 대한 인식은 초기부터 있었으니, 〈장끼전〉을 동화 전설의 소설화, 동화의 소설화, 우화소설 등으로 설명하는 데[64]에서 〈장끼전〉이 근원설화로부터 형성되었다는 기본적인 관점이 공통적으로 깔려 있음을 알 수 있다. 초기 연구에서 안자산이 〈장끼전〉을 희곡으로 다루면서 〈장끼타령〉에 대해 설명하고 김태준이 이유원의 관극시를 소개한 점에서, 선후관계에 대한 인식은 희박했다 할지라도 판소리와 소설의 관련성을 이미 파악하고 있었음을 간파할 수 있다. 그리고 신기형이 〈장끼전〉을 창극의 각본이 소설화된 작품으로 언급한 데에서 〈장끼전〉이 〈장끼타령〉의 정착으로 형성되었다는 것을 명확하게 인식했음을 확인할 수 있다.

현재 〈장끼전〉의 형성에 참여한 설화로 거론된 것은 어우야담에 기록된 〈두더지의 혼사 이야기〉[65]와 동물우화소설에 빈번히 등장하는 동물들의 쟁장(爭長) 이야기이다. 〈두더지의 혼사 이야기〉는 김태준에 의해 근원설화로 제시된 후 모든 연구가 수용하고 있어 이미 연구의 초기부터 〈장끼전〉의 근원설화로 고정된 셈이며, 쟁장 이야기는 인권환에 의해 삽입설화로 논의됨으로써[66] 〈장끼전〉의 근원설화로 등장하게 되었다.

행소설보다 판소리창본으로 봄이 더 설득력이 있을 것이다. 또한 조동일이 〈장끼전〉이 가사로 많이 불려진 현상을 두고, "반드시 판소리가 아니더라도 율문으로 형성되지 않았던가 한다"고 논급했는데, 단편적인 추정이어서 〈장끼전〉의 형성과정에 이설을 제시한 것으로 보기는 힘들다.(조동일, 『한국문학통사』 3, 지식산업사, 1983, 536쪽)

64) 김태준, 앞의 책, 124쪽.
　　주왕산, 앞의 책, 179쪽.
　　신기형, 앞의 책, 377쪽.
65) 『於于野談』卷之一 婚姻條.
66) 인권환은 〈장끼전〉에 나타나는 쟁장삽화는 이본에 따라 다르고 기존의 설화의 변모된 형태이나, 같은 판소리계 소설인 〈토끼전〉에서도 나타나는 것으로 봐 영향관계가 확실하다고 했다.(「수궁가 쟁장설화의 근원과 전개」, 『홍익어문』 7, 홍익대 사대

이로써 본다면 <장끼전>의 근원설화에 대한 논의는 그 제시에 머물러 있는 수준이다. 근원설화에 대한 논의는 그것을 제시하는 데서 끝나는 것이 아니고 작품의 형성에 관여하는 기능이나 소설화되면서 일어난 변화에 관심을 가짐으로써 작품의 해석에 도움을 주는 작업까지 나아감이 요구된다. 다른 판소리계 소설의 경우 작품의 해석과 밀접한 관련 아래 형성과정에 대한 탐색이 많이 이뤄져 성과를 거두고 있음을 염두에 두면, <장끼전>에서도 마찬가지의 작업이 필요함은 분명하다. 그런데 제시된 근원설화들이 모두 <장끼전>의 후반부와 관련된 설화로서 이들만을 근원설화로 고집할 때 후반부의 의미를 중시하는 결과를 초래할 수도 있다. 기존의 많은 연구들이 후반부의 의미를 작품의 주제로 확대시킨 예가 많은데, 근원설화 문제와 무관하지만은 않을 것이다. 작품의 전반부 가운데 콩을 두고 벌어지는 장끼 부부의 대립과 장끼의 죽음을 전후한 비극적이면서도 해학적인 장면 등에서 어렵지 않게 판소리의 특성을 발견할 수 있어 판소리화 과정에 대한 접근이 예상될 수 있는바, 전반부를 형성시킨 근원설화의 존재만 확인된다면 형성과정 전체에 대한 일련의 탐색 작업도 가능한 것이다.

새로운 근원설화를 찾을 수 있는 가능성을 보여주는 논의가 있어 주목되니, 조희웅이 제시한 한국동물담의 총목록에 '장끼와 까투리'라는 제목이 발견된다.[67] 설명이 이뤄져 있질 않아 더 이상 추정해 볼 수 없으나, 구전된 설화인지 <장끼전>에서 파생된 설화인지 자료의 출처를 확인해 볼 필요가 있다.

그런데 근원설화가 반드시 존재했다고 단정지을 수도 없는 노릇이고 보면, 근원설화를 찾는, 지난(至難)한 작업에 매달리기보다는 작품분석을 통해 설화적 요소를 추출하고 그 의미를 해석하는 작업이 훨씬 생산

홍익어문연구회, 1988)

67) 조희웅, 「한국의 동물담」, 『한국고전문학연구』, 신구문화사, 1983, 34쪽.

적이라는 논리도 설득력이 있을 것이다.

〈장끼전〉의 형성과정과 관련하여 작품의 후반부의 형성시기를 문제 삼은 논의가 일련적으로 이뤄졌다. 판소리인 〈장끼타령〉에서의 현전 〈장끼전〉 후반부의 존재여부가 논란의 대상이 되고 있다. 두 관극시[68]에 후반부가 나타나지 않고 전반부와 후반부의 연결이 어색하다는 것이 〈장끼전〉의 후반부는 판소리 이후에 첨가되었다는 주장의 논거이고(정학성, 이석래), 판소리는 원래 부분의 독자성과 같은 구성상의 특성이 있고(김재환) 개가와 같은 당대 서민의 현실상 반영은 판소리에서나 가능하다는 것(김동욱)이 반대 주장의 논거이다.

전자는 분명한 기록과 작품분석의 결과에 의거했기에, 단편적인 추정에 머물러 있는 후자에 비해 논리적으로 설득력이 있는 것이 사실이다. 그러나 짧은 한시의 형식에 〈장끼타령〉의 서사적 내용을 얼마나 담을 수 있는지가 의문스럽고, 사대부인 송만재, 이유원의 주관이 전혀 개입되지 않았다고 단언할 수도 없는 노릇이다.[69] 또한 판소리계 소설은 구조적 특징이 뚜렷하여 서사문학에 대한 구성의 통일성 이론이나 아리스토텔레스의 처음—중간—끝과 같은 틀을 적용하기에는 적절치 못하다는 학계의 성과[70]를 염두에 두면, 〈장끼전〉에 있어서 신비평적인 분석에 의한 논리도 그 한계를 가질 수밖에 없음을 어렵지 않게 지적할 수 있다. 후반부의 형성시기 문제가 아직 판가름난 것은 아니나, 만약 후반

---

68) 觀優戲 : 靑鞦繡臆雉雌雄 菑畝蓬科赤豆疑 –豚中機紛逃落 寒山枯樹雪殘時
    觀劇八令 : 艾如帳 雪積千山鳥不飛 華蟲亂計落全非 抛他兒女丁寧囑 口腹區區觸駭機
    〈관우회〉의 承句를 모든 연구자들은 菑畝…로 誤讀하고 있으니, 菑畝…가 옳다.
69) 관극시를 연구한 윤광봉은 송만재가 아들의 과거급제를 축하하는 잔치에서 이 시를 지었기에 까투리의 개가같은 내용은 담기 어려웠을 것이라고 추정했다.(윤광봉, 『한국연회시연구』, 이우출판사, 1987, 145쪽)
70) 조동일, 「흥부전의 양면성」, 『계명논총』 5, 계명대, 1968.
    김흥규, 「판소리의 서사적 구조」, 『고전문학을 찾아서』, 문학과 지성사, 1976 등.

부가 판소리 이후에 후첨된 것이라면 근원설화에 대한 논의는 다시 시
작되어야 할 판이다.

〈장끼전〉에서 후반부가 문제시되는 것은, 전반부에서 일어나는 장끼
와 까투리의 대립이 워낙 강하여 전후반부에서 지속되는 꿩과 세계 사
이에서 일어나는 갈등 속에 포함되지 않고 이원적으로 존재하기 때문이
다. 이는 주제론과도 밀접한 관련이 있는 것으로 지엽적인 논의로 해결
되기는 어렵고, 미의식의 측면과 작품의 저변에 흐르는 사회적 의미의
문제를 고려한 포괄적인 논의에 기대할 수밖에 없다.

2. 이본 문제

판소리계 소설의 이본이 판소리창본의 다양한 존재양상과 긴밀한 관
계에 있음을 생각하면, 판소리로서의 전승이 일찍 중단된 〈장끼전〉의
경우71) 정착된 독서물의 이본이 판소리 다섯 마당에 비해 다양하지 못
한 것은 당연한 현상일 것이다. 이 때문인지 〈장끼전〉의 이본에 대한
논의는 춘향전 등에 비해 상당히 늦은 시기인 70년대 후반에야 출발되
었으며, 그나마 연구논문도 2편 정도에 불과한 실정이다.

그런데 〈장끼전〉의 구활자본 간행 횟수가 5차례 이상이고 영남지역에
〈자치가(雌雉歌)〉류의 필사본이 풍성하게 존재하여 이본의 수가 20편 이
상에 이름을 고려하면, 이본론이 활발하지 못한 것은 연구자들의 선입

---

71) 〈장끼타령〉에 대한 기록은 宋晩載(1788~1851)의 〈관우희〉와 李裕元(1814~1888)
의 觀劇八令에 나타나고 있으며, 또한 1852년에 나온 尹達善의 〈廣寒樓樂府〉의 序
에서도 거론되고 있으며, 鄭魯湜은 『朝鮮唱劇史』에서 명창 廉季達(純祖~哲宗),
韓松鶴(憲宗~高宗)이 〈장끼타령〉에 능했다고 밝히고 있다. 1843년에 엮어진 宋晩
載의 〈관우희〉에서 열두 마당으로 거론되었던 〈장끼타령〉은 申在孝(1812~1884)에
의해서는 여섯 마당에서 제외되어 있다. 이로 미루어 보아 〈장끼타령〉은 19세기 중
엽을 전후해서 판소리로서의 생명력이 약해지면서 문장체소설로의 개작이 가해지지
않은 채 독서물로서의 정착이 가속화되었으리라 여겨진다.

관 탓이기도 하다고 지적할 수 있다. 고전소설 연구에 있어 이본에 대한 연구는 예비적인 논의라고 할 수 있는데, 이본론이 이 정도라면 〈장끼전〉 연구는 다시 시작해야 할 시기에 있다고 해도 과언이 아닐 것이다.

기존연구에서 다뤄진 이본종의 수는 활자본 5종, 필사본 17종으로서 활자본으로는 ⓐ경성서적업조합 1925년간본 〈장끼전〉, ⓑ영화출판사 1951년간본 〈장끼전〉, ⓒ세창서관 1953년간본 〈장끼전〉, ⓓ삼문사 1953 년간본 〈장끼전〉, ⓔ대조사 1959년간본 〈장끼전〉이 다뤄졌고, 필사본으로는 ⓕ~ⓜ홍재휴 소장본 8종, ⓝ~ⓠ김광순 소장본 4종, ⓡ최상수본 웅치전, ⓢ~ⓣ서울대 도서관 소장본 2종, ⓤ김동욱 소장본 〈장끼전〉, ⓥ박순호 소장본 〈장치전〉이 다뤄졌다.

이들 이본 가운데 이본 대비를 시도한 홍욱과 김광순에 의해 각기 13 종, 6종이 이용되었고, 이석래와 권영호에 의해 4종, 3종이 언급되었다. 이로 보아 그간의 많은 작품론이 특정 이본만을 대상으로 이뤄진 편중성을 쉽게 지적할 수 있다.

직접 이본을 대비하고 이본의 변이를 살핀 홍욱과 김광순의 논의는 대체로 같은 결론을 도출하고 있는바, 김광순의 논의가 홍욱의 논의를 확인, 보강하고 있어 연구사에서 드러나는 이본에 대한 논의는 쟁점이 없는 상태이다. 그 견해는, 서울대 도서관본 〈화충선싱젼〉을 제외한 모든 필사본은 개가거부의 사건구성을 보이고 〈화충선싱젼〉과 활자본은 개가단행의 사건구성을 보이고 있으며, 각기 개가부정과 개가긍정의 사회적 의미를 표출한다는 점에서 전자가 후자보다 앞선 시기에 이뤄진 선본(先本)이라는 것이다.[72]

이러한 논의는 미소개 자료를 근거삼지 않더라도 비판의 여지가 있다. 우선 홍재휴 소장본 중의 1종을 제외한 모든 필사본은 엄밀한 의미

---

72) 2장 3절 참고.

에서 개가금지형이라고 규정할 수 없으며, 개가금지와 허용의 의식을
시간적인 선후관계로만 파악할 수 없으니 동시대에도 대립된 의식이 신
분, 성별, 계층 등에 따라 상이하게 공존할 수 있다는 것이다. 더욱이 조
선후기인 18~19세기가 다양한 가치관이 혼재, 갈등하던 시기였음을 주
지하면 도식적인 구분은 위험함을 지적할 수 있다. 한편 현전 자료의 성
립연대를 비교해 보면 서울대본의 필사시기가 1892년[73]으로 가장 이른
시기로 나타나고, 상당수의 개가금지형 이본의 필사연대가 활자본의 간
행시기인 1920년대 직후로 나타나고 있다는 사실도 무시할 수 없는 정
보인 것이다.

한편 필사본 가운데에는 소위 개가금지형만이 있는 것은 아니어서 활
자본과 일치하는 개가허용형도 제법 발견되는데, 이들을 개가금지형의
필사본과 대비해 보면 개가금지형의 많은 수가 개가허용형에서 까투리
의 개가단행부터 결말까지의 단락이 삭제된 형태와 일치함을 발견할 수
있다. 이러한 양자의 관계는 개가허용형을 금지형에 대한 첨가의 결과
로 판단하기보다는 금지형을 허용형에 대한 삭제의 결과로 판단함이 옳
을 듯하다. 왜냐하면 삭제와 첨가는 의미상으로는 동전의 양면과 같은
관계이지만, 특정부분을 떼어버리는 작업은 동일한 양상으로 일어나기
쉬운 반면에 특정 부분을 덧붙이는 개작은 동일한 양상으로 일어나기
어렵기 때문이다. 일치되는 활자본과 필사본의 관계는 일반적으로 필사
본을 활자본에 대한 등사(謄寫)의 결과로 판단하니, 개가금지형의 필사
본에 활자본이 선행할 가능성도 높다고 하겠다.

이상의 이본의 선후관계에 대한 문제는 필사본의 상당수가 〈자치가
(雌稚歌)〉라는 가사의 형태로 존재하는 현상과 관련지어져 점검되어야
한다.

---

73) W. E. Skillend, 『고대소설』, Unwin Brothers Limited, 1968, 185쪽.

　〈장끼전〉의 이와 같은 현상에 대한 관심은 연구사의 전개를 통해 지속적으로 나타나니, 문체에 대한 직간접적인 논급에서부터 출발하여 현상에 대한 구체적인 논의로 발전되어 왔음을 발견할 수 있다. 먼저 김태준과 주왕산은 〈장끼전〉이 가사로 읽혀지면서 지니게 된 율문적인 경향을 간접적으로 지적했으며, 문체에 대한 이러한 간접적인 논급은『조선문학통사』에 이르러 직접적인 논의로 발전되며74), 2기의 정학성의 논의에 와서는 "부녀자들 사이에 가창으로 유행되기까지 했다"75)고 지적됨으로써 가사와의 관련성이 암시된다. 소설 연구자들에게 시선을 받지 못하던 〈장끼전〉이 가사로 존재한 현상은 가사에 관한 연구에서 직접적으로 드러나게 되니, 이원주와 권영철의 연구에서 가사의 향수자들이 분명히 〈장끼전〉을 가사로 인식했다는 사실을 파악할 수 있다. 이원주는 〈자치가〉류의 작품이 경북 북부지방의 사가여인(士家女人)에게 가사로 인식되고 있음을 현지조사를 통해 밝히고 있는데,76) 이것들은 대상이 된 380여 편의 가사 작품 가운데 다독(多讀)된 순위가 14번째로 조사되어 있다. 권영철은 경북전역과 경남일원에서 〈자치가〉류를 10편 이상 수집했음을 밝힌 후, 이것들을 〈장끼전〉에서 가사화된 작품으로 추정하면서도 부녀자들에게 조성신의 작품으로 알려져 있음을 소개했다.77) 향수층인 부녀자들이 알고 있는 〈도산가(陶山歌)〉의 작자인 조성신(趙星臣) 소작설(所作說)은 여러 가지 면으로 보아 신빙성 없는 것으로 판단된 즉, 오히려 그들이 그러한 정보를 가진 만큼 이들 작품이 분명 가사로 인식되었다는 방증자료가 된다. 이 두 연구에서 〈장끼전〉이 가사로

---

74) 2장 1절 참조.
75) 정학성, 앞의 논문, 29쪽.
76) 이원주, 「歌辭의 讀者」,『조선후기의 언어와 문학』, 한국어문학회편, 형설출판사, 1978.
77) 권영철,『규방가사연구』, 이우출판사, 1980, 161쪽.

인식되고 존재하는 사실은 확연하게 밝혀진 셈이다. 한편 〈자치가〉류의
이본 가운데 많은 작품이 이른바 귀글로 필사되고 시가집에 끼워져 있
는 현상[78]도 이를 뒷받침하고 있다.

조동일은 〈장끼전〉은 가사로 인기를 모았으며, 가사처럼 낭송되기 일
쑤였기에 판소리가 아니더라도 율문으로 형성되었을 가능성이 있다[79]
고 논의함으로써, 가사로 존재한 현상을 인식하는 한편 〈장끼전〉과 〈자
치가〉의 선후관계를 〈장끼전〉이 선행한 것으로 보는 듯하면서도 가사가
먼저 존재했을 가능성도 배제하고 있지 않다. 이에 비해 이석래는 '가사
체'라는 용어로써 〈자치가〉류의 작품에 까투리의 개가사건이 나타나지
않음을 지적하면서[80] 이들이 개가 사건이 전개되는 활자본 〈장끼전〉보
다 선행하고 후반부가 존재하지 않았다고 추정되는 〈장끼타령〉과 가깝
다고 보았다. 가사와 판소리를 관련시킨 이석래의 논점은, 〈장끼전〉이
가사로 존재한 사정을 표피적으로 이해한 결과 판소리의 담당층과 가
사, 특히 규방가사[81]의 담당층이 상이한 성격을 지니고 있음을 간과한
맹점을 지닌다.

요컨대 이본문제에 대한 기존 논의는 평면적인 시각으로써 까투리의
개가 사건이 유무에 따라 이본의 선후관계를 규정하고 주제를 양분 짓
는 상황이며, 〈장끼전〉이 가사로 존재한 현상을 간략한 추정 정도로써
이본론에 적용하는 단계에 머물러 있다.

---

78) 임기중이 편찬한 가사자료집에 〈자치가〉가 1편 실려 있는데, 그에 의하면 그 출전
   은 '高歌雜抄'라고 한다.(임기중 편, 『역대가사문학선집』 16권, 여강출판사, 1988)
79) 조동일, 앞의 책, 98쪽, 536쪽.
80) 이석래, 앞의 논문, 3쪽. 이석래는 각주를 통해 이본 두 종을 두고 가사체에 개가사
   건이 나타나지 않는다고 지적했는데, 실제에는 〈자치가〉류의 작품 가운데 80~90%
   가 그렇다고 볼 수 있다.
81) 이원주의 연구 「歌辭의 讀者」는 경북 북부지방의 士家女人에게 읽혀져 온 규방가
   사를 대상으로 하고 있으며, 권영철은 〈자치가〉를 규방가사 중 풍자적인 모티프를
   가진 의인적인 가사로 다루고 있다. 권영철, 앞의 책, 같은 쪽.

3. 주제 문제

연구사의 개관을 통해 살펴보았듯이 기존 연구에서 제시된 주제는 천
차만별로 나타나는바, <장끼전> 연구는 주제에 대한 논의에서 가장 논
쟁적인 양상을 보인다. 주제론이 다양한 현상은 작품을 해석하는 시각
의 개별적 차이에 기인하는 것이기도 하지만, 근본적으로 소설의 주제
를 파악하는 작업이 그만큼 어려움을 뜻하는 것이기도 하다. 소설 작품
으로부터 주제를 파악하는 작업은 먼저 주제의 개념에 대한 인식에서부
터 출발하니, 주제론이 다양한 현상 속에는 연구자간에 주제에 대한 개
념 파악이 서로 같지만은 않다는 요인이 있음을 감지할 수 있다. 연구사
란 연구의 방법론적 변화를 반드시 가지기에 주제에 접근하는 일련의
과정이 다르게 드러나는 것은 당연하다. 논의의 진행상 여기에서는 주
제론이 전개되어 온 양상보다, 다양하게 제시된 주제를 공시적으로 대
비하면서 각기의 논의가 갖는 공과를 따져보는 데 치중하기로 한다.

기존연구에서 제시된 주제는 실로 다양한데, 유사한 명제끼리 함께
묶어 볼 수 있다.

1) 탐관오리와 탐욕적인 무리의 운명을 풍자(안자산)
2) 봉건사회 도덕의 비개화성에 대한 비판(조선문학통사)
3) 양반의 봉건적이고 불합리한 결혼습속 풍자(김동욱)
4) 열녀불경이부에 얽매인 유교적 윤리관에 대한 반기(유덕웅)
5) 봉건적 가부장의 횡포 풍자(정학성)
6) 과부의 개가금지 옹호와 개가 주장(홍욱)
7) 국가 사회 가정의 역리(逆理)나 모순의 풍자를 통한 만민평등의 새 인간
   상 창조(황재군)
8) 여성의 자아의식 발현(정규훈)

거론된 주제에는 두 가지 이상 제시한 논의의 것은 제외되었는데, 사

실 그 상당수는 상기된 주제에 포괄되기도 한다. 한 논의에서 두 가지 이상의 주제가 제시된 현상은 방법론적 미숙이 그 원인이니, <장끼전>이 우화소설임으로 해서 우의(寓意)의 대상이 쉽게 드러나기에 작품 부분 부분으로부터 별도의 분석없이 작품세계와 사회를 단순 대응시키거나, 사상과 주제를 구분하는 의식이 부족하여 주제의 제재가 되는 사상까지 함께 거론한 것이다.

그런데 이러한 문제점도 정도의 차이일 뿐 작품분석이 선행되지 않은 대부분의 논의에서 발견된다. 이렇게 되고 보면 <장끼전>이 우화소설임으로 해서 갖는 우화적 성격은 상당기간 동안 정확한 작품 해석에 방해가 되어 왔다는 점을 간과할 수 없다.

제시된 주제 가운데 1)의 경우가 가장 특이한 발상인데, 연구자의 부연설명을 접할 수 없는 현재의 관점에서 추정되는 점은, 장끼 일가가 산에서 지내지 못한 채 들로 먹이를 구하러 나온 것은 당대 사회의 부패를 대표하는 탐관오리 때문이고, 까투리의 만류를 거들떠보지도 않은 채 콩에 눈이 어두워 고집을 부리다가 죽고 만 장끼는 탐욕에 찬 인물 즉, 사리조전배(射利釣錢輩)로 해석되었다는 것이다. 논의된 문맥으로 보아 <장끼타령>이 논의 대상이 된 것 같은바, 몇몇 연구자의 주장처럼 <장끼전>의 후반부가 <장끼타령>에 존재하지 않았는지는 모를 일이나 어쨌든 안자산의 시각은 <장끼전>의 전반부에 집중되었음을 확인할 수 있다. 전반부를 중시했다는 데에서 정학성과 비슷하면서도 그 해석의 시각을 확연히 다르게 하고 있다는 점이 시선을 끈다.

2)는 3)과 5)를 합친 상위 명제로서 3)이 중시한 후반부와 5)가 중시한 전반부를 모두 고려하여 선택된 주제이다. 사회주의 문학관의 당연한 소산인 2)는 전, 후반부 어디에 적용되어도 어긋나지 않는 것이 사실이긴 하다. 그러나 '봉건사회 도덕의 비개화성에 대한 비판'이라는 의미는 작품의 사건진행 어디에서도 직접적으로 연상되지 않는다. 주제는 작품

에 내면화되어 있어 숨겨져 있다고는 하지만, 주제는 스토리에 어울려야 하기에[82] 주제 분석은 스토리에 의해 직접 암시되어야 한다. 요컨대 2)는 작품의 전체를 염두에 두다 보니 전후반부 각각의 의미를 포괄하는 상위의 명제를 주제로 선택하게 된 것이다.

한편 3)과 5)는 비슷한 근거에서 출발하면서도 서로 현격한 주제를 설정함이 재미있는 현상이다. 양자는 모두 당대의 사회적 현실이 상층과는 달리 하층에서는 여성의 개가가 자유로웠다는 점을 중시하고 있다. 그러면서도 전자는 그러한 사실(史實)에서 주제를 찾고 있는 데 비해, 후자는 전후반부의 구성상의 긴밀성을 문제삼아 전반부로써 주제를 설정했다. 이는 김동욱이 후반부의 형성을 판소리에서 비롯된 것으로 보는 관점과는 달리 정학성은 판소리 이후로 보는 관점을 지닌 것과 직접적인 관련을 갖는다.

1), 5)와 3), 4)는 각각 전반부와 후반부의 의미를 작품 전체의 의미로 확대시켜 설정된 주제임에서 서로 대립적이면서, 다시 1)과 5)는 풍자의 대상이 가정을 벗어난 사회냐 가정이냐에서, 3)과 4)는 작품세계와 사회현실을 계층으로 구분하여 살피느냐 그렇지 않느냐에서 각기 차이를 지닌다. 이러한 차이는 <장끼전> 해석에 중요한 문제의식을 던져 주는 것인데, 전반부에서 진행되는 사건의 양상으로 보아 가정 내의 문제로만 국한시키는 해석은 작품의 실상과 거리가 있음을 지적할 수 있다. 또한 작품 내에서 개가 문제를 어느 계층적 입장에서 다루고 있으며 작품외적 세계에서 개가의 계층적 실상이 어떠했는지는 결코 성급하게 처리될 성질의 것이 아니다. 그리고 주제 설정에 있어 <장끼전> 일부에서 드러나는 의미가 전체의 의미로 해석될 수도 있겠으나, 그 일부의 의미가 사건을 처음부터 끝까지 전개시켜 나아가는 힘을 갖지 못한다면 <장끼전>

---

82) a theme that fits the story, Robert Stanton, An introduction to fiction, 22쪽. 조남현, 『소설원론』, 고려원, 1982, 172쪽에서 재인용.

을 제대로 이해하는 데 오히려 방해가 될 것이다.

6)은 우선 다른 주제론과는 달리 이본론을 거쳐 논의된 것이라는 장점을 갖는다. 그런데 이러한 장점이 오히려 단점으로 작용하는 면이 없지 않으니, 이본에 따라 주제가 정반대의 사회적 의미를 갖는다면 이는 이본이 아닌 별개의 작품으로 규정해야 한다는 곤란한 문제가 야기된다. 달리 말하면, 개가가 〈장끼전〉의 중요한 제재라면 그러한 사건 구성이 나타나지 않을 때에는 다른 요소가 중요한 제재가 되지 개가가 여전히 〈장끼전〉의 제재로 남아 있을 수는 없다는 것이다. 결국 6)은 이본의 차이를 기계적으로 주제에 적용했다는 비판을 면할 수 없다고 하겠다. 이본에 따라 주제가 달라진다는 지적도 따지고 보면 작품의 부분을 중시한 결과이다. 물론 이본의 변이에 따라 주제의 변이도 필연적으로 일어나게 마련이겠지만, 〈장끼전〉이 주는 근본적인 의미를 바탕으로 하여 포괄적인 접근이 있어야지 변이의 정도에 따른 일률적인 재단은 문학작품을 해석하는 자세와 거리가 있다고 할 것이다.

이상의 주제가 갖는 한계에 비해 7)과 8)은 작품 전체와 이본 전체에 적용될 수 있는 것이라는 이점을 지닌다. 7)은 논의에서 밝히고 있듯이[83] 해학성을 고려한 결과인데, 다른 주제론이 풍자에만 집착하는 시각과 뚜렷이 구별된다. 그런데 작품분석이 불충분한 것이 사실이기에 실질적인 작품분석을 통해 검증되어야 할 과제가 요구되니, 이러한 주제가 과연 〈장끼전〉에만 해당되는지, 개별 작품의 주제로서 적절한지가 궁금할 정도로 의미의 폭이 넓은 것이 사실이기 때문이다. 8)은 개가주장의 주제설정을 반대하면서 작품분석 없이 그 대안으로 제시된 것인데, 개가사건이 나타나지 않는 이본을 염두에 둔 설정이다. 6)의 예보다 무리가 없기에 설득력이 있는 것이 사실이지만 〈장끼전〉의 배경을 이루

---

83) 황재군, 앞의 책, 177쪽.

는 서민층 삶의 모습 등과 같은 구체적 정황을 어느 정도 포괄할 수 있을지가 의문스럽다.

이상에서 보듯이 기존연구에서 제시된 주제는, 작품의 구체적 정황에 밀착된 의미일 경우 부분의 의미를 전체의 것으로 확대시킨 문제점을 안고 있고, 작품의 전체를 포괄하는 의미인 경우 작품의 구체적 정황과는 거리가 있어 추상적인 성격을 띠는 문제점을 지닌다.

Ⅳ. 과제와 전망

다른 판소리계 소설의 연구사를 일별하면 한 연구자가 지속적으로 관심을 보이는 현상이 발견되는데, <장끼전>의 경우는 그렇지 못하다. 이는 여러 가지 면에서 추측할 수 있겠으나, 가장 유력한 원인은 <장끼전>을 다뤄본 연구자가 <장끼전>은 단조로운 구성을 지니니 이본의 수와 그 변이의 폭도 다양하지 못할 것이라는 선입관을 가진 채, 노력한 만큼의 성과를 기대하기 어렵다는 성급한 결론을 가졌기 때문이라고 추측된다.

그러나 <장끼전>이 연구자들의 예상에 비해 훨씬 인기가 있고 많은 이본과 단순하지 않은 존재양식을 드러내고 있었음이 확인되는 현시점에서, 의욕적이고 지속적인 연구의 필요성이 제기됨이 당연하다. <장끼전> 연구에 있어 당면한 과제는 기존연구가 소홀히 다룬 분야를 재점검하여 논의의 가능성을 모색하는 일이다. 병행하여 요청되는 작업은 자료의 발굴이니, 비중이 작은 작품이니 자료의 발굴도 크게 애쓸 필요가 없다는 기왕의 자세를 버려야 할 것이다.

앞으로의 <장끼전> 연구에서 기대되는 방향을 나름대로 제시하면 다음과 같다.

첫째, 이본에 대해 다양한 시각으로 접근함으로써 판소리와의 관계를 신중하고 밀도깊게 추정해 볼 필요가 있다. 이는 <장끼전>의 형성과정과 존재양상을 해명함으로써 〈장끼전〉의 본질적 성격을 규명하는 데 반드시 요청되는 작업인데, 구체적인 방법의 일환으로 다른 판소리계 소설의 구조적 특징과 비교하고 판소리계 소설에 대한 연구의 업적을 적극적으로 활용할 수 있다. 물론 〈장끼전〉은 판소리계 소설이면서 실전 판소리 한 마당이기에 판소리사설의 모습을 추정하기가 어려운 것이 사실이다. 그러나 현전 이본과 앞으로 더 발굴될 이본을 토대로 작업을 지속적으로 해 나아가면서 판소리사설과의 관계에 대한 접근을 모색한다면, 나름대로의 성과를 거둘 수 있을 것이다.

둘째, 〈자치가(雌雉歌)〉류가 규방가사로 인식되면서 널리 읽힌 현상을 여러 각도에서 해석하는 논의가 필요하다. 각 담당층의 성격을 감안해도 〈장끼전〉이 가사화되었을 가능성이 가장 크긴 하지만, 판소리인 〈장끼타령〉이 가사로 불리어지든지, 또 〈자치가〉류가 판소리로 채택되지 않았다는 확증도 없다. 이러한 작업은 〈자치가〉류가 전체 이본군에서 갖는 이본적 성격을 고려하여 이뤄져야 할 것이다.

셋째, 기존의 주제론에서 나타난 작품과 사회와의 일대일 대응식의 단순성은 우화로서의 풍자적 성격만 고집한 결과이니, 판소리계 소설이 갖는 해학적 성격을 등장인물의 기능적 측면과 관련시켜 분석함으로써 〈장끼전〉의 본질에 더 가까워질 수 있을 것이다. 기존의 연구에서는 작품의 특정부분으로부터 쉽게 주제를 파악할 수 있었던 반면에, 작품 전체를 일관해서 흐르는 의미를 파악하는 작업은 그만큼 어려웠고 노력도 부족했던 것이 사실이다. 대부분의 논의가 주제에 풍자성을 내포하고 있는데, 풍자에만 집착할 때 전반부와 후반부의 연결을 고민하게 된다. 기존의 논의 가운데 해학적 성격을 주목한 논의가 있어 연구의 연결이 가능하다고 보여지니, 기왕의 성과에 계속적인 연구가 시사된다고 하겠다.

넷째, 기왕의 이본론이 활발하지 않았음을 생각할 때 본격적인 주제론을 위해서도 발견된 이본을 모두 포괄하는 논의가 시급히 요청된다.

작가가 작품을 통해 독자에게 무엇을 전달하려 하는가를 밝히는 작업이 문학연구의 궁극적인 목표에 가까운 것인 만큼, <장끼전>의 주제를 분석하고 도출하는 작업은 이본론을 비롯한 다른 논의와 병행하여 이뤄져야만 설득력 있고 보편성 있는 성과를 거둘 수 있게 된다는 논지는 당연한 것이다.

다섯째, <장끼전>이 민요로 전환되어 광범위하게 존재한 현상을 사회적 의미와 관련시켜 이해함으로써, <장끼전>의 수용층과 수용된 의미 분석에 일정한 기여를 도모할 수 있다. 기왕의 논의 결과로는 <장끼전>에서 나타나는 장끼에 대한 풍자와 까투리의 고난에 공감하는 창자들의 의식이 <꿩요>에서 드러나고 있다고 하는바, 이는 서민층의 여성이 <장끼전>의 수용층이면서 민요의 창자임을 가리킨다. 극단화시켜 말한다면, <꿩요> 또한 <장끼전>의 이본이며 창자들은 개작자일 수 있는 것이다.

여섯째, 이상의 방향과 병행하여 <장끼전>의 형성시기로부터 <꿩요>로의 전환시기까지 <장끼전>을 둘러싸고 있던 사회적 배경에 대한 새로운 접근이 요청된다. 사회적 실상에 대한 기존의 접근이 있긴 하나, 정확한 사실(史實)을 토대로 하지 못하고 있으며 당대 사회의 총체적인 모습이 작품 연구에서 이용되지 못했다. 문학과 역사의 관계는 문학 또한 역사 속에 포함되는 관계이기에, 이러한 접근은 국사학계의 도움만 입으려 할 것이 아니라 작품에 대한 성실하고도 과학적인 논의를 통해 역사적 진실을 밝혀내는 데까지 나아가는 능동성이 필요하다고 여겨진다. 더욱이 조선후기의 서민들의 가치관이나 역사의식은 오히려 국문학계에서 상당부분 밝혀내고 있고 상대적으로 국사학계의 접근이 어려운 점이 있는 만큼, <장끼전>을 통해 조선후기 사회의 일면을 파악하는 성과도 기대할 수 있을 것이다.

〔권영호〕

〈서대주전〉의 전승경로와 사회적 성격

Ⅰ. 머리말

　〈서대주전〉은 〈서동지전〉, 〈서옥기〉와 함께 쥐를 대상으로 하여 인간 세태를 묘사하고 풍자한 작품이다. 조선후기에 산생된 우화소설은 그 외에도 여러 개의 작품이 존재하는데, 특히 〈서대주전〉은 쥐와 다람쥐 간의 다툼에서 비롯된 송사사건을 소재로 하는 우화소설로서 〈까치전〉, 〈황새결송〉, 〈녹처사연회〉와 함께 송사소설로서의 면모도 보이고 있다.[1) 〈서대주전〉과 〈서동지전〉은 주인공 서대주, 서대쥐와 상대편인 타남주, 다람[2)사이에서 벌어진 절취사건을 소재로 삼고 있으며, 그러한 분쟁이 당사자들간의 합의에 토대한 해결책을 마련하지 못함으로 해서 제삼자에 의한 조정의 단계를 거치는, 일련의 갈등과정을 구조화함으로써 소설로서의 면모를 확보한다.

　이에 비해 〈서옥기〉는 쥐를 중심으로 한 송사를 다루고 있으면서도 사건이 어느 한 시점의 동일한 국면에 매몰됨으로써 지속적인 갈등의

---

1) 이헌홍, 「朝鮮朝 訟事小說 硏究」, 부산대학교 대학원 박사학위논문, 1987 참조.
2) 〈서대주전〉의 이본에 따라서 이들의 이름은 서대주, 서대쥐, 타남주, 다람 등으로 나타나는데, 특정한 이본을 지칭하지 않을 경우, 앞으로는 각각 서대주와 다람쥐로 부르기로 한다.

과정이 드러나지 않고 있다. 따라서 <서옥기>는 위의 두 작품만큼 소설
이 지니는 다양한 사건의 양상과 그 동태적 측면을 보여주지 못하고 만
다. <서대주전>과 <서옥기>는 쥐를 등장시켜 송사를 다루고 있는 작품
이라는 외형상의 규정에서는 같은 범주로 묶여지지만 인물과 사건의 설
정, 그리고 거기에서 비롯되는 주제의식 등을 파악해 볼 때, 둘 사이의
긴밀한 관련이나 유사성을 파악하기는 힘들 정도로 상이한 작품들이다.
따라서 <서옥기>는 우선 논의대상에서 제외하기로 한다.

한편 <서동지전>은 인물과 사건의 설정이 <서대주전>과 같고, 사건의
경과나 인물의 성격이 유사한 점으로 인해 초창기 연구에서는 <서대주
전>과 동일한 작품으로 간주되기도 했다.[3] 그러나 인물의 성격에서 차
이가 나고 사건의 추이도 다를 뿐만 아니라, 무엇보다도 그것들을 대하
는 서술자의 의식에 있어 현격한 격차가 노출되기 때문에 동일한 작품
이 아니며 이본의 관계도 아니다. 그렇지만 이미 위에서 언급한 여러 가
지 사실의 유사성으로 미루어 보아 작품의 형성 과정에서 영향을 주고
받았을 가능성은 충분히 짐작되는 사항이다.[4] 이러한 이유로 본고는
<서대주전>을 대상으로 연구를 수행하되 <서동지전>이 보여주는 <서대
주전>과의 관련성을 고려하면서 논의를 진행하고자 한다.[5] 더구나 <서
대주전>의 전승경로를 추적하고자 하는 본고의 목적을 환기할 때, <서
동지전>의 존재가 논의의 진행과정에서 요긴한 몫을 수행할 수 있을 것

---

3) 정주동, 『고대소설론』, 형설출판사, 1966, 321쪽 참조.

4) 정학성, 「우화소설연구」, 『국문학연구』 제17집, 서울대학교 국문학연구회, 1972, 51
   쪽. 신경숙, 「송사형 우화소설 - <서대주전>, <서동지전>을 중심으로-」, 『어문논집』
   제30집, 고려대학교 국어국문학연구회, 1991, 102쪽.

5) 두 작품의 창작시기에 있어서 선후관계가 해명된다면 정학성의 주장(주4)참조)처
   럼 뒤에 출현한 작품은 선행작품을 환골탈태한 개작으로 볼 수 있다. 그럴 경우 동
   일한 사건을 대하는 서술자의 서로 다른 시각을 살필 수 있기 때문에 두 작품을 아
   우르는 포괄적 시야는 개별작품을 파악하는 데 필수적으로 요구된다 하겠다. 이본이
   냐 아니냐를 가리는 것은 그럴 경우 그다지 중요한 문제가 아니다.

이라는 기대는 어쩌면 자연스럽고도 당연한 생각이겠기 때문이다.

〈서대주전〉은 한문본과 국문본이 존재한다. 한문본으로는 『문장(文章)』 수록본6)과 문선규 소개본7)이 일반적으로 알려져 있는데, 이들은 서로 '오자(誤字) 정도의 자구(字句)에만 차이'8)가 날 뿐이어서 동일한 작품으로 간주된다.9) 국문본으로는 4장본 〈셔디쥬젼〉10)과 13장본 〈셔디쥐젼〉11)이 존재한다.12) 국문본 두 작품은 분량으로는 한문본에 크게 미치지 못하지만 사건의 계기와 발단, 진행과 결말이 소략한채나마 한문본과 대등하게 제시되고 있다. 그밖에도 〈다람젼〉, 〈다람의 소지〉, 〈다람쥐젼〉 등이 학계에 소개되고 있는데, 이들은 〈서대주전〉의 파편적 형태일 것으로 판단된다. 한편 〈서동지전〉으로 알려진 작품들은 모두 국문 활자본으로서 1918년 간행의 영창서관(永昌書館)본, 대창서원(大昌書院)본, 1925년 간행된 회동서관(匯東書館)본, 해방 이후에 간행된 세창서관(世昌書館)본 등이 있다. 그러나 내용은 모두 동일한 것으로 보고되어 있다.13) 이들 중에서 본고는 한문본 〈서대주전〉, 국문본 〈서대주전〉

---

6) 『文章』 2권 4호.

7) 文旋奎 역, 『花史 周生傳 鼠大州傳』, 通文館, 1961.

8) 申英鈺, 「쥐를 의인화한 우화소설연구」, 상명여자대학 대학원 석사학위논문, 1986, 9쪽.

9) 『思潮』 창간호에도 『文章』 소재 작품과 동일한 〈서대주전〉이 수록되어 있다고 하나 확인하지 못했다. 위의 논문, 9쪽 참조.

10) 〈둑겁젼〉, 〈불경〉과 함께 묶여 있으며 전체분량은 23장이고 〈서대주전〉만은 4장이다. 책 말미에 '졍유 원월 십이일의 시초ᄒ고 십숩닐의 필셔ᄒ노라 칙쥬ᄂᆞᆫ ᄌᆞ필리라'의 필사기가 첨록되어 있다.

11) 〈니어ᄉ〉, 〈쏙쏙각씨젼〉과 함께 묶여 있으며 전체분량은 56장이고 〈서대주전〉만은 13장이다. 책 말미에 '忠淸南道 天安郡 大東面 朱陽里 二統 八戶殿 大正二年 陰 十一月 念一日書'의 필사기가 첨록되어 있다.

12) 〈서대주전〉의 국문본 2종은 신경숙의 논문에서 처음 다루어지고 있는데, 이들 국문본의 소개로 인해 앞으로 〈서대주전〉 논의의 확장과 심화가 이루어지리라 기대된다.

13) 申英鈺, 앞의 논문, 8쪽 참조.

2종을 주 자료로, 그리고 〈서동지전〉을 보조 자료로 선택한다.

Ⅱ. 연구사 검토 및 문제 제기

김태준이 그의 『조선소설사』에서 〈장끼전〉, 〈서동지전〉, 〈두껍전〉, 〈별주부전〉을 언급하고 이들 작품의 제재적 원천을 거론한 이래 조선후기 우화소설은 그동안 소설 논의의 한 모퉁이를 줄곧 차지하여 왔다. 그 중에서도 〈별주부전〉은 판소리나 판소리계 소설에 대한 활발한 논의에 힘입어 상당한 정도의 연구성과가 집적되기도 했다. 제재적 연원의 탐구에서부터 시작된[14] 이 방면 연구는 1970년대 초반 정학성에 의해 이들 작품이 조선후기라는 특정한 시기 사회적 상황의 산물이라는 기본적인 연구 시각이 마련됨으로써 새로운 전기를 마련하게 되었다. 이후 연구자에 따라 다소의 시각 차이는 있었지만 조선후기 우화소설이 조선후기 당대인들의 정서와 세계관을 반영하고 있다는 점에 대해서는 대체적으로 일치된 견해를 보여왔다.[15]

---

14) 비교적 초기의 연구경향이었다. 대표적인 연구성과는 다음과 같다.
　　김태준, 『증보 조선소설사』, 학예사, 1939.
　　신기형, 『조선소설발달사』, 창문사, 1960.
　　정주동, 『고대소설론』, 형설출판사, 1966.
　　인권환, 「토끼전 근원설화 연구」, 『아세아연구』 제25집, 고려대학교 아세아문제연구소, 1967.
15) 이 시기의 대표적인 연구성과는 다음과 같다.
　　정학성, 「우화소설연구」, 『국문학연구』 제17집, 서울대학교 국문학연구회, 1972.
　　김재환, 「동물우화소설의 성격고」, 동아대학교 대학원 석사학위논문, 1981.
　　윤해옥, 「조선후기 동물우화소설의 구조적 고찰」, 『연세어문학』 제14·15집, 연세대학교 국어국문학과, 1982.
　　이상구, 「우화소설의 서술구조와 사회의식」, 고려대학교 대학원 석사학위논문, 1984.
　　김광순, 『한국의인소설연구』, 새문사, 1987.
　　정규훈, 「조선후기 우화소설연구」, 계명대학교 대학원 박사학위논문, 1988.

한편 1980년대 후반에 들어 조선후기 우화소설은 다시 한 번 연구의
전기를 마련하게 된다. 사회과학 부문의 활발한 논의와 이에 결부한 국
사학계의 근대사 논의가 조선후기 향촌사회에 대한 탐구로 이어지면서,
이에 힘입어 조선후기 우화소설도 새로운 관심의 대상으로 떠오르게 되
었다. 그 결과 중세 봉건주의의 해체에 따른 과도기적 상황과 향촌사회
라는 좀더 구체적인 공간에 조응한 작품세계의 다양한 국면이 조명되기
시작하여 현재에 이르고 있다.[16]

〈서대주전〉이나 〈서동지전〉에 대한 논의도 조선후기 우화소설 연구
의 전반적인 흐름과 맥을 함께 하고 있는데, 대체로 〈서대주전〉은 지배
층의 횡포를 비판하는 작품으로, 〈서동지전〉은 소수 지배층의 윤리를
찬양하는 작품으로 평가가 모아져 왔다. 최근에 이르러 〈서동지전〉의
서대주를 성장하는 요호층으로, 다람쥐를 몰락사족으로 파악함으로써
두 인물간의 송사를 당대 상황에 투영하여 짚어내기도 하였고,[17] 〈서대
주전〉 필사본을 논의에 포함하면서 〈서대주전〉의 서대주를 경제적으로
상승한 요호층으로, 다람쥐를 몰락사족으로 파악하여 〈서동지전〉과의
관련을 보다 긴밀하게 평가하기도 하였다.[18] 현재까지 이루어진 논의성
과를 검토해볼 때, 〈서대주전〉과 〈서동지전〉이 사회적 공간 내에서 벌
어지는 서로 다른 계층, 혹은 계급간의 갈등을 다루고 있다는 점에서는
견해의 일치를 이루어내고 있지만, 그럼에도 불구하고 두 작품의 두 인

---

16) 최근의 연구성과는 다음과 같다.
　　정홍모, 「訟事型 우화소설의 인물형상과 조선후기 향촌사회의 변모」, 『고전문학연
　　구』 제5집, 한국고전문학연구회, 1990.
　　정출헌, 「조선후기 향촌사회변동과 우화소설」, 『민족문화사연구』 창간호, 민족문화
　　사연구소, 1991.
17) 정홍모, 위의 논문 참조.
18) 신경숙, 「송사형 우화소설-〈서대주전〉, 〈서동지전〉을 중심으로-」, 『어문논집』 제
　　30집, 고려대학교 국어국문학연구회, 1990.

물인 서대주와 다람쥐의 성격이 구체적으로 어떤 부류의 인간을 형상화
하고 있느냐 하는 점에 있어서는 과도하리만치 다양한 견해가 혼재하고
있는 것이 우선 문제점으로 지적될 수 있겠다.[19]

이러한 현상은 기본적으로 우화소설이 지니고 있는 양식상의 한계로
인해 동물로 설정된 등장인물의 성격화가 선명하지 못한 데 기인하지
만, 그러나 작품이 산생된 조선후기의 시대상, 사회상에 대한 연구자간
의 상이한 인식 내지는 인식의 불철저함에서 비롯된 측면이 우세하다.
이러한 문제점을 다소나마 해소하고 있는 것이 최근에 발표된 논의들인
데, 정홍모는 〈서동지전〉의 서대쥐를 중세해체라는 과도기적 상황 아래
평민의 신분적 처지에서 경제력을 확보하여 생겨난 요호층으로 파악하
고 겸하여 다람쥐를 몰락양반으로 파악하고 있다. 두 인물의 현실적 처
지를 파악하는 과정에서 신분적 처지와 경제적 처지를 상호조응시킴으
로써 이전 논의성과를 넘어서고 있다. 그러나 정홍모의 논의는 〈황새결
송〉과 〈녹처사연회〉 등 다른 작품과 함께 〈서동지전〉을 분석하는 과정
에서 나타난 요호층의 형상을 일반화함으로써 서대쥐가 지닌 독특하고
도 본질적인 측면을 상당 부분 왜곡하고 있다.[20] 이러한 현상은 우선

---

19) 〈서대주전〉만을 두고 볼 때 쥐와 다람쥐의 성격을 분석한 연구결과를 정리하면 다
    음과 같다.
    쥐-토호(정학성, 이상구, 신영주), 양반(손병국), 몰락양반(신영주, 이득현, 유경수),
    무뢰한(김재환), 성장하는 민(신경숙)
    다람쥐-피착취 농민(정학성, 유경수), 서민 빈농(정규훈), 부지런한 농민(김재환), 평
    민(신영주, 이득현), 민중(이상구), 몰락사족(신경숙)
    손병국, 「朝鮮朝 寓話小說硏究」, 동국대학교 대학원 석사학위논문, 1981.
    이득현, 「朝鮮朝 動物小說硏究」, 동국대학교 교육대학원 석사학위논문, 1981.
    유경수, 「鼠類小說攷」, 전북대학교 교육대학원 석사학위논문, 1986.
20) 정학성은 정홍모의 논문에 대한 질의에서 '〈서동지전〉과 동일한 모티프, 유사한 사
    건진행으로 구성되어 있는 작품 〈서대주전〉의 서대주'를 거론하여 그가 '피수탈층의
    눈에 비친 서대쥐(서동지)의 또다른 모습'이라고 발언하면서 서동지의 서민 부르주
    아적 성격을 지나치게 확대 해석한 것이 아닌가 하는 의문을 제기하고 있다.(정학성,

〈서동지전〉과 여러모로 유사한 〈서대주전〉의 존재를 논외로 한 데서 기
인한 것으로 추측되는 바, 〈서동지전〉의 서대쥐가 지닌 요호층으로서의
면모는 〈서대주전〉과의 비교검토를 통한 다음, 그 결과를 가지고 〈황새
결송〉이나 〈녹처사연회〉 등의 작품과 관련하여 파악해 보는 것이 논의
의 온당한 순서라고 판단된다.

정홍모의 연구를 일정 부분 극복한 것이 신경숙의 연구라고 할 수 있
다. 신경숙은 〈서대주전〉 국문본을 논의에 포함시킴으로써 두 작품의
상관성을 보다 접근된 시각에서 짚어내고 있다. 그러나 그의 연구는 그
러한 미덕에도 불구하고 적잖은 문제점을 노출시키고 있다. 논자가 언
급하고 있듯이 〈서대주전〉의 논의가 국문본을 중심으로 하여 진행되어
야 한다면 마땅히 그 전제로서 국문본이 한문본에 선행한다는 타당한
근거가 확보되어야 한다. 치밀한 구성, 내용의 모순당착, 평결의 존재[21]
등 논자가 제시하고 있는 한문본의 특징이 국문본 선행의 타당한 근거
라고는 생각되지 않는다. 더욱이 설사 국문본이 선행본이라고 하더라도
〈서대주전〉 논의에서 한문본을 배제하고 있는 논자의 태도에는 동의할
수 없다. 본고에서는 이상의 연구성과를 바탕으로 해서 〈서대주전〉의
전승 경로에 대한 해명을 일차적으로 시도해보기로 한다. 이러한 작업
은 선행본이 무엇이냐 하는 단순한 질문에 대한 답변으로 마련되는 것
이 아니라 〈서대주전〉의 한문본과 국문본의 관련성, 나아가서는 〈서동
지전〉과의 관련성을 짚어내는 토대가 될 것이다. 그리고 그 결과를 가
지고 〈서대주전〉이 지니고 있는 사회적 성격을 작자, 서술자, 또는 필사
자들이 지니고 있었을 당대적 상황이나 작품에 대한 인식의 면모를 중
심으로 하여 파악해 볼 것이다. 〈서대주전〉이나 〈서동지전〉에 등장하는

질의 257쪽 참조) 두 작품의 구체적인 상관성을 구명하는 작업이 전제된다면 정학
성의 이러한 문제제기는 타당한 것이다.
21) 신경숙, 위의 논문, 107~108쪽 참조.

서대주와 다람쥐의 성격을 당대의 특정한 계층, 계급에 관련하는 문제
는 그 다음 단계의 작업으로 판단되는 것이다.

Ⅲ. 〈서대주전〉의 전승경로

〈서대주전〉과 〈서동지전〉의 선후문제에 있어서조차도 견해가 일치되
지 않았던 이 방면 논의의 사정은 〈서대주전〉 국문본 작품이 알려지면
서 더욱 복잡하게 되었다. 이본 모두의 확실한 창작연대가 밝혀져 있지
않은, 그리고 앞으로도 밝혀질 가능성이 희박한 지금으로서는 창작연대
가 다행히 기록되어 있는 작품을 중심으로 해서 나머지 작품을 순차적
으로 배열해 보는 것이 가능한 방법이다. 그럴 경우 작품이 담고 있는
모든 정보를 활용해서 논리적으로 검증해야 함은 두말할 나위가 없는
것이다.

13장본 〈서대주전〉이 1913년에 필사된 사실은 필사기의 기록[22]으로
알 수 있다. 그리고 4장본 〈서대주전〉은 정유(丁酉)년에 필사되었음을
필사기를 통해 알 수 있으나,[23] 필사된 정유년이 1892년인지, 1832년인
지, 아니면 1722년인지는 확인할 수 없다. 그에 비해서 한문본 〈서대주
전〉은 창작시기를 확인할 수 있는 자료가 전혀 없다. 다만『문장(文章)』
지에 수록될 당시가 1940년이고, 내용 중에 등장하는 '담배', '선혜청' 등
의 어휘로 보아 효종대 이후의 작품일 것으로 추정한 선행 연구자의 언
급이 있는 정도이다.[24] 참고로 〈서동지전〉은 1918년에 처음 활자본으로
간행되었으며 필사본은 현재까지도 발견되지 않고 있다.

---

22) 주11) 참조.
23) 주10) 참조.
24) 문선규 역, 앞의 책, 26쪽 참조.

본항에서는 먼저 〈서대주전〉의 세 이본을 가지고 같은 사건의 진행단계에서 동원된 인물의 발언이나 표현상 유사한 부분을 지적하여 세 이본의 제작 시기에 대한 상대적 거리를 추정해 보고자 한다. 이어서 그다음 단계로 사건이나 인물의 행위가 작품에서 기능하는 측면을 검토하여 내용의 첨삭을 확인하고, 나아가 내용의 첨삭이 작품 논리에 어느 정도 부합하는지 하는 문제에 천착하고자 한다. 〈서대주전〉의 경우 한문본과 국문본은 표기문자의 차이 이외에 작품의 분량에 있어서도 커다란 차이가 있기 때문에 전승이나 번역과정에서 분량이 늘어났는가 아니면 줄어들었는가 하는 문제는 일차적 관심이 아닐 수 없다. 이러한 방식은 필사의 과정에서 일어날 수 있는 현상을 추적하여 첫단계에서 수행한 결과를 재확인하거나 검증하는 작업이 될 수 있는 것이다. 그리고 마지막으로 세 이본의 특성을 소설사 내지는 문학사의 흐름에 대입하여 시기적 선후문제를 다시 한 번 검증하고자 한다.

1. 이본비교를 통한 선후관계의 예비적 검토

가) 사령이 서대주를 잡으러 찾아가는 대목

(한문본) 서가가 사는 곳을 물으니 산신과 토신은 (……) 한 바위를 손가락질하면서 저기가 곧 서가가 사는 곳이니 어서 가 잡아가되 절대로 우리들이 알켜 준 것은 말하지 마오 라고 하고는 갑자기 없어지고 말았다[25]

(4장본) 산신토쥬가 괄영 지중하멀 보고 가라치되 (……) 져 곳지 셔디쥬 인난 곳지라 ᄒ고 너셔 가라치더란 말얼 말나고 당부한이 관치 ᄒ직 ᄒ고 밧비 가본이

(13장본) 셔디쥐 잇난 곳즐 아난야 토기 디왈 과연 아나이다 그려혀면 잘

---

25) 問其鼠哥之巢穴 則山神土神曰 此類 本來巧慝 難制之類矣 今承官令 則其不幸也 遂與之偕往 指其一巖曰 彼處則鼠哥之巢穴也 急往捉 而決言吾等之指囑也 仍忽不見(문선규 역). 이하 한문본 원본은 이 책에 의거하고 따로 밝히지 않음.

가라쳐 쥬면 컨이와 그려치안니헌 즉 죽기을 면치 못허리라 헌듸 토기더
왈 그려헐 진딘 소동을 노와주시고 함게 가스이다

나) 서대주가 사령에게 결박당하는 대목

(한문본) 두 팔을 잡아 홍사수를 꺼내어 결박을 하자 서대주가 놀래어

(4장본) 허리의셔 홍사을 니여 셔디쥐랄 치운이

(13장본) 그계야 급히 결박허니

다) 서대주가 사령에게 쉬어가기를 청하는 대목

(한문본) 옛말에 죽을 약 옆에 또한 살 약이 있다고 했읍니다. 저때문에 이
험한 곳을 오셨는데 아직 한 잔도 권하지도 않았고

(4장본) 셔디쥬 려러되 죽얼 약 것틔 살 약이 잇다 흐온이 날로 두고 리럼
이요

(13장본) 예말의 허여스되 죽을 병의도 살 약이 잇다 허오니 종간 쉬여가스
이다

라) 원 앞에 나서서 서대주가 발언하는 대목

(한문본) 주쉬님 어찌도 이렇게 심히도 무시를 하시옵니까. 일찌기 친분이
없는 터에 처음에는 간악하다 하시고 다시 도적놈이라 하시니 주쉬님의
객을 대하는 도가 개탄되옵니다

(4장본) 의신이 아무리 젹사온들 천말부틈 요놈조놈 하압시고 허무니 딕졉
흐신이 실노 분흐오이다

(13장본) 셔디쥐 단졍니 알외되 소인니 웃지 남의 양식을 도젹흐여 가오리가

가) 대목은 사령이 서대주의 집을 찾아가는데 토굴에 거주하는 서대
주이기 때문에 집을 찾을 수가 없어 제보자의 도움을 받는 장면이다. 한
문본에서는 사령이 '산신토신(山神土神)'을 불러 서대주의 집을 알아내는

데 비해 4장본에서는 '산신토쥬'로, 13장본에서는 '토기'로 등장하고 있다. 또한 '산신토신'과 '산신토쥬'는 제보를 한 다음 자신이 일러줬다는 말을 발설하지 말라고 당부하는 데 비해 13장본에서는 '토기'가 그러한 부탁을 하지도 않을 뿐더러 '토기'는 구복을 채우려고 산에서 내려오다가 사령에게 결박당한 채 제보를 해주는 대가로 풀려나는 보상을 얻는다. 사령의 위압스런 면모가 13장본에서는 선명하게 나타나 있다. 한문본과 4장본에서는 제보자의 정체가 비현실적인 인물로 설정되어 있는 데 비해 4장본에서는 동물로 설정되어 있는 것도 지적될 만한 사항이다. 한문본과 4장본의 거리가 13장본보다는 상대적으로 가깝다.

나) 대목의 한문본 '홍사수(紅絲水)'는 4장본에서는 '홍사'로 나타나지만 13장본에서는 사령이 서대주를 결박하는 구체적인 물건이 명시되어 있지 않다. '홍사수(紅絲水)'가 무엇인지는 모르겠으나[26] 이 부분도 한문본과 4장본의 관련은 13장본에 앞선다. 그리고 다) 대목의 경우도 13장본에서만 '죽을 약 옆에 살 약'이 '죽을 병 옆에 살 약'으로 바뀌어 있어 한문본과 4장본의 관련을 더욱 부각시키고 있다. 추측컨대 '죽을 약 옆에 살 약'이라는 말은 잡으러 온 사령을 구슬러 자기 편으로 만들면 잡히는 위기에서 벗어날 수 있다는 의미로 파악되는데, 그럴 경우 죽을 약과 살 약은 모두 사령을 가리키는 말이다. 그러나 '죽을 병 옆에 살 약'이란 말은 잡히게 될 위기와 도와줄 사령으로 각각 파악되어 둘다 사령을 가리키는 것으로는 생각되지 않는다.

라) 대목은 서대주가 고을 원 앞에 처음 나타난 장면이다. 원이 다람쥐의 소지를 통해 도적으로 지목한 서대주에 대해 위압적인 태도를 보이자 서대주가 취한 행동이다. 한문본과 4장본에서는 서대주가 원의 행

---

26) 문선규는 붉은 실로 꼬아 만든 죄인을 묶는 수갑 정도로 추정하고 있으나 확실하지 않다. 그러나 전후 문맥으로 보아 결박하는 물건인 것만은 분명하다. 문선규, 앞의 책, 135쪽 참조

위에 대해 반항하고 나선다. 한문본의 서대주는 친분을 앞세우면서 친분이 없는 객을 무례하게 대하는 원의 그릇된 행동을 나무라는 시각을 보여주고 있는 데 반해, 4장본은 작은 자신의 실체가 무시당했다는 노여움을 표출하고 있는 차이를 드러낸다. 하지만 이러한 차이에도 불구하고 한문본과 4장본은 원에 대한 서대주의 반항이 설정되어 있어, 그러한 대목이 없는 13장본보다는 상대적으로 가깝다.

이상 가), 나), 다), 라) 대목을 검토함으로써 한문본과 가까운 국문본은 4장본이라는 잠정적인 결론을 이끌어냈다. 따라서 이들 세 이본은 (한문본-4장본)-13장본의 순서이거나 13장본-(한문본-4장본)의 순서, 둘 중의 어느 하나로 귀착하게 된다. 여기서 또 하나의 추정이 허락된다면 13장본의 필사시기는 1913년으로 명확하기 때문에 4장본의 '정유(丁酉)'가 1913년 이후의 정유년인 1952년이 아닌 한 4장본은 13장본의 선행본이 되는 셈이다. 요컨대 세 이본의 창작시기나 필사시기의 선후는 두 가지 중에서 (한문본-4장본)-13장본의 가능성이 보다 높은 것으로 짐작되는 것이다. 이제 문제는 한문본과 4장본의 선후를 가리는 것이다.

2. 내용첨삭과 작품논리의 정합성 검토

전항을 통해 <서대주전> 세 이본의 선후관계는 한문본과 4장본 중 어느 이본이 선행본인가 하는 문제로 좁혀졌다. 이는 다시 말해서 <서대주전>의 전승에서 차지하는 번역의 과정이 한문에서 국문으로 진행되었느냐, 아니면 국문에서 한문으로 진행되었느냐 하는 것과도 맞물려 있는 문제인 것이다. 이러한 점을 염두에 두면서 본항에서는 한문본과 4장본을 중심으로 논의를 진행하되 두 작품이 사건의 경과에 있어서는 유사하면서도 분량에 있어서는 커다란 차이가 난다는 점에 주목하여 내

용의 첨삭을 파악하여 첨가, 혹은 삭제의 과정에서 생겨났을 사건의 인
과적 필연성에 토대한 작품논리의 정합성을 판단하도록 한다. 그것은
한문본의 내용이 축소되는 도정에서 4장본이 출현했는가, 아니면 4장본
의 내용이 확대되는 도정에서 한문본이 출현했는가 하는 문제를 해결하
는 관건이 되겠기 때문이다.

한문본에서는 쥐가 다람쥐의 식량을 도적질한 사건이 명확하게 제시
되어 있다. 쥐의 무리는, 우두머리로 호(號)가 대주(大州)인 서생(鼠甡)이
고 그밖에 그의 사촌인 서균(鼠鈞)을 비롯한 많은 쥐들이 모여있는 집단
이다. 한편 다람쥐의 무리도 병정(甀艇)을 우두머리로 해서 소서(小鼠),
노서(老鼠) 등으로 지칭되는 중서(衆鼠)들이 모인 집단이다. 서대주가 다
람쥐의 식량을 도적질할 때도 서균을 도군총독(都軍摠督)으로 임명할
만큼 서대주와 다람쥐는 각각 그들의 집단, 다시 말해서 생물학적 종
(種)의 모습으로 나타난다. 다람쥐가 올린 소지에도 절취행위의 주체는
서대주의 집단으로 설정되어 있다.

> 소토산에 사는 서생이라는 이름난 사나운 놈이 지난 밤 사경삼점에 그 족
> 속을 이끌고(率其族類) 어둔 밤에 돌입하여 알밤과 주옥보패, 단필 초구 등
> 의 물건을 다 도적질하여 갔아오매(한문본)

그러나 4장본을 비롯한 국문본에는 서대주와 다람쥐의 존재가 그들
의 집단이나 혹은 종(種)으로서 나타나지 않고 각각 서대주 가족, 다람
쥐 가족으로 등장하고 있어 한문본과는 차이가 난다.

> 건네편의 산난 셔디쥬라 하난 놈이 거야 ᄉ경의 솔권ᄒ여와셔 밤얼 도적
> 질ᄒ여 갓아온이(4장본)
> 의신 ᄉ웁난 근쳐의 ᄉ웁난 셔디쥐라 허읍난 놈이 솔기가권허읍고 밤 닷
> 셤닷말을 몰슈이 다 도젹허여 갓ᄉ오니(13장본)

따라서 절취를 지도한 것은 서대주로서 동일하지만 직접 절취를 감행한 주체는 한문본에서는 서대주 집단으로 국문본에서는 서대주 가족으로 나타난다. 이러한 차이도 규명되어야 하겠지만, 우선 이 부분을 서대주가 원 앞에서 자신의 무고함을 증명하는 대목과 관련하여 살펴보겠다.

한문본에서는 서대주가 원과의 첫 대면에서 원에게 반항하는데, 이어서 공훈의 자손임을 장황하게 열거하고, 그 다음 자신의 가족이 현재는 불행한 지경에 빠져 있음을 자세히 주달하고 있다. 다섯 아들과 두 딸이 모두 변고를 당하여 아무도 남아있지 않고, 처 또한 참척을 연달아 당한 이후로 온갖 병에 걸려 생명을 근근이 부지하고 있는 상황을 나열하고 있다. 이 부분은 절취의 혐의로 잡혀온 자신의 현재 처지에서 자기가 지니고 있는 공훈의 자손으로서의 신분적 우월함을 원이 믿도록 설득하는 기능을 수행하고 있다. 또한 그러한 경황에 남의 물건을 절취할 틈이 있었겠느냐는 발언으로 마치고 있어, 자신이 절취사건과는 무관하다는 첫 번째 근거로서의 기능도 수행한다. 이밖에 한문본은 자신의 무죄 근거로 계속된 흉년에 다람쥐가 어찌 식량을 모아 두었겠느냐, 자신은 대대로 부유하기 때문에 가난한 자의 식량을 절취할 리 있겠느냐, 그리고 평소 게으른 다람쥐의 소행을 두고 나무란 적이 있는데 그것으로 다람쥐가 분노의 마음을 품어 자신을 무고했다는 등 여러 가지의 이유를 장황하게 나열하고 있다. 그런데 한문본은 '원의 무례함에 대한 항변-공훈의 자손 역설-현재의 처지에 대한 변명-경황이 없어 절취를 할 수 없음-경다람쥐의 가난과 자신의 부유함 역설-경나무람에 대한 노여움의 결과, 다람쥐의 무고' 등 일련의 과정을 순조로이 거치고 있으며 경황이 없어 절취를 할 수 없다는 변명도 '자식들의 변고-처의 홧병-경황 없음'의 단계로 설득력있게 제시되고 있다.

4장본에서는 집안 사정에 경황이 없어 절취를 할 수 없다는 근거와 다람쥐의 계획없는 방종한 생활을 나무란 까닭에 다람쥐가 분한 마음에

자신을 무고했다는 말로써 자신이 절취사건과는 무관함을 제시하고 있
다. 그러나 자신의 부유함과 다람쥐의 가난함을 근거로 하여 무관함을
거론하지는 않는다. 그런데 4장본에서는 한문본에서 보여주는 서대주의
일련의 발언이 가지는 논리적 관계가 성립하지 않고 있어 주목을 요한
다. 한문본의 경우, 처의 병환은 자식들이 변고를 당한 데 대한 홧병으
로 드러나는데 4장본에서는 처가 병든 상태를 제시하면서 경황이 없음
을 역설하고, 그 다음에 두 아들과 두 딸의 변고를 나열하고 있다.

> 의신이 노경의 ᄌᆞ식은 이ᄌᆞ이여얼 두어삽던이 중ᄌᆞ는 천셩이 호탕ᄒᆞ와
> 즁안디도승의 단이다가 김졍승딕 쳥삽사리게 물니 죽사압고 ᄎᆞᄌᆞ는 약 을
> 드려 요산 갓삽다가 약겨봉사 디룡못세 치여 죽사압고(…) 사싱존망 분별치
> 못하압난 중 의신얼 바머러 도젹질ᄒᆞ다 ᄒᆞ오니 져런 무고불칙ᄒᆞ온 놈이 어
> 디 잇스올리잇가(4장본)

위의 인용문에서 확인할 수 있듯이 자식들의 변고가 자신의 무고함을
증명하는 기능을 한문본처럼 명확하게 수행하고 있지 않다. 이러한 사
실은 한문본의 내용이 번역되어 전승되는 과정에서 파편적인 형태로 생
겨난 후대의 이본에서 찾아질 수 있는 현상이 아닌가 생각된다. 그리고
4장본의 둘째 아들이 약 얻으러 요산 갔다가 약겨봉사의 대롱못에 치어
죽었다는 위의 언급은 한문본의 넷째 아들 서준이 구리개 약계봉사집으
로 약을 구하러 갔다가 배롱망에 걸려 죽었다는 사실[27]과 다섯째 아들
서호가 양식을 운반하러 용산 만리고개에 나갔다가 초가집 불 속에서
타죽었다는 사실[28]이 잡다하게 혼용된 것으로 판단되어 4장본이 한문
본의 후행본임을 짐작하게 해주는 것이다.

이에 비해 13장본에서는 4장본에서 보이는 이 대목의 기능도 발휘되

---

27) 第四子鼠鼹九里簡藥契奉事家求藥而去 背籠網縣死, 문선규, 앞의 책, 168쪽.
28) 第五子鼠鼹有運糧事 出往龍山萬里峴 而草家急火中盡死, 위의 책, 같은 쪽.

고 있고 작품내적 논리도 체계화되어 있다. 한문본에서의 서대주 무리, 다람쥐 무리의 대립이 가족의 차원으로 변환되어 있음은 위의 인용문에서 확인한 사항인데, 13장본에서는 가족에게 들이닥친 변고가 경황없음에 대한 이유로 제시되는 대신에 다람쥐의 소지내용을 반박하는 직접적인 자료로서 기능하고 있다.

> 네가 가솔을 다리고 가져갓다허니 니 말이 절실허야 셔디쥐 알외되 그 놈 말니 만만 무고ᄒ와이다 소인의 ᄌ식 오남미 두어ᄉ드니 맛ᄌ식은 (…) 갓ᄉ오니 웃지 다른 ᄌ식이 잇ᄉ오니가 소쥐 어미난 잇ᄉ오디 (…) 반신불슈 되야시니 웃지 다른 가솔이 잇ᄉ오니가(13장본)

이처럼 13장본에서는 가정사정에 대한 서대주의 발언이 작중 기능을 훌륭히 수행하고 있어 논리적 정합성을 유지하고 있다. 이러한 현상은 4장본의 논리적 결함을 극복한 경우인데, 전체적으로 볼 때 한문본의 장황한 내용이 번역, 필사되는 과정에서 생겨난 논리적 결함과 이후의 조정과정이라 하겠다. 다시 말해서 4장본의 필사단계에서 미처 수행하지 못한, 내용의 축약에 따른 논리적 단절이 전승과정을 거치면서 13장본의 필사단계에서 극복되고 내용이 보다 확대됨으로써 나름의 새로운 작품내적 논리를 수립한 것으로 판단되는 것이다.

이러한 현상은 작품의 결말 부문에서도 확인된다. 한문본은 서대주의 장황한 변론을 원이 인정하여 그 결과 피해자인 다람쥐는 엄형정배되고 가해자인 서대주는 도리어 특사를 받아 귀가조치된다. 가해자와 피해자가 작품 서두에 명백하게 설정되는 사정과 견주어 본다면 충격적인 결말이라 하겠다. 그리고 그 결말은 갈등이 해소되지 않은 채 여전히 문제의 소지와 함께 해결책을 남기고 있는 개방적인 결말이다.[29] 한문본에

---

[29] 徐仁錫,「古典小說의 敍述構造와 그 世界觀」,『국문학연구』제66집, 서울대학교 국문학연구회, 1984, 68쪽 참조. 한편 이헌홍은 <서대주전>을 원억형 송사소설로 파

서 보이는 충격적인 결말은 이처럼 열려 있기 때문에 비극적 정조를 띠게 되는 것이다.[30] 그러나 한문본의 비극적 정조는 작품의 말미에 마련되어 있는 후일담을 곁들인 작자의 설명으로써 해소된다. 작품 말미 작자가 개입하여 술회하는 부분은 평결의 형식을 취하고 있는데, 그것은 크게 두 부분으로 나누어진다.

> 가) 서대주와 다람쥐의 후일담 : 그들은 다 도적질로 생활하매 세상의 아동 적은 것들 부녀 또는 가마매는 졸부등이 만나기만 하면 죽여버리니 이것은 즉 서대주의 사람을 해친 마음에 안갚음이 아닌가 생각한다. 타남주는 본시 선량하고도 곧아서 (…) 사람이 혹 보아도 이뻐하고 해치랴는 뜻을 갖지 않으니 이것은 실로가 타남주의 음덕에 대한 보수가 아닌가 한다. 이리 본다면 덕을 따르는 자는 창성하고 덕을 저버리는 자는 망한다는 것은 거짓말은 아니다.[31]
> 나) 인간에 대한 경계 : 주쉬의 소송사건 처결이 어찌 그릇된 것이 아니랴. 즉 소송을 처리함이 이같이 어려운 것이매 벼슬을 하는 자는 잘 살펴야 한다.[32]

이처럼 한문본은 작품이 완결된 이후에 작가의 개입이 충분하게 이루어져 있어 작품내적 논리를 손상시키지 않고도 작자의 관심과 의지를 적절하게 표명하고 있다. 작자는 서대주와 원이 벌이는 정직하지 못하고 정당하지 못한 행태를 부각함으로써 궁극적으로는 후일담과 평결을

악하고 있다. 이헌홍, 앞의 논문, 139~140쪽 참조.

30) 우리의 서사문학사상 이러한 개방적 결말이 夢遊錄이나 傳奇 작품을 제외하고는 드물게 존재하고 고전소설의 경우에도 몇몇 작품을 제외하고는 달리 나타나지 않는 점을 고려한다면 한문본 〈서대주전〉의 이같은 결말은 주목할 만한 것이다.

31) 竊盛生厓 世上兒童小輩婦孺輿撞之卒 逢着 則殺之 無乃鼠大州之傷人害物之心 報應歟 詫南州本以良順拙直之類 (……) 人或見之 則慈而無傷害之意 實是光陰之報應歟 以此觀之 順德者昌 逆德者亡 實非虛言也, 문선규, 앞의 책, 169쪽.

32) 主倅之聽訟 豈不誤哉 蓋聽訟之難如此 爲官者 可不察歟, 위의 책, 같은 쪽.

통해 '順德者昌 逆德者亡'의 경구(警句)와 벼슬하는 자의 몸가짐을 설
파하는 교훈적인 의도를 드러내는 것이다. 그러나 4장본은 이 부분이
줄어들면서 변형되어 나타나 있다.

> 셔디쥬 즈손이 감히 깃거이 여겨 충곡을 침노치 안이ᄒ고 벙즈연 호란의
> 도 군즁의 드러가셔 젹군의 활줄얼 다 ᄯᆞᆫ고 젹군의 총귀의다 오좀누어 젹군
> 의 활과 총얼 다 못 시기 하고 피흘 죠션의 근공얼 셰우기 ᄒ고 승젼얼 리
> 루기 ᄒ더라 리런 일노 볼진디 은혜ᄒ기가 웃듬이라(4장본)

다람쥐에 대한 후일담 없이 서대주 자손이 '감히 깃거이 여겨' 공을
세웠다는 후일담만을 제시하고 있는데 이 부분은 문맥상 두 가지의 해
석이 가능하다. 우선 서대주의 자손들은 전일의 잘못을 뉘우치고 착하
게 살았고, 그러한 사실을 보건대 잘못을 저지른 자에게도 은혜를 베풀
면 좋다는 정도로 해석된다. 그리고 또 하나는, 원에 의한 공정한 판결
덕분에 무죄가 확인되고 그러한 원의 행위가 고마워 나라에 공을 세웠
으니 애매한 지경에 빠진 자에게 은혜를 베풀면 좋다는 해석도 가능해
진다. 어쨌든 4장본의 결말은 이처럼 명확한 의미의 파악이 어려울 만
큼 논리적 귀결을 마련해 놓지 못하고 있다. 이러한 현상은 13장본에서
도 확인되고 있는데, 그곳에서는 서대주의 변론을 원이 인정하고 서대
주를 방면하는 것으로 끝나고 다람쥐에 대해서는 어떠한 처결을 내렸는
지 또는 다람쥐가 그 후 어떻게 되었는지에 대한 언급이 없이 작품이
종결되고 있다. 송사를 다루고 있는 작품치고는 좀처럼 보이지 않는 현
상이라 하겠다.

이처럼 4장본을 비롯한 국문본에서 결말부의 처리가 논리적 정합성
을 확보하지 못한 채 어설픈 단계로 마감되는 현상도 한문본의 번역과
전승과정에서 일어난 것으로 파악된다. 즉 한문본의 장황한 내용과 작

품 말미의 평결이 축약, 또는 탈락되면서 서대주와 다람쥐, 그리고 고을
원의 세 사람이 엮어내는 사건의 경과를 도입하는 과정에서 일어난 논
리적 파탄현상으로 보인다. 그리고 그러한 논리적 단절이 4장본에서 13
장본보다 심하게 일어나고 있는 사실은 위의 추정을 방증하는 것이기도
하다. 한문본에 등장하는 서대주 집의 화려한 모습과 공훈의 자손임을
역설하는 서대주의 발언이 4장본보다 13장본에 장황하게 포함되어 있
고, 서대주의 변론 중에서 자신의 부유함을 과시하고 다람쥐의 가근함
을 역설하여 원을 설득하고 있는 한문본의 대목도 오히려 13장본에서만
보이고 있는 사실은 한문본이 번역, 전승되는 과정에서 이들 국문본이
파편적인 형태로 필사된 후대본임을 확인해주는 증거인 것이다. 4장본
과 13장본, 또는 존재했을지 모르는 다른 이본을 취합하여 한문본을 성
립시켰다고는 보기 힘들다.

결국 국문본 결말부는 한문본의 개방적 결말에 대한 필사자의 자의적
판단에 의하여 4장본의 경우처럼 한문본을 그대로 따르거나 13장본처럼
다람쥐의 존재를 도외시하는 쪽으로 정리된 것이다. 김광순 소장 〈다람
전〉의 경우에서 보이듯 다람쥐를 종신정배하고 서대주도 엄장 삼십도를
내려 양쪽 모두에게 죄를 지우는 결말도[33] 한문본의 파편적인 형태로
필사된 후행본이 지니고 있는 논리적 단절의 모습인 것이다.

3. 선행본 확정과 전승경로의 배경 탐색

전항에서 논의한 결과 한문본이 선행본일 가능성이 여러모로 검증되
었다. 그러나 실증적인 자료의 도움을 받아 수행한 작업이 아닌 관계로
한문본의 선행본 가능성이 여전히 의문의 여지를 남기고 있음도 부인할
수 없다. 본항에서는 이에 대한 또다른 검증으로 한문본과 국문본의 결

---

33) 김광순, 『한국의인소설연구』, 새문사, 1987, 357쪽 참조.

정적 차이인 서대주의 절취 행위의 제시 유무에 대해 살펴보면서 선행
본 확정을 다시 한 번 시도해 보고자 한다. 그런 단계를 거친 다음, 그
러한 변화가 일어나게 된 동기를 고전소설 일반의 유통 양상과 그 당시
의 현실적 상황을 고려하여 해명하고자 한다.

　한문본 <서대주전>의 경우 작품 말미의 후일담과 작자의 평결은 서대
주와 다람쥐, 그리고 고을 원이 참여하여 이끌어 가는 사건과는 관련이
없는 부분이다. 소설이 그 자체로 완결된 하나의 세계를 작가 나름으로
형상화한 것이라 할 때, <서대주전>이 소설이기 위해서는 후일담과 평
결은 없어도 되는 부분이다. 그러나 한문본은 소설이기 위해 씌여진 작
품은 아니다. 다시 말해서 한문본 <서대주전>의 작자는 그가 소설을 쓴
다는 생각으로 작품을 만들지는 않았을 것이다. 하지만 한문본은 후일
담과 평결을 제외하고 볼 때는 훌륭한 소설이다. 그리고 그것은 갈등이
해소되지 않은 채 마감되는 개방적 결말을 지니고 있는 작품이다. 그러
나 작가는 절취사건에서 비롯한 갈등의 요소를 중재자의 오판이라는 충
격적인 사건으로 수렴하여 갈등을 더욱 증폭시켜 제시함으로써 결말을
이끌어 내지만 그것으로 자신의 역할을 마치지 않는다. 그러한 갈등은
작품 말미의 후일담과 자신의 평결을 동원함으로써 작품세계와는 다른
곳으로부터 해소하고 있다. 따라서 작품세계에 있어서는 개방적 결말을
유지하지만 궁극적으로는 작자 자신의 육성을 통하여 교술적 의도를 직
접적으로 드러냄으로써 완결형 결말로 분식하고 있는 것이다.

　그러나 국문본에서는 후일담이나 평결이 대폭 축소되거나 아예 나타
나지 않는다. 4장본에서는 서대주의 후일담만이 등장하고 있으며 평결
은 무슨 말인지도 모를 만큼 간략하게 제시되어 있다.[34] 그리고 13장본
에서는 이마저도 보이지 않는다. 한문본에서는 이 부분이 작자의 의도를

---

34) 앞의 11쪽 인용문 참조.

직접적으로 제시하면서 작품의 주제와 작가의식을 집약적으로 보여준
다. 그리하여 궁극적으로 이러한 작품을 만들어낸 필연적인 이유를 제시
하고 있는 기능을 수행하고 있다.[35] 그런데 이 부분이 보이지 않는 것은
작품의 서두 서대주에 의해 자행된 절취사건이 국문본에서는 제시되지
않고 있다는 차이와 함께 한문본과 국문본의 결정적 차이로 작용하는
것이다. 그리고 그러한 현상은 서로 연관되어 있는 것으로 여겨진다.

한문본은 비록 서대주에 의한 절취가 직접 제시되고는 있지만 절취당
한 다람쥐 집단이 증거를 확보하고 원 앞에 나아가 소지를 올리는 것을
끝으로 다람쥐의 존재는 작품 전면에서 사라진다. 다만 작품의 결말부
에 원에 의해서 무고의 판결을 받아 엄형정배되는 사실이 서술의 형식
으로 밝혀질 따름이다. 따라서 다람쥐의 행위가 사건을 이끌어나갈 만
큼 전면에 부각되어 있지는 않다. 다람쥐보다는 서대주에 대해 작품은
많은 부분을 할애하고 있다. 서대주와 사령 사이에 벌어지는 일련의 사
건, 서대주 집안의 화려한 묘사, 문과 기둥에 붙여진 많은 문련(門聯),
주련(柱聯), 춘련(春聯) 등의 구절, 26대 조상에서부터 자신의 자식까지
동원하여 벌이는 서대주의 장황한 변론 등은 서대주의 후안무치하고 표
리부동한 성정과 임기응변의 처세술을 부각하는 데 동원되고 있다. 따
라서 한문본은 서대주의 불의한 면모를 고발하고 풍자하기 위해 서대주
에게 시선을 집중시키고 있는 것이다. 아울러 서대주의 교언영설에 놀
아나는 원의 무능함과 부족한 자질을 드러내는 데도 서대주를 향한 다
양한 시선이 요긴하게 기능한다. 이처럼 한문본은 서대주의 역할이 작
품내적 비중을 유지하고 있다.

---

35) 서대주와 다람쥐, 그리고 고을 원이 참여하는 작품세계만을 두고 볼 때는 이 부분
이 불필요하거나 어색한 내용일 수 있다.(신경숙, 앞의 논문, 108쪽 참조) 그러나 그
러한 평가는 한문본 〈서대주전〉을 소설이라는 범주에 한정하여 바라보는 연구자의
자의적 시각 아래에서나 가능한 일이다.

그러나 한문본 작품 말미의 후일담과 평결을 작품세계 안으로 끌어들여 갈등이 해소된 하나의 조화로운 세계를 보여주고 그 결과 완결형 결말[36]을 이루기 위해서는 다음의 두 가지 방식이 선택될 수 있다. 첫째, 서대주의 불의함이 드러나고 결과적으로 다람쥐의 절취사건이 정당하게 해결되는 방식 둘째, 다람쥐의 절취가 사실무근이고 서대주가 원의 판결처럼 절취사건과는 전혀 관련 없는 인물이 되는 방식 그 중 첫째 방식을 채택할 경우에는 서대주의 불의함을 드러내기 위한 다람쥐의 역할이 대폭적으로 도입되어야 하고, 나아가 원의 판결이 정당하게 이루어지기 위해서는 그에 어울리는 다양한 국면이 새로이 포함되어야 할 것이다. 그리고 둘째 방식의 경우에는 작품 서두에 제시된 서대주의 명백한 절취사건이 제외되어야 할 것이다. 두 가지의 가능한 방식 중에서 보다 손쉽게 선택할 수 있는 것은 두번째 방식이다. 창작에 필요한 특별한 소양이 없는 사람의 경우에는 더욱 그렇다. 4장본이 두번째 방식을 채택하여 한문본을 개작하고 있음은 전항에서 언급한 여러 가지 사항을 통해서 능히 확인할 수 있으며, 또한 작품 서두부분의 독특함에서도 미루어 짐작할 수 있겠다.

다람의 소지의 흐여시되 의시이 밤얼 닷말닷되다섯흡얼 과동하랴고 무더 던이 건네편의 산난 셔디쥬라 하난 놈이 (……) (4장본)

위의 도입부분은 고전소설 일반의 경향과 달리 발어사나 시대적, 지리적 배경, 그리고 등장인물에 대한 소개 등이 모두 생략되어 있다. 마치 앞부분이 잘려진 채 중간 단계부터 시작하는 작품처럼 느껴지는 것

---

36) 서인석은 고전소설의 결말구조를 해명하는 자리에서 '자아와 세계의 갈등이 완전히 해소되고 갈등의 여운을 남기지 않는 결말'을 완결형 결말이라고 정의하고, 그리고 그것이 우리 고전소설의 전반적 특징임을 지적하고 있다. 서인석, 앞의 논문 36쪽 참조.

이다. 난데없이 등장한 '다람의 소지'가 무엇의 결과 나타난 사건인지 하는 문제에 대해 4장본은 아무런 언급을 해놓지 않고 있다.[37]

이제 한문본 〈서대주전〉의 양식적 성격을 고찰할 차례가 되었다. 한문본이 평결이나 서대주가 장황하게 나열하는 조상의 인명 등으로 볼 때 가전(假傳)의 영향을 많이 받고 있다는 추측은 선행 연구자에 의해서 한차례 이미 지적된 사항이다.[38] 가전은 허구성을 전제로 하고 있다는 점으로 일반적인 전(傳)의 범주에서 볼 때는 독특한 양식이며, 그로 인해 소설의 속성인 허구성과 견주어지기도 하였다. 그러나 가전은 본질적으로 전의 한 하위유형으로서, 의인화된 대상에 관련된 지식이나 사실을 삽화의 나열방식으로 제시하는 서사문학일 따름이다. 그렇지만 가전 혹은 의인체 작품[39]이 우화소설과 관련될 수 있는 가능성이 그러한 이유로 없어지는 것은 아니다. 의인화를 통한 허구화, 우의성의 확보 등으로 두 양식간의 상호조응은 이루어질 수도 있기 때문이다. 우화소설이나 가전, 의인체 작품을 비롯한 모든 문학양식이 시대를 불문하고 고정된 장르적 속성을 유지하는 것은 아니다.

우리문학사상 가전이 출현하는 것은 고려후기인데, 그것들은 〈국순전〉, 〈공방전〉 등을 비롯하여 사물을 대상으로 하고 있는 경우가 대부분이다. 이러한 경향은 조선시대로 내려와도 대체적으로 유지되고 있으며, 가전의 범주를 벗어난 의인체 작품, 즉 〈수성지〉, 〈천군연의〉 등도

---

37) 한문본의 내용을 무리하게 삭제하는 과정에서 돌출한 4장본이 지닌 이러한 부자연스러움은 13장본에 이르러 어느 정도 완화되고 작품논리도 나름대로 새로운 방향에서 모색되고 있다. 참고로 13장본의 서두를 여기 제시해 본다.
각설이라 황희도 구월손 하의 흔 김싱이 잇니스되일홈은 다람이라 평싱의 손속을 조와허여 청암절벽간의 살던니(…) (13장본)

38) 이상구, 앞의 논문, 17쪽 참조.

39) 〈화사〉, 〈수성지〉, 〈천군본기〉 등 가전의 형식이 아니면서 대상을 의인화하고 있는 작품을 지칭한다. 일반적으로 이들 작품에 대해서는 가전, 가전체 문학, 의인체 문학 등의 용어가 혼용되고 있는데, 본고에서는 의인체 문학으로 부르기로 한다.

이러한 경향을 보여주고 있다. 반면에 가전이나 의인체 작품에서 동물을 대상으로 하고 있는 작품은 드문 편이다. 그러나 이규보의 〈청강사 자현부전(淸江使者玄夫傳)〉이 거북을, 유본학(柳本學)의 〈오원전(烏圓傳)〉이 고양이를 대상으로 하고 있듯이, 전혀 없는 것은 아니다. 가전이나 의인체 작품에서 동물을 대상으로 했을 때 대상 동물의 생동하는 측면은 사물일 경우보다는 우세할 것이다. 동물은 움직이며 직접 행동할 수 있는 존재이기 때문이다. 그러한 예를 18세기 말의 작품 〈오원전〉은 잘 보여주고 있다. 〈오원전〉의 오원(고양이)은 성격이 억세고 표독해서 사람들이 꺼리는 존재인데 도둑(쥐)을 잡아 임금의 총애를 받는다. 그러나 노령(盧令)과의 다툼에서 패배한 다음 총애를 잃어버리게 되고, 종국에는 임금의 음식을 넘보다가 내침을 당한다는 내용을 이루고 있다. 여기서 작품은 쥐, 개를 비롯한 뭇 짐승들과 좌충우돌하는 오원의 행동을 부각시키고 있다. 그러한 장면이 유기적 관련을 보이는 것은 아니지만, 그래서 사물을 대상으로 한 대다수의 가전보다는 부분적인 장면의 정황이 부각되어 있는 것은 인정될 수 있다. 이처럼 가전이나 의인체 작품에서 동물이 대상으로 선택될 때, 작품에서 구현되는 서사적 세계의 확장은 가능한 현상일 것이다.[40]

한문본 〈서대주전〉은 〈오원전〉과 견주어볼 때 작품 말미의 후일담과 평결에 있어서도 유사한 면모를 보이고 있다. 〈오원전〉도 내침을 당한 다음 오원의 후일담이 언급되어 있고 이어서 작자의 논찬이 실려 있다.

> 가) 후일담 : 원은 간신히 자루 밖으로 몸을 빼치고는 인가마다 다니며 얻어먹었다. 그러나 훔치기를 잘해서 사람들이 몹시 미워하였다. 그 뒤 병으로 죽었는데, 그 자손들이 몹시 많아 나라 안에 두루 퍼져 살았다.[41]

---

40) 김재환, 「韓國動物寓話小說의 硏究」, 동아대학교 대학원 박사학위 논문, 1988, 31쪽 참조.

나) 논찬 : 태사공은 말한다. 오원이라 이름붙일 수 있는 바는 다름아니라 세고 사나움이 능히 군소 무리들을 두렵게 할 수 있다는 것이려니와, 늦게 되자 사냥꾼과 싸움질로 다투었고, 거기다 임금의 음식마저 도둑질하였으니, 이는 소위 '늙어 꺼출해지면 그 상도를 잃는다'함이 아니겠는가. 무릇 사람에게 처음이 있듯 끝이 있다함은 진실로 어려운 것이다. 그러나 원은 도적을 잡는 남다른 공이 있었음에도 자그마한 허물로 내쫓긴 바 되어 그 공로가 허물을 덮지 못하고 말았으니 이 어찌 억울치 않으리오.[42]

이상과 같은 〈오원전〉의 사정은 한문본 〈서대주전〉에서 다시 한 번 확인된다.[43] 즉 한문본 〈서대주전〉은 가전은 아니지만 가전의 영향을 일정하게 받고 이루어진 작품이다. 요컨대 한문본은 가전이 서사적 요소의 확장을 거치면서 소설로 전환되는 단계의 양상을 보여주는 작품으로 정리되는 것이다. 대화가 대폭적으로 도입되었다든가, 인과적 질서에 의한 플롯이 형성되어 있다는 점 등에서는 나무랄 데 없는 소설로서의 양식적 특정을 보여주지만[44] 후일담이나 작자의 평결이 존재하고 있는 점, 그리고 작자의 지식을 과시하기라도 하듯 장황하게 나열된 서대주 조상의 이름, 문련(門聯), 주련(柱聯) 등의 시구(詩句)는 가전의 면모를 여전히 남기고 있는 요소라 하겠다. 이로써 〈서대주전〉의 전승경로

---

41) 圓董得脫 寄食於人家 然善偸 人甚惡之 其後病死 子孫甚多 遍於國中. 원문 번역은 다음 책을 따름. 金昌龍 엮음,『韓國假傳文學選』, 정음사, 1988.
42) 太史公曰 烏圓之所可稱者 則剛猛能懾群小 而及其老也 與獵者爭鬪 又竊其君之膳 此所謂耄荒失其常者耶 夫人之有初有終 誠亦難矣 然圓有捕賊奇功 而以微過見黜 功不能掩過 豈不冤哉
43) 주 31), 주 32) 참조.
44) 박희병은 조선후기 전의 소설적 경사를 확인하는 논의에서 조선후기 전이 지니고 있는 형식적 특징으로서 대화의 기법을 활용하는 점, 유기적 유형의 증대, 플롯에 대한 배려 등을 거론하고 있다. 가전에 대한 논의는 아니지만 조선후기에 처한 전이 보이고 있는 형식적인 변모의 양상은 본고의 논의에도 좋은 참고가 된다. 박희병,「조선후기「傳」의 소설적 성향 연구」, 서울대학교 대학원 박사학위논문, 1991, 78~80쪽 참조.

는 다음과 같이 정리되는 것이다. 즉 한문본은 가전의 영향을 일정하게 받은 토대에서 소설화된 작품이고, 그 후 그것이 국문으로 번역, 유통되는 과정에서 내용의 축약이 일어나 작품논리의 일관성이 파괴된 것이 4장본이며, 4장본의 논리적 단절을 일부 보완하면서 새로운 작품논리를 모색한 것이 13장본이다. 이렇게 볼 때 한문본 〈서대주전〉은 소설에 국한하여 논의하기보다는 가전과의 관련을 염두에 두어야 할 것이며, 나아가 〈서대주전〉 전반의 논의도 가전에서 소설로 변모하는 동태적 측면을 살리면서 진행되어야 할 것으로 생각된다.

IV. 〈서대주전〉의 사회적 성격

전항에서 검토했듯이 〈서대주전〉은 창작, 전승의 과정에서 내용의 첨삭이 심하게 이루어져 작품이 지향하는 궁극적 의미 또한 굴절되어 있다. 따라서 〈서대주전〉이 지니고 있는 주제의식이나, 주제에서 추출될 수 있는 사회적 성격도 각각의 이본에 의거해야 할 만큼 분리된 논의시각이 요청된다 하겠다. 〈서대주전〉이 산생된 조선 후기의 사회적 현실은 중세의 봉건제 체제가 서서히 붕괴되면서 사회 각 부면에서 근대 자본주의적 체제로 전화하는 이른바 전환기적 상황에 처해 있었다. 화폐의 유통과 수공업, 상업의 발달, 도시의 형성과 향촌사회의 분화 등 사회 각 부면의 변화는 신분제를 토대로 한 봉건주의적 계급질서를 이완시킴으로써 새로운 사회세력집단을 다양하게 형성하였다. 〈서대주전〉의 작품적 특성에 따라 요청되는 분리된 논의 시각, 그리고 그 작품이 몸담고 있는 조선후기의 전환기적 상황은 〈서대주전〉의 사회적 성격을 해명하는 문제가 그리 만만치 않음을 시사하고 있다.

　　시쇽의 비ᄒ면은 슨군온 슈령갓고 여우난 간물출픠 슨힝기난 세도안젼
너구리 멧쫏시며 쥐와 다람이난 굼쩌안난 빅셩이라45)

　　위의 인용은 신씨 가장본 〈퇴별가〉에 나오는 한 대목이다. 산중 각처
의 동물들이 모족회의를 여는 중 연출되고 있는 장면이다. 우리는 여기
서 한 동물이 그가 지니고 있는 속성을 통해 어느 특정한 사회적 처지
를 지닌 인간으로 형상화되고 있음을 알게 된다. 이처럼 조선후기 우화
소설은 각색의 동물이 등장하여 그들로 형상화된 인간들이 벌이는 갈등
과 대립의 모습을 부각하고 있다. 이러한 우화소설의 전반적 특질을 주
목하여 이 방면 논의는 그동안 등장인물의 성격을 유추하는 작업으로부
터 작품의 의미를 짚어내는 방식이 일반적인 경향을 이루어왔다. 이러
한 논의방식은 개별작품의 분석에 동원될 수 있는 기초작업으로 선택될
수 있으며, 나아가 하나의 유형을 이루고 있는 조선후기 우화소설을 거
시적으로 조망하는 데에도 유용하게 적용할 수 있다는 이점이 있다. 본
항의 논의도 〈서대주전〉의 두 인물, 서대주와 다람쥐의 성격을 중심으
로 전개하기로 한다. 그리고 그 결과를 가지고 조선후기 전환기적 상황
에 대입하여 작품이 담고 있는 현실 반영적 측면을 살펴보기로 한다. 이
러한 논의과정에서 작가나 필사자가 지니고 있었던 현실인식의 수준과
방향은 자연스럽게 도출될 것으로 기대된다.

1. 한문본 〈서대주전〉

　　다람쥐는 우선 피해자로 등장한다. 그는 자신의 무리와 함께 근근면
면히 알밤 오십여 석을 주워 갈마두고 월동준비를 했는데, 그것을 절취
당한다. 부지런히 노력한 대가, 거듭된 흉년에도 불구하고 의식을 유지

---

45) 강한영 교주, 『申在孝 판소리사설집(全)』, 교문사, 1984, 284쪽.

할 수 있는 인물이다. 즉 생산현장에서 직접 노동을 하여 삶을 영위하는 그런 존재로 다람쥐는 나타난다. 하지만 다람쥐는 절취나 탈취 등 외부의 폭력에는 무방비 상태에 놓여 있다. 요컨대 다람쥐는 자신의 노동력에 근거하여 삶을 꾸려가는 인물로서, 경제적 처지는 자영농으로 신분적 처지는 평민으로 규정될 수 있다.[46]

서대주는 도적의 형상을 하고 있다. 절취의 주체가 서대주임이 서두에 명백하게 제시되어 있고 다람쥐라는 분명한 피해자가 등장하기 때문이다. 서대주는 자신의 무리에게 들어닥친 기아의 위기상황을 남의 양식을 절취하는 것으로 해결하는 부도덕한 인물이다.

> "근래 듣자니 농서 소토산의 절벽 밑에 새로 모아든 강도 서생이 이름난 자로서 그는 도적놈들을 불러모아 위로는 주군현읍에서부터 밑으로는 마을의 부호나 서인에 이르기까지의 것을 절도질함을 직업으로 삼는다는데 이번 우리들의 실물에도 실로가 다른 놈은 아니고 필시 그 놈의 짓일게다."(한문본)

서대주의 절취는 비록 밤중을 이용하여 다람쥐 무리가 잠든 사이에 자행되었지만, '굳세고 맹렬한 자' 오십 명을 뽑아 조련하고 서균으로 도군총독을 삼아 선봉을 맡겨 나름의 준비를 하고 있는 것을 보면 단순한 절취는 아닌 듯하다. 그 배면에는 다람쥐를 압도할 수 있는 완력이 개입하고 있다. 따라서 서대주의 행위는 탈취로 드러나기도 하는 것이다. 다음의 인용은 그 점을 확인시켜 준다.

> "그 놈의 패는 본시 교활해서 통제하기가 어려운 것들인데 이제 관영을 받드니 요행한 일이요" 하고는 함께 가 한 바위를 손가락질하면서 "저기가

---

46) 그러나 다람쥐의 사회적 처지를 확인할 수 있는 자료는 작품에서 손쉽게 찾아지지 않는다. 하지만 다람쥐가 평민 신분의 자영농임은 서대주의 사회적 처지와 관련하여 유추할 수도 있겠다.

곧 서가가 사는 곳이니 어서 가 잡아가되(……)"(한문본)

산신과 토신의 언행인데, 신이한 존재에 의해 표명된 서대주의 성정
이니만큼 객관적 타당성은 확보되어 있다고 인정된다. 이처럼 서대주는
주변의 제 집단과 끊임없는 마찰을 일으키는 인물로서 완력을 소유한
도적인 것이다.

작품의 서두를 벗어나면서 서대주의 형상은 부자로 나타난다. 넓은
정원과 첩첩이 놓여있는 문, 금준미주(金樽美酒)의 음식 등은 기아의 위
기에서 허덕이던 작품 서두의 서대주와는 도무지 어울리지 않는 호사스
러움의 극치이다. 사령에 이끌려 관아로 나아갈 때도 화려한 의관을 하
고, 따르는 종자들까지도 그럴듯한 차림새를 하고 있다. 사령과 옥졸을
뇌물로 회유하고 옥에 들어서도 옥졸들의 보살핌을 받는다. 그 장면에
서는 작자마저 '可謂多錢之貴也'라고 서술할 만큼 서대주는 재산이 많
은 요족한 인물이다. 서대주는 또한 공훈의 후예이다. 28대조 서원이 농
서백(隴西伯)을 제수받은 이래 대대로 부요하고 자손이 번성한 명망가
집안 출신이다. 그는 공훈의 후예임을 자처하면서 고을 원마저도 접빈
의 예를 벗어났다고 질타한다. 판결하는 자와 판결받는 자(혐의자)가 아
니라 주인과 빈객이라는 대등한 관계로써 서대주는 원에 맞서는 것이
다. 그러한 자신감은 공훈의 후예라는 신분적 처지에서 비롯한다. 따라
서 서대주의 발언을 수용한다면, 그는 신분상 사족으로 경제적 사정도
그에 걸맞는 부요한 인물로 규정된다. 작품 서두에서 부각된 도적의 형
상이 사족 신분의 부요한 인물로 전환되고 있다. 이러한 점으로 인해 그
동안 서대주의 성격 규정이 다양하게 진행되었던 것이다.[47]

47) 이러한 현상이 일어난 것은 물론 작가의 미숙함에 일차적으로 그 원인이 있겠지만,
한문본이 가지는 양식적 성격, 즉 가전의 면모를 유지하면서 이루어진 소설이라는
특수성에 기인한 점도 인정될 수 있다. 필자는 이 점에 주목하고자 한다.

그렇다면 도적의 형상과 사족 신분의 부요한 인물의 형상을 동시에 보여주고 있는 서대주는 과연 어떠한 부류의 인간을 상징하는가. 서대주가 자행한 행위가 절취이면서도 탈취의 모습을 취하고 있음은 이미 언급한 사항이다. 여기에서 절취의 측면을 부각한다면 그는 단순한 좀도둑에 불과하다. 그러나 좀도둑질만으로는 그만한 재산을 일구어낼 수도 없으며 원에게도 공훈의 후예임을 내세우면서 대등하게 처신할 수도 없는 노릇이다. 더구나 좀도둑으로서의 서대주의 형상은 시대적 전형성을 확보할 수 없다. 좀도둑은 항상 있어온 존재이며 그들이 자행하는 행위는 순연한 개인적 성정에서 비롯되는 것으로 치부되기 때문이다. 그렇다면 탈취의 측면을 부각해보자. 그럴 경우 서대주의 행위는 조선후기 빈발했던 도적집단의 그것에 비견될 수 있다. 그러나 '綠林劫財之賊', '浮浪無賴之賊'으로 표현되는 이들 집단은 수탈과 침학에 의해 토지에서 이탈된 유리민들로 이루어진 것으로 일정하게 반체제적 성향을 드러내고 있었다.[48] 서대주의 형상과는 무엇보다도 사회적 처지와 성향에 있어서 차이가 난다. 따라서 서대주의 행위는 단순한 절취나 물리력을 동원한 탈취가 아닌, 그의 사회적 처지를 고려한 새로운 시각에서의 해명을 요구하는 것이다.

조선후기에 이르러 신분의 분화가 급격히 이루어져 다양한 계층이 형성된 것은 널리 알려진 사실이다. 이러한 신분의 분화는 평민층 뿐만 아니라 사족층에서도 이루어지고 있었다. 그 중에서 당쟁과 탕평책이 실시된 이후 중앙 정계에서 탈락하여 향촌에 토착화해가는 사족들이 생겨나게 된다. 이들은 관계 진출이 좌절되면서 자연히 향촌에 더 큰 관심을 기울이게 되었고, 토지를 집적함으로써 향촌사회내에서 신분적 경제적 특권을 유지하고 있었다. 그들은 합법적인 방법으로 토지를 집적하기도

---

48) 한명기, 「19세기 전반 반봉건 항쟁의 성격과 그 유형」, 『1894년 농민전쟁 연구 2』, 역사비평사, 1992, 129~133쪽 참조.

했지만 늑매(勒買)나 늑탈(勒奪)을 통하여 수행하기도 하였다. 고리대나 흉년을 이용하여 곤궁한 농민들을 침학하였고, 심지어는 소유권이 분명한 민전(民田)도 늑탈하는 경우까지 있었다.[49] 이러한 현상은 자영농의 몰락과 짝하는 것으로서 이들의 토지 집적은 주변의 제 계층과 대립, 갈등할 소지를 안고 있었다. 그들은 양반토호(兩班土豪)로서 향곡부호(鄕曲富豪), 향곡호부(鄕曲豪富), 호부지류(豪富之類) 등으로 불렸다. 향촌에서 이들의 세력은 대단하여 중앙정계에서조차 이들의 무단을 제어하기 위해 수령권을 강화하는 정책을 폈던 것이다. 이러한 양반토호의 성격을 서대주는 여러 가지로 구비하고 있다.

서대주는 '근래 농서 소토산 절벽 밑에 새로 모아든' 존재이다. 그리하여 다람쥐의 이웃이 된다. 흉년으로 인해 일가친족들이 굶어죽게 되는 상황에 봉착하여 그것을 타개하고자 다람쥐의 양식을 빼앗는다. 고을 원 앞에 나서지만 공훈의 후예임을 내세우고, 그것이 원에 의해 받아들여진다. 이러한 일련의 행위는 서대주가 지니는 양반토호로서의 면모를 충분하게 보여주고 있다. 새로 모아들었고 그곳이 다름 아닌 다람쥐와 이웃하는 향촌이라는 사실로부터 양반토호로서의 서대주가 중앙 정계에서 이탈하여 그들의 생활 근거지를 향촌으로 옮겨 새로 정착하게 되었다는 추정이 가능하다. 흉년의 기근에 따른 집단적 위기의 봉착은 다름 아닌 중앙 정계에서의 이탈에 의한 일시적인 가문의 위기상황인 것이며 그 타개책으로 택한 다람쥐의 양식은 향촌에서 이웃한 주변 인물들에게 끼친 그들의 침학으로 파악할 수 있다. 그리고 궁극적으로 고을 원의 비호를 받아 무죄방면되는 것은 양반토호들이 수령권과 결탁하여 향촌내 자신들의 세력을 보존하고 있었던 사실과 통하는 것이다. 이

---

49) 이세영, 「18-19세기 兩班土豪의 地主經營」, 『한국문화』 6, 서울대학교 한국문화연구소, 1985, 79~80쪽 참조. 정진영, 「19세기 향촌사회 지배구조와 대립관계」, 『1894년 농민전쟁 연구 1』, 역사비평사, 1991, 280~282쪽 참조.

상의 논의로 볼 때 서대주는 조선후기 향촌에 정착하여 토호로서 재산
과 권력을 유지하고 있었던 사족집단으로 나타나며 서대주가 다람쥐의
양식을 빼앗는 사건은 결국 양반토호가 자행하였던 늑매, 늑탈등의 경
제외적 강제행위로 파악되는 것이다. 그 결과 다람쥐와 같은 자연농은
토지의 기반을 상실함에 따라 빈농으로 전락하여 소작농이나 고용노동
자가 되고, 그마저도 어려우면 향촌에서 이탈하여 유리민이 되는 것이
다. 서대주 집안의 화려한 광경을 통해 우리는 양반토호로서의 서대주
가 전환기적 상황에 재빠르게 적응함으로써 대지주로 성장하게 되었던
사실을 확인할 수 있겠다. 토지를 집적하는 과정에서 그들이 신분과 경
제력을 앞세워 평범한 주변인물들에게 자행했을 온갖 비법적 행위, 그
리고 구조적 모순에 편승한 재산축적[50] 등은 짐작하고도 남음이 있다.
　이상 한문본 〈서대주전〉의 인물 성격을 살펴보았다. 단순한 절취사건
이 아닌 조선후기의 사회적 상황이 큰 폭으로 수용되어 있는 작품의 사
회적 성격을 검토하였다. 작품은 양반토호의 무단과 침학을 비판하고
있으며 그에 짝하는 자영농의 몰락을 그리면서 농촌경제 전반의 파탄을
예고하기도 한다. 그리고 이러한 위기상황에 적절하게 대처하지 못하는
통치자들의 무능과 부조리를 설파하기도 한다. 그러나 이 모든 것을 작
자가 애초 작품을 통해 드러내고자 의도하였는지는 단언할 수 없다. 그
는 서대주와 다람쥐를 동물로 보는 시선을 줄곧 유지하고 있고 서대주
와 다람쥐의 대비도 상당부분 성정의 차원에서 선악이라는 기준을 통해
보여주고 있기 때문이다. 이 점도 한문본이 지닌 가전적 요소에서 비롯

---

50) 조선후기의 중세 해체기적 양상은 농업생산력 발전과 상품화폐경제의 발달에 따른
　필연적 산물이었다. 자영농의 몰락이 가속화된 것도 이러한 사회구조적 모순에 기인
　한 측면이 강하다. 그들은 과중한 부세부담을 해결하고자 토지를 매매, 양도하지 않
　으면 안될 상황에 처해 있었을 만치 이 시기 자영농의 몰락은 사회 전반적인 현상이
　었다. 최윤오, 「18-19세기 계급구성의 변동과 농민의식의 성장」, 『1894년 농민전쟁
　연구 1』, 309쪽 참조.

하는 것인데, 이러한 이유로 작자는 평결에서 선악을 분별 못하는 고을 원의 무능력을 질타하면서 벼슬하는 자의 마음가짐을 강조하는 것으로 마감하고 있다. 결국 한문본의 사회적 성격은 그것이 지닌 양식적 특수성을 감안하면서 평가를 내려야 하는 것이다. 그만큼 한문본의 작자는 서대주와 다람쥐에 관한 한 인간이 아닌 동물로서 규정하는 시각을 버리지 못하고 있는 한계를 보여준다. 다람쥐에 대한 동정적 시선을 유지하면서도 그의 착한 심성만을 강조하고 있는 것51)도 작자가 지닌 이러한 시각에 기인한다 하겠다.

2. 국문본 〈서대주전〉

국문본은 한문본의 내용을 일정 부분 탈락시키거나 축소함으로써 의미의 굴절현상을 일으킨다. 그러면서 한편으로는 한문본이 가지고 있는 가전적 요소를 벗어던져 작품외적 세계를 따로 설정하지 않는다. 내용의 축약에도 불구하고 우화소설 일반의 성향에 근접하는 국문본 〈서대주전〉의 성격은 여기에 연유한다. 따라서 국문본에서는 작품에 설정된 동물의 세계가 인간의 세계로 무리없이 전환될 수 있다. 가전의 작자가 흔히 지니고 있는 성정에 대한 이러저러한 평가가 자취를 감추고 동물에 투영된 인간의 생동하는 면모가 대신 부각되어 있는 것이다. 우화소설은 소설이기 때문에 교술이 아니고 서사이며, 그러한 서사적 세계는 작품내적 논리에 의해서 유지되는 것이지 등장인물에 대한 기존지식을 토대로 형성되는 것이 아니다. 한문본의 경우 그것이 소설일 수 있는 것은 두 인물의 대립을 작품내적 논리에 의해 진행하고 있다는 점에서이다.52) 그렇지만 한문본이 가전적 요소를 완전히 벗어던지고 있지는 않

---

51) 본시 선량하고도 곧아서 비록 심하고도 지극히 무단한 벌을 당했으나 추호도 변명을 하지 않고 돌아가(……)(한문본)
52) 가전체와 우화소설의 장르적 차이에 대해서는 다음의 논의에서 간단명료하게 제시

다. 여전히 교술적 기능을 수행하고 있으며, 다만 그것이 구체적인 장면과 사건의 제시로서 서사화하였다는 점에서 소설인 것이다. 국문본의 경우, 그것이 사건과 사건의 연결, 진행상 인과적 계기를 마련하지 못하는 결함이 발견된다는 점에서 작품논리의 문제가 지적되지만, 작자가 위치하는 작품외적 세계를 따로 설정하고 있는 것은 아니다. 국문본에서는 작자와 작품세계 사이에 거리가 나타나지 않는다. 동물이 아닌 인간의 세계를 국문본은 대상으로 하고 있는 것이다.53)

국문본은 서대주의 절취행위를 직접 제시하지 않고 있기 때문에 도적으로서의 서대주의 형상은 크게 부각되지 않는다. 따라서 서대주의 도덕성이 훼손되어 있지 않다. 결과적으로 무고를 하게 된 다람쥐의 부도덕함이 오히려 부각되어 있다. 이러한 현상은 4장본에서 여실히 살필 수 있다. 4장본에서는 서대주의 절취장면이 없을 뿐더러 다람쥐가 식량을 절취당했는지의 여부도 제시되고 있지 않다. 4장본은 서대주와 다람쥐가 지닌 도덕성, 즉 성정의 문제를 부각시킴으로써 두 인물의 대립을 유지하고 있다. 다람쥐는 춘하에는 아홉 계집을 거느리며 호강하다가 추동에는 다 쫓아 보내고 병들어 음식을 먹지 못하는 계집만 데리고 사는54) 몰인정한 인물이다. 그리고 그것을 못마땅해 하는 서대주의 고언

되고 있다. 조동일, 「가전체의 장르 규정」, 『藏巖 池憲英先生 화갑기념논총』, 호서문화사, 1971, 338~339쪽 참조.

53) 한문본의 작자가 다람쥐에 대해 동정적 시선을 보이고 있음에도 불구하고 결국 다람쥐의 패소와 정배로 종결하여 개방형 결말로 이끄는 것은 부조리에 가득찬 당대적 현실을 그대로 드러내고자 하는 진전된 창작기법의 결과로 볼 수도 있지만 그보다는 억울한 피해자 다람쥐에게 작자의식이 제대로 투사되지 않은 결과로 파악하는 것이 더욱 타당하다. 그리고 그러한 현상은 한문본이 여전히 지니고 있는 가전적 요소, 그 양식적 특성에서 기인하는 것으로 짐작된다. 한문본의 작자를 몰락사족으로 파악하기도 하는데, 이 점에 대해서도 세심한 배려가 더욱 있어야 할 줄로 생각된다.

54) 여럼니면 아홉 지집을 거나려 춘흐얼 지너다가 츄동이 당하오면 날리날마다 쏘츠보니고 귀먹고 눈 어두워 보지 못하고 충징으로 음식도 못 먹는 기집을 두오며(4장본) 이 부분은 한문본에도 등장하고 있어 4장본의 한문본 관련성을 보여주는데, 한

(苦言)에, 있지도 않은 사실을 들어 무고를 감행하는 파렴치한이다. 그에 비해 서대주는 애매하게 누명을 쓰고 잡혀온 인물이다. 적어도 도덕적으로는 문제될 것이 없는 그러한 인물이다. 부유한 자신의 처지를 가지고 송사에 대처하는 요령도 없고, 그것을 내세우지도 않는다. 한문본의 서대주가 사령을 뇌물로 요리한 반면에 서대주의 사령 접대는 주인으로서 멀리 찾아온 손님에 대한 예우로 분식되어 있다. 그리고 죄인 취급하는 원을 향해 허실한 대접을 문제삼으면서 항변하는 강직함도 가지고 있다. 이처럼 서대주는 후덕하고 강직하고 주변인물에게도 자상한 일면이 있는 부자로 나타난다.[55] 빈부의 차이라는 이면적 대비는 잠재되어 있지만 4장본 서대주와 다람쥐의 대립은 도덕성의 대비를 통하여 문면에 전개된다.

13장본에서는 4장본이 보여주는 도덕성의 대비를 기반으로 하고 그 위에 두 인물의 사회적 처지를 대비시킴으로써 대립의 정황을 진전시킨다. 4장본에 비하여 13장본은 서대주가 지닌 부자로서의 면모, 그리고 다람쥐가 지닌 빈민으로서의 면모가 부각되어 있다. 서대주 집안의 화려한 묘사에 있어서도 13장본은 한문본에 조금도 뒤지지 않는다. 집이 위치하고 있는 배경을 사령의 눈을 통해 보여주는 이 대목은 '집치레 볼죽시면', '연못 구경 볼작시면', '방안치레 볼죽시면', '셔더쥐 기집을 볼죽시면', '긔명등물 볼죽시면', '술치레 볼죽시면'으로 이어지면서 5장에 걸쳐 장황하게 마련되어 있다. 전체 분량이 13장임을 감안하면 적지 않은 분량을 차지하는 것이다. 또한 서대주는 원의 문초에 대해 자신이 소유한 부를 제시하면서 누명임을 역설하고 있다.

문본에서는 도적임이 분명한 서대주에 의한 다람쥐의 평가이기 때문에 신빙성이 확보되지 않는다. 이에 비해 4장본에서는 다람쥐의 무고와 더불어 그가 지닌 부도덕한 측면을 부각하는 기능을 수행한다.
55) 이러한 차이는 물론 한문본에 제시된 서대주의 절취행위가 4장본에서 탈락된 변화에 기인한다.

소인의 형세가 여츠여츠ㅎ고 집만 ㅎ여도 누거만지 되옵고 젼곡이 구산
갓치 빠여스오니 엇지 그 놈의 것슬 도적허여스오니가(13장본)
구츠ㅎ미 읍삽거든 츄호일분인들 남의 것슬 도적ㅎ오니가(13장본)

한문본에서는 공훈의 후예임을 내세우면서 원과 대항하고 자신의 무
죄를 역설하기 시작하지만 13장본에서는 자신의 부요함을 먼저 제시한
다. 그러면서 다람쥐의 가난한 사정을 덧붙이고 있다. 이어서 공훈의 후
예라는 사실을 밝히고 끝으로는 자신의 풍모를 가지고 무죄를 거듭 강
조하고 있다.

13장본에서 보이는 서대주의 풍모는 간사하거나 졸렬하지 않다. 가진
자의 여유로움으로 치장되었고 인간적인 능력도 부각되어 있다. 4장본
에서 파악되는 긍정적인 측면이 한층 진전된 상태다.

여러 쥐의게 붓들여 나오거날 보니 얼골이 츌듕ㅎ고 위염이 그록허거날
(13장본)
서디쥐 거동보소 여덜 팔즈 거름으로 지웃둥 지웃둥 드려갈 제(13장본)
그 놈을 보니 눈은 시별갓고 수염은 바날갓튼지라 조 무궁ㅎ여 양미간의
만고흥망을 품언듯ㅎ니 치세지영웅니요 난세지간웅이라(13장본)

위엄과 여유와 조화까지 품어 영웅의 기상을 보여주고 있다. 도적으
로서의 형상은 좀처럼 찾을 수 없다. 이에 비해 다람쥐는 졸렬한 인간으
로 묘사되어 있다.

다람의 거동보소 가는 허리을 거슬니고 쏘리을 희희 져시며 두 귀를 발녹
발녹 쏘족한 쥬둥니를 오모리고 스족을 모오고 알외되(13장본)[56]

56) 한문본에서도 이와 유사한 묘사가 등장한다. 그러나 한문본에서는 서대주의 졸렬
한 행동을 부각하는 데 동원되어 있다.
뾰족한 입을 오물거리고 두 귀를 발족거리며 두 눈을 감작거리는데 죽은 것도 같고

13장본에도 서대주가 공훈의 후예임을 거론하는 장면이 보여, 한문본처럼 서대주의 신분적 처지를 이로부터 추론할 수 있다. 그러나 13장본에서는 그것이 다만 무죄임을 증명하는 근거로 작용하고 있지 원 앞에 나서서 대등한 관계를 요구하는 데 소용되는 것은 아니었다. 실제로 13장본의 서대주는 원에 관한 한 겸손한 태도를 유지하면서 자신의 무죄를 정황을 들어가며 논리적으로 설득하고 있지 한문본처럼 공훈의 후예임을 내세우면서 신분적 처지를 부각하고 있는 것은 아니다. 요컨대 13장본의 서대주는 경제적 처지, 부자로서의 면모가 가장 적극적으로 구현되어 있다.

국문본의 다람쥐는 도덕성에 문제가 있는 인물이다. 그리고 몰인정하고 졸렬한 인물이다. 이러한 다람쥐의 성정은 이미 인용을 통해 확인한 사항이지만, 특히 13장본에서는 거기에서 한걸음 더 나아가 한가로운 생활을 누리면서 원려지계가 없는 불성실한 인물로 나타난다. 13장본에서 파악되는 다람쥐의 성격을 살펴보기로 한다.

> 평싱의 산 속을 조화허여 칭암절벽간의 살던니 츄절은 가고 하졀을 당허면 한갓 벽게 나려와 제 님의로 강슈를 구버먹고 동졀을 당허면 한가한 경치를 짜라 으흡 계집을 다리고 강슈의 목욕도 허면 혹 목실도 쥬어다가 먹으며 먹고 남은 밥을 죽셕허여 곳집을 짓고 두든니(13장본)
> 의신이 본디 무익독신으로 다만 쳐즛만 다리고 근근부지ㅎ옵던니 여츳 슬여을 당허와 손의 목실이 열지 못허와 슬기 어려운 줄은 읍촌이 다 아는지라(13장본)
> 져 다람이란 놈은 무슴 공이 잇스오며 쥰쥰무식헌 놈이 무소관뎡ㅎ와 이디지 요란케 ㅎ오며 졔가 무슴 글역으로 밤 닷셤닷말을 모와스며(13장본)

첫번째 인용은 작품 서두 서술자에 의해 제시된 부분이다. 여기서 다

산 것도 같았다(尖口五沒五沒 兩耳發足發足 兩目甘灼甘灼 而如死如生矣)(한문본)

람쥐는 한가로운 생활을 누리면서 양식 걱정을 하지 않아도 될 만큼 여유가 있는 인물이며 목실을 줍는 행위, 즉 양식의 문제가 절실한 것은 아니다. 한가한 생활을 하는 과정에서 양식문제는 자연스럽게 해결되는 것처럼 서술되어 있다. 한문본의 다람쥐가 근근면면 노력한 결과 양식의 문제를 해결하는 것과는 달리 노동을 통해 삶을 영위하는 모습이 보이지 않는다. 이 부분만을 놓고 볼 때 다람쥐는 유한계층에 속한 인물이다. 두번째 인용은 다람쥐가 올린 소지에 포함된 자신의 발언이다. 근근부지하다는 표현은 자신이 처한 현재의 위기를 반영하는 말이지 본래부터 그랬다는 것은 아니다. 실제로 다람쥐는 소지를 올린 다음 원 앞에 불려나가 '연연이 츄슈를 십여셕니 넘습든니'하면서 그동안 여유있는 생활을 누렸던 자신의 처지를 말하면서, 그런데 다만 근년의 흉황으로 인해 여유있는 생활이 깨졌다는 사실을 덧붙이고 있다. 세번째 인용은 서대주에 의해 이루어진 평가이다. 다람쥐는 서대주에 의해 신분에서도, 학식에서도 자신보다 나을 것이 없는 인물로 규정되며, 그가 처한 경제적 처지는 아예 무시되어 있다. 서술자, 다람쥐, 서대주의 시각상 차이를 고려하여 이를 토대로 파악하자면, 다람쥐는 본래는 한가롭고 여유있는 생활을 누렸지만 지금은 곤궁한 지경에 처해 남에게 내세울 것 없는 인물로 나타난다.

다람쥐의 생활이 이같은 변화를 겪게 된 것은 거듭된 흉년이라는 사회적 상황이 만들어낸 것이다. 비축해둔 양식을 절취당해서 더한 지경에 빠져 들었지만 다람쥐는 그 이전에도 흉년으로 인해 심각한 삶의 위기에 봉착하고 있었다. 한문본의 다람쥐가 노력과 노동으로 흉년을 극복하여 정상적인 삶을 유지하는 데 비해 13장본의 다람쥐는 흉년이라는 위기상황에 노출되어 그동안 누리던 한가롭고 여유있던 생활을 더 이상 지속하지 못했다. 한문본의 다람쥐가 서대주의 절취 행위로 인해 위기를 겪게 되는 데 비해 13장본의 다람쥐는 그 이전에 이미 삶의 위기에 직면해 있었던 것이다. 다람쥐가 서대주의 절취행위를 강변하지만 작품의 어느 곳에도 그것을 확인할 만한 단서를 마련해 놓지 않고 있다. 그러나 13장본의 다람쥐는 분명히 양식을 절취당했다는 점에서 4장본이 그러한 사건조차 설정해 놓지 않은 것과는 차이를 드러낸다.

이처럼 13장본에 이르러 서대주와 다람쥐의 형상은 새롭게 나타난다. 서대주에게 유난히 부각된 부자로서의 성격, 원에게도 처음부터 끝까지 겸손함을 잃지 않는 태도, 위엄과 여유와 비범함을 풍기는 그의 풍모 등은 서대주에게 경도된 서술자의 시각을 감안하더라도 조선후기 자본주의적 관계의 발생, 발전에 따른 사회 전반의 변화과정에서 시류에 적절히 대응하여 부를 축적할 수 있었던 신흥 부자, 요호57)로서의 형상을 가지고 있는 것이다. 대다수의 평민들이 빈농의 처지에 빠져드는 현실에서 이들은 신분제의 해체와 경제 변화에 잘 적응하여 부를 축적하고 신분상승을 도모하면서 향촌에서의 위상을 점차 확보하게 되었다. 그러나 그들은, 대다수가 빈농으로 전락하는 당대의 현실에서 보면 극히 일부분에 불과하였고, 요호의 대부분도 거듭되는 수탈과 침학에 결국은 자신의 입지를 확보하지 못하고 빈농으로 전락했던 것이 조선후기의 역사적 현실이었다. 요호로서 그가 확보한 부를 유지하고 또 부의 축적을 계속하기 위해서는 관권과의 결탁이 필수적인 관건이었고, 이에 따라 그들은 권분, 원납 등을 통해 신분을 상승시키거나 이서, 향임으로 진출하면서 자신의 입지를 확보하고 있었다.58)

---

57) 정약용에 의하면 요호(饒戶)란 그 집안에 저장한 곡식이 여덟 식구가 먹고도 남는 자를 지칭하는 것이다. 국사학계의 이 방면 논의에서는 이들을 요호, 부민, 요호부민 등 다양한 이름으로 부르고 있는데, 이들은 조선후기 상품화폐경제의 발전을 이용하여 경제력을 확보하고 이를 토대로 평민에서 양반으로 신분을 상승시키고 향권에 참여하기도 하였다. 정약용, 『譯註 목민심서 Ⅴ』, 창작과 비평사, 1985, 50쪽. 이영호, 「1894년 농민전쟁의 사회경제적 배경과 변혁주체의 성장」, 『1894년 농민전쟁 연구 1』, 26쪽 참조.
58) 정진영, 앞의 논문, 285쪽 참조.

고을 원에 의해 범죄자로 몰리지만 조리있게 설득하면서 누명을 벗어
나고, 그 과정에서도 원에게 겸손을 잃지 않는 서대주의 모습은 한문본
서대주의 그것과는 판연히 다르다. 적어도 13장본의 서대주는 원의 권
위를 인정하는 지배받는 자의 자세를 견지하고 있다. 이러한 사실은 서
대주의 신분적 처지가 한문본과는 다르다는 사실을 암시한다. 그리고
그가 애매하게도 다람쥐로부터 절취자의 누명을 쓰게 된다는 사실은 이
들이 지니고 있는 사회적 처지가 다람쥐와 같은 존재로부터도 훼손될
수 있다는 점을 보여주는 것이라 하겠다. 따라서 서대주는 부를 축적한
요호이면서도 신분적 처지는 평민에서 양반으로 신분상승을 도모한 인
물로 드러나는 것이다. 한문본의 서대주가 양반토호로서의 성격을 보이
는 데 비해 13장본의 서대주는 요호로서의 성격이 상대적으로 더 부각
되어 있다.

한편 다람쥐는 몰락사족의 형상을 하고 있다. 이 시기 몰락사족은 사
족층 내부의 분화로 말미암아 광범위하게 출현하는바, 이들은 사족의
증가와 17세기 이후 적장자 중심의 상속제, 노비의 도망, 그리고 무엇보
다도 농업생산력의 발달과 상품화폐 경제의 발달이라는 사회경제적 변
화과정에서 도태된 존재들로, 토지에서 이탈됨에 따라 소작농으로, 혹
은 고용 노동자로까지 전락하는 경우도 생겨나 그들이 지니고 있는 신
분적 특권은 더 이상 유지될 수 없었다.[59] 한가하고 여유로운 생활을
하면서 양식을 확보하는 것이 부차적인 문제에 불과하였고, 매년 추수
를 십여 석 이상 거두었던 13장본 서두의 다람쥐는 향촌내에서 신분적
특권을 유지하면서 그에 어울리는 경제적 토대를 확보하고 있었던 전
시대의 재지사족집단의 면모를 보여주고 있다. 반면 거듭된 흉년으로
인해 곤궁한 지경에 빠지고 살기 어렵게 된 사정은 이들이 기존의 특권

---

59) 이세영, 앞의 논문, 79쪽. 정진영, 앞의 논문, 280쪽. 최윤오, 「18, 19세기 계급구성의
   변동과 농민의식의 성장」, 『1894년 농민전쟁 연구 1』, 311쪽 참조.

과 토대에서 벗어나 현실적인 어려움에 처해 있는, 즉 몰락의 과정을 거치고 있는 상황을 보여주는 것이다. 그리고 13장본 후반부, 무식한 놈으로 규정되고 경제적 능력은 아예 치지도외될 만큼 서대주에 의해 빈정거림을 받고 있는 다람쥐는 몰락의 정도를 극한 조선후기 몰락사족의 사회경제적 처지를 반영하는 것이라 하겠다.

그렇다면 다람쥐의 양식인 밤 다섯말은 누가 절취해간 것인가. 4장본은 다람쥐가 양식을 절취당한 사건이 제시되어 있지 않아 그것은 순연한 다람쥐의 거짓말로서 드러나 있지만 13장본의 서두에는 이 사건이 명시되어 있다. 다만 다람쥐의 '츄심'에 의해 서대주가 절취자로 지목되어 송사로까지 사건이 전개되었지만 다람쥐가 누군가에 의해 절취당했다는 사실 만큼은 분명하다. 하지만 13장본은 이러한 본래의 사건을 해결하지 못한 채 작품을 마무리하고 있다. 이러한 현상은 근본적으로는 한문본이 국문본으로 개작되면서 일어났을 〈서대주전〉의 전승적 특수성에서 기인하는 것이다. 그리고 그 이면에 서대주와 다람쥐 어느 누구에게도 바람직한 삶의 자세를 발견할 수 없었던 서술자의 입장이 작용했을지도 모를 일이다. 다시 말해서 서술자의 사회적 처지가 이들 두 인물에게 적극적으로 투사될 수 없었던 사정에 기인한 까닭일 수 있다. 하지만 이러한 이유로 해서 13장본의 논의가 마무리될 수는 없다. 작품이 안고 있는 이러한 사정과 관계 없이 13장본의 절취사건은 몰락사족과 평민 요호라는 서로 다른 사회경제적 처지에서 생길 수 있는 갈등을 드러내 주는 상징적 표현이라 할 만하다. 사족과 평민이라는 전 시대의 계급적 구분이 점차 소멸되어 가고 이제 새로운 기준인 부의 획득 유무에 따라, 토지를 매개로 하여 형성되는 새로운 질서의 와중에서 전 시대의 퇴색한 특권을 지닌 자와 실질적으로 효용되는 세력을 확보한 자 사이에 일어났을 갈등의 골은 짐작할 수 있다. 요컨대 서대주와 다람쥐 사이에 벌어졌던 절취사건은 그 주체가 누군가에 상관없이 조선후기라는 당

대에 전개되었던 사회변화 과정에서 일어난 구조적 문제로 귀착하는 것
이다. 이러한 구조적 모순을 국문본, 특히 13장본은 보여주고 있다. <서
대주전>은 국문본에 이르러 그것들이 담겨 있던 당대의 사회적 모순을
단순 대비의 차원을 넘어 큰 폭으로 벌려 놓고 있는 것이다. 그렇지만
이 모든 문제의 심각성과 비중을 13장본의 서술자가 충분하게 인식하고
있었는지는 모를 일이다.

그렇다면 다람쥐가 유독 서대주를 도적으로 지목한 필연적인 이유는
무엇인가 하는 물음이 제기된다. 그는 확실한 물증이 없음에도 불구하
고 나름대로 '츄심'한 결과 서대주를 지목하고 있다. 이것은 요호에 대해
몰락사족이 가졌을 상대적 박탈감에서 그 이유를 우선 찾을 수 있다. 사
회경제적 변화의 조류를 철저히 이용하여 부를 축적한 요호에게 가졌을
그와 같은 거부감이나 적대감은 비단 몰락사족에게만 나타나는 현상은
아니었을 것이다. 요호는 부를 축적하는 과정에서 양반토호처럼 경제외
적 강제를 드러내놓고 동원하지는 않았을 것이다. 그러나 '富者益富 貧
者益貧'의 당대 상황[60] 속에서 이미 확보된 부는 또 다른 부를 축적할
수 있었지만, 요호로서 살아남기 위해서는 신분의 상승이나 관권과의
결탁이 필수적으로 요구되었다. 그 과정에서 날로 더해 가는 부의 위력
과 함께 이들이 주변의 다른 계층과 일으켰을 마찰은 짐작하고도 남음
이 있다. 결국 다람쥐의 '츄심'은 요호에게 떨어지는 몰락양반의 복합적
심리상태가 집약된 어휘인 셈이다. 절취를 하지 않았음에도 불구하고
서대주에게 떨어진 혐의는 어쩌면 요호들이 지녔을 약삭빠름, 교활함에
대한 주변 계층의 인식을 보이는 한 단면이라 생각된다. 다음의 자료는
서대주의 그런 면모를 적절하게 보여주고 있다.

---

60) 최윤오, 앞의 논문, 309쪽.

아모커나 월용협촌의 스는 셔디쥐이 젹뉴롤 부동ᄒ여 아릿낭쳥 윗낭쳥으
로 도젹ᄒ여 요부ᄒ다 ᄒ니 ᄎ져가 취ᄒ여 보리라61)

필사기에 포함한 '임진 뉴뉴월 일약현 필셔'의 기록을 통해 1892년에
필사된 사실이 확인되는 작품이다. 여기서 서대주는 도적질로 재산을
모은 인물로 나타나 있다. 그것은 결국 13장본 〈서대주전〉의 서대주가
다람쥐로부터 받는 혐의가 전혀 근거 없는 단순한 다람쥐의 무고만은
아니며 서대주를 바라보는 또다른 시각이 여전히 존재하고 있음을 보여
주는 것이라 하겠다. 고을 원에게 무죄방면되는 사건의 종결을 요호와
관권과의 결탁으로 읽어낼 수 있고, 따라서 서대주를 긍정적이기보다는
부정적인 인물로 평가할 수밖에 없는 것은 바로 이러한 이유에서이다.
    이상 〈서대주전〉을 한문본과 국문본으로 나누어 작품이 지닌 사회적
성격을 조선 후기라는 전환기적 상황과 관련하여 파악해 보았다. 본고
에서 주로 관심을 기울인 것은 전승과정에 대한 나름대로의 추정이었는
데, 그러한 작업을 통해 검출된 한문본과 국문본의 창작, 혹은 필사의
배경, 그리고 각각의 독특한 특질 등을 〈서대주전〉의 사회적 성격을 파
악하는 데 폭넓게 적용해 보았다. 여기서 한가지 덧붙이고자 하는 사실
은 한문본과 국문본의 작자 내지 필사자, 즉 작품의 서술자에 대한 고려
이다. 이미 논의 과정에서 잠시 밝혔듯이 〈서대주전〉은 한문본이나 국
문본이나 가릴 것 없이 서술자의 시각이 작품에 긴밀하게 관여한 것으
로는 보이지 않는다. 한문본은 그 양식적 성격상 작품외적 세계가 따로
설정되어 있고 그 안에 서술자가 위치하여 대상과의 거리를 유지하고
있다. 그러한 관계로 작품내적 세계는 당대의 실상을 보여주는 데는 성
공하고 있지만 서술자의 세계인식의 수준이 고을 원의 부당한 판결에
대한 고발로 귀착함으로써 작품이 수행한 현실성을 오히려 퇴색시키고

---

61) 〈화츙션싱젼〉 권지일, 서울대학교 도서관 소장 필사본, 1~2장.

있다. 다시 말해서 서대주와 다람쥐 사이의 절취사건이 담고 있는 그 당시 사회의 구조적 문제를 서술자가 폭넓게 인식하고 있는 것으로는 보이지 않는다. 서술자는 다람쥐의 비극이 고을 원의 정당한 판결에 따라 해소될 수 있다는 입장을 취하고 있기 때문이다.

이러한 현상은 국문본에서도 마찬가지이다. 13장본에 이르러 평결과 후일담이 탈락함으로써 서술자가 작품에 보다 가까워졌지만 다람쥐가 양식을 잃어버렸다는 본래의 사건에 지속적인 관심을 기울이지 못한 결과 다람쥐와 같은 빈민의 처지에 대한 고려가 작품의 전면에 부각될 계기를 확보하지 못하게 되었다. 그러한 현상이 서술자가 처한 사회적 처지에 있어서 서대주의 그것과 같거나 유사하기 때문에 일어난 것으로도 여겨지지 않는다. 오히려 그보다는 한문본의 절취장면을 삭제하여 보다 쉽고 편하게 작품을 만들어내고자 했던 국문본의 필사과정에서, 필사자의 의도와는 상관없이 일어난 현상으로 보인다. 그 과정에서 서술자의 의식이 작품에 투영될 여지는 크게 확보될 수 없었던 것이다. 따라서 13장본의 경우에도 그것이 서대주와 같은 요호의 입장에서 나온 작품으로는 보이지 않는다.[62]

Ⅴ. 맺음말

이상 〈서대주전〉의 논의를 마감하였다. 머리말에서 이미 언급하였듯이 〈서대주전〉은 한문본과 국문본의 크나큰 차이, 〈서동지전〉과의 관련

---

62) 〈서동지전〉은 이와 달리 요호의 입장이 작품에 적극적으로 개입하고 있는 작품이다. 〈서대주전〉에서 보이는 다소 어정쩡한 서술자의 시각이 〈서동지전〉에서는 청산되어 있고 다람쥐의 형상은 완연한 몰락사족으로, 서대주의 형상은 요호로서 뚜렷이 드러난다. 그리고 다람쥐에 의해 자행된 무고 행위가 분명하게 서술되어 있으며, 다람쥐의 정당하지 못한 삶의 자세가 서대주의 후덕하고 여유있는 풍모에 대비되어 폭넓게 묘사되고 있다.

성 등으로 인해 논의의 여지는 아직도 여전히 많이 남아 있다. 본고에서 수행한 일련의 작업이 많은 것을 해명했다고는 생각하지 않는다. 다만 〈서대주전〉 논의를 어렵게 만드는 작품의 몇 가지 특수성을 고려하면서 그 작품의 전승과정을 추척해 보는 작업에 많은 부분을 할애하였고, 그러한 논의과정에서 도출된 몇몇 결과를 가지고 〈서대주전〉 한문본과 국문본을 분리하여 그들간의 연계성이나 독자성을 파악했다는 점에 의의를 두고 싶다. 그러나 본고에서 제시한 〈서대주전〉의 전승과정은 대부분 필자가 스스로 생각하는 합리성에 의해 도출된 것이지 실증적 근거는 제한된 정도로 동원되었을 따름이다. 그리고 〈서대주전〉의 파편적 형태로 추측되는 〈다람전〉, 〈다람의 소지〉 등을 함께 논의에 포함시켜 분석하지 못한 것도 본고가 안고 있는 한계로 남는다. 이 점 추후에 보완하기로 하고 논의 결과를 간단히 요약해 본다.

　〈서대주전〉은 한문본이 선행본이다. 그렇지만 한문본은 가전적 요소를 완전히 떨치지 못하고 있는 작품이다. 그리고 국문본은 한문본이 번역된 다음 전승과정에서 발생한 것으로 4장본에서는 한문본 서대주의 탈취가 삭제되고 내용이 대폭적으로 축약되어 있어 작품내적 논리의 결함이 보인다. 이에 반해 13장본에서는 4장본의 논리적 결함이 어느 정도 보완되고 새로운 논리를 형성함으로써 한문본과는 전혀 다른 작품으로 변모하였다. 그러한 전승과정에 기인하여 서대주와 다람쥐의 성격도 바뀌는데, 한문본의 경우 서대주가 양반토호로, 다람쥐가 평민 자영농으로 나타나면서 평민 자영농의 몰락을 보여주고 있고, 국문본, 특히 13장본에서는 서대주가 평민 출신이면서 사족의 신분을 획득한 요호로, 다람쥐가 몰락사족으로 나타나며 그들이 벌이는 사회구조적 갈등의 면모가 부각되어 있다. 그러나 이들 〈서대주전〉의 세 작품은 한문본이 가전적 요소를 불식하지 못해 일어난 작품외적 세계의 설정으로 작가는 서대주와 다람쥐의 갈등을 거리를 두고 바라보고 있으며, 국문본은 전승에서 유추되는 한문본과의 관련으로 인해 각각 작가 또는 서술자의 의식이 작품에 적극적으로 투사된 것으로 생각되지 않는다. 〈서대주전〉은 한문본에서 국문본으로 이어지면서 인간세계의 상이 확장되고 있으며, 그에 따라 조선후기 다양한 사회세력이 형성되는 과정에서 생겨났을 계층간의 대립의 국면이 부각될 토대를 마련하게 되었다. 이는 조선후기 우화소설 전반의 성격과 궤를 함께 하는 것이라 하겠다.

본고는 〈서대주전〉을 논의하면서 〈서동지전〉의 존재와, 〈서대주전〉이 갖는 〈서동지전〉과의 관계를 줄곧 염두하여 왔다. 〈서동지전〉의 서대주와 다람쥐는 13장본의 그들과 일정하게 관련되는데, 본고에서 〈서동지전〉까지 직접 다루지는 못했다. 하지만 본고에서 수행한 〈서대주전〉에 대한 일련의 논의가 〈서동지전〉에 대한 논의까지 그대로 확장될 수 있으며, 나아가 〈서동지전〉 논의의 토대가 될 수 있다고 믿는다. 이러한 생각이 받아들여진다면 〈서동지전〉 논의의 예비적 단계로서 준비된 본고의 의의는 확보될 수 있겠다.

〔민찬〕

<토끼전>의 형성과 후대적 변모

I. 머리말

　설화적 원천의 탐색에서 출발한 <토끼전>[1] 연구[2]는 이본 연구[3]로 이어져 큰 성과를 거두었다. 이어 진행된 주제 연구는 각편 차원의 연구[4]와 유형 차원의 연구[5]가 병행되어, <토끼전>의 풍자적 의미와 서민 의식 등을 밝혀냄으로써 연구의 깊이를 한층 심화시켰다.

　그런데 기존의 근원설화 탐색은 판소리와 설화가 지닌 동일한 모티프의 발굴에만 치중함으로써 설화를 너무 정태적으로 파악해 온 감이 없지 않다. 그러나 설화는 화석화된 존재가 아니라 시간 속에서 끊임없이 변용하는 생명체이다. 따라서 동일한 모티프도 사적 변모를 겪게 마련이며, 이는 설화를 동태적으로 파악할 필요성을 제기한다. 또한 판소리

---

1) 여기서 <토끼전>이라 함은 소설과 판소리 모두를 포괄하는 일반칭이다.
2) 김태준, 『증보 조선소설사』, 학예사, 1939.
　김동욱, 『한국가요의 연구』, 을유문화사, 1961.
　인권환, 「토끼전의 근원설화 연구」, 『아세아연구』 25, 고려대 아세아문제연구소, 1967.
3) 인권환, 「토끼전 이본고」, 『아세아연구』 29, 고려대 아세아문제연구소, 1968.
4) 조동일, 「토끼전(별쥬전)의 구조와 풍자」, 『계명논총』 8, 계명대, 1971.
5) 인권환, 「토끼전의 서민의식과 풍자성」, 『한국고전소설』, 계명대 출판부, 1974.

로 형성되기까지의 적층 과정에 대해서는 많은 관심을 기울이면서도, 판소리 형성 후의 적층 과정에 대해서는 극히 소홀히 다루어 왔던 기존 연구의 경향도 한 번쯤 반성할 필요가 있다고 생각된다. 판소리는 끊임없는 변모를 겪어 왔다고 여겨지기 때문이다. 이에 필자는 다음의 세 문제에 관심을 집중하여 논의를 진행하고자 한다.

첫째, 불교적 근원설화에서 연원된[6] 이 작품이 어떠한 과정을 거쳐 유교적인 사회 풍자적 의미로 변모되었는가 하는 점이다. 이는 기존의 근원설화 연구[7]에서 부분적으로 언급되기는 했지만, 아직까지 만족할 만한 단계에 이르렀다고는 보기 어렵다. <토끼전>이 근원설화 단계의 서사적 골격을 거의 그대로 유지하고 있음을 감안할 때, 이 문제는 <토끼전>의 이해에 있어 매우 중요한 의미를 지닌다고 생각된다.

둘째, <토끼전>의 연구가 지나치게 풍자적 의미의 발굴에만 치중한 것은 아닌가 하는 점이다. 기존 연구자들의 주장처럼[8] 이 작품이 풍자적 기능을 효과적으로 수행하고 있는지에 대해서 필자는 다소 회의적인 입장에 선다. <토끼전>은 우화소설이기 때문에 사회적 제약을 적게 받고, 그래서 노골적이고 날카로운 풍자가 가능했다[9]고 하지만, 우화소설이기 때문에 오히려 풍자적 기능에 장애가 된 점 또한 소홀히 할 수 없기 때문이다.

셋째, 판소리 형성 후 근원설화에 없던 토끼의 '그물 위기' 및 '독수리 위기'의 첨입(添入)[10]은 작품 의미에 어떤 영향을 주고 있는가 하는 점이

---

6) 인권환, 앞의 논문, 1967 참조.
7) 위의 논문 참조.
8) 조동일 앞의 논문 및 인권환, 앞의 논문, 1974 참조.
9) 위의 논문 참조.
10) <귀토설화> 단계까지에는 '토끼↔별주부·용왕'간의 대결(이하 '용궁 위기'라 칭한다)만 나타나는데, 판소리 중에는 '그물 위기'와 '독수리 위기'가 첨입된 것이 많다. 따라서 이들 삽화들은 판소리 형성 후에 첨입된 것임이 분명하다. 이는 '용궁 위기'

다. 판소리 형성 후에 첨입된 이 삽화들은 〈토끼전〉의 풍자적 의미를 약
화시키고 상대적으로 해학적 의미를 부각시키고 있어 특히 관심을 끈다.

이상의 문제들은 〈토끼전〉의 이해에 있어 기본되는 것임에도 불구하
고 아직껏 본격적으로 논의된 바가 없다. 이에 본고는 이런 문제들에 특
히 유념하여 〈토끼전〉이 판소리로 형성되기까지의 과정과, 판소리로 형
성된 뒤의 변모 양상을 검토함으로써, 이 작품이 어떤 사적(史的) 변용
을 거쳐 오늘에 이르렀는지를 밝혀 보고자 한다. 아울러 이를 통해 다른
판소리계 소설의 사적 검토에도 어떤 시사를 줄 수 있기를 기대한다.

물론 이를 위해서는 근원설화 단계에서부터 현재의 판소리에 이르는
〈토끼전〉의 모든 관련 설화와 이본들이 함께 검토되어야 할 것이다. 그
러나 그러한 작업은 이미 어느 정도 진행된 바 있고,[11] 또 지나친 천착
은 논지의 혼란을 초래할 수도 있음을 유의하지 않을 수 없다. 이에 본
고에서는 그 선후가 비교적 분명하고, 또 서로간에 줄거리 변모가 큰 설
화와 이본만을 대상으로 삼아, 미시적 검토보다는 거시적 검토에 치중
하여 논의를 진행하기로 한다.

본고에서 다룰 자료는 『Jātaka경(經)』의 〈악본생 설화〉(B.C. 3-4C), 『생
경(生經)』의 〈불설별미후경 설화〉(A.D. 285년경),[12] 『삼국사기』의 〈귀토
설화〉(A.D. 642년),[13] 완판본 〈퇴별가〉[14], 권영철 교수 소장 〈톡기전〉,[15]
박봉술의 〈수궁가〉[16] 등으로 한정하며, 이를 중심으로 논의를 전개하기

만으로 이루어진 판소리가 공존하고 있음에서도 뒷받침된다.

11) 인권환, 앞의 논문, 1967 · 1968 참조.
12) 〈鰐本生說話〉와 〈佛說鼈彌猴經說話〉는 인권환, 앞의 논문, 1967에 소개된 것을
   자료로 이용하였다.
13) 『삼국사기』, 권41, 열전, 김유신조.
14) 김동욱 편, 『고소설판각본전집』 3, 연세대 인문과학연구소, 1981.
15) 한국어문학회 편, 『고전소설선』, 형설출판사, 1981.
16) 『판소리 다섯 마당』, 한국브리태니커회사, 1982.

로 한다.

Ⅱ. 근원설화의 변모와 판소리의 형성

1. 변모의 과정과 양상

〈악본생 설화〉에서 〈귀토설화〉를 거쳐 판소리 〈퇴별가〉로 이행해 옴에 따라, 본래의 설화적 의미는 큰 변모를 겪는다. 『Jātaka경』에서의 본생설화(本生說話)는 석가의 전생 수행담으로서[17] 불교사상을 밑바탕에 깔고 있다. 그런데 이것이 판소리 〈퇴별가〉에 이르면 불교적 의미가 제거되고 유교적 의미로 변모되며, 그 주제도 사회 풍자적 성격을 강하게 드러낸다. 그럼 이와 같은 변모는 어떠한 과정을 거쳐 이루어지며, 또 어떠한 양상으로 나타나는가? 이 의문을 해결하기 위해서는 우선 각 단계의 설화들과 판소리를 서로 비교해 보는 것이 효과적이다. 상호의 비교로 서로의 차이점이 드러나면, 그를 통해 설화에서 판소리로 이행해 가는 변모의 모습을 발견해 낼 수 있겠기 때문이다.

각 단계의 설화들과 판소리 〈퇴별가〉의 줄거리는 다음과 같다.

A. 〈악본생 설화〉
① 악어 처(妻)가 원숭이의 심장을 먹고 싶어 하다.
② 악어가 원숭이를 잡으러 육지로 나오다.
③ 악어가 원숭이를 속여서 수중으로 데려가다.
④ 원숭이가 속았음을 깨닫다.
⑤ 원숭이가 악어를 속여 육지로 나오다.

B. 〈불설별미후경 설화〉
① 자라 처(妻)가 거짓 아픈 척하다.

---

17) 인권환, 앞의 논문, 1967 참조.

② 자라 처가 원숭이의 간을 약으로 먹으려 하다.

③ 자라가 원숭이를 잡으러 육지로 나오다.

④ 자라가 원숭이를 속여 수중으로 데려가다.

⑤ 원숭이가 속았음을 깨닫다.

⑥ 원숭이가 자라를 속여서 육지로 나오다.

C. 〈귀토설화〉

① 동해 용왕의 딸이 병이 들다.

② 의원이 토끼의 간을 약으로 일러주다.

③ 거북이 토끼를 잡으러 육지로 나오다.

④ 거북이 토끼를 속여서 수중으로 데려가다.

⑤ 토끼가 속았음을 깨닫다.

⑥ 토끼가 거북이를 속여서 육지로 나오다.

D. 〈퇴별가〉

① 남해의 용왕이 병이 들다.

② 선관(仙官)이 토끼의 생간을 약으로 권하다.

③ 별주부가 토끼를 잡으러 육지로 나오다.

④ 별주부가 토끼를 속여 용궁으로 데려가다.

⑤ 토끼가 속았음을 깨닫다.

⑥ 토끼가 용왕을 속여서 육지로 나오다.

위에서 볼 때 A · B · C · D는 서사의 기본 골격에 있어 거의 일치되고 있음이 드러난다. 그런데 이러한 서사적 골격의 유사성에도 불구하고, 다른 한편으로는 상당한 차이도 보이고 있어 주목을 요한다.

우선 A→B의 이행에서 드러나는 것은 등장 인물[18]의 변화이다. 악어가 자라로 바뀌어 나타나기 때문이다. 그러나 보다 중요한 것은 원숭이

---

18) 실제로 등장하는 것은 인간이 아닌 동물이지만, 편의상 등장 인물이라 칭한다. 이들 동물들은 이미 완전히 의인화되어 있기에 이렇게 지칭해도 별 무리는 없을 것이다.

의 간을 먹으려는 자라의 처(妻)가 환자를 가장하고 있다는 점이다. A에서 악어의 처는 특별한 이유도 없이 원숭이의 심장을 먹으려 한다. 그런데 B에서 자라의 처는 병을 고치기 위하여(사실은 병을 가장하고 있지만) 원숭이의 간을 먹겠다고 한다.[19] 병을 고치는 약으로서 원숭이의 간을 먹으려 한다는 점에서, B는 그 만큼 더 〈퇴별가〉에 접근해 오고 있음이 드러난다. 이는 다음 단계에서 환자인 용녀(龍女)와 용왕이 등장하게 되는 전단계라 할 수 있다. 그러나 A→B에서 보여 주는 변모는 본래의 설화적 의미에 큰 변화를 주지 못한다. A · B는 모두 불경 소재의 설화로서 석가의 전생 수행담이라는 공통성을 지니고 있기 때문이다. 따라서 이들은 경전에 대한 외경심 때문에 큰 변모를 일으킬 수 없다.

그런데 B→C의 이행에서는 변모의 폭이 좀 더 커진다. 자라는 용왕으로 바뀌고, 원숭이는 토끼로 바뀐다. 토끼의 간을 필요로 하는 자도 용왕의 딸로 교체된다. 용궁과 용녀의 등장은 용궁설화적 요소가 가미된 것이며, 원숭이가 토끼로 바뀐 것은 한국적 변형이라 할 수 있다.[20] 그러나 여기서 특히 주목할 것은 용왕이 아닌 거북이가 토끼를 잡으러 나온다는 사실이다. 이는 A · B와 비교해 볼 때 커다란 변화이다. A · B의 경우 원숭이의 심장이나 간을 구하러 육지로 나오는 것은 남편인 악어와 자라이다. 이들은 부부라는 가족 관계에 있음으로 해서 원숭이를 잡으러 나오며, 가족 관계 아닌 다른 관계는 찾아 볼 수 없다.

그런데 C에 오면 사정이 다르다. 용왕의 딸과는 혈연적 관련이 전혀 없는 거북이가 토끼를 잡으러 나오기 때문이다. 이는 거북이와 용왕 사이에 가족적 관계가 아닌 다른 어떤 인간적 관계가 개입되고 있음을 말해 준다. 그리고 이 새로운 인간 관계는 어느 정도 주종적인 관계임을 짐작할 수 있다. 거북은 용왕을 위해 토끼를 잡으러 나온 것이기 때문이

19) A · B의 자세한 이야기는 인권환, 앞의 논문, 1967 참조.
20) 위의 논문 참조.

다. 그러나 용왕과 거북의 관계가 아직 완전한 군신 관계로 확립되었다
고는 보기 어렵다. 거북은 자신을 일컬음에 있어 "신(臣)"이라는 말 대신
"오(吾)"라는 말을 쓰고 있는데,21) 이는 자신을 반드시 "신(臣)"이라 일컫
는 〈퇴별가〉의 경우와 대조적이다. 따라서 여기서 보여 주는 용왕과 거
북의 관계는 군신 관계로 이행해 가는 과도적 상태라 할 수 있다.

  또한 용궁설화의 개입은 새로운 인간 관계의 형성과 아울러, 사회 풍
자의 가능성을 열어 준다는 점에서도 중요성을 지닌다. 용궁은 실재하
지 않는 상상의 세계이다. 그러나 그것은 용왕이 통치하고 있는 하나의
왕국으로 간주된다. 여기에서 사회 풍자의 길이 열린다. 인간의 상상력
은 현실을 완전히 초월할 수 없으며, 그 저변에는 현실적 세계를 수용하
지 않을 수 없다. 따라서 용궁과 현실의 세계는 연상작용에 의해 쉽게
대응되고, 그 결과 용궁의 일은 실사회의 그것으로 인식되며, 이 때문에
사회 풍자가 가능해진다.

  결국 C는 용궁설화의 개입을 바탕으로, 가족적 차원의 갈등이 군신간
의 갈등이라는 새로운 차원으로 변모될 수 있는 기틀을 마련하였으며,
여기에서 정치·사회적인 풍자로 이행할 가능성이 열렸다. 이는 C가 판
소리 〈퇴별가〉에 그 만큼 더 접근하고 있음을 말해 준다.

  그러나 판소리 형성 과정에서 가장 큰 변모를 보여 주는 것은 C→D
의 단계에서다. D에 오면 작품내적 세계를 지배하는 것은 유교적 가치
관이다. 작품내적 세계는 유교적 봉건 왕조의 질서를 그대로 따르고 있
으며, 용왕과 다른 어족들은 완전한 군신 관계에 놓인다. 따라서 모든
등장 인물들은 봉건적 관료로 의인화되어 나타난다. 한편 토끼의 간을
필요로 하는 자도 용녀에서 용왕 자신으로 바뀜으로써 군신 관계는 한
층 확고하게 부각된다.

---

21) 『三國史記』, 卷41, 列傳, 金庾信條.「昔 東海龍女病心 醫言 得兎肝合藥則可療也
  然 海中無兎不奈之何 有一龜白龍王言 吾能得之」

D가 사회 풍자의 의미를 보다 강하게 지닐 수 있는 것도 이러한 사실들에 힘입은 바 크다. A·B의 경우 악어·자라·원숭이 등은 구체적인 사회적 배경 없이 막연하고 추상적으로 의인화되어 있으며, C에 있어서의 용왕이나 원숭이는 구체적인 특정인을 비유하여 의인화되어 있다.22) 그러기에 이들의 행위는 보편적인 사회 풍자적 의미로 확대되기 어렵다. 그런데 D에 오면 상황이 바뀐다. 토끼·자라·용왕 등은 각기 유교적 봉건질서 속에서 전형화된 인물로 의인화되어 있다. 그러기에 이들의 행위는 쉽사리 당시의 특정 계층이나 집단의 그것으로 인식될 수 있다. 여기에서 사회 풍자의 의미가 비로소 구체화되어 나타난다. 작품내적 세계가 봉건 유교사회의 질서를 그대로 지니고 있어 작중 인물들의 언행은 곧바로 현실에 대한 풍자의 의미로 연결될 수 있기 때문이다. 이는 또한 C에서 마련된 풍자의 가능성을 바탕으로 한 것이기도 하다. 물론 C에서 바로 D로 이행했다기보다는, C 이후 민간설화로 유포되어 있던 것이 차츰 부연되어 D로 형성되었다고 생각된다.23) 또한 봉건 왕조적 질서에 바탕한 D는 필연적으로 유교적 가치관의 지배를 받게 마련이고, 이에 따라 근원설화 단계의 불교적 의미는 완전히 소멸된다.

---

22) 백제를 치기 위해 고구려에 원병을 청하러 갔던 김춘추는 오히려 보장왕에게 사로잡혀 감금되는 신세가 되었다. 이에 김춘추는 총신 선도해에게 뇌물을 주고 탈출의 길을 물었다. 이때 선도해가 들려 준 이야기가 〈귀토 설화〉였으며, 김춘추는 여기에서 암시를 받아 무사히 고구려를 탈출할 수 있었다. 따라서 〈귀토 설화〉에서 용왕은 보장왕을, 토끼는 김춘추를 비유한 것이라 할 수 있다.

23) 인권환, 앞의 논문, 1967도 이미 이런 견해를 밝힌 바 있다.

24), 25) A-a의 '악어 처'는 환자가 아니며, B-a의 '자라 처'도 진정한 환자는 아니다. 그러나 C·D와의 비교를 위해 편의상 환자의 범주에 넣어 둔다.

26), 27) 여기서 괄호를 해 둔 것은, 이들이 아직 확고하게 정립되지 못한 불완전한 상태임을 나타낸다.

〔도표 1〕

	A	B	C	D
a. 환자(약을 필요로 하는 자)	악어 처24)	자라 처25)	용녀	용왕
b. 필요한 약	원숭이 심장	원숭이 간	토끼 간	토끼 간
c. 출륙자(약을 구하러 나오는 자)	악어	자라	거북	별주부
d. 환자와 출륙자의 관계	부부	부부	(군신)26)	군신
e. 사상적 배경	불교	불교	(유교)27)	유교
f. 사회 풍자의 가능성	작음	작음	중간	큼

지금까지 근원설화가 판소리로 형성되는 과정에서 보여 주는 변모의 양상을 살펴 보았다. 이를 정리하면 앞쪽의 [도표 1]과 같다.

A·B에서 부부라는 가족적 차원에 놓여 있던 환자와 출륙자(出陸者)의 관계는 C에 이르러 용궁설화가 개입됨으로써 군신 관계로 이행할 수 있는 가능성이 열린다. 이렇게 열린 가능성은 D에 오면 완전한 군신 관계로 확립되어 나타난다. 동시에 A·B의 바탕에 깔려 있던 불교적 의미는 C에 이르면 차츰 제거되고 상대적으로 유교적 의미가 부각되며, D는 완전히 유교적 의미로 변모된 모습을 보여 준다. 한편 A·B에서는 등장 인물들이 구체적 사회배경 없이 막연하게 의인화되어 있어 사회 풍자의 가능성이 극히 적었으나, C에 이르면 용궁설화의 개입으로 사회 풍자의 가능성이 열리고, 뒤이어 봉건 왕조의 유교적 질서를 작품 속에 수용한 D는 강한 사회 풍자의 의미를 지니게 되었다.

2. 변모의 배경과 의미

앞서 불교적 근원설화가 판소리 〈퇴별가〉로 형성되어 가는 변모의 양상을 살펴 보았다. 이제 이러한 변모가 일어나게 된 배경과 그 변모가 갖는 의미를 규명할 차례다.

우선 A · B→C의 변모가 일어난 배경과 의미부터 검토해 보자. A · B →C의 변모에서 주목할 점은 불교적 의미가 제거되고, 환자와 출륙자의 관계가 군신 관계로 이행하면서 사회 풍자의 가능성이 열렸다는 점이다. 그럼 이러한 변모가 일어나게 된 배경은 무엇인가? 이는 선도해가 C를 비유적 의미로 사용함에서 비롯된다.[24] 민간설화인 용궁설화가 개입되면서 불경에서 지니고 있던 수행담으로서의 의미는 잊혀지고, 경전으로서의 외경감이 제거된 것이다. 이에 따라 불교적 의미는 사라지고 차츰 유교적 의미로 옮겨가게 되었다고 생각된다. 당시 사회는 이미 봉건적 유교 이념의 지배를 받고 있었기에, 유교적 질서나 가치관의 개입은 자연스럽게 이루어질 수 있었을 것이다. A · B의 불교적 의미는 깊숙한 내면에 함축되어 있을 뿐 문면에 드러나 있는 것이 아니므로, 이러한 의미 변화는 유교 사회라는 시대적 여건으로 보아 당연한 것이기도 했다. 설화는 끊임없이 현실을 수용하면서 전승되기 때문이다.

그러나 C는 아직 사회 풍자의 단계에까지 나아가지는 못했다. 그것은 C가 특정의 개인들을 비유적으로 의인화하고 있다는 사실에 일차적 원인이 있었을 것이며, 아울러 그것이 지배층(선도해는 왕의 총신으로서 지배 계층에 속한다)에 의해 제시되었다는 점과도 관련이 있다고 생각된다. 이는 피지배층에 의하여 형성된 판소리 <퇴별가>가 지배층에 대한 풍자적 의미를 강하게 담고 있음과 대조적이다. 또한 C는 아직 간략한 설화의 단계에서 벗어나지 못했기에, 그 의미가 소박한 암시적 단계에 머물러 있으며, 그 자체의 의미보다는 판소리에로의 이행에 교량적 역할을 했다는 점에서 더 중요한 의의를 지닌다.

다음 C→D의 이행에서는 의미의 획기적인 전환이 일어난다. 작품내적 세계가 완전한 유교적 질서로 변모되면서 사회 풍자의 의미가 강하

---

24) 이전에 이미 경전 설화에서 민간설화로 변모돼 있었을 가능성이 크다.

게 부각된다. 그럼 이러한 변모는 어떻게 해서 나타난 것일까? 이는 설화가 판소리로 이행하는 과정에서 새로운 삽화의 침입이나 기존 삽화의 부연과 같은 양적 확장이 이루어지면서 나타난 결과라고 생각된다.

판소리는 광대들에 의하여 구연된 현장성이 강한 장르로서 사설을 특히 중요시했다. 신재효는 〈광대가〉에서

> 광디라 ᄒᆞ는거시 <u>졔일은 인물치례 둘짜는 스셜치례</u> 그직ᄎ 득음이요 그직ᄎ 너름시라 … 스셜이라 ᄒᆞ는거신 져금미옥 죠흔말노 분명ᄒᆞ고 완연ᄒᆞ게 식식이 금슝쳠화 칠보단중 미부인이 병풍뒤에 나셔난듯 삼오야 발근달이 구름박긔 나오난듯 신눈쓰고 웃게ᄒᆞ기 디단니 어렵구나[25]

라고 하여, 광대가 갖추어야 할 네 가지 자질 중에서 사설을 두 번째로 들고 있다. 그런데 "인물은 천성이라 변통할 슈 없는"[26] 것이기에, 사설은 후천적으로 갖추어야 할 자질 중 가장 중요한 자질이 된다. 따라서 광대들이 보다 훌륭한 사설을 갖추기 위해 애썼을 것임은 말할 필요가 없다. 이처럼 사설이 중요하다는 것은, 광대에 따라 사설이 다를 수 있음을 전제한 것이며, 이는 곧 광대들 스스로 사설을 창작·윤색하였을 가능성을 시사한다. "신눈 쓰고 웃게 ᄒᆞ기" 위해서는 그 사설 자체가 아주 흥미로와야 하니, 광대들은 그렇게 하기 위해 기존의 설화를 현실에 맞게 부연 확장하고 또 새로운 삽화도 침입시켰으리라 생각된다. 현실과 괴리된 설화적 사설만으로는 청중의 흥미를 끄는 데 부적절하기에, 당시인들이 실제로 몸담고 있던 유교적 봉건질서를 작품 속에 수용하고, 그들의 애환을 받아들였을 것이다.

이와 같은 사설의 윤색은 판소리가 갖는 장르적 특성에 크게 힘입고

---

25) 강한영 편, 『신재효 판소리사설전집』, 〈광대가〉, 보성문화사, 1978, 669쪽.
26) 위의 책.

있다. 판소리는 완결된 형태로 고정되어 있는 장르가 아니라, 현장에서 소리판으로 재현될 때마다 바뀌는 유동적 성질을 지닌 열려 있는 장르이기 때문이다.[27] <귀토설화> 이후 민간설화로 전승되면서 점점 부연되어 오던 서사적 내용이 판소리 단계에 이르러 부분의 독자성[28]에 힘입어 대폭 확장되면서 <퇴별가>와 같은 판소리로 형성되었으리라 짐작된다. 판소리는 이야기의 골격이 제공 또는 허용하는 상황적 의미나 정서를 강화·확장하여 부분의 독자적 감흥을 추구하므로,[29] 새로운 삽화의 첨입이나 기존 삽화의 부연이 그 만큼 쉽기 때문이다. A·B·C 단계에서 보이지 않던 용궁에서의 어전회의나 육지에서의 모족회의 등이 새로이 첨입된 것도 이를 바탕한 것이다.

한편 이렇게 확장 부연된 판소리 사설이 사회 풍자, 특히 지배층에 대한 풍자의 의미를 지니고 있음을 주목할 필요가 있다. 용궁의 어전회의와 육지의 모족회의에서 보여 주는 조신(朝臣)들의 내분과 지방 관료층의 비리가 바로 그것이다. 유교적인 봉건질서가 수용되되, 그것은 안정되고 화합된 이상적 사회가 아니라 분열과 불화가 가득찬 부정적 사회였다.

이러한 사정은 판소리 형성기인 조선후기의 사회 현실이 작품 속에 투영된 결과라 생각된다. 판소리는 숙종 말기에서 영조 초기를 전후하여 형성된 것으로 추정되고 있는데,[30] 이때는 양반사회가 서서히 붕괴되고, 평민층의 자아 각성이 일어나고 있던 때였다. 당쟁이 극에 달하고 지방의 행정질서가 문란해짐에 따라, 민심은 지배층으로부터 이탈해 갔

---

27) 서종문, 「판소리의 개방성」, 『경남대 논문집』 7, 1981.
28) 조동일, 「흥부전의 양면성」, 『계명논총』 5, 계명대, 1968 참조.
29) 김흥규, 「판소리의 서사적 구조」, 『판소리의 이해』, 창작과 비평사, 1979.
30) 김동욱, 「판소리 연구의 제문제」, 위의 책, 1979.
   조동일, 「판소리의 전반적 성격」, 위의 책, 1979.

다. 조선왕조를 확립한 정치철학이었던 유교 이념과 규범은 이제 사회 지도이념으로서의 기능을 더 이상 지속, 발휘할 수 없게 된 것이다.[31] 이에 따라 자아를 각성하기 시작한 평민들은 차츰 지배층의 비리를 비판적인 눈으로 바라보게 되었다. 따라서 판소리 창자 즉 광대들은 그들의 사회적 기반이었던 평민들[32]의 비판적 자세를 수용하지 않을 수 없었고, 여기에서 혼란된 정치질서-지배층의 내분과 지방관료들의 비리에 대한 풍자가 나타나게 되었으리라 생각된다.

결국 〈토끼전〉의 시원(始源)이 된 불교적 설화는 〈귀토설화〉 단계에 오면 불교적 의미가 제거되고 유교적 의미로 변모돼 갔음이 드러난다. 용궁설화의 개입에 의하여 가족적 차원에 있던 환자와 출륙자의 관계는 가족 관계가 아닌 새로운 주종적 관계로 변모되고, 이는 확고한 군신 관계로 이행할 수 있는 바탕이 되었다. 또한 〈귀토설화〉는 용궁설화를 끌어들여 특정의 의미를 전달하기 위한 암시로 사용되어 경전 설화로서의 외경감을 제거시킴으로써, 사회 풍자로 나아갈 수 있는 길을 열어 주었다. 이어 판소리 단계로 넘어 오면서, 작품내적 세계는 유교적 봉건사회의 질서로 완전히 변모되고, 환자와 출륙자의 관계는 확고한 군신 관계로 확립된다. 이러한 변모는 당대 사회의 유교적 질서가 작품 속에 수용되어 나타난 결과로서, 조선사회가 유교이념의 강한 지배를 받고 있었음을 생각할 때 매우 자연스런 현상이었다.

또한 설화 단계의 서사적 골격이 엄청난 부연을 일으키고 새로운 삽화의 첨입이 일어날 수 있었던 것은 판소리의 장르적 특성에서 그 원인을 찾을 수 있다. 판소리 광대는 보다 나은 사설을 만들기 위해 기존 삽화의 부연과 새로운 삽화의 첨입을 꾸준히 진행했는데, 이는 부분의 독

---

31) 한우근, 『한국통사』, 을유문화사, 328쪽, 1981 참조.
32) 판소리의 초기적 형성기에는 일반 평민들이 그 지지 기반이었을 것으로 추정되고 있다. 김흥규, 「판소리의 사회적 성격과 그 변모」, 『예술과 사회』, 민음사, 1979 참조.

자성이 강한, 열린 장르라는 판소리의 속성 때문에 가능했다. 판소리 창자인 광대는 더 많은 청중을 끌기 위해, 청중들의 현실적 관심사를 지속적으로 사설 속에 수용해야 했으며, 여기에서 사회 풍자의 의미가 생겨나게 되었을 것이다. 판소리 형성기는 양반사회가 서서히 붕괴되고 지배층과 피지배층이 차츰 유리되어 가던 때였던 만큼, 각성된 서민들은 지배층의 비리를 차츰 비판적인 눈으로 바라보게 되었고, 이에 따라 그들을 지지 기반으로 한 판소리 또한 사회 풍자적 성격을 지니지 않을 수 없게 된 것이다.

Ⅲ. 판소리 형성 후의 변모

1. 고리[ring]식 연쇄에 의한 부연

지금까지 <토끼전>이 판소리로 형성되어 가는 과정과 그 배경을 살펴보았다. 그런데 이렇게 형성된 판소리는 후대로 오면서 다시 상당한 변모를 보이고 있어 별도의 검토가 요구된다.

그럼 먼저 변모의 구체적 양상을 알아보기 위해 <퇴별가> <톡기전> <수궁가> 등의 줄거리를 비교해 보자.

(가) <퇴별가>
① 남해의 용왕이 병이 들다.
② 선관(仙官)이 토끼의 생간을 약으로 권하다.
③ 별주부가 토끼를 잡으러 육지로 나오다.
④ 별주부가 토끼를 속여 용궁으로 데려가다.
⑤ 토끼가 속았음을 깨닫다.
⑥ 토끼가 용왕을 속여서 위기를 넘기다.
⑦ 토끼가 육지로 나오다.

(나) 〈톡기전〉

① ~ ⑦ 〈퇴별가〉와 동일함.

⑧ 토끼가 '그물 위기'를 넘기다.

(다) 〈수궁가〉

① ~ ⑧ 〈톡기전〉과 동일함.

⑨ 토끼가 '독수리 위기'를 넘기다.

위에서 우리는 (가)→(나)→(다)로 이행해 옴에 따라[33] 새로운 삽화들이 하나씩 더 첨입되고 있음을 확인할 수 있다. 따라서 판소리 형성 후의 변모를 파악하기 위해서는 새로 첨입된 이 삽화들을 좀 더 자세히 검토해 볼 필요가 있다.

이를 위해 〈톡기전〉에 새로 첨입된 '그물 위기'와, 〈수궁가〉에 새로 첨입된 '독수리 위기'를 한 단계 더 세분화해 보면 다음과 같다.

〈그물 위기〉

⑧1. 토끼가 산짐승 그물에 걸리다.

⑧2. 토끼가 털에 쉬를 쓸게 하여 목동과 초군을 속이다.

⑧3. 목동들이 토끼를 던져 버려 토끼가 살아나다.

〈독수리 위기〉

⑨1. 토끼가 독수리에게 잡히다.

⑨2. 토끼가 의사 주머니를 준다고 속여서 독수리를 굴 앞까지 데려오다.

---

33) (가)(나)(다)가 형성된 절대적 선후를 추정하는 것은 현재로서는 불가능하다. 그러나 설화 단계에는 없던 새로운 삽화들의 첨입으로 보아 적어도 이들의 저본은 (가)→(나)→(다)의 순서로 형성되었으리라 추정된다. 물론 이는 서사의 기본 골격을 중심으로 말하는 것일 뿐 세부적인 부분까지 반드시 그렇다는 뜻은 아니다. 이들이 문자로 정착된 순서는 뒤바뀔 수도 있으며, 또 세부적인 내용들은 전승 과정에서 얼마든지 새롭게 첨삭될 수가 있기 때문이다. 하지만 그렇다 하더라도 (가)(나)(다)의 서사적 골격을 처음 갖춘 저본들의 형성 순서는 이에서 벗어남이 없으리라 생각한다.

⑨3. 토끼가 독수리를 차던지고 굴속으로 달아나다.

또한 이들과의 비교를 위해서 <퇴별가>의 '용궁 위기'를 좀 더 축약해 보면 아래와 같다.

①~⑤ 토끼가 죽을 위기에 처하다.
⑥ 토끼가 용왕을 속여 위기를 넘기다.
⑦ 토끼가 육지로 나오다.

위에서 우리는 하나의 흥미있고 중요한 사실을 발견해 낼 수 있다. 즉, 설화 단계에서부터 전승되어 온 (가)의 '용궁 위기'와, 판소리 형성 후에 첨입된 (나)의 '그물 위기' 및 (다)의 '독수리 위기'가 그 서사적 골격에 있어서 기본적으로 동일한 패턴을 지니고 있다는 점이다.

'용궁 위기'는 토끼의 처지에서 볼 때, '뜻하지 않은 삶의 위협→임기응변적 꾀에 의한 위기의 극복→위기의 해소'라는 과정으로 이루어져 있다. 그런데 이러한 패턴은 '그물 위기' 및 '독수리 위기'에서도 그대로 확인된다. 따라서 (나)의 '그물 위기'나 (다)의 '독수리 위기'는 (가)의 '용궁 위기'에서 보여 주는 서사적 골격의 반복이다. 약자인 토끼가 뜻하지 않은 위기에 처했다가, 기지로 강자들을 속여 위기를 넘기고, 궁극적인 승리를 획득한다는 점에서 이들은 공통성을 지닌다.

그러나 이들은 동일한 서사적 골격을 반복하되 서로 간에 어떠한 유기적 관련도 맺고 있지 않다. 따라서 '용궁 위기', '그물 위기', '독수리 위기'는 상호 관련이 전혀 없는 하나 하나의 독립된 삽화들로 존재한다.

[도표 2]

가. 〈퇴별가〉 ○
　　　　　　 용궁위기

나. 〈톡기전〉 ○ ······ ○
　　　　　　 용궁위기 그물위기

다. 〈수궁가〉 ○ ······ ○ ······ ○
　　　　　　 용궁위기 그물위기 독수리위기

※ 여기서 고리[ring] 즉, 원은 하나의 완결된 사건임을 나타내며, 고리와 고리를 점선으로 연결한 것은 이들 사건 간에 유기적 관련성이 없음을 나타낸다. 그리고 원의 형태가 같은 것은 각 사건의 서사적 골격이 동일함을 나타낸다.

(가)에서 (나)로 이행함에 따라 동일한 패턴의 사건이 한 번 되풀이되고, (나)에서 (다)로 오면 이것이 다시 한 번 더 되풀이된다. 따라서 '용궁 위기', '그물 위기', '독수리 위기'는 동일한 서사적 구조의 반복으로서, [도표 2]에서 보는 바와 같이 고리[ring]식으로 서로 연결되어 있음을 알 수 있다.

그럼 이와 같은 고리식 연쇄에 의하여 얻어지는 효과는 무엇인가? 이는 한 마디로 말하여 골계적 의미의 극대화, 그 중에서도 특히 해학적 의미[34]의 부각이라 할 수 있다.

---

34) 조동일은 "'있어야 할 것'과 '있는 것'이 서로 거부하는 갈등의 관계를 이루면서, '있는 것'으로 '있어야 할 것'을 부정하는 관계"를 골계라 하고, "골계에는 풍자인 골계와 해학인 골계가 있다"고 한 바 있다. 조동일, 『문학연구방법』, 지식산업사, 1980, 178~179쪽. 그런데 이때 '있는 것'으로 '있어야 할 것'을 부정한다는 것은 진정한 부정이 아니라, 부정을 통하여 오히려 긍정을 노리는 반어라 생각된다. 따라서 이는 사실상 '있어야 할 것(당위)'에 의한 '있는 것(현실)'의 부정이라는 말과 동일한 의미를 지닌다. 다만 그것이 반어적으로 표현되기에 웃음을 야기하는데 그 웃음이 부정적이고 공격적일 때 풍자가 이루어지며, 그 웃음이 긍정적이고 포용적일 때 해학이

(가)(나)(다)에서 보여 주는 용왕과 토끼의 대결, 인간과 토끼의 대결, 독수리와 토끼의 대결은 강자와 약자의 대결이라는 공통성을 지닌다. 따라서 토끼(혹은 독자)의 입장에서 볼 때, 이들 강자들이 보여 주는 우행(愚行)은 하나 하나 독립된 것이면서, 동시에 동일한 우행의 반복으로 인식될 수 있다. 여기에서 해학적 의미가 현저하게 부각된다. 약자의 꾀에 우롱당해 되풀이되는 강자들의 우행은 웃음을 한층 극대화하기 때문이다. 따라서 (가)→(나)→(다)로 이행함에 따라 웃음의 강도는 점점 증대된다. 이러한 웃음은 그 자체가 목적이라는 점에서 풍자보다 해학에 가깝다. (나)와 (다)는 어떠한 사회 풍자적 의미를 위해서라기보다 웃음 그 자체를 위해서 부연된 것이기 때문이다. 따라서 반복적 우행에 의한 웃음의 창조는 해학적 의미를 부각시킴으로써 상대적으로 풍자적 의미의 약화를 초래한다. '용궁 위기'에서 보여 주었던 지배층에 대한 풍자는 '그물 위기', '독수리 위기'의 첨입으로 인하여 본래의 풍자적 의미가 뒤로 밀려나고, 강자들의 반복되는 우행에서 야기되는 웃음 그 자체에로 관심이 집중된다.[35] 이는 '그물 위기'나 '독수리 위기' 자체가 단순히 웃음 창조를 목적으로 설정되어 있음에서도 뒷받침된다.

결국 판소리 형성 후의 변모는 다음과 같이 정리할 수 있다.

(가)→(나)→(다)로 이행함에 따라 본래의 '용궁 위기'에 '그물 위기', '독수리 위기' 등이 차례로 첨입됨으로써, 동일한 서사적 골격의 고리식 연쇄가 이루어진다. 이때 토끼가 승리할 수 있었던 유일한 길은 임기응

성립된다고 할 수 있다. 따라서 풍자의 웃음은 수단적 성격이 좀 더 강하다면, 해학적 웃음은 목적적 성격이 보다 강하다고 할 수 있다. 본고에서 골계·풍자·해학 등의 용어는 이와 같은 의미로 사용된다.

35) 용궁에서 나온 후 토끼가 겪는 '그물 위기', '독수리 위기' 등이 서민들의 발랄한 삶의 지혜를 제시하기 위한 것이라는 견해도 있으나(조동일, 앞의 논문, 1971 참조), 필자는 이와 견해를 달리한다. '그물 위기'나 '독수리 위기'는 그러한 사회적 의미의 표출보다는 웃음의 창조 그 자체에 근본 목적이 있다고 보기 때문이다.

변적 꾀로 강자들의 어리석음을 이용하는 것이었다. 따라서 토끼의 승리는 상대적으로 강자들의 어리석음을 폭로시키는 효과를 가져온다. 그런데 용왕·인간·독수리는 약자인 토끼와 대결하는 강자들이라는 점에서 공통성을 지닌다. 따라서 그들이 보여 주는 우행은 하나 하나가 독립된 것이면서도, 강자의 반복적인 우행으로 인식된다. 여기에서 해학적 의미가 부각된다. 약자에게 속아 되풀이되는 강자들의 우행은 웃음을 그 만큼 더 증폭시키니, 어리석은 행위는 일회로 끝날 때보다 거듭 반복될 때 한층 극대화된 웃음을 창출해 내기 때문이다. 따라서 (가)→(나)→(다)로 이행할수록 웃음의 강도는 더 커지게 마련이며, 또한 이렇게 되풀이되는 우행에서 오는 웃음은 웃음 그 자체에 관심을 집중시킴으로써 해학적 의미 창조의 바탕이 되었다.

2. 변모의 배경과 의미

〈토끼전〉은 판소리로 형성된 후 고리식 연쇄에 의한 삽화의 첨입을 통해 풍자적 의미가 약화되고 해학적 의미가 부각되는 경향을 드러내었다. 이제 이러한 변모가 일어나게 된 배경과 의미를 살펴 볼 차례다.

1) 우화소설이 지닌 풍자적 기능의 한계

〈토끼전〉이 설화를 바탕으로 하여 이루어진 우화소설이라는 점은 잘 알려진 사실이다. 이 작품이 자유로운 풍자를 할 수 있었던 것도 이를 바탕한 것이었다. 그런데 독자(혹은 청중)의 측면에서 볼 때, 우화소설이라는 바로 그 사실이 오히려 풍자적 기능에 장애가 되고 있음도 간과해서는 안된다.

(가)에서 제시되는 토끼의 삶은 비극적 양상을 띠고 있다. 강자들의 틈바구니 속에서 약자인 토끼는 생존 그 자체를 위협받고 있다. 강자들

에 의한 생존의 위협 속에서 토끼가 살아날 수 있었던 유일한 길은 거짓말이라는 임기응변적 꾀에 의존하는 것이었다. 그런데 약자의 전형으로 제시된 토끼는 바로 당시의 서민층을 대변한다고 볼 수 있으며, 그가 보여 주는 삶의 모습은 바로 당시 서민생활의 실상이라 할 수 있다. 따라서 〈토끼전〉은 거짓말과 같은 임기응변적 꾀에 의존해서만 살아남을 수 있었던 조선후기 서민생활의 비극적 실상을 보여 준다.

그런데 우화는 이러한 비극적 삶을 형상화해 내는 데 일정한 한계를 지니고 있다. 우화는 본래 의인화된 동물을 통해 도덕적인 주제를 표현하는 이야기[36]이기 때문이다. 사람 아닌 동물이 사람처럼 행동한다는 사실 자체가 진지함을 감소시키는 요인이 된다. 따라서 우화는 비장이나 숭고보다 골계에 더 적절한 문학 형태라 할 수 있다. 동물의 행위가 아무리 진지하고 엄숙해도 그것은 동물의 행위이지 인간의 행위일 수 없다. 거기에는 동물과 인간이라는 어쩔 수 없는 거리가 가로 놓여 있다. 이러한 거리감은 독자들로 하여금 작품 속으로의 몰입을 막아 주며, 작품을 제 삼자적 입장에서 바라보게 한다. 따라서 이는 작중 인물과의 공감대를 형성하는 데 장애가 된다. 이 때문에 청중(혹은 독자)들은 작품내적 세계와 현실의 세계를 동일시하거나, 작중 인물이 겪는 일을 자기 자신의 일로 일체화하여 체험하는 대신에, 객관적 거리를 두고 그것을 바라보게 되는 것이다. 따라서 이는 작품내적 세계의 비극적 상황이 절실한 현실감을 획득할 수 없게 하는 요인이 된다.

바로 여기에 우화소설로서의 〈토끼전〉이 지닌 풍자적 기능의 한계가 있고, 해학적 의미 파생의 근거가 있다. 토끼의 입장에서 볼 때, 거듭되는 생명의 위협을 극복해 가는 과정은 결코 웃음의 소재가 될 수 없다.

---

36) M.H. Abrams, A Glossary of Literary Terms. Holt, Rinehart and Winston, New York, 1974, 2쪽, 「A fable is a story, exemplifying a moral thesis, in which animals talk and act like human beings」

그것은 생사가 걸린 절박한 문제이다. 그런데도 죽음의 위기에 처한 토끼에게서 우리는 가슴을 죄는 위기의식을 체험하지 못한다. 오히려 웃음을 발견한다. 이러한 사실은 토끼가 인간이 아닌 동물이라는 사실에 근본 원인이 있다.

토끼의 비극적 삶이 이처럼 변형되어 인식될 때, 풍자적 기능은 약화될 수밖에 없다. 서민의 전형인 토끼의 삶이 비극적으로 인식되어야만 이에 대조되는 지배층의 내분과 비리는 한층 예리하게 풍자될 수 있기 때문이다. 이와 같은 풍자적 기능의 약화는 상대적으로 해학적 의미를 부각시키는 효과를 낳는다. 웃음의 이면에 숨겨진 비판적 의미가 약화됨으로써 상대적으로 웃음 그 자체가 흥미의 초점으로 부각되는 것이다.

2) 판소리의 전문화와 기반층의 변모

판소리는 민속적인 저급 창자들인 광대계급에서 비롯하였으면서도 그들이 보다 높은 예술성을 지니면서부터 그것은 서민에게서 멀어져 갔다.[37] 그리하여 17세기에는 평민층이 유일한 지지 기반층이었으나, 18세기에는 양반층이 이에 끼어들게 되었고, 19세기에 와서는 평민들보다 양반들이 보다 중요한 기반층이 되었다.[38] 이러한 지지 기반층의 변모는 판소리 사설의 변모에 있어 중요한 의미를 지닌다. 양반층들은 권징적 관점에서 판소리를 이해함으로써, 일반인들이 판소리의 비속한 사설과 거친 말들을 그대로 받아들여 단순한 재밋거리(戱笑之資)로 삼는 데 대해 부정적 입장을 취했기 때문이다.[39] 따라서 양반층의 개입은 판소

---

37) 김동욱, 앞의 논문, 1979 참조.
38) 김흥규, 앞의 논문, 1979 참조.
39) 정현석, 〈贈桐里申君序〉, 「我東倡夫之歌 殆彷彿乎古之俳優 春香沈淸興富等歌 皆足以勸善懲惡 但其人也賤 其詞也俚 語多悖理 聞者徒爲戱笑之資 亦不解其本旨 矣」(강한영, 「판소리의 이론」, 『판소리의 이해』, 창작과 비평사, 1979에서 재인용)

리 사설을 그들의 취향에 맞게 변형시키는 역할을 했으며, 이때 그 변형의 중추적 역할을 담당한 것은 아전층이었다. 판소리 사설이 이렇게 양반적 취향에 맞게 개작, 윤색됨에 따라 지배층이나 사회 부조리에 대한 풍자는 그 만큼 약화될 수밖에 없었을 것이다.

그러나 이러한 변모가 일원화된 전반적인 추세였다고는 보기 어렵다. 광대들은 "고기잡이 어촌으로, 추수 때에는 농촌으로 다녔으며, 장터에서 소리를 팔기도 하고, 부자나 양반집 잔치에서도, 과거 급제자가 놀이를 벌일 때에도 판소리를 불렀기"[40] 때문이다. 따라서 청중이 누구냐에 따라 판소리 사설이 달리 윤색되어 구연되었을 가능성은 충분하다. 양반의 잔치나 과거 급제연에서는 양반적 취향에 맞게 변모되었을 것이며, 장터나 농·어촌에서는 평민적 취향에 맞게 변모되었을 것이다. 그러나 판소리가 보다 전문화되고, 양반층의 애호에 힘입어 광대의 지위가 상승됨에 따라, 양반적 취향이 점점 더 강화되어 갔을 것임은 분명하다.

19세기에 이르러 판소리 창법이 동편제·서편제·중고제와 같은 법제로 나뉘어짐으로써, 판소리가 음악적으로 세련되어진 것도 양반적 취향과 무관하지 않다. 판소리가 양반들의 연회에서 구연될 때, 비리한 사설이 그대로 구연되기는 어려웠을 것이며, 다소의 윤색이 가해졌을 것이다. 즉 판소리 기반층이 차츰 양반층으로 옮겨 감에 따라, 지배층에 대한 풍자는 점점 약화되고 웃음 그 자체를 즐길 수 있는 해학적 의미로 변모되었으리라 생각된다. 해학은 지배층과 피지배층 모두가 공감할 수 있는 것이기 때문이다. 이렇게 하여 양반들의 후원을 받게 된 판소리는 보다 전문화되고, 그에 따라 광대의 가창 방법도 세련되어 법제의 분화가 이루어졌으리라 생각된다. 이와 같은 법제의 분화는 판소리의 전문화를 더욱 촉진하였으며, 이는 판소리가 서민으로부터 멀어져 간 중

---

40) 조동일, 앞의 논문, 1979 참조.

요한 원인이 되었을 것이다. 전문화된 판소리는 보다 많은 소리채를 요구하게 마련인데, 서민들은 그를 감당할 만한 경제적 능력이 없었기 때문이다.

〈토끼전〉이 해학적으로 변모된 것은 이와 같은 판소리 창자의 전문화와 그에 따른 기반층의 변모에서도 큰 영향을 받았다. 아전층에 의한 사설의 윤색은, 양반적 취향과 서민적 취향을 동시에 반영했지만, 판소리에 대한 양반 향수층의 확대와 더불어 지배층에 대한 풍자의 의미는 차츰 약화되어 갔다. 〈퇴별가〉에서 보여 주던 풍자적 의미가 〈톡기전〉〈수궁가〉로 오면서 해학적으로 변모된 것은 이를 입증해 준다. 특히 새로 첨입된 '그물 위기'나 '독수리 위기'가 웃음 그 자체를 목적으로 하고 있음도 이를 뒷받침한다.

3) 사회적 배경

19세기에 들어와 외척의 세도정치가 행해지면서 국가 기강은 더욱 문란해졌고, 그에 따라 민심은 위정자로부터 유리되어 갔다. 순조대에 현저히 늘어나기 시작한 괘서(掛書) 사건이나, 비기(秘記)·참설(讖說)의 유행은 이를 대변하는 것이었다.[41] 이와 같이 동요되던 민심은 1811년 평안도 일대에서 일어난 홍경래난으로 폭발되었다. 홍경래가 난을 일으킨 뒤 5~6일만에 청천강 이북의 8읍을 점령할 수 있었던 것[42]도 민중들이 이들에게 적극 호응했기에 가능했다. 뒤이어 1862년에는 진주 민란이 일어나 삼남과 전국적인 규모로 확산되어, 지배층에 대한 항거가 표면화되었다. 그러나 조정에서는 민중들의 불만을 해결할 수 있는 근본적 대책을 세우지 않고 단지 고식적인 수단으로 시종했으므로, 민중

---

41) 한우근, 앞의 책, 1981, 376쪽.
42) 위의 책, 같은 곳.

들의 요구는 결국 관철되지 못하고 희생자만 남기게 되었다.

이와 같이 거듭된 항거의 실패 속에서 민중은 깊은 좌절감을 체험하게 되고 어쩔 수 없이 현실을 받아들여야 하는 체념적 자세에 빠지게 되었다. 그리하여 절박한 현실을 체념적으로 수용하면서, 고통 속에서도 웃음을 찾는 길을 발견하게 되었다.

<토끼전>이 해학적 변모를 일으킨 것은 이러한 시대적 상황과도 관련이 있다. 풍자는 항거하려는 본능에서 생기는 것이며, 예술화된 항의임43)을 고려할 때 체념적 자세와 풍자는 거리가 멀다. 풍자는 비판과 저항의 의욕이 있을 때 나타난다. 체념적인 상황에서는 풍자보다 해학이 더 적절하다. 해학은 웃음을 통해 현실을 수용하기에, 현실의 고통을 망각시켜 주는 자기위안적 요소가 있기 때문이다. 따라서 <토끼전>에서 지배층에 대한 풍자의 의미가 약화된 것은 피지배층인 민중들의 체념적 자세에도 그 원인의 일단이 있었음을 부인하기 어려울 것이다.

한편 19세기 후반부터 진행된 중세적 봉건질서의 해체도 해학적 변모의 주요한 바탕이 되었다. <토끼전>의 작품내적 세계는 유교적 봉건질서에 따르고 있는데, 현실적 세계는 새로운 근대적 질서로 바뀜에 따라, 상호간의 괴리가 생긴 때문이다. 동시에 20세기에 접어들면서 봉건질서가 완전히 해체되고 일본 제국주의의 식민지 지배로 들어감에 따라, 지배층과 피지배층의 대립이 무의미해진 것도 변모의 한 근거가 된다. 지배층에 대한 풍자가 무의미해짐에 따라 판소리 사설이 보다 해학적으로 변용되어 간 것이다. 현전 판소리인 박봉술의 <수궁가>에 사회 풍자의 의미가 거의 제거되어 있고, 언어유희와 같은 웃음을 위한 웃음이 특히 강하게 드러나는 것도 이런 측면에서 설명될 수 있다. 따라서 판소리 <토끼전>은 서민층의 체념적 자세와 중세적 봉건질서의 해체로 인하여

---

43) Pope, Writers and their Work, 1954, 17쪽. (Arthur Pollard 지음·송낙헌 번역, 『풍자』, 서울대 출판부, 1980, 12쪽에서 재인용)

사회 풍자의 의미가 차츰 제거되고 웃음을 목적적 가치로 하는 해학적 의미로 변모되어 왔음을 알 수 있다. 그리고 이러한 사실은 다른 판소리 작품들에서도 어느 정도 타당성을 지닐 수 있지 않을까 생각된다.

Ⅳ. 맺음말

지금까지 〈토끼전〉이 판소리로 형성되기까지의 과정과, 판소리로 형성된 후에 보여 주는 변모의 양상들을 살펴 보았다. 이들을 정리하여 결론으로 삼는다.

〈악본생 설화〉에서 판소리 〈퇴별가〉로 이행해 옴에 따라 불교적 의미는 유교적 의미로 변모되고, 동시에 사회 풍자적 성격이 부각된다. 〈악본생 설화〉 〈불설별미후경 설화〉 단계에서 가족적 차원에 있던 환자와 출륙자의 관계는 〈귀토설화〉 단계에 오면 가족 관계가 아닌 주종적인 관계로 바뀐다. 이때 개입된 용궁설화는 유교적 질서로 이행하게 되는 바탕이 되며, 사회 풍자의 의미를 수용할 수 있는 길을 열어 준다. 이어 〈퇴별가〉에 이르면 작품내적 세계는 유교적 봉건질서로 확립되며, 환자와 출륙자의 관계 및 용왕과 다른 어족들의 관계는 완전한 군신 관계로 변모된다. 이에 따라 작품내적 세계는 당시의 현실과 쉽사리 대응될 수 있었고, 여기서 사회 풍자가 가능해졌다.

〈귀토설화〉는 민간설화를 끌어들여 특정의 의미를 암시하는 수단으로 사용됨으로써 불교적 경전 설화로서의 외경감을 제거하고 사회 풍자로 나아가는 길을 열어 주었다. 그리고 〈퇴별가〉에 이르러 작품내적 세계가 유교적 질서로 변모된 것은 당대 사회의 유교적 가치관이 작품 속에 수용된 결과이다. 또한 설화 단계의 서사적 골격을 토대로 엄청난 부연이 일어나고, 새로운 삽화의 첨입이 일어난 것은 판소리의 장르적 특성에서 그 원인을 찾을 수 있다. 판소리는 사설이 특히 중요시되고, 부분의 독자성이 강한 열려 있는 장르이기에, 광대들은 보다 나은 사설을 만들기 위해 꾸준히 새로운 삽화를 덧보태고 기존 삽화를 첨삭하였을 것이기 때문이다.

한편 판소리 형성기는 양반사회가 서서히 붕괴되고 지배층과 피지배층이 유리되어 가던 때로서, 각성된 서민층은 지배층의 비리를 차츰 비판적인 눈으로 바라보게 되었다. 따라서 서민층을 기반으로 발생한 판소리 또한 필연적으로 지배층에 대한 비판의식을 수용하게 마련이었다. <퇴별가>가 조선후기의 혼란된 통치질서를 반영하면서 사회 풍자의 의미를 지니게 된 것은 이 때문이다.

판소리로 형성된 <퇴별가>는 <톡기전>→<수궁가>로 이행함에 따라 새로운 삽화인 '그물 위기', '독수리 위기' 등이 차례로 첨입됨으로써, 동일한 서사구조의 고리[ring]식 연쇄가 이루어진다. 이러한 연쇄적 갈등에서 약자인 토끼가 승리할 수 있었던 유일한 길은 임기응변적 꾀로 강자들의 어리석음을 이용하는 것이었다. 따라서 토끼의 승리는 상대적으로 강자들의 우둔함을 폭로하는 효과를 나타낸다.

그런데 용왕·인간·독수리는 약자와 대결하는 강자라는 점에서 공통성을 지닌다. 따라서 그들이 보여 주는 우행은 개별적인 것이면서, 또 한편으로는 강자들의 반복적인 우행으로 인식된다. 여기에서 웃음을 목적적 가치로 하는 해학적 의미가 부각된다. 어리석은 행위는 일회로 끝날 때보다 거듭 반복될 때 한층 극대화된 웃음을 창출해 내기 때문이다. 따라서 <퇴별가>→<톡기전>→<수궁가>로 이행해 옴에 따라 풍자적 의미는 약화되고 해학적 의미가 증대된다. 이와 같이 <토끼전>이 삽화의 고리식 연쇄에 의해 해학적 의미로 변모되고 있는 것은 당시 향수자들이 이 작품을 해학적 의미 중심으로 수용하고 있었을 가능성을 시사한다.

  〈토끼전〉이 해학적 의미로 변모되는 데에는 우화소설이 갖는 풍자적 기능의 한계, 판소리 기반층의 변모, 시대적 상황 등이 복합적 요인으로 작용하였다.

  우화의 형식은 작중 세계와 현실 세계의 일체화를 방해함으로써, 독자로 하여금 작중의 사건을 객관적 거리를 두고 바라보게 하며, 작중 인물과의 공감대 형성을 어렵게 한다. 동시에 등장 인물이 동물이라는 사실 자체가 비극적 현실감을 감소시키는 요인이 됨으로써 풍자적 효과가 감소되고 해학적 의미가 부각된다.

  한편 판소리가 전문화됨에 따라 그 기반층은 평민층에서 차츰 양반층으로 옮겨가게 되었다. 이에 따라 판소리 사설은 양반적 취향에 맞게 개작·윤색되었으며, 이 또한 풍자적 의미를 약화시키고 해학적 의미를 강화시키는 기능을 하였다. 해학은 공격성이 없기에 지배층과 피지배층 모두가 함께 공감할 수 있었기 때문이다.

  끝으로 거듭된 항거의 실패에서 온 민중들의 체념적 자세와, 봉건 체제의 해체도 해학적 변용을 촉진하였다. 풍자는 저항의식의 소산이기에 체념적 자세에서는 나타날 수 없으며, 체념적 자세는 웃음 그 자체를 목표로 하는 해학에 더 적합하기 때문이다. 아울러 봉건 유교질서의 해체와 새로운 근대적 질서의 확립은 작품내적 세계와 현실 세계를 이질화시킴으로써, 지배층과 피지배층의 대립을 무의미하게 만들었다. 이 때문에 지배층에 대한 풍자는 더 이상 호소력을 지닐 수 없게 되었고, 그 결과 언어유희와 같은 해학적 의미로의 변환이 이루어졌다.

〔이원수〕

적강형 〈두껍전〉 연구

Ⅰ. 머리말

〈두껍전〉에는 각기 서로 다른 이름이 존재하며 그 이본들 또한 매우 많다. 그런 이유로〈두껍전〉류 소설은 여러 유형으로 나누어지며 그 내용과 주제 또한 다르다. 이 문제에 관하여, 일찍이 김동욱이 〈두껍전〉류 소설을 세 계열로 나누어 유형 분류의 가능성을 타진한 바 있으며, 이를 토대로 하여 홍재휴는 〈두껍전〉을 쟁장형(爭長型), 선관형(仙官型), 일월형(日月型)으로 나누고 있다.1) 고전소설사에서 우화소설(寓話小說)의 하나로 여기고 있는 〈두껍전〉은 여기서 말하는 쟁장형 〈두껍전〉을 가리킨다. 이 유형에 대한 연구의 성과는 상당히 축적된 것으로 보인다.2) 하

---

1) 김동욱은 자신이 소장하고 있는 10종의 두껍전 이본을 신화형, 쟁장설화계, 오섬가(烏蟾歌)의 세 계통으로 나누어 살폈다. 그런데 그가 지칭한 신화형 두껍전을, 홍재휴는 이미 〈仙官 두껍전〉이라는 이름을 사용한 바 있으며, 또 다른 자리에서는 오섬가 계열을 일월형으로 명명하면서 쟁장형을 포함시켜 〈두껍전〉을 세 유형으로 분류하고 있다. 김동욱, 「두껍傳 硏究 序說」, 『국어국문학』 제55~57 합병호, 국어국문학회, 1972; 洪在休, 「仙官 두껍전」, 『국어교육연구』 제1집, 경북대 사대 국어교육연구회, 1969; 『한국민족문화대백과사전』 7, 한국정신문화연구원, 1989, '두껍전' 항목(洪在休 집필), 396~397쪽.

2) 이 〈두껍전〉은 대개 우화소설, 의인소설, 풍자문학의 항목에서 여타 소설과 함께 논의되고 있다. 중요한 연구성과를 들면 다음과 같다.
이정혜, 「한국동물소설연구」, 고려대 교육대학원 석사학위논문, 1970; 정학성, 「寓

지만 신화형(神話型) 또는 선관형(仙官型)으로도 불려지는 〈두껍전〉의
또 다른 유형에 대한 연구는 아직 미흡한 편이다.

본고는 바로 이 유형에 대한 개별적인 연구라 할 수 있다. 필자는 이
유형을 기존의 선관형이나 신화형 〈두껍전〉이라는 이름대신에 새롭게
적강형(謫降型) 〈두껍전〉이라고 명명하고자 한다. 그것은 이 유형에 드
러나는 중요한 구조적인 특징을 고려한 것이다. 후술하겠지만 두껍전은
적강소설(謫降小說)[3]에 나타나는 '득죄적강(得罪謫降)[天上界]→지상적 삶
[地上界]→승천(昇天)[天上界]'이라는 순환적 구조를 보여주고 있음이 주목
된다.

이 〈두껍전〉은 구전설화(口傳說話) 〈두꺼비 신랑〉이 소설화하여 이루
어진 것이다. 그리고 여기에 '사위와 처가의 갈등상'을 주제로 하는 구전
설화를 부분적으로 수용한 '못마땅한 사위'형 소설[4]적 성격을 띠고 있
다. 또한 이 유형에 속하는 작품 중에는 판소리 또는 판소리계 소설의
영향을 받은 문체적 특징이 나타나는 이본이 제법 많다. 이와 같은 다양
한 성격 때문에 〈두껍전〉은 고전소설 연구에 있어서 한번쯤 살펴보아야
할 가치가 있는 자료임에는 틀림없다.

그런데 이 소설은 비교적 조선후기에 이루어진 것으로 보인다. 필자

話小說硏究」, 서울대 대학원 석사학위논문, 1972; 윤해옥, 「조선후기 동물우화소설
의 구조적 고찰」, 『연세어문학』 14~15합집, 1982; 황재군, 「조선후기 의인체 우화
소설의 근대적 경향」, 『근대문학의 형성과정』, 문학과 지성사, 1983; 김광순, 「의인
소설의 사적전개와 문학적 성격」, 『한국고소설연구』, 이우출판사, 1983; 김광순, 『한
국의인소설연구』, 새문사, 1987; 김광순, 『韓國古小說史와 論』, 새문사, 1990; 소인
호, 「〈두껍전〉 이본군의 양상과 사회적 의미」, 고려대 대학원 석사학위논문, 1991.

3) 성현경에 의하면 '적강'이란 '본시 천상계에서 살던 인간이 어떤 실수나 죄를 저지
름으로써 지상계에 쫓겨옴'을 뜻하며, 이 화소를 지니고 있는 소설이 곧 적강소설이
다. 그런데 영웅소설이나 전기소설 중 상당수가 적강소설에 해당한다고 한다.
성현경, 『한국소설의 구조와 실상』, 영남대 출판부, 1981, 3~4쪽.

4) 이러한 용어는 김홍균의 연구성과를 따른 것이다. 김홍균, 「'못마땅한 사위'형 소설
의 형성과 변모 양상」, 『정신문화연구』, 1985 겨울호, 한국정신문화연구원.

는 일찍이 〈두껍전〉의 이본들을 대비검토한 적이 있다.[5] 이에 의하면 이 소설은 현재 12종의 필사본이 존재하며 대개 1890년 초반부터 1910년 후반 사이에 필사되었다. 그리고 이들은 서로 내용상 큰 차이가 없되 판소리식 문체가 나타나는 이본군과 그렇지 않은 이본군이 존재하고 있다.

이 유형의 〈두껍전〉은 이미 언급된 대로 홍재휴에 의해 처음 그 내용이 소개되면서 문제시되었다. 그는 자신의 소장본 세 종 중 하나를 택하여 간단한 해설과 함께 작품을 교주한 바 있다.[6] 그리고 김동욱은 〈두껍전〉을 세 계열로 나누어 계열별로 이본들과 내용적 특징을 소개하는 자리에서, 본고의 대상인 신화형 〈두껍전〉도 간략히 거론하였다. 그 뒤 임성래에 의하여 〈두껍전〉의 전반적인 실상을 파악하려는 연구가 이루어졌다.[7] 그는 오섬가 계열을 인정하지 않은 채 신화계와 쟁장설화계를 대상으로 하여 이본을 소개한 뒤 작품의 분석을 시도하였다. 그러나 그는 이 소설이 지니는 '설화소설'로서의 성격에 주목하지 않았고, 또한 판소리식 문체나 적강구조의 문제 등을 심도있게 다루지 않았다.[8]

이러한 연구 성과를 반영하면서 필자는 새롭게 알려진 이본을 추가하여 먼저 이본들의 서지 사항과 내용적인 특징을 검토 대비하였으며, 아울러 이를 토대로 하여 이본 간의 계보를 작성한 바 있다.[9] 본고는 필자의 이본연구를 잇는 후속작업의 성격을 띠고 있다. 여기서는 이 소설

---

5) 이지영, 「謫降型 〈두껍전〉의 異本硏究」, 『德成語文學』 제7집, 덕성여대 국어국문학과, 1992.

6) 홍재휴, 「仙官 두껍전」, 1969.

7) 임성래, 「두껍전 연구」, 연세대 대학원 석사학위논문, 1981.

8) 이 밖에도 조동일은 『한국문학통사』에서 〈두껍전〉을 거론하면서, 기존의 작품과 또 다른 재미를 위하여 새로운 〈두껍전〉이 생겨났다고 하였다. 그러나 그는 〈두껍전〉과 비교하여 새로 생겨났다는 작품이 지닌 구체적인 변별적 특징을 지적하지는 않았다.
  조동일, 『한국문학통사』 3, 지식산업사, 1984, 96쪽.

9) 이지영, 앞의 논문.

의 서지사항과 내용적 특징을 다시 한번 간단히 소개한 뒤, 설화소설로
서의 성격에 주목하여 설화 〈두꺼비 신랑〉의 자료를 개괄적으로 정리하
면서 양자를 비교 고찰하기로 한다. 나아가 이 작품의 구조적 특징과 의
미를 분석하면서 소설사적 의미를 추적해 볼 것이다.

Ⅱ. 이본의 서지사항 및 내용 검토

〈두껍전〉은 목판본이나 활자본은 없고 한글 필사본만이 전하고 있다.
먼저 필자가 확인한 12종의 이본에 대한 서지사항을 간단히 제시해 보
기로 한다.

   ㉠ 둑겁젼, 서울대본, 50면, "임진 육월 초구일 필셔"(1892년).
   ㉡ 둑겁젼, 김동욱본 A(정문연 고소설자료번호 269), 20면, "경유 원월 십이
       일의 시초ᄒ고 십슴 눌의 필셔ᄒ노라"(1897년).
   ㉢ 둑겁젼 권지숭이라, 김동욱본 B(정문연 고소설자료번호 270), 38면, "신츅
       지월 망일의 월봉의셔 송부인이 필셔ᄒ노라"(1901년).
   ㉣ 두썹젼 ,김동욱본 C(정문연 고소설자료번호 272), 46면, "己未二月十八日
       終"(1919년).
   ㉤ 쑥썹젼이라, 박순호본 A[10) (『총서』 10), 50면, 필사연대 미상.
   ㉥ 둑겁젼니리(라), 박순호본 B(『총서』 10), 36면, 필사연대 미상.
   ㉦ 두껍젼, 박순호본 C(『총서』 58), 38면(落張된 첫머리 약 4면 정도를 포함
       시키면 42면), 필사연대 미상.
   ㉧ 쑤겹젼이라, 박순호 소장본 D(총서 59, 1-53쪽), 51면, "大正四年陰○月十
       五日抄"(1915년).
   ㉨ 두겹젼 권지단리라, 박순호본 E(『총서』 59), 36면, "신ᄒᆡ ᄉ월 초오일 필
       셔"(1911년).

---

10) 박순호본 필사본들은 모두 『한글필사본 고소설자료총서』, 오성사, 1986에 영인되
   어 수록되었다.

㉣ 둑겁젼이라, 박순호본 F(『총서』 59), 44면, 필사연대 미상.

㉠ 뚝겁젼 권지단이라, 박순호본 G(『총서』 59), 37면(총29장 중 두껍전 해당
　부분), 필사연대 미상.

㉤ 쑤껍젼, 洪在烋本, 자세한 서지사항은 미상.11)

위를 보면 각 이본마다 필사기(筆寫記)를 통하여 추정이 가능한 필사
연대가 괄호 속에 제시되고 있다. 필자는 이본 ◎의 맨 끝 면에 보이는
필사기 '大正四年'이 1915년임이 명백하다는 사실에서, 나머지 이본들을
이와 비슷한 전후 연대로 추정하려는 근거로 삼았다. 이와 같은 생각을
갖게 된 데는 이 소설이 목판본이나 활자본을 갖고 있지 않는 데다가,
위의 이본들의 내용이 큰 차이가 없이 서로 유사한 만큼, 이들이 극심한
시간 간격을 두면서 필사되기보다는 비슷한 연대에 필사되었을 것이라
고 생각하는 편이 훨씬 자연스러울 것 같아서이다.

그리하여 필사기가 확인되지 않아 필사연대를 알 수 없는 나머지 자
료들도 대부분이 우리가 추정했던 연대에서 벗어나지 않을 것이라고 믿
는다. 그렇다면 이 이본들은 1890년대 초반부터 1910년대 후반 사이에
대부분 필사되었을 것이라고 보아도 무방할 듯하다.12)

12종의 필사본을 보면, 이본 ㉢ 김동욱 C본(기미본)을 제외한 나머지
는 내용이 거의 동일하다. 그렇다고 해서 이본 ㉢이 여타 이본과 전혀
다른 줄거리를 갖고 있다는 말이 아니다. 이본 ㉢에는 두꺼비가 장인의
환갑잔치에서 두 동서를 욕보이고 자신의 신분을 밝힌 뒤 승천하는 이
야기로 끝맺는 여타의 자료와는 달리, 환갑잔치에 이어서 두꺼비의 과
거 출세담과 두 동서(同壻)의 봉욕담(逢辱譚)이 부연되어 있다.

---

11) 홍재휴, 「仙官 두껍전」, 1969. 홍교수의 해설을 보면 이밖에도 적강형 두껍전에 해
　당하는 자료를 자신이 두 개 더 소장하고 있다고 한다. 이로 보아 본 소설의 이본수
　는 더 늘어날 수 있다.

12) 이본들의 개별적인 자세한 서지적 특징은 이지영, 앞의 논문 참조 바람.

그러면, 이본 ㉣을 제외한 나머지 이본을 대상으로 하여 공통적인 내용을 정리한 서사단락을 간략히 추출해보자.

1. 대명 시절 조선국 경상도 월출산 아래 무자(無子)한 양옹이 낚시로 연명한다.
2. 고기를 못잡아 굶다가 다음날 연못에서 두꺼비를 발견한다.
3. 두꺼비는 자청하여 양옹의 집으로 들어가고, 그날밤 기운을 토한 뒤 온갖 재물을 생기게 한다.
4. 두꺼비가 원하여 양옹과 부자지의를 맺는다.
5. 두꺼비는 박판서 댁 셋째 딸 월성과 결혼하겠다며 난색을 표하는 부친에게 그 방법을 일러준다.
6. 모친은 판서 댁에 가서 두껍이 일러준 대로 하자 판서가 노하여 그녀의 목을 베나 다시 붙는다.
7. 놀란 판서는 부인과 상의한 뒤 도리없이 허혼하여 정월 보름으로 택일한다.
8. 혼인날 두꺼비의 모습을 보고 모두가 놀라고 일가가 탄식한다.
9. 신방에서 신부가 신세를 한탄하며 자결하려고 하자, 두꺼비가 만류하면서 자신의 정체를 밝혀 천상 선관으로 득죄 적강하여 두꺼비의 허물을 썼다고 말한다.
10. 두꺼비는 신부에게 칼로 자신의 배를 가르게 하여 허물을 벗고 선관이 되며, 이 일을 누설하지 말 것을 당부한다.
11. 아침에 가인(家人)이 신부의 화색을 보자 흠을 보고, 두꺼비는 장인 장모에게 문안인사를 거절당한다.
12. 양옹 내외는 두꺼비의 시중을 받다가 칠십에 구몰한다.
13. 장인의 환갑이 당도하자 두 동서는 두꺼비를 부르지 않고 사냥을 가고, 두꺼비는 여기에 화를 내며 장인을 졸라 역시 사냥을 간다.
14. 심산에 들어간 두꺼비는 종을 시켜 감투를 쓴 노옹에게 편지를 보내어 짐승을 잡아오도록 한다.
15. 두꺼비는 필요한 짐승(장끼, 까투리)만 얻은 뒤 노옹의 재주를 시험하여 종들을 놀라게 한다. 종들에게 이 일을 발설하지 말도록 엄명한다.
16. 두꺼비는 오는 길에 빈 손의 두 동서를 만나 그들의 등에 투서한 뒤 사

냥물을 건네준다.

17. 집에 돌아와 두 동서는 오히려 칭찬을 받지만, 빈 손의 두꺼비는 조소를
    당한다.
18. 장인 환갑날에 초청받지 못한 두꺼비가 노하여 진언하자, 선관으로 변하
    고 천상에서 인마를 얻는다.
19. 선관은 장인 잔치에 가서 평안도 성천 선비로 자처하면서 도망간 종을
    찾으러 왔다고 말한다.
20. 선관이 등 뒤의 표식으로 두 동서를 자신의 종이라며 결박하고 욕보이
    자, 모두가 놀라고 장모가 통곡한다.
21. 두 사위의 투서사연을 들은 판서가 두꺼비를 찾자, 그때야 선관은 자신
    이 두꺼비라면서 자신의 정체를 밝힌다.
22. 선관은 천상 승천을 고하며 장인 장모를 하직하고 허물을 남겨준 뒤, 부
    인과 함께 승천한다.

이상 22개의 서사단락을 추출해 보았거니와 이 작품은 한마디로 '두
꺼비가 적강하여 지상적 삶을 누린 뒤 다시 승천하는 이야기'라고 정리
할 수 있겠다. 또한 두꺼비의 지상적 삶은 양옹의 수양자로서 판서의 딸
과 혼인한 뒤 처가의 박대를 겪으면서 이를 극복하는 과정으로 짜여져
있으며, 여기서 두꺼비가 겪는 혼사시련이 부각되어 있다. 그런데 주목
할 만한 것은 두꺼비가 '처가족으로의 귀속'을 용인받자마자 곧장 지상
에서의 삶을 마감하고 천상으로 복귀하고 있다는 것이다. 이처럼 두꺼
비의 행동 범위가 가정사에 국한되고 있다는 것은 이 소설의 갈등이나
구성이 지극히 단순함을 뜻한다.

11종의 이본과 내용상 색다른 모습을 결말에서 보이는 이본 ㉣을 앞
서 추출한 공통 서사단락과 비교하면, 몇 군데 세부적인 차이가 나타난
다. 즉 영웅소설에 의례히 나타나는 주인공의 탄생을 위한 기자치성(祈
子致誠) 모티프가 삽입되어 있으며, 등장인물에게 앞 일을 예견할 수 있
도록 만드는 '꿈' 모티프가 빈번히 나타나고 있는 것은 이 이본만이 가

지는 특징적인 면이다.

그리고 앞서 언급되었지만 이 이본은 특이하게 장인의 환갑잔치 후에 두꺼비가 곧장 승천하는 것으로 결구되지 않고, 다시 과거 출세담과 두 동서의 봉욕담이 덧붙여지고 있다. 이러한 삽화는 혼인과 그로 인한 가족관계의 수립에 놓여진 초점을 입신출세라는 국가 사회적 관계까지 넓히는 것이다. 그런 의미에서 이 이본만은 '부자관계 → 부부관계 → 군신 관계'라는 두꺼비의 확대된 지상적 삶을 보여주고 있다.

한편 이 이본의 후반부를 보면 홍탑이 금낭을 탈취하는 대목과 두꺼비가 범잡이 역사(力士)를 혼내주는 대목에서 주인공의 이적(異蹟)이 두 번 나타난다. 이러한 두꺼비의 이적은 앞 부분 이야기에서 보이는 그것과 성격이 같은 초월적인 능력에 해당한다. 이처럼 이야기에 '꿈'모티프나 신이한 이적이 사건에 빈번히 개입하는 것으로 보아, 이본 ㉣은 나머지 이본보다 훨씬 더 영웅소설적 기법을 많이 차용하고 있는 작품으로 보여진다.

Ⅲ. 적강형 〈두껍전〉과 설화 〈두꺼비 신랑〉의 관련 양상

구전되는 설화 중에는 짜임새가 〈두껍전〉과 유사한 것들이 제법 있다. 소위 설화 〈두꺼비 신랑〉을 보면 내용면에서 〈두껍전〉과 비슷하여 소설을 축약한 듯한 자료가 있는가 하면, 소설에 없는 이야기를 포함하고 있는 자료가 있기도 하다. 이로 보아 〈두껍전〉은 구전되는 〈두꺼비 신랑〉과의 관련 속에서 형성되었으며, 나아가 이 설화 역시 구전되면서도 나름대로 〈두껍전〉과 상호 수수관계(授受關係) 속에서 전승되고 있음을 짐작할 수 있다.

〈두꺼비 신랑〉은 『한국구비문학대계』(이하 '대계')의 유형 분류에 의

하면, 짐승의 모습을 했다가 변신을 청산한다는, '611 사람 모습 찾기' 유형 중 두번째 하위유형인 '611-2 두꺼비에게 시집간 셋째딸'에 해당한다.[13] 게다가 짐승의 모습으로 여인과 결혼하였다가 변신하여 고귀한 남성이 된다는 이러한 이야기는, 세계적으로 널리 알려진 '개구리 왕 또는 충직한 헨리[The Frog King or Iron Henry]' 유형[14]과 비슷하여 이 이야기의 범세계적 보편성 또한 확인할 수 있다.

그러면 〈두꺼비 신랑〉의 전승 양상을 살펴보기 위하여 구전자료를 수록된 자료명과 제명, 그리고 이야기가 시작되는 첫 쪽수의 순서로 제시한다.

㉠ 대계 2~4, 두꺼비 허물 쓴 사람, 741
㉡ 대계 7~3, 두꺼비 신랑, 473   ㉢『경북민담』, 두꺼비 이야기, 118[15]
㉣『한국설화론』, 두꺼비 사위, 121[16]   ㉤『전집』1, 두꺼비 신랑, 35[17]
㉥『전집』1, 두꺼비 신랑, 38   ㉦『전집』7, 두꺼비 신랑, 299[18]

이들 자료는 이야기 뒷 부분에서 서로 간에 많은 차이를 보여주고 있다. 특히 자료 ㉢, ㉣, ㉤, ㉥의 경우가 그러하다. 우선 이들 각편들의 공통적인 내용을 서사진행에 맞추어 요약한 뒤 각 자료들의 특징을 살펴

---

13) 한국정신문화연구원,『한국구비문학대계』별책부록(1)-한국설화유형분류집, 1989, 89쪽, 524쪽 참조.
14) Stith Thompson,『The Types of the Folktale』, Indiana University, 1961, 149쪽. "Ⅱ.일상담, 400~459 초월적 또는 주술에 걸린 남편(아내) 또는 다른 친척들" 중 '남편' 항목의 유형번호 440이다. 이 유형은『그림동화집』속의 〈Der Froschkönig oder eiserne Heinrich〉에 해당한다. 이것과 〈두꺼비 신랑〉을 비교하면 등장인물의 숫자나 주술에 걸린자가 주술에 걸린 계기, 그리고 이를 발견하는 양상 등 여러 면에서 차이가 난다. 다만 양자의 상호대비의 필요성은 남겨두고 있다.
15) 김광순,『경북민담』, 형설출판사, 1982.
16) 최인학,『한국설화론』, 형설출판사, 1982, 121~123쪽.
17)『임석재전집』1(평북편Ⅰ), 평민사, 1987.
18)『임석재전집』7(전북편Ⅰ), 평민사, 1990.

보기로 한다.

A. 고기를 낚아 연명하던 영감 내외는 두꺼비를 잡는다.

B. 두꺼비는 호부모(號父母)하면서 지내다가(자료 ㉡, ㉢, ㉡), 부잣집 셋째 딸에게 장가보내 달라고 조른다.

C. 영감 내외는 망설이다 부잣집에 가서 사정을 이야기하나 욕을 당한다. 이 때 칼로 할머니의 목이 잘리나 도로 붙기도 한다(자료 ㉢, ㉆).

D. 어쩔 수 없이 부자는 허혼(許婚)하는데, 그가 세 딸에게 두꺼비와 결혼할 의사를 묻자 셋째딸이 부친의 뜻에 따른다는 말을 하는 경우도 있다(자료 ㉡, ㉣, ㉆).

E. 결혼 첫날밤 두꺼비는 허물을 벗는다(자료 ㉡, ㉢, ㉡은 제외).

F. 장인 환갑이 되자 두꺼비와 동서들이 사냥을 가는데, 두꺼비가 부적을 써 서 짐승을 많이 잡는다. 두꺼비는 동서들의 등에 상처를 낸 뒤 사냥물을 건네준다(자료 ㉡, ㉤).

G. 잔치에서 동서는 욕을 당한다.

H. 두꺼비는 잔치에서 자신의 정체를 밝힌다. 또는 영감 내외에게 자신의 정 체를 밝힌다(자료 ㉤, ㉆).

I. 두꺼비가 승천한다.

자료 ㉠은 상당히 간결한 편이어서 구혼이나 사냥을 통한 두꺼비의 이적(異蹟)이 나타나지 않는다. 또한 자료 ㉡은 단락 E 이후의 이야기가 상당히 뒤죽박죽되고 있어서 두꺼비가 어느 때 허물을 벗는지 여부가 불분명하며, 자신의 정체를 밝힌 대목도 없이 이야기의 결말에서 구연 자가 간단히 구술하는 형식을 취하고 있다.[19]

자료 ㉆을 보면, 단락 F, G의 전개 단계에서 이들 단락과는 매우 다른 성격의 이야기가 전개되고 있다. 곧 두꺼비는 처가의 '큰잔칫날'에 활 쏘 기를 하고, 며칠 뒤의 사냥에서 동서(同壻)보다 뛰어난 재주를 보여준다.

---

19) 이는 화자의 구연 능력과 기억력의 미숙에서 비롯된 것이라고 본다.

그런 이야기가 설정되면서 이 자료에서는 '동서(同壻)의 등 투서'와 '환
갑날 정체 드러내기' 대목이 나타나지 않는다. 그 대신에 두꺼비가 몇년
뒤 영감 내외에게 자신의 정체를 드러내면서 승천하는 것으로 끝맺고
있다.

자료 ㉢, ㉣, ㉤, ㉥의 경우, 두꺼비와 셋째딸의 결혼 이후에는 다른
유형의 이야기에 들어 있는 삽화들이 덧붙여지고 있어 이야기 뒷 부분
의 변이가 심하다. 즉 자료 ㉢에서는 두꺼비의 정체가 '요술에 걸린 이
웃나라 왕자'로 설정되어, 예쁜 셋째딸과 결혼하면 요술이 풀리는 것으
로 되어 있다. 그리하여 이 이야기는 두꺼비의 난제풀기 뒤의 결혼에서
끝나고 있다.

자료 ㉣은 단락 H에 이어 용이 득천하면서 도움받은 사람에게 논밭
을 만들어준다는 이야기가 부연되고 있다. 또한 자료 ㉤에서는 결혼 첫
날밤에 두꺼비가 허물을 벗은 대목에 이어 설화 〈구렁덩덩 신선비〉로
바뀌고 있다. 이는 두 설화가 이물교혼담(異物交婚譚)의 성격을 지닌 데
다가 남녀 결합양상과 그 결혼의 진행 과정 또한 비슷한 탓에 화자가
구연 도중 내용상 착오를 일으킨 것으로 보인다.

자료 ㉥의 구혼 과정은 〈구렁덩덩 신선비〉의 그것과 유사하다. 그 이
후는 장인이 왕과 간신으로부터 받은 난제(難題)를 두꺼비가 해결하면
서 왕위를 빼앗는다는 이야기[20]가 덧붙여진다. 그러기에 두꺼비의 허물
벗기나 천상 승천은 탈락되어 있다. 이 자료는 한마디로 말하여 앞서 추
출된 〈두꺼비 신랑〉의 공통 서사단락을 가장 많이 결여한 각편이라 하
겠다.

이상 각편들의 특징을 살펴보았다. 위의 9개의 서사단락을 앞서 정리

---

20) 이로 보아 두꺼비의 정체는 용자(龍子)인 듯하다. 두꺼비가 해결한 두 난제는 '살
    찐 노루잡아오기'와 '대동강 큰 다리 놓기'이다. 그는 이를 위하여 각각 산신령과 용
    왕에게 명령하여 해결하고 있다. 두꺼비의 정체를 가늠해 볼 수 있는 대목이다.

한 고전소설 <두껍전>의 22개의 서사단락과 비교해 볼 때, 양자의 전체적인 줄거리는 대체로 유사한 것으로 보인다. 그러나 <두껍전>의 상당히 많은 단락이 구전설화의 자료에서는 나타나지 않는다.

<두껍전>에 비하여 이상의 구전설화의 자료는, 우선 서두에서 영감 내외에 대한 소개가 구체적이지 않으며, 두꺼비가 영감 집에 가서 단숨에 부유하게 만드는 이적(異蹟)이나 부자지의(父子之儀)를 맺는 것과 같은 '두껍의 가족 편입'의 대목이 모든 자료에 공통적으로 나타나지 않는다. 또한 부자집 구혼(求婚) 과정에 두꺼비의 이적이 구체적으로 드러나지 않고, 혼인 날 광경이 자세하지 않으며, 결혼 첫날밤 두꺼비의 정체 드러내기와 허물 벗기가 각편에 두루 묘사되지 않는다. 그리고 처가와 두 동서의 두꺼비에 대한 박해가 심하게 설정되어 있으며, 사냥 장면에서 '동서의 등에 대한 투서' 대목도 구전설화의 자료에는 두루 나타나지 않는다. 그 외에도 장인 환갑 잔치가 대수롭지 않게 처리되면서 '잔치에서의 동서(同壻) 봉욕(逢辱) 장면'이 두드러지지 않으며, 두꺼비의 정체 드러내기가 중요시되지 않아 두꺼비는 영감에게만 알린 뒤 곧장 승천하는 것으로 되어 있다.

그럼에도 불구하고 <두꺼비 신랑>은 이야기의 진행에 있어서 <두꺼비의 발견 → 부자집 청혼 → 혼인 → 사냥 → 장인 환갑에서의 동서 봉욕 → 두꺼비의 승천>이라는 순차적인 구성을 보여주고 있다. 이러한 여섯 과정은 <두껍전>의 경우와 크게 다를 바 없다. 아울러 이 설화 역시 두꺼비가 적강하여 지상적 삶을 누린 뒤 다시 승천하는 순환구조로 결구되어 있으며, 이 때 두꺼비가 겪는 혼사시련이 크게 부각되고 있다. 다만 이 설화에서는 두꺼비의 '부자관계 맺기'가 미흡하게 처리되고 있어서 <두껍전>과는 차이가 있다.

한편, 다음의 구전설화 자료들은 그 내용이 <두껍전>에 가까워 소설을 읽은 내용을 구연한 것으로 판단된다.

◎ 대계 1-4, 두꺼비 신랑, 819 ㉩ 대계 6-9, 두꺼비 신랑, 762
㉪ 대계 7-6, 두꺼비 신랑, 718 ㉠ 대계 7-14, 허물 벗은 두꺼비 신랑, 79

이 중 자료 ◎은 〈두껍전〉의 줄거리와 거의 흡사하다. 다만 서두에서
양옹(楊翁)의 소개가 구체적이지 않으며, 결말에서는 그의 죽음이 나타
나지 않는다. 또한 두꺼비가 결혼 첫날밤에 허물을 벗으면서 자신의 정
체를 밝히는 대목이 나타나지 않고, 두꺼비가 장인의 회갑잔치 후에 곧
장 승천하지 않고 육십에 오르는 것으로 되어 있다는 차이가 있을 뿐이
다.21)

이처럼 위의 구비설화 자료의 구성과 서사구조는 소설 〈두껍전〉에 흡
사하다. 이러한 양상으로 미루어 볼 때, 설화 〈두꺼비 신랑〉이 독자적으
로 전승되면서 한편으로 소설의 재료로 차용되어 〈두껍전〉의 근간이 되
었으며, 또 한편으로는 그 소설의 내용이 거꾸로 〈두꺼비 신랑〉으로 꾸
며졌다고 믿는다. 설화와 소설이 서로 일정하게 영향을 주고 받으며 전
승하고 있는 중요한 사례가 아닐 수 없다.

Ⅳ. 적강형 〈두껍전〉의 구조적 특징과 그 의미

위에서 필자는 〈두껍전〉의 서사단락을 추출하면서, '두꺼비가 적강하
여 양옹과 부자지의(父子之儀)를 맺으며, 판서 댁과의 혼인 뒤에는 처가
의 박대를 받았고 나중에 이를 극복하면서 정식으로 처가족의 구성원이
된 뒤 승천'하는 서사 진행을 보이고 있음을 내용적 특징으로 지적한 바
있다.

이러한 서사 전개의 틀을 바탕으로, 이 작품이 갖는 구조적 특징으로

---

21) 그런데 자료 ㉠은 구연자가 '〈두껍전〉 이야기'라 하면서도 기억력의 미숙으로 인하
여, 실제로는 그 이야기의 뒤바꿈이 심한 모습을 보이고 있다.

다음 두 가지를 살펴볼 필요가 있다. 첫째로, 이 작품에서 두꺼비는 '적
강→지상적 삶→승천'이라는 순환적 삶의 궤적을 밟고 있다는 점이다.
이러한 주인공의 삶은 고전소설의 한 유형인 적강소설에 나오는 주인공
의 삶의 양식과 일치하는 것이다. 다음으로, 이 작품은 두꺼비가 지상에
서 누리는 삶을 주목할 때, 가족관계가 부자관계에서 부부관계로 확대
되며 이 때 생기는 처가족과의 갈등이 나타난다는 점이다. 이러한 가족
관계의 확립 과정을 통하여, 두꺼비는 갖가지 '이적'과 자신의 '정체 드
러내기'를 시도하며 자신에 대한 박대를 극복하고 처가족의 구성원이
되자 지상의 삶을 마감하고 승천한다. 그러면 이러한 문제점을 하나씩
점검해 보기로 한다.

1. 적강구조와 이원적 세계관

주인공 두꺼비는 천상적 존재로서 천상에서 득죄하여 적강한 뒤 지상
적 삶을 누리다가 다시 승천하고 있다. 다시 말하면 주인공의 삶은 <천
상계→지상계→천상계>라는 순환적 과정을 밟고 있는 것이다. 그리고
두꺼비의 지상에서의 삶은 천정론(天定論)에 의거하여 이루어지고 있다.
곧 주인공이 겪는 모든 삶은 상제(上帝)의 뜻에 따라 진행될 뿐이다. 그
런데 이 작품을 보면 서두에서는 두꺼비가 어떠한 존재이며 왜 물 속에
있었는지 알 수 없고, 중반부에 와서야 두꺼비가 결혼 첫날밤에 신부에
게 자신의 정체를 드러내면서 모든 것이 '상제의 뜻'이었음을 밝히고 있
다. 결국 <두껍전>은 이러한 극적인 방식을 차용함으로써 독자의 궁금
증을 한꺼번에 해소하는 효과를 노리고 있다.

두꺼비가 신부에게 밝힌 자신의 내력담 중 문제가 되는 핵심 부분을
살펴보기로 한다.

나도 천상의 비 맛튼 션관일너니 인간의 그릇 준 죄로 상제씌 득죄하고
쑥급 형용을 시워 인간의 니쳐신 비요 양웅도 천상의 득죄하고 자식 업고
나을 수양자되야 평싱을 함기 지니기 함이요 또 니 형용으로 그디이 비필되
기난 그디이 부친이 소시의 비셜할 쎠이 득죄하난 일 잇난 고로 이런 형용
으로 사회되야 가삼 압푼 변을 보기 함이니 그디난 염여말고 마암을 진정하
여 보라(이본 ㉾, 176~178쪽)

이를 보면 이 작품 속의 주요 인물들은 이미 상제가 지시해 준 운명
을 살고 있는 것으로 되어 있다. 두꺼비를 보면, 그는 원래 하늘에서 비
를 맡은 선관이었는데 비를 인간에게 잘못 준 죄로 지상에 내쳐져 두꺼
비의 허물을 썼으며, 월성과의 연분도 이미 예정되어 있다. 그리하여 그
는 지상에서 상제가 정한 징벌의 기한을 지낸 뒤 다시 천상으로 복귀하
고 있다. 이밖에 양웅과 판서를 보아도 그들이 누리는 지상의 삶은 오직
신의(神意)에 의해 진행되고 있다. 이처럼 이 작품의 사건들은 천상계와
지상계의 이원적 구도 속에서 초월적 세계가 개입하여 이루어지는 양상
을 띠고 있다.

또한 인과응보 사상에 입각한 권선징악을 강조하는 작품의 주제에 관
심을 기울일 필요가 있다. 위의 예문에서 살펴볼 수 있듯이 현재 등장인
물들이 겪는 지상적 삶은 그들이 각각 과거에 저지른 죄의 대가를 치루
기 위해 있는 것이다. 이는 상제에 의해 지시된 것이다. 한마디로 그들
은 철저히 자신들의 죄의 값대로 살고 있다. 이러한 도덕적인 교화의식
이야말로 이 작품이 지향하는 주제임에 틀림없다. 이로 보아 〈두껍전〉
은 윤리소설의 범주에 속하고 있다고 해야 할 것 같다.

한편 주인공 두꺼비가 지상에서 행하는 행위를 보면 천상적인 존재로
서 능력을 그대로 발휘하고 있다. 그리고 그 능력은 자신이 처한 어려움
을 극복하기 위하여 사용되고 있다. 게다가 주인공은 영웅소설의 주인
공처럼 도사에게 뛰어난 능력을 배우는 것이 아니라, 원래부터 있던 능

력을 보여주고 있다. 다시 말하면 두꺼비는 적강한 신세이지만, 그의 신이한 능력은 지상에서도 그대로 발휘되고 있는 것이다.

두꺼비는 지상에서 세 번에 걸친 이적을 보여주고 있다. 양옹을 부유하게 만든 것이 첫번째 이적이며, 두번째는 판서 댁 혼인 과정에서 나타난다. 그리고 세번째는 사냥에서 감투 쓴 노옹을 불러 사냥물을 얻는 데서 베풀어지고 있다. 이러한 이적을 통하여 두꺼비는 자신에게 닥친 문제를 하나씩 해결해간다. 곧 첫번째 이적으로 그는 양옹의 양자가 될 수 있었으며, 두번째 이적으로 판서 댁과의 혼사를 이룰 수 있었고, 세번째 이적으로 자신의 적대자를 징치할 수 있었다. 이러한 문제 해결의 방식으로 보아 이 작품은 관념적 이상주의적인 요소를 내포하고 있다. 그러나 이처럼 현실적 차원에서 제기된 문제를 주인공이 초경험적 능력으로 해결한다는 것은 다른 측면에서 보면, 문제와 해결 사이의 긴밀성이 결여되었음을 의미한다.

2. 가족관계의 확대와 갈등

먼저 가족관계 확대라는 측면에 주목하여 <두껍전>에 나타난 사건을 정리해 보면 다음과 같다.

(1) 양옹의 수양자 됨 — 양옹 가족으로 편입
(2) 혼인과 처가의 박대 — 불완전한 처가 편입
(3) 동서 봉욕과 처가의 박대 극복 — 완전한 처가 편입
(4) 두꺼비 내외의 승천

작품 서두에서 두꺼비는 양옹[22]을 만나고 그의 도움으로 지상에서

---

22) 이 양옹의 신분은 몰락한 양반인 듯하나 확실하지 않다. 그런데 서두에서는 끼니를 제대로 이을 수 없을 정도로 가난한 처지의 농부로 그려져 있다. 그는 이 작품에서 중요한 역할을 담당한다. 그것은 두꺼비가 지상으로 적강하였다가 제일 먼저 접촉하

비로소 '인간'의 위치에 서게 된 뒤,[23] 부자지의를 맺어 양옹의 수양자가
된다. 이로써 주인공은 인간사에서 가장 기본적인 수직적인 부자관계를
확보한다. 혈연관계가 없으면서도 양자가 됨으로써 양옹의 새로운 가족
구성원이 된 것이다. 이는 가난한 양옹을 부자로 만든 그의 첫번째 이적
이 있었기에 가능했다. 그러나 이 과정에서 두꺼비는 자신의 정체를 밝
히지는 않는다. 다만 물 속에 있던 자신의 모습을 피상적으로 드러내 보
였을 뿐이다. 그리고 두꺼비는 양옹의 가족으로 편입되는 동안에 이로
인한 가족내적 갈등을 겪지 않는다.

  부부관계는 수직적인 부자관계에 비해 수평적이다. 부자관계는 혈연
에 의해 맺어지는 선천적인 것이나, 부부관계는 혈연과 관계 없는 계약
적인 인간관계이므로 후천적이다. 인간은 성년이 되면 부부관계를 획득
하면서 새로운 혈연관계를 생산할 수 있다. 그리고 부부관계는 한 가정
의 범위를 넘어서서 가문과 가문의 관계 속에서 이루어진다. 따라서 이
부부관계는 두 가문의 구성원들 사이에 원만한 의사 소통이 이루어지지
않으면 제대로 확보하기 어려운 면도 있다.

  이 작품에서 두꺼비는 결혼을 통해 새로운 가정을 구성하고 나아가
다른 가문과의 관계를 넓히려 한다. 그러나 두꺼비의 수평적인 부부관
계는 쉽게 완성되지 않는다. 처가 구성원들과 심각한 갈등을 겪고 있기
때문이다. 두꺼비와 처가의 갈등은 일차적으로 신분상 차이에서 비롯된
다. 하지만, 그보다 더 큰 원인은 두꺼비의 추한 용모에 기인하는 것으
로 보인다.[24]

게 되는 인간이 양옹이며, 나중에는 양옹이 죽은 뒤에야 두꺼비가 승천할 수 있기
  때문이다.
23) 곧 물 속이라는 임시적인 생활공간에서 비로소 지상으로 옮긴 것이다.
24) 이처럼 주인공이 추물(醜物)이라는 열등한 조건 때문에 사람들로부터 소외당한다
  는 이야기는 〈박씨전〉과 〈靈異錄〉에서도 찾아 볼 수 있다.

우선 전자의 문제는 조선시대의 혼인제도와 관련되어 있다. 일반적으로 조선시대에는 통혼의 계급적 제한이 엄하여, 혼인은 오직 동위계급 간에 한정되어 있었다.[25] 그러므로 양반과 평서민과의 혼인은 생각할 수 없었다. 그런데 이 작품을 보면 두꺼비는 표면상 가난한 농부의 양자이며, 월성은 판서의 딸이다. 이러한 계급적 차이에도 불구하고 그들의 혼인이 가능했었던 것은 두꺼비의 이적 때문이다. 판서 내외가 두꺼비의 이적을 보고 어쩔 수 없어서 혼인을 허락한 것이지, 결코 정상적인 관계에서는 그것이 이루어질 수 없다. 그러나 이와 같은 신분적으로 차이가 나는 타계급간의 혼사로 인하여, 두꺼비는 처가와의 갈등을 겪어야 했다. 이처럼 서로 다른 계급 사이의 혼인을 문제삼고 있다는 점에서, 이 작품은 혼인 제도의 완고성에도 불구하고 계급내혼제가 완화되어 가면서 신분제도가 동요되던 당대의 실상을 충실히 반영하고 있다 하겠다.[26]

후자의 문제로서 두꺼비의 추한 형용은 다음과 같이 판소리식 문체로 희화화되어 묘사되고 있다.

안장의 턱을 걸고 닙을 넙죽넙죽ㅎ며 업드여 가난 형용 오죽ㅎ리 너분 닙 군입만 다시고 턱미틱셔난 발닥발닥 눈을 금젹금젹ㅎ며 드러가난 형용과

---

25) 金斗憲,『韓國家族制度硏究』, 서울대학교 출판부, 1969, 440쪽.
26) 이러한 작품의 성격과 관련지어 생각할 수 있는 것이 추노(推奴) 문제이다. 주지하듯이 조선조 18세기 중엽 이후에는 신분제도의 변동으로 도망하는 노비의 수가 급격히 늘어가고, 이에 따른 노비 추쇄(推刷)가 뒤따르고 있다. 문헌설화 속의 노비설화를 보면 이러한 시대상이 잘 반영되어 있는데, <두껍전>에서도 추노의 문제가 부분적으로 부각되고 있다. 즉 평안도 선비가 대대로 내려오던 종이 도망가자, 경상도의 양반 잔치 집에까지 가서 종을 찾아내 결박하는 이야기가 그것인데, 이는 조선후기에 빈번했던 추노의 상황을 반영하는 것으로 보여진다.
   이러한 문제에 대해서는, 鄭奭鍾,『朝鮮後期社會變動硏究』, 일조각, 1983, 281~286쪽 ; 金景淑,「身分變動野譚硏究」, 서울대 대학원 석사학위논문, 1989 ; 金舜鎭,「韓國奴婢說話硏究」, 이화여대 대학원 박사학위논문, 1990 참조 바람.

그 모양 천지간의 업더라 (이본 Ⓐ, 829~830쪽. 띄어쓰기는 필자)

두꺼비가 말을 타고 신부 집으로 가는 거동을 묘사한 것이다. 이러한 신랑의 형용에 잔치에 온 손님들은 박장대소하지만, 신부측에서는 놀라 통곡한다. 이 사건 뒤 두꺼비 신랑은 장인 장모와 처형제, 그리고 두 동서뿐만 아니라 처가의 하인들에게도 멸시와 조롱을 당한다.

두꺼비와 갈등을 보이는 인물은 처족뿐만 아니라 하인, 그리고 두 동서 등 그의 주위의 모든 사람들이다. 먼저 신부 월성은 결혼 첫날밤에 처음에는 흉한 모습의 신랑 두꺼비를 보고 자결하려고 한다. 그러나 두꺼비가 천상의 선관으로 변신하며 자신의 정체를 밝히자, 그녀는 그를 받아들이고 의지한다. 그러나 장인 장모의 두꺼비에 대한 박대는 심각한 편이다. 그들은 애초부터 두꺼비를 사위로 인정하지 않는다. 그들은 혼인날 주혼(主婚)으로 참석하지 않으며, 신랑의 아침 문안인사마저 거절한다. 장인은 이불을 둘러 쓴 채 나오지 않고, 장모는 칭병하고 누워버린 것이다. 두꺼비는 이와 같은 자신에 대한 박대를 다음과 같이 항의한다.

> 디감니 놀니여 왈 네 모양니 져리 흉칙흠으로 나얼 보랴 ᄒ니 츠마 북구럽다 ᄒ고 경계ᄒ니 둑겹비 왈 니 비록 둑겹비나 스회넌 스회되 두 스위만 스랑ᄒ고 나는 읍수니 역겨 디졉지 안니하니 그런 도리가 잇시리요 ᄒ고 방으로 드려가니 방중니 박중디소 ᄒ더라 (이본 Ⓩ 박순호E본, 73~74쪽)

'아무리 두꺼비 모습일지라도 사위면 사위이지, 두 사위만 사랑하고 나는 업신여길 수 있느냐'는 것이다. 표면적인 모습만을 보고 자신을 사람답게 대접을 하지 않은 두 사람의 처사에 항의한 셈이다. 그러나 이러한 말은 받아들여지지 않는다. 오히려 장인 내외는 급히 두꺼비 부부를 양옹의 집으로 보내버렸다. 게다가 장인은 자신의 환갑날이 되었어도 두꺼비 내외를 자식으로 여기지 않아 부르지도 않는다.

그밖에 하인이나 처형제, 그리고 두 동서들이 일으키는 두꺼비와의 갈등은 심각하게 그려져 있지 않다. 하인들은 두꺼비를 업신여기며, 처형제는 동생 월성의 처지를 불쌍히 여긴다. 언니들은 동생이 혼인 다음 날 아침에 일어나 화색을 보이자 못마땅해 한다. 두 동서 역시 두꺼비를 업신여겨 같은 부류로 끼워주지도 않아 사냥도 자기들끼리만 간다. 이에 대한 두꺼비의 분노는 대단하다. 이는 아마도 명문가의 자제들인 두 동서가 신분상 우월함을 과시하면서 자신을 무시하는 것을 두꺼비가 참을 수 없는 모욕으로 생각했기 때문일 것이다.

그런데 이처럼 '처가족이 사위의 용모, 재산, 신분 등이 모자람을 못마땅하게 생각하면서 일어나는 갈등담'을 보이는 고전소설은, 김홍균에 의해 '못마땅한 사위'형 소설로 처리되어 주목을 받은 바 있다.[27] 이러한 유형의 소설은 사위와 처가의 갈등을 보이는 소위 사위박대담[28]을 수용하면서 발전된 것으로 보이는데, 앞서 살펴본 〈두꺼비 신랑〉 설화도 이러한 사위박대담의 범주에 속한다. 〈두껍전〉이 '두꺼비 신랑이 자신의 신분과 용모로 인하여 처가의 박대를 받는다'는 내용으로 되어 있다는 점에서, 이 소설 역시 '못마땅한 사위'형 소설에 포함된다.

한편, 두꺼비는 처가 구성원들의 박대를 극복하는 과정에 그들을 징치하게 된다. 이 작품을 보면, 두꺼비가 택한 징치의 상대는 처의 부모와 형제가 아니라 하인과 동서이며, 그 방식도 '사냥'에서의 탁월한 능력

---

27) 그는 이 유형에 해당하는 작품으로 〈소대성전〉, 〈장풍운전〉, 〈장경전〉, 〈낙성비룡〉, 〈사심보전〉, 〈신유복전〉 등을 들면서, 이들 소설이 형성되어 변모되는 과정을 살피고 있다. 김홍균, 앞의 논문 참조.

28) 이들 이야기를 보면, 사위는 글 잘하는 동서를 창피주거나, 과거에 급제하여 놀라는 방식으로 갈등을 해결하고 있다. 그런데 〈두꺼비 신랑〉 설화에서는 '두 동서를 하인으로 삼는' 방식으로 처가와의 갈등을 해소하고 있다. 이러한 갈등의 해결방식에 대한 언급은 김홍균, 위의 논문, 148쪽 참조.

발휘라는 점이어서 주목된다. 두꺼비가 하인과 두 동서를 선택하게 된 데는 감히 처가를 상대로 보복할 수 없다는 당연한 인정이 작용했기 때문이다.

먼저 두꺼비는 사냥에서 뛰어난 재주를 보여 하인들을 기절시켜 놀라게 한 뒤, 그들이 자신을 대감(곧 두꺼비의 장인)보다 더 무서워하도록 한다. 그러나 두꺼비가 적대자를 징치하고 자신의 존재를 드러내기 위해서, 그는 두 동서를 하인으로 만든다. 이는 명문가의 자제들인 두 사위를 하인으로 만든다는 것은 그들의 신분의 하락과 관련되므로 치명적일 수밖에 없다. 특히 장인 장모에게 주는 충격은 심각하다.

두꺼비는 자신이 잡은 짐승들인 사냥물을 동서들에게 건네주는 대신에 그들의 등에 투서한다. 투서는 일종의 영수증과 같은 것이다. 두 동서는 이 투서의 내용이 무엇인지 잘 모르고 있다. 그들의 등 뒤에 쓰여져 있기 때문이다. 두꺼비는 장차 이를 근거로 삼아 두 동서를 욕보인다. 그는 장인의 환갑 잔치에서 선관이 되어 나타나, '두 동서가 자기 집안의 하인'이었다고 주장한다. 그 증표가 두 동서의 등 뒤에 적힌 투서가 됨은 물론이다. 사정이 그러하자 모든 처가족들은 일순간에 놀란다. 그러나 한바탕 소동을 치룬 뒤 두꺼비는 자신의 내력을 밝히며 장인 장모를 위로한다. 그들이 기뻐하고 두 사위가 사과를 하면서, 두꺼비와 처가 구성원들과의 갈등은 해소된다. 그리고 두꺼비는 비로소 처가족의 일원으로 인정된다.

이처럼 두꺼비가 사냥을 통하여 자신의 능력을 과시함으로써 적대자를 징치하고 처가족의 구성원이 되는 일은 중요한 의미를 지닌다. 앞서 〈두꺼비 신랑〉에서도 똑같이 사냥의 방식이 사용되고 있음을 이미 살펴본 바 있다. 민담에서 신랑 후보자가 자신의 영웅성을 과시하여 적격자임을 증명하는 절차를 밟고 있음은 주지의 사실이거니와,[29] 고전소설에서도 주인공이 고행(苦行)을 통해 혼사를 완성하는 이야기는 두루 확인된다.30) 이러한 결혼을 전제로 한 고난은 통과제의에 대응되는 것이다.

<두껍전>에 보이는 두꺼비의 사냥행위는 이러한 혼사장애와 관련되는 것으로 이해할 수 있다. 다만 두꺼비가 처가족에게 사위 대접을 받기 위하여 사냥을 통하여 자신의 신이한 능력을 보이는 것은 물론 결혼을 전제로 한 것은 아니다. 그러나 완전한 결혼을 완성하기 위한 남성의 혼사 시련임에는 틀림없다. 결국 여기서는 두꺼비의 사냥행위가 신랑의 자격을 과시하는 수단으로 사용되고 있는 것이다.31) 이처럼 두꺼비의 박대와 이에 대한 극복이 문제되었다는 것은 신분적, 경제적으로 열등한 처지에 있는 인물이 우월한 처지에 있는 집안과 성혼하여 안정된 질서 속에서 가족 구성원으로 편입하려면, 상대방보다 뛰어난 능력을 발휘하는 길밖에 없다는 당대인의 인식을 반영하는 것이라고 할 수 있다.32)

V. 문체의 특징

<두껍전>은 문어체 소설이나 12종의 이본 가운데, 이본 ㉠(서울대본), 이본 ㉣(박A본)을 제외한 10종의 자료의 특정 부분에서 판소리식 문체가 나타난다. 이는 바로 판소리의 영향 때문이다. 이러한 문체적 특징은 이미 필자가 이 작품의 이본연구에서 지적한 바가 있다.33) 판소리식 문

---

29) 김열규, 『한국민속과 문학연구』, 일조각, 1971, 104~106쪽 참조.

30) 이상택은 혼사장애 주지가 나타나는 낙선재본 고전소설을 세 유형으로 나누어 살핀 바 있다. 자세한 것은 이상택, 「樂善齋本小說 硏究」, 『韓國古典小說의 探究』, 중앙출판, 1981, 298~301쪽 참조.

31) 이와 같은 경우가 <온달전>에 보인다. 온달은 수렵에서의 다획(多獲)을 통하여 평온왕으로부터 정식으로 사위의 자격을 인정받고 있다. 金鍾權 譯, 『三國史記』卷第 45, 列傳 5 <溫達>, 704쪽.

32) 현혜경, 「知人知鑑類型 古典小說 硏究」, 이화여대 대학원 박사학위논문, 1990, 105쪽.

33) 이지영, 앞의 논문 참조 바람.

체가 나타나는 부분은 〈혼인과 첫날밤〉 대목과 〈장인 환갑잔치〉 대목이
다. 대부분 잔치와 연관된 대목에서 나타나고 있는 셈이다.

10종의 이본에 공통적으로 나타나는 것은 신랑 복장과 말 탄 거동 묘
사, 신방 풍경 묘사 대목이다. 여기에다가 비록 이본에 따라 세부적으로
는 다르나, 신부의 혼수품 나열 묘사, 잔칫집의 사랑방 묘사, 장인 환갑
잔치에서의 팔도 기생의 나열 묘사, 말치레·하인치레 사설 등도 판소
리 특유의 문체를 보여주고 있다.[34]

그런데 판소리식 문체가 차용된 장면은 그렇지 않은 장면에 비해 상
당히 구체적이고 사실적인 생동감을 보여주고 있다. 두꺼비가 말탄 장
면을 희화적으로 묘사하여 징그러운 형용을 자연스레 연상시켜준다거
나, 신방의 화려한 모습을 조목조목 나열한 것 등이 그 좋은 예라 하겠
다. 이처럼 이 작품에서는 판소리식 문체를 차용함으로써 서술대상을
사실적으로 그리는 데는 나름대로의 효과를 얻고 있다. 다만 이러한 효
과가 일정한 장면에 한정하고 있어서, 이 작품이 가지는 비현실적인 성
격을 지우기에는 한계가 있다.

그러면, 〈두껍전〉이 판소리계 소설이 아닌데도 불구하고 굳이 이처럼
판소리식 문체를 작품 중간에 차용하고 있는 이유는 무엇일까? 이 문제
는 우리의 고전소설사의 맥락에서 생각해보아야 할 것이다. 이와 관련
된 것으로서, 판소리의 성행과 판소리계 소설의 광범위한 유통을 들 수
있다. 특히 판소리가 성행하고 판소리계 소설이 유통되면서, 이들의 영
향권에 들어간 작품들이 등장하게 되었음은 이미 선학들의 논고를 통해
밝혀진 바다.[35] 이러한 주장이 타당하다면, 이 작품 역시 〈장경전〉, 〈이

---

34) 특히 신방에서의 기물·차담상 치레 사설이나 팔도 기생 나열 묘사 등은 판소리
   〈춘향가〉 사설의 영향을 받았을 것으로 믿어진다.

35) 서인석, 「〈장경전〉의 판소리계 소설적 변모 – 박순호본 〈장경전〉을 중심으로」, 『宜
   民李杜鉉敎授 停年退任記念論文集』, 서울대 사대 국어교육과, 1989 ; 김종철, 玉丹
   春傳, 『玩巖金鎭世先生回甲紀念論文集 韓國古典小說作品論』, 집문당, 1990.

춘풍전>, <옥단춘전>이 그렇듯이 판소리의 영향을 받은 소설의 하나로 규정할 수 있을 것이다. 한마디로 <두껍전>은 기존의 고전소설이 가지는 문체에다 판소리식 문체를 차용하여 가미함으로써 또 다른 문체적 실험을 보여주고 있는 소설이라는 데 그 의의가 있다고 하겠다.[36)]

VI. 맺음말

본고는 <두껍전>의 세 유형 중 적강형 <두껍전>에 대한 개별적인 연구의 일환으로 집필되었다. 그것은 다양한 이름과 이본을 가지고 있는 <두껍전>류 소설의 실상을 구체적으로 확인하고, 나아가 본 유형에 대한 본격적인 연구 작업의 기틀을 마련하기 위한 의도에서였다. 이제 지금까지 본고에서 논의되었던 중요한 사항을 요약하면 다음과 같다.

첫째, <두껍전>은 현재 12종의 필사본이 존재하는데, 필사연대가 확실한 박순호E본(大正 4년)을 근거로 하여 나머지 이본들의 필사연대를 추정한 결과 대부분 1890년대 초반부터 1910년대 후반 사이에 필사된 것으로 보인다.

둘째, 이들 이본들에는 22개의 공통 서사단락이 추출된다. 이 가운데 김동욱C본(기미본)만은 여타 이본들과 달리 결말 부분의 장인 잔치 이후에 두꺼비의 과거 출세담과 두 동서의 봉욕담이 부연되고 있어 확장본의 성격을 지니고 있다.

셋째, 설화 <두꺼비 신랑>을 보면, 내용면에서 <두껍전>과 비슷하여 이 소설을 축약한 듯한 자료가 있는가 하면, 이 소설에 없는 이야기를 포함하는 자료가 있기도 하다. 이로 보아 <두껍전>은 <두꺼비 신랑>과

---

36) 판소리 영향을 받은 작품에서 보이는 이러한 문체적 실험에 관한 언급은 김종철, 위의 논문, 643쪽 참조.

의 관련 속에서 형성되었으며, 이 설화 역시 구전되면서도 〈두껍전〉과
의 상호 수수관계 속에서 전승되고 있다.

넷째, 〈두껍전〉의 구조적 특징으로서, 우선 이 소설은 〈천상계→지상
계→천상계〉라는 소위 적강구조로 짜여져 있다. 즉 주인공은 〈적강→
지상적 삶→승천〉의 순환적 과정을 밟고 있다. 이러한 주인공의 삶은
적강소설 속에 나오는 주인공의 삶과 일치한다.

다섯째, 등장인물의 지상적 삶은 천정론(天定論)에 의거하여 이루어
지고 있어서 그들의 삶은 오직 신의(神意)에 따라 진행된다. 그 결과 이
소설 속의 사건들은 천상계와 지상계의 이원적 구도 속에서 초월적 세
계가 개입하여 이루어지는 양상을 띠고 있다.

여섯째, 또한 가족관계의 확대라는 측면에서 볼 때, 주인공의 지상적
삶은 부자관계에서 부부관계로 확대되고 있으며, 주인공은 이 때 처가
족과 갈등을 겪는다. 주인공은 신분과 자신의 추한 용모로 인하여 처가
족의 박대를 받는데, 이러한 이야기는 사위박대담을 수용하면서 이루어
진 '못마땅한 사위'형 소설의 전통을 잇는 것이다.

일곱째, 주인공이 처가족과의 갈등을 해소하기 위하여 택한 것은 사
냥에 의한 능력 발휘이다. 이러한 혼인과 관련된 시련과 고난은, 신랑의
적격성을 시험하는 '혼사장애로서의 통과제의'에 대응된다.

여덟째, 〈두껍전〉은 인과응보를 강조하며 권선징악적 주제를 보이는
관념적 이상주의적인 성격을 지니고 있다. 여기에다 신분제도가 동요되
던 당대의 근대적 경향을 반영하는 현실주의적인 주제의식도 보여준다.

아홉째, 〈두껍전〉의 문체적 특징은 이 소설이 문어체 소설이면서도
10종의 자료의 특정 부분에서 판소리식 문체가 나타난다. 이는 〈장경
전〉, 〈이춘풍전〉, 〈옥단춘전〉이 그렇듯이 이 소설 또한 판소리의 영향을
받았음을 뜻하는 것이다.

〔이지영〕

<까치전> 연구

I. 머리말

<까치전>에 대한 연구는 지금까지 김재환의 연구[1]가 유일한 것이며, 그 외의 것으로는 이 작품에 대한 소개와 간략한 언급[2] 정도가 현재까지 이루어진 논의의 대부분이라고 할 수 있다. 이처럼 이 작품에 대한 논의가 본격화되지 못한 연유는 물론 여러 가지가 있겠으나 이 작품이 최근에야 학계에 소개되었다는 점과, 또한 많은 학자들이 동물을 소재로 한 작품들은 구성이 간단하며 우화나 풍자로 이루어진 비슷비슷한 작품일 것이라는 선입견을 가지고 있어서, <까치전>도 그와 유사한 작품일 것이라고 생각하여 연구를 소홀히 한 데 기인할 것이다.

그러나 <까치전>의 경우 앞으로의 논의에서 구체적으로 밝혀지겠지만, 구성 기법이나 작품의 내용이 고소설 가운데서는 비교적 문학적 가치를 지닌 작품으로 평가할 만하다. 그런 점에서 본고에서는 그동안 거의 논의되지 못한 이 작품의 구성 기법과 내용을 중심으로 논의를 전개

---

1) 김재환, 「<까치전>의 서술구조와 작가의식」, 『청천강용권박사송수기념논총』, 1986.
2) 문학사상에 이 작품이 소개된 이래 <까치전>에 대한 간략한 언급 정도의 논의로는 소재영의 『한국풍자소설』, 정음사, 1980과 이헌홍의 「조선조 송사소설연구」, 부산대 박사학위논문, 1987, 김광순의 『한국의인소설의연구』, 새문사, 1987 등이 있다.

하고자 한다.

Ⅱ. 줄거리 소개

이제 구체적인 논의에 들어가기에 앞서 <까치전>의 줄거리를 몇 개의
단락으로 나누어 간략히 소개하겠다.

1. 천지만물이 생길 적에 모충 삼백과 우족 삼천이 있으며, 그 가운데 한 우족
   이 있으니 성은 까요 명은 치라.
2. 봄이 되어 새끼를 치려고 집을 짓고 낙성연을 배설하여 고구친척을 다 청
   하여 즐김.
3. 까치가 총망중에 남산골 사는 비둘기를 미처 청하지 못함.
4. 비둘기는 본심이 불측하고 놀부심보를 가진 인물임.
5. 비둘기는 까치가 자신을 청하지 않음을 괘씸히 여겨 잔칫집에 찾아가 온갖
   심술을 부리고 좌중을 훼욕함.
6. 까치가 분노를 이기지 못하여 비둘기를 후려치고 불청객이 남의 잔치에 와
   서 심술을 부린다고 꾸짖음.
7. 비둘기와 까치가 싸우는데, 비둘기가 까치를 발로 차자, 까치가 나뭇가지에
   서 떨어져 죽음.
8. 암까치가 대성통곡하니 여러 비금들이 비둘기를 결박하여 고변함.
9. 이때는 강남황제 즉위 원년이라. 봉새로 산림을 정하여 조서를 내려 비금
   중 빈한한 자와 환과고독, 세상을 원망하는 자가 있으면 계문하라 함.
10. 암까치가 군수에게 고변함.
11. 군수가 사건을 조사하나 모두 모른다고 발뺌을 하고, 비둘기는 증인들에
    게 뇌물을 먹이니, 뇌물을 먹은 자들은 그것은 까치의 모함이라 함으로, 비
    둘기는 방송됨.
12. 암까치가 하늘을 우러러 통곡하고 장례하더니, 부엉이가 산지를 쓰면서
    묘쓴 지 3년이면 원수를 갚을 것이라 함.
13. 암까치가 3년상을 마치고 지아비 원수 갚기를 축원함.

14. 마침 알성과에 장원한 양반이 암행어사를 자청하여 민정을 살피러 내려옴.

15. 하루는 암행어사가 할미새가 물레질하는 소리를 듣고 까치의 일을 알고 분함을 참지 못하여 고을에 들어가 섬동지를 잡아들여 엄형국문하여 사정을 밝힘.

16. 어사가 비둘기를 삼문 밖에서 타살함. 그리고 나머지 모두는 징계함.

17. 암까치가 비둘기의 배를 가르고 간을 내어 지아비 산소에 가서 제문 지어 제를 지냄.

18. 암까치가 하루는 금침에서 졸더니, 까치가 들어와 잠깐 배합하고 잉태하여 알을 까니 1남 1녀임.

19. 귀히 길러 공문거족으로 남가여혼하여 재미를 보고 나이 70에 승천하니 자손들이 계계승승하여 부귀영화를 누림.

Ⅲ. 구성 고찰

위에 단락으로 나누어 소개한 줄거리를 중심으로 〈까치전〉의 구성의 특징을 살펴보고 이를 토대로 〈까치전〉의 작품의 특징을 살펴보기로 하자.

〈까치전〉에서 문제의 발단은 까치의 낙성연에서 비롯된다. 단락 2와 3에서 보듯이 까치가 낙성연을 베풀면서 총망 중에 미처 비둘기를 청하지 못했다. 원래 비둘기는 단락 4에서 보듯이 본심이 불측하며 놀부심보를 가진 인물이다. 그런데 까치가 이런 인물을 청하지 않았다는 것은 문제가 아닐 수 없다. 자연히 단락 5에서 보듯이 비둘기는 까치가 자신을 청하지 않음을 괘씸히 여겨 까치의 잔칫집에 찾아가 온갖 심술을 부리고 손님들을 훼욕한다. 여기서 까치가 비둘기를 잔치에 청하지 않은 것도 문제지만 더 큰 문제는 비둘기가 잔칫집에 와서 온갖 심술을 부리고 손님들을 훼욕한다는 점이다. 까치가 이 문제를 해결하기 위해서는 비둘기와 대결하지 않을 수 없었다.

그러므로 단락 6은 이 문제를 해결하기 위한 까치와 비둘기의 대결이라고 할 수 있다. 비둘기의 심술에서 손님들을 보호하고 잔치의 흥을 유지하기 위해서 까치는 비둘기와 대결하지 않을 수 없었다. 따라서 단락 6은 이러한 문제를 해결하기 위한 의도에서 설정된 것으로 볼 수 있다.

단락 7은 이러한 과정에서 일어난 문제라고 할 수 있다. 까치는 자신에게 일어난 문제를 해결하기 위하여 비둘기와 대결하지 않을 수 없었다. 이 대결에서 까치는 패하여 나뭇가지에서 떨어져 죽은 것이다. 여기서 또다른 문제가 발생한다. 그것은 비둘기에 의해 발생한 문제이다. 까치는 억울하게 죽은 것이다. 그를 죽인 것은 비둘기이므로 까치의 억울함을 풀어주기 위해서는 비둘기가 징벌을 당해야 마땅하다. 그러므로 단락 8에서 보듯이 비둘기는 여러 비금들에 의해 결박 당하여 고변 당한다. 그런데 사실 이 작품에서 이 사건은 주인공인 까치와 비둘기의 대결에서 까치가 죽었으므로 작품이 끝나는 부분이 되어야 한다. 왜냐하면 주인공이 죽었기 때문이다. 그런데 작품은 여기서 끝나는 것이 아니다. 작품이 여기서 끝났다면 선한 까치는 악한 비둘기에게 패하고 말며, 이것은 고소설의 관습인 행복한 결말과 다르게 된다. 그러므로 단락 9는 고소설의 관습을 만족시키기 위한 의도에서 설정되었고, 이것은 그 다음 줄거리를 이끌어내기 위해서도 필요했다.

단락 9로 용기를 얻은 암까치는 단락 10에서 보듯이 군수에게 비둘기를 고변한다. 그런데 문제는 암까치의 지원 세력이 없었다는 점이다. 단락 11에서 보듯이 증인들 가운데 일부는 이미 비둘기에게 매수되었으며, 매수되지 않은 일부 증인들조차도 까치를 위해 사건의 진실을 밝히는 증언을 해주지 않았다. 그 결과 비둘기는 징계를 당하지 않고 방송되고 말았다. 일이 이렇게 되자 암까치는 참으로 억울하지 않을 수 없었다.

단락 12는 그처럼 억울한 암까치의 모습과, 앞으로의 줄거리 전개 내용을 암시한 단락이라는 점에서 그 의미가 크다. 묘 쓴 지 3년 후에 원수를 갚을 것이라는 부엉이의 말은 앞으로 줄거리가 어떻게 전개될 것 인가를 암시한 것일 뿐만 아니라 암까치에게 위안이 되는 말이기도 하다. 그러므로 단락 11은 작품의 줄거리를 이끌어 나가기 위한 의도와 연결되어 있는 부분이기도 하다.

그 말을 들은 암까치는 단락 13에서 보듯이 3년상을 마치고 지아비의 원수 갚기를 축원하게 된다. 암까치의 이와 같은 행위는 암까치가 부엉이의 말을 그저 인사로 하는 말로 생각하지 않고, 그 함축된 의미를 마음 속에 새기고 있었음을 뜻한다.

단락 14는 암까치의 문제가 해결될 수 있는 기미를 보여주는 단락이라 할 수 있다. 그리고 단락 15는 까치의 문제가 해결되는 시점이 된다. 암행어사는 까치의 억울한 사정을, 할미새를 통해서 알고 분함을 참지 못하여 섬동지를 잡아들여 엄형국문해서 사실을 밝혀낸다.

단락 16은 어사에 의해 암까치의 문제가 해결되는 부분이다. 어사는 비둘기를 삼문 밖에서 타살하고 나머지는 정배한다. 이로써 암까치의 억울한 일은 해결된다.

단락 17은 암까치의 원한 풀이 행위의 부분이다. 암까치는 비둘기의 배를 가르고 간을 꺼내, 지아비 묘에 가서 제문지어 제를 지낸다. 이것은 까치의 한을 풀어주는 내용으로, 작품의 서두에서 까치가 비둘기에게 억울하게 죽음으로써 발생한 문제가 그동안 그릇된 판결에 의해 해결되지 못하고 원한으로 맺혀 있다가, 이를 통해 해결된다. 따라서 이 부분은 작품의 결말부에 해당된다.

단락 18과 19는 첨가된 부분으로 볼 수 있다. 단락 18에서 보듯이 암까치는 죽은 까치의 영혼과 잠시 합환하여 1남 1녀를 낳는다. 이것은 단락 19를 설명하기 위한 의도와 연결되어 있는 듯하다. 바꿔 말하면 고소설의 관습인 행복한 결말을 짓기 위한 의도에서 첨가된 것으로 볼 수 있을 듯하다. 그리하여 단락 19에서 까치는 노후를 행복하게 살게 되고,

그 자손은 부귀를 누리게 된다. 이와 같은 결말은 고소설에서 관습화되어 있는 행복한 결말의 한 모습이라고 할 수 있겠다.

지금까지 위에서 살펴본 줄거리를 작품의 구성 방식 순서대로 나열해 보면 (1) 문제 발생, (2) 문제의 해결책 모색, (3) 또다른 문제발생, (4) 문제 해결책 모색, (5) 문제 해결 실패, (6) 문제 해결책 모색, (7) 문제 해결, (8) 후일담 등 8개이다. 그런데 이 8개의 사건은 〈까치전〉의 전체적인 줄거리의 구조면에서 볼 때 크게 세 부분으로 나누어진다. 첫째는 까치와 비둘기의 싸움에서 까치가 죽은 사건이고, 둘째는 이 죽음을 둘러싸고 벌어지는 재판사건이며, 셋째는 모든 문제가 해결된 뒤의 암까치의 후일담이 그것이다. 그러므로 (1) 문제 발생과 (2) 문제의 해결책 모색 (3) 또다른 문제 발생 등은 첫번째 부분에 해당되며, (8) 후일담은 세번째 부분에 해당된다. 그런데 세번째의 후일담 부분은 작품의 성격상 첨가적인 성격을 띠고 있으므로 이 작품에서 중요한 부분은 둘로 요약된다. 그리고 이 두 부분은 〈까치전〉의 구성요소 가운데 핵심적인 부분으로, 고소설의 기본 구조가 되는 사건의 얽힘과 풀림3) 부분에 해당된다. 곧 까치의 억울한 죽음이라는 문제의 얽힘과 그 억울한 죽음을 해원시켜 나가는 과정으로서의 풀림이라는 두 가지 면으로 작품의 구조를 설명할 수 있을 것이다. 그러므로 〈까치전〉의 줄거리는 이 얽힘과 풀림의 과정 안에서 전개되며, 작품의 구성도 이 과정을 축으로 하여 이루어져 있다고 할 수 있다. 따라서 〈까치전〉의 구성에 대한 고찰은 이 두 사건을 중심으로 하여 이루어지는 것이 바람직하다고 생각한다.

이미 앞에서 살펴본 바에서 알 수 있듯이 이 작품의 줄거리에서 중요한 사건은 두 가지로 요약된다. 하나는 까치의 죽음과 관련된 재판 사건이다. 이 재판 사건은 작품에서 두 부분으로 나누어진다. 처음 재판에서

---

3) 고소설의 기본 구조는 얽힘과 풀림으로 이루어진다. 졸고, 「하진양문록 연구(1)」, 『연세어문학』 제13집, 연세대 국어국문학과, 1980, 118쪽.

는 비둘기가 이기고 암까치가 지며, 두번째 재판에서는 처음 재판에 진 암까치가 결국 암행어사의 도움으로 재판에 이김으로써 자신의 원한을 갚는다. 그런데 이 두번째의 재판 사건은 물론 까치가 비둘기에게 죽은 처음 사건과 연결되어 있으며, 또한 처음 사건으로 일어난 문제의 해결과도 연결되어 있다. 이것은 단순한 원한의 해결이라는 의미를 지니고 있는 것이 아니라 당시의 재판에서 흔히 일어날 수 있는 모습을 보여주었다는 점에서 의미가 크다고 할 수 있다. 말하자면 공공연히 발생하는 뇌물수수와 명석하지 못한 군수, 자신의 불이익을 생각하고 의로움을 생각하지 않는 세태의 묘사가 이 작품의 의미와 연결되어 있다. 그런 점에서 〈까치전〉의 평가는 이루어져야 할 것이다. 이러한 문제를 작품의 내용을 중심으로 살펴보기로 하자.

첫번째 부분에 해당되는 사건은 까치의 죽음이다. 그런데 까치의 죽음 부분은 이미 앞에서 살펴보았듯이 세부적으로 보면 세 단계로 이루어져 있다. 이를 순서에 따라 살펴보기로 하자.

여기서 처음 발생한 사건은 까치가 낙성연을 하면서 비둘기를 초대하지 않은 것이다. 이로 인해 비둘기는 까치에게 원한을 품게 되었고, 낙성연에 찾아가 손님들을 훼욕하는 등 온갖 심술을 부리게 된다. 까치는 잔치에 손님을 초대했으므로 어떻게 하든 비둘기의 심술을 막아야 했다. 여기서 까치에게 비둘기의 심술을 막고 낙성연의 즐거운 분위기를 계속 유지해야 한다는 문제가 발생한다. 그러므로 〈까치전〉에서 이 부분은 (1) 문제 발생 부분에 해당된다.

두번째 단계에서는 까치가 위의 문제를 해결하기 위하여 해결책을 모색한다. 처음 까치는 비둘기를 좋은 말로 달랜다. 그러나 비둘기가 그의 말을 순순히 듣지 않자 어쩔 수 없이 비둘기와 싸우지 않을 수 없었다. 그러므로 까치와 비둘기의 싸움은 이 작품에서 (2) 문제 해결책의 모색 부분에 해당된다.

이 문제 해결책의 모색 부분에서 새로운 문제가 발생한다. 이것이 세 번째 단계에 해당되며 그 내용은 까치와, 낙성연에 초대받지 못한 비둘기와의 싸움 과정에서 까치가 나무에서 떨어져 죽은 사건이다. 까치와 비둘기가 싸우던 중 비둘기가 까치를 발로 차서 나무 밑으로 떨어지게 하여 죽게 한 사건이 발생한다. 이 사건은 까치의 죽음을 야기시켰다는 점에서 이 작품의 구성상 대단히 중요한 사건이다. 또한 이 사건은 이 작품의 핵심 요소인 쟁송 문제와 연결되어 있다는 점에서 더욱 그러하다. 그러므로 이 사건은 (3) 또다른 문제 발생 부분에 해당되며, 앞에서 언급했듯이 이 작품에서 넓은 의미의 문제가 발생하는 첫번째 부분으로, 작품의 구조상 얽힘이 발생하는 부분이다. 따라서 이 부분은 앞으로 <까치전>의 줄거리 전개 방향을 결정짓는 중요한 부분이 된다. 그 이유는 이 사건으로 <까치전>은 작품의 구조적 얽힘이 발생하였으며, 앞으로 작품의 줄거리는 당연히 이 얽힘을 풀어나가는 과정이 되지 않을 수 없기 때문이다. 따라서 <까치전>의 줄거리에서 이제 독자의 관심의 초점은 이 얽힘이 어떻게 풀려나갈 것인가에 집중되지 않을 수 없으며, 줄거리는 당연히 독자의 긴장감을 고조시키는 방향으로 진행되지 않을 수 없을 것이다. 그런 점에서 이 부분은 작품 구성의 성격상 줄거리 진행축의 역할을 담당하는 부분이 된다. 또한 작품의 전체적인 면에서 볼 때 (1) 문제 발생과 (2) 문제 해결책의 모색을 종합하여 이들의 결론인 '문제 발생'이라는 점에서 중요한 의미를 지니고 있는 부분이 된다.

다음은 <까치전>의 구성상 핵심을 이루는 쟁송 사건이다. 이 쟁송 사건은 이미 앞에서 살펴 보았듯이 두 부분으로 이루어져 있다. 그 첫번째 쟁송 사건이 낙성연 현장에서 까치를 발로 차서 나뭇가지에서 떨어져 죽게 한 비둘기와 암까치 사이에 일어난다.

이 일이 발생하자 여러 비금들은 비둘기를 결박하여 군수에게 고변한다. 암까치의 입장에서 보면 이 고변은 억울하게 죽은 남편의 한을 풀어

줄 수 있는 기회라는 점에서 중요한 일이며, 비둘기의 입장에서 보면 자신의 생명을 건 일이라는 점에서 중요하다. 또한 이 부분은 〈까치전〉의 얽힘이 이것으로 인해 어떤 방향으로 풀릴까를 결정지을 뿐만 아니라 앞으로의 줄거리 진행 방향을 결정짓는다는 점에서 중요한 위치를 차지하고 있다. 그리고 이 부분은 앞에서 제시된 문제를 해결하기 위한 해결책의 제시가 재판이라는 수단을 통해 이루어지고 있다는 점에서 이 작품의 특징을 찾을 수 있다. 또한 이 재판의 내용이 줄거리의 진행 방향을 결정지을 뿐만 아니라 작품의 내용이 지니고 있는 의미를 결정지을 수 있다는 점에서도 의미하는 바가 크다. 따라서 이 부분은 줄거리 전개상 대단히 중요한 부분이 되며, 구성상 (4) 문제 해결책 모색 부분이 된다.

다음은 (5) 문제 해결의 실패 부분이다. 암까치는 군수에게 고변하여 비둘기를 징계함으로써 남편의 원수를 갚으려고 했다. 비둘기는 현장에서 붙잡혔으므로 당연히 징벌을 당해야 마땅하다. 그런데 현장에 있던 많은 비금들은 비둘기에게 겁을 먹고 올바르게 증언하지 않거나, 뇌물을 받고 거짓 증언을 해줌으로써 비둘기가 풀려나게 한다. 또한 재판을 공정하고 명석하게 해야 할 판관조차도 사건의 핵심을 제대로 파악하지 못하고 사건을 그릇되게 판결함으로써 문제가 해결되지 못하고 만다. 그런 점에서 이 부분이 지니고 있는 의미는, 앞으로 내용을 고찰할 때 구체적으로 살피겠지만, 당시의 재판 제도나 재판관의 자질 문제와 무관하지 않음을 암시하고자 한 것으로 파악할 수 있을 듯하다.

암까치와 비둘기의 첫번째 쟁송은 암까치의 패배로 끝났다. 그러므로 이제 작품의 긴장감은 앞으로의 사건에 쏠리게 된다. 그러므로 이 부분은 작품의 구성상 그와 같은 역할을 하기 위한 의도에서 설정된 것으로 볼 수 있을 듯하다.

다음은 두번째의 쟁송 사건이다. 이 쟁송 사건은 암까치가 비둘기와 적극적으로 맞서서 진행되는 것이 아니라 현명한 암행어사가 우연히 암

까치의 사정을 알고 그 문제를 해결하려 했다는 점에서 긴장감이 감소
되기는 한다. 그러나 앞으로 살피겠지만 이것은 고소설의 교훈인 권선
징악과 무관하지 않다는 점에서 그 의미를 찾을 수 있을 것이다. 이것을
구체적으로 살펴보기로 하자.

먼저 (6) 문제 해결책의 모색 부분을 살펴보자. 재판에서 남편의 원수
를 갚지 못한 암까치에게는 아직 문제가 해결된 것이 아니었다. 그러므
로 암까치는 남편의 원수를 갚고 싶었다. 그러나 현실적으로 암까치는
스스로 문제를 해결할 힘이 없었기 때문에 다만 문제가 해결될 수 있도
록 도와 달라고 하늘에 축수할 뿐이었다. 이때 난새라는 공정한 이가 과
거에 장원급제하여 암행어사를 자원한다. 민정을 살피기 위하여 순행하
던 중 우연히 할미새가 물레질을 하면서 한탄하는 소리를 듣고 사정을
밝히려고 한다. 이에 따라 문제가 해결될 기미를 보이며, 이것은 암까치
가 하늘에 남편의 원수갚기를 염원한 것과 연결되어 있다. 또한 이 부분
은 부엉이가 묘를 쓸 때 한 말과 연결되어 있으며, 문제 해결책의 모색
이 현실적으로 실현될 가능성을 보이는 부분이다.

다음은 (7) 문제 해결 부분이다. 암행어사는 이 일을 알고 나서 분함
을 이기지 못하여 먼저 탐문하여 사정을 확인하고 섬동지를 잡아들여
사건의 진상을 밝힌다. 그리고 비둘기를 삼문 밖에서 타살하고 나머지
이 사건과 연루된 인물들은 엄형정배한다. 이로써 암까치의 억울한 사
정은 암행어사의 재판에 의해 해결된다. 따라서 지금까지 까치의 죽음
으로 발생한 문제를 해결하지 못한 상태로 있다가 이 사건을 통하여 문
제를 해결하게 된다. 따라서 이 부분은 〈까치전〉 전체의 문제가 해결되
는 대단원 부분에 해당된다. 그리고 처음 쟁송의 마무리 부분이 된다.

지금까지 살핀 바에서 알 수 있듯이 〈까치전〉에는 재판이 두 차례 있
는데, 이 재판들은 〈까치전〉의 핵심을 이루는 사건들이며, 그 가운데서
일어나는 암까치와 비둘기의 대결 양상은 당시의 재판과, 백성들이 원

하는 재판의 모습을 암시적으로 형상화한 것으로 추정된다. 이 재판으로 인해서 까치는 원수를 갚고 비둘기의 배를 갈라 간을 꺼내어 남편의 묘에 가서 제를 지내어 남편의 원한을 풀어준다. 그러므로 이 부분은 까치의 죽음으로 발생한 문제의 해결이라는 점에서 〈까치전〉 전체의 문제 해결이라는 면을 갖고 있다. 또한 그동안 암까치와 비둘기의 대결에서 처음에는 비둘기의 승리로 끝났으나 두번째는 암까치의 승리로 끝났으며, 또한 암까치의 승리가 작품 전체에서 최후의 승리라는 점에서 이 부분이 작품에서 차지하는 비중은 크다.

다음은 이 작품의 (8) 후일담 부분이다. 이 부분은 위의 내용에서 볼 수 있듯이, 암까치가 억울하게 죽은 남편의 원한을, 암행어사의 공정한 재판으로 풀게 된 다음의 이야기이다. 그러므로 이 부분은 이 일이 있고 난 후 암까치에게 있었던 후일담의 성격을 갖는다. 암까치는 남편의 묘에 가서 비둘기의 간을 놓고 제를 지낸 후 돌아와 졸다가 꿈결에 남편과 합환하고 이로 인해 1남 1녀를 낳는다. 암까치는 그들을 귀히 길러 공문거족으로 남가여혼하여 재미를 보고 나이 70에 승천한다. 그리고 그 자손들이 계계승승하여 효자열녀로 부귀를 누린다. 이러한 내용은 고소설에서 흔히 볼 수 있는 행복한 결말이라는 관습과 연결되어 있다.

지금까지 살핀 바에서 알 수 있듯이 〈까치전〉의 구성은 쟁송 사건을 중심으로 암까치와 비둘기와의 대결 과정을 기본 줄거리로 하고 있다. 문제의 발단은 까치가 비둘기를 낙성연에 초대하지 않음으로써 두 인물 사이에 갈등 관계가 성립한다. 비둘기는 잔치에 찾아와서 훼방을 놓고, 까치는 그 훼방을 막기 위해서 비둘기와 싸우게 된다. 이 때 발생한 사건이 바로 비둘기에게 차인 까치가 나뭇가지 위에서 떨어져 죽은 사건이다. 다음은 사건의 전개 부분으로, 암까치는 이 문제를 해결하기 위하여 군수에게 고변했다. 비둘기는 자신이 저지른 일에 대하여 징계를 당해야 마땅했다. 그런데 재판 결과 비둘기는 방송되고 말았다. 이것은 문제가 아닐 수 없다. 법을 공정하게 집행해야 할 군수가 명석하지 못해서 비둘기는 방송되고 말았다. 일이 이렇게 되자 암까치는 참으로 억울했다. 암까치는 이 문제에 대해서 불합리함을 느꼈다. 그러나 암까치를 돕겠다는 세력은 없었으므로 암까치는 패할 수밖에 없었다.

사건의 전환은 암까치가 장례를 치를 때 부엉이가 이 묘를 쓰고 3년 후에 원수를 갚을 것이라는 말로 시작된다. 그리고 이것은 앞으로의 사건 진행을 암시하는 복선이기도 하다. 이로 인해 다음 사건이 준비된다. 당시 마침 공정한 이가 암행어사가 되어 순행하던 중 할미새가 물레를 저으며 부르는 노래를 듣고 분히 여겨 사실을 밝히려는 의사를 갖게 되었다. 그리고 암행어사는 이 문제를 공정하게 처리한다. 마침내 그동안 억울함을 당했던 암까치는 남편의 원한을 풀 수 있었다. 암까치는 비둘기의 죽은 몸에서 간을 꺼내어 남편의 묘에 가져가서 제사함으로써 남편의 원한을 풀어준다. 그래서 그동안의 문제는 해결된다. 따라서 이 부분은 구성의 정점이 된다.

이상이 이 작품의 핵심적인 구성 내용이다. 그리고 이 다음에 일어나는 사건은 첨가적인 성격을 지닌 사건으로 고소설의 행복한 결말의 관습과 연결되어 있는 사건이다. 그러므로 이 작품의 구성은 앞에서 살펴본 바와 같이 지극히 단순한 구성으로 이루어져 있다. 그러나 작품의 전체적인 내용이 바로 문제의 얽힘과 풀림이라는 고소설의 구조와 일치한다는 점에서 그 의미를 찾을 수 있을 듯하다. 곧 이 작품의 구성을 고소설의 기본 구조인 얽힘과 풀림의 구조로 설명하면, 문제의 발단은 까치와 비둘기의 대결에서 까치가 나뭇가지에서 떨어져 죽음으로써 얽힘이 일어나며, 그 얽힘을 풀어나가는 과정이 쟁송 부분이 된다. 따라서 <까치전>의 구성은 이 쟁송 사건을 중심축으로 하여 문제의 얽힘을 풀어나가는 과정이 된다. 그리고 이 쟁송 사건에서 암까치가 암행어사의 도움으로 승리하면서 모든 문제는 풀리게 된다. 이렇게 문제의 얽힘이 풀림으로 해서 작품의 긴장감은 해소된다. 여기에 후일담이 첨가되어 있는 것이 〈까치전〉의 구성의 특징이라고 할 수 있을 듯하다.

Ⅳ. 내용 고찰

이제는 〈까치전〉이 지니고 있는 작품의 내용상의 특질을 고찰해 보기로 하자.

이미 앞에서 살펴본 구성의 특징에서 알 수 있듯이 이 작품의 줄거리에서 중요한 사건은 두 가지로 요약된다. 하나는 까치와 비둘기의 싸움에서 발생한 까치의 죽음 사건이고 다른 하나는 까치의 죽음과 연결되어 있는 재판 사건이다. 그런데 이 재판 사건은 까치의 죽음의 결과를 처리하기 위하여 설정된 것이라는 점에서, 구성상 앞의 사건과 인과관계를 맺고 있다. 또한 앞에서 발생한 문제의 해결 과정이 된다는 점에서 구성상 중요한 의미를 지닌 사건일 뿐만 아니라 핵심 사건이 된다. 그러므로 〈까치전〉의 내용을 올바르게 파악하기 위해서는 이 재판사건을 중심으로 내용을 파악하는 것이 타당한 것으로 여겨진다.

까치의 죽음 문제를 처리하기 위한 재판 사건은 이 작품에서 두 번에 걸쳐 일어난다. 처음 재판의 판관은 군수이고 두번째 판관은 암행어사이다. 그리고 이 두 번에 걸친 재판의 결과도 서로 다르게 나타난다. 같은 사건을 놓고 재판을 하는데도 판관에 따라 재판 결과가 다르게 나타난다. 첫 재판에서는 비둘기가 이기고 암까치가 지며, 두번째 재판에서는 첫 재판에 진 암까치가 결국 암행어사의 도움으로 이긴다. 그래서 암까치는 비둘기에 의해 죽은 남편의 원한을 풀게 된다. 그런데 이 두 번에 걸친 재판 사건은, 물론 까치가 비둘기에게 죽은 처음 사건과 연결되어 있으며, 또한 처음 사건으로 일어난 문제의 해결 내용과도 연결되어

있다. 그런 점에서 이 두 번의 재판 사건은 〈까치전〉의 내용의 특질을
잘 보여주고 있는 부분임을 알 수 있다. 이제 〈까치전〉의 내용의 특질
이 무엇인가를 이 재판 사건을 중심으로 살펴보기로 하자.

1. 첫 재판의 내용

이 작품에서 첫 재판은, 비둘기와 까치의 싸움에서 죽은 까치를 사이
에 두고, 비둘기와 암까치의 사이에서 전개된다. 그런데 상식적으로 재
판 결과를 예상해 볼 때 비둘기는 현장에서 잡혀 왔기 때문에 매우 불
리한 위치에 놓여 있었고 암까치는 유리한 위치에 서 있었다.

> 비둘기 청파에 대로하여 달려들며 두 발길로 까치를 냅다 차니 만장고목
> 높은 가지에 떨어져 즉사하는지라. 이 때에 암까치 망극하여 대성통곡하며
> 달려들어 비둘기를 쥐어 뜯으니 여러 비금들이 달려들어 비둘기를 결박하
> 고 인하여 고변하니라.4)

따라서 여기서 발생한 문제가 정상적으로 처리되는 경우라면, 재판에
서 비둘기가 지고 암까치가 이기는 것은 지극히 당연했다. 그리고 처음
에는 이 사건이 공정하게 처리될 것처럼 보이기도 했다.

> 암까치 삼문을 두드리고 고변하거늘 군수 이 사정을 듣고 대경하여 즉시
> 검시차로 행차할새 행수군관을 불러 분부하되, "너의 장졸 중에 혹 졸락하
> 여 뇌물을 받아먹다가 염문에 미치면 너희가 중형을 당할 것이니 착실히 기
> 행하라"하고 일변 조롱태로 차사를 정하여 "성화같이 빨리 가서 절인간증을
> 잡아오라"하고 옥사에 능한 형리를 택한 후에 삼번 관속을 다 제하고 통인,
> 급창 등 5, 6인을 거느리고 필마단기로 행차하여 까치집에 가 좌정하고 형
> 구를 갖추어 절인간증을 초사할 새5)

---

4) 소재영 편, 『한국풍자소설선』, 정음문고 102, 정음사, 1975, 205쪽.

군수는 일을 공정하게 처리하려고 했다. 그래서 그는 아랫사람들에게 뇌물을 받지 말라고 엄명을 내린다. 그러므로 군수가 공정한 입장에서 일을 처리하려고 했기 때문에 일이 공정하게 처리될 것처럼 보였다. 그리고 일이 그렇게 해결될 수 있다면 암까치의 승리는 틀림이 없는 것이고, 억울하게 죽은 남편의 원수를 갚을 수 있을 것으로 여겨졌다.

그런데 여기서 사건의 진행은 그와 같은 정상적인 방법으로 나아가지 못하고 엉뚱한 방향으로 나아갔다. 그 잔치에 참석했던 일부의 인물들은 비둘기의 후환을 두려워하여 당시의 상황을 제대로 증언하지 않고 발뺌을 함으로써 재판이 공정하게 진행되지 못하도록 하고 말았다. 증인으로 불려온 인물들은 암까치를 위하여 사건의 진상을 군수 앞에서 사실대로 증언하지 않고 비둘기의 행패를 두려워하여, 한결같이 발뺌을 하고 사실을 감춤으로써 비둘기가 유리하도록 증언을 하고 말았다.

군수가 꾀꼬리를 잡아들여 엄형국문하며 초사하자 꾀꼬리는

마침 까치 낙성연에 청하옵기로 연석에 참예하여 청가일곡을 자아내어 춘면곡을 마치지 못하여서 무식한 목동들이 양류가지 꺾어들고 위여라 소리할제 깜짝 놀라 백운을 벗어나서 심산유곡으로 완완이 날아갔사오니 그간 곡절은 알지 못하나이다[6]

하면서 발뺌을 한다. 이어서 군수가 두견을 나입하여 문복하자 두견은

의신은 본디 촉나라 망제의 넋으로서 만리타국에 유락하여 만산명월 동풍야에 고향생각 절로 나서 고산 초목 무성한데 불여귀를 일삼아 청산에 은거하온 산림처사의 낮졸음을 깨울 따름이옵더니 비명에 잡혀왔사오니 명찰하온 사또님은 살펴옵소서[7]

---

5) 위의 책, 206~207쪽.
6) 위의 책, 207쪽.

한다. 그래서 군수가 청파에 가련히 여겨 방송하고 또 까마귀를 잡아들여 초사하니 까마귀는 "마침 까치 연에 청하옵거늘 주안을 요기하고 즉시 갔사오니 그간 곡절은 알지 못하나이다"[8] 하면서 발뺌을 한다. 할미새를 불러들여 문초하자, 할미새는 '직초하면 완악한 비둘기에게 이 늙은 것이 구박을 받을 것이요, 은휘한즉 중형을 당할 것이니 노망한 체하고 동문서답하는 것이 양책이라'[9] 생각하고 노망한 척하여 횡설수설한다. 그러자 군수가 그녀를 내친다.

일이 이렇게 되자 군수는 절인간증의 초사 학변할 길이 없어 정히 민망해 한다. 이 때 형리 따오기가 본방 풍헌을 불러 물어보면 알 듯하다고 하자 군수가 그 말을 옳게 여겨 즉시 풍헌 솔개미를 불러 묻는다. 그러자 솔개미는 자신도 바빠서 까치의 낙성연에 청래하는 것을 가지 못했는데, 자신의 견해로는 방내 일은 동수가 잘 아니 동수를 잡아들여 물어보는 것이 좋겠다고 한다. 그러자 군수가 그 말을 옳게 여겨 즉시 동수 섬동지를 잡아들이라 한다.

차시에 두민 섬동지의 이름은 두꺼비요, 자는 불록이라. 일찍 육도삼략과 손오병서를 능통하는지라. 이전 쥐나라 싸울 적에 다람쥐 도원수되어 쥐나라를 파하니 다람쥐 그 공으로 노직 동지 가자를 주시니 그러므로 세상이 섬동지라 하니 동지의 의사가 창해 같아 그른 일도 옳게 하고 옳은 일도 그르게 하더니 마침 비둘기의 처자 동생이 심야에 찾아가 금백주옥과 채단을 많이 주며 이르되, "동지님의 창해 같사온 도량으로 이 일을 주선하와 아무쪼록 회살되게 하여 주옵소서." 동지 답왈, "유전이면 사귀신이라 하였으니 염려말라. 내 들으니 책방 구진과 수청 기생 앵무가 일총한다 하오니 금은보패를 드려 좌우청촉한 후에 여차여차 하자"하고 약속을 정하고, "각청두

<hr />

7) 위의 책, 같은 곳.
8) 위의 책, 208쪽.
9) 위의 책, 같은 곳.

목과 제반 관속에게 뇌물쓰고 이리이리 하면 고독단신 암까치 어찌할 수 없
으리니 그런즉 자연 회살되리라." 비둘기 대회하여 그 말같이 하니라10)

이미 비둘기는 섬동지에게 뇌물을 먹였고, 뇌물을 받은 섬동지는 책
방 구진과 수청 기생 앵무에게도 뇌물을 먹이라고 비둘기에게 일러준다.
그래서 비둘기는 섬동지의 말대로 이들에게 뇌물을 먹인다. 일이 이와
같이 진행된 것을 모르고, 군수는 섬동지를 불러 당시의 일을 묻는다. 그
러자 섬동지는 뇌물을 받았기 때문에 거짓으로 꾸며서 답변을 한다.

이 늙은 것이 남의 지원한 일을 어찌 조금이나 기망하리이까. 신은 근본
주수오나 나이 많은 연고로 두민이라 하와 까치 낙성연에 참예하여 본즉 3
천 우족을 다 청하였으되 오직 비둘기를 청치 아니하였기로 괴이히 여겼삽
더니 원근 까치와 비둘기가 혐의 있삽던데 마침 비둘기 지나가는 것을 까마
귀가 청하여 말석에 참예하고 이르되, "금일은 봉황대군의 국기일인데 풍악
이 불가능다" 하온즉 까치 취중에 분하여 비둘기를 책하여 왈 "남의 잔치에
왔으면 음식이나 주는 대로 먹고 갈 것이지 청치 아니한 데 와서 묻지 아니
하는 말을 하는다" 하되 모든 객이 그 말이 옳다 하거늘 비둘기 무료하여
왈 "저놈이 제 잔치에 왔다 하고 날더러 욕하는 것이 구태여 날만 하는 것
이 아니라, 속담에 팽두이숙이라 하였으니 제객인들 어찌 부끄럽지 아니하
리요. 국기일에 풍류연락이 만일 알염에 미치면 중죄를 당할 것이니 돌아감
이 옳다" 하온즉 결곡한 까치 불승기분하여 비둘기에게 달겨들어 건어찰 적
에 수만 장 높은 가지에 허전하여 떨어져 죽으니 유아이사라 하고 비둘기가
정범이 되었나이다.11)

이 말을 들은 군수가 섬동지를 돌려보내고 어떻게 판결할지 몰라 주
저할 때 책방 구진이 뇌물을 받았는 고로

---

10) 위의 책, 210~211쪽.
11) 위의 책, 211~212쪽.

나도 염탐하온즉 비둘기 애매할시 분명하더이다. 성정이 조갈한 까치 성급히 제결에 질려 죽고 못깬 것을 애매한 비둘기로 정범을 삼으니 어찌 원악치 아니하리요[12]

한다. 그러자 앵무새가 "비둘기의 처가 소녀의 사촌이오니 복원 사또님은 하량하옵소서"[13]하며 애걸한다. 그러자 군수가 즉시 희살을 보장한 후 정범을 잡아들여 국문하니 비둘기가 울며 아뢰되

의신이 근본 충효를 본받고자 하여 사서삼경과 외가서를 많이 보았으니 족히 육십사괘를 짐작하오며 충효를 효측하옵더니 근년 정월분에 종급새 딸밤각시로 더불어 행년을 본즉, 근년 수가 불길하와 관재 구설수가 있으니 연락하는 곳에는 가지 말라 하는 것을 정영이 알지 못하옵기로 무심히 알았삽더니 까치 낙성연에 우연히 지나옵다가 이 지경을 당하오니 오는 수는 면하기 어렵다는 말이 옳사오며 일 전에 어려운 줄을 알지 못한단 말이 옳사외다. 저 암까치 사리도 알지 못하고 의신을 모함하였사오니 의신의 사생은 명철하신 사또 처분에 있사오니 아뢰올 말씀 없나이다.[14]

하자 군수가 결처하되, "절인간증은 특위 방송하고 정범은 엄형 삼차에 방출한다."고 한다. 그러자 비둘기가 대회하여 춤추고 "큰 죄를 면키 어렵단 말은 허언이요, 유전이면 사귀신이란 말이 옳도다" 하면서 의기양양하여 돌아간다. 그리하여 비둘기는 결국 방송되고 만다. 지극히 쉬운 일로 생각되었던 재판 결과가 뇌물에 의해 암까치의 패배로 끝나고 말았다. 그러므로 여기서 중요한 것은 이 재판을 둘러싸고 벌어지는 여러 일들일 것이다.

특히 뇌물을 받고 비둘기를 위해 거짓으로 증언한 인물들의 행위는

---

12) 위의 책, 212쪽.
13) 위의 책, 같은 곳.
14) 위의 책, 212~213쪽.

적어도 당시 아전들이나 동수 등에 의해 서민들이 착취 당하는 모습의 일단이라고 할 수 있을 듯하다. 그리고 돈에 의해서 재판이 공정하게 진행되지 못함을 보여주고 있다. 비둘기의 "큰 죄를 면키 어렵단 말은 허언이요, 유전이면 사귀신이란 말이 옳도다"라는 말은 당시 재판의 공정성을 극단적으로 비판한 말이라고 할 수 있다. 극히 공정해야 할 재판이 돈에 의해서 좌우되는 세태를 비둘기의 말을 통해서 보여줌으로써 당시의 재판의 문제점을 지적하고자 한 것으로 볼 수 있을 듯하다. 그런 점에서 작자는 여기서 발생하는 여러 가지 사건들을 통해서 당시 사회의 단면을 보여준 것으로 볼 수 있을 듯하며, 이 재판 사건의 의미는 그와 같은 점에서 찾을 수 있을 듯하다.

또하나 여기서 지적하고자 하는 점은 비둘기로 대표되는 힘있는 자들의 횡포한 태도이다. 할미새가 비둘기의 완악함을 두려워하여 거짓으로 미친 체하여 사건의 진상을 증언하지 못한 것은 당시 세도를 지니고 있었던 세력들의 횡포를 대변한 것으로 볼 수 있을 듯하다. 할미새가 속으로 "직초하면 완악한 비둘기에게 이 늙은 것이 구박을 받을 것이요, 은휘한즉 중형을 당할 것이니 노망한 체하고 동문서답하는 것이 양척이라"고 생각하고 노망한 체하여 군수의 문초를 회피한 것은 당시 권세가들의 횡포를 단적으로 증명해 주는 것이라고 할 수 있을 듯하다. 그런 점에서 이 작품은 당시의 이와 같은 시대적 분위기를 작품에 반영한 것으로 볼 수 있을 듯하며, 여기서 이 작품의 내용의 일부의 의미를 찾을 수 있을 듯하다.

2. 두번째 재판의 내용

〈까치전〉에서 두번째의 재판은 암행어사에 의해 진행된다. 그리고 그 재판도 암까치의 고변에 의해서 이루어지는 것이 아니라 암행어사가 순

행하다가 할미새의 노래를 듣고 자발적으로 그 문제를 해결하려고 했다
는 점에서 그 의미를 찾을 수 있다.

> 암까치 더욱 애통하며 지아비 원수 갚기를 주야 축원하더니 요행으로 천
> 우신조 알성과거에 새로이 장원급제한 양반이 암행어사를 자청하여 민정
> 살피려고 내려올새 성은 난이요 명은 춘이니 대대로 청백하여 군자지절을
> 가져 있고 도량이 창해같고 아는 것이 귀신 같은지라. 산림에 순행하여 방
> 백수령의 불선을 가리오며 만민의 질고 원억지사를 살피려고 방방곡곡에
> 염탐하며 순행하더니, 일일은 마침 할미새 물레질 하다 말고 물러 앉으며
> 턱 받치고 묻지 않는 말을 열 놈이 성기는 듯이 나풋대며 이르되, "세상에
> 원통하고 악색한 일도 있더이다. 까치 집을 새로 짓고 낙성연하다가 비둘기
> 한테 여차여차 맞아 죽었으되 이러이러하여 대살치 못하였더이다"하는 말
> 을 낱낱이 설화하거늘15)

암까치는 재판으로 남편의 원수를 갚지 못하자 하늘에 남편의 원수
갚기를 주야 축원한다. 그러던 중 암행어사가 민정을 살피러 순행하다
가 우연히 할미새로부터 암까치의 억울한 사정 이야기를 듣고 분함을
참지 못하여 그 일을 해결하려고 한다. 그래서 암행어사는 비장 새매로
더불어 약속을 정하고 이튿날 골에 들어가 출도하고 좌정 후에 시척 암
까치와 절인간증 되었던 섬동지 등을 날랜 교졸을 놓아 성화같이 잡아
들이고 먼저 암까치를 불러들여 사정을 묻는다.

> "네 서방이 남의 손에 맞아 죽을시 분명하다 하거늘 어찌 대살치 못하였
> 는다." 암까치 통곡하여 여쭈오되, 비둘기 연석에 참예하여 주육 많이 먹고
> 술에 대취하여 만단 능욕하며 여차여차히 소녀의 서방을 죽였사오니 두민
> 섬동지 놈이 비둘기한테 뇌물을 많이 받고 본관 사또께 무소하여 아뢴 말이
> 며 책방과 수청 기생이 청전 받아먹고 본관에게 알소하여 희살되게 한 사연
> 을 낱낱이 아뢰되16)

---

15) 위의 책, 216~217쪽.

어사가 암까치의 말을 다 듣고 대로하여

> 일변, "비둘기를 결박하여 나입하라"하고 교졸 보내어 까치 무덤을 파산
> 하여 검시할새 시신이 조금도 상치 아니하고 매맞은 상처가 분명하여 머리
> 도 깨어지고 허리도 상하였는지라. 세세히 검시하고 두꺼비를 잡아들여 엄
> 형 왈, "이놈아 들어라, 너는 주수지물로 소위 동수라 칭하고 비금 중에 참
> 예하여 음흉한 흉계를 내어 국법을 그르게 하였으니 죄당만사요 또한 살변
> 은 막중대사어늘 네 간사한 꾀로써 좌우청촉하며 뇌물을 수다히 받았으니
> 죄사무석이라. 소위 두민으로 동네지사에 소소한 일이라도 공사양편하는 것
> 이 사리에 마땅하거늘 사정을 위하여 뇌물을 받고 공사를 폐하였으니 너는
> 당당히 죽여 훗사람을 징계하리라"17)

하면서 두꺼비를 추상같이 책망한다. 그러자 두꺼비가 황망히 대답을
한다.

> 민이 명찰지하에 추호의 말이나 어찌 은휘하리이까. 고서에 이렀으되 자
> 작지얼은 불가활이라 하였사오니 민이 어찌 살기를 바라오리까. 과연 가용
> 범절이 극난하옵기로 소소 전량을 받아 먹사옵고 국법을 어기었사오니 죄
> 당만사라 수원수구리요. 다만 수의사또 처분만 바라옵니다18)

하면서 머리를 조아린다. 그러자 어사는 두꺼비를 우선 착가엄수하도록
이르고, 또한 본수는 봉고파직하고 정범 비둘기를 올려 문초한다.

> "너는 들어라. 법전에 일렀으되 살인자는 사라 하였거늘 한갓 재물만 믿
> 고 천명을 어기고 승천지입하여 와석종신하기를 바라니 이 아니 가소한가.
> 세상에 너 같으면 법관 명색이 어이 있을고. 출호이자 반호이라 하였으니

---

16) 위의 책, 217쪽.
17) 위의 책, 217~218쪽.
18) 위의 책, 218쪽.

네 죄에 죽는 것을 수원수구리요." 언필에 좌우 나졸을 호령하여 당장 타살
할새 오형을 갖추어 물고하여 삼문 밖에 끌어 내치고 또한 책방 구진이와
수청 기생 앵무새를 잡아들여 계하에 꿇리고 분부하되, "너희는 관가 봉공
지도에 힘을 다하여 위로 국정 총집하고 아래로 백성을 진무하는 것이 사리
에 온당할 것이어늘 한갓 청전을 위하여 국정을 흐리었으니 당당히 너희를
정하에서 성명을 없이할 것으로되 십분 짐작하여 감사정배하노라"하고 섬
동지를 올려 각기 형문 90도에 무인절도로 귀양 보내고 그 남은 절인간증은
각각 엄곤 30도에 방송하고 이 연유로 나라에 계문하니라[19]

　　이렇게 하여 암까치는 억울하게 죽은 남편의 원한을 갚는다. 그러자
그와 같은 사실이 너무나 기뻐서 암까치는 암행어사에게 치하의 말을
한다.

　　소녀 16세에 출가하와 불과 수년에 참혹지변을 당하오매 달리 부모 동생
없삽고 일가친척 없사와 다만 첩의 일신뿐이오매 단독 일신되어 역불급 세
불급되오매 대살치 못하옵고 주야통곡으로 무정세월을 허송하오며 낭군의
뒤를 따르지 못하옴은 전거이 보수지의라 천사만탁을 하와도 백계무책이옵
더니 천우신조하와 오늘날 가군의 원수를 갚게 되옵기는 명천이 감동하사
일월 같사온 수의 사또님을 만나와 소녀의 포원지통을 풀어주옵시니 성덕
을 의논할진대 하해가 깊지 않삽고 태산이 무겁지 아니하오니 소녀 비록 미
천하온 계집이온들 사또님 산해지택을 골수에 새겼삽거늘 몽매지간이온들
만분지일이나 갚사오리까. 복원 사또님은 수부다남하옵소서[20]

하고 비둘기의 간을 내가지고 지아비 산소에 가서 그 간을 묘전에 진설
하고 제문지어 제사하며 통곡한다. 그래서 그동안 비둘기와 까치의 싸
움에서 발생한 문제는 이로써 모두 해결된다.
　　지금까지 살핀 내용이 두번째 재판의 전후수말과 암까치가 지아비의

---

19) 위의 책, 218～219쪽.
20) 위의 책, 219～220쪽.

원수를 갚게 되기까지의 내용이다. 여기서 암행어사가 담당한 역할을 구체적으로 살필 수 있었다. 암행어사는 민정을 살피기 위해 순행하던 중 암까치의 억울한 사정을 할미새가 물레질하면서 부른 노래를 통해 알게 된다. 그래서 암행어사는 위에서 살핀 바와 같이 공정하게 재판을 진행하여 암까치의 억울한 사정을 해결해 준다. 그런데 암행어사는 당시 백성들의 염원을 공정하게 해결할 수 있는 상징적인 존재였다. 그런 점에서 두번째의 재판이 암행어사에 의해서 진행된다는 것은 이 재판이 당시 백성들의 염원처럼 공정하게 이루어질 것을 암시하고 있다. 그리고 공정한 재판에 의한 암까치의 승리는 당시 백성들이 정신적으로나마 현실의 불공정한 재판에서 벗어나 공정한 재판을 통해 승리하고자 했던 염원을 반영한 것으로 볼 수 있을 듯하다. 그런 점에서 두번째의 재판은 현실에서의 재판의 승리를 의미하는 것이 아니라 당시 백성들의 정신 속에 자리잡고 있던 환상적 승리일 가능성이 크다. 이것은 당시의 백성들의 성취 욕구의 간접적 표현인 것으로 볼 수 있을 듯하다. 그런 점에서 〈까치전〉에서 암까치의 승리는 그 의미를 파악할 수 있을 것이다.

또하나 두번째의 재판에서 암까치의 승리는 당시의 서사문학의 행복한 결말의 관습과 연결되어 있는 것으로 추정된다. 조선조의 소설의 결말의 특징 가운데 하나는 행복한 결말이었다. 이것은 당시 소설을 통해 교훈성을 강조하려는 작자의 의도와 연결되어 있었다. 그래서 대부분의 고소설은 선인의 승리를 보여줌으로써 권선징악의 주제를 드러내고자 했다. 그러므로 〈까치전〉에서 처음 암까치의 패배가 두번째의 재판에서 승리로 역전되었다는 것은 적어도 당시의 이와 같은 소설의 결말 관습과 무관하지 않다. 그런 점에서 이 부분이 지니고 있는 의미를 파악할 수 있을 것이다.

3. 두 재판을 통해 본 〈까치전〉의 내용

지금까지 살핀 바에서 알 수 있듯이 〈까치전〉의 두번에 걸친 재판을 통해 작자는 당시의 시대상과 관련된 문제를 지적하고자 한 듯하다. 두 번에 걸친 재판의 모습은 단순한 암까치의 원한의 해결이라는 의미만을 지니고 있는 것이 아니라 당시의 재판에서 흔히 일어날 수 있는 모습을 보여주었다는 점에서 그 의미가 크다고 할 수 있다. 말하자면 공공연히 발생하는 뇌물수수와 연결되어 있는 공정하지 못한 재판, 명석하지 못 한 군수, 의로움을 생각하기보다는 자신에게 돌아올 불이익만을 먼저 생각하는 세태 등의 모습을 작자는 비판적인 안목에서 보여주고자 한 것으로 볼 수 있을 듯하다.

또한 당시 암행어사는 고통받는 서민들의 유일한 희망이었다. 부패하 고 무능한 관료들을 통하여 자신들의 문제를 해결할 수 있는 길이 현실 적으로 봉쇄되어 있었던 처지에서 그들이 애타게 기다렸던 것은 자신들 의 문제를 공정하게 해결해줄 수 있는 인물, 곧 암행어사의 등장이었다. 이러한 염원은 당시 관료들의 무능과 하리들의 횡포를 역설적으로 보여 주는 것이라고 할 수 있을 것이다. 그러한 점에서 암행어사에 의해 이루 어지는 두번째의 재판은 당시 고통받는 서민들의 염원을 반영한 것이라 고 할 수 있을 듯하다.

V. 맺음말

지금까지 논의한 것을 간략히 요약하면 다음과 같다.

〈까치전〉은 까치의 죽음으로 발생하는 사건의 얽힘과, 발생한 문제를 해결해 나가는 풀림의 과정, 곧 두 번에 걸친 재판을 중심으로 사건이 구성되어 있다. 이것을 사건의 구성 순서에 의해 살펴보면 (1) 문제 발생, (2) 문제의 해결책 모색, (3) 또다른 문제 발생, (4) 문제 해결책 모색, (5) 문제 해결 실패, (6) 문제 해결책 모색, (7) 문제 해결, (8) 후일담 등이다. 이 사건들은 까치의 죽음으로 문제가 발생하여, 그 사건을 둘러싼 두 번에 걸친 재판을 축으로 하여 줄거리가 전개되도록 짜여 있다.

〈까치전〉의 내용은 당시 사회적으로 만연한 뇌물 수수와 관리들의 무능을 지적하였다. 또한 사회의 의로움보다는 자신들의 안위를 먼저 생각하는 세태를 비판한 것이라고 할 수 있다. 특히 두번째 재판이 암행어사에 의해 공정하게 이루어진다는 것은 당시 현실에서 해결되지 못하던 사회의 각종 문제를 가상의 세계에서라도 해결하고자 하는 서민들의 염원을 상징적으로 보여준 것이라고 할 수 있을 듯하다. 또한 이 작품의 행복한 결말은 고소설의 '행복한 결말'의 관습과도 무관하지 않을 것이다.

〔임성래〕

<황시결송>의 구조와 주제

I. 머리말

  <황시결송>은 『금수전(禽獸傳)』 속에 수록되어 있는 단편의 하나이다.[1] 『금수전』에는 <황시결송>과 <녹쳐ㅅ연회> 두 작품이 수록되었는데, 구자균의 작품 해설이 있다.[2] <황시결송>은 한글소설 단편집 『삼설기(三說記)』 중의 하나라고 한다.[3] 즉 파리본에는 『삼설기』 6편[4] 외에 『금수전』에 수록된 2편과 <노셤샹좌긔> 1편이 더 있어 모두 9편인데, 이들은 각각 3편씩 3책으로 되어 있다. 이로 미루어 일책삼설(一冊三說)로서 『삼설기』라는 이름이 비롯된 것이 아닌가 한다.[5]

  당대의 정치사회상을 풍자한 의인소설인 동시에 구성상의 이중구조를 지닌 액자소설이라 할 수 있는 <황시결송>에 대한 연구는 아직 시도

---

1) 이능우, 『고소설연구』, 이우출판사, 1978, 249쪽.
2) 구자균, 「금수전」, 『이화』 10집, 이화여대, 1965, 211~214쪽.
3) 최운식, 「『삼설기』의 설화적 배경과 한문단편과의 관계」, 『국제대학논문집』 제7집, 국제대 인문과학연구소, 1979, 23쪽.
4) <삼시횡입천긔>, <오호디장긔>, <셔초픽왕긔>, <삼주원종긔>, <황쥬목ㅅ계>, <노처녀가>의 6편을 말한다. 『영인 고소설판각본전집』 I, 연세대 인문과학 연구소, 1973의 『삼설기』.
5) 최운식, 위의 책, 23쪽.

되지 못한 실정이다. 단지『삼설기』의 설화적 배경과 한문단편과의 관계를 논한 것6)과『삼자원종기(三子願從記)』를『태평광기(太平廣記)』 소재 설화 및 국내 구전설화와 비교한 것7) 외에는 비교적 단편적인 것뿐이다.

이 글에서는『삼설기』 각편 연구의 일환으로 〈황시결송〉의 구조와 주제를 고찰하고자 한다. 먼저 〈황시결송〉의 설화적 배경을 살핀 다음 액자소설이 지니는 구조를 적용하여 〈황시결송〉의 구조를 밝히고 의인소설이 전반적으로 지닌 풍자성을 추출하여 구조와 주제의 유기적 측면을 알아보고자 한다.

이 글의 대본은 경판본『금수전』이다. 이『금수전』에는 소제(小題) 〈황시결송〉이 엽(葉)1에서 엽10까지이며, 〈녹쳐ᄉ연회〉는 엽10에서 엽20까지이고, 간기(刊記)는 없다.8)

Ⅱ. 〈황시결송〉의 설화적 배경

논의를 위해 〈황시결송〉의 내용을 순차적으로 정리하면 다음과 같다.

A. 부자에게 친척이 돈을 요구하며 불을 놓으려 하다.
B. 형조에 의송(議送)하다.
   B-a 친척이 관아에 뇌물을 주다.
C. 부자가 의송에 패하다.
   C-A′) 꾀꼬리와 뻐꾸기가 따오기가 소리 놀음을 하다.
   C-B′) 황새에게 의송을 결정하다.
   C-B′)-a′) 따오기가 황새에게 뇌물을 주다.
   C-C′) 따오기의 목청이 상성(上聲)으로 판결나다.

---

6) 위의 책, 23~36쪽.
7) 위의 책, 23쪽.
8) 이능우, 앞의 책, 249쪽.

D. 이야기를 들은 형조관원들이 부끄러워하다.

A~C의 내용은 인간사에서 일어남직한 비리와 불의와 그로 인한 패배에 관한 것이다. 그러나 후반부라 할 C-A′ ~ C-C′에서 동물 세계를 설정, 삽입하여 표면적으로는 부당한 패배를 맞으나 내면적으로는 예리한 풍자의 칼날로 대상들의 목을 겨누는 통쾌함을 의도했다. 그 결과가 D이다.

한편 이 소설과 관계되는 네 편의 설화들을 찾을 수 있는데, 그 내용은 다음과 같다.

(설화1) : 〈한무대와(恨無大蛙)〉[9]
① 숙종이 야순을 하다가 선비에게 〈한무대와〉의 뜻을 묻다.
　a. 꾀꼬리・황새가 노래 저름을 하다.
　b. 황새가 부엉이에게 뇌물을 주다.
　c. 황새가 부당하게 이기다.
② 숙종이 선비에게 과거를 보라고 권유하다.
③ 과거에 급제하다.

(설화2) : 〈비와불성(非蛙不成)〉[10]
　a. 꾀꼬리와 따오기가 서로 잘났다고 다툼-재판을 하기로 하다.
　b. 따오기가 황새에게 뇌물을 주다.
　c. 따오기가 이기다.

(설화3) : 〈무와(無蛙)〉[11]
① 시관(試官)이 선비에게 〈무와〉의 뜻을 묻다.

9) 최운식, 『충청남도 민담』, 집문당, 1980, 359~362쪽.
10) 한국구비문학회, 『한국구비문학선집』, 일조각, 1979, 24쪽. 이 책에 수록된 설화의 본 제목은 '꾀꼬리와 따오기의 목청 자랑'이나 편의상 '非蛙不成'이라 약칭한다.
11) 『한국민속종합조사보고서』 전북편, 1971, 677~678쪽.

　　a. 까마귀와 꾀꼬리가 소리 자랑을 하다.

　　b. 까마귀가 황새에게 뇌물을 주다.

　　c. 까마귀가 이기다.

(설화 4) : 〈아본무와부득지(我本無蛙不得志)〉[12]

① 한성 사대문에 〈아본무와부득지(我本無蛙不得志)〉라는 방이 붙었는데,
　　이것은 평안 함경인이 벼슬길에 중용되지 못함을 풍자한 것이다.

　　a. 꾀꼬리와 까마귀가 음성을 자랑함—두루미에게 재판하기로 하다.

　　b. 까마귀가 두루미에게 뇌물을 주다.

　　c. 까마귀가 이기다.

위 넷의 설화에서는 〈황시결송〉과 비슷한 내용을 가지나 각편(各篇)
에서의 동물 이야기의 삽입 동기가 각기 다르고 등장인물 또한 많은 변
화를 갖고 있다. 그 차이점을 비교하여 표로 제시하면 다음과 같다. 삽
화는 동물들의 송사 사건을 가리킨다.

	황시결송 (소설)	한무대와(恨無大蛙) (설화 1)	비와불성(非蛙不成) (설화 2)	무와(無蛙) (설화 3)	아본무와부득지 (我本無蛙不得志) (설화 4)
삽화의 삽입동기	부당하게 패한 자신을 비유	선비가 실력은 있으나 후원자가 없음을 비유	삽입동기가 없음(삽화 자체임)	선비가 후원자가 없음을 비유	平安咸鏡人이 重用되지 못함을 풍자
등장인물 ( )은 심판임	꾀꼬리 뻐꾸기 따오기(황새)	꾀꼬리 황새(부엉이)	꾀꼬리 따오기(황새)	꾀꼬리 까마귀(황새)	꾀꼬리 까마귀 (두루미)
삽화의 비중	작품 구성상 절대 우위를 차지함	작품 구성상 발단역 할을 함	삽화 자체임	삽화 자체가 강조됨	삽화 자체가 강조됨

　　설화 2)~4)는 유사한 동물경쟁의 모티프를 지닌 삽화 자체가 중요시

---

12) 『안동문화권학술조사보고서』 제1차 3개년 계획, 성균관대학교, 1967. 2, 114쪽.

되는 설화들이다. 내용으로 볼 때, 설화 1)에 수렴된다고 보면, 결국 〈황시결송〉과 설화 1)과의 차이점을 분명히 알 수 있겠다.

첫째, 삽화[동물 이야기]의 삽입 동기 문제이다. 소설에서는 부당하게 의송에 패한 후 억울한 자신의 경우를 빗대어 관원을 몰아치기 위한 것이며, 설화 1)에서는 선비가 실력은 있으나 후원자가 없어서 벼슬길에 오르지 못함을 빗대어 했다는 점이다.

둘째, 등장 인물 문제이다. 소설에서는 꾀꼬리·뻐꾸기·따오기와 심판관이 황새인 반면, 설화 1)에서는 꾀꼬리·황새와 심판관 부엉이가 등장한다. 즉 소설의 심판관인 황새가 설화 1)에서는 꾀꼬리와 노래 저름의 상대자가 되고 심판관은 부엉이로 바뀐다. 이 점은 구비문학상 드러나는 화자들의 착오이기도 한데, 각 설화에서 상당한 혼란을 드러내고 있다. 그러나 개별 등장인물의 착오는 그리 중요한 문제는 아닐 성싶다.

셋째, 삽화가 차지하는 비중이다. 소설에서는 삽화가 작품 전체의 구성상에 절대 우위를 차지한다. 즉, 전반부와 후반부(삽화)와의 관계에서 전반부는 후반부를 있게 하는 동시에 후반부를 강조하는 구실을 한다. 이에 비해 설화 1)에서의 삽화는 단지 작품 구성상의 동기(발단) 구실을 한다는 점이다.

위와 같은 차이점을 보이는 소설과 설화는 모두 정치사회상의 부조리함을 다룬다는 점에서 동일하다. 관료들의 부패와 혼탁한 정치상을 풍자[13]한다는 성격을 띠고 있기 때문이다.

설화와 소설과의 상호 관계에서 설화가 소설화하는 경우와 소설이 설화화하는 경우를 상정할 수 있다. 설화의 소설화는 학계에서 어느 정도 규명된 통설에 해당하므로 재론의 여지가 없다. 이에 반해 소설의 설화화는 다소 조심스런 태도를 필요로 한다. 그러나 소설을 읽은 독자의 이

---

13) 정주동, 『고대소설론』, 형설출판사, 1980, 323쪽.

야기가 설화처럼 자연스럽게 구전될 수 있다는 가정하에서는 인정될 수 있다고 본다. 이러한 두 경우 중, 소설 〈황시결송〉과 설화 〈한무대와(恨無大蛙)〉와의 관계는 민담 중에 동물경쟁담 혹은 동물 유래담이 상당히 분포한다는 점14)으로 미루어, 동물 경쟁담의 일부가 소설 속에 삽입되어 형성된 것이 아닌가 생각된다. 즉 동물경쟁담 중 부당하게 경쟁에 패한 내용을 지닌 민담이 〈황시결송〉과 같은 소설에 풍자성을 드러내기 위해 삽입된 것이라 볼 수 있겠다.

Ⅲ. 액자소설적 측면에서의 〈황시결송〉

〈황시결송〉은 한 편의 이야기 속에 또 한 편의 이야기가 담겨 있는 형태이다. 담긴 이야기의 형태가 내부적 구성 방식으로 쓰였다는 점인데, 이를 액자소설적 관점에서 살펴 볼 필요가 있다. 액자소설이란 일반적으로 단일소설과 함께 소설의 현저한 구성 유형의 하나이다.15) 이를테면 이야기 속에 하나 또는 여러 개의 비교적 짧은 내부 이야기를 포함하는 소설의 구성 형식을 일컫는 말이다.16) 이러한 액자소설의 형태를 사이들러(Hebert Seidler)는 다음과 같이 구분한 바 있다.17)

① 도입적인 것
② 한 액자 속에 여러 내부 이야기가 포함된 것
③ 한 액자 속에 한 개의 내부 이야기가 포함된 것
④ 서로 뒤섞인 구근적 기법

---

14) 동물 경쟁담 또는 동물 유래담은 여러 가지 내용을 가지고 분포되며, 특히 爭年說話가 상당한 수를 보임. 최래옥, 『전북민담』, 형설 출판사, 1979, 206쪽.
15) 이재선, 『한국단편소설연구』, 일조각, 1979, 95쪽.
16) 위의 책, 95쪽.
17) 위의 책, 99쪽.

아울러 액자의 기능에 대해서도 언급한 바 있는데, 그 요지는 다음과
같이 요약된다.

㉠ 액자 자체는 내부 이야기를 위한 기연(機緣)을 제시한다.
㉡ 액자는 왜 내부 이야기가 이야기되어지느냐의 가장 단일하고 외적인 점에
　　있어서의 목적의 진술이다.
㉢ 액자는 거리화(距離化)에 봉사할 수 있다.
㉣ 공상적이고 환상적인 내부 이야기가 일상적인 관계로 이루어질 때 각성의
　　형태일 수도 있다.
㉤ 액자의 특유한 예술적 의미는 예술작품의 밀착과 압축일 수 있다.[18]

이러한 액자소설이 지닌 형태와 기능을 〈황시결송〉에 적용해 볼 때,
그 의미는 다소 약해질 수도 있다. 〈황시결송〉의 구성을 전반부와 후반
부 및 결말부분의 3단으로 본다면, 후반부를 지녔다는 이유 하나로 액
자소설이라 부를 수 있을까 하는 의문이 제기되기 때문이다. 그러나 액
자의 형태 중에 한 액자 속에 한 개의 내부 이야기가 포함되어 있다는
이유와, 후반부가 전체적 구성상에 중요한 위치를 차지할 뿐더러 전반
부의 기능이 후반부를 설정하고 제시하는 것이라는 점을 들 때, 〈황시
결송〉을 액자 소설적 측면에서 언급한다는 것은 가능하다고 생각된다.
따라서 〈황시결송〉의 구성을 액자소설적 관점과 연결시켜 사건 진행을
정리해 보자.

　　　　　A. 친척과 시비
전반부　B. 의송 - 뇌물을 줌.
　　　　　C. 패함.
　　　　　　　a. 노래저름
후반부 C. b. 의송 - 뇌물

---

18) 위의 책, 99쪽.

c. 따오기가 이김.
결 말 D. 부끄러워 함.

여기서, 후반부 C를 뺀 전반부의 구성을 가지고도 하나의 훌륭한 소설이 될 수 있다. 그러나 후반부를 강조하려는 의도 하에서 전반부 A - B - C가 설정되고 따라서 D라는 새로운 승리-역전을 갖게 된다. 이를 액자적 측면에서 도시하면 더욱 분명해진다.

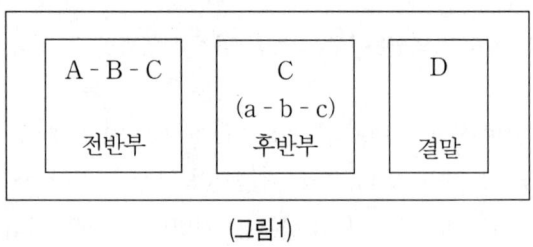

(그림1)

아울러 전반부의 C와 후반부의 C가 동일한 것이므로 이를 다시 정리하면 그림 2)와 같다.

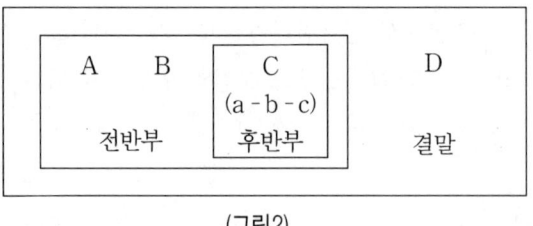

(그림2)

그림 1)은 전반부의 도입 단계에서 후반부의 액자적 전개 단계 및 결말을 도시한 것이다. 여기서 중요한 것은 전반부와 후반부와 결말이 유기적 통일체를 획득·유지하고 있다는 점이다. 전반부는 후반부를 위해

서 존재하고, 후반부는 결말을 향한 진행이며, 결말은 전반부의 결말이 된다는 것이다. 만약 후반부를 생략한다면 액자적 구조는 사라지고 전반부만이 존재하는 형식이 된다. 따라서 결말까지도 불필요해진다. 그러면 작품 의도라 할 풍자적 의미는 소멸된 채 단순한 형태와 의미를 지닌 소설로 전락된다.

그림 2)는 후반부가 전반부와 동일 의미와 형태를 지닌 점으로 보아 후반부를 전반부의 일부로 도시해 보았다. 물론 그림 1)과 그림 2)가 다른 구조를 의미함은 아니다. 그림 1)을 압축 축소한 것뿐이다. 후반부 C(전반부의 C)의 존재 의미는 상당히 커진다. 왜냐하면, C의 사건이 전반부의 재현이지만 동물 세계로 이입된 전반부의 사건이기 때문이다. 즉 동물 세계의 비리와 부조리가 바로 전반부 자신들의 일이다. 그래서 D가 자연히 뒤따르고 완전한 통일체를 이루게 된다.

한편 액자에서는 보통 전반부가 길지 않고 단지 도입 제시하는 데에 불과하며 보통 후반부가 중요시된다. 그런데도 이 소설에서는 전반부가 대등한 분량을 지닌 채 존재할 수 있는 것은 무엇일까? 이 점은 IV장 2절의 풍자적 측면과 관련되는 문제로 후에 논하기로 한다.

이제 아리스토텔레스가 지적한 소설 구성 형식에 따라 〈황시결송〉의 구조를 따져보고자 한다. 그는 소설의 구성 형식을 '처음-중간-끝'[19]이라는 3단계를 갖는 것으로 보고 있다. 즉 없는 곳에서의 시작이 '처음'이고, 있는 곳에서 없는 곳으로의 진행이 '끝'이며, 있는 곳과 있는 곳의 관계가 '중간'이라고 본 것이다. 단순하기는 하지만 이러한 견해를 적용하여 〈황시결송〉을 살펴본다.

---

19) 아리토텔레스, 손명현 역, 『시학』, 박영사, 1979, 67~69쪽.

```
        ┌ A. 시비              (처음)
  처음   ├ B. 의송 ― 뇌물       (중간)
 (전반부) └ C. 패함.            ( 끝 )


        ┌ a. 소리 저름          (처음)
  중간 C ├ b. 심판을 원함 ― 뇌물  (중간)
 (후반부) └ c. 따오기가 이김.     ( 끝 )

  끝 D.  관원들이 부끄러워 함.
 (결말)
```

전체적인 측면에서 전반부는 처음에 해당되고, 후반부는 중간에, 결말은 끝이 된다.

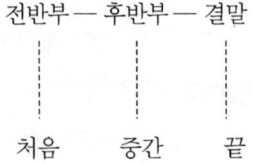

```
     전반부 ― 후반부 ― 결말
       ┊       ┊      ┊
       ┊       ┊      ┊
      처음     중간    끝
```

그리고 '처음'에서는 작은 형태인 '처음―중간―끝'을 포함하고, 후반부인 중간에서도 '처음―중간―끝'의 형식을 취한다.

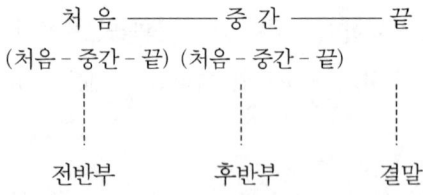

```
    처 음 ――――― 중 간 ――――― 끝
  (처음 - 중간 - 끝) (처음 - 중간 - 끝)
       ┊           ┊          ┊
       ┊           ┊          ┊
      전반부       후반부       결말
```

결국 <황시결송>이 갖는 구조적 특징은 위와 같은 이중성에 있다. 이 이중성은 바로 액자적 형태에 힘입는다. 즉 '중간'은 액자의 내부 이야기

로서 기능하며 '처음'은 도입액자로서 작용한다. 이러한 액자와의 관계
는 결국 다음과 같이 도시화할 수 있다.

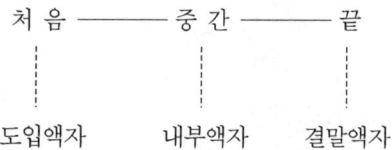

처 음 ──── 중 간 ──── 끝

　도입액자　　내부액자　　결말액자

Ⅳ. 의인소설적 측면에서의 〈황시결송〉

　문학의 표현법의 하나로 의인법(personification)이 있다. 이 표현법은
생명이 없는 것에 생명을 부여하고, 말할 수 없는 것에 말을 하게 하는
것이다. 곧 무생물을 생물로 보고 동식물을 인격체로 파악하면서 인간
과 같은 언동을 부여하여 인격화시키는 방법이다. 이 표현 형식의 목적
은 풍자에 있다.[20] 이러한 풍자를 의인법으로 처리한 소설을 우화소
설[21] 또는 의인소설[22]이라고 하며, 풍자법에 의해서 쓰여진 소설을 풍
자소설[23]이라고 한다.

1. 의인적 기법

　'의인'이란 곧 인격화(personification)를 말하는 것으로 비인격적 대상을
인격적으로 파악하여 표현하는 작용이다. 문학상에서 의인은 우의(寓意)
와 밀접한 관계를 갖는다. 이야기의 주인공을 의인화해서 쓴 설화[24] ·

20) 김기동, 『이조시대소설론』, 이우출판사, 1978, 167쪽.
21) 위의 책, 167쪽.
22) 정주동, 앞의 책, 310쪽.
23) 김기동, 앞의 책, 447쪽.

동물우화[25] · 소설계통[26]의 문학 양식에서 발달한 것인데, 대체적으로 그 내용에는 우의 · 풍자 · 골계 · 교훈성을 지닌다.

이러한 특색을 지니는 '의인법'은 의인의 정도에 따라 다음과 같이 분류된다.

1) 작품 전체가 의인화된 완전 의인 : 소설
2) 의인 형식이 작품에 부분적으로 투입된 반의인 : 소설 · 시
3) 물질적인 성질이 추상적인 관념이나 비물질적인 것에 배당된 준의인(準擬人) : 주로 시[27]

이러한 관점에서 〈황시결송〉의 의인적 요소를 검토해 보자. 먼저 〈황시결송〉은 '의인 형식이 작품에 부분적으로 투입된 반의인'에 해당된다. 즉, 전반부와 결말 사이에서 전반부를 위해서 봉사하는 구실을 하고 있다. 다시 말해서 전반부를 A라 하면 후반부를 A'가 된다. A와 A'의 관계는 첫째 A가 A'를 포함하는 관계(A>A') 둘째 A와 A'의 의미가 동등한 자격을 유지하는 관계(A=A')이다.[28] 결국, A와 A'의 관계는 서로 포함하면서 의미상의 동등한 자격으로 존재한다.(A≧A')

여기에서 각 인물의 성격과 그들의 대립 양상을 살펴볼 필요가 있다.

가. 전반부에 나타난 인물과 대립 양상

'불량한 일가'는 비리를 일삼는 무례한인 동시에 이익을 위해서는 아첨을 일삼는 자인 반면 '부자'는 송덕을 받는 자로서 '좀쳐로 숙이지 못

---

24) 삼국사기에 수록된 '구토지설'이 우리나라에서는 첫 형태로 보인다.
25) 주 16)과 관련.
26) 소재영, 『한국풍자소설선』, 정음사, 1975에 수록된 소설류 등을 말함.
27) 정주동, 앞의 책, 310~311쪽.
28) 첫째 관계는 전반부에 주안점을 두었을 경우이고, 둘째 관계는 후반부의 전개 양상에 주안점을 두었을 경우이다.

홀지라 후환을 업시'[29]하려고 의송을 결심한 자이다. 이에 제3의 위치에 있는 관원은 뇌물과 결탁한 공정성을 잃은 자들이다. 이 세 인물의 대립은 그림과 같다.

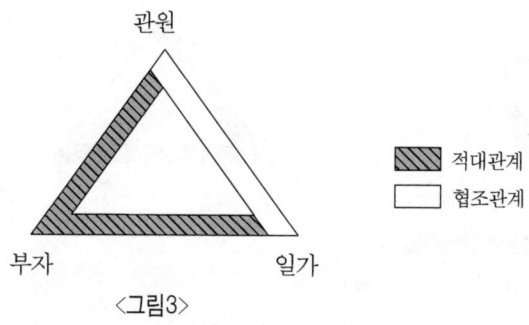

<그림3>

꾀꼬리와 뻐꾸기는 모사나 아첨을 모르는 인물이나 따오기는 아첨과 뇌물 수수를 능사로 하는 인물이며, 심판관인 황새는 뇌물에 현혹되어 부화뇌동하는 인물이다.

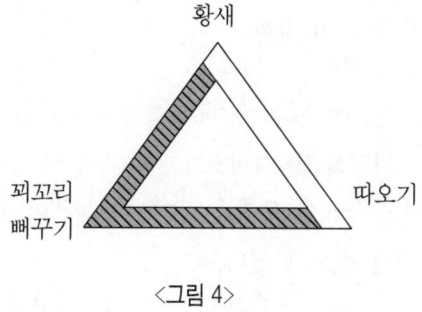

<그림 4>

전반부에서나 후반부에서의 대립 양상은 의송자(議送者) 중의 하나와

---

29) 『영인 고소설 판각본 전집』Ⅲ, 연대 인문과학 연구소, 1977, 327쪽.

심판관은 뇌물을 매개로 비리의 협조관계가 유지되고 이 관계로 부당하게 득승하게 된다. 전반부와 후반부에 나타난 인물들의 상호대립 관계는 다음과 같다.

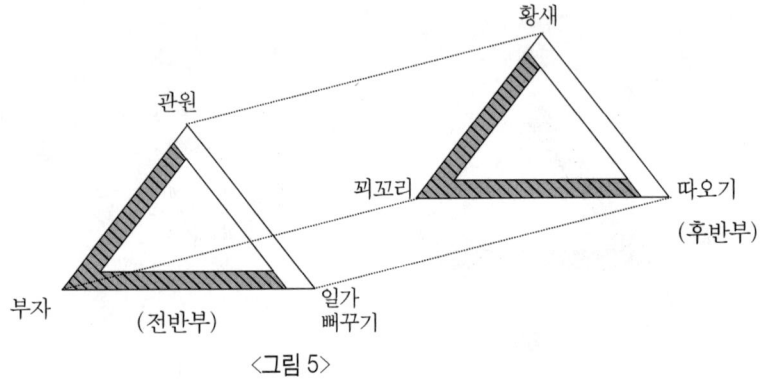

〈그림 5〉

의송에 패한 부자가 한 최후진술에 버금하는 언급은 그래서 더욱 중요하다.

> 니송ᄉᆞᆫ 지고 가거니와 약이 ᄒᆞᆫ 마듸를 ᄉᆞ며너여 조용히 홀거시니 만일 져놈드리 듯기 곳ᄒᆞ면 무안이나 뵈리라.[30]

이는 의송에 패한 부자의 의도이다. 이에 따른 삽화의 사건은 자신들(관원·일가·부자)의 상황을 의인화(황새·따오기·꾀꼬리와 뻐꾸기)로 재구성한 것이며, 이는 풍자에 궁극적인 목적을 둔다. 따라서 이제 〈황시결송〉의 풍자법에 대해 논의할 필요가 있다.

2. 풍자적 기법

원론적으로 풍자는 인간의 개성 내지 사회생활의 모순이나 결함이나

---

30) 위의 책, 328쪽.

불합리한 현상에 대하여 음으로 양으로 표현하는 것[31]을 뜻한다. 아울러 '악행과 우행을 폭로하고 깎아내리는 신랄한 위트 · 아이러니(irony) 또는 야유'[32]를 말하기도 한다. 바꿔 말하면 대상을 비판 · 공격하고 폭로하는 것으로 해학과 폭소와 기지 · 자조 등으로 나타나게 된다. 이러한 풍자의 목적은 개심시키는 데에[33] 있으므로 결국 풍자소설이란 웃음과 기지를 본질로 하고 자기를 숨기면서 상대의 불합리를 찌르는 내용을 가진 소설[34]이라 하겠다.

이 글의 논의 대상인 〈황시결송〉은 동물을 의인화한 〈장끼전〉 · 〈토끼전〉 · 〈두껍전〉 · 〈까치전〉 등과 더불어 작품 전체의 내면에 흐르는 주제로 보아 풍자소설의 궤에 들 수 있다. 풍자소설의 성격은 개인에 대한 풍자와 사회에 대한 풍자[35]로 나눌 수 있는데, 〈황시결송〉은 송사의 문제를 다룬다는 점에서 사회에 대한 풍자라 하겠다. 특히 소설과 설화의 제목이 시사하는 것처럼 오히려 후반부, 즉 동물들의 쟁송(爭訟)을 통하여 전반부의 사건을 심화하여 인간 세계를 풍자하려는 데 그 주제를 두었다. 난봉꾼이며 방탕아인 불량배 일가가 관원과 뇌물로 결탁하여 승소하고 애써 모은 재산을 탈취해 가는 모습은 따오기가 황새의 비위를 맞추고 '개구리'를 상납하여 의도적 오판을 강요하는 사실과 좋은 대조를 보인다.

　　쾌지며 장지로다. 음아즐타의 천인이 ᄌ폐흐믄 넷말 항장군의 위풍이요 장판교 다리우희 빅만군병 물리치던 쟝닉덕의 호통이로다. 네 소리 가장 웅장ᄒ니 진짓 대장부의 긔상이로다.[36]

---

31) 김기동, 앞의 책, 447쪽.
32) 카아터 콜웰, 이재호 · 이명섭 역, 『문학개론』, 을유문화사, 1980, 91~92쪽.
33) 폴라드(Arthur Pollard), 송호헌 역, 『풍자』, 서울대출판부, 1978, 6쪽.
34) 정주동, 앞의 책, 334쪽.
35) 위의 책, 337~340쪽.

이는 단순한 오판이 아니다. 일종의 의도적 오판인데, 해석 역시 아전 인수격이다. 이런 양상은 조선 후기에 발생한 판관과 위정자들의 부정 부패를 상징하고 있다. 다음과 같은 언급이 이 점을 분명히 한다.

미련ᄒᆞ온 소견에 눔몬저 샷도게 이런 ᄉᆞ연을 아뢰어 청하나 ᄒᆞ옵고 긔 두 놈을 니긔고ᄌᆞ ᄒᆞ오니 샷되 만일 소인의 젼졍을 닛지 아니ᄒᆞ옵시고 명일 송ᄉᆞ의 아리 하ᄌᆞ를 웃 샹ᄌᆞ로 도로 집어 쥬옵심을 ᄇᆞ라옵니다.[37)

결국 간사한 따오기의 위와 같은 모사로 제 무능을 감추려는 간지도 교묘히 묘사되어 있다. 후반부의 동물의 의인화를 통한 풍자로 결말에 가서 관원들의 부끄러움을 갖게 되는 소기의 목적-개심시키는 것-을 달 성하는 〈황시결송〉에 있어서의 풍자성은 작품 전체에 맥맥히 흐르고 있 다고 하겠다.

……ᄒᆞ니 형조 관원들이 디답홀 말이 업서 가장 붓그려 ᄒᆞ더라.

라는 결말 부분이 바로 풍자가 노리는 목적인 동시에 사건 전개의 반전 이다. 이 장치에 의해서 전반부와 후반부가 공존하게 되고 대등한 분량 의 중량감을 갖게 된다. 즉, 전반부의 사건 세계(인간계)가 후반부의 사 건세계(동물계)로 전이되면서 양자는 상호 유기적인 관계를 갖게 된다. 결과적으로 이러한 점은 〈황시결송〉의 구조를 완벽한 구조로 만든다고 하겠다. 만일 전반부나 후반부가 홀로 존재한다면 결말 부분의 '개심'의 효과가 사라지는 동시에 풍자의 정도 또한 약해지고 만다. 이런 의미에 서 양자의 존재는 더욱 필요불가분한 관계로서 파악된다고 볼 수 있다.

---

36) 『영인 고소설 판각본 전집』 Ⅲ, 331쪽.
37) 『영인 고소설 판각본 전집』 Ⅲ, 310쪽.

V. 맺음말

현실 세계가 지닌 불합리한 현상을 동물의 의인화를 통해 현실을 비판 풍자한 〈황시결송〉은 조선시대의 풍자소설이 그랬듯이 영·정조에 와서 실학의 영향을 받아 더욱 강해진 서민 의식에 의해 쓰여진 것 같다. 또한 고전소설들이 설화를 배경으로 성립되었듯이 〈황시결송〉도 동물 경쟁담 또는 동물 유래담을 그 배경으로 하여 풍자 소설화되어진 것으로 보인다.

〈황시결송〉의 구조를 액자소설적 측면에서 고찰한 결과, 전반부는 도입액자, 후반부는 내부액자, 결말은 결말 액자로 제각각의 기능을 수행하고 있음을 알 수 있었다.

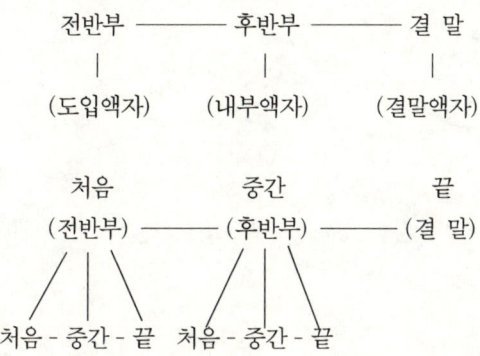

이와 더불어 '처음―중간―끝'의 단순구조를 갖는 동시에 '처음'인 전반부와 '중간'인 후반부는 각기 '처음―중간―끝'이라는 작은 구조를 취하고 있다. 일종의 이중적인 구조인 셈이다. 논의한 대로 이러한 이중적인 구조는 액자구조에 해당하며, 액자구조의 설정은 풍자적 효과를 증대시키고 있는 것이다. 물론 그 효과는 대상을 공경·비판하여 최후의 목적인 개심시키는 데에 있다.

이 글은 『삼설기』속에 수록된 〈황시결송〉의 구조와 주제에 대한 고
찰로서, 각편 연구의 일환으로 시도한 시론에 불과하다. 그러므로 좀 더
본격적인 연구를 통해 이야기의 틀과 소설의 체계가 지닌 당대의 의미
망을 살피는 데 주력해야 할 것이다. 이 점은 앞으로의 과제로 남긴다.

〔장장식〕

<와사옥안> 연구

Ⅰ. 머리말

서사문학 작품 유산으로서의 고소설에 대한 연구는 유명 작품에 대한 다각도의 집중 연구도 중요하지만 널리 알려지지 않은 다종다양(多種多樣)의 작품에 대한 폭넓은 연구도 필요하다.

<와사옥안(蛙蛇獄案)>은 <홍길동전>이나 <춘향전>처럼 명성을 떨친 소설이 아니기 때문에 비교적 널리 소개되지 못하고 있는 고소설 작품 중의 하나이다.

필자는 동물우화소설류에 관심하면서 <와사옥안>에도 눈을 돌려 부분적으로 논급한 바가 있지만[1] 깊은 곳까지는 천착하지 못했고, 전문 독해를 미루어 오다가 동물우화소설 작품을 하나하나 챙겨보는 마당에 이왕이면 작품 해독에 미진한 이 작품을 시간을 두고 해독하면서 내 나름대로 작품 평가를 내리고 싶다.

<와사옥안>은 김태준이 조선소설사에서 "吏讀文으로 되어 時事를 諷諭한 公案物"이라고 평가하였고[2] 대곡삼번(大谷森繁)에 의해 『조선학

---

1) 김재환, 「동물우화소설의 성격고」, 동아대 석사학위 논문, 1980 및 『한국동물우화소설연구』, 집문당, 1994.

2) 김태준, 『조선소설사』, 학예사, 1937.

보』54집(1970)에 원문의 영인과 함께 해설을 붙여 소개된 이래 동물소설, 우화소설 혹은 송사소설이라는 등의 여러 측면에서 단편적으로 언급되고 있었던 작품이다.[3]

본고에서는 이두문(吏讀文)에 의해 쓰여지고 동물의 의인화 기법을 최대로 활용한 동물우화소설이라는 관점에서 〈와사옥안〉의 서지적 개관을 하고 작품의 구조 분석을 통하여 작가 의식과 표현의 특징을 살펴보고자 한다.

특히 이 작품이 문예문의 표현에는 드물게 쓰여진 이두문의 소설이라는 점을 감안하여 동물우화소설, 나아가서는 소설사 전체에 드리워진 소설사적 의의를 거두어 보고자 한다.

기본 텍스트는 『조선학보』 제54집에 영인 수록된 〈와사옥안〉으로 하고, 인용 부분의 면수 역시 편의상 이에 따른다.

Ⅱ. 서지적 개관

〈와사옥안〉은 이두로 쓰여진 작자 및 저작 연대 미상의 동물우화소설이다. 동양문고에 소장된 구전간본(旧前間本)을 『조선학보』 제54집에 영인 수록, 대곡삼번(大谷森繁)이 해설을 붙여 소개함으로써 학계에 알려진 〈와사옥안〉은 동물을 교묘히 의인화하여 송사문제를 다루고 있는 데다 이두문으로 소설을 시도했다는 점에서 매우 주목할 만하다. 이두문은 한문의 문법과 국어의 문법이 혼합된 문체로서 문서체로 발달하였고 대중을 상대로 하는 공사용(公私用)의 문서(文書), 소장(訴狀), 증서(證書) 등의 서식에 있어서 가능한 한도로 용이하게 알아볼 수 있는 문장을 창

---

3) 이정혜, 「韓國動物小說硏究」, 고려대 대학원, 1970.
   정출헌, 「조선후기 寓話小說의 사회적 성격」, 고려대 대학원, 1992.
   이헌홍, 「朝鮮朝 訟事小說 연구」, 부산대 대학원, 1987.

안해 낸 결과로서 나타난 것이기 때문에 본격적인 문예문의 문체로까지 발달하지 못한 것이 문자 현실이었다.

경기체가와 같은 악장이나 시조, 그리고 〈옥선몽(玉仙夢)〉 등의 일부 소설에 제한적으로 사용된 이두문의 소설이 발견된 것은 조선조 후기 소설의 질적 변화와 작자 계층의 폭을 이해하는 데 큰 도움이 되리라 본다.

〈와사옥안〉은 한문소설 〈종옥전(鍾玉傳)〉과 합철(合綴)되어 있는데 〈종옥전〉에는 운설거사(雲卨居士) 목태림(睦台林)에 의한 도광(道光) 무술(戊戌)(1838) 늦겨울의 자서(自序)가 있고, 게다가 〈종옥전〉, 〈와사옥안〉 모두 동일인의 필사이므로 본서가 그 이후(1838)의 사본(寫本)임이 확실하다. 다만 현존하는 사본은 원본이 아니고 함풍(咸豊), 동치(同治) 연간(年間)에 어느 호사가에 의해 등사되어 합철한 것이 아닌가 한다.[4]

『조선학보』 영인에 의하면 책판 종 21.4cm, 횡 16.2cm 규격이며 〈와사옥안〉 부분만 53면이다.

매면 8행, 1행 18자 기준으로 정교하게 필사된 이 작품은 이두문의 표기는 흔히 구결의 토를 그렇게 하듯이 본문보다 한 단계 작은 글씨로 필사되어 구별되어 있고 본문 또한 한문의 개조가 있다. 이를테면 본 문장에 있어서 오(吾)[내], 여(汝)[너], 의신(矣身)[제 자신], 他矣[남의, 저의] 등으로 이두식 표기가 역연하다.

내용면에 있어서 살인 사건의 법적 처리 전말을 소상하게 담고 있는 것으로 보아 작자는 송사(訟事)의 수속 절차에 정통하고 또 이두문에도 숙달한 법정 주변의 서리 계급임을 짐작할 수 있다. 이같은 이야기는 유통의 매력까지 있는 것이므로 유사한 작품 창출이나 이본의 가능성을 짐작케 하나 필자의 역량으로서는 발견하지는 못했다.

---

4) 大谷森繁, 〈蛙蛇獄案〉 並びに 「鵲與烏相訟文」・〈烏對卞訟文〉の 解說, 『조선학보』 54집, 1970, 108쪽.

다만 〈작여오상송문(鵲與烏相訟文)〉, 〈오대변송문(烏對卞訟文)〉, 〈황새결송(決訟)〉 등의 존재가 이를 밑받침하고 있다.

Ⅲ. 작품의 구조 분석

1. 경개

을사(乙巳) 4월 16일 진시(辰時)쯤 청초면 지당동에 사는 잠수군 백개골(개구리)이 자기 아들 올창(올챙이)을 살해한 범인으로 택림동에 사는 대맹(구렁이)을 관가에 고소한다. 당일 관가에서는 섬진별장(두꺼비)이 초검관이 되어 참검을 거느리고 조사하러 떠난다. 다음 날 17일 올창의 시신이 있는 곳에서 개골을 불러 올창과 대맹이 무슨 일로 싸우다가 죽었으며 또 싸운 원인과 물린 경중, 치료한 절차, 죽은 날짜, 보고 들은 일을 증명할 수 있는 자들을 부르도록 한다. 먼저 백개골이 진술을 하였다. 이달 15일에 생질인 순매줄(메추리)이 날아와서 아들 올창이가 택림동의 대맹과 못가에서 서로 싸워 사경에 이르렀다고 하기에 달려가 보니 죽어가고 있었는데 마침 승수팔(쉬파리)이 옆에 앉아 있기로 물어보니, 친구집에 문상을 갔다오다가 올창이 죽어가고 있는지라 차마 버려두고 갈 수 없어 동정을 살피려고 앉아 있었다 하였고, 죽어가는 올창을 안고 큰 소리로 물어보니, 겨우 말하기를 하사위(새우)와 오가재(가재)와 같이 못에서 목욕하고 있는데 택림동의 대맹이 나타나 네 집안과 우리 집안은 본래부터 원수지간인 것을 어린 네가 어찌 알겠느냐. 우리 조상 굴영피는 너의 조상 둑겁의 암술에 빠져 무단히 죽었던 고로 밤낮으로 절치부심하던 차에 너를 만났으니 내 너의 고기를 씹고 너의 간을 내어 먹겠다 하며 달려들어 물어뜯는 바람에 이렇게 되었다고 하기에 업고 집으로 와서 다시 허가오리(가오리)에게 진맥하도록 하여 약을 썼으나 효험이 없었고, 다시 구남성(남생이)에게 문복하였던 바 살지 못한다고 하더니 과연 15일 밤에 죽고 말았다고 하였다.

　이에 관가에서 목격한 자들을 불러 심문하였다. 먼저 하사위(새우)가 말하기를 혈혈단신의 몸으로 외숙인 오가재(가재)의 집에 의탁하고 있던 중 외숙과 함께 냉정지에 목욕을 하러 갔는데, 올창이 먼저 그 곳에 목욕하고 있었다. 함께 희롱하며 노는데 진대맹(구렁이)이 나타나 올창에게 원수 집안의 후손이라면서 달려들어 볼기짝을 물기에 말렸으나 진대맹의 위협에 두려워 도망하여 집으로 왔는데, 들으니 올창은 당일 저녁에 죽었다고 하더라. 올창의 죽음은 대맹이 물었기 때문이고 이것을 말리지 못한 것은 나의 불민함에 기인한 것이라고 하였다.

　오가재(가재)는 읍부에 갔다가 집에 가는 도중에 막 점심을 먹으려는데, 외생인 하사위가 목욕을 가자고 하여 냉정지에 갔더니 백올창은 부서진 벽돌 위에서 목욕을 하고 있었다. 올창과 더불어 목욕을 즐겼다. 진대맹에게 올창이 물리는 광경을 하사위와 같이 보았는데, 내가 생각하는 바도 별로 다르지 않고 제반 일들과 이야기 또한 앞과 같다고 하였다.

　순매출(메추리)이 고한 내용은 외숙 백개골을 보려고 지당동으로 가는 길에 냉정지에서 종제 올창과 진대맹이 물 속에서 다투는 것을 보았다. '대맹이 나를 죽인다' 하고 올창이 외치길래 내막은 잘 모르나 분함을 참지 못해 구하고자 했으나, 물에 익숙하지 못한 고로 소식이나 전하자고 올창이의 집에 통고했다. 멀리 떨어져 있었기 때문에 비명 소리만 들었고 상처의 경중도 보지 못했는데 집으로 옮긴 후에 살펴보았더니, 양쪽 허벅지 사이의 살집 옆에 물린 흔적이 분명하고 통증을 호소하더니 이내 죽었다. 그 밖에는 다른 아뢸 말이 없다고 하였다.

　승수팔(쉬파리)은 외육촌 진등기(진드기)가 초상을 당하여 조문을 갔다가 돌아오는 길에 냉정지를 지나갔는데, 그 때 백올창이 길 가운데 넘어져 있어 흔들어도 움직이지 않았다면서 대맹이 흉악한 일을 할 때에는 미처 도착하지 못했으므로 올챙이 물리는 광경은 보지 못했고, 그 뒤 개 골이 온 뒤에 진대맹에게 물렸다는 말을 들었다고 하였다.

같은 날, 가까운 이웃인 수보군 와달판(달팽이), 취고수 타미억(미억 치), 양녀 강납절(납줄갱이)을 불러 정황 절차를 추문하였다.

와달판이 고한 내용은 가세가 지빈하던 중 실화까지 하여 집을 태우 고 새 집을 꾸미려고 청림동에 사는 삼촌 곽소의 집으로 재료를 청하러 갔다가 어두워질 무렵 집으로 돌아와서야 올챙이 진대맹에게 물려 죽었 다는 것을 알았기 때문에 가까운 이웃에 살지만 저간의 광경을 모른다 고 하였다. 타미억 역시 그 달 초에 황지동에 일이 있어 갔다가 15일 초 경 쯤에 돌아왔으니 이웃이지만 모른다는 것이었고, 강납절은 올챙의 집과 한울타리 건너 살지만 자녀도 없이 수절과부로 옷감 짜는 일로 업 을 삼고 집 밖을 나서지 않아 곡소리만 들었지 밖의 일은 모른다는 것 이었다.

같은 날, 의원인 허가오리(가오리) 점쟁이 구남성(남생이)을 추문하였 다. 허가오리는 올챙이의 죽음은 대맹에게 물린 독 때문이라고 진술하 였고, 구남성은 시초점을 쳐서 점괘를 보니 귀신의 짓이 아니라 물린 독 때문이라 여겼고 점괘의 형상이 흉하게 나와 병을 고치기가 어렵겠다고 판단을 내려 주었다는 것이었다.

같은 날, 동장인 약보 감모치(가물치), 면장인 주부 별재래(자라)를 추 문하였다. 감모치가 고한 내용은 청강동에 사는 이팔암(잉어)의 임질약 을 가지고 청강동에 갔다가 장마통에 갇혀 15일 저녁 무렵에 집으로 돌 아왔더니, 올챙이 사경을 헤맨다는 말을 듣고 동장의 입장에서 날이 밝 기를 기다려 관에 보고 하였으니, 출타한 때에 일어난 일을 알 수가 없 다고 하면서 진대맹과는 비록 처족이어서 두둔할 마음이 있다 하나 사 실대로 말하지 않을 수가 없다고 하였고, 별재래(자라)가 고한 내용은 용왕의 눈병에 좋다는 토끼의 생간을 구하기 위하여 토끼를 용궁으로 데려 왔으나 토끼의 간계에 빠진 용왕이 토끼를 놓아 주고 교녀(상어)의 말을 믿고 사역(물여우)의 참소를 입어 심지동으로 추방당한 후 면장의 직책을 가졌지만 서로 소원한 채 살았고, 일이 일어난 이후에 비로소 들었기 때문에 잘 알지 못한다고 하였다.

같은 날, 정범 진대맹의 호패를 현납케 하고 공초를 살펴 본 결과를 말하고 간증인 하사위 오가재의 진술로 미루어 볼 때 올창을 죽일 마음이 있었음이 명약관화하니 저간의 정황 절차를 숨기지 말고 낱낱이 고하라고 하였다.

대맹이 진술하기를, 조부 굴영이 택림동에 살 때 둑겁의 간계로 죽었고, 둑겁은 올창의 증조이니 올창에 대해 마음 속에 품은 원한이 없지 않았다. 이달 초에 종족을 보려고 영주에 갔다가 15일 집에 돌아오는 길에 굶주림을 못 이겨 냉정지에 닿았는데, 그 때 백올창 하사위 오가재가 함께 목욕하며 놀고 있었다. 주림이 심하여 점심 끼니를 청하였더니, 올창이 먹여 주지는 않고 욕되게 하기에 하룻강아지 범무서운 줄 모르는 격이라고 하였더니, 올창이 달려 들기에 원분을 참지 못하고 껴안고 뒹굴었는데, 올창이 상처를 입은 것은 그 때 부딪쳐서 그런 것이지 물어서 그런 것은 아니다. 올창이 본디 배부름 증세가 있으니 지금 죽은 것은 숙병에 의한 것이니 여러 문초가 나에게 물렸다고 한 것은 애매하다고 하였다.

많은 사람들을 불러 문초하는 사이에 날이 저물어 검사를 하지 못하고, 다음날 18일 검험차 호장 진강귀(강구) 등에게 듣고 물었다.

진대맹의 행랑방에 안치된 올창의 시신을 검시하니 물려 죽은 것이 확실하다. 같은 날 호장 향리 진강귀 등 검시 참관자에게 사실을 확인시켰다.

같은 날 시친 백개골을 추달하여 그 아들 올창이 배부름증이 있었는가를 묻고 진대맹에 물려 죽었음이 확실한가를 확인하고 간증인 하사위 오가재, 의원 허가오리에게도 재확인하였다.

같은 날 정범 진대맹을 다시 불러 신문하였더니 올창의 부종은 부딪 쳤을 때 상처를 입은 것이지 처음부터 입으로 문 일은 없었으니 억울하 다고 하여 간증 하사위 오가재와 의원 허가오리 정범 진대맹을 면전 대 질시키니, 대맹은 말이 막혀 대답을 하지 못한다. 초검관은 대맹을 진범 으로 단정하는 옥안(獄案)을 작성하여 상부에 보고한다.

2. 구조

<와사옥안>은 살인 사건 처리의 시말을 다룬 소설이므로 작품 구성에 있어서도 송사소설의 구조에 준한다.

송사소설은 송사사건의 발단과 경과, 해결 과정 등을 중심으로 전개 되는 소설이다. 사건 중에서도 송사 사건은 특히 대립·갈등이 표면화 되고 당사자와 그 추종자들을 중심으로 음모·모략·공격·고난·몰 락·방어·역습 등을 통해 사건의 정황이 가속화되거나 역전·해소되 는 등 다양한 모습으로 전개된다. 송사(訟事)의 성립 요건으로는 제소자, 피소자, 사건 내용, 판관에 의한 판결 등을 들 수 있고 송사 사건이 전 개되는 모습은 사건의 발단→ 전개 과정(경과) → 해결 과정 → 해결 결 과로 나타난다.[5]

<와사옥안>의 경개를 근거로 하여 작품 구조를 분석하여 보면 다음과 같다.

① 살해 사건의 고발─을사(乙巳) 4월 16일 진시쯤 청초면 지당동에 사는 백 개골이 자기 아들 올창이가 택림동에 사는 진대맹에게 물려 죽었으니 법에 의해 처리해 달라고 고발한다.

---

5) 이헌홍, 앞의 논문, 75~76쪽 참조.

② 시친(屍親) 신문 및 진술-싸움이 일어난 원인과 싸운 장소, 물린 상처의
경중과 치료 절차, 죽은 월일, 오랜 혐의의 유무와 간증인(干證人), 올창의
나이, 신상의 흠집 등 진술
③ 간증인(干證人) 신문-사건 현장에 있었던 하사위, 오가재의 생생한 현장
목격담 진술
④ 소식 전달자 신문-백개골의 처소에 소식을 전달한 순매출과 기절해 있는
올창을 옆에서 지켜 본 승수팔의 진술
⑤ 이웃의 정황 진술-이웃에 사는 와달판, 타미억, 강납절의 정황 진술
⑥ 올창을 치료한 의원과 점술사의 증언-의원 허가오리의 치료 경위와 점쟁
이 구남성의 의견 청취
⑦ 동장 면장의 견해-행정 책임자인 동장 감모치와 면장 별재래의 의견 참작
⑧ 정범 신문-간증인 및 목격자의 정황 진술을 토대로 한 범인 신문 및 진
대맹의 진술
⑨ 검시(檢屍)-올창의 시신(屍身) 상태, 시친(屍親) 백개골의 확인, 상처의
흔적, 참관자 입회 확인
⑩ 시친재신문(屍親再訊問)-시친 백개골에게 지병(持病) 유무(有無) 확인
⑪ 간증인(干證人) 재신문(再訊問)-간증 하사위와 오가재 목격 사실 재확인
⑫ 검시관 재신문-의원 허가오리를 다시 불러 올창의 물린 흔적 재확인, 물
린 독에 의한 사망 확인
⑬ 정범 재신문-초검관이 검시, 시친 문초, 간증 및 의원 문초의 결과를 말
하고 실토하라고 하였지만, 정범 진대맹은 무고라고 말한다.
⑭ 대질 신문-간증 하사위 오가재가 올창이 대맹에게 물렸다고 말하고 의원
허가오리가 원래 병이 아니라 물린 독이 병이 된 것이라고 말하매 대맹이
한숨을 쉬고 어쩔 수 없이 죽게 되었다고 말한다.
⑮ 옥안작성(獄案作成)-물린 상흔이 확실하고 간증이 진술한 것도 사실과
일치하니 진대맹이 정범이란 사실을 기록한 현록을 작성하고 판관의 말을
칙서로 작성하여 임금께 올리도록 한다.

이것을 다시 재판 경과에 따라 압축 요약해 보면,

㉠ 살해 사건의 고발 → ㉡ 고발자의 진술 → ㉢ 증인 진술 → ㉣ 정범 신문 → ㉤ 검시 → ㉥ 시친, 간증인, 검시관, 정범 재심 → ㉦ 대질 신문 → ㉧ 옥안 작성으로 정리된다.

이와 같은 내용을 지닌 <와사옥안>의 서사는 살인 사건의 처리 절차를 핵심화(核心話)로 하여 그 당시 송사 사건을 둘러싼 재판 과정을 사실적으로 그려내고 있다. 따라서 사건의 발생 자체에 초점을 두기보다는 판결에 임하는 당사자의 대응 자세와 증거 확보를 위한 검험(檢驗), 증인들의 증언 및 판결 과정과 결과에 초점이 집중되고 이를 중심으로 작품이 전개되기 때문에 일반적 고소설의 구성 원리와는 판이한 데가 있다. 소설적 흥미 역시 구성의 묘미에서 온다기보다는 재판의 신문에 대응하는 당사자의 인정의 기미에서 느낄 수가 있다.

<와사옥안>은 그 골격만을 두고 보면 형사절차법 교과서다. 조선왕조 형사 제도에 의하면 살옥(殺獄)에 있어서는 초검(初檢), 복검(覆檢), 삼검(三檢) 등 검험(檢驗)을 거치게 되어 있고 이를 접수(接受)한 형조는 다시 의정부에 보고하고 초복(初覆), 재복(再覆), 삼복(三覆)의 절차를 거쳐야 하는 것으로 되어 있는데,[6] <와사옥안>은 사죄(死罪)를 범한 진대맹을 초검관(初檢官) 섬진별장이 초검하고 옥안 작성하는 과정을 동물의 인의 수법을 빌려 상세히 서술하고 있다. 살해 사건의 고변(告變)에 접하고 참검(參檢)을 동반하여 사건 현장에 가서 시친의 진술을 듣고 간증인을 신문하며 범인의 진술을 들었으나 무고라고 하므로 검시를 통하여 객관성을 확보하고 증인을 재심한 후 대질 신문 끝에 죄를 확정하여 옥안(獄案)을 작성하는 치밀성을 보이고 있다.

관가의 규례에 의해 시신을 초검한 후에 사실을 기록한 현록 1건, 관에 올릴 것 1건, 시친에게 줄 것 1건 등 판관의 말을 칙서로 작성하여

---

6) 서일교, 『朝鮮王朝刑事制度의 연구』, 박영사, 1974, 363쪽.

임금께 올리도록 하고 있다.

　조선왕조 형사절차법상에서도 살인·상해치사 등 인명에 관한 범죄가 발생한 경우에 관계 관리가 현장에 가서 피해자의 시체를 검열하는 검험 제도는 그 범죄 행위에 대한 처벌이 엄한 만큼 오늘날에 비하면 비과학적이기는 하지만 신중을 기하여 운용하였다. 백헌총요(百憲摠要)에 의하면 시체를 검시할 때에는 먼저 시체의 형상과 시체가 있는 위치의 사지(四至)(동서남북의 사방)를 적은 뒤에 시체를 마주 떠받쳐 들어다가 평평하고 밝고 깨끗한 땅 위에 내려놓고 먼저 그 시체의 몸에 있는 의복을 머리에서부터 버선·신발에 이르기까지 하나하나 기록하고 몸에 딸린 행장도구(行裝道具)가 있으면 이름과 건수를 기록하고 시체 상태를 다각도로 검토하여 사인을 밝힌다고 하였다.[7]

　〈와사옥안〉에서 올챙의 시신 검시 장면은 동물을 의인화한 것이긴 하지만, 조선왕조 형사절차법상의 검시 장면을 생생하게 떠올리고 있다.

　　올챙의 시신은 청초면 택림동 진대맹의 행랑 안에 있었다. 사방에 사물이 있어 관가의 자로 측량해 보니 동쪽 흙벽과의 거리는 5촌, 서쪽 판자 벽 사이의 거리는 4척 1촌, 북쪽 토벽과의 거리는 2척 2촌, 남쪽 방문과의 거리는 5척 7촌이었다. 처음에는 삼베 홑이불로 덮었고, 다음은 백옥 작은 깃털 옷을 덮고, 다음은 삼베 중의를 덮고, 다음은 삼베 적삼을 덮고, 다음은 백옥 여자 저고리를 덮고, 다음은 여자 삼베 치마를 덮고 머리는 동쪽으로 하고 다리를 서쪽으로 하여 문짝 위에 웅크리고 누워 있었다. …… 방 안이 협소하여 검시하기 어려워 시신대를 방문 밖 7보쯤 떨어진 평평한 곳에 옮겼다.[8]

　검시 장면의 치밀한 묘사로 미루어보아 〈와사옥안〉의 작자는 검옥(檢獄)의 절차에 정통한 서리 계통의 사람으로 이러한 실무에 밝은 사람임

---

7) 위의 책, 375~378쪽.
8) 〈蛙蛇獄案〉, 앞의 책, 1970, 94쪽.(국문번역 필자)

을 짐작할 수 있다.

이밖에도, 〈와사옥안〉에서는 많은 증인들을 불러 문초를 하는 사이에 날이 저물어 검사할 수가 없어 다음 날로 미루어 문초를 계속하고 있는데, 조선왕조 형사절차상에서도 결옥일한(決獄日限)을 정하여 두고 범죄인에 대한 추단(推斷)에는 법규상 기한이나 시간의 제약이 있었다. 신보수교집록(新補受敎輯錄)에 의하면 영조 9년 왕명으로 역옥사건(逆獄事件)을 제외하고는 일모(日暮)를 만나면 익일을 기다려서 거행하기로 한 예가 있는데 이와 일치하는 발상이다.

결과적으로 말해서 〈와사옥안〉은 살해사건 초검옥안(初檢獄案)이라는 골격에 소설적 흥미를 가미시킨 동물우화소설이다.

Ⅳ. 이두문의 고소설

〈와사옥안〉은 이두문으로 창작된 희귀한 소설이다. 대부분의 고소설이 기존의 설화를 기반으로 하였거나 유통되는 과정에서 창의성이 덧보태어져 공동 작품의 성격을 띠고 있는 데 비하여 〈와사옥안〉은 이두문에 밝은 서리 계급의 단독 작품이다.

이두문은 한자의 훈(訓)과 음(音)을 빌려 우리말 문장을 표기한 것으로서 실용문이면서 동시에 창작문의 성격을 띠는 문장이다.9) 한자의 음과 훈을 빌려 우리말의 일부분을 표기한 것으로 〈제왕운기(帝王韻記)〉에서는 이서(吏書)라 하였고 〈훈민정음〉의 정인지 서문과 〈세종실록〉에서 이두라 일컬어 조선조 초기에서부터 차자표기 일체를 가리켰다.

이두문은 문서체에서 발달하였기 때문에 한문의 문법과 국어의 문법이 혼합된 문체로서 때로는 한문 문법이 보다 강하게 나타나기도 하고,

---

9) 이승재, 『고려시대의 이두』, 태학사, 1992, 13쪽.

때로는 국어 문법이 강하게 나타나기도 하여 그 정도가 일정하지 않다. 이두문은 경기체가와 같은 악장이나 시조 또는 소설에서도 사용한 예가 있기는 하나 본격적인 문예문의 문체로까지는 발달하지 못하였다. 경기 체가의 이두문은 문예문의 문체로 사용된 것이긴 하지만 그 예술적 가치가 높은 것이 못되었고, 문어(文語)로서의 보수성이 강하여 현실 언어로서의 가치가 희박하고, 조사나 어미의 표기도 한문 문맥에 의지하는 바가 커서 생략되는 경우가 많다.

이런 악조건에도 불구하고 〈와사옥안〉은 이두문으로 표기된 성공적인 고소설이다. 한자의 음과 훈을 빌려 우리말을 표기하려 했던 노력은 한자 사용의 역사와 맞물린다. 삼국시대 〈고구려성벽석각명(高句麗城壁石刻銘)〉〈임신서기석명(壬申誓記石銘)〉 등의 여러 자료들이 그것을 입증한다. 한문 문체에 우리말의 요소가 가미된 속한문(俗漢文) 또는 변체한문(變體漢文)이라고 불리는 이두문의 초기적인 형태로 나타나기도 하고 한자를 완전히 우리말의 어순으로 배열하기도 했던 것이다.

조선시대에 와서 이두문은 한문의 영향을 크게 받아 심한 것은 문체상으로 한문에다가 구결의 토를 단 것과 같은 이두문이 많이 나타나고 있다. 한문을 이해하기 쉽게 하기 위한 수단으로 이두가 활용되었던 것이다.

조선 초기 이두문으로 주목되는 것은 〈대명률직해(大明律直解)〉이다. 이것은 백성들의 실생활에 필요한 한문을 이해하기 쉽게 하기 위하여 이두문으로 번역한 것인데, 이러한 번역은 훈민정음 창제 이후의 언해와 같은 맥락이다. 〈우마양저염역병치료방(牛馬羊猪染疫病治療方)〉과 같은 것은 한문을 이두문과 한글로 번역한 것인데 이로 미루어 볼 때, 당시의 문자 생활에서 이두와 정음을 쓰는 사회 계층이 달랐음을 입증하는 것이다.

조선조에 있어서 이두문은 주로 문서로서 사용되었다. 왕이 신하에게 내리는 문서,[10] 신하나 백성이 왕에게 올리는 문서,[11] 관(官)과 관(官) 사이에 주고 받는 문서,[12] 형조의 문서,[13] 민간에서 관에 올리는 원정류 (原情類) 소지류(所志類) 등은 모두 이두문으로 쓰였다.

훈민정음이 창제되면서 한문·이두·정음이 공존하게 되어 이것이 나중에는 사회적인 계층과도 관계를 맺게 되었다. 즉 선비들은 한문, 중인들은 이두, 부녀자나 서민들은 정음을 쓰는 계층으로 결부시키는 관념이 생겨나게 되었다. 이와 같이 이두가 사회적인 계층과 결부됨으로써 <유서비지(儒胥泌知)>에서는 '이서체(吏胥體)'라는 문체의 이름으로 부르기도 하였다.

이로 미루어 보아 <와사옥안>은 소지(所志)·의송류(議送類)를 작성하던 서리 계급의 작품이었음을 짐작할 수 있다. 조선조 후기 동물우화소설에는 송사류가 많고, <황새결송(決訟)> <다람의 소지(所志)> 등의 작품은 표제에서부터 송사사건을 다루고 있음을 그대로 노출하고 있다. 동물우화소설류에 관심이 많은 서리계층의 작자가 제나름의 법정 일화를 동물의인의 수법을 빌려 이두로 창작해 낸 것이 <와사옥안>이다.

이두문으로 서술된 <와사옥안>의 이해를 돕기 위하여 원문 일부를 예시하면 다음과 같다.

> 十五日夜半 矣子兀昌 奄爲致命故 欲爲雪寃 치시체어진대맹지가是白
> 乎所 矣子時年爲十三歲 身上別無他瘢痕 而渠在襁褓時 以鼈腹左右
> 腰眼有舊炙痕二庫是白乎旀 矣子年旣童孩則 與彼兇漢 有何嫌怨乎
> 被咬輕重屍身在彼一番檢驗可以洞燭是白遣 기료시소싁鷂每出來傳 氣

---

10) 開國原從功臣錄卷(1395), 佐命功臣錄卷(1401) 등.
11) 上言類, 呈辭類, 狀啓類.
12) 牒呈文, 關文, 單子.
13) 推案, 根脚 등.

絶處動靜蠅水八傍觀　相鬨時光景河士魏吳可才忝看是白乎則　次茅下
問可辨眞贗是白在果　矣子之讐卽大萌也14)

　　(15일 야반 제 아들 올창이 죽은 고로 설원을 하고자 시체를 진대맹의 집
에 두었사온 바 제 아들의 나이는 13세라 신상에 다른 상처는 없고 강보에
싸여 있을 때부터 자라가 껴안서 좌우로 허리와 눈에 뜯질한 흔적 두 곳
이 있사오며 제 아들은 아직 어린데 저 흉악한 놈과 더불어 무슨 원한이 있
었겠습니까. 시신이 저기 있으니 물린 상처의 경중을 한 번 검험하여 가히
통촉하삷고 싸웠던 때의 소식은 순매출이 와서 전했으며 기절했던 곳의 동
정은 승수팔이 곁에서 보았고 서로 싸울 때 광경은 하사위 오가재가 같이
보았은즉 그들을 차례로 불러 물어보면 진위를 분별할 수 있을거니와 제 아
들의 원수는 대맹입니다.)

　위의 예에서 보듯이 〈와사옥안〉의 문장은 한문의 문법과 국어의 문법
이 혼합된 문체로 나타날 뿐 아니라, 등장 인물 명칭이나 연결 어미는
한자 원래의 의미와는 상관없이 음이나 새김의 발음만 빌려서 국어를
표기하고 있다. 하정상달(下情上達)을 목적으로 하는 이두문의 특수한
표현 효과를 소설 작품에 이용한 특이한 예가 〈와사옥안〉이다.
　〈와사옥안〉에서 특기할 만한 이두식 표기는 등장인물에 대한 명칭
에서 압도적이다. 백개골(白介骨)[개구리], 백올창(白兀昌)[올챙이], 진대맹
(陳大萌)[蟒]15)[구렁이], 하사위(河士魏)[새우], 오가재(吳可才)[가재], 순매출
(鶉每出)[메추리], 승수팔(蠅水八)[쉬파리], 진등기(蠎登起)[진드기, 등에], 와
달판(蝸達板)[달팽이], 타말억(鼉末億)[미억치], 강납절(姜納切)[납줄갱이], 허
가오리(許加五里)[가오리], 구남성(龜南星)[남생이], 감모상(甘毛峠)[가물치],
별재래(鼈再來)[자라], 진강귀(陳江貴)[강구], 전복전(全福典)[전복], 이랑태

<hr>

14) 〈蛙蛇獄案〉, 앞의 책, 79~80쪽(이두 표시 貫点 필자).
15) "大蟒이〉대맹이"로 轉音된 것을 '大萌'으로 기록한 듯함.

(李浪太)[양태], 백문해(白文海)[문어], 선매암(蟬每岩)[매미], 현고택(玄高宅) [까마귀], 이문절(李文節)[문절망둑], 엄모질(嚴毛質)[모래무지] 등의 충어류 (虫魚類)를 의인화한 등장인물의 명칭은 표준어나 방언에서 통용되었던 우리말의 현실 언어를 음가 차자한 이두다.

백개골(白介骨), 백올창(白兀昌), 진대맹(陳大萌), 하사위(河士魏), 오가 재(吳可才), 허가오리(許加五里), 진강귀(陳江貴), 전복전(全福典), 이랑태 (李浪太), 백문해(白文海), 엄모질(嚴毛質)은 개구리, 올챙이, 대맹이, 새 우, 가재, 가오리, 강구, 전복, 양태, 문어, 문절망둑, 모래무지를 실감나 게 의인화하기 위하여 성씨(姓氏)를 부여한 것이고, 순매출(鶉每出), 승 수팔(蠅水八), 와달판(蝸達板), 타말억(鼉末億), 구남성(龜南星), 별재래(鱉 再來), 선매암(蟬每岩)은 메추리, 파리, 달팽이, 미역치, 남생이, 자라, 매 미에 그것을 뜻하는 한자를 앞세운 명칭 부여 방식을 취했으며, 강납절 (姜納切), 감모상(甘毛峠)은 납줄갱이, 가물치를 그대로 음가 차자하고 있다.

<와사옥안> 등장인물의 이러한 명칭 부여는 <서대주전>, <섬동지전 (蟾同知傳)>, <녹처사연회(鹿處士宴會)> 등 다른 동물우화소설의 영향을 받은 것으로 짐작된다. 즉 '큰 쥐'를 '서대주(鼠大州)', '두꺼비'를 '섬동지 (蟾同知)', '사슴'을 '녹처사(鹿處士)', '다람쥐'를 '타남주(鼵南州)'라고 표기 하는 수법과 동일한 것이다.

대명사 표기는 이두문에서 보편적으로 나타나는 1인칭으로서의 오 (吾, 나), 의신(矣身, 저 자신), 2인칭의 여(汝, 너), 3인칭의 타의(他矣, 남 의) 등이 자주 쓰이고 있고, 조사로서는 주격에 역(亦), 시(是), 교시(教 是), 속격에 의(矣), 대격에 을(乙), 처격에 양중(良中), 중(中), 여격에 역 중(亦中), 조격에 이(以), 공동격에 과(果), 주제격에 은(隱), 은(殷), 질은 (叱殷) 등을 활용하여 한문장(漢文章)의 이해를 돕고 있다.

이두문을 가장 많이 활용하고 있는 부문이 어미인데, <와사옥안>을 표기한 이두어미를 보면 다음과 같다.

亦爲有等以(~여 하잇들로), 是隱喩(~인지), 爲旀(~하며), 敎是臥乎
在亦(~이시누온견이어), 是白乎所(~이삷온바), 是白加尼(~이삷더니),
是白在如中(~이삷견다해), 是如(~이다), 是白去乙(~이삷거늘), 是如
乙仍干(~이다을지즈로), 是白乎旀(~이삷오며), 是白遣(~이삷고), 是白
乎(~이삷온), 是白在果(~이삷견과), 敎味白齊(~이산삷제), 是如爲直
(~이다하두), 臥乎在亦(~누온견이어), 是如爲臥乎所(~이다하누온 바),
是如爲乎旀(~이다하오며), 是加隱喩(~이던지), 是白有在果(~하닯빗
견과), 是白置(~이삷두), 是如爲有則(~이다하이신즉), 是旀(~이며), 是
如爲有(~이다하시이), 臥乎白亦(~누온), 爲白如乎(~하삷다온), 是白
如可(~이삷다가), 是白如乎(~이삷다온), 爲白有置(~하삷빗두), 爲白
有如乎(~하삷빗다온), 是如是遣(이다이고), 隱喩(~은지), 是遣(~이고),
是白加隱喩(~이삷던지), 爲有齊(~하잇제), 爲有去乙(~하잇거늘), 是
喩(~인지), 乙用良(~을쓰아), 爲乎矣(~하온이), 爲乎白去乎(~하온삷
거온), 爲白有矣(~하삷잇되), 是白去乎(이삷거온), 是白去等(이삷거든),
是乎事(이온일), 爲白有在果(~하삷빗견과), 是如爲有矣(~이다하잇되),
臥乎在如(~누온견다), 是如爲旀(~이다하며), 是如是白齊(~이다이삷
제), 爲如乎(~이다온), 分叱除良(~뿐더러), 爲乎旀(~하오며), 是乎所
(~이온바)

이같은 이두 어미는 〈와사옥안〉 필사본 원문에서 본문보다는 작은 글
씨로 필사되어 있는데, 이두문이 현실 언어가 되지 못하고 한문장(漢文
章)의 보조 수단으로 쓰였음을 짐작할 수 있다.

이두문의 소설이 아니래도 한문체로 표현된 조선 후기 우리의 고소설
은 우리말식의 일상 어휘를 자주 구사함으로써 서민적 정취를 느끼게
하고 있다. 한문소설 〈서대주전〉에서 주쉬(主倅) 앞에 잡혀간 쥐가 한률
(寒慄)이 전신을 엄습하여 벌벌 떨며 경구(驚懼)한 태세로 앉아 뾰족한
입을 오몰거리고 두 귀를 발죽거리며 두눈을 깜짝거리는 모습을 묘사함

에 있어 우리말 의태어를 그대로 음차하여 '五沒五沒', '發足發足', '甘灼
甘灼'이란 한자로 표현하고 있고, 가부장격인 큰 쥐를 두고 서대주(鼠大
州), 다람쥐를 타남주(矺南州)로 표기하고 있다.16) 정통 한문학의 기준
에서 보면 치졸(稚拙)한 문장 표현이라고 볼 수 있지만, 이언(俚言)을 자
유로이 섞어 씀으로써 오히려 대중과 호흡을 같이 할 수 있는 실감이
있고 생동하는 글이 될 수 있었다.

이러한 발상이 확대되어 나타난 것이 이두문의 고소설이고 그것을 대
표할 수 있는 소설이 <와사옥안>이다.

V. 작가의식과 표현의 특징

서지적 개관에서 언급했듯이 <와사옥안>의 작가는 검험(檢驗)의 절차
에 밝은 서리 계급의 사람이다. 이두문에도 밝은 위항인(委巷人)이었으
므로 평소 이러한 실무에 종사하고 있으면서 인간사에서 야기된 살인
사건을 두고 검험(檢驗)하는 과정을 서민적 발상에서 동물로 의인화하
여 표현하는 재치를 보이고 있다.

서리란 계급은 관아(官衙)의 문서, 기물, 문사(文辭) 등을 관장하는 서
인으로 경사각조(京司各曹)에 소속된 자를 서리 또는 우댓사람이라 하
였고, 지방 각 군영(郡營)에 속한 자는 향리 또는 아전이라 하였다.

고려 이전에는 서리, 향리는 그렇게 비천시되지는 않았고 상당한 세
력까지를 갖고 있었는데 조선조에 와서 전제정치를 강화하면서 그들의
세력을 박탈하였다. 서리의 사회적 지위의 저하는 그 역을 기피하는 현
상에까지 이르렀으나 당론이 격렬해지면서 각조(各曹) 각 군영(郡營)의
관원은 말단 행정 사무를 돌볼 여유가 없어 하층 서리에게 제멋대로 일

---

16) 김재환, 앞의 책, 151쪽.

을 맡겨 서리, 향리의 권력이 오히려 커지게 되고 행정권을 그들이 마음
대로 처리하는 경향까지 있었다. 따라서 관아는 서리, 향리가 아니면 행
정 사무가 진척되지 않는 실정에 도달하였다. 이렇게 사회적 측면에서
중요성을 띠게 된 서리 계층이 사회적 지위 면으로는 향상되지 못하였
고 사부(士夫)에게는 천시되었고 농·공·상에 종사하는 상민들로부터
는 착취계급으로 악류시(惡類視)하게 되었던 것이다.17)

〈와사옥안〉의 작자는 검험(檢驗)의 절차에 밝은 사람이고 이두문의
구사 능력이 있는 사람이라는 점을 감안할 때 서리 계급의 사람임이 확
실하다.

서리는 이치(吏治)의 담당자로 실무상의 신품(申稟), 지령문(指令文),
원서(願書), 소상(訴狀), 구공문(口供文), 각종증문(各種證文) 등의 이른바
이문(吏文)은 전혀 서리의 손에 의해 쓰여졌다. 비록 비천한 사회적 지
위와 직업을 갖고 있었으나 농·공·상을 직업으로 하는 평민과는 달라
제한적이나마 문학사에 족적을 남길 만한 서민 취향의 문예문을 쓸 수
있는 능력도 가지고 있었을 것이다.

법정 일화라고도 할 만한 〈와사옥안〉의 작품은 법정 주변 서리의 눈
에 비친 살인 사건 검험(檢驗) 과정을 여실히 서술하고 있다. 지엄한 옥
법(獄法)의 권위를 살려 가면서 살인 사건을 둘러싼 이웃 간의 인정 기
미(機微)까지도 간증인(干證人)의 진술을 통해 전달하고 있는 것이다.

정범(正犯)의 구차한 변명과 발뺌도 이웃의 정황 진술과 대질 심문 앞
에 통할 수는 없었다.

송사 사건을 다룬 다른 동물우화소설이 뇌물 거래와 재판의 부당성을
풍자적으로 비판하고 있는 데 비하여, 〈와사옥안〉은 부당한 살해 행위
에 대한 응징을 목적으로 하고 있다.

---

17) 구자균, 『한국평민문학사』, 행림서원, 1955, 9~14쪽 참조.

말단 향리들의 횡포는 조선 후기의 사회에 만연된 현상으로 수령과 결탁하여 민간에 대한 작폐를 거침없이 자행하고 있었다.[18]

이런 현상을 동물우화소설은 그대로 대변하고 있었다. <황새결송>에서는 뇌물을 먹고 오판을 하는 서울의 관리를 비웃고, <까치전>에서 동수(洞首) 섬동지는 간사한 꾀로 좌우 청촉하며 뇌물을 받고 공사(公事)를 폐하고 있는 데 비해서, <와사옥안>의 초검관 섬진 별장은 심문 과정에 사심이 없었고 간증인(干證人)들의 진술은 숨김이 없었다.

그런 점에서 <와사옥안>은 다른 송사형 우화소설과는 그 궤를 달리하고 있다고 보아야 할 것이다.

<와사옥안>이 다루고 있는 살인 사건을 두고 수령이나 하층 관리들에게 수탈의 빌미를 제공해 주는 호재(好材)라거나 검험(檢驗)으로 인해 받았던 향촌민의 수난이 그려져 있다는 판단[19]은 소설 말미의 옥안 작성을 명령하는 판관의 말을 확대 해석한 것 같다. "하사위 오가재는 물에서 목욕하면서 이미 같이 놀다가 흉악한 일이 벌어지는 절차를 끝까지 다 보았으니 간증으로 기록하고 순매출과 승수팔은 서로 싸울 때의 소식을 집에다 전했고 기절했던 곳의 동정을 길에서 목격했으므로 사연(詞連)으로 기록하라. 아울러 형틀을 씌워 옥에 넣고 그 나머지 사람들은 농사일에 바쁜데 가두어 두는 것이 부당하므로 잠시 석방하여라. 그리고 판관의 말을 칙서로 작성하여 임금께 올리도록 하라. 사량주민 만호가 복검관이 오기를 청하므로 이를 아울러 상부에 보고하라."[20]는 내용은 <와사옥안> 전체의 맥락으로 보아 검험 과정을 충실히 서술하는

18) 조광, 「19세기 한국 전통사회의 변모와 민중의식」, 고대 민족문화연구소, 1962, 228~229쪽 참조.

19) 정출헌, 「조선후기 우화소설의 사회적 성격」, 고려대 대학원 박사학위논문, 1992, 116~117쪽.

20) <蛙蛇獄案>, 앞의 책, 102쪽(국문번역 필자).

한 과정으로서의 이야기이지 강압적인 대민수탈의 의지와는 상관없는
일이다.

〈와사옥안〉의 작자는 살인 사건의 검험 절차를 한치의 오차도 없이
교과서적으로 풀어나가고 있다. 이런 면에서만 보면 소설을 쓴다기보다
는 공정한 살인사건 처리의 과정을 말하고 싶었다고 할 수 있다. 그런데
이런 발상만으로는 소설이 안 된다. 〈와사옥안〉이 소설로 대접받을 수
있는 관건은 의인화 수법을 원용하고 부분적으로 가전적 필법을 구사하
고 있으며, 전래한 동물우화를 활용하고 있다는 데 있다. 작자가 동물을
의인화함에 있어 각기 그들의 생태에 적합한 신분과 직업을 부여했을
뿐더러 그 명명법에 있어서도 해학과 기지에 찬 창의력이 발휘되고 묘
사가 사실적으로 되어 있다는 데 소설적 의의가 있다.

사건의 진행은 살인 사건을 접수받고 검험 절차를 거쳐 옥안작성(獄
案作成)까지의 과정을 밝히는 것으로 되어 있지만 등장 인물·배경·사
건의 정황 처리는 다분히 소설적이다.

배경 처리를 두고 보더라도 주역이 되는 백개골(白介骨), 백올창(白兀
昌), 진대맹(陳大萌), 하사위(河士魏), 오가재(吳可才) 등 양루류(兩樓類)
나 절족동물(節足動物)이 서식하는 소택지(沼澤地)로 설정하였다. 가해
자 진대맹의 집은 택림동(澤林洞)이요, 피해자 백올창(白兀昌)의 집은 지
당동(池塘洞)이며, 사건이 일어난 곳은 냉정지(冷井池)이다. 이들의 일상
생활 중의 하나인 물놀이를 하다가 사건이 발생했고, 그 사건의 발단 역
시 당사자들의 일상 속의 인과 관계에서 발생하도록 관계지어 놓고 있
다. 개구리는 늘상 뱀의 먹이감이 되어온 일에 착안하여 피해자이기 마
련이고, 뱀이 개구리를 미워하고 잡아먹는 일은 개구리가 뱀과 앙숙지
간인 두꺼비와 닮았다는 데 기인하는 것으로 작품을 전개시키고 있다.

인물의 설정에 있어 동물의 생태에 적합한 신분과 직업을 부여한 것
은 다른 동물우화소설의 전통을 따르고 있다. 동물우화소설은 인간의

눈에 비친 동물의 외양이나 행동을 인성(人性)과 교묘히 결부시킴으로
써 전형적 인물의 구체성이 선연히 드러나도록 하고 있는데, 이를테면
신실(信實)한 자라, 간교한 여우, 경솔한 토끼, 어눌한 두꺼비의 속성을
이용하여 충직하고 간교하고 경솔하고 어눌하면서도 음흉한 인간상을
그려내기도 하고, 동물의 생김새나 체격이나 성격, 이름에 적격하게 인
간 사회의 직품이나 기능에 결부시킴으로써 인물 설정을 효과적으로 하
고 있다.21)

　〈와사옥안〉에 있어서는 전형적 인물의 속성을 그려내기 위해서라기
보다는 살해 사건이 발생한 소택지(沼澤地)와 사건 연루자 전체를 인간
사회의 마을과 인물로 환치시켜 놓고 전적으로 그 환경과 정황에 충실
히 어울리도록 직능이 부여되어 있다. 시원한 샘물이 솟아나는 연못에
서는 올챙이와 새우와 가재가 놀고 있었고 지나가던 뱀이 올챙이를 해
쳤다. 혼절해 있는 올챙이 곁에는 쉬파리가 붙어 있었고 메추리가 날아
가다가 그걸 보고 개구리에게 알렸다. 가오리가 진맥을 하고 남생이가
점을 쳤다. 가물치, 자라가 소택(沼澤)의 사정을 말했고, 강귀, 전복, 양
태, 문어, 새우, 가재, 달팽이, 미역치, 납줄갱이, 매미, 자라, 가물치, 문
절망둑, 모래무지가 검시에 참관했다. 이런 상황을 두고 동물의 세계이
자 인간의 세계인 것으로 충실히 서술 묘사된 〈와사옥안〉은 명칭 부여,
직함 부여, 정황 묘사에 있어 철저하다.

　새우는 급수군(汲水軍), 메추리는 진상군(進上軍), 쉬파리는 수측군(修
廁軍), 가오리는 의원(醫員), 남생이는 복술인(卜術人), 미역치는 취고수
(吹鼓手), 납줄갱이는 양녀(良女), 달팽이는 수보군(修補軍), 가물치는 동
장(洞長)이며 약보(藥保), 강귀는 호장(戶長), 전복은 기관(記官), 양태는
장교(將校), 문어는 형방(刑房), 달팽이는 이웃주민, 매미는 권농(勸農),

자라는 면수(面首), 가물치는 이정(里正), 문절망둑은 의생(醫生), 모래무지는 율생(律生)으로 등장한다.

　이런 인물 설정만으로도 소택(沼澤) 주변에 존재하는 동물의 세계이자 인간살이 향촌사회의 면모를 그대로 떠올릴 수 있게 한다. 동물의 의인화에 있어 작자는 동물의 생태에 근거하는 직분을 부여하고 있음은 물론 그 명명(命名)에 있어 작자 나름의 해학과 기지를 발휘하고 있다.

　이를테면 가오리는 침이 있어 의원이고, 남생이는 거북점에 연유되어 복술인이며, 달팽이는 껍질 속에 도사려 있으니까 수보군(修補軍)이며, 가물치는 몸보신에 좋으니까 약보(藥保)인 것이며, 의인화한 명칭마저 이두식으로 허가오리(許加五里), 구남성(龜南星), 와달판(蝸達板), 감모치(甘毛峙)로 표현하고 있다.

　사건 전개에 있어서는 시친(屍親)이나 간증인(干證人)의 진술에 앞서 호패를 현납받고 진술이 이어지는데, 진술 앞부분에는 반드시 가전체 소설 도입부에서 볼 수 있는 신분 가계의 기술이 나타난다. 이것은 가전체 소설을 그대로 답습하고 있다고도 볼 수 있는데, 의인의 발상 자체부터가 가전과 동물우화의 수법에 영향받은 바가 크다고 할 수 있다.

　가전은 주인공이 의인화된 사물이기 때문에 그 가계와 행적을 사실(史實)에 가탁(假託)하기 위하여 고사를 끌어 쓰고 있는데, 〈와사옥안〉에서도 범인이나 간증인이 진술에 앞서 가계와 행적을 밝히는 수법이 흡사하다.

　　河士魏矣身叚世居東海　而矣祖六兄弟美鬚多膂力爲衆所推是白乎所
　海中有三神山　山爲風浪所蕩根無住着故上帝謂以三山乃仙聖之所　居
　使矣身六祖分掌三山是白在如中　矣父則不幸見死於南海張骨愛之戰
　而矣身一身孑孑無依　暫爲托跡於外叔吳可才家矣[22]

---

22) 〈蛙蛇獄案〉, 앞의 책, 80~81쪽.

이것은 간증인(干證人) 하사위가 진술의 서두에 자신의 가계를 스스로 말한 내용이며, 정범 진대맹의 가계 진술은 다음과 같다.

矣身九代祖居生於沛邑中陽里矣 爲劉亭長所害其後子孫移寓於寧州天慶觀 而有神異之跡遠近人民莫不駿奔而救奉矣 不幸夭死矣 曾祖叚奔竄於永州之野 仍爲奠接而後孫蕃息矣 祖屈永叚偶居于澤林洞矣 門運不吉誤落於斗惻之奸計因病致死[23)]

'9대조가 패읍 중랑리에 살았는데 유정장에게 해를 입은 이후로 자손이 영주 천경관으로 옮겨 갔다. 신이한 자취가 많아 원근 주민이 달아나고 구경하여 받들지 않음이 없었으나 불행히 요사하였고 증조는 영주의 들로 달아나서 살 곳을 정하였다. 후손이 번식하여 조부인 굴영(구렁이)은 택림동에 살았는데 가문의 운이 불길하여 두껍의 간계에 빠져 병으로 죽었다.'는 것인데, 두껍은 올창의 증조이니 마음에 품은 원한이 없는 것도 아니라는 것을 말하려는 의도도 없진 않지만, 가계의 서술 방법이 가전에 통상적으로 나타나는 것과 대등하다. 뱀의 생태, 두꺼비와 뱀의 앙숙 관계를 고사를 원용하여 서술하고 있는 것이다. 특히 별재래의 내력과 가계진술은 전래한 <별주부전>의 내용을 함축하고 있다는 데 큰 뜻이 있다.

　저는 본래 잠영세족으로 옛날 동해에 살 때 용왕님이 눈병이 났습니다. 백방으로 의료법을 구했으나 백약이 무효였습니다. 하루는 용왕이 조정의 신하들을 모두 모아 놓고 널리 치료약에 대해 물으며 말하기를 '과인은 덕이 부족하여 능히 널리 세상을 구제하지 못했는데 또한 눈병을 얻었으니 누가 나를 위해 좋은 약을 구해 올 것인가. 내가 듣자하니 인간 세상에는 몸에 여덟 개의 구멍과 네모난 입, 갈라진 수염을 가지고 있고 달을 보면 잉태하

---

23) 위의 책, 92쪽.

며, 중산에서 벗어나 섬궁에서 약을 찧는 이름을 토선생인가 하는 동물이
있다 하니 만약 그 생간을 얻어 먹는다면 내 눈이 반드시 멀지 않는다고 한
다. 그러나 토끼의 됨됨이가 지혜가 많고 달리기를 잘하며 그물을 설치해도
함정에 잘 빠지지 않고 사나운 사냥개와 매서운 까치로도 능히 사로잡을 수
가 없다하니 누가 나가서 계책을 세워 사로잡을 자가 있는가' 하시고 저를
돌아보며 말하기를 '너는 주부이니 네가 가서 칙명하라' 하였습니다. 저는
회피할 수 없어서 곧 반야산으로 가서 토선생을 만났습니다. 먼저 만가지로
유세하여 그와 함께 용궁에 들어갔습니다. 그러나 용왕이 토선생에게 속임
을 당하여 놓아 주었습니다. 이후에 비로소 간계에 빠진 줄을 깨닫고 후회
하였으나 어찌 추격할 수 있겠습니까. 용왕이 교녀의 요망한 말을 믿은 데
다가 사역의 참소를 입어서 저는 심지동으로 추방당하였습니다. 그 이후 20
여 년 동안 저는 고향을 떠나온 외로운 발자취로 생계를 해결할 방도도 없
이 살았습니다.[24]

이것은 자라의 가계(家系) 진술 내용의 전부인데 가전의 도입부처럼
그럴 듯한 고사(故事)를 수용하고 있으면서 전래한 구토설화(龜兎說話)
를 십분 활용하고 있다.

이로 미루어 보아 작가는 가전의 의인화 수법에 정통하고 있으며 동
물우화소설류에도 깊은 관심이 있는 서리층의 작가로, 인류 도덕의 실
천적 규범을 준수하면서도 실제적인 사고에 입각한 현실생활의 문제를
중심 과제로 삼고 있다.

그뿐만 아니라 전편에 걸쳐서 등장인물의 외양이나 행동거지가 사건
추이에 따른 행위에 적격하게 묘사되어 있다. 이를테면 새우와 가재와
올챙이 함께 목욕을 하고 있었지만 뱀의 피해를 입은 것은 올챙이다. 그
것은 새우와 가재는 아예 뱀의 먹이감이 안 되기도 했겠지만 올챙이는 개
구리의 아들이며 뱀과 원수지간이 되는 두꺼비의 증손자이기 때문이다.
이런 상황을 설정해 두고 사건 추이나 동물의 행위의 묘사는 자못 여실

24) 위의 책, 90~91쪽(국문번역 필자).

하다.

냉정지(冷井池)에서의 목욕 장면만 두고 보더라도 올창이 겨드랑이를 끼고 턱을 괴었다가 뛰어 좋아하는 모습이나 배를 치며 선비의 노래를 흉내내는 모습은 연못가 올챙이의 자유스러운 유영(遊泳)의 묘사다. 수염을 떨치며 어른임을 과시하는 새우나, 두려운 듯 몸을 구부리며 조물주의 시기를 두려워하는 가재, 그 때에 구렁이가 머리를 쳐들고 허리를 내뻗치면서 달려와 올챙이를 위협하는 상황이 생생하게 그려지고 있다.[25]

쉬파리는 그 속성상 혼절한 올챙이 곁에서 구경꾼일 수밖에 없었고, 그것도 근동 친구의 초상집에 갔다가 조문하고 돌아오는 길이었다는 것이며, 달팽이는 가세가 빈곤하여 근근이 좁은 한 간 집에서 살다가 실화로 가재를 모두 태우고 집을 새로 꾸미려고 3촌 곽소의 집에 재료를 구하러 갔다고 묘사되고 있으며, 미역치는 가사가 영락하여 옷이 몸을 다 가리지 못하고 음식이 배를 다 채우지 못하여 늘 곤궁한 처지에 있다는 것이고, 잉어는 그 미끌미끌한 체액으로 인해 임질에 걸려 앓고 있다는 것이다.

이것은 모두 동물의 외양이나 생태에 걸맞는 그럴싸한 동물 세계의 묘사이면서 살인 사건 주변 조선조 향촌 서민의 생활상이기도 하다.

VI. 동물우화소설사적 의의

<와사옥안>은 이두문의 희문(戱文)이라는 점에서, 그리고 동물의 의인화 수법을 활용한 소설이라는 점에서 조선조 후기 소설사 연구에 귀

---

25) 兀昌挾腋技頤雀躍而……仍搰腹而先吟曰……矣身拂鬚而繼呇曰……吳可才跑蹺退遜……忽有陳大萌擧頭伸腰而來云云.

중한 자료가 되고 있다.

〈와사옥안〉의 저작 연대가 불확실한 입장에서 단언할 수는 없지만 그 필사 시기를 근거로 해서 보면 18세기 후반부와 19세기 초엽의 작품임을 알 수 있다. 소설사에 있어서 18·19세기는 소설이 크게 발달한 시기이다. 이 시기에 이르러 소설의 독자층이 확대되고 문인들의 일부에 작가 의식이 싹트고 형식과 취향에 변화를 추구하는 경향이 농후하였다. 수백 종의 고전소설이 창작되어 민간에 전사유출(轉寫流出)되었고 상업성을 띤 방각본 소설이 대량으로 찍혀 나와 유포된 것으로도 소설에 대한 기대가 대단했음을 알 수 있다.

소설에 대한 개인적 탐닉이나 기호가 남다를 수 있었던 것도 소설의 발달과 소설관의 변화에서 비롯된 것이다. 조선 후기에 이르면서 기존의 질서가 와해되고 새로운 시대적 조짐이 대두되면서 소외되었던 중인·서민층이 주요한 문화 담당층으로 부각된 것은 주지의 사실이다. 조선 후기에 크게 발달하여 대량으로 쏟아져 나온 소설 작품의 작가층이 대체로 실세한 양반층이거나 어느 정도 글에 대한 재능을 보유한 중인층으로 추측할 수 있는데, 이들의 사고 체계나 생활의 범주는 전통적 규범으로부터 비교적 자유로울 수가 있었다.

뿐만 아니라 농업과 상공업에 종사하여 일정한 경제력을 확보한 평민층에 있어서도 일정한 수준의 지식과 경제력을 지니고 비교적 동일한 공감대의 테두리를 가지면서 조선 후기 사회 변혁의 주체가 되었다.

18·19세기는 중세 봉건적 제 질서를 해체시키며 근대화로의 추진이 역동적으로 진행된 시기로서, 이른바 소설의 시대라 할 만큼 소설이 크게 성행했고 문학의 전 영역에 걸쳐 서사화의 경향이 뚜렷이 나타난 시기였는바, 시대의 추이에 따라 소설을 짓고 읽는 담당층의 폭도 크게 확대되어 갔다. 소설은 놀라울 만큼 사회의 각 계층에 널리 수용되었고 소설에 대한 인식도 높아졌다. 경험적 서사 성향의 작품이 지배적으로 나

타나면서 동물을 의인화한 서사물도 등장했다. 직설적 담화를 회피하면
서 동물의 일에 가탁하여 작자의 의도를 전하는 수사 방식의 문학으로
서 동물우화는 간접화를 통한 감응의 효과를 거두는 데 있어 적절한 방
식으로 수용되었다. 동물들이 본래적으로 지니는 표상성을 통해 인물과
계층의 전형을 창출해내기 쉽다는 데에도 연유가 있다.

의인화된 동물을 성격화하고 제기된 갈등 양상과 결합 의식이 보다
구체적이고 현실인식을 배경으로 한 〈서대주전〉〈서옥기〉〈서동지전〉
〈황새결송〉〈까치전〉〈섬동지전〉〈녹처사연회〉〈노섬상좌기〉〈장끼전〉
〈토끼전〉 등 일련의 동물우화소설이 나타난 것도 이런 소설사적 배경에
힘입은 바라 하겠다.

이런 소설들은 사건에 있어서 다른 고소설에서 볼 수 있는 파란만장
한 생의 일대기가 아니라, 현실의 생활에서 부딪히는 사소한 일이며, 동
물로 의인화된 미천하고 무력한 서민적 주인공을 내세워 소박하고 현실
적인 서민 생활의 애환을 투영함으로써 은인자중하는 양반 취향의 문학
이 아니라, 소박한 평민문학적 성향을 갖게 된다.26)

〈와사옥안〉에 등장하는 인물의 면모를 살펴보면 시친(屍親) 백개골
(白介骨)은 잠수(潛水)를 생업으로 처자식이나 보전하는 서민의 면모이
고, 그 외생(外甥) 순매출도 비록 벌열 가문의 종족이었으나 경방(京房)
의 무고를 입고 도망을 와 진답면에 붙어사는 처지에 다 떨어진 옷을
입고 있는 형편이며,27) 와달판은 가세가 빈곤하여 근근히 좁은 한 간
집에 살며 그마저 실화(失火)로 집을 잃은 처지이다. 타미억 역시 가세
가 영락하여 몸을 가릴 옷이 없으며 배를 채우지 못할 곤궁한 이웃이고,

---

26) 김재환, 앞의 책, 272~273쪽 참조.
27) 부모가 양반의 신분이지만 몰락하여 良人 밑에서 고용살이까지 하는 예는 조선조
   후기 신분 동향에서 흔히 있었던 일이다. 鄭奭鐘, 『朝鮮後期社會變動硏究』, 一潮
   閣, 1984, 271~272쪽 참조.

강납절은 자녀도 없이 베짜는 일로 업을 삼고 문밖에 출입도 잘 하지 않는 수절과부이다. 거기에 의원 하가오리와 점쟁이 구남성, 동수(洞首) 감모치, 향장(鄕長) 별재래가 이웃으로 함께 사는 향촌사회의 일원이다.

이들이 살해 사건의 검험(檢驗)에 얽혀들어 피해자 및 가해자, 증인으로서 처신해야 하는 과정을 풍속화처럼 그려내고 있는 것이 〈와사옥안〉이다.

〈와사옥안〉은 법정 주변의 일화 내지는 향촌사회의 실상을 동물의 의인화 수법을 빌려 해학적으로 서술한 동물우화소설이었다는 점에서 동물우화소설사적 의의가 크다.

또 한편 〈와사옥안〉의 소설사적 의의는 이두문으로 창작된 소설의 표본이라는 점에서 찾아진다.

문어체로서 발달하여 문서 작성에 적합한 이두로, 문예 작품으로서의 소설을 창작한 예는 우리 소설사에서 흔하지 않았다.

필자의 식견으로는 〈옥선몽(玉仙夢)〉, 〈작여오상송문(鵲與烏相訟文)〉, 〈오대변송문(烏對卜訟文)〉 정도가 이두문으로 쓰여진 소설이 아닐까 한다.

게다가 〈옥선몽(玉仙夢)〉은 동물우화소설류가 아니고 〈작여오상송문〉과 〈오대변송문〉은 〈와사옥안〉과 같은 발상에서 쓰여진 동물의인 서사물이기는 하나 소설적 수준에 못 미쳤으니 동물우화소설이라고 하기에는 미흡한 점이 많으니, 동물우화소설이라는 입장에서 이두문으로 쓰여진 유일한 소설은 〈와사옥안〉뿐이다. 이런 의미에서 〈와사옥안〉은 동물우화소설의 계보에서 특이한 형태의 소설이다.

굳이 동물우화소설에 국한하지 않더라도 이두로 소설이 쓰여졌다는 사실은 조선조 후기 소설의 질적 변화와 작자의 소설 의식의 변화와 관련시켜 볼 때 중대한 의미를 갖는다.

이두를 사용한 주된 계층이 서리였음을 감안할 때, 〈와사옥안〉은 서리 계급과 소설과의 관계를 가늠해 볼 수 있는 자료로서의 가치도 크다.

VII. 맺음말

<와사옥안>은 살해 사건을 둘러싸고 옥안(獄案) 처리 담당관을 중심으로 사건 연루자들이 벌이는 정황을 동물에 가탁하여 서사한 소설로서, 사법(司法) 관청의 법정에서 자라난 공안류(公案類) 소설이자 동물우화소설이다.

또 한편 문예문으로서의 활용이 드물었던 이두문이 소설 작품 창작에 실용화되었다는 점을 주목하지 않을 수 없다. 이렇게 볼 때 고전 소설 작품 가운데서 <와사옥안>은 이두로 쓰여진 작품이라는 점에서 조선조 후기 소설의 질적 변화와 작가 계층의 폭을 이해하는 데 있어 중요한 자료가 된다.

작품 구조면에서 <와사옥안>의 서사는 살해 사건의 처리 절차를 핵심화(核心話)로 하여 그 당시의 재판 과정을 사실적으로 그려내고 있기 때문에, 일반 고소설의 구성 원리와는 판이한 데가 있다.

소설적 흥미 역시 구성의 묘미에서 온다기보다는 재판에 대응하는 당사자의 인정의 기미에서 느낄 수 있다.

바꾸어 말하면 <와사옥안>은 살해 사건 초검옥안(初檢獄案) 작성 과정이라는 골격에 동물의인화 기법을 활용, 동물우화적 흥미를 가미시킨 동물우화소설이다.

동물우화의 전통에 바탕하여 가전의 필법까지 가미시키고 있는 <와사옥안>은 법정 주변의 일화 내지는 향촌 사회의 실상을 해학적으로 서술한 작품이라는 점에서 동물우화소설사적 의의가 크다.

〔김재환〕

조선후기 향촌사회 변동과 우화소설

- 우화소설에 삽입된 '쟁년(爭年) 모티프'를 중심으로

I. 접근의 시각

우화소설은 고전소설의 한 하위양식으로서 주로 동물에 가탁하여 인간세계를 그리는, 조선후기에 집중적으로 지어진 일군의 작품을 가리킨다. 그런데 이 우화소설 속에는 판소리계소설과 함께 조선후기 민중들의 삶, 특히 매우 복잡하게 얽혀 있던 향촌사회 민(民)의 군상이 생동하게 담겨 있다. 이 점에서 충분히 주목에 값하고 있는 우화소설은, 다루고 있는 인물의 계층적 성격에 따라 크게 두 부류로 나뉜다. 하나는 농민 중에서 조선후기 농업생산력의 획기적 발전과 새로운 상품화폐 경제질서에 힘입어 부를 획득해 나갔던 요호(饒戶)·부민(富民)들의 삶을 다루고 있는 것이고, 다른 하나는 그같은 성장과 짝하여 나타난 대량의 빈민(貧民)·유랑민(流浪民)의 삶을 그리고 있는 것이다. 전자의 부류에는 <노섬상좌기(老蟾上座記)>와 같이 민담 '나이자랑'의 모티프를 수용·발전시킨 '쟁년형(爭年型)'과 <녹처사연회(鹿處士宴會)> <서동지전(鼠同知傳)>과 같은 '송사형(訟事型)' 작품들이, 후자의 부류에는 <장끼전> <토끼전>같이 판소리로도 불리던 우화소설들이 각각 포함될 수 있겠다.

이들 우화소설은 지금까지 '지배계급과 피지배계급의 대립'이라는 이분법적 도식에 준거하면서, 대체로 '지배계급의 부패와 비리에 대한 비판' 또는 '봉건적 제반 모순과 부조리에 대한 풍자'로 파악되어 왔다. 예컨대, 쟁년형의 경우는 동물들이 말재주로써 상좌(上座)를 다투는 데 주목하여 장유유서라는 봉건적 이데올로기를 희화화한 것으로 보아왔는가 하면, 송사형은 수령이나 아전 같은 봉건적 관료에 의해 자행되는 수탈과 부정을 풍자·비판한 것으로만 이해하기 일쑤였다. 이런 일면적인 해석의 틀은 〈장끼전〉을 다룸에 있어서도 봉건적인 가부장적 권위와 개가금지(改嫁禁止)의 규범에 대한 풍자와 비판의 측면을 부각시키는 데 매몰되어, 다단한 현실적 고난이 주인공들의 진지한 삶을 어떻게 훼손시켰으며 그들은 그것을 어떻게 극복하고 있는가 하는 중요한 측면을 사상(捨象)시켜 버리고 말았다. 이런 그간의 일면적 파악은 전통적인 신분에 의해 크게 규정되던 중세 질서가 새로운 경제적 관계를 축으로 복잡하고 다양하게 재편되던 조선후기 역사의 실상에 대한 무지(無知), 물론 그 근저에는 생산력과 생산관계의 모순에 의해 봉건제가 붕괴되는 것을 엄연한 역사발전의 한 과정으로서 받아들이지 못했던 역사인식의 결핍이 가로놓여 있었기 때문이다.

익히 잘 알려져 있듯이 조선후기는 지주전호제(地主佃戶制)와 그 경제외적 강제로 기능하던 신분제(身分制), 이 양자의 군건한 결합 위에서 운영되던 봉건체제가 전면적인 위기를 맞이하며 그 내부에서 새로운 사회로의 전환을 예비하는 싹을 한창 키워나가던 시기였다. 특히 18세기 중반 이후부터 19세기에 이르는 시기에는 그 모습이 최말단 조직으로서의 향촌사회에서 좀더 집약적이고도 선명하게 표출된다. 급격한 농민층 분해 및 대량의 유망(流亡) 발생 등으로 수취체제(收取體制)를 공동납(共同納)으로 바꾸지 않을 수 없었고, 그것이 다시 향촌사회 변동을 가속화시키는 것으로 현상하였다. 이러한 상황 속에서 향촌공동체를 구성하고

있는 제계급간에 격렬한 대립·갈등이 엄존했었다는 것은 재언을 필요
로 하지 않는다.

본고는 이 점에 특히 유의하면서, 우선 향촌사회를 배경으로 전개되
던 우화소설을 봉건사회 해체와 근대로의 이행 요구들이 집약적으로 표
출되고 있던 조선후기의 향촌사회 변동과 관련지어 살펴볼 것이다. 이
같은 시각을 견지할 때, 비로소 여러 동물들을 통해 이루어지는 작품 속
의 숱한 갈등과 타협은 경제적 이권(利權)을 둘러싸고 조선후기 향촌사
회의 '살아 숨쉬는' 여러 부류의 인물들이 벌이던 그것을 형상화하는 것
이라는 점이 드러날 수 있다. 또 그래야만 기존 지배층의 비리와 허위를
풍자·비판한 것이라는 단순한 해석의 틀을 넘어서서, 그것은 구체적으
로 누구와 누구의 갈등이고 궁극적으로 어떤 국면을 반영하고 있는가,
그리고 그것은 중세해체기—근대로의 이행기에 있어 어떤 역사적 함의
를 지니고 있는가가 밝혀질 수 있을 것이다.[1] 다음, 이러한 관심을 궁극
적으로 19세기 지배계급을 세도정치라는 파행적인 보수반동 체제로 몰
아갔던, 성장하는 민중의 동향을 밝히는 데로 모아가고자 한다. 특히 중
세봉건체제의 붕괴를 전면화·가속화시키며 밑으로부터 분출되던 민중
의 힘은 크고 작은 19세기의 농민항쟁 형태로 집약되는바, 당시 성장하
던 민중이 여기에 이르기까지의 과정을 작품 속에서 추적해 보기로 한
다. 이는 중세봉건 해체기의 주요한 몇몇 국면을 밝혀 놓은 기존의 고전

---

1) 물론 이같은 일면적 해석의 다른 편에는, 그리고 그 심각성이 훨씬 더한 것으로 '우
화소설을 군이 조선후기 향촌사회 내부에서 진행되던 제계급간의 갈등·대립을 반
영한 것으로 볼 수 있는가' 나아가 '문학, 더구나 고전소설을 꼭 그렇게 보아야 하는
가'라는 식의 반문과 지론을 실천적(?)으로 구체화했던 일련의 작업이 또한 있다. 寓
意的 수법을 통해 인간에게 간직된 보편적 심성—예컨대 간사함·어리석음·오만
함·과욕·순박 등을 풍자하거나 권장하는 것으로만 주제를 논하는 것이 그것이다.
이에 대한 답변은 작품들을 하나하나 분석하면서 해야 할 터이나, 본고는 우선 여러
우화소설에 두루 삽입되어 있는 쟁년 모티프를 통해 우화소설이 당대의 역사적 추
이와 얼마나 긴밀하게 관련되어 있는가를 밝히는 데 초점을 맞추기로 한다.

소설 연구성과2)를 충분히 염두에 두면서, 이를 변혁적 관점으로 수렴하고자 하는 탐색의 일환이다.

우화소설에 대한 이같은 본고의 접근시각은 최근 사학계에서 활발한 진척을 보이고 있는 향촌사회 연구성과에 크게 힘입고 있음은 물론이다.3) 그러나 우화소설 속에 향촌사회의 변동이 어떻게 문학적으로 형상화되어 있는가를 살펴보는 작업은 우리 고전소설사 지평의 확대는 물론, 역으로 사학계의 향촌사회 연구를 다소나마 보완·진전시켜, 본고가 지고 있는 빚의 일부를 갚을 수 있으리라 기대한다.

Ⅱ. 작품분석을 위한 예비적 고찰

1. 대상자료와 기존논의 개관

쟁년 모티프는 〈장끼전〉 〈토끼전〉 등 적잖은 우화소설에 파편적인 형태로 삽입4)되어 있을 뿐 아니라 이를 주지(主旨)로 삼고 있는 〈두껍전〉 유형의 작품군은 그 이본이 무려 30여 종에 달해, 이것이 우화소설에서 차지하는 비중을 가늠하기에 충분하다. 그러나 본고에서 군이 쟁년 모티프에 초점을 맞추어 조선후기 향촌사회의 변동을 살피려고 하는

---

2) 이같은 성과는 주로 판소리계소설 연구분야에서 이루어졌다. 본고와 밀접하게 관련되는 대표적인 성과로는 임형택의 「홍부전의 현실성에 관한 연구」(1969), 조동일의 「홍부전의 양면성」(1969), 인권환의 「토끼전의 서민의식과 풍자성」(1972), 서종문의 「변강쇠가 연구」(1976), 박희병의 「춘향전의 역사적 성격 분석」(1985), 김종철의 「19세기 판소리사와 변강쇠가」(1986) 등을 들 수 있다.

3) 본고의 이같은 접근시각은 고려대학교 고전문학·한문학연구회 산하 서사분과의 공동연구에 의해 구체화될 수 있었다. 그 중간 성과물은 『어문논집』 30집(1991)에 수록되었다. 본고의 논지가 소인호의 「두껍전 이본군의 양상과 사회적 의미」(고려대 석사학위논문, 1991)와 상통하는 부분이 많음은 이 때문임을 밝혀둔다.

4) 〈장끼전〉에서의 爭年은 차위에 치여 죽은 장끼의 祭廳 앞, 〈토끼전〉에서는 육지에 나온 별주부가 토끼를 찾아 헤매던 산 속에서 각각 벌어진다.

까닭은, 그것이 우화소설 내에서 점하고 있는 양적 비중보다도 향촌민(鄕村民)의 군상(群像)이 그곳에 집약적으로 담겨 있다고 판단되기 때문이다. 모임에 참석하여 나이다툼을 벌이고 있는 여러 동물들간의 갈등·대립 또는 타협·결탁 속에서 서로 부딪치며 중세해체기를 함께 살아갔던 향촌사회 민의 형상을 발견할 수 있는 것이다.

그런데 쟁년을 주모티프로 삼고 있는 <두껍전> 유형5)은 이본에 따른 줄거리의 편차가 적지 않으나 <노섬상좌기>를 중심으로 그 내용을 간추려 보면, "① 장선생(獐先生) 노루가 새로운 처소의 마련을 축하하기 위하여 여러 짐승을 초대하는데 호랑이는 제외한다. ② 초대된 여러 짐승들이 상좌를 차지하기 위해 나이다툼을 하고, 종국에는 두꺼비가 구변(口辯)으로 상좌에 오른다. ③ 술과 함께 노래·춤·재담으로 흥겹게 논다. ④ 초대에서 제외된 산군(山君) 호랑이가 나타나자 두꺼비는 화를 피하기 위해 모래 속에 숨어버린다."는 것으로 요약된다.6)

지금까지 <두껍전>은 조선후기 중서인(中庶人)의 소박하고 현실적인 생활태도·가치관·지식 따위를 그들 나름의 소박한 서술형태로 표현한 통속소설이라는 것7)으로부터 장유유서의 규범이 무너져가던 조선후

---

5) 본고는 이 중 방각본 『三說記』(大英圖書館本)에 수록되어 있는 <老蟾上座記>와 <鹿處事士宴會>를 주텍스트로 삼고, 필요한 경우에 한해 다른 필사본을 참고하기로 한다. 이들을 텍스트로 삼은 까닭은 이 방각본들이 대영박물관본과 파리본 『삼설기』뿐 아니라, <禽獸傳>이란 별도의 제목으로 묶이는가 하면 <토성전>의 뒤에 첨가되어 거듭 방각·간행되었기 때문이다. 동일한 판본을 거듭 간행한 것이기는 하지만, 이들이 상당한 인기를 몰며 유통되었음을 간접적으로 확인할 수 있다. 또한 『삼설기』가 남아 있는 경판 방각본의 最古本(1848년)이란 추정이 사실이라면, 이들은 현존 <두껍전> 이본 중 가장 이른 시기의 것이라는 점도 고려가 되었다. 물론 <녹처사연회>는 <두껍전>의 이본으로 보기 어려운 점이 있는데, <노섬상좌기>와 갖는 유사성과 차별성에 대해서는 뒤에 상술될 것이다.

6) 이본에 따른 편차가 적지 않아 이처럼 간단하게 줄거리를 요약할 경우 많은 부분이 捨象된다. ③의 '연회장면'과 ④의 '침범한 산군의 처리'를 둘러싸고는 이본에 따라 큰 차이를 보이기에 특히 그러하다. 이 부분에 대해서는 임성래의 「두껍전 연구」(연세대석사학위논문, 1981)와 소인호의 위 논문(1991)에 상세하게 소개되어 있다.

기의 사회상을 희화화한 것,[8] 당대 지배계급의 비리와 부조리를 풍자하는 것[9]으로 다양하게 해석되어 왔다. 이같은 기존연구의 성과와 한계를 충분히 염두에 두면서, 본고는 쟁년 그리고 그것이 벌어지는 공간인 연회의 현실적 맥락 및 역할을 중점적으로 검토하기로 한다.

2. 쟁년(爭年)과 연회(宴會)의 현실적 맥락

쟁년 모티프는 우화소설뿐 아니라 박지원(朴趾源)의 〈민옹전(閔翁傳)〉 중 세상에서 나이 제일 많이 먹은 사람을 보았느냐는 질문에 민옹(閔翁)이 대답하는 데에 사용되고 있는 것으로 보아, 이른 시기부터 민간에 널리 퍼져있던 이야기임을 알 수 있다. 기실 이 쟁년 모티프는 부처의 본생담(本生談)으로 이루어진 불전설화(佛典說話)에도 실려 있어 그 오랜 기원과 광범한 유포범위를 짐작케 한다. 물론 그렇다고 해서 그 각각의 의미층위가 동일하지는 않다. 이에 대한 구체적인 분석은 별도의 과제[10]로 미루고, 여기서는 쟁년이 이루어지는 공간에 대한 변모만을 우선 주목해 보기로 하자. 〈민옹전〉에서 두꺼비와 토끼 사이에 벌어지는 나이다툼의 공간은 단지 숲속[11]일 뿐이었고, 불전설화도 이 점에 있어 동일하다. 그러나 국내 민담에 이르면, 특히 〈두껍전〉과 같은 소설 속에서는 구체적이고도 인위적인 공간이 설정된다. 곧, 주최자가 있고 여기에 초청받은 손님이 모이는 연회라는 특별한 자리에서 쟁년이 일어나게

---

7) 정학성, 「우화소설연구」, 서울대 석사학위논문, 1972.

8) 윤해옥, 「조선후기 동물우화소설의 구조적 고찰」, 『연세어문학』 14 · 15합집, 연세대, 1982.

9) 이상구, 「우화소설의 서술구조와 사회의식」, 고려대 석사학위논문, 1984.

10) 이에 대한 선행업적으로는 정인한의 「쟁년설화 및 그 소설적 수용 연구」(『한국학논집』 10집, 계명대, 1982), 인권환의 「수궁가 爭長說話의 근원과 전개」(『홍익어문』 7집, 홍익대, 1988) 및 소인호의 위의 논문(1991)이 있어 참고가 된다.

11) 박지원, 〈민옹전〉 '吾朝日入林中 蟾與兎爭長'

되는 것이다. 이같은 연회의 성격에 주목했던 이상구는 '나이다툼 유도를 위한 장치'에서 점차 '외부적 대립[訟事]을 유도하기 위한 장치'로 그 기능이 변모한다고 보았다.[12] 그러나 연회는 단지 쟁년이나 송사를 예비·유도하는 기능적인 데만 그치는 것이 아니다. 명백한 주최자가 설정됨으로써 연회의 참석자는 동물 모두가 아니라 주최자에 의해 선별적으로 초청된 부류에 국한될 가능성이 매우 높다. 만일 사정이 이러하다면 연회공간을 단순히 기능적인 데만 한정시켜 이해할 수 없는, 곧 쟁년 모티프의 현실적 맥락을 파악하는 중요한 관건이 된다. 나이다툼의 실질·의미를 연회에 참석한 자들의 성향 그리고 그들에 의해 펼쳐지는 연회성격과 분리하여 파악할 수는 없겠기 때문이다.

이의 현실적 맥락을 짚어보기 위해 우선, 쟁년 모티프가 파편적인 형태로 삽입되어 있는 〈장끼전〉 속의 나이다툼 양상을 보자. 여기서의 쟁년은 차위에 치여 죽은 장끼의 조문(弔問)을 왔던 새들 사이에서 벌어진다. 부엉영감이 먼저 와 있던 갈가마귀를 보고 "부우리도 고이ㅎ고 검기도 흉시럽듸 어룬을 볼작시면 기거(起居)도 아니ㅎ고 엄연히 안즈난다" 하고 꾸짖자, 갈가마귀가 "쪼랑이 뭉툭ㅎ고 두 눈이 우멍ㅎ게 졔다가 어룬이냐"[13]고 면박을 주며 나이다툼이 일어난다. 그리고 여기에 다시 기러기·두견새 등이 참여하게 된다. 이들의 관심이 장끼의 조문보다는 과부가 된 까투리에게 구혼하는 데 쏠려 있음은 물론이다. 장끼의 제청(祭廳) 앞에서 치열하게 벌이는 나이다툼은 까투리의 관심을 끌기 위한 수작이다. 그런데 나이가 많다는 것은 구혼을 하는 데, 더구나 풍신(風身) 좋은 배우자를 좋아하는 까투리의 환심을 끌기에 결코 유리한 조건이 되지 못한다. 그럼에도 굳이 나이많음을 다투고 있는 것은, 이 다툼

---

12) 이상구, 위의 논문, 33~44쪽.
13) 고대도서판 소장본 〈자치가〉 20쪽. 이해의 편의를 위해 필요한 경우에는 한자로 바꾸어 쓰기로 한다. 이하 동일하다.

이 말 그대로 나이의 많고 적음을 따지는 것에 있지 않음을 암시한다. 문면(文面)에 분명 '부헝영감'이라 명시되어 있음에도 이를 인정하지 않는 갈가마귀의 태도를 보아서도 알 수 있다.

그렇다면 그들이 다투고 있는 실질은 무엇인가? 이는 갈가마귀에게 부엉이가 쫓겨간 뒤 나타난 기러기·두견새들의 나이자랑 중에서 드러난다. 그들은 한결같이 "가세(家勢)로 볼지라도 니 안이 어린이야"(기러기)라든가 "우리 가세 죠흔줄은 쵸동목슈 몰을쇼야 가세를 볼작시면 이중의 어른이라"(두견새)[14]라며 자신의 나이많음을 증명하고자 한다. 여기서 그 다툼의 실질은 나이 그 자체가 아니라 가세, 즉 그들 사이에서 통용될 수 있는 현실적인 힘을 배면에 깔고 진행된 것임을 확인할 수 있다.[15] 그리고 그 현실적인 힘이란 종종 경제적인 능력의 우위로 대치되곤 한다.[16] 갈가마귀가 부엉영감을 면박주어 쫓아보낼 수 있었던 것은 바로 이를 바탕으로 가능했던 것이다. 그런데 갈가마귀같이 현실적인 우월한 능력을 배경으로 전통적인 장유유서 규범을 무력화시키는 예

---

14) 김동욱 소장본 〈장끼전〉 10쪽. 이와같은 家勢의 강조는 조동일 소장본 〈화츙전〉에도 "우리 가세 조흔줄은 뉘랄서 모를손냐"라는 불근새의 말을 들은 기러기가 더 이상 "어른인체 못하고 앉"고마는 데서도 또한 확인할 수 있다.(12~13쪽)

15) 〈閔翁傳〉에서 박지원이 才談으로 이루어지는 두꺼비와 토끼의 나이다툼을 통해 보여주고자 했던 것 역시, 나이의 많고 적음 그 자체가 아니라 '글을 많이 읽은 사람'(讀書多者 最壽耳)의 강조였다. 여기에서 쟁년 모티프가 담당층이나 문학양식에 따라 다양하게 변용될 수 있는 가능성을 확인할 수 있는데, 우화소설 속에는 어떤 양상으로 수용되어 있는가를 밝히는 것이 본고의 과제이다.

16) 실제로 까투리에게 구혼하는 숱한 새들은 자신들의 재물을 자랑하며 접근해온다. 예컨대, 물오리의 경우 화려하게 예물을 갖추고 와서 자신의 수중생애를 장황하게 늘어놓자, 까투리가 일시 호감을 보인다. 그러나 까투리는 결국 가난하지만 자신의 처지를 진정으로 이해해주는 장도령(장끼)을 배우자로 선택한다. 여기서 유랑민이라는 자신의 비극적인 삶에 직면해서도 굴하지 않고 꿋꿋하게 설 수 있는 까투리의 건강함을 확인할 수 있다. (고대도서관본 〈자치가〉 참조) 이 점에 대해서는 필자가 「조선후기 유랑민의 삶과 그 형상화」라는 제목으로 고전문학연구회 월례발표회에서 발표(1990. 12. 8)한 바 있다.

는 조선후기 다른 소설에서도 적잖게 발견할 수 있다. 예컨대, 〈까치전〉
에서 까치의 낙성연(落成宴)에 초대받지 못한 것에 분노한 비둘기가 잔
치에 찾아가 할미새에게 "나이 칠십이 넘은 것이 소년들로 함께 참예하
여 무엇을 구경하며 무엇을 먹자하고 와서 깔깔대며 끼어치는고"17)라고
면박을 준다든가, 〈박타령〉 중 놀부의 '약한 노인 엎드려뜨리기' '부형(父
兄) 연갑(年甲) 벗질하기' 같은 심술18)이 그것이다.

  조선후기 소설에 종종 등장하는 이런 현상을 단순하게 갈가마귀·비
둘기 또는 놀부가 지닌 성격적인 결함만으로 치부할 수 없다. 예를 들
면, 옹고집은 "성벽(性癖)이 고약하야 풍년을 좋와 아니하고 심술이 맹랑
하야 매사를 고집으로 하더라"19)라고 묘사되어 있다. 옹고집이 풍년을
좋아하지 않는다는 것 또한 앞서와 마찬가지로 괴팍한 그의 성격문제로
보아넘길 수 없는, 시대적 의미를 담고 있는 것이다. 만약 흉년이 들어
자신에게 경제적으로 심각한 타격을 주었다면, 재산 증식에 그토록 골
몰하던 그가 흉년을 좋아했을 리 없다. 그 까닭은 흉년이 그에게는 오히
려 부 축적의 유리한 계기들을 제공하였기 때문이다. 실제로 조선후기
부호들은 흉년에 고율(高率)의 고리대를 비롯하여 곡가등귀(穀價騰貴)의
이용 및 대량의 토지집적(土地集積)을 통해 집중적인 부 축적을 이룰 수
있었다.20) 그리고 이같은 부 축적을 그의 아버지 때부터 맡고 있던 좌수
직이 뒷받침하고 있었다. 그의 심술 중 '무죄흔 동닉 빅셩 죄잇다고 자

---

17) 김수환 校註, 金永漢 所藏本 〈까치전〉, 『문학사상』 22호, 1974, 341쪽.
18) 강한영 校註, 〈박타령〉, 『신재효 판소리 사설집』, 민중서관, 1971, 327쪽.
19) 김삼불 校註, 〈배비장전·옹고집전〉, 국제문화관, 1947, 89쪽.
20) 이와 같은 사례로서 갑술년(1814년) 여름의 흉년에 長興의 金氏라는 사람이 며칠
   사이에 무려 15배나 오른 가격으로 차조를 판매하고 있음을 들 수 있다. (丁若鏞, 茶
   山硏究會譯註, 창작과비평사, 1985, 121쪽 참조.) 실제로 이우성·임형택이 편한 『이
   조한문단편집』(상)에 실려 있는 〈大豆〉라는 작품에는 큰 흉년에 콩 이천 斗를 20
   배나 오른 가격으로 팔고, 이 돈을 가지고 전보다 2/3나 멀어진 가격으로 토지를 전
   부 사들여 갑부가 되는 과정을 사실적으로 그려놓고 있다.

바다가 마주대의 달어미고 무슈난타 미질ᄒ기"[21]같은 것이 이를 일컬음이다. 이렇게 볼 때, 단순하게 열거되어 있는 것처럼 보이는 그의 심술조차도 심각한 시대적 배경 속에서 형성된 것임에 유의해야 한다.[22] 마찬가지로 갈가마귀·비둘기들이 노인에게 부리는 행패 역시 중세봉건사회 해체기의 한 국면, 특히 조선후기 향촌사회에서 일어나고 있는 새로운 변화를 단편적으로나마 반영하고 있는 것으로 이해해야 한다.

그렇다면 갈가마귀와 같은 부류들이 어떻게 봉건적 상하명분(上下名分)을 버텨 주던 장유유서의 규범을 무시할 수 있는 용기를 가질 수 있었으며, 또 어떤 방법으로 자신들의 힘을 향촌사회 속에서 관철시켜 나갈 수 있었을까? 이는 앞서 갈가마귀가 부엉영감에게 면박을 가한 다음, "아미도 져런 노무(老物?) 그져난 못두리라 닐일은 통문(通文)ᄒ고 대취회(大聚會)한 연후의 좌상의 벌부치고 문밧게 나입(拿入)시키이라"[23]라 협박하고 있는 사실에 주목할 필요가 있다. 물론 갈가마귀의 이같은 위협에 부엉영감은 아무런 대꾸도 못하고 나이다툼의 자리에서 사라져 버리고, 가세 좋다고 자부하던 앞서의 기러기·두견새가 새롭게 참여한다. 그런데 갈가마귀가 돌리겠다던 통문을, 부자가 된 흥부의 돈을 빼앗으려고 벼르는 놀부 역시 들먹이고 있어 주목된다.

> 그것 모두 뺏아다가 부익부(富益富)를 하면 좋되 이 놈이 잘 안 주면 어떻게 작처할꼬. 만일 아니 주거들랑 흥보가 부자로서 제 형을 박대한다고

---

21) 金一根 所藏本 〈옹고집전〉, 『사대논문집』 4호, 한양대, 1986, 257쪽.

22) 서종문이 위의 논문(1976)에서 옹녀의 정착에 대한 갈망을 '器物打令'에서조차 발견해낼 수 있었던 것은 좋은 참고가 된다.

23) 김동욱 소장본 〈장끼전〉 9쪽. 이같은 갈가마귀의 협박이 京城書籍組合本 〈장끼전〉에는 "저놈을 그저못두리라. 明日 食後에 通文노아 大同에 벌붓치고 量案의 제명하리로다."(26쪽), 조동일 소장본 〈화츙전〉에는 "각처이 통문노아 大會 중이 기동의 벌붓치고 문아이 削名ᄒ오리라"(12쪽)로 되어 있는 등 이본마다 조금씩 다르게 표현되어 있다.

몹쓸 아전 뒤를 대어 영문(營門) 염문(廉問) 적어주고, 출패(出牌)를 돈을 백(百)을 먹여 향중(鄕中) 발통(發通)하고 도회(都會)까지 붙였으면 이 놈의 살림살이 단참에 떨어지지'24)

이들이 통문을 돌려 소집하겠다는 취회(聚會)·도회(都會)란 과연 무엇인가? 이를 이해하는 데는 18세기 중엽 이후 재지사족(在地士族)들이 점차 향촌사회에서의 지배력을 상실해나간 반면, 비약적인 생산력을 기반으로 기신(起身)한 평민층이 점차 향회에 참여하면서 그 영향력을 확대시켜 나갔던 상황이 좋은 참고가 된다. 이러한 사태를 위백규(魏伯珪, 1727~1798)는 "사대부는 향임(鄕任)을 천역시(賤役視)해서 그들과 동열에 드는 것을 수치로 여겼고, 향임이 되는 자는 따라서 아직 지벌(地閥)이 미천하거나 역(役)을 피하려는 자, 혹은 빈궁하여 의지할 곳이 없는 자"25)들이 모여든 결과로 파악하고 있다. 그렇지만 재지사족들이 유교 윤리에 의한 중세적 질서를 좀 더 안정적으로 유지하려는 의도로 운영하던 향회에 평민들이 참여하여 그 속에서 자신의 의사를 관철시킬 수 있었던 것은, 조선후기 새롭게 성장한 요호(饒戶)·부민(富民)들이 정당성을 상실한 지배층으로부터 피해를 줄이면서 우선 체제내에서나마 자신의 이익을 보장받거나 획득하기 위해 이룬 역사적 성과물이었다. 이제 더이상 향촌의 운영은 몇몇 재지사족이나 수령의 독단에 의해 운영될 수 없고, 향촌민의 전체 의사를 수렴해야 할 만큼 역사가 진전되어 있었던 것이다. 취회·도회란 바로 향촌민의 의견을 수렴하는 장소였다.26)

---

24) 신재효본 <박타령>, 391쪽.

25) 위백규,『存齋全書』(上) 封事條. (김인걸,「조선후기 향권의 추이와 지배층 동향」,『한국문화』2, 1981, 182쪽에서 재인용).

26) 조선후기 향촌사회에서 향회가 수행했던 역할에 대해서는 현재 사학계에서 많은 논의가 이루어지고 있다. 이와 관련하여 안병욱의 「조선후기 自治와 抵抗組織으로서

물론 이들 중 일부는 향회를 적극 활용하여 자신의 이익을 관철시켜
나가는 장(場)으로 삼기도 했다. 갈가마귀나 놀부는 자신들의 부당한 횡
포조차도 향회에 가면 틀림없이 공론(公論)을 얻어낼 수 있다고 확신하
고 있을 정도였다. 이는 향회 결정을 자신이 의도하는 대로 이끌어낼 수
있다는 자신감의 표출이고, 그같은 자신감은 '돈 백(百)을 먹인다'는 놀
부의 말에서 분명히 알 수 있듯이 경제적인 능력에서 나온 것이다. 물론
그 과정에서 자신과 이익을 같이할 수 있는 부류들을 규합하고 결속력
을 공고하게 하는 것은 무엇보다도 요구되는 사항이었을 것이다. 실제
로 이들 사이에는 공통의 이익 확보를 위한 여러 계기가 다각도로 활용
되고 있었다. 예컨대 조선중기 향촌 사회의 운영을 일부 재지사족이 담
당하고 있을 때, 그들이 정례적으로 가졌던 향음주례(鄕飮酒禮)나 각종
계(契)들이 단순히 행사를 위한 행사나 유흥만을 위해서가 아니었음은
분명하다. 거기에는 그같은 행사를 통해 자기 집단내의 결속력을 다지
기 위한 목적이 담겨 있는 것이고, 궁극적으로 그러한 결속력이 향촌사
회의 지배력을 유지시켜 자신들의 이익을 안정적으로 보장받고자 하는
것과 닿아 있다는 것은 자명한 사실이다.27) 그렇다면 18세기 중엽 이후
새롭게 변모된 향회를 주도해나가는 놀부나 갈가마귀 같은 인물들이 별
도의 모임(연회)을 주최하고 있다면, 16·17세기 재지사족들이 열었던
각종 모임의 역할을 염두에 두며 그 성격을 논해야 할 것이다. 이처럼
우화소설 중에 삽입되어 있는 쟁년의 공간, 곧 연회를 조선후기 향회와
관련지어 파악할 수 있는 좀더 직접적인 근거는 <토끼전>에서 찾아진

의 鄕會」(『성심여대논문집』 18호, 1986), 「19세기 민중의식의 성장과 민중운동」(『역
사비평』 제1집, 1987)은 시사하는 바가 많다.

27) 이태진의 「사림파의 향약보급운동」(『한국사회사연구』, 지식산업사, 1986)에 이런
점이 잘 설명되어 있다. 그리고 이같은 16·17세기 재지사족의 향촌사회내 동향을
훈민시조와 관련지어 분석한 김용철의 「훈민시조 연구」(고려대 석사학위논문, 1990)
는 좋은 참고가 된다.

다. 여기서는 산중 짐승들의 모임 그리고 그곳에서의 치열한 나이다툼
이 끝나면, 이 모임은 자연스럽게 자신들의 자신지책(資身之策), 피난지
방(避亂之方) 마련을 위한 회의로 이어진다.[28] 이 모임은 모족(毛族)들
이 통문을 돌려 모두 모여서 자신들의 문제를 논의하는 향회(鄕會), 바
로 그것인 것이다.

　　문제의식을 이렇게 예각화시키고 보면, <노섬상좌기>에서 장선생(獐
先生) 노루가 준비한 연회가 단순한 유흥 또는 쟁년을 예비하는 기능적
인 역할만을 담당한다고 보기 어렵다. 더구나 그들은 모든 짐승을 다 초
청한 것처럼 말하고 있지만, 자신들에게 해를 입힐지도 모르는 짐승을
초청에서 제외시키고 있다. 이는 분명 자신들과 기식(氣息) 또는 이해
(利害)를 같이할 수 있는 부류에게만 허용된, 즉 배타적인 모임이었다.
이 점은 <녹처사연회>에서 좀더 분명히 드러나고 있는 바, 용맹함을 자
부하여 작폐(作弊)가 심한 호랑이뿐 아니라 미세지류(微細之類)로 여기
던 두꺼비·개구리·너구리 무리도 또한 초청에서 배제시키고 있다.

　　연회의 이같은 성격을 다른 우화소설 속에서 발견하는 것은 어렵지
않다. 이와 비슷한 상황을 <토끼전>에서 확인해 보기로 하자. 토끼를 찾
아 헤매던 별주부는 산중에서 온갖 짐승이 대연(大宴)을 배설(排設)하고
노는 것을 발견하는데, 여기서도 역시 호랑이·너구리·원숭이·토끼
등이 나이다툼을 벌인다. 그리고 배반(杯盤)이 낭자(狼藉)하게 즐기고 있
을 즈음에, 말석에 앉은 여우 뒤에서 한 짐승이 울고 있었다. 두더지였
는데, 여우가 그 사유를 묻자 다음과 같이 대답하였다. "좌중의 참례혀
면 마음의 잇는 셔름을 통하려만은 풍채(風采) 넉넉지 못혀고 쏘흔 좌중
의 잇는 호랑이는 심슐니 불양혀여 혹 긔로흐거나 혹시 즁한 긔운 들면

28) 권영철 소장본 <톡기전>, 신재효본 <토별가>에 이 점이 뚜렷이 나타난다. 그러나
　　신재효본에서는 나이다툼의 자취만이 남아 있을 뿐, 그것이 본격적으로 전개되지는
　　않는다.

노쇼을 몰나보고 히할가 염여되어 드러가지 못혀나라"29) 이 말을 듣고
호랑이가 두더지의 참석을 허락하나, 들어오는 그의 행색을 보고 좌중
의 온갖 짐승들 중에 박장대소하여 요절치 아니하는 자가 없었다. 두더
지의 풍채가 넉넉하지 못하였기 때문이다. 그들이 "천지만물이 모두 유
유상종(類類相從)하며 지내는데 왜 그 중에 들지 못하고 어른 노는 데
와서 우느냐"30)고 묻는 데서 분명히 드러나듯, 문면에는 비록 '온갖 짐
승' '각색 짐승'이 모여 즐긴다고 되어 있지만 실제로는 일정한 선별을
거친, 두더지의 표현을 빌리면, '넉넉한 풍채를 갖춘' 짐승들끼리의 유유
상종이었던 것이다. 그러기에 초라한 두더지의 행색을 보고 모두가 요
절복통했던 것이다.31)

이상에서 살펴본 것처럼 우화소설 속에 자주 등장하는 쟁년은 말 그
대로 나이가 아닌 현실적인 힘, 특히 경제적 능력 등을 배면에 깔고 진행
된 것이었다. 그리고 그 다툼이 벌어지는 연회라는 공간 역시 향촌사회
속에서 일정하게 이해를 같이할 수 있는 집단에게만 배타적으로 허여(許
與)된, 그리하여 자신들의 결속력을 강고하게 하는 역할을 수행하는 장
으로 활용될 수 있는 가능성을 발견할 수 있었다. 이런 모임을 거치면서
자신들 내에서 점차 우위를 점하는 부류가 형성되어가는 것은 자연스런
추세일 것이고, 이는 대체로 소유하고 있는 경제적 능력에 의해 좌우될
터이다. <노섬상좌기> <녹처사연회>에서 연회를 주선하는 노루[獐先
生]·사슴[鹿處士]이 바로 이같은 부류라 할 수 있다. 그리고 바로 이 지
점에서 쟁년의 문제를 주모티프로 수용·발전시킨 위의 작품들을 조선
후기라는 역사적 맥락에 입각하여 읽어낼 수 있는 가능성이 마련된다.

29) 하버드대 도서관본 <中山望月傳(一名 兎碩士傳)>, 15쪽.
30) 위의 책, 16쪽.
31) 두더지의 '넉넉치 못한 풍채'란 표면적으로는 다른 짐승들과 달리 땅을 파면서 다
니는 것을 두고 이름이다.

Ⅲ. 조선후기 요호층(饒戶層)의 성장과 그 삶의 형상

1. 연희배설의 동기와 그 성격

<두껍전> 유형에서의 잔치는 부친 또는 모친의 회갑을 축하하기 위해 장선생[노루]에 의해 마련되는 게 보통이다. 물론 이는 이본에 따라 조금씩 다른데, <노섬상좌기>에서는 새로운 처소(處所)가 마련된·것을 축하하기 위해서라고 그려져 있다. 그동안 처소를 정하지 못하여 밤이면 정처없이 엎드려 자며 풍우(風雨)를 피하지 못하다가, 비로소 안둔(安屯)할 수 있는 평생의 소원을 이루었기 때문이었다.32) 그리하여 각색 짐승을 초청한 뒤, 장선생은 의관을 정제하고 상좌에 앉아 빈주지례(賓主之禮)로 모여드는 그들을 맞이한다. 우선 이 대목에서 분명하게 지적해 두어야 할 점은, '각처(各處)에 있는 각색(各色) 짐승을 청'(675쪽)한 것으로 되어 있지만 실제로는 그렇지 못하다는 점이다. 백호산군(白虎山君) 호랑이가 주최자 장선생과의 오랜 혐의와 연회 분위기 방해를 우려하여 초청 대상에서 배제되는 등33) 여기에서의 연회 역시 전장에서 살펴본 것처럼 모두에게 열려져 있는 그런 자리가 아니었다. <녹처사연회>에서는 이 점이 좀더 분명하게 되어 연회를 주최한 녹처사와 여기에서 초대되지 못한 두꺼비와의 송사(訟事)가 작품의 주지(主旨)가 되기에 이르거니와, <까치전>에서는 연회 주최자 까치가 자신을 초청하지 않은 것에 대해 불만을 품고 있던 비둘기에게 살해되는 지경에까지 이르게 된다. 여기서 우화소설에 종종 배타적 성격을 띠며 열리는 각종 연회들이 당

---

32) 김동욱 校註, <老蟾上座記>, 『단편소설선』, 민중서관, 1976, 373~375쪽. 이하 본문의 인용 중 페이지만 표시된 경우는 모두 이 책에 의거한 것이다.

33) 연회를 준비하면서 누군가 백호산군의 초청 문제를 제기하자, 장선생은 "우리 둘째 아들이 일전에 산군을 만나 죽을 뻔하매, 제 뛰기를 잘하는 고로 살기는 하였으나 내집하고는 혐의되기로 청치 아니하거니와 제 오면 필연 용맹을 믿고 제객을 훌뿌릴 듯하니 어찌 무안치 아니하리요'(675쪽)라며 그를 초청하지 않는다.

시 향촌사회에서 얼마나 중요한 관심사였던가를 짐작할 수 있다.

그런데 이처럼 공통의 이해관계를 맺고 있는 부류들만의 모임인 연회에서, 이들은 매우 격렬하게 자리다툼을 벌이고 있다는 점을 눈여겨볼 필요가 있다. 그 상황은 "제객(諸客)이 사사(謝辭)하고 좌를 정치 못하여 서로 지저귀며 혹 키 작은 짐승은 디디어 죽"(676쪽)을 정도로 치열했다. 모임을 주선한 장선생은 이를 제재할 대책을 강구하기는커녕, 그 역시 자리다툼에서 자유로울 수 없었다. 결국 그도 상좌에 앉을 수 없게 되는 것이다. 이런 상황은 이 모임의 성격과 관련하여 다음 두 가지를 암시한다. 하나는 절대적인 우위를 확보하지 못한 부류들 간의 모임이라는 점이고, 다른 하나는 그들이 이제 막 만들어가고 있는 모임이라는 점이다. 자리다툼의 발단과 그 양상이 아직 안정적인 모임의 자체 질서를 마련하지 못한 데서 기인하기 때문이다. 이러한 모임에 대해서는 조선후기 향촌사회에서 새로운 경제질서를 바탕으로 성장해가고 있던 요호(饒戶)·부민(富民) 그리고 그들에 의해 그 성격이 새롭게 변모되어가던 18세기 중반 이후의 향회를 앞서 주목한 바 있다. 여기서는 이 점을 더욱 분명히 하기 위해, 우선 연회를 주선한 장선생은 과연 어떤 부류의 인물인가를 살펴보기로 하자.

'산천정기(山川精氣)를 품수(稟受)하여 비상(非常)한'(673쪽) 인물로 그려진 장선생은 연회를 주선한 뒤 의관(衣冠)을 정제해 상좌에 앉아 있지만, 결코 대대로 당당한 부귀·권세를 누려오던 인물은 아니었다. 밤이면 정처없이 엎드려 자며 전전하다가 오늘에야 비로소 비바람을 피할 수 있는 처소를 얻었다는 연회배설의 동기에서 이를 짐작할 수 있다. 이같은 처소의 마련이 그들에게는 '평생의 소원'(674쪽)이기까지 했다. 이는 장선생이 신분에 의해 중세봉건적인 특권을 누리던 인물이 아니라, 부의 축적으로 새롭게 자신의 지위를 상승시켜나가던 부류의 인물이라는 사실을 말해준다 하겠다. 한 이본에는 "부귀를 겸흐며 오복이 가득흔

고로 제 아비를 추존(推尊)"[34]하였다는 구체적인 설명이 있어, 이 점을 좀 더 분명하게 확인할 수 있다. 사실 연회에 참석한 그 누구도 그의 절대적인 권위를 인정하지 않고 있다. 연회를 주선한 뒤, 상좌에 앉으려는 장선생의 처사를 참석한 모두는 가소롭게 여기고 있었다.[35] 이에 여우가 "저 놈이 한갓 허리굽은 것으로 나이 많은 체하고 접객(接客)할 줄 알지 못하니 아무리 궁곡(窮谷)에 있어 사리(事理)를 배우지 못하였은들 저다지 무례하랴"(677쪽)라며 나서서 그와 나이다툼을 벌이게 되는 것이다. 노루가 만약 중세적 특권을 제도적으로 보장받았던 당당한 사족(士族)이었다면, 절대로 이럴 수 없었을 것이다.[36] 그럼에도 참석한 동물들보다 노루가 일정한 우위를 점할 수 있었던 것은 신분에 의해서가 아니라, 그가 소유하고 있는 재력(財力)의 상대적 우월성 때문으로 보아야 한다.

이처럼 〈노섬상좌기〉에 마련된 연회는 자신들의 이해에 어긋나는 부류는 배제된 채 열리고 있었으며, 이를 주선한 장선생은 신분에 의해 중세적 특권을 보장받고 있던 계층이 아니었다. 좀 더 구체적으로는 새롭게 경제적 부를 획득하며 향촌사회에게서 그 영향력을 확대시켜 나가고 있던 부류, 즉 요호 부민의 형상을 장선생에서 발견할 수 있는 것이다. 그런데 연회에 참여한 모두가 그의 절대적인 우위를 인정하지 않음은 물론 자신들 사이에서는 더욱 그러하다. 바로 이같은 태도가 격렬한 자

---

34) 구활자본 〈蟾同知傳(두겁전)〉,『활자본 고소설전집』 제3권, 아세아문화사, 1976, 573쪽.

35) 이같은 상황은 "(장선생이) 양살핀 걸음으로 앙금앙금 걸어 상좌에 앉으니 제객이 주인하는 거동을 보고 하 가소롭게 여겨 서로 돌아보며 자리를 정치·못하더니"(677쪽)라고 묘사되고 있다.

36) 이 점은 작품 속의 묘사에서도 짐작할 수 있다. 예컨대, '나이 많은 체하고 긴 허리를 곱송거리고 뛰어 내달아… 앙살핀 걸음으로 앙금앙금 걸어 상좌에 앉으니'라는 행위묘사는 君子然하던 당대 士族의 형상과는 일정 정도 거리가 있다.

리다툼의 형식으로 표출되고 있다.

2. 자리다툼의 양상과 그 의미

결국 '서로 지저귀며 혹 키 작은 짐승은 디디어 죽게 되는' 지경에까지 이른 자리다툼은 토끼의 제의에 따라 '연치(年齒)로 좌(座)를 정'하기로 하여 잠시 중단된다. 그러나 이것으로 문제가 해결되지 않고, 사태는 오히려 더욱 복잡한 양상을 띠며 전개된다. 긴 허리를 곱송거리고 굽은 허리를 강조하여 나이 많은 체하는 장선생에게 여우는 흰 수염과 눈썹을 들어 대든다. 이같은 외모만 가지고 노소를 판단하기 어렵게 되자, 이제는 자신이 하우씨(夏禹氏) 때 황하수(黃河水)에서 가래장부질을 했다든가, 별을 박을 때 천지도수(天地度數) 재는 소임을 맡았다든가 하는 거짓말로 상대를 압도하려 든다. 그리고 이들의 싸움을 틈타 상좌를 차지하려는 사슴과 같은 인물도 등장하며, 다시 원숭이가 가세하기도 한다. 이같이 새로운 성향의 부류들이 참석한 모임에서 벌어지는 자리다툼의 형상은 정약용(1762~1836)이 지적하고 있는 다음과 같은 향촌사회 내의 양상과 상당히 닮아 있다.

> 향교(鄉校)의 석존(釋尊)에는 헌관(獻官)과 여러 집사(執事)들 외에 한산인(閑散人)으로서 제사에 참여하는 자가 혹 100명을 넘을 경우도 있다. 논밭에서 막일이나 하던, 또 장판에 드나들던 무지하고 비천한 무리들이 그 가운데 섞여들어 파·마늘 냄새, 술 냄새가 추악하기 이를 데 없으며, 시끄럽게 떠들어대고 난잡하게 굴어 법도를 따르지 않을 뿐 아니라 제사가 파한 뒤에 머리를 꺼두르고 주먹을 휘두르며 온 향교가 떠나가도록 싸움질을 해대는 일, 이것을 금하지 않을 수 없다. 교임(校任)이 뇌물을 받아먹고 집사를 뽑고 남의 집 고용살이 하던 천인들도 모두 제관의 반열에 끼게 하는 일, 이것을 금하지 않을 수 없다.37)

엄숙하게 거행되어야 할 향교의 제사에 '논밭에서 막일이나 하던 또는 시장판에 드나들던 무지하고 비천한 무리들'이, 심지어 '남의 집 고용살이 하던 천인(賤人)'조차도 제관(祭官)의 반열에 참여하여 시끄럽게 떠들고 싸움질을 한다는 정약용의 지적은 앞서 노루가 주선한 연회에서 자리다툼으로 난잡하던 상황과 분리하여 생각할 수 없다. 물론 여기에서 벌어지는 싸움의 원인은 소민(小民)이나 중간층이 상층을 범하는 것에서부터 연소자가 연장자를 능멸하는 데 이르기까지 실로 다양할 것이다.[38] 그러면 이같은 상황이 도래된 것을 단지 뇌물을 받아먹고 천인(賤人)까지도 제관의 반열에 끼게 한 교임(校任)의 부패 때문으로 이해해야 하는가? 그렇지 않다. 이는 분명 봉건체제를 지탱해주던 신분제가 그 근저에서부터 흔들리고 있었음을 극명하게 보여주는 것이며, 그같은 붕괴 원인을 단순히 봉건관료의 부패라고만 치부해서는 그 핵심을 놓치게 된다. 이런 현상의 근저에는 임병양란 이후 급격히 발전한 생산력 및 새로운 부를 획득한 이들이 이완된 중세봉건체제를 다각도로 이용해 꾸준한 신분상승을 도모했던 사정이 놓여 있는 것이다. 실제로 조선후기 평민층의 신분상승은 '온 나라 백성이 모두 유학(幼學)이 될 것이라는 우려[39]를 할 정도로 광범위한 현상이었다.

이같은 부류들에게 양반 신분의 획득이란 천대받던 자신들의 지위를 상승시키기 위한 욕구의 실현이라는 측면이 없는 것은 아니었지만, 사

---

37) 丁若鏞, 『譯註 牧民心書』 3, 창작과비평사, 1981, 226~227쪽.

38) 정약용이 辨等條에서 상하 위계질서의 구분을 힘주어 강조하고 있는가 하면, "나이 적은 사람이 나이 많은 사람을 업신여기는 자는 불가불 징계해야 할 것"(『역주 목민심서』 4, 79~80쪽)이라며 거듭 지적하고 있는 것도 모두 이 때문이다.

39) 정약용, 『역주 목민심서』 3, 98쪽. 실제로 18세기 중엽 안정복이 현감으로 있던 목천현에는 良人이 929명이었는데 幼學은 2,416인이나 되었다. 물론 안정복이 밝히고 있듯이, 이 유학 중에는 軍役을 피해 冒稱을 한 자가 과반이 넘는다. 『木川縣邑誌』 「單額條」 참조.

실상 군역(軍役) 면제를 위한 방편 이상이 되지 못했다. 붕괴되어가는 봉건체제는 더이상 양반들에게 기존의 특권을 유지시켜줄 힘도 없었다. 그리고 그 속에서 신분적 예속에 의해 전일화되었던 사회가 점차 경제적인 관계에 의해 재편되는 방향으로 나아갔던 것은, 지극히 당연한 역사의 합법칙적인 과정이었다. 다음의 인용문에서 이같은 방향을 감지할 수 있다.

> 권분 20석 이상 낸 자는 상족(上族)·중족(中族)·하족(下族)을 막론하고 모두 불러 이 잔치에 참여시킨다. 다만 먼 시골 풍속이 미개하고 거칠어 중족(中族)이 상족(上族)을 의심하고 하족(下族)이 중족(中族)을 의심하여 마루 위의 사람과 마루 아래 사람이 싸움을 일으키기 쉬워 환심을 잃게 될 수 있으니, 마땅히 객사의 뜰에 자리를 평평하게 만들고 수령으로부터 그 이하 모두 거기에 앉아서 잔치를 하면 아무런 시비도 없을 것이다.[40]

여기서는 상족이든 하족이든 구휼미 20석 이상을 내었다면 동등한 자격을 갖는다. 경제적인 능력이 평가의 기준으로 철저하게 관철되는 셈이다. 이같이 순전히 경제적인 관계에 의해 자리가 마련되는 것은 그들에게 새로운 경험이었다. 그러기에 거기서는 기존의 규범적 질서에 의해 유지되던 모임에서는 볼 수 없던 양상들이 나타날 수밖에 없다. 앞서 살핀 〈노섬상좌기〉에서의 연회가 자리다툼으로 난장판이 될 수밖에 없었던 것은 어쩌면 당연한 봉건해체기적 현상이라 할 수 있다.[41] 위의 모임을 주관하는 수령조차도 '마루 위의 사람과 마루 아래 사람의 싸움'

---

40) 정약용, 『譯註 목민심서』 5, 150쪽.

41) 향촌사회의 질서가 在地士族을 중심으로 하여 안정적으로 유지되던 16·17세기의 다음과 같은 모임과 비교해볼 때 그 차이를 실감할 수 있다. '洞約은 매년 3월 3일 전 洞人이 한자리에 모이는 때 設行되는데, 그 자리엔 上廳과 下廳의 구분을 두어 上下人을 참석시키고, 上廳에는 儒·品과 嫡·孽의 구분을 두며, 下廳에는 良·賤의 구분을 두었다.'(崔興遠, 『百佛庵先生文集』 권7, 「講舍節目」)

을 제지할 도리가 없어 아예 차별이 없는 평평한 자리를 마련하지 않았
던가? <노섬상좌기>의 장선생은, 굳이 위의 인용문에 의거해 구분한다
면, 중족(中族) 정도에 해당될 것이다.[42] 이 점에서 '산천정기를 품수받
은 비상'한 인물로 묘사되던 장선생이 여우·원숭이들의 도전을 받아
상좌로부터 밀려나고 하는 것들은 모두, 나이자랑이라는 민담을 변용·
발전시켜 위와 같은 조선후기 향촌사회의 새로운 분위기를 하나의 문학
작품 안에 우의적으로 담아내고 있는 것이라 할 수 있다.

  이상에서 살펴본 조선후기 향촌사회의 급격한 변동 중심에는 바로 기
존 신분제의 특권에 의지하는 대신 새롭게 획득한 경제적 능력을 바탕
으로 영향력을 키워 나가던 요호의 성장이 자리잡고 있었다. 그리고 그
들에 의해 야기되는 향촌사회의 새로운 변동은 궁극적으로 기존의 봉건
적인 안정과 질서를 깨뜨리는 방향으로 진전되어 갔다. <노섬상좌기>에
서 연회에 참석한 여러 동물들간의 치열한 나이(자리)다툼은 결국 향촌
사회에서 새롭게 자신의 위치를 정립시켜 나가던 요호들, 그러나 아직
절대적인 우위를 확보하지 못한 그들이 겪던 경쟁과 갈등을 문학적으로
형상화하고 있는 것이다.

  그러나 <노섬상좌기>가 궁극적으로 제기하는 문제의 핵심은 여기에
있지 않다. 이는 두꺼비가 상좌를 차지하기까지의 집요한 나이다툼 과
정과 초청에서 배제된 백호산군이 연회에 침범하는 과정에서 우의적으
로 표출되고 있다. 나이다툼의 맨 끝에 등장한 두꺼비는 실로 어려운 시
험을 거쳐 상좌에 오른다. 그 시험은 상좌를 두꺼비에게 빼앗기지 않으

---

42) 정약용이 上, 中, 下族으로 구분한 기준은 신분에 따른 것이라기보다는 饒戶를 부
    의 크기에 따라 세 등급으로 나눈 데에 의거한 것으로 보인다. 즉, 그의 기준에 의하
    면 上戶는 권분을 200석부터 1,000석까지, 中戶는 20석부터 100석까지 下戶는 2석부
    터 10석까지 배정할 수 있는 財力의 소유자이다. 그는 상호는 한 道에 몇 명, 주호
    는 한 고을에 몇 명, 하호는 한 고을에 수백 명이 있다고 했다. 『역주 목민심서』 6,
    50쪽 참조.

려 하는 여우의 도전에 답변하는 형식으로 치러진다.[43] 비록 이 부분이
〈노섬상좌기〉에는 생략되어 있지만, 여우가 했던 역할을 성성이가 대신
간략하면서도 충분히 해내고 있다. 성성이는 "술이 대취(大醉)하여 말을
함부로 하며 두껍존장을 몰라보고 그이 졋ᄀ니믈 능멸(凌蔑)하며 무수
히 침로(侵擄)"(680쪽)하며 상좌에 앉은 그에게 적대감을 보이고 있는 것
이다. 그런데 이같은 유별난 적대감은 두꺼비가 잔치에 모인 부류들과
는 애당초 어울리지 못하는 인물이라는 데서 비롯된 것으로 보아야 한
다. 상좌다툼이 거짓말을 통한 나이다툼 형식으로 시작되기 전까지, 두
꺼비는 이 모임에 전혀 어울릴 수 없는 존재였다. 이 점은 〈섬동지전〉
에 잘 나타나 있다. 그는 "본디 위엄이 업ᄂ지라 분요(紛擾) 중의 아모

---

43) 여우가 두꺼비에게 견문·천문지리·육도삼략 등을 물으면, 두꺼비가 이에 대답하
   는 형식으로 되어 있는 이 부분은 작품 전체의 2/3이상을 차지한다. 그러나 필사본
   〈두껍전〉 유형에 모두 들어 있는 부분이 〈노섬상좌기〉에는 없다. 필사본의 이 대목
   이 후대에 점차 첨가된 것인지, 아니면 〈노섬상좌기〉를 坊刻本으로 간행할 때 삭제
   해버린 것인지 가늠하기 어렵다. 장황하게 전개되는 여우와 두꺼비의 재대결 대목이
   〈노섬상좌기〉에는 "옛말로 閑談하며 종일토록 즐기더니 날이 석양에 이르러"(681
   쪽)로 처리되고 있다. 이 '옛말로 閑談'이란 여우와 두꺼비가 주고받는 견문·고
   사·재담을 지칭하는 것으로 볼 수 있어, 〈노섬상좌기〉가 이 대목을 분량상 삭제한
   것으로 보아야 할 것이다. 또한 〈노섬상좌기〉와 함께 묶여 있는 〈토싱전〉의 경우를
   통해서도 방각본이 간략하게 축약된 정황을 짐작할 수 있다. 이는 국립도서관에 소
   장되어 있는 필사본 〈토싱전〉을 대본으로 판각한 것이 분명하다. 그런데 이들을 비
   교해 보면 방각본이 原義를 손상시키지 않는 한도내에서 불필요하다고 생각되는 부
   분, 예컨대 다른 〈토끼전〉에서는 거의 보이지 않는 '육지에 남은 토끼 아내의 일화',
   '용왕의 거창한 장례 과정'을 모두 생략시키고 있는 것을 확인할 수 있다. 번다한 부
   분을 삭제했던 이런 경향은 〈노섬상좌기〉의 경우에도 적용될 것이라 추정된다. 그러
   나 기존 연구자들은 이 대목이 후대에 점차 부연된 것으로 보고 있다. 이는 〈두껍
   전〉 유형이 두꺼비나 산군과의 대결에 대한 관심이 줄어드는 대신, 점차 통속적인
   흥미위주의 읽을거리로 전환된 것으로 보고 있기 때문이다.(윤해옥, 소인호의 위 논
   문 참조) 그러나 〈삼설기〉란 이름으로 같이 묶여 1848년에 간행된 〈녹처사연회〉에
   도 이미 이같은 언담대결 부분이 작품 전체의 2/3이상을 차지하며 장황하게 펼쳐진
   다. 이렇게 볼 때, 언담대결 부분이 19세기 후반에 갑자기 흥미유발을 위해 삽입 확
   대되었다고 보기는 어렵다.

말도 못ᄒ고 산멱을 벌덕이며 엉큼엉큼 긔여 흔 모통이에 업드려 거동만 보"[44]고 있던 인물이었던 것이다. 그러다 상좌를 연치(年齒)로 정하기로 하고, 그것이 거짓말을 통해 진행되자 "나도 좀처럼 구변(口辯)이 있으니 어찌 저희만 못하리오"(679쪽)라며 비로소 연회에 실질적으로 참여할 수 있었던 것이다. 그러면 이처럼 연회 참여자와 어울리기 어려웠던 존재이면서도, 일정한 배타성을 가진 이 모임에 참여할 수 있었던 두꺼비는 어떤 부류의 인물을 형상화한 것인가?[45]

이는 여우가 두꺼비의 징그러운 외모를 묻는 대목에서 '기생과 놀다 옴이 옳아 등이 울퉁불퉁하다'거나 '보은현감 갔을 때 대추 찰떡과 고염을 많이 먹어서 눈이 노랗다'거나 '평양감사 갔을 때 술에 대취해 난간에서 떨어져 등이 굽었다'하는 두꺼비 자신의 대답[46] 속에서 일차적으로 추정할 수 있다. 물론 이것들이 자신의 재담(才談) 중에 포함되어 있는 것이기에 앞에서 장황하게 늘어놓았던 숱한 '거짓말'[47]과 같이 두꺼비의 신분을 확정해 주는 자료로 삼기 어렵다는 반문(反問)이 제기될 수도 있다. 물론 자신이 보은현감·평양감사를 지냈다는 것 자체는 거짓말이지만, 그러나 그같은 벼슬을 하고 있는 양반의 부류들이 퇴영적 놀음을 일삼고 있다는 것만은 사실로 받아들일 수 있는 것이다. 그리고 그같이 추악한 양반의 실상이 두꺼비의 외모와 연상작용을 일으키는 것은 자연스럽다. 이런 과정을 거치면서 두꺼비는 양반을 대표하는 전형으로

---

44) 구활자본 <蟾同知傳(둑겁전)>, 575쪽.
45) 두꺼비의 신분은 <노섬상좌기>에 그려진 인물묘사에서도 추정할 수 있다. 그러나 생략된 여우와의 言談 속에 좀더 직접적으로 그의 신분이 드러나 있다. 때문에 다른 이본을 참고하여 이 부분에서 두꺼비가 어떤 인물로 그려지고 있는가를 살펴본 뒤, 주텍스트인 <노섬상좌기>로 다시 돌아가기로 한다.
46) 구활자본 <蟾同知傳>(둑겁전), 610쪽.
47) 여기서 두꺼비의 말이 거짓이라고 할 때, 그가 하는 진술내용 자체가 거짓이 아니라 그같은 사실을 경험했다는 것이 거짓이다.

굳어지게 된다.[48] 실제로 여우와의 언담대결이 온존되어 있는 많은 이본에서 개구리의 서얼(庶孼)이 아니냐는 여우의 희롱에 대해, 그는 자신의 신분이 본래 양반이라고 강변하고 있다.[49] 그렇다면 두꺼비는 장선생을 비롯한 향촌사회내 새로운 유형의 인물과는 어울리지 않는 존재이지만 그렇다고 완전히 배제시키기는 어려웠던 존재, 즉 향촌사회에서 점차 주도권을 빼앗기며 몰락해 가던 사족(士族)을 형상화한 것으로 보아야 할 것이다.[50]

두꺼비의 이런 인물형상을 염두에 둘 때, 그가 자리다툼에서 이기게 되는 과정과 그를 통해 차지한 상좌가 어떤 현실적 의미를 지니는가가 선명히 드러날 수 있다. 우선 두꺼비가 차지한 상좌는 거짓말에 의한 것이라는 점을 분명히 해두어야 한다. 이는 "저 놈들이 거짓말로 나이 많은 체하니 나도 좀처럼 구변(口辯)이 있으니 어찌 저희만 못하리요"(679쪽) 하는 두꺼비의 말에서 확인할 수 있다. 그리고 그럴 듯한 거짓말을 동원해 차지한 존장(尊長)의 위엄은 여우·성성이의 도전 속에서는 어느 정도 지켜질 수 있었다. 때로는 숱한 도전을 물리치는 과정을 거치며 그 위엄이 강화되는 측면도 발견할 수 있다. 그러나 초대에서 제외되었던 백호산군이 등장하면서 그의 허위성이 여지없이 폭로된다. 존장으로서의 위엄을 누리려던 그는 호랑이가 나타나자 "상좌에 앉은 채 가만히 엎드려 숨도 크게 쉬지 아니하고 모래로 등을 가리"(685쪽)고 숨어버리

---

48) 조동일, 「민중, 민중의식, 민중예술」, 『한국인의 생활의식과 민중예술』, 성대 대동문화연구원, 1983, 163~164쪽.

49) 餞睡錄本 〈둑겁전〉(金東旭 所藏), 29~30쪽.

50) 작품 서두에서 장선생이 거처할 장소를 물색할 때, 이를 두꺼비에게 부탁한다는 점에서도 그 일단을 엿볼 수 있다. 이같은 임무를 수행하는 두꺼비의 행동은 조선후기 몰락한 사족들이 자신의 삶을 꾸려가는 방면으로 종종 택했던 地師의 역할, 그것과 일정 정도 맥이 닿아 있는 것으로 보이기 때문이다. 한편, 두꺼비를 소재로 하는 많은 당대의 민요에서도 역시 두꺼비는 부패하고 비생산적인 양반계층으로 자주 그려지고 있다. 소인호, 위의 논문(1991), 64~66쪽 참조.

는 위인(爲人)에 지나지 않았던 것이다. 게다가 호랑이를 돌려보낸 여우
가 모래 속에 숨어 있던 두꺼비의 등을 밟고 다니자, 호랑이가 간 줄 알
고서야 모래에서 나와 "늙은이를 몰라보고 디디고 다닌다'(685쪽)고 호통
을 치는 데에 이르러 두꺼비는 철저한 희화의 대상으로 전락하고 만
다.51) 이제 그는 본래의 음흉한 몰골로 다시 돌아온다.52) 그렇다면 두
꺼비가 그럴듯한 거짓말을 동원해 차지했던 상좌는 현실 앞에서는 철저
하게 무기력한 것일 뿐 아니라, 그와 동시에 이 상좌를 차지하기 위해
두꺼비가 동원했던 그 많은 견문·지식 또한 '녹녹부유(碌碌腐儒)들의
광언방설(狂言放說)'53)이었음이 완전하게 드러난 셈이다.

이같이 온갖 언변을 통해 획득한 상좌가 현실적으로 아무런 힘도 가
질 수 없는 무기력한 것이라는 점은 다른 우화소설에서도 어렵지 않게
발견할 수 있다. 예컨대, 노루·너구리·멧돼지·토끼 등이 나이다툼을
하고 있는 자리에 여러날 굶은 호랑이가 나타나자, 상좌를 차지하고 앉
아 있던 토끼가 "장군님은 어저께 낳드라도 상좌에 앉으시요"54) 하며 상

---

51) 이상구, 위의 논문, 56쪽.
52) 〈노섬상좌기〉에서의 이같은 두꺼비의 인물형상을 30여 종의 필사본 모두에 그대로
   적용시킬 수 없어, 이본에 따른 세심한 별도의 고찰이 절실하다. 이는 특히 백호산
   군의 등장과 관련되는 부분에 관해서다. 우선 상당수의 필사본에는 장선생의 연회에
   백호산군이 작품 서두에 배제되고 있음에도 〈노섬상좌기〉처럼 연회에 침범하는 것
   으로 되어 있지 않다. 설사 연회에 침범하는 이본이라 해도, 두꺼비가 '言辯'(김동욱
   소장본 〈금섬전〉)이나 '眞言'(丁亥本 〈금섬전〉, 전수록본 〈둑겁전〉)으로 쫓아버린다
   든가 여우가 뺨을 때려 돌려보내는 것(隆熙 2년본 〈두섭전〉)으로 그려진다. 이럴 경
   우 산군의 등장은 여우와의 언변을 통한 재대결에서 얻은 두꺼비의 우위를 더욱 확
   고하게 해주는 기능을 담당한다. 이렇게 두꺼비의 위상이 격상되는 또다른 면모는
   박순호·소재영·박성의본 〈둑겁전〉에서 발견할 수 있는데, 여기에는 두꺼비의 영
   웅적 활약이 결말 부분에 장황하게 첨가되고 있다. 방각본과 필사본 간의 이같은 차
   이가 어디에서 기인한 것인지를 따져보는 것은, 앞서 여우와 두꺼비의 재대결 존재
   유무와 함께 주요한 연구과제이다. 소인호의 위 논문(1991)에서 이 문제가 다루어지
   고 있으나, 그 해석에 있어 충분하지 못한 점이 많이 남아 있다.
53) 김동욱 교주, 〈녹처사연회〉, 667쪽.

좌를 양보할 수밖에 없던 사정이 이를 반증한다.

결국 쟁년 모티프의 자리다툼은 조선후기 경제적 능력을 배경으로 성장해가던 요호·부민층 들이 향촌사회내에서 새로운 자체질서를 구축해가던 과정을 일정하게 반영한 것이다. 그리고 그 과정에서 18세기 중반 이후 점차 향촌사회내의 지배권을 상실해나가면서도 기득권 유지·회복에 급급했던 재지사족과 부딪치지 않을 수 없었고, 그같은 대립·갈등이 작품내에서는 두꺼비 형상을 통해 그들을 철저하게 희화화시키는 것으로 표출되고 있었다. 백호산군의 등장은 두꺼비의 허구성을 폭로시키는 결정적 계기가 된다.55) 그러나 여기서는 아직 재지사족의 허위가 간접적인 방법으로 풍자될 뿐이었다. 그 갈등과 대립의 양상은 조선후기 향촌사회 변동의 추이, 그리고 그같은 추이를 반영하는 담당층의 계급적 입장과 맥락을 같이할 터이다.

3. 대립의 심화와 그 해결의 향방

〈녹처사연회〉는 작품의 배경·등장인물에서 구조에 이르기까지 〈노섬상좌기〉와 유사한 계기들을 상당 정도 공유하고 있지만, 그 차이도 적지 않다. 〈노섬상좌기〉에서는 모든 갈등의 양상이 모임 안에서 제기되고 해결되는 데 반해, 〈녹처사연회〉에서는 모임에 참여한 자와 참여하지 못한 자와의 대립에 그 초점이 모아진다. 작품 제목이 암시하듯, 전자는 '상좌(上座)'를 차지하기 위한 모임 내부의 다툼이 핵심이고, 후자는 녹처사가 주최한 '연회'의 참여 문제로 비롯된 갈등이 그 핵심에

---

54) 金演洙 唱本 〈水宮歌〉, 문화재관리국, 1974, 260쪽.

55) 백호산군의 등장이 단순히 두꺼비의 허구성을 폭로시키는 역할에 그치는 것은 아니다. 다만, 작품내에서 그의 등장은 장선생과의 대립관계 그 자체보다도 두꺼비의 정체를 명백히 드러내는 데 더 큰 비중이 두어지는 것으로 보인다. 연회 주최자인 장선생·녹처사가 산군과 겪는 갈등·대립의 문제는 장을 달리해서 상술할 것이다.

놓이는 것이다. 그러나 〈녹처사연회〉에서도 역시 연회에 참석한 온갖 짐승56)들이 좌정(座定)할 때 분분한 자리다툼을 벌인다. 이에 주인 녹처사(사슴)는 망년교(忘年交)도 있으니 연치(年齒) 고하(高下)를 따지지 말고, 내력(來歷)과 재조(才操)를 보아 자리 정할 것을 제안한다. 그는 나이보다는 내력이나 재주 같은 것이 자신들의 위치를 가늠하기 위한 좀더 실질적인 척도가 된다고 믿었다. 그러나 이 역시 노루의 다음과 같은 논리에 의해 채택되지 못한다.

> 처사(處士) 말씀 합당하되 태상군(太上君)의 내력(來歷)인들 문지유무(門地有無) 뉘 알쏜가. 협태산(挾太山) 재조(才操)라도 모수(毛遂) 자천(自薦) 아니라. 일언이폐지(一言以蔽之)하고 판단(判斷)이 여반장(如反掌)이라. 각설(却說) 일탑하온 후에 유유상종(類類相從) 제일일세. 진담누설(陳談陋說) 쓸데없네. 일중불결(日中不決) 하지 마소.(653쪽)

노루 발언의 핵심은 자신들의 서열을 정하는 데 내력·재주가 나이보다 현실적인 것일지 몰라도, 그 누구도 이를 객관적으로 판단할 수 없다는 것이다. 하루종일 걸려도 결판이 나지 않을 것[日中不決]을 가지고 싸우는 것보다는 어울릴 수 있는 사람끼리 어울려 노는 것만이 제일이라는 것이다. 참석한 모두는 이 제안을 받아들이게 되고, 이에 '분나지폐(紛拏之弊) 다시 없'(653쪽)게 된다. 노루의 이같은 언급은 다음과 같은 조선후기 사회의 변동상황을 바탕에 깔고 했던 것이다.

> 온 나라 사람이 본성을 잃고 아비를 바꾸고 할아비를 고쳐서 관작(官爵)을 모칭(冒稱)하여 충효(忠孝)를 가칭(假稱)하여 군역 면하기를 도모한다. 이것이 수십년 후에는 드디어 묵은 기록이 되는데 호적을 꾸민 자, 그 자식

---

56) 물론 앞서 지적했듯이 녹처사와 어울릴 수 있는 특정한 부류, 즉 "親戚·故舊"(651쪽)들만이 선별적으로 초청된 것이다. 작품 후반부에서 분명하게 드러나듯, 여기에 해당되지 않는 호랑이·두꺼비·개구리·너구리 등은 초청에서 제외되었다.

에게 거짓 모칭했다고 이르지 아니하니, 그 자손은 마침내 거짓으로 모칭해
온 것을 정말 관작을 받은 것으로 여기게 된다. 관가에서 혹 이것을 들추어
내더라도 슬피 부르짖고 억울하다고 말하니, 그들의 미혹(迷惑)을 풀어주기
가 역시 어렵게 된다.57)

　위 인용문은 임병양란을 거치면서 야기된 향안(鄕案)의 문란이, 부를
일정 정도 소유한 자들의 모칭을 더욱 용이하게 하고,58) 그것이 대를
거듭할수록 사실처럼 굳어져 가던 사정을 생생하게 보여준다. 이런 상
황 속에서 자기 집안의 내력이나 조상의 공업을 들추어내어 따지는 게
얼마나 허황된 일인가는 자명한 노릇이다. 때문에 이런 문제는 서로가
묵인하고, 대신 모인 부류들끼리 즐기며 노는 것이 최상의 선택이었던
것이다. 그리하여 맵시있는 구미호(九尾狐)는 권주가를 부르고 원숭이는
춤을 추고, 주인 녹처사도 흥에 겨워 함께 춤을 춘다. 그러나 이같은 흥
겨운 분위기는 점잖게 한시를 지어 바치는 토선생(兎先生)의 내력과 재
주를 녹처사가 칭찬하며 깨진다. 시기심 많은 구미호가 토끼의 문벌을
재차 묻고 나섰기 때문이다.59) 애초 서로의 문벌·재주 등을 따지지 말

---

57) 정약용, 『譯註 목민심서』 3, 98쪽.
58) 『咸州鄕案』, 「선조」 36쪽. '4·5명 鄕老가 서로 (임란 중에) 鄕案이 없어져 문헌
　　을 징험할 길이 없으니, 우리 몇 사람이 만약 하루아침에 죽으면 年少子弟가 어떻
　　게 선조의 諱가 무엇이며 爵이 무엇인가를 알겠는가. 또 어떻게 先代의 系出·派分
　　을 알며 우리 州 인물의 盛함과 의관의 아름다움을 알겠는가라고 말하였다." 실제로
　　이같은 문란에 편승하여 놀부같이 부를 축적한 자들은 '아비 家勢 饒富키로 着冠하
　　고 지내오니 이 고을 通境내에 모모한 양반댁이 다 모두 사돈"(신재효본 〈박타령〉,
　　413쪽)으로서 양반행세를 하고 있었다.
59) 문벌·공업 등 기존의 권위를 내세우는 자들에 대해 유별난 시기심을 보이고 있는
　　여우 역시 중세봉건제가 안정적으로 유지되던 시기에는 찾아보기 어렵던 새로운 유
　　형의 인물이다. 그 자신이 스스로 밝히고 있는 것처럼 그는 "남을 후리기를 잘하여
　　노름도 붙이며 계집도 붙여 滋味를 보"(665쪽)며 살아가는 부류이다. 〈노섬상좌기〉
　　에서 그가 산군을 두려워하지 않고 달래어 보낼 수 있던 것도 모두 이같은 그의 삶
　　의 기반으로부터 가능했던 것이다.

자던 묵계(默契)를 깨뜨린 셈이다. 이후 토끼는 자신의 가문내력과 견문
을 장황하게 늘어놓는다. 결국 노루가 다시 나서서 다음과 같이 이들의
언담을 중지시킨다.

> 대저 지식이 있으면 도처에 쓰임이 많거니와 문장궁액(文章窮厄)이요 재
> 승박덕(才勝薄德)이라. 유식(有識)한 이도 의식(衣食)있고 무식(無識)한
> 이도 재물(財物)이 많아 양양자득(揚揚自得)하나니, 너희들 고린 소리 말
> 고 많이 먹고 취호리지건곤(醉壺裏之乾坤)하고 풍류는 들여 서천륜지낙사
> (序天倫之樂事)함이 그중 제일이니 녹녹부유(碌碌腐儒)의 광언방설(狂言
> 放說)을 그만 그치라(666~667쪽)

그리고는 악공(樂工)을 불러 음악을 연주하고 술을 내오게 하여, 머리
와 꼬리를 흔들어대며 다시 즐긴다. 그들에게는 흥겹게 모여서 놀 수 있
는 것이 중요했지, 토끼가 늘어놓는 그 숱한 천문(天文)·지리(地理)·인
사(人事)에 대한 해박한 지식은 한갓 '고린 소리'이거나 '썩은 선비들의
미친 소리'에 지나지 않는 것이었다. 그런 지식이란 자신들을 양양자득
(揚揚自得)할 수 있게 하는 의식이나 재물을 모으는 데 아무런 도움도
되지 못한다. 오히려 문장이나 재주는 궁액에 빠뜨리거나 덕을 갉아먹
는 해로운 것이기까지 한 것이다. 그들에게 지식이란 단지 실용적인 용
도의 의미밖에는 없는 것이다.[60] 기존 사대부들이 자신의 입신과 교양
을 위해 절대시하던 지식을 부질없는 말장난에 지나지 않는 것으로 간
주하는 태도에서 중요한 사회적 변화를 감지할 수 있다.[61]

---

60) 정홍모, 「송사형 우화소설의 인물형상과 조선후기 향촌사회의 변모」, 『고전문학연
　　구』 제5집, 한국고전문학연구회, 1990, 245쪽.
61) 그러면서도 실제 작품에는 이같은 古今事를 비롯한 천문·지리·인사 등의 언담
　　대결이 장황하게 전개된다. 이러한 긴 부분이 단순히 그것의 무의미를 강조·확인
　　시키기 위해 삽입된 것이라고 보기는 어렵다. 이를 '조선후기 中庶人의 소박하고 현
　　실적인 생활태도·가치관·지식 따위를 그들 나름의 소박한 서술형태로 표현'한 것

기실, 나이·내력·재주 등을 녹녹부유(碌碌腐儒)의 광언방설(狂言放說)로 일축해버릴 수 있었던 것은 이 연회를 주최한 녹처사의 태도 및 그로 말미암은 연회의 분위기에서 가능했던 것이다. 녹처사는 백호산군이 두려워서가 아니라, 단지 여러 좌객을 불편케 하는 것이 손님에 대한 예가 아니기 때문에 그를 초청하지 않는다.[62] 그러한 그는 참석한 자들이 제기한 자리다툼에서조차 자유로울 수 없었던 <노섬상좌기>의 장선생과 분명 구별된다. 그가 다른 동물보다 월등한 우위를 점하고 그것을 한치의 흔들림도 없이 지킬 수 있었던 것은, 단순히 "산중에 은거하여 세상에 출입함이 없고 나이 또한 많"(651쪽)다는 것만 가지고 설명할 수 없음은 물론이다. 실제로 장선생에게도 '산천정기(山川精氣)를 품수(稟受)' 운운하는 묘사가 붙어 있지 않았던가? 그것은 바로 노루의 입을 빌려 거듭 강조되고 있던 경제적인 능력과 그를 바탕으로 관철되는 현실적인 힘에 의해, 참석한 다른 동물뿐 아니라 산군에게까지도 그토록 당당하게 행세할 수 있었던 것으로 보아야 한다.[63] 실제로 뒤에서 산군이 차사를 보내어 녹처사를 잡아들이라 했을 때, 차사(差使)를 본 '좌중(座

이라 본 정학성의 견해는 이런 점에서 경청할 만하다. 즉, 본고에서 주목하고 있는 요호부민이 경제력을 바탕으로 새롭게 자신들의 취향·생활태도·세계관을 구축하며 갖게 되는 자신감을 지식·견문 나열이란 형식으로 표출한 것이라 할 수 있다. 그들은 정약용이 "項羽·沛公의 구절 따위로 머리가 희어지"(『역주 목민심서』 3, 143~144쪽)는 부류로 지칭한 자들일 것이다. 이 점에 대해서는 별도의 논문을 통해 살펴야 할 것이다.

62) 녹처사의 長子 鹿山이 "만일 백호산군을 청할진대 우리는 구태여 두려울 바 없으되 다른 좌객들은 반드시 그 위엄을 항겁하여 좌불안석하리니"(651쪽)라고 하는 데서 이 같은 태도가 분명히 드러난다.

63) 이런 점에서 녹처사는 장선생과 달리 신분·문벌과 같은 중세적 특권을 이용해 향촌사회에서 군림했던 土豪로도 볼 수 있는 면모를 많이 간직하고 있다. 그러나 연회에서 드러난 그의 평민적 성향, 백호산군이 그를 階下에 꿇려 꾸짖을 수 있는 현실적 위치, 그리고 백호산군에게 자신을 쉽게 微細之類라 낮추는 것 등을 종합해 볼 때, 그 역시 새로운 경제질서를 이용해 부를 축적해 일정한 규모를 갖춘 부류로 보아야 할 것이다.

中)은 혼비백산(魂飛魄散)하여 일시에 분서(奔竄)하'고 있었지만 녹처사는 '태연히 차사(差使)들을 불러들'(669쪽)인다. 그리고 '술을 권하며 은(銀) 봉 하나씩을 차사(差使)의 뒤꽁무니에 채'(669쪽)워 주었음은 물론이다. 그가 산군조차도 두려워하지 않을 수 있었던 것은 '유전(有錢)이면 사귀신(使鬼神)'[64]이라는 말의 효험을 누차 경험한 바 있었기 때문이다. 그러기에 녹처사에 의해 주관되는 연회는 자신감있게 자신과 어울릴 수 없는 부류를 배제시켜 더욱 엄격한 배타성을 띠게 된다.

실제로 이후 사건은 초청에서 제외되어 불만을 품은 두꺼비·개구리·너구리들이 산군에게 소지(所志)를 올리는 것으로 진행된다. 백호산군이 군사를 거느리고 순산(巡山)하고 있을 때 올린 그 소지의 핵심적 내용은, 녹처사가 자신의 생일날 온갖 산족들을 초청했음에도 유독 자신들만 제외시킨 데 대한 처벌을 바라는 것이었다. 백호산군은 자기도 연회에서 소외된 것을 괘씸하게 생각하고 있던 터인지라, 흔쾌히 두꺼비의 소지를 받아들여 녹처사를 잡아들이게 한다. 죄목은 대대로 지켜지던 기존의 향약(鄕約), 즉 환난상구(患難相救)·혼상상휼(婚喪相恤)을 비롯한 연회왕래(宴會往來)의 규범을 어겼다는 것이다.

이제 두꺼비는 어떤 부류의 인물인가를 밝히는 일이 중요한 과제가 된다. 왜냐하면 녹처사와 두꺼비의 갈등이 이 작품의 핵심에 해당하는 바, 두꺼비를 어느 계층으로 보는가에 따라 작품의 주제는 물론이고 이것의 역사적 함의가 달라지기 때문이다. 다음은 두꺼비가 올린 소지의 일부분으로서 그의 신분을 추정하는 단서가 된다.

의도등(矣徒等)이 본디 영수산(靈壽山)에서 사옵더니 그곳의 패동(敗洞)이 되어 무뢰배(無賴輩)와 경박자(輕薄者)가 모여들어 존장(尊長)을 능멸하며, 빈천한 이를 만모(慢侮)하며, 고단한 이를 경시(輕視)하며, 유부

---

64) 김영한 소장본, 〈까치전〉, 334쪽.

녀 통간(通姦)하기, 남의 집 겁탈하기, 패악지사(悖惡之事) 무소부지(無所不之)이온 바 의도등(矣徒等)이 세고역단(勢孤力短)하와 불능금단(不能禁斷)하옵고 이인(里人)이 위미(爲美)라 하옵기 부득이 반이(搬移)하와 이 곳에 전접(轉接)하오되(667쪽)

여기서 우선 두꺼비는 영수산에서 무뢰경박자의 횡포를 이겨낼 수 없어, 이 곳으로 이주해온 인물임을 알 수 있다. 그렇다면 자기가 살던 고을이 패동이 되어 모여들었다고 칭하는 무뢰경박자는 어떤 부류들인가? 그리고 그같은 상황은 어떤 역사적 맥락 위에 있는가? 우선, 존장 능멸부터 남의 집 겁탈에까지 이르는 그들의 온갖 횡포는 놀부나 옹고집의 그것과 매우 닮았다. 두꺼비가 무뢰경박자라 지칭하고 있는 부류도 바로 놀부나 옹고집처럼 부를 축적해 모칭65)을 한, 그리하여 기존의 봉건적 틀로 포괄할 수 없게 된 새로운 부류의 인물들이라 보인다. 그리고 그들을 제어할 수 없어 이곳으로 옮겨와, 다시 만나게 되는 녹처사도 이들과 크게 다르지 않다. '기무존시간무례지단(旣無尊侍間無禮之端)하고 무수환중불통지사(無愁患中不通之事)하여 언충언(言忠言) 행독경(行篤敬)'(667쪽)으로 안정되어 있던 고을 분위기를 깨뜨리는 자가 바로 녹처사, 그리고 그가 주관하고 있는 연회이기 때문이다. 자기 스스로 고백하고 있듯이, 그렇다고 해서 자신들만의 힘으로는 도저히 그들을 제지할 수 없다. 좀 더 큰 힘을 빌리지 않고는 불가능하다고 생각했기에 수령에게 재물(財物)과 함께, 녹처사 무리들이 전대의 향약 규범을 어기고 있다는 소지를 올리게 된 것이다.

위의 문맥을 이런 각도에서 읽을 때, '패동이 되어 무뢰배와 경박자가 모여'들었다는 언술은 재지사족에 의해 운영되던 안정적인 향촌지배질

---

65) 옹고집은 이본에 따라 그 신분이나 성격묘사에 약간의 차이가 있지만, 金三不 校註本의 경우 부를 축적하여 冒稱뿐 아니라 좌수직까지 지내고 있는 것으로 되어 있다.

서가 무너지게 되는 상황, 그리고 그같은 붕괴가 무뢰경박자의 도래를
불러일으킨 원인처럼 진단하고 있었지만 역으로 기층민중의 성장으로
부터 그 질서의 균열이 비롯되었음을 함축적으로 표현하고 있는 것이
다. 조선후기 향촌사회의 역학을 염두에 두고 두꺼비를 바라볼 때, 이같
은 두꺼비의 행동에서 조선후기 향촌사회에서 점차 지배권을 상실해 가
던, 그러면서도 이의 유지·회복에 급급하던 몰락 사족의 모습을 읽을
수 있다.[66]

그러나 그같은 노력은 현실 앞에서 끝없이 좌절되어 갔던 것이 조선
후기 향촌사회가 걷던 흐름이었고, 〈녹처사연회〉의 두꺼비들도 그 흐름
에서 결코 벗어나 있지 않았다. 결국 두꺼비는 훼가출송(毁家出送)을 당
하는 지경까지 내몰리게 된다. 이 점이 〈녹처사연회〉가 〈노섬상좌기〉와
갖는 가장 큰 차이다. 둘은 모두 경제적인 힘의 논리를 바탕에 깔고 향
촌사회내에서 실력을 키워 나가던 요호부민층이 몰락하는 재지사족과

---

66) 기존 연구자들은 모두 두꺼비를 '잔치에도 참여하지 못하는 微賤한 身分'(이상구.
위의 논문, 57~58쪽) 또는 '토지의 기반을 상실하고 流浪하는 貧農層'(정홍모, 위의
논문, 246쪽)으로 보아 본고와 견해를 달리하고 있다. 이들은 녹처사가 두꺼비를 '微
細之類'로 취급하고 있는가 하면, 그의 집안이 할아버지부터 자신에게 은혜를 받은
바 있다고 하는 녹처사의 말을 그 근거로 들고 있다. 그러나 두꺼비를 '미천한 신분'
'유랑하는 빈농'으로 보는 것은 사건의 정황으로 보아, 우선 수긍하기 어렵다. 과연
이같은 부류들이 당당하게 치러지는 녹처사의 잔치에 참여하지 못한 것을 불쾌하게
여긴 나머지 향약의 규범을 들어 訟事를 벌이려 했겠는가 하는 점이다. 더구나 수령
에게 뇌물까지 바치면서 말이다. 적어도 그들 자신은 잔치에 초청받아야 마땅하다고
자부하고 있던 부류이기에 그런 식으로 민감하게 반응하였을 것이다. 또 '微細之類',
'受恩한 놈'이란 녹처사의 말도 조선후기의 실상을 염두에 둔다면, 이것이 곧바로 두
꺼비를 미천한 신분 또는 빈농층에 국한시키는 결정적인 근거가 될 수 없다. 비록
양반이지만 구휼의 대상이 되었던 것이 조선후기에 있어서는 결코 예외적이지 않다.
녹처사도 백호산군에 비교하여 자기를 '미세지류'라 부르고 있지 않은가? 그가 말하
는 '미세지류'란 분명 신분의 문제가 아니라, 앞서 누차 강조했듯이 현실적인 힘의
역학관계에 의한 차등으로 보아야 한다. 이와 아울러 두꺼비를 대부분 몰락한 양반
으로 형상화하는 국내 우화의 전통·관습도 두꺼비 신분을 파악하는 방증 자료로서
존중할 필요가 있다.

겪는 갈등을 문제삼고 있다. 그러면서도 후자가 희화화라는 간접적인 방법으로 몰락해 가고 있는 사족의 허구성을 폭로·풍자하고 있다면, 전자는 송사(訟事)라는 더욱 첨예한 사건 설정을 통해 사족의 현실적 몰락을 정면에서 그리고 있는 것이다.67)

그런데 조선후기 향촌사회내의 역학적 추이에는 항상 절대적 권위를 행사하고자 했던 중세봉건권력, 즉 그 대행자인 수령과 주변에 몰려 있는 아전들이 중요한 변수로 기능하고 있었다. 특히, 재지사족의 약화를 계기로 당시 중앙정부는 수령을 통해 직접적인 향촌사회 통제를 강화시켰기에 그 수탈은 좀더 직접적이고도 전면적인 형태로 나타날 수밖에 없었다. 그리하여 쟁년 모티프에는 성장하는 민과 수령으로 대표되는 무제한적인 중세적 수탈 사이에 또다른 갈등·대립의 축이 형성된다. 그런데 이같은 대립관계에 있는 수령에 대해 장선생이나 녹처사, 특히 녹처사는 매우 당당한 태도를 견지하고 있다. 반면, '군사를 거느리고 순산(巡山)'(667쪽)을 하며 일시 위용(偉容)을 자랑하던 산군은 어리석은 모습으로 그려진다. 짐짓 그를 임금에 비유하며 '얼렁대이면'(682쪽) 쉽게 속아 넘어가고 마는 것이다. 산군이 이토록 어리석은 존재로 그려지는 것을 어떻게 이해해야 하는가? 이는 우화소설 속의 산군에게는 아직 민담의 자취가 남아 있는 것으로 설명되기도 한다.68) 그러나 그 이유는

---

67) 놀부의 "길가는 과객 양반 재울 듯이 붙들었다 해가 지면 내어 쫓고"(325쪽) 또는 "窮班보면 冠을 찢"(327쪽)는 것과 같은 심술은 이같은 조선후기 향촌사회의 변동, 특히 土族의 급격한 沒落과 失勢를 가장 직접적으로 반영하고 있는 예에 해당할 이다. 그리고 이같은 몰락사족의 현상은 <서동지전>과 같은 송사형 우화소설에서 보다 직접적으로 다루어지고 있는 바, 정홍모의 위 논문(1990)에서 이 점이 다루어지고 있다.

68) 이상구는 위의 논문(1984)에서 이같은 산군의 면모를 '강자이면서 동시에 어리석은 자'라는 민담의 전형적인 주인공의 성격(45쪽)으로 파악하고 있다. 그리고 이런 면모는 <노섬상좌기>에서 <녹처사연회>를 거치면서 점차 통치자로서의 모습을 갖추어 간다고 설명하고 있다.

여기에 그치지 않는다. 좀 더 근본적인 것은 민담 속의 호랑이가 강한 것 같으면서도 사실은 어리석은 존재라는 사실처럼, 조선후기 향촌사회에 군림하던 수령도 또한 그와 대비되는 면을 지니고 있던 것이다. 실제로 조선후기 수령이 향임(鄕任)·아전(衙前)·막빈(幕賓)·복예(僕隷) 등에게 둘러싸여 무농(舞弄) 당하던 사례를 찾아보기란 어렵지 않다.[69] 물론 수령을 어리석은 존재로 전락시키는 경로는 실로 다양하겠으나, 그 중 가장 손쉬운 방법은 뇌물로 주변에 있는 인물과 결탁하거나 아니면 수령을 직접 매수하는 경우였을 것이다. 결국 산군을 어리석은 모습으로 그릴 수 있었던 것은 민담의 흔적이 남아 있는 것임과 함께 뇌물을 통해 그를 자신의 의도대로 좌지우지할 수 있다는 요호부민층의 자신감 또는 그같은 원망(願望)에서 가능했던 것이다.[70] 〈녹처사연회〉에서도 몰락해 가는 사족이 수령의 힘을 빌려 지배력 회복을 도모하려던 일단과 그 향방이, 녹처사와 두꺼비의 대립 그리고 산군과의 결탁과 회유라는 모습 속에 감추어져 있다.[71] 바로 이 관권과의 대립과 결탁은 요호부민들이 전통적인 향촌지배세력이었던 재지사족과의 갈등과 함께 감당해야 했던 현실적인 과제였던 것이다.

---

69) 정약용, 『역주 목민심서』 1, 14~15쪽 참조.

70) 송사형 우화소설에는 이같은 과정이 좀더 직접적으로 묘사된다. 우화소설에 삽입되어 있는 관권과의 대립이 보여주고자 하는 핵심을 기존 연구에서 수령 및 그 주변 관리들의 타락에 대한 풍자만으로 이해하려고 했던 것은 이런 점에서 일면적이다. 오히려 여기서 보여주고자 했던 것은 그같은 부패·타락의 풍자를 넘어서서 그들에게 수탈 당하던 요호들이 역으로 그를 어떻게 활용하고 있는가까지인 것이다.

71) 이같은 녹처사와 두꺼비의 대립, 그리고 산군의 향방이 담고 있는 역사적 의미는 조선후기 향촌사회내에서 빈번한 鄕戰과 일정한 연관관계하에서 파악할 수 있다. 예컨대, 지주제의 안정적 운영을 도모하고자 하는 재지사족 중심의 舊鄕과 이들의 촌락지배를 부정하고자 했던 요호부민층(이들도 물론 대부분이 중인 또는 양반으로 신분을 상승시킨 계층이다)을 주체로 한 新鄕 사이의 鄕戰, 그리고 이들이 서로 관권을 자기 편으로 끌어들이기 위해 벌이는 노력과 일정한 대응관계에 있다. 이런 新鄕-舊鄕과의 구체적인 경쟁 ·대립 사례는 정진영의 「18·19세기 사족의 촌락지배와 그 해체 과정」, 『조선후기 향약연구』, 민음사, 1990에 소상하게 제시되어 있다.

Ⅳ. 맺음말

이상에서 쟁년 모티프를 수용·발전시킨 우화소설에는 조선후기 향촌사회의 변동, 특히 새롭게 성장하는 민의 성장과 그 과정에서 그들이 향촌사회내 여러 세력과 겪던 경쟁·갈등의 양상이 우의적으로 반영되어 있음을 살펴보았다. 소위 요호부민이라 불리는 그들은 조선후기 생산력의 발전과 새로운 경제질서에 힘입어 획득한 부를 바탕으로 향촌사회에서 점차 자신들의 힘을 관철시켜 나가고 있었는데, 그들이 참여하고 있는 향회(鄕會)는 이같은 자신들의 힘을 구체적으로 뒷받침해주는 장으로 종종 활용되고 있었다. 상좌 다툼이 일어났던 연회라는 특별한 모임도 바로 이들의 결속력을 공고화 시켜주는 것과 결코 무관한 것이 아님은 물론, 그 자리에서 벌이는 다툼은 비슷한 부류끼리의 경쟁과 갈등관계를 문학적으로 표현하고 있는 것으로 이해된다. 그러나 <노섬상좌기> <녹처사연회>에서의 상좌다툼의 핵심은 이제까지 향촌사회에서 지배권을 행사하던, 그러나 이제는 점차 그 현실적인 힘을 상실해 나가던 재지사족들과 힘겨운 싸움을 벌이며 새롭게 향촌사회의 지배권을 넓혀가고자 했던 요호부민의 삶의 형상인 것이다. 그리고 그 대립의 향방에 새로운 변수로 기능하던 수령조차도 자신들이 소유한 부를 통해 유리하게 활용해 나가는 모습의 일단을 확인할 수 있었다.

그러나 실제 조선후기 역사에 있어 요호부민들의 일부를 제외하고는, 수령을 어리석은 민담의 주인공처럼 만들기보다는 거꾸로 자기 자신이 그의 끊임없는 수탈 대상이었다. 그들은 수령을 비롯한 부패한 봉건권력의 끝없는 수탈에 완전히 노출되어 있던 것이다. 수탈의 경로는 실로 다양하여, 심지어 '요호에서 빼준다[以頉免饒戶事]'72)는 것이 수탈의 명목이 되기까지 하였다. 또, 당시 삼남지방에서는 "사는 것이 죽는 것만

---

72)『日省錄』철종 13년 7월 25일. 안병욱, 위의 논문, 1987, 166쪽에서 재인용.

못하고, 부자가 가난뱅이만 못하다"73)라는 말이 유행할 정도였다. 특히 농민층 분해와 그에 따른 향촌사회의 변동, 즉 모칭(冒稱)과 유망(流亡) 등으로 말미암아 수취체제가 공동납으로 바뀌면서 요호에 대한 수탈이 점차 가중되어 갔다. 각 고을에 할당된 각종 부세를 실질적으로 담당할 수 있는 부류가 바로 이들이었기 때문이다.74)

그리하여 조선후기 농민층 분해 과정에서는 장선생·녹처사와 같이 일부 성장해 갈 수 있었던 요호부민 부류와 짝하여 숱한 빈민(貧民), 나아가 토지로부터 유리된 다수의 유랑민(流浪民)이 산출되었다. 〈변강쇠가〉의 강쇠와 옹녀가 그러한 부류에 속한다 할 수 있는데, 〈장끼전〉의 장끼와 까투리는 물론 〈토끼전〉 중의 토끼에게서도 바로 그같은 단초적 형태를 엿볼 수 있다. 이같이 조선후기 수탈당하는 다수의 기층 민중들은 앞서 살핀 요호부민층과 일정 정도 갈등 관계에 있기도 했지만, 이들 모두는 중세봉건의 불법적 수탈에 완전히 노출되어 있었던 만큼 누구도 이로부터 자유로울 수 없었다. 이런 점에서 이들 모두는 부패한 중세수탈의 대상이었던가 하면 함께 연대하여 그에 대항하는 세력이 되기도 하였다. 특히 〈토끼전〉 중 모족(毛族)들의 모임에서 겨울을 지내기 위해 모아둔 밤·도토리를 기린을 위해 모두 내놓아야 하는 쥐와 다람쥐, 분(憤)을 삭이지 못해 깨진 사기그릇 조각을 으득으득 깨물면서 큰자식을 호랑이의 먹이로 상납해야 했던 멧돼지의 형상에서 '굶지 않는 백성'75)들이 겪던 숱한 수탈과 그로 인한 분노를 실감나게 느낄 수 있다. 또한

---

73) 정약용, 『역주 목민심서』 6, 41쪽.
74) 산군 또는 그의 명령을 수행하려는 差使가 등장하자 연회에 모여 있던 온갖 짐승들은 魂飛魄散하여 일시에 奔竄하여 돌 틈, 바위 밑, 나무 위, 구렁 속으로 모두 숨어 버리는 데서, 평소 이들이 당했던 수탈의 정도를 짐작할 수 있다.
75) 신재효는 정약용이 말하고 있는 '집안에 저장한 곡식이 여덟 식구가 먹고도 오히려 남는 것이 있는 자'(『역주 목민심서』 6, 49쪽), 곧 饒戶를 이같이 '굶지 않는 백성'이라는 말로 표현하고 있다. (신재효본 〈토별가〉, 283쪽 참조.)

이를 보다 못한 '의기(義氣) 있는' 곰이 분연히 일어서서 수탈의 장으로
악용되고 있는 모임을 파하게 만드는 대목에서, 최소한 자신들의 존재
를 보존하기 위해 그들이 취해야 하는 길이 무엇인가를 암시받을 수 있
다.[76]

　우화소설이 담고 있는 이같은 조선후기 향촌사회 변동의 모습, 그리
고 그것이 여기까지 발전할 수 있는 단초들은 〈서대주전(鼠大州傳)〉〈서
동지전(鼠同知傳)〉과 같이 요호부민들이 사족 또는 부패한 수령과 벌이
는 대립을 사건의 핵심에 두고 있는 송사형(訟事型), 그리고 기층민중의
참혹한 수탈과 그 극복을 극적으로 그려내고 있는 〈장끼전〉〈토끼전〉들
을 함께 다룰 때 구체적으로 확인될 터이다. 그러나 본고에서는 이들을
미처 다 다루지 못하고, 우화소설 중에 삽입되어 있는 쟁년 모티프를 중
심으로 살필 수밖에 없었다.

〔정출헌〕

---

76) 신재효본, 〈토별가〉, 279~285쪽.

〈숙향전〉에 나타난 거북(=용)의 보은사상

I. 머리말

　이물보은사상(異物報恩思想)은 우리나라 설화문학상에 상당히 다양하게 나타나고 있다. 길짐승·날짐승·어별류의 보은설화는 어디서나 쉽게 들을 수 있는 것이요, 또 각종 문헌에서도 힘들지 않게 찾아낼 수 있다.

　따라서 고소설 중에도 그런 유의 설화가 곁들이지 않을 수 없겠고, 그런 유의 샤머니즘적·종교적 사상이 표현되지 않을 수 없겠다. 곧 이물보은사상은 여타의 여러 사상과 더불어 고소설에 삽입되어, 고소설의 사상구조의 일면으로서 큰 비중을 차지하게 된 것만은 사실이다. 〈흥부전〉, 〈숙향전〉, 〈금방울전〉 등에 개입된 이물보은설화(異物報恩說話)를 보면 잘 알 수 있겠다.

　고인(古人)들은, 인간의 배은망덕을 통탄하여, 은혜를 아는 것으로선 오히려 동물보다 못하다고 했다. 속담에도 '개도 닷새만 되면 주인을 안다', '머리 검은 짐승은 남의 공(功)을 모른다', '사람을 구하면 앙분을 하고, 짐승을 구하면 은혜를 갚는다'고 하지 않았는가?

　이물보은설화란, 어떤 사람이 이물(異物)의 목숨을 건져주었을 때, 그 구함을 입은 이물이 그 은혜를 갚는다는 이야기이다.

그러면, 이 설화는 어떻게 하여 생겨난 것일까? 그것은, 배은망덕의 인간에 비하여 은혜를 잊지 않고 갚는 이물이 있음을 드러내어 인간을 경고하고자 하는 교훈적 의도에서 생긴 것으로도 볼 수 있겠으며, 미물에 이르기까지 그 생명의 존엄성을 강조하는 의도에서 우러난 것으로도 볼 수 있겠으며, 더 넓게는 샤머니즘적·종교적 사상에서 이루어진 것으로도 볼 수 있겠다. 그러나, 무엇보다도 보은설화에 등장하는 이물들은 모두가 신성(神性)을 띤 동물이거나 영물(靈物)인지라, 그러한 것들을 함부로 죽이지 못한다는 토속신앙적 관념과 그 신성의 힘으로 인간에게 은혜를 갚을 것이라는 자기중심적이고 이기적인 사고방식의 소산으로 보는 것이 더 타당하리라고 믿는다. 이는 오히려 권선징악이나 인과응보사상 이전의 것이다.

본고에서는, 우리나라에 널리 유포되어 있는 이물보은설화의 내용 및 그 형성 과정을 검토하고, 어떻게 우리 국문학상에 반영되어 있으며, 고소설에 첨용되어 그 사상 구조의 일면으로서 여하한 위치에 놓여 있나를 풀어 밝히는 일부의 작업으로서, 우선 〈숙향전〉에 나타나는 거북[龍, 龍神의 변형]의 보은설화를 고찰해 보겠다.

Ⅱ. 〈숙향전〉에 나타난 거북의 보은설화

1. 보은의 형태

인간과 명계(冥界)와 선계(仙界)와 용궁을 주름잡아, 비현실적 도선사상(道仙思想)으로 결구된 〈숙향전〉은 은거사상(隱居思想)에 이어, 귀갑류(龜甲類)의 보은사상을 첨가시켜 가일층 도선적 기풍을 풍겨주고 있다. 이 귀갑류의 보은사상이란 〈숙향전〉 그 자체의 것이 아니라, 일찍이 우리나라에 광포된 설화의 영향으로 인하여 형성된 것에 불과하다. 〈숙향전〉이 나온 당시에는 이 귀갑류의 보은설화가 민간에 널리 퍼져서 거의 신앙에 가까워져 있었던 것이 사실이다. 이러한 것을 염두에 두고, 먼저 〈숙향전〉에 나타나는 거북의 보은설화의 내용을 들어보자.

(1) 시혜(施惠)

① 어부가 큰 거북을 잡아 구워먹으려 함.
② 김전(金銓)이, 이마에 '천(天)'자, 발에 '왕(王)'자가 있는 것을 보고 살려주라 함.
③ 거북의 눈물을 흘리는 형상을 보고, 주과(酒果)를 어부에게 주고 거북을 살려 놓아 줌.
④ 거북이 김전(金銓)을 자주 돌아보고 감.

(2) 당대보은형(當代報恩型)

⑤ 거북이 물에 빠진 김전(金銓)을 구함.
⑥ 거북이 입에서 무지개 같은 것을 토하며, '수(壽)'·'복(福)' 두 구슬을 김전(金銓)에게 줌.

(3) 후대보은형(後代報恩型)

⑦ 김전(金銓)의 딸 숙향이 물에 투신하자 거북(=龍女)이 김전에게 입은 은혜에 대한 제2의 보답으로 숙향을 살려 줌.
⑧ 거북이 미녀가 되어 숙향을 배에 태우며, 보은 사유를 선녀에게 알려 줌.

이상이 〈숙향전〉에 나타나는 보은형의 전모이다. 이와 같이, 〈숙향전〉에 있어서의 보은형은, 다른 설화에 보이는 것보다 퍽 다양하고 이채롭다. 다른 소설이나 설화 같으면 당대에만 보은을 한다든가, 아니면 당대에는 전혀 그 보은의 흔적이 보이지 아니하다가 그 후대에 이르러 보은을 하는 것으로 되어 있는 것이 통례이다.

　제비의 보은설화(〈흥부전〉의 근원설화), 가축·산짐승의 보은설화, 그
리고 양리설화(養鯉說話)[1]는 당대의 보은설화요, 이의(李䫫)의 귀갑류
보은설화[2] 및 서신일(徐神逸)의 사슴 보은설화[3]는 후대의 보은설화의
표본이다.

　그런데 본 〈숙향전〉의 보은형은 당대와 후대의 양대에 다 걸쳐서 은
혜를 갚는 이색을 띤 보은형이다.

　그러면 이 거북의 속성은 무엇인가? 그것은 위에 예시한 내용을 보아
알 수 있듯이 용녀[龍女]의 변형으로 나타난다. 따라서, 〈숙향전〉에 있어
서의 거북은 용[龍神]인 것이다. 〈숙향전〉의 보은설화는, 거북의 보은설
화라기보다는 차라리 용[龍神]의 보은설화라 해야 타당하리라 믿는다.

　그러나 본 설화에 나타나는 거북은, 용이기 전에 거북이라는 파충류
동물로서 그 제1차적인 의미를 가지는 고로, 먼저 귀갑류(거북과 자라 및
이와 유사한 鱗介)의 설화로서 보은사상의 일면을 더듬어 보기로 하겠다.

2. 거북의 신이성(神異性)

　거북은, 해·구름·물·돌·솔[松]·대[竹]·잔디·학·사슴과 함께
십장생(十長生)의 하나로서, 그 신이성은 예로부터 상당히 광범위하게
나타나고 있었다.

　고대 중국에서는, 거북[神龜]이 낙수(洛水)에서 글을 지고 나온 이래[4]
거북의 등 껍데기를 태워서 그 점괘에 따라 일을 하는 거북점[龜卜]이
널리 성행되었는가 하면, 그러한 거북의 신령스러운 힘을 다채롭게 보
여주고 있으며, 우리나라에 있어서도 신물(神物)로 인정되어, 그 신이성

---

1) 『高麗史』권71 志제25 樂2 「溟州」
2) 『芝峯類說』권20 鱗介(본문 중에 인용)
3) 『櫟翁稗說』前集2 「徐神逸」, 『星湖先生文集』권5 「投鹿行」
4) 神龜負文而出(『書傳』 「洪範」)

에 관한 기록은 상당히 많다.

　毅宗二十四年八月……水舟民耕田 得金一錠 長二寸許 頭尾雙尖如
龜 知州事吳錄之取以馳獻王 以示左右 左右呼萬歲曰 天降金龜 聖德
之應 群臣皆賀(『高麗史』권 19 世家 毅宗)

라 하여, 금구(金龜)의 상서(祥瑞)를 말한 것으로 보아도, 과연 거북을 어
느 정도로 생각한 것인가를 짐작하고도 남음이 있게 한다. 더욱이 거북
은 앞으로 일어날 일을 예시하는 신비한 힘을 소유한 것으로 믿게 되었
다. 그 본보기로, '百濟同月輪 新羅如月新'이란 글을 그 등에다 쓰고 나
와서 백제가 망하고 신라가 흥할 조짐을 보여준 거북이 있다.[5] 그리고,
신라 소지왕(炤智王) 10년에는 6개의 눈을 가지고 그 배에 글이 있는 거
북이 나타난 것도 전조(前兆)를 알려주기 위한 것으로 생각된다.[6] 또한,
귀갑류의 동물은 인간의 생명을 구하는 능력을 가진 것으로 믿었다. 고
구려 주몽의 어별교(魚鼈橋)[7]는 너무나 유명하다. 이밖에도 『초사(楚辭)』
「천문(天問)」에 보이는 〈거별부산(巨鼈負山)〉이나 인도에 전래하는 거북
왕의 부산설화(負山說話)를 비롯한 귀갑류의 신이성은 이루 열거할 수
없으리만큼 많다. 그리하여 귀갑류에 대해서는 상당히 조심성을 기울여
왔음을 알 수 있다. 함부로 잡아먹는 것을 꺼려했다.

　昔有一縣宰嗜食鼈 嘗縛生鼈於柱 鼈叩頭流涕 乍進乍退爲乞憐之狀
宰乃解縱之 鼈數步輒一回叩 若致謝而去 此與史記鼈策傳所言相同 詩
曰 炮鼈膾鯉 孟子曰 魚鼈不可勝食 則古人盖皆食之 然不宜嗜也(『芝
峯類說』권20 鱗介)

---

5)『三國史記』권28 百濟 6 義慈王 20年.
6)『三國史記』권3 新羅 3 昭智王 10年.
7) 於是 魚鼈浮出成橋 朱蒙得渡(『三國史記』권13 高句麗始祖東明聖王).

와 같은 기록을 보아도, 구갑류의 신물적인 상태를 잘 이야기해 주고 있
으며, 함부로 잡아먹을 것이 못된다는 것을 세상 사람들에게 경고해주
고 있다 하겠다.

『송와잡설(松窩雜說)』에는 잉어를 삶아 먹은 빌미를 기록하고, 구갑
류(물론 자라에 국한시키어 말하고 있지만)를 잡아먹은 빌미도 기록하고 있
으니, 곧,

　　　安相公塘 平生好食鼈 有時求諸三江之漁夫 亦有聞公之所嗜而來獻
　　公之未發禍之前 有小鼈如銅錢 於廡下抹樓及內外庭中 散行無數 不
　　能盡除 置甕於庭中 拾而投之 滿則負甕放之於江 纔及周年 公之子處
　　謙被誣而誅 公亦緣坐而死 禍之生非由鼈 而是亦鼈妖也 其家在昭格
　　洞 武科李承宗所居 而壬辰之亂 爲倭奴所焚(『松窩雜說』)

과 같은 것이 그것이다. 이밖에도 『견첩록(見睫錄)』에는 자라를 죽인 빌
미를 기록하고 있으니, 구갑류를 잘못 건드린 후환이 얼마나 무서운가
를 일러주고 있다.8)

경주부윤(慶州府尹) 조현범(趙賢範)은 평소에 자라를 혹기(惑嗜)하였
던 바인데, 꿈으로 인하여 그 신이성을 알아내고는 다시 자라를 먹지 않
았다고 한다.9)

이처럼 거북·자라 등의 귀갑류 동물은 널리 고대 원시인들에게 신물
로 인정되어 왔다.

3. 귀갑류의 보은설화와 <숙향전>의 보은설화

위에 예시한 '(1) 시혜'의 난에서, 우리는 김전이 왜 거북을 살려주었

---

8)『見睫錄』권6 報應
9)『松窩雜說』「武科趙賢範」

는가를 얼른 짐작할 수 있다. 김전은, 그 거북에게서 어부들이 미처 알
지 못하는, '천(天)'자와 '왕(王)'자가 있는 사실을 발견한 데서 오는 경외
감과 거북이 눈물을 홀리는 형상을 본 데서 오는 연민에서인 것이다.

거북에 '천'자나 '왕'자가 있는 것은, 거북의 신이성에서 밝힌 '귀배문
(龜背文)'과 신이한 거북 설화와 같은 계열로 보아야 하겠다. 거북의 껍
데기를 이상하고 신묘하게 느낀 고대인들이 당연히 생각할 수 있는 것
의 하나이다. 이처럼 거북은 태초로부터 문자와 관련을 가지고 나타났
던 것이다. 그리고 거북이 눈물을 홀리는 형상이라든가 뒤를 자주 돌아
보는 형상은, 더욱 신물다운 면모를 강하게 해준다 하겠다. 거북은 아니
지만 그와 동계(同系)인 자라가 눈물을 홀리며 구원을 바라는 장면은『
견첩록(見睫錄)』에 잘 묘사되어 있고,10) 뒤를 돌아보는 장면은『수신기
(搜神記)』권 20에 나오는 공유(孔愉)의 좌고인(左顧印)(아래 인용) 따위
에서 볼 수 있다.

거북(혹은 자라)의 보은하는 방법은, 대체로 두 가지로 나눌 수 있다.
하나는 그를 구해 준 이나 그 자손의 생명을 구해 주는 것이요, 다른 하
나는 그에게 은혜를 베푼 이나 그 자손을 영달·출세시켜 주는 것이다.

〈숙향전〉에서 본다면, 확실히 당대 보은형에서건, 후대 보은형에서건
생명을 살려 주어 은혜를 갚을 따름이지, 결코 영달·출세시켜서 은혜
를 갚는다는 표현은 없다. 우선 거북류의 보은설화를 하나하나 예시하
면서 〈숙향전〉의 보은설화를 논하여 보겠다.

孔愉字敬康 會稽山陰人 元帝時 以討華軼功封侯 愉少後嘗經行余不
亭 見籠龜于路者 愉買之 放於余不溪中 龜中流左顧者數過 及後以功
侯余不亭侯 鑄印而龜鈕左顧 三鑄如初 印工以聞 愉乃悟其爲龜之報
道 取佩焉 累遷尙書左僕射 贈車騎將軍(『搜神記』권 20)

10)『見睫錄』권6 報應

과 같은 고대 중국의 기록과

> 近世通海縣 有巨物如龜 乘潮入浦 潮落而不得去 民將屠之 縣令朴
> 世通禁之 作大索兩舟曳放海中 夢老父拜於前曰 吾兒遊不擇日 幾不
> 免鼎鑊 公幸活之 陰德大矣 公與子孫必三世爲宰相 世通及子洪茂俱
> 登宥密 孫瑊以上將軍致仕 軮軥作詩曰 龜乎龜乎莫耽睡 三世宰相虛
> 語耳 是夕龜夢之曰 君溺於酒色 自減其福 非予敢忘德也 然將有一喜
> 姑需焉 數日果落致仕爲僕射(『櫟翁稗說』前集 2)

와 같은 고려 이제현(李齊賢)의 기록은, 거북류의 보은설화임에는 틀림
없으나, 구해 준 이의 생명을 살려 준다는 이야기는 없고 출세시키는 이
야기로 일변도하므로, 이에 이 이상의 거론은 하지 않는다.

그러면 김현룡 님이 고구한 바 있는[11] 〈숙향전〉의 보은형과 비슷하
다고 생각되는 설화를 인용해 보기로 한다.

> 江西軍吏宋氏 嘗市木至星子 見水湄人物喧集 乃漁人得一大黿 黿見
> 宋屢顧 宋卽以錢一千購之 放於江中 後數年 泊船龍沙 忽有一僕夫至
> 云 元長史奉召 宋恍然不知何長史也 卽住 欻至一府 官出迎 與生曰
> 君尙相識耶 宋思之 實未嘗識 又曰 君亦記星子江中放黿也 曰然 身卽
> 黿也 頃嘗有罪 帝命適爲水族 見囚於漁人 微君之惠 已骨朽矣 今已得
> 爲九江長 相召者 有以奉報 君兒某者 命當溺死 名籍在是 後數日 鳴
> 山神將朝廬山使者 行必以疾風雨 君兒當以此時死今有一人 名姓正同
> 亦當溺死 當先期歲月閑耳 吾取以代之 君兒宜速登岸避匿不然不免
> 宋陳謝而出 不覺已在舟次矣 數日果有風濤之害 死甚衆 宋氏之子竟
> 免(『太平廣記』권 471 「宋氏」)

이는 자라가 수부(水府)로 인도하여 그 아들의 익사수(溺死數)에서 살

---

11) 김현룡, 「『太平廣記』에 나타난 神仙攷」, 『국어국문학』 52호, 1971, 40~42쪽 참조.

아날 방법을 이야기해 주어 아들의 생명을 구해 준다는 뜻이니, 자식에 대한 보은문제와 결부시키고, 생명을 구하여 은혜를 갚는다는 의미에서는 〈숙향전〉의 보은설화의 줄거리와 어느 정도 일치된다고 보아 무방하리라.

좀 더 비근한 예를 들어 보자.

> 寶在武昌 軍人有於市買得一白龜 長四五寸 養之漸大 放諸江中 邾城之敗 養龜人被鎧持刀 自投於水中 如覺墮一石上 觀之 乃先所養白龜 長五六尺 送至東岸 遂得免焉(『晋書』권 81 「毛寶傳」)

이것을 잘 검토해 보면, 이상에 인용된 〈숙향전〉의 '(1) 시혜'~'(2) 당대 보은형'과 너무나 유사함을 알 수 있다.

일례를 더 들어 보겠다.

> 李韺者 武人也 嘗守寶城郡 得大鱉放之海 後涉大津舟敗 覺水中有一物 以足履之 得免沈溺 近岸見之 乃巨鱉也 後官至通政節度使(『芝峯類說』권 20 鱗介)

이것도 뒷날 벼슬을 했다는 기록만 빼면 〈숙향전〉 전반부의 보은설화와 유사함을 알 수 있다.

그렇다면 〈숙향전〉의 보은설화와 가장 유사한 설화는, 『진서(晋書)』 「모보전(毛寶傳)」의 '흰 거북'의 기록과 『지봉유설(芝峯類說)』 「인개(鱗介)」조의 '자라'의 기록이라 하겠다.

필자는, 이와 같은 설화가 〈숙향전〉이 엮어질 당시에 우리나라에 널리 퍼져, 거의 토속화·신앙화된 것으로 생각된다.

① 『수신기』→『역옹패설』(영달 · 출세시키는 보은)
② 『진서』→(『태평광기』)→『지봉유설』(생명을 구하는 보은)

이처럼 이런 유의 설화에 있어서, 그 최초의 기록은 중국의 고문헌에 보이고 있다. 고려중엽 이후로는 중국의 기서(奇書) · 벽서(僻書)의 독파[12]가 문인들 사이에 나돌고 있었으니, 그런 문헌으로 인한 영향이 막중한 것이라, 그 이후로부터 이런 유의 보은설화가 우리나라에 널리 유포되어 토속신앙으로 굳어져버리다시피 된 것이라고 믿는다.

〈숙향전〉의 보은설화는, 분명히 이 토속신앙화된 구전설화의 문자화임에 틀림없다. 나아가 〈숙향전〉은 모두 그 당시에 광포된 민간설화의 소설화라 해도 크게 틀림은 없으리라.

구태여, 문헌을 통하여, 〈숙향전〉 보은설화의 근원을 밝히라면 가까이는 『지봉유설』의 설화를, 멀리는 『진서』의 설화를 들 것이다.

용녀가 거북으로 현신(現身)하여 은혜를 갚는 당대의 보은형은 이상과 같이 대체적으로 밝혀졌다고 생각한다.

Ⅲ. 〈숙향전〉에 나타난 용의 보은설화

1. 용의 신이성

다음으로 〈숙향전〉에 나타난 거북의 보은설화를 용의 보은설화라는 입장에서 다루어보기로 한다.

이에 앞서, 필자는 용의 정체 및 그 신이성을 찾아보지 않으면 안 되

---

12) 李奎報가 『白雲小說』에서 '余自九齡 始知讀書 至今手不釋卷 自詩書六經 諸子百家史筆之文 至於幽經僻典焚書道家之說 雖不得窮源探奧 鉤索深隱 亦莫不涉獵游泳 採英撫華 以爲騁詞摛藻之具'라 한 것을 보면, 이 당시에 중국의 奇書 · 僻書가 많이 전파되어 있었음을 짐작할 수 있으며, 이들의 독파는 또 李奎報 일인에 국한할 게 아니라 모든 문인들 간에 유행된 것으로 보아야 하리라.

겠다고 생각한다.

용에 대한 기록은, 우선 『상서(尙書)』에서 찾아 볼 수 있으니,

河圖 伏羲時 龍馬負圖 出於河 一六位北 二七位南 三八位東 五十
居中者 易大傳 所謂 河出圖 是也(『書傳』「顧命」注)

라 한 것이 그것이다. 또,

易曰 河出圖 洛出書 然則聖人之受命也 必因積德累業 豐功厚利 誠
著天地 澤被生人 萬物之所歸往 神明之所福響 則有天命之應 蓋龜龍
銜負出河洛 以紀易代之徵 ……(『隋書』「經籍志」)

라는 기록도 있다.

이와 같이, 복희씨(伏羲氏) 당시에 벌서 신마(神馬)·신구(神龜)와 함
께 용이 출현되었다는 것을 기록하고 있어서, 우선 그 상징적인 신이성
을 보여주고 있다. 이후로, 용은 인간에게 한없이 상서로운 동물로 믿어
져 왔다.

용이란 무엇일까? 수신(水神)[=河伯]이라고도 하겠으나, 문헌상의 모
든 기록을 종합해 볼 것 같으면 신적인 면과 아울러 인간적인 면이 매
우 짙게 나타남을 알 수 있다. 용은, 활동·능력으로 보아선 신적인 것
에, 희노애락을 느끼는 정감으로 보아선 인간적인 것에 속한다고 보아
야 하리라. '용녀청법(龍女聽法)'[13]은, 아직 신으로서의 자격에는 이르지
못하고, 불문(佛門)에 귀를 기울여 수양단계에 있는 인간의 면이 넘치고
있음을 너무나 잘 증명해 주고 있다 하겠다.

『여람(呂覽)』「소류(召類)(注)」에는 용은 수물(水物)이라 하고, 『설문
(說文)』에는, '龍 鱗蟲之長 能幽能明 能細能巨 能短能長 春分而登天

---

13) 『東國輿地勝覽』 卷45 高城山川「佛頂岩」

秋分而潛淵'이라 하여 용의 정체, 능력, 출입 등을 말하고 있다. 인도에
서는 용이 신불보호자(神佛保護者)로 등장하는 것인바, 이것이 중국의
용과는 그 성격을 달리하는 점이라 하겠다.

용은 인간에 실재하는 동물이 아니라 상상적 동물에 불과하다. 그러
면서도 용에 대한 신앙은 실로 무시하지 못하리만큼 민간에 널리 유포
되어 있다.

용에 대한 전설은, 우리나라 어느 곳에 가나 쉽게 발견할 수 있다. 지
명만 해도 그렇다. '용'자가 붙은 지명이 얼마나 많은가?

또 성명에도 '용'자를 많이 쓰고 있으니, 이것으로 미루어 보더라도
용에 대한 신앙의 정도를 능히 짐작하고도 남음이 있다.

용은 수물(水物)인지라, 그의 세계는 물이다. 크게는 대해(大海)요, 작
게는 강이나 내 또는 연못을 중심으로, 그들의 활동무대는 물이다. 동서
남북 사해에는 각각 용왕이 있고, 그 밑에 크고 작은 물에는 군용(群龍)
이 다 있다.

정(井)·지(池)·소(沼)·담(潭)·천(川)·택(澤)·연(淵)·강(江)·진
(津)·하(河)·해(海) 등, 물 있는 곳에는 어디에나 용이 존재할 수 있다.[14]

용은 물에 살아 물을 다스린다. 조그만 물에 사는 용은 그 조그만 물
의 세계를 다스리고 큰 물에 사는 용은 그 큰 물의 세계를 다스린다. 그
러면서 이따금 지상에 출현하여 하늘과 땅을 자유로이 날아 오르내린다.

二龍見於金城井中 暴雷雨 震城南門(『三國史記』권1 羅紀1 赫居世 60年)

---

14) 龍見楊山井(三史, 法興 3年)·龍居牛井大井(勝覽, 平壤山川)·龍見金城井(三史,
赫居 60·儒理 33·炤智 32年)·龍見宮城東池(三史, 沾解 7年)·資莊潭有龍(勝
覽, 富寧山川)·淵中有龍(世宗地理, 殷栗縣高淵)·南江有龍(勝覽, 固城山川)·黑
龍見漢江(三史, 毘有 29年)·有赤龍見於津中(世宗地理 梁山伽倻津衍淵)·海龍之
誘(三 遺, 元曉不羈) 이외 많음.

龍見金城井 有頃暴雨自西北來(『三國史記』 권1 羅紀1 儒理33年)
暴風拔木 龍見金城井 京都黃霧四塞(『三國史記』 권3 羅紀3 炤智32年)
王都井水溢 黑龍見其中(『三國史記』 권24 濟紀2 比流13年)
黑龍見漢江 須臾雲霧晦冥飛去(『三國史記』 권25 濟紀3 毗有29年)
俗云 常有龍乘雲氣出入 遇旱禱雨 輒有應(『東國輿地勝覽』 권17 公州山
川「潛淵」)
黑龍現而騰空 其日始大雨(『東國輿地勝覽』 권43 延安山川「臥龍池」)
於是 大王遊開雲浦 王將還駕 晝歇於汀邊 忽雲霧冥曀 迷失道路 怪問左
右 日官奏云 此東海龍所變也(『三國遺事』 권2 紀異 제2「處容郞」)

와 같은 기록을 보면 용이 출현할 때에는 반드시 큰 변화를 나타냄을
알 수 있다. 비바람이 인다든가 구름과 안개가 자욱하게 낀다든가 물이
넘친다든가 하는 변화가 일어난다.

용은 풍우나 구름을 타고 그의 세계를 드나든다. 동시에 용은 변신의
힘을 가졌으며(후술), 비를 내려주는 일을 맡았는가 하면 인간세계에 가
끔 출현하여 앞일의 조짐을 미리 알려 주기도 한다.

이상, 대체적으로 용에 대한 정체를 더듬어 보았다. 다만, 용의 변신,
용이 가진 소유물의 일부는 보류하였다. 왜냐하면 이들은 모두 〈숙향
전〉의 보은설화에서 다루어지므로 중복을 피하기 위해서이다.

그러면 이제 이 두 가지 문제를 중심으로 본 〈숙향전〉의 보은설화에
나타나는 용의 모습과 그 보은활동을 더듬어 보겠다.

2. 용의 변신

〈숙향전〉의 보은설화에서 제1단계로 나타나는 것이 거북이다. 은혜
를 입는 사람은 그 은혜를 입기에 앞서, 거북의 생명을 살려 준 은혜를
베푼 것이다.

여기에 있어서의 거북은, 위에서 지적한 바와 같이 거북 그 자체가 아

니요 용인 것이다. 용의 변형이요 변신인 것이다. 그것은 후대보은형의

> 숙향이 물속의 잠기지 아니ㅎ고 거믄 판ᄌᆞ 갓튼 것실 타고 셧시되 물세
> 급ㅎ여 드러가 구치 못ᄒᆞᆯ너라 잇쩌 엇던 게집아ᄒᆡ 둘리 연엽쥬를 타고 빗비
> 져어 와 이르되 "용녀난 우리 부인(숙향)을 모시고 비예 오르쇼셔" 그 판ᄌᆞ
> 갓튼 것시 문득 변ᄒᆞ여 고운 게집이 되여 숙향을 안고 ……(梨大印本)

라는 문장에서 곧 알아낼 수 있다. 곧 김전(金銓)에게 구함을 입고 김전
과 그 딸 숙향에게 은혜를 갚은 거북은 용녀이다.

인용문의 '판자같은 것'은 물론 거북(<숙향전>』에 있어서의 용의 제1
변형)이다. 이에 이르러, 우리는 용이란 거북으로, 미녀(<숙향전>에 있
어서의 용의 제2변형)로 그 몸을 자유자재로 변화할 수 있는 능력을 가
졌다는 것을 알았다.

① 용→거북(검은 판자 같은 것)
② 용→선녀(용녀)→사람(여성)

<숙향전>에 나타난 용의 변형은 이와 같이 구분해 볼 수 있다.
그런데, 용의 변형은 매우 다각도로 나타나고 있음을 알 수 있나니,

> 居陁愁立島嶼 忽有老人 從池而出 謂曰 我是西海若 每一沙彌 日出
> 之時 從天而降 誦陁羅尼 三繞此池 我之夫婦子孫皆浮水上 沙彌取吾
> 子孫肝食之盡矣 唯存吾夫婦與一女爾 來朝又必來 請君射之 居陁曰
> 弓矢之事吾所長也 聞命矣 老人謝之而沒 居陁隱伏而待 明日扶桑旣
> 暾 沙彌果來 誦呪如前 欲取老龍肝 時居陁射之中 沙彌卽變老狐 墜地
> 而斃 於是 老人出而謝曰 受公之賜 全我性命 請以女子妻之 居陁曰
> 見賜不遺 固所願也 老人以其女變化一枝花 納之懷中 仍命二龍捧居
> 陁知及使舡 仍護其舡入於唐境 唐人見新羅舡有二龍負之 具事上聞
> 帝曰 新羅之使必非常人 賜宴坐於群臣之上 厚以金帛遺之 旣還國 居

陋出花枝 變女同居焉(『三國遺事』 권2「居陋知」)

과 같은 거타지설화(居陋知說話)에서, 노인 및 화지(花枝)로 탈바꿈한 것
따위가 그 일종이라 하겠다.

고소설 가운데에서도 〈심청전〉에서 꽃으로, 〈금방울전〉에서 사람으
로 변형되어 나타나기도 한 것이다.[15]

용의 변형에 관한 것은, 널리 민간에 설화로서 전해지고 있는 것을
소설에 이입하고 있음이 짐작된다. 〈숙향전〉의 용도 분명히 이러한 설
화의 변형 기준에 따라, 어떤 때는 거북으로, 어떤 때는 선녀나 사람으
로 그 모양을 바꾼 것이다.

용은 인간과 교환(交驩)하되, 그 본체로서 인간에 나타나지 아니하는
것이 보통이다. 가끔 용꿈[龍夢]을 꾸었다든가 그 본체가 인간의 눈에 띄
었다는 기록과 이야기는 전하지만….

〈숙향전〉의 용은, 거북의 몸으로 인간에 나왔다가 인간의 손에 붙잡
히고, 또 인간에 의하여 구원되었으며, 거북의 몸으로 인간에게 은혜를
갚았고 여인(=미인, 선녀 또는 용녀)의 몸으로 대화를 나눈 것이다.

용은, 또 인간에게 은혜를 갚되, 그 본체를 드러내지 아니하고 그 변
형으로 나타나서 은혜를 갚는다. 그것은 〈금방울전〉에 나타나는 '용의

---

15) ① 심청은 전생 초간왕의 귀녀라 한 것으로 보아 선녀임에 틀림없으나, 그가 놀던
  세계는 왕궁이므로 본고에서는 심청을 용의 자격으로 보고자 한다. 따라서, 심청이
  변한 꽃은 바로 용의 化身으로 보는 바이다.
  "'동해용궁'이라 하였더라 … 선녀왈, 부인이 인간에서는 때를 못만나 곤궁하시나,
  우리 수부에서는 극히 귀하신 몸이오 이 덩이 또한 전일 타시던 것이라 …"
  ② "문득 풍우 일어나며 홍의동자 앞에 와 급히 빌어 왈, 소자의 명이 경각에 있으
  니 부인은 구하소서 부인이 대경 왈, 선동의 급한 일은 무삼 일고 우리 어찌 구하라
  하느뇨. 동자 발을 구르며 왈, 소자는 동해용왕의 제삼자 남해왕이옵더니 부부
  친영하여 오다가 동해호상에서 요괴를 만나 용녀를 앗아 가려 하매 …"를 보면 용
  이 인간[仙童]으로 변형한 것을 알 수 있다.

보은설화'만 보아도 알 수 있다.[16]

뿐만 아니라, 『삼국유사』의 망해사(望海寺) 이야기에 나오는 용도 인신(人身)으로 변형되어 나타난 것이라 해야겠다.[17]

이들 용의 변형보은설화(變形報恩說話)는 한결같이 <숙향전>에 나타난 용의 변형보은설화와 그 계열을 같이 한다. 따라서, <숙향전>의 보은설화는, 일찍이 우리나라에 정착된 용의 변형보은설화 바로 그것이라 하겠다.

그러면, 대체 어떠한 것들이 용이 되었을까? 곧, 용의 전신(前身)은 무엇일까?

우선 중국의 문헌에서 생각나는 것만으로 찾아보자. 『청이록(淸異錄)』에는

鯉魚多是龍化 額上有眞書王字者 名王字鯉(『淸異錄』魚)

라 하고, 『속선전(續仙傳)』에서는

孫思邈嘗救一靑蛇 龍子也 後爲龍王召 至水府 得龍宮方三千(藥)(『續仙傳』)

이라 한 기록이 보인다.

우리나라의 경우도 중국의 입장과 거의 같으나, 용의 전신(前身)은 뱀이라는 것이 절대 다수요, 간혹 잉어라든가 물고기·사람·별 따위도 가끔 곁들인다.

---

16) "구름속으로서 쌍룡이 나려와 흰 갑을 벗고 변ᄒᆞ여 션비되여 압히 나와 이르시되 ᄌᆞ식의 급흔 거슬 구ᄒᆞ시니 은혜난망이라" 이렇게 용이 사람으로 변형하여, 자식(해룡)을 점지하는 것으로 보은한다.

17) 『三國遺事』 권2 「處容郎望海寺」

金富軾云 文武王薨 群臣以遺命葬東海口大石上 俗傳 王化爲龍 仍
指其石爲大王石(『世宗實錄』 권50 慶州「利見臺」)

『三國史記』(文武王) 및 『東國輿地勝覽』(慶州感恩寺)에도 이에 대한
기록이 나온다.

星化爲龍(『高麗史』 권41 世家4 顯宗1年)

이는, 사람 또는 별이 용이 된다는 것이다.

이러한 것들에서 된 용은 또 그 탈을 원래의 모습으로 복귀시키기도
했으리라.

그렇다면, 용의 전신인 것들, 또는 용이 그 탈을 바꾼 변형체의 보은
조차 용의 보은으로 볼 수밖에 없겠다. 꽃·별·암석 따위는 때때로 용
의 변형으로 나오지 않는 바 아니나 보은설화와는 거리가 있으므로 그
대상이 될 수 없으며, 꿩·사슴·개 따위의 조류(鳥類)·수류(獸類)로는
용의 변형의 입장에서 다룰 뚜렷한 근거가 없을 뿐 아니라 그 성격상
공통성이 희박하므로 용성(龍性)의 보은설화에서 응당 제외되어야 하겠
다.

다만, 용성과 공통점이 크고, 용이 쉽게 변형한 잉어·물고기·거
북·자라 등의 용성동물(龍性動物)인 수족(水族)과 물세계를 자유로이
왕래하는 선녀·용녀의 입장에 선 인간(=여인), 그리고 뱀이 그 대상이
될 것이다.

이들의 보은은 곧 용의 보은이요, 이들의 세계는 곧 용의 세계이다.

거북이며, 잉어며, 선녀는 모두 용의 변형이요, 설화상의 넓은 의미에
서는 용이다.

어떤 사람이 잉어를 기르거나 살려 주었다면 잉어 그 자체도 되겠지
만, 용을 기르고 살려 준 것이나 다름없다.

禮安有一鄕吏姓崔 爲使命支候之吏 將具盤羞 得一巨鯉 長髥赤目
將甚殊異 淚瀉兩目如人雪涕 吏甚憐之 不供之廚 親放于湖 鯉盤旋三
顧而去 其夜夢一丈夫 闔門而告之曰 我湖南之鯉也 感君活我之恩 今
日當入娠 爲君之子 言訖不見 驚覺而異之 謂其妻曰 吾之放鯉 寔憐巨
物之無罪 就死也 非爲報恩也 吾夢甚異 鯉靈物也 安知不有神佑 是夜
果有娠于妻 乃得生男 名澈湖 旣長鬢長至臍 形貌魁偉 言語辯給 終屈
起草野捷武科 從征北胡有大功 官至頂玉 年過八十而終(『於于野譚』)

같은 것은, 잉어의 보은이자 용의 보은이라 보아 무방하리라. 왜냐하면,
잉어는 용의 전신인 동시에 용의 변형이기 때문이다.

보은의 형태와 방법은 〈숙향전〉과 판이하지만 다같이 용신(龍神)의
보은이라는 점에서는 공통성이 큰 것이다.

그런데, 여기에서 간과할 수 없는 것은 변형사상(變形思想)이 아닐 수
없다. 이 변형에 대한 것은, 비단 용에 국한되는 것이 아니고, 인간계의
모든 생명체에는 다 해당된다고 보아진다.

여우가 사람으로 둔갑한다는 이야기는, 우리 주위에 가장 널리 퍼져
있다. 중국 고대의 '구미호의 이야기'는 너무나 유명하다.

가까이, 우리 고소설에서 찾더라도, 이런 둔갑법에서 나오는 변형설
화가 상당히 많다. 한 예를 들면, 〈이화전(李華傳)〉에서 요괴가 소녀로
변하고 동시에 중국 천자의 황비를 죽이고 그 탈을 쓴 기록이 있다.[18]

고대설화 중에도 〈동명왕편(東明王篇)〉의

君是上帝胤 神變請可試 漣漪碧波中 河伯化作鯉 王尋變爲獺 立捕
不待趾 又復生兩翼 翩然化爲雉 王又化神鷹 搏擊何大鷙 彼爲鹿而走
我爲豺而趨 河伯知有神 置酒相燕喜(『東國李相國集』 卷3 古律詩 〈東
明王篇〉)

---

18) 金起東, 『李朝時代小說論』, 이우출판사, 110쪽, 〈李華傳〉.

와 같은 것을 비롯하여 「가락국기」의 변형술[19]과 「노옹화구(老翁化狗)」
의 변형술[20] 따위가 나타나고 있다.

그러나, 무엇보다도 〈숙향전〉의 변형보은설화와 대비할 만한 성질의
것은 동해용왕의 아들인 처용의 변형설화인 것이다. 처용은 용이 화하
여 사람이 된 것이다.[21]

이로 미루어 보건대, 이물이나 요물(妖物)은 사람으로 화할 수 있으
며, 사람은 동물이나 기타 이물로 화할 수 있다는 설화는, 상대로부터
있어 왔음을 알 수 있다. 결국, 이 모든 사람과 이물의 변형은 용의 변
형과 그 계열을 같이 함은 물론이다.

〈숙향전〉에 있어서는, 용이 다른 이물로 화하여(변형하여) 세상에 나
타나고, 또 보은을 하기도 하였음은 위에서도 지적하였거니와 이 화하
여 변형하는 설화는 재래 용[異物] 변형설화사상의 이입으로 생각되는
바이다.

3. 보은주(報恩珠)의 사상

다음으로, 〈숙향전〉에 나타나는 이물보은설화에 크게 부각되는 것은
보은주에 대한 비중이 아닐 수 없다.

　　문득 무지기난 업고 다맛 제비알만흔 구실 두 기 노허시되 빗치 찰란
　　흐고 은은니 글즈 씨여시니 흐나은 목숨슈쯧요 흐나은 복복쯧어날(〈숙향
　　전〉 上 梨大本韓國古代小說叢書1)

---

19) 『三國遺事』권2 紀異제2「駕洛國記」俄頃之間 解化爲鷹 王化爲鷲 又解化爲雀
　　王化爲鸇 于此際也 寸陰未移 解返本身 王亦復然
20) 『大東韻府羣玉』권12 張42 新羅時 有一老翁 到金庾信門外 庾信携手入家 設筵
　　庾信謂翁曰 變化若舊耶 翁變爲虎 或化爲雞 或爲鷹 終變爲家中狗子而出(殊異傳)
21) 『三國遺事』권2「處容郎望海寺」

　〈숙향전〉의 이 구슬은, 거북[龍]이 그 생명을 건져 준 사람[金銓]에게
준 보은주인 것이다.
　〈숙향전〉에 있어서, 보은하는 이물은, 용이라 하였다. 따라서, 지금
논술하는 보은주는 용[龍王]의 것이다.

　　홍모관더혼 관원이 나와 이르되 너 엇더혼 스람이건디 용궁보비를 도젹
　혀여 가지고 어디를 가난다 …… 나는 이 물 직킨 남히 용왕이러니 슝셔 누
　지의 지닐 줄 엇지 알니요 젹격의 니 누우 부왕게 득죄ᄒ여 반하 물가의 잣
　다가 어부으게 줍펴 죽기 되여습더니 김슝셔 구ᄒ여 술여시민 은혜 갑플 길
　업ᄉ와 져 구실혼 슝을 디려습더니 져 구실은 극혼 보비라 슈부 다 아옵더
　니 오날 히관니 슌힝ᄒ옵다가 보니 비 가온디 보비 긔운이 ᄒ날의 디엿다
　ᄒ거날 가 보라 ᄒ여더니…(〈숙향전〉 下)

　이와 같이, 김전의 사위요, 숙향의 낭군인 이선이 봉래산 가는 도중에
서 말한 것만 보아도 알 수 있다.
　용에 있어서, 여의주는 생명과 다름이 없다. 그러므로, 용은 그 생명
을 건져 준 이를 위하여 그 생명처럼 아끼는 여의주를 내주어서 은혜를
갚은 것이다.
　보은 구슬의 이야기는, 저 『수신기』에 나오는 뱀의 '명월주(明月珠)'에
서 유래한다.

　　搜神記 隋侯見大蛇被傷 而治之 後蛇銜珠以報 其珠徑寸純白 夜有
　明如月之照 一名隋侯珠 一名明月珠(『淵鑑類函』)

　뱀이 용속(龍屬)임은 위에서도 지적하였거니와 여기에 나오는 뱀의
'명월주'는 분명히 용의 '명월주' 바로 그것이다.

　　明日廣利 特設一宴 以謝善文 宴罷以玻瓈盤 靑玉盤也 盛照夜之珠

十 搜神記云隋侯見大蛇之傷 救活之後 蛇含珠報之 光照百里也 通天之屛
二 格物志云 角中有二脈 氣直貫上下者 謂之通天屛 照之雞則 雞爲之恐退
爲潤筆之資(『剪燈新話』「水宮慶會錄」)

라고 한 구우(瞿佑)의 기록을 보면 그것이 곧바로 증명된다.

또 용이 구슬을 가진다는 것은 『장자(莊子)』 및 『술이기(述異記)』에서
볼 수 있다.

夫千金之珠 必在九重之淵 而驪龍頷下 子能得珠者 必遭其睡也 使
驪龍而寤之 子尙奚微之有哉(『莊子』「列禦寇」)
龍珠 龍所吐者(『述異記』)

이는, 중국의 예이겠지만 우리나라에 있어서도

○ 酉陽雜俎曰 龍頭上有一物 如博山形 名尺木 龍無尺木 不能昇天
按孫策曰 龍欲騰翥 先階尺木 是也 尺木 疑卽俗所謂如意珠也(『芝峯
類說』 권20 鱗介)
○ 하루는 이 정승의 꿈에 청룡이 오색 구름을 타고 여의주를 희롱하다가
(〈옥단춘전〉)
○ 龍獻如意珠(『三國遺事』 권3 洛山二大聖 觀音正趣 「調信」)

등의 기록이 있어, 용은 여의주와 불가분리의 관계에 놓여 있음을 알 수
있다.

또한 풍수지리사상에도

諺傳 術士藝邦 啓于太祖曰 三國中心 五龍爭珠之勢 若置大官則 百
濟自降 太祖乃登山周覽 始置天安府(『世宗實錄』 권149 地理志 忠淸
道天安府)

라 하여, 용이 여의주(如意珠)를 다투는 모양을 표시하고 있다.

그런데, 용속(龍屬)의 동물은, 모두 그 몸에 구슬을 지니고 있음을 알
수 있다.

> 龍珠在頷 蛟珠在皮 蛇珠在口 鱉珠在足 魚珠在目 蚌珠在腹(『黃眉
> 故事』 권8「珠」)

따위의 기록에서 볼 수 있다.

용은 여의주가 없으면 용의 구실을 하지 못한다. 『지봉유설』에서 보
듯이, 용은 여의주가 있어야 하늘을 날 수 있다.

또, 용은 여의주 이외에도 진주와 같은 보배를 가지고 있는 것이다.

> 直撫夷堡之東 有大澤通于海 俗傳 有龍産眞珠(『東國輿地勝覽』 권
> 50 慶興山川「眞珠池」)

이제 <숙향전>의 수(壽)·복(福) 두 구슬의 경우에 돌아와 생각건대,
이것은 분명히 이 진주와 같은 구슬일 것이다.

<숙향전>의 보은주는, 용속(龍屬)이 진귀한 구슬을 가진다는 데서 나
온 것이다. 다시 말하면 용속의 보물소유설화에서, 우리나라 구슬 보은
설화가 탄생된 것이요, 나아가 <숙향전>의 구슬 보은 설화가 성립된 것
이다.

김시습의 『금오신화』 중에 나오는 「용궁부연록(龍宮赴宴錄)」의

> 生曰 欲還 使者曰 唯 生將還 其門戶重重 迷不知其所之 命使者而先
> 導焉 生到本座 致謝於王曰 厚蒙恩榮周覽佳境 再拜而別 於是 神王以
> 珊瑚盤 盛明珠二顆 氷絹二匹爲贐行之資 拜別門外 三神同時拜辭(『金
> 鰲新話』 下 張23「龍宮赴宴錄」)

에서 보는 바와 같이, 용왕이 받은 주옥(珠玉) 두 개로 한생(韓生)에게 보답한 것은, 종래 민간에 유포된 설화와 〈숙향전〉의 구슬 보은 설화의 중간적 존재가 된다 하겠다.

또한 용이 구슬을 비롯한 그 이외의 많은 보물을 가졌다는 것은 여러 문헌 속에서 산견된다.

> 生謂曰 願觀儀仗 使者引至一處 有一物如圓鏡 曄曄有光 眩目不可諦視 生曰 此何物也 曰電母之鏡 又有鼓大小相稱 生欲擊之 使者止之曰 若一擊則百物皆震 卽雷公之鼓也 又有一物如橐籥 生欲搖之 使者復止之曰 若一搖則山石盡崩大木斯拔 卽哨風之橐也 又有一物如拂篲而水瓮在邊 生欲洒之 使者又止之曰 若一洒洪水滂沱 懷山襄陵 生曰 然則何乃不置噓雲之器 曰雲則神王神力所化 非機括可做 生又曰 雷公電母風伯雨師何在 曰天帝囚於幽處 使不得遊 王出則斯集矣 其餘器具不能盡識(『金鰲新話』下 張22~23「龍宮赴宴錄」明治十七年版)

에서 보는 '전모(電母)의 거울'·'뇌공(雷公)의 북'·'초풍(哨風)의 화살통'·'비를 오게 하는 빗자루' 따위를 위시하여

> 玉笛 長尺有九寸 其聲淸亮 俗云 東海龍所獻 歷代傳寶之(『東國輿地勝覽』권21 慶州古蹟)

에서 보는 옥저, 또 작제건설화(作帝建說話)(『高麗史』世系 張6)에서 보는 칠보(七寶)·은우(銀盂) 등 이루 열거할 수 없으리만큼 많다.

앞서, 용의 신이성에서 용의 능력과 활동의 비상함을 살폈고, 이제, 용에게는 진귀·막중한 보물의 소유자임을 알아내었다.

〈숙향전〉의 보은주[鷄卵珠]는, 용이 이처럼 진귀한 보물소유자란 점에서 유추·출현된 설화임에 틀림없다. 용성(龍性)이 신비한지라, 용의 구슬도 숱한 신비력을 소유하지 않을 수 없다.

<숙향전>의 보은주는 크게 3단계에 걸쳐 그 신비한 위력을 나타낸 것이다.

첫째, 김전이 장희의 딸과 결혼할 때 신물(信物)로 준 일.

> 김전이 반하에서 얻는 진주로써 빙폐하매 … 빙폐하는 진주를 보니 이는 천금으로도 바꾸지 못할 보배라 장인으로 꾸며 지환을 만드니 광채 황홀하여 바로 보지 못할라(<숙향전> 上)

하였으니, 수(壽)·복(福) 이 두 구슬은, 그 '복(福)'의 위력을 나타낸 것이라 하겠으며, 둘째, 김전의 사위 이선의 생명을 구한 일. 이는 위에서 예를 든 바이거니와, 남대해상의 괴물에 의하여 죽을 고비를 넘기다가 남해룡왕의 구원을 입었으니 '수(壽)'의 위력을 나타낸 것이라 하겠으며, 셋째, 죽은 황태후를 소생시킨 일. 시체 위에 얹어서 상한 살을 산 사람의 살처럼 일깨우는 위력을 보였으니, 그 신통력은 더 논의할 여지가 없다.[22] 남해용왕은 이에 대하여,

> 이는 수궁의 극한 보배라 복복자를 사람이 가지면 오래 살 뿐 아니라 죽은 몸에 얹어 두면 천년이라도 살이 썩지 아니하는 보배라.(世昌本 67쪽)

고 요약 설명해 주고 있다. 용속(龍屬)의 보은은, 다른 이물의 보은에 비하여 그 범위가 넓고 큰 것임은 이로써도 알 수 있다.

IV. 맺음말

이제, 본고의 대요를 붙여서 결론에 대신하고자 한다.

---

22) 위선 옥지환을 티후 시체 우의 노트니 술빗치 도로 싱ㅎ거날(梨大『韓國古代小說叢書』1) 라 한 것을 보면 그 위력이 어떠한가를 알 수 있다. 이 옥지환이 곧 거북(=龍神)의 報恩珠인 것이다.

1. 〈숙향전〉의 보은형은, 당대·후대의 양대에 걸친 이채를 띤다.

2. 거북의 속성은 용이지만, 〈숙향전〉에 비친 보은자는 용이기 이전에 거북 자체로서의 그 제1차적인 의미를 가진다.

3. 거북을 구원한 동기는, 거북은 민간에 널리 신물로 신앙되어 왔고, 그 몸에 '천(天)'자와 '왕(王)'자가 있는 데 대한 경외감과 눈물을 흘리는 데 대한 연민에서이다.

4. '천(天)'·'왕(王)'의 문자를 거북이 가졌다는 것은, 거북이 문자와 관련을 가졌다는 사상에서 온 것이다. 이는『상서(尙書)』의 '신귀부문이출(神龜負文而出)'과『삼국사기』의 '귀배문(龜背文)'에서도 볼 수 있다.

5. 거북이 눈물을 흘린다는 것과 뒤를 돌아본다는 것은, 널리 알려진 바이거니와 문헌에서 찾아보면 전자는『견첩록』에서, 후자는『수신기』에서 나타난다.

6. 거북 보은설화의 영향은,『진서』(毛寶傳)·『수신기』(左顧印)·『태평광기』(宋氏)·『역옹패설』(龜報恩)·『지봉유설』(放鼈) 등에서 그 근원을 찾을 수 있다. 그 중에서 〈숙향전〉의 보은설화와 보다 유사한 것은,『진서』(毛寶傳)→『태평광기』(宋氏)→『지봉유설』(放鼈)을 들 수 있겠다. 이들의 설화가 우리나라에 널리 퍼져 토속신앙화하고, 다시 소설로 정착이 된 것으로 안다.

7. 용 본체의 입장에서 본다면, 용은 신앙적으로 우리와 가장 가까운 동물이며, 그가 사는 세계는 물이다. 용은 물을 다스리되, 하늘과 땅을 자유로이 날아 오르내리며 인간과 친하다. 또한 그 능력은 불가사의한 것이다.

8. 용이 거북으로, 선녀(용녀) 또는 사람(여성)으로 변신하여 나타나는 〈숙향전〉의 변형사상은, 첫째, 민간에 널리 알려진, 용이 꽃(꽃가지)·사람(노인) 등으로 변형한다는 설화의 영향이요, 둘째 용은 인간과 교환(交驩)할 때 그 본체로 나타나지 않는다는 생각의 영향이다.

9. 용의 전신은, 뱀·잉어·물고기·거북·자라·사람·별·암석 따위로 나타나는데, 이 중 별이니 암석 같은 것을 제외한, 용과 직접적인 관련을 가진 인간이나 용성동물(龍性動物)인 귀갑류(=蟲類, 鱗介)의 보은은 곧 용의 보은이라 할 수 있겠다.

10. 용의 변신은, 화하여 변신하는 둔갑변형사상과도 관련을 가진다.

11. 귀갑류와 같은 용속동물(龍屬動物)과 용은 다 계란주(鷄卵珠)·여의주(如意珠)·진주(眞珠)·명월주(明月珠) 등의 구슬을 가진다. 이와 같은 용속(龍屬)의 보물소유설화에서 〈숙향전〉의 보은주설화(구슬 보은 설화)의 탄생을 본 것이다.

12. 용의 구슬은, 인간 구슬에 비하여 상당히 큰 위력을 가졌으니 〈숙향전〉에서 첫째, 신물로서 그 보배로움이 컸고, 둘째, 생명을 구하고, 셋째 사자(死者)를 재생시켰다.

이상과 같이, 〈숙향전〉에 나타난 거북(=용)의 보은설화를 다룸에 있어서, 그 형태적 특색(양대에 걸친 보은형, 거북과 용의 양면성), 거북과 용의 신이성[神物思想, 문자·눈물〈정감〉의 소유·활동·능력·변형 따위], 그리고 고문헌 및 거북과 용에 대한 신앙·사상의 영향이 막중함을 대체적으로 살펴보았다. 사실, 거북이나 용에게서 이러한 신력(神力)이 없었다면, 그리고 신앙적 대상이 되지 않았다면 〈숙향전〉의 보은설화는 이루어지지 않았을 것이다.

여기에서 〈숙향전〉의 보은설화를 거북으로서와 용으로서 양면으로 갈라 서술하였으나 이는 어느 면으로 고찰하든 상관이 없다고 믿는다. 그러나, 은혜를 갚는 주체는 어디까지나 거북이로되 그 속성은 용이므로 이러한 양면성을 띠게 되고, 따라서 양면적인 고찰을 해 본 것이다.

〔장홍재〕

<호질>의 본질과 '범' 상징의 문학적 효과

I. 머리말

  <호질(虎叱)>은 연암 박지원의 기행문인 『열하일기(熱河日記)』 관내정사(關內程史) 7월 28일자에 실려 있는 한문 단편이다. 이 작품은 제목이 시사하는 것처럼, 범을 이야기의 주체로 삼아 인간 현상을 비판하는 내용으로 되어 있다.

  동식물이나 무생물 등 인간이 아닌 다른 사물을 의인화하여 그것을 작품의 구성요소로 삼을 경우, 우선적인 관심은 그 사물이 누구 혹은 무엇을 담지하고 있느냐 하는 것이다. 소위 상징의미에 대한 문제인데, 이는 의인화된 사물의 형상이 상징하는 바를 정확히 알아야만, 그 상징하는 바가 향하는 지점도 알 수 있기 때문에, 작품의 본질 파악에 핵심 사안이 되는 것이다. 특히 우화(寓話) 혹은 우언(寓言)은 대상에 대한 풍자나 비판을 본질로 하기 때문에, 누가 누구를 향해 비판하고 풍자하느냐 하는 문제를 밝히는 것이 매우 중요하다.

  <호질> 역시 상기와 같은 문제의식을 바탕으로 그동안 깊이있게 논의되어 왔다. 그런데 그동안의 연구경향을 보면 작품을 보는 시각이 연구자에 따라 매우 다양했음을 알 수 있다.[1] 그것은 대개의 경우 작품과 작품 주변을 보는 시각의 차이에 기인하는 경우가 많았다. 여기서 '작품

주변'이라고 한 것은 <호질>의 앞뒤에 붙어있는 소위 '연암전지(燕岩前識)'와 '연암후지(燕岩後識)'를 말한다. 필자는 이 전지와 후지는 <호질>에 포함될 수 없기 때문에, <호질>의 해석에 있어 극히 제한적인 경우에만 고려되어야 한다고 본다. 어쨌든 본고에서는 그동안의 연구 경향에 대한 상세한 내용은 김진영의 선행 논문으로 미루고 작품의 실상을 좀더 꼼꼼히 검토하기로 한다. 그러기 위해 다소 번거롭지만 <호질>의 전문을 인용하며 내용을 분석하기로 한다. 이를 통해 기존의 견해를 일부분 수정하기도 하고, 기존의 견해와 상통한다고 할지라도, 그 주장의 근거를 좀 더 명확히 할 것이다. 다음으로 '범' 상징의 문학적 효과를 검토할 것이다. <호질>은 범을 단순히 의인화한 데만 그친 것이 아니라, 그 성격을 절대화시켜 대상을 비판하게 함으로써, 작가의식이 인간에게 소통되는 양상을 보다 더 강력하고 설득력있게 만들고 있다. 범의 성격이 절대화될 수 있었던 것은 단순히 '범'이라서 그런 것만이 아니라 이야기의 구조가 그렇게 만든 것인데, 이는 <호질>의 문학적 성취와도 긴밀한 관련성이 있다.

Ⅱ. <호질>의 내용 분석

단락1 : 범이 개를 잡아먹으면 취하고 사람을 잡아먹으면 신령하게 된다. 범이 첫 번째 사람을 잡아먹으면 그 창귀는 굴각이 되어서 범의 겨드랑이에 붙어 범을 남의 집 부엌으로 인도하여 솥전을 핥으면 그 집 주인이 배고픈 생각이 들어서 아내에게 밤참을 짓게 하며, 범이 두 번째 사람을 잡아먹으면 그 창귀는 이올이 되어서 범의 뺨다귀에 붙어 높은 데 올라가 우의 행동

---

1) <호질>에 대한 연구는 연구사만 해도 두세 차례 이루어질 정도로 많이 된 편이다. 가장 근래에 이루어진 연구사로 김진영, <호질> 연구사, 우쾌제 외 편, 『고소설연구사』, 월인, 2002를 참고할 수 있다.

을 엿보다가 만약 골짜기에 함정이나 덫 같은 것이 있으면 먼저 가서 틀을
풀어 버리며, 범이 세 번째 사람을 먹으면 그 창귀는 육혼이 되어서 범의 턱
에 붙어 그의 아는 친구들의 이름을 주워섬긴다.[2]

여기 굴각(屈閣), 이올(彝兀), 죽혼(鬻渾) 등의 창귀(倀鬼)들은 범에게
잡혀 먹힌 귀신들이다. 그러나 창귀들은 비록 귀신이지만, 살아있는 사
람을 범의 먹이감으로 천거한다는 점에서 사람 형상도 가지고 있다. 다
음 단락에서 이 창귀들은 의원, 무당, 유학자라는 구체적인 인간을 먹이
감으로 천거하는데, 이렇게 할 수 있는 것도 창귀들이 보다 구체화된 인
간 형상을 띠고 있기 때문에 가능하다. 창귀들은 범과 구체화된 인간의
대면을 위해 인간 형상을 띠고 등장했다고 볼 수 있다. 한편 창귀들은
범에게 기생하는 부정적인 존재이다. 부정적인 존재인 창귀가 먹이로
천거하는 존재 역시 올찮은 존재일 가능성이 높다. 작품에는 의원, 무
당, 유학자가 천거되는데, 여기에 유학자가 속해 있는 것이 주목된다.
결국 서술자는 범의 상대역으로 유학자를 선택한 것이다. 이처럼 창귀
들은 범과 유학자가 대면할 수 있는 매개 역할을 하는 존재들이다.

단락 2 : 범이 창귀들을 불러서 물었다. "날이 벌써 저무는데 어디서 먹을
것을 얻을까." 굴각이 말하기를, "내가 간밤에 점쳐 보니 뿔 달린 것도 아니
고, 날개 돋친 것도 아니고 머리 새까만 놈이 눈길에 비틀비틀 성긴 발자국
을 내며, 꼬리는 뒤통수에 붙어서 꽁무니를 가리지 못하는 것입니다." 이올
이 말하기를, "동문에 먹을 것이 있는데 그 이름은 의(醫)이니, 입으로 백초
(百草)를 머금어서 고기가 향기로울 것이며, 서문에 먹을 것이 있는데 그

---

2) 해석은 이우성·임형택 역편, 『이조한문단편집(하)』, 일조각, 1978에 실려있는 것
을 참고하고, 원문은 1989년에 경인문화사에서 간행한 『연암집』에 실려있는 것을
참고했다. 이하 동일. 〈호질〉은 『연암집』의 191～193쪽에 걸쳐 실려있다. "虎食狗則
醉 食人則神 虎一食人 其倀爲屈閣 在琥之腋 導虎入廚 舐其鼎耳 主人思饞 命妻
夜炊 虎再食人 其倀爲彝兀 在虎之輔 升高視虞 若谷骍弩 先行釋機 虎三食人 其
倀爲鬻渾 在虎之頤 多贊其所識朋友之名."

이름은 무(巫)이니 백신(百神)을 섬기노라 날마다 목욕하여 몸이 깨끗할
것입니다. 청컨대 이 두 가지 중에서 고기를 택하옵소서” 범은 수염을 거스
리고 노기 띤 소리로 말하기를, “의(醫)라는 것은 의(疑)이다. 의심나는 것
을 가지고 사람을 치료하면서 해마다 수만 명을 죽게 만들고, 무(巫)라는
것은 무(誣)이다. 신을 속이고 백성을 유혹해서 해마다 수만명을 죽게 한다.
수많은 망령들의 노여움이 두 것들의 뼈까지 스며들어 금잠(金蠶)으로 화
했을 것이다. 독해서 먹을 수 있겠느냐.”고 했다. 육혼이 말하기를, “숲속에
고기가 있지요. 어진 간(肝), 의로운 쓸개에다 충심을 품고 품행이 깨끗하고
예악을 받들어 지키며 입으로 백가(百家)의 말씀을 외고, 마음에 만물의 이
치를 통달하였으니, 이름은 석덕지유라, 등살이 오붓하고 몹시 기름져서 오
미(五味)가 고루 갖추어 있습지요.” 범은 눈썹을 추키고 침을 흘리며 하늘
을 쳐다보고 만족해서 웃고 말했다. “짐이 듣고자 하니 잘 아뢰어라.” 창귀
들이 다투어 범에게 천거해서 뇌까린다. “일음 일양을 도라고 하는데, 유자
가 그것을 하나로 꿰었고, 오행이 상생하고 육기가 서로 펴 나가는 것을 유
자가 인도하니 먹을 것 중에 이보다 좋은 것이 없는가 하옵니다.” 범은 갑자
기 서운한 기색으로 변해서 아주 못마땅한 어조로 말한다. “음양이란 한 기
(氣)의 소장(消長)인데 일음 일양의 둘로 나누었으니, 그 고기가 잡될 것이
며, 오행은 제각기 자기 위치가 정해져 있어서 상생(相生)이란 있을 수 없
는데 이제 억지로 자모(子母)의 관계를 만들고 함산(鹹酸)에다 비정(比定)
시켜 놓았으니 그 맛이 순수치 못할 것이며, 육기(六氣)는 자연히 유행하는
것이고 인위적인 선도가 필요치 않은데 이제 망녕스레 재성(財成)이니 보
상(輔相)이니 하여 자기 공로를 나타내려 하니 그것을 먹다가는 생경하고
딱딱해서 체하거나 구역이 날 것이다.”3)

3) “虎詔倀曰 日之將夕 于何取食 屈閤曰 我昔占之 匪角匪羽 黔首之物 雪中有跡
彳亍踈武 瞻眉在腦 莫掩其尻 彝兀曰 東門有食 其名曰醫 口含百草 肌肉馨香 西
門有食 其名曰巫 求媚百神 日沐齊潔 請爲擇肉於此二者 虎奮髥作色曰 醫者疑也
以其所疑 而試諸人 歲所殺 常數萬 巫者誣也 誣神以惑民 歲所殺 常數萬 衆怒入
骨 化爲金蠶 毒不可食 鬻渾曰 有肉在林 仁肝義膽 抱忠懷潔 戴樂履禮 口誦百家
之言 心通萬物之理 名曰 碩德之儒 背盎體胖 五味俱存 虎軒眉垂涎 仰天而笑曰
朕聞如何 倀交薦虎曰 一陰一陽之謂道 儒貫之 五行相生 六氣相宣 儒導之 食之美
者 無大於此 虎怴然變色 易容而不悅曰 陰陽者 一氣之消長也 而兩之 其肉雜也
五行定位 未始相生 乃今强爲子母 分配鹹酸 其味未純也 六氣自行 不待宣導 乃今

위의 단락은 범이 먹이감을 구하고, 창귀들이 각각 먹이감을 천거하는 가운데, '호질(虎叱 : 범의 질책)'의 대상 목표가 명확해지는 단락이다. 굴각이 먼저 '검수지물(黔首之物)'을 천거한다. 그러나 범은 대응하지 않는다. 그 다음으로 이올이 '의(醫)'와 '무(巫)'를 천거하니, 범은 바로 '의자의야(醫者疑也)', '무자무야(巫者誣也)'라는 말로 비판한다. 여기서 의원은 의심스러운 자이고 무당은 속이는 자라는 범의 말은 의원과 무당을 부정적으로 인식한 결과이다. 그런데 의원과 무당을 부정적으로 보는 관점은 과거의 전시기를 관류하는 것이라기보다는 이 작품이 산출된 연암 당대의 지배적인 관점이라고 보는 것이 옳다. 이렇게 보면 의원과 무당에 대한 저러한 시각은 작가인 연암의 것일 가능성이 높다. 결국 작품의 이 부분에 와서 작가의식이 범과 결합되고 있음을 확인할 수 있다.

마지막으로 육혼이 '석덕지유(碩德之儒)'를 천거하니, 범은 그 석덕지유가 인(仁), 의(義), 충(忠), 결(潔), 악(樂), 예(禮)를 가지고 있고 또 '백가지언(百家之言)'을 외고 '만물지리(萬物之理)'에 관통하고 있다는 말에 호감을 가진다. 그래서 그 '석덕지유'라는 고기가 어떤 고기인지를 좀 더 듣기를 원한다. 먹이감을 대하는 태도가 굴각과 이올이 천거할 때와는 다르다. 이에 창귀들이 다투어 말을 하는데, 석덕지유는 일음일양(一陰一陽)을 도(道)라고 하고, 오행(五行)은 상생(相生)한다고 하며, 육기(六氣)가 서로 펴나간다고 보는 존재이니, 고기맛이 좋을 거라고 한다. 이 말을 들은 범은 태도가 돌변하여 음양(陰陽)은 둘이 아니라 일기(一氣)의 소장(少長)이고, 오행(五行)은 정한 위치가 있어 상생하지 않으며, 육기(六氣)도 스스로 유행할 뿐 인위적인 선도를 기다리는 것이 아닌데, 석덕지유는 일기(一氣)를 둘로 나누었으니 그 고기가 잡될 것이고, 오행을 억지로 자모(子母) 관계로 나누었으니 그 맛이 순수하지 않을 것이

妄稱財相 私顯己功 其爲食也 其硬强滯逆而不順化乎."

며, 육기(六氣)를 통해 사적인 공로를 나타내려 하니 그 맛이 생경하고 딱딱할 것이라는 말로 비판하고 있다.

단락 3 : 정나라 어느 고을에 벼슬을 탐탁하게 여기지 않는 학자가 살았으니 북곽선생이었다. 그의 나의 40에 손수 교정해 낸 책이 만권이었고, 또 육경의 뜻을 부연해서 다시 저술한 책이 일만 오천권이었다. 천자가 그의 행의(行義)를 가상히 여기고 제후가 그 명망을 존경하고 있었다. 그 고장 동쪽에는 아름다우나 일찍 과부가 된 사람이 있었으니 동리자라고 한다. 천자가 그 절개를 가상히 여기고 제후가 그 현숙함을 사모하여, 그 마을의 둘레를 봉해서 '동리과부지여'라고 정표해 주기도 했다. 동리자가 수절을 잘하는 부인이라 했는데 실은 슬하의 다섯 아들이 저마다 성을 달리하고 있었다. 다섯 놈의 아들들이 서로 말하기를, "강 북쪽 마을에서 닭이 울고 강 남쪽 하늘에 샛별이 반짝이는데 방안에서 흘러나오는 말소리는 어찌도 그리 북곽선생을 닮았을까."하고 다섯 놈이 차례로 문틈으로 들여다보았다. 동리자가 북곽선생에게 "오랫동안 선생님의 덕을 사모했는데 오늘밤은 선생님의 글 읽는 소리를 듣고자 합니다."고 간청하니 북곽선생은 옷깃을 바로 하고 점잖게 앉아서 시를 읊었다. 원앙새는 병풍에 그려 있고 / 반딧불은 흐르는데 잠 못 이뤄 / 저기 저 가마솥 세발솥은 / 무엇을 본떠서 만들었나 / 홍야라. 다섯 놈들이 서로 말하기를, "예에 이르기를 과부의 문에는 함부로 들지 않는다고 했는데, 북곽선생과 같은 점잖은 어른이 그럴 리가 있을까. 우리 고을의 성문이 무너진 데에 여우가 사는 굴이 있다더라. 여우란 놈은 천년을 묵으면 사람 모양으로 둔갑할 수 있다더라. 저건 틀림없이 그 여우란 놈이 북곽선생으로 둔갑한 것이다."하고 함께 의논했다. "들으니 여우의 머리를 얻으면 큰 부자가 될 수 있고, 여우의 발을 얻으면 대낮에 그림자를 감출 수 있고, 여우의 꼬리를 얻으면 애교를 잘 부려서 남의 사랑을 받을 수 있다더라. 우리 저 놈의 여우를 때려잡아서 나눠 갖도록 하자." 이에 다섯 놈들이 방을 둘러싸고 우루루 쳐들어갔다. 북곽선생은 크게 당황하여 도망쳤다. 사람들이 자기를 알아볼까 겁이 나서 모가지를 두 다리 사이로 디리박고 귀신처럼 춤추고 낄낄거리며 문을 나가서 내닫다가 그만 들판의 구덩이 속에 빠져 버렸다. 그 구덩이에는 똥이 가득 차 있었다. 간신히 기어올라 머리를 들

고 바라보니 뜻밖에 범이 길목에 앉아 있는 것이 아닌가. 범은 북곽선생을
보고 오만상을 찌푸리고 구역질을 하며 코를 싸쥐고 외면을 했다. "어허, 유
자여. 더럽다." 북곽선생은 머리를 조아리고 범 앞으로 기어가서 세 번 절하
고 꿇어 앉어 우러러 아뢴다. "호랑님의 덕은 지극하시지요. 대인은 그 변화
를 본받고, 제왕은 그 걸음을 배우며, 자식된 자는 그 효성을 본받고, 장수는
그 위엄을 취하며, 거룩하신 이름은 신령스러운 용의 짝이 되는지라, 풍운이
조화를 부리시매 하토(下土)의 천신(賤臣)은 감히 아랫바람에 서옵니다."4)

북곽선생은 손수 교정한 책이 만권, 구경(九經)의 뜻을 부연해서 다시
저술한 책이 만 오천권이나 될 정도로 대단한 학자이다. 이러한 작업을
유학자라고 해서 누구나 할 수 있는 일이 아니라고 볼 때, 실로 숭앙받
아 마땅한 인물이다. 적어도 학문적인 영역에서의 성취는 부정될 수 없
는 것이다. 그러나 북곽선생은 과부와 사통을 했다. 결코 용납될 수 없
는 일이다. 이렇게 되면 '선생' 대접은 물론 사람 취급도 받을 수 없다.
서술자도 마침 북곽선생을 똥구덩이에 빠지는 모습으로 그리고 있다.
북곽이 선생은커녕 똥과 동격이 되고 만 것이다. 이에 부수적으로 서술
자는 거짓 정절녀인 동리자를 등장시켜 또하나의 위선을 보충하고 있다.
　그러면 여기의 북곽과 단락 2에 나온 석덕지유(碩德之儒)는 어떤 관계

4) "鄭之邑 有不屑宦之士 曰北郭先生 行年四十 手自校書者萬卷 敷衍九經之義 更
著書一萬五千卷 天子嘉其義 諸侯慕其名 邑之東 有美而早寡者 曰東里子 天子嘉
其節 諸侯慕其賢 環其邑數里而封之曰 東里寡婦之閭 東里子 善守寡 然有子五人
各有其姓 五子相謂曰 水北鷄鳴 水南明星 室中有聲 何其甚似北郭先生也 兄弟五
人 迭窺戶隙 東里子請於北郭先生曰 久慕先生之德 今夜願聞先生讀書之聲 北郭
先生 整襟危坐而爲詩曰 鴛鴦在屛 耿耿流螢 維鬵維錡 云誰之型 興也 五子相謂曰
禮不入寡婦之門 北郭先生 賢者也 吾聞鄭之城門壞而狐穴焉 吾聞狐老千年 能幻
而像人 是其像北郭先生乎 相與謀曰 吾聞得狐之冠者 家致千金之富 得狐之履者
能匿刑於白日 得狐之尾者 善媚而人悅之 何不殺是狐而分之 於是五子共圍而擊之
北郭先生 大驚遁逃 恐人之識己也 以股加頸鬼舞鬼笑 出門而跑 乃陷野窖 穢滿其
中 攀援出首而望 有虎當徑 虎蹙齃嘔哇 掩鼻左首而噫曰 儒句臭也 北郭先生 頓首
匍匐而前 三拜以跪仰首而言曰 虎之德其至矣乎 大人效其變 帝王學其步 人子法
其孝 將帥取其威 名並神龍 一風一雲 下土賤臣 敢在下風"

에 있을까. 황패강은 여기 북곽선생을 석덕지유의 성격화된 인물이라고
말한 바 있다.[5] 그러나 그렇게 단정지을 수는 없다고 본다. 단락 3의 주
내용은 음양론(陰陽論), 오행론(五行論), 육기론(六氣論)에 대한 범과 석
덕지유간의 견해차다. 그리고 여기서 범이 석덕지유를 비판한 것도 서
로간의 견해차 때문이다. 그러나 여기의 북곽은 석덕지유와는 전혀 다
른 위선적인 인물이자 속물이다. 즉 북곽의 행동은 음양, 오행, 육기에
대한 견해를 제시하면서 범과 대립된 모습을 보이는 차원과는 전혀 다
른 것이다. 이렇게 볼 때 북곽과 석덕지유를 동일시할 수는 없다. 다만
석덕지유들 중에 북곽과 같은 인물이 있을 수 있다는 생각은 가능하다
고 본다.

사실 단락 3에 제시된 북곽과 동리자의 이야기는 하나의 에피소드에
불과하다고 할 수 있다. 그것은 이들의 행동이 상당히 극단적인 모습으
로 형상화되어 있을 뿐만 아니라, 이 이야기 자체가 그 앞의 내용이나
그 이후의 내용과 긴밀히 연결되지 않고 있다는 점을 봐도 알 수 있는
일이다. 다음 단락 4 이후를 보면 범은 '호질왈(虎叱曰)'로 시작해서 장황
한 발언을 행하는데, 북곽의 아부행위에 대한 간략한 비판을 제외하면,
그 비판의 내용이 북곽의 행동과는 차이가 있다. 범의 발언 내용이 유학
자의 속물근성과 위선에 대한 것이 아니라는 점이다. 이렇게 볼 때 작가
는 북곽의 에피소드를 통해 위선적인 유학자의 한 극단을 보여줌과 동
시에, 단락 4 이후에 제시된 범의 발화 내용을 실현하기 위한 상대역으
로서 북곽을 매개시킨 것이라고 볼 수 있다.[6]

---

5) 황패강, 「호질-세 인물형과 알레고리-」, 『조선왕조소설연구』, 단국대출판부, 1991,
   254쪽.
6) 물론 작가는 북곽과 같은 위선적인 인물을 풍자하고 비판하고자 하는 의도가 있었
   음은 당연하다. 이 점은 <호질>을 베끼는 과정에서 상점 주인이 그것을 왜 베끼느냐
   고 물었을 때, 보는 이로 하여금 한바탕 웃게 하려는 것이라고 대답한 연암의 말에
   서 확인할 수 있다. 연암은 분명 북곽과 같은 인물을 비판의 대상으로 겨냥했음은

단락 4 : 범이 꾸짖기를, "내 앞에 가까이 오지 마라. 앞서 내가 듣건대 유
(儒)는 유(諛)라고 하더니, 과연 그렇구나. 네가 평소에 천하의 악명을 모두
나에게 덮어씌우더니, 이제 사정이 급해지자 면전에서 아첨을 떠니 누가 곧
이듣겠느냐. 천하의 원리는 하나다. 범의 본성이 악한 것이라면 인간의 본성
도 악할 것이요, 인간의 본성이 선한 것이라면 범의 본성도 선할 것이다. 너
회들의 떠드는 천소리 만소리는 오상(五常)에서 벗어난 것이 아니고, 경계
하고 권면하는 말은 내내 사강(四綱)에 머물러 있다. 그런데 도회지에 코 베
이고 발꿈치 잘리고 얼굴에다 자자질하고 다니는 것들은 다 오륜을 지키지
못한 자들이 아니냐. 포승줄과 먹실, 도끼 톱 같은 형구를 매일 쓰기에 바빠
겨를이 나지 않는데도 죄악을 중지시키지 못하는구나. 범의 세계에서는 원
래 그런 형벌이 없으니 이로 보면 범의 본성이 인간보다 어질지 않느냐."7)

여기서 범은 인성(人性)과 호성(虎性)이 본래는 같은 것인데, 지금은
같지 않다고 한다. 그것은 인간들이 온갖 죄악과 형벌을 저지르기 때문
이다. 더구나 인간들은 입만 열면 오상(五常)과 사강(四剛)을 말하면서
선(善)한 척 하지만, 범의 세계에는 그것 없이도 죄악과 형벌이 없으니
인간보다 범이 더 어질지 않냐는 것이다. 오상과 사강은 사람들로 하여
금 유교사회의 기초 윤리와 질서를 내면화시켜 조화로운 사회구성체를
확립하는 데 최우선적으로 요구되는 것이다. 그래서 해당 담당자들은
늘 오상과 사강을 강조해 왔다. 그러나 사회에는 오상과 사강의 이념이
실현되지 않고 있다. 그것은 오상과 사강이 사회현실 속에 먹혀들지 않
기 때문이다. 이렇게 보면 오상과 사강의 사회적 가치가 인정되지 않는

확실하다. 다만, 후술하거니와 비판의 초점이 북곽의 위선에 모아진 것은 아니라는
점이다.
7) "虎叱曰 毋近前 曩也 吾聞之 儒者諛也 果然 汝平居 集天下之惡名 妄加諸我 今
也急而面諛 將誰信之耶 夫天下之理一也 虎誠惡也 人性亦惡也 人性善則虎之性
亦善也 汝千語萬言 不離五常 戒之勸之 恒在四綱 然都邑之間 無鼻無趾 文面而行
者 皆不遜五品之人也 然而黥墨斧鉅 日不暇給 莫能止其惡焉 而虎之家 自無是刑
由是觀之 虎之性 不亦賢於人乎."

다. 요컨대 이 단락에서 범은 실효성 없는 유교 윤리를 헛되어 강조하는 유학자들을 비판하고 있다. 이 단락에서 '호질(虎叱)'의 상대는 유학자들 인 것이다.

단락5 : 범은 초목을 먹지 않고 벌레나 물고기를 먹지 않고 술 같은 좋지 못한 음식을 좋아하지 않으며, 순종 굴복하는 하찮은 것들을 차마 잡아먹지 않는다. 산에 들어가면 노루나 사슴 따위를 사냥하고, 들로 나가면 말이나 소를 잡아먹되 먹기 위해 누를 입거나, 음식 따위로 다투는 일이 없다. 범의 도리가 어찌 광명정대하지 않은가. 범이 노루나 사슴을 잡아먹을 때는 사람 들이 미워하지 않다가 말이나 소를 잡아먹을 때에 사람들이 원수로 생각하 는 것은 사람들에게 노루나 사슴은 은공이 없고 소나 말은 공이 있기 때문 이 아니냐. 그런데 너희들은 소나 말들이 태워주고 일해 주는 공로와 따르 고 충성하는 정성을 다 저버리고 날마다 푸줏간을 채워 뿔과 갈기도 남기지 않고, 다시 우리의 노루와 사슴을 침노하여, 우리들로 하여금 산에도 들에도 먹을 것이 없게 만든단 말이냐. 하늘이 정사를 공평하게 한다면 너희가 죽 어서 나의 밥이 되어야 하겠느냐, 그렇지 말아야 하겠느냐. 대체 제 것이 아 닌데 취하는 것을 도(盜)라 하고 생(生)을 빼앗고 물(物)을 해치는 것을 적 (賊)이라 하나니, 너희가 밤낮으로 쏘다니며 팔을 걷어붙이고 눈을 부릅뜨 고 노략질하면서 부끄러운 줄 모르고, 심한 놈은 돈을 불러 형님이라 부르 고, 장수가 되기 위해서 제 아내를 살해하였은즉 다시 윤리 도덕을 논할 수 도 없다. 뿐 아니라 메뚜기에게서 먹이를 빼앗아 먹고, 누에에게서 옷을 빼 앗아 입고, 벌을 막고 꿀을 따며, 심한 놈은 개미 새끼를 젓담아서 조상에게 바치니 잔인무도한 것이 무엇이 너희보다 더하겠느냐. 너희가 이(理)를 말 하고 성(性)을 논할 적에 걸핏하면 하늘을 들먹이지만 하늘의 소명으로 보 자면 범이나 사람이나 다 같이 만물 중의 하나이다. 천지가 만물을 낳은 인 (仁)으로 논하자면 범과 메뚜기 누에 벌 개미 및 사람이 다같이 땅에서 길 러지는 것으로 서로 해칠 수 없는 것이다. 그 선악을 분별해 보자면 벌과 개 미의 집을 공공연히 노략질하는 것은 홀로 천지간의 거대한 도둑이 되지 않 겠는가. 메뚜기와 누에의 밑천을 약탈하는 것은 홀로 인의(仁義)의 대적(大 賊)이 아니겠는가. 범이 일찍이 표범을 안 잡아 먹는 것은 동류를 차마 그

럴 수 없어서이다. 그런데 범이 노루와 사슴을 잡아먹는 것이 사람이 노루
와 사슴을 잡아먹은 것만큼 많지 않고 범이 마소를 잡아먹은 것이 사람이
마소를 잡아먹은 것만큼 많지 않으며, 범이 사람을 잡아먹은 것은 사람이
서로 잡아먹은 만큼 많지 않다. 지난해 관중이 크게 가물자 백성들이 서로
잡아먹은 것이 수만이었고, 전해에는 산동에 홍수가 나자 백성들이 서로 잡
아먹은 것이 수만이었다. 그러나 사람들이 서로 많이 잡아먹기로야 춘추시
대 같은 때가 있었을까. 춘추시대에 공덕을 세우기 위한 싸움이 열에 일곱
이었고, 원수를 갚기 위한 싸움이 열에 셋이었는데 그래서 흘린 피가 천리
에 물들었고 버려진 시체가 백만이나 되었더니라. 범의 세계는 큰물과 가뭄
의 걱정을 모르기 때문에 하늘을 원망하지 않고, 원수도 공덕도 다 잊어버
리기 때문에 누구를 미워하지 않으며, 운명을 알아서 따르기 때문에 무(巫)
와 의(醫)의 간사에 속지 않고 타고난 그대로 천성을 다하기 때문에 세속의
이해에 병들지 않으니, 이것이 곧 범이 예성한 것이다. 우리 몸의 얼룩무늬
한 점만 엿보더라도 족히 문채를 천하에 자랑할 수 있으며, 한 자 한 치의
칼날도 빌리지 않고 다만 발톱과 이빨의 날카로움을 가지고 무용을 천하에
떨치고 있다. 종이와 유준은 효를 천하에 넓힌 것이며 하루 한번 사냥을 해
서 까마귀나 솔개 청마구리 개미 따위에까지 대궁을 남겨주니 그 인(仁)한
것이 이루 말할 수 없고 굶주린 자를 잡아먹지 않고 병든 자를 잡아먹지 않
고, 상복 입은 자를 잡아먹지 않으니 그 의로운 것이 이루 말할 수 없다.8)

---

8) "虎不食草木 不食虫魚 不嗜麴蘗悖亂之物 不忍字伏細瑣之物 入山獵麞鹿 在野畋
馬牛 未嘗爲口腹之累飮食之訟 虎之道豈不光明正大矣乎 虎之食麞鹿 而汝不疾虎
虎之食馬牛 而人謂之讐焉 豈非麞鹿之無恩於人而馬牛之有功於汝乎 然而不有其
乘服之勞 戀效之誠 日充庖廚 角鬣不遺 而乃復侵我之麞鹿 使我乏食於山 缺餉於
野 使天而平其政 汝在所食乎 所捨乎 夫非其有而取之 謂之盜 殘生而害物者 謂之
賊 汝之所以日夜遑遑揚臂努目 拏攫而不恥 甚者呼錢爲兄 求將殺妻 則不可復論
於倫常之道矣 乃復攘食於蝗 奪衣於蠶 禦蜂而剽甘 甚者 醢蟻之子 以羞其祖考 其
殘忍薄行 孰甚於汝乎 汝談理論性 動輒稱天 自天所命而視之 則虎與人 乃物之一
也 自天地生物之仁而論之 則虎與蝗蠶蜂蟻 與人並畜而不可相悖也 自其善惡而辨
之 則公行剽劫於蜂蟻之室者 獨不爲天地之巨盜乎 肆然攘竊於蝗蠶之資者 獨不爲
仁義之大賊乎 虎未嘗食豹者 誠爲不忍於其類也 然而計虎之食麞鹿 不若人之食麞
鹿之多也 計虎之食馬牛 不若人之食馬牛之多也 計虎之食人 不若人之相食之多也
去年關中大旱 民之相食者數萬 往歲山東大水 民之相食者數萬 雖然其相食之多
又何如春秋之世也 春秋之世 樹德之兵十七 報仇之兵十三 流血千里 伏屍百萬 而

여기서는 범이 말하고자 하는 바를 보다 구체화하고 있다. 순차적으로 살펴보면, 범은 인간들의 배은망덕과 영역 침해에 대하여 비판한다. 인간은 범이 노루나 사슴을 잡아먹을 때는 범을 미워하지 않다가 말과 소를 잡아먹으면 미워한다는 것이다. 그것은 말과 소는 인간들에게 은공이 있지만, 노루와 사슴은 그렇지 않기 때문이다. 그런데도 사람들은 말과 소를 무자비하게 잡아먹으니, 배은망덕하지 않으냐는 것이다. 그리고 그것도 모자라서 사람들은 노루와 사슴까지도 침노한다고 질타한다. 마침내 범은 인간들을 '윤상지도(倫常之道)'도 모르는 도적이라고 판단한다. 뿐만 아니라 인의(仁義)와 선악(善惡)의 원리로 볼 때 서로 해칠 수 없는 것이 천(天)의 소명(所命)인데, 인간들은 메뚜기와 개미 새끼까지도 잡아먹으니 인의(仁義)의 큰 도적이라고 한다. 여기에 더하여 인간들은 홍수나 가뭄이 생겼을 때에는 인간들끼리 서로 잡아먹는다고 한다. 또 전쟁이 났을 때는 원수를 갚고 은공을 세운다는 명분으로 그들끼리 잡아먹는다고 한다. 그러면서 늘 하늘을 원망하고, 다른 사람을 미워하며, 무(巫)와 의(醫)에 속고, 세속의 이해에 얽매인다는 것이다.

그러면 범은 어떠한가. 범은 초목이나 벌레, 물고기 등 하찮은 것들은 잡아먹지 않고 노루나 사슴 등을 잡아먹는다. 그리고 노루나 사슴을 잡아먹더라도 사람만큼은 많이 잡아먹지 않는다. 뿐만 아니라 범은 표범과 같은 동류들을 잡아먹지 않고, 굶주린 자, 병든 자, 상복 입은 자들도 잡아먹지 않는다. 또 범의 세계에서는 가뭄과 홍수를 모르기 때문에 하늘을 원망하지 않고, 원수와 공덕도 잊어버리기 때문에 다른 사람을 미워하지 않으며, 운명을 알아 따르고 타고난 대로의 천성을 다하기 때문

虎之家 水旱不識 故無怨乎天 讐德兩忘 故無忤於物知命而處順 故不惑於巫醫之姦 踐形而盡性 故不疢乎世俗之利 此虎之所以睿聖也 窺其一班 足以示文於天下也 不藉尺寸之兵 而獨任瓜牙之利 所以耀武於天下也 彝卣蜼尊 所以廣孝於天下也 一日一擧 而烏鳶螻蟻共分其餕 仁不可勝用也 饑人不食 廢疾者不食 衰服者不食 義不可勝用也."

에 간사함에 속지도 않고 세속의 이해에 병들지도 않는다. 그러면서 범은 자신들의 효(孝)와 인(仁)과 의(義)를 이루 말할 수 없다고 한다.

여기서 우선 주목되는 것은 범이 말하는 인(仁), 의(義), 효(孝)의 성격이다. 언뜻 보면 인간의 전유물이라고 할 수 있는 유교적 덕목을 말하는 것 같다. 그러나 범이 말하는 바 인, 의, 효는 천지 만물의 원리이자 자연의 질서에 해당하는 것이라고 할 수 있다. 그런데 범은 인간들이 동물뿐만 아니라 동류인 사람까지도 잡아먹으니 인의(仁義)를 해치는 존재라고 한다. 인간은 천(天)의 원리와 자연질서에 순응하지 않고 그것을 훼손한다고 본 것이다. 이렇게 해석할 때, 이 단락에서 '호질(虎叱)'의 대상목표는 유학자가 아니라 인간 전체라고 볼 수 있다. 단락4에서 범은 특히 유학자를 질책의 대상 목표로 삼았는데, 이 단락에 와서는 그 대상 목표가 인간 전체로 확대되었다고 볼 수 있다.

단락6 : 부인(不仁)하도다. 너희들의 먹이를 얻는 것이여. 덫이나 함정을 놓는 것만으로도 오히려 모자라서 새 그물, 노루 망, 큰 그물, 고기 그물, 수레 그물, 삼태 그물 따위의 온갖 그물을 만들어냈으니 처음 그것을 만들어낸 놈이야말로 세상에 가장 재앙을 끼친 자이다. 그 위에 또 가지각색의 창이며 칼 등속에다 화포란 것이 있어서, 이것을 한번 터뜨리면 소리는 산을 무너뜨리고 천지에 불꽃을 쏟아 벼락치는 것보다 무섭다. 그래도 아직 잔학을 부린 것이 부족하여, 이에 부드러운 털을 쪽 빨아서 아교에 붙여 붓이라는 뾰족한 물건을 만들어냈으니 그 모양은 대추씨 같고 길이는 한치도 못되는 것이다. 이것을 오징어의 시커먼 물에 적셔서 종횡으로 치고 찔러대는데 구불텅한 것은 세모창 같고, 예리한 것은 칼날 같고, 두 갈래 길이 진 것은 가시창 같고, 곧은 것은 화살 같고, 팽팽한 것은 활 같아서 이 병기를 한번 휘두르면 온갖 귀신이 밤에 곡을 한다. 서로 잔혹하게 잡아먹기를 너희들보다 심히 하는 것이 어디 있겠느냐.9)

---

9) "不仁哉 汝之爲食也 機穽之不足 而爲罝也 罦也 罜也 罾也 罩也 罠也 始結網罟者 哀然首禍於天下矣 有鈹者 戮者 殳者 斨者 尨者 猬者 鍛者 鈶者 鈝者 有礮發

여기에서 범은 인간의 불인(不仁)함을 계속해서 강도 높게 비판하고 있는데, 그 비판의 지점이 창, 칼, 화포, 붓 등 모든 인위적인 제작물에까지 이르고 있다. 이 중에서 특히 붓은 인간들에게만 위협이 될 수 있는 것으로서, 식자층들의 전유물이라고 할 수 있다. 따라서 이 대목에서 범은 붓이라는 문자수단을 사용하여 저지르는 인간들의 악행, 특히 유학자들의 횡포를 신랄하게 비판하고 있다.

　　단락7 : 북곽선생은 자리를 옮겨 부복해서 머리를 재삼 조아리고 아뢰었다. "전(傳)에 일렀으되 '비록 악인이라도 목욕재계하면 상제(上帝)도 섬길 수 있다.'하였습니다. 하토(下土)의 천신(賤臣)은 감히 아랫바람에 서옵니다." 북곽선생이 숨을 죽이고 명령을 기다렸으나 오랫동안 아무 동정이 없기에 참으로 황공해서 절하고 조아리다가 머리를 들어 우러러보니 이미 먼동이 터, 주위가 밝아오는데 범은 이미 가고 없었다. 그때 새벽 일찍 밭을 갈러 나온 농부가 있었다. "선생님 이른 새벽에 들판에서 무슨 기도를 드리고 있습니까." 북곽선생이 말하기를, "내 듣건대 '하늘이 높다 해도 머리를 아니 굽힐 수 없고, 땅이 두텁다 해도 조심스럽게 딛지 않을 수 없다' 하셨느니라."10)

여기서 북곽은 죽음이 목전에 있음에도 불구하고, 속유(俗儒)의 속물 근성을 끝내 버리지 못하고 옛글을 주워섬기면서 위기를 모면하고자 한다. 황패강의 지적처럼 '제발 목숨만 살려줍쇼'하는 인간적인 솔직성은 도저히 기대할 수 없는 것이다.11) 한편 북곽은 농부 앞에서는 다시 옛글을 들먹이며 점잖은 거드름을 피우고 있다. 실로 구제불능의 속물이다.

焉 聲隤華嶽 火洩陰陽 暴於震霆 是猶不足 以逞其虐焉 則乃阮柔毫 合膠爲鋒 體如棗心 長不盈寸 淬以烏賊之沫 縱橫擊刺 曲者如矛 銛者如力 銳者如釖 歧者如戟 直者如矢 彀者如弓 此兵一動 百鬼夜哭 其相食之酷 孰甚於汝乎."

10) "北郭先生 離席俯伏 逡巡再拜 頓首頓首曰 傳有之 雖有惡人 齋戒沐浴 則可以事上帝 下土賤臣 敢在下風 屛息潛聽 久無所命 誠惶誠恐 拜手稽首 仰而視之 東方明矣 虎則已去 農夫有朝菑者 問先生何早敬於野 北郭先生曰 吾聞之 謂天蓋高 不敢不局 謂地蓋厚 不敢不蹐."

11) 황패강, 앞의 책, 262쪽.

Ⅲ. 분석의 결과와 기존 연구와의 대비

이상으로 〈호질〉의 문면을 순차적으로 따라가며 해석해 보았다. 핵심 내용을 다시 단락별로 정리하면서 작품 전체가 어떠한 방식으로 구성된 것인지를 확인해보자.

단락1 : 범과 창귀의 관계 – 범과 구체적 인간의 관계 설정을 위한 매개.
단락2 : 석덕지유에 대한 범과 창귀들의 대립된 견해.
단락3 : 북곽선생과 동리자의 위선적인 행태.
단락4 : 천하의 하나된 원리는 인성과 호성이 같다는 것. 그러나 유학자들이 늘 오상과 사강을 말하면서 착한 척 하지만, 인간사회에서는 도리어 죄악과 형벌이 난무하므로, 호성이 인성보다 낫다는 내용.
단락5 : 인간들은 다른 사물들뿐만 아니라 동류들도 잔혹하게 해쳐서 천(天)의 자연질서를 훼손하므로, 인의(仁義)의 큰 도적이라는 내용.
단락6 : 인위적인 제작물을 통한 유학자들의 횡포.
단락7 : 북곽선생의 위선 재확인.

범의 질책[虎叱]이 본격화되는 부분은 단락4에 와서이다. 단락4에서 범은 북곽선생이라는 위선적인 인물을 대상 목표로 삼아 유학자들이 떠드는 바 실효성 없는 유교 윤리를 비판한다. 그런데 앞서 단락3에서 제시된 북곽선생의 에피소드는 유학자의 위선적인 속성을 대변하는 것이다. 이렇게 보면 북곽선생의 행위와 단락4에서의 범의 비판 내용 사이에 일정한 거리가 있음을 알 수 있다. 이것은 범이 비록 북곽선생을 대면하여 질책을 하고 있지만, 직접적인 질책의 상대역으로 오상(五常)과 사강(四剛)처럼 실제로는 별 쓸모가 없는 것임에도, 그것들을 천소리 만소리로 떠들어대는 당대 유학자들을 설정했기 때문이다. 범이 북곽선생과 같은 속유(俗儒)의 위선에 비판의 초점이 놓여있지 않다는 것은 단락2의 내용을 봐서도 알 수 있다. 단락2에서 범은 음양(陰陽), 오행(五行), 육기

(六氣) 등의 논의를 일삼는 당대의 석덕지유를 주목하고 있는 것이다.

단락5에서 범은 인간 전체의 잔혹함과 약탈적 행위를 비판하는 것으로서 그 비판의 범위를 확대하고 있다. 특히 범은 인간의 잔혹함이 인의 (仁義)의 질서, 즉 천(天)의 자연질서를 훼손하는 것으로 판단하고 비판했다. 단락6에서 범은 인간의 과도한 인위성을 비판하면서, 특히 문자 행위가 야기하는 유학자들의 잔혹성을 언급하고 있다. 이렇게 볼 때, 인간 전체에 대한 비판적 태도가 여기 단락6에 와서 다시 유학자에 대한 비판으로 집중된다고 할 수 있겠다. 그리고 단락7에서는 북곽선생의 위선적인 면모를 다시 환기하고 있다.

작품의 전체 흐름을 이와 같이 이해할 때, <호질>은 단락2에서 유학자의 사상과 행태에 대한 문제를 제기하여 먼저 '호질'의 초점을 유학자에게 맞춘다. 그런 다음 단락3에서 구체적 실체로서의 북곽선생을 등장시켜 범의 상대역으로 설정하고, 범으로 하여금 단락4, 단락5, 단락6에서 나타나는바, 유학자, 인간 전체의 병폐를 일갈하도록 구성했다. 그리고 마지막 단락7에서 다시 북곽을 등장시켜 북곽과 같은 유학자의 위선을 질타하고 있다.

요컨대 <호질>은 북곽이라는 유학자의 위선적인 행동을 바깥 테두리로 삼아 그것대로 비판하고, 그 테두리 안에 유학자의 실효성 없는 유교윤리와 인간 전체의 잔혹성 및 약탈적 행위, 그리고 과도한 인위성을 초점화하여 비판하고 있는 것이다.

작품을 이렇게 정리할 때, <호질>의 핵심 내용은 범을 등장시켜 1차적으로는 유학자들의 위선과 속물근성을 비판하고, 본질적으로는 다음 두 가지, 즉 오상(五常)과 사강(四綱) 등의 유교윤리가 겉으로는 고상한 가치를 가지는 것처럼 보이지만 실제로는 별 실효성이 없음에도 불구하고, 그것들을 지나치게 강조하고 또 붓이라는 문자수단을 마치 병기 휘두르듯 하여 남을 해치는 유학자들의 행태, 그리고 천(天)의 자연질서를

훼손하는 인간 전체의 잔혹함과 약탈적 행위, 과도한 인위성 등을 비판
하고자 한 것이다.

　그러면 여기서 기존 연구를 살펴보자. 〈호질〉에 대한 기존의 연구를
보면, 〈호질〉의 작자 문제와 〈호질〉의 풍자 대상 및 그 성격에 초점이
놓여 있었다.[12] 〈호질〉의 작자 문제에 대해서는 몇몇 논의를 제외하면,
대체로 의견이 일치한다. 중국인 원작을 인정하되 지금의 〈호질〉은 연
암의 작품이라는 것이다. 다음 〈호질〉의 풍자 대상과 성격에 대한 논의
에서는 범과 북곽의 상징 의미를 여하히 이해하느냐에 따라 논란이 있
었다. 다음 두 가지, 첫째, 범은 청(淸)이나 청황제(淸皇帝)를 상징하고
북곽은 화인(華人) 선비를 상징한다고 본 경우, 둘째, 범은 작가를 상징
하고 북곽은 연암 당대의 위유(僞儒), 가유(假儒), 부유(腐儒) 등을 상징
한다고 본 경우 등이 대표적인 논의의 초점이 될 수 있겠다. 그러나 위
의 두 논의는 결론적으로 말해서 일면적인 것임을 부인할 수 없다.

　본고에서 논의한 바, '호질(범의 질책)'의 대상은 세 가지다. 하나는 북
곽과 같은 위선적인 유학자이다. 이야말로 위유(僞儒)이자 가유(假儒)이
고 부유(腐儒)임에 틀림없다. 다른 둘은 실제 현실에서는 그 실효성과
가치성이 떨어지는 음양오행론이나 오상(五常)과 사강(四剛) 등의 유교
논리적 테마에 집착하는 유학자들과, 잔혹함과 약탈적 행위로 천(天)의
자연질서를 훼손하는 인간 군상들이 그들이다. 그리고 이 세 가지 중
'호질'의 주된 대상은 뒤의 두 가지다. 이렇게 볼 때, 〈호질〉에서 북곽의
상징 의미는 크게 중요하지 않다. 그럼에도 불구하고 그동안의 논의에
서는 이 북곽의 위선적인 형상을 '호질'의 주된 대상으로 판단했던 것이
다. 그리고 범을 청(淸)이나 청황제(淸皇帝)를 상징한다고 본 것은 작품
이 끝난 다음의 소위 '연암후지(燕岩後識)'의 내용을 바탕으로 한 것이
다. 연암후지에서 연암은 〈호질〉을 "비록 작가의 성명은 없으나, 근세

---

12) 본고의 연구사 동향은 김진영, 앞의 논문을 참조했다.

화인(華人)의 비분(悲憤)의 작(作)"[13]일 것이라고 하고, 이어서 "세운이 암흑시대에 들어 이적(夷狄)의 화가 맹수보다 더 심한데, 지금 몰염치한 선비들은 경전의 장구를 끼워 맞춰서 호미(狐媚)를 일삼고 있다. 이야말로 남의 묘혈을 뒤지는 유자로서 승냥이나 범의 먹이도 못될 것들이 아닌가."[14]라고 하고 있다. 여기서 몰염치한 선비는 화인(華人)이 아니면 연암 당대 조선의 유학자들이다. 본고에서 살펴본 바, 범은 유학자나 인간군상들을 향하여 비판적인 일갈을 퍼붓고 있는데, 범을 청(淸)이나 청황제(淸皇帝)로 보게 되면, 청이나 청황제가 유학자의 공리공론을 비판하고 인간의 잔혹함을 비판하는 것이 된다. 그러나 이것은 전혀 사리에 맞지 않다. 따라서 <호질>의 범은 작가를 상징하는 것으로 보는 것이 타당하다고 본다.

Ⅳ. '범' 상징의 설득적 효과

여기서는 '범' 상징의 문학적 효과에 대하여 생각해 보기로 한다. 사실 Ⅱ, Ⅲ장의 논의는 인간을 향한 범의 질책을 서술자의 시선으로 검토하고, 그것을 바탕으로 서술자가 작품 속에 투영하고자 한 의식을 분석한 것이다. 그 과정을 통하여 기존의 논의를 일부분 수정하기도 하고, 기존 논의와 상통하는 주장이라 하더라도, 주장의 근거를 좀 더 구조적으로 해명한 것이다. 그러나 <호질>의 문학적 가치는 무엇보다도 동물 특히 범을 등장시켜 그로 하여금 작가의식을 전달케 하는 표현법에 놓여 있다고 할 것이다. 그렇기 때문에 우리는 '범' 상징을 활용했을 때의 문학적 효과를 검토하지 않고서는, <호질>의 문학적 성취를 제대로 이

---

13) "篇雖無作者姓名 而盖近世華人悲憤之作也."
14) "世運入於長夜 而夷狄之禍 甚於猛獸 士之無恥者 綴拾章句 以狐媚當世 豈非發塚之儒 而豺狼之所不食者乎."

해했다고 할 수 없을 것이다.

문학적 표현법으로서의 '범' 상징을 고려할 때, 우리는 이야기방식으로서의 우화(寓話)나 우언(寓言)을 생각하지 않을 수 없다. 익히 알려져 있듯이, 우화는 인간의 정황을 인간 이외의 동물, 신, 또는 사물들 사이에 생기는 일로 꾸며서 말하는 짧은 이야기로서 비교적 쉽게 파악되는 도덕적 교훈이 담겨있는 이야기이다.[15] 우언도 이와 비슷한 것으로서, 귀신이나 신선을 비롯한 비현실적 존재나 동식물·무생물 등을 등장시켜 언외(言外)의 뜻을 전달하는 이야기 방식이다.[16] 따라서 우화건 우언이건간에, 겉으로 드러난 이야기 자체의 의미에 초점이 있기 보다는, 이야기에 의해 별도로 산출되는 우의(寓意), 즉 이야기 속에 숨겨진 의미에 초점이 맞추어진다.[17]

그런데 〈호질〉은 이상과 같은 우화·우언의 성격과는 일정한 차이가 있다. 본고의 Ⅱ, Ⅲ장에서 살펴본 것처럼, 〈호질〉에는 작가가 전달하고자 하는 뜻이 범의 매개를 통해 이야기의 표면에 그대로 드러나 있다. 이것은 범의 절대화된 성격에 기인한다.

단락 2에서 범은 석덕지유(碩德之儒)의 음양오행론(陰陽五行論), 육기론(六氣論)에 대하여 비판한다. 그런데 이 문제는 어느 한쪽이 다른 한쪽을 일방적으로 틀렸다고 부정할 수 있는 문제가 아니다. 서로간의 세계관의 차이로 설명할 수 있는 문제이지, 간단히 시비(是非)를 가릴 수 있는 문제가 아니라는 것이다. 즉 이 문제에는 관점의 상대성이 개재해 있다. 또 단락 5에서 범은 인간군상들의 잔혹성과 약탈성을 강도 높게 비판하고 있다. 그러나 정도와 다소의 차이는 있을지언정 범 역시 다른 사

---

15) 이상섭, 『문학비평용어사전』, 민음사, 1976, 210~211쪽. 윤승준, 『우언의 재미와 교훈』, 월인, 2000, 11쪽에서 재인용.
16) 위의 책, 21쪽.
17) 위의 책, 20쪽.

물을 해치는 것은 마찬가지이다. "천지가 만물을 낳은 인(仁)으로 논하자면 범과 메뚜기, 누에, 벌, 개미 및 사람이 다같이 땅에서 길러지는 것으로 서로 해칠 수 없는 것이다."는 범의 발언이 있지만, 이것이 절대적으로 고수된다면 범조차도 빠져나갈 통로가 없다. 범이 메뚜기와 개미는 잡아먹지 않지만, 노루, 사슴, 말, 소 그리고 사람까지도 잡아먹지 않는가. 그러나 그럼에도 불구하고, 범의 발언이 '사물은 어떠한 경우에도 서로를 해쳐서는 안 된다'는 절대적인 의미로 전달되는 것은 범의 절대적 상징성 때문이다. 만약 범의 위와 같은 비판적 발언을 인간이 했다고 가정해 보자. 아마도 그 절대적 전달효과는 훨씬 떨어질 것이다. 그것은 범의 발언 내용 자체가 애초부터 상대적인 성격의 것이기 때문이다.

그러면 범의 절대적 권능성은 어떻게 구조화되었는가. 인간에 대한 범의 절대성은 작품 서두에 이미 치밀하게 포석되어 있었다.

<호질>의 서두는 다음과 같이 시작된다.

범은 착하고도 성스럽고, 문채롭고도 싸움 잘하고, 인자롭고도 효성스럽고, 슬기롭고도 어질고, 엉큼스럽고도 날래고, 세차고도 사납기가 그야말로 천하에 대적할 자가 없다. 그러나 비위가 범을 잡아먹고, 죽우도 범을 잡아먹고, 박도 범을 잡아먹고, 오색사자도 큰 나무 구멍에서 범을 잡아먹고, 자백도 범을 잡아먹고, 표견은 날아서 범 표범을 잡아먹고, 황요는 범 표범의 심장을 꺼내서 먹고, 활(뼈가 없다)이란 놈은 범 표범에게 잡혀 먹힌 다음 뱃속에서 범 표범의 간을 뜯어먹고, 추이도 범을 만나면 찢어서 씹어 먹는다. 범이 맹용을 만나면 눈을 감은 채 감히 뜨지 못하는데 사람은 맹용을 두려워하지 않고 범을 두려워하니 범의 위풍이 당당하지 않은가.[18]

---

18) "虎睿聖文武 慈孝智仁 雄勇壯猛 天下無敵 然狒胃食虎 竹牛食虎 駮食虎 五色獅子食虎於巨木之岫 玆白食虎 酌犬飛食虎豹 黃要取虎豹心而食之 猾無骨爲虎豹所吞 內食虎豹之肝 酋耳遇虎則裂而啖之 虎遇猛獚則閉目而不敢視 人不畏猛獚而畏虎 虎之威其嚴乎."

위의 문면을 보면, 서술자는 범의 형상과 위용, 범을 잡아먹는 존재, 범을 두려워하는 인간 등에 대하여 서술한 뒤, 마지막으로 범의 당당한 위풍을 말하고 있다. 범을 잡아먹는 존재는 비위(狒胃), 죽우(竹牛), 박(駮), 오색사자(五色獅子), 자백(玆白), 표견(酌犬), 황요(黃要), 활(猾), 추이(酋耳)와 같은 맹용(猛獝)들이다. 그런데 주목되는 것은 범은 이들 맹용을 두려워하지만, 인간은 두려워하지 않는다는 것이다. 대신에 인간은 범을 두려워한다. 범은 천하무적의 위풍을 가졌지만, 맹용들에게는 눈도 뜨지 못한다. 이처럼 맹용들과 범을 대응시켰을 때, 범의 가치는 별반 주목되지 않는다. 범의 존재성과 가치가 빛을 발하는 것은 범을 인간과 대비시켰을 때이다. 인간에게 있어 범은 그 어떤 맹용들보다도 두려운 존재이다. 서술자는 인용문의 맨처음엔 범의 형상과 위용(虎睿聖文武 慈孝智仁 雄勇壯猛 天下無敵)을, 맨 마지막엔 범의 위풍(虎之威其嚴乎)을 제시하고 있는데, 범의 이러한 성격은 인간에 대비되는 측면에서의 그것이다. 범을 잡아먹는 동물들이 있는 것으로 봐서, 범은 최고의 존재라고 할 수는 없다. 그러나 인간에게 있어 범은 최고의 지위를 누린다. 이처럼 서술자는 맹용들을 등장시켜 범의 지위를 낮추는 듯 하면서도, 맹용은 두려워하지 않으면서 범은 두려워하는 인간을 개입시켜, 인간에게 있어 범의 절대적 우위성을 강화시키는 방법을 취하고 있다. 서술자의 이러한 서술방식은 작품 자체를 범과 인간의 관계, 더 구체적으로는 범과 인간을 상하의 위계적 관계로 설정하여 범이 인간을 향하여 어떤 일방적인 영향력을 행사할 수 있도록 하기 위한 것이다.

이처럼 〈호질〉의 서두에 이미 범의 상징을 절대적인 존재로 설정해 놓았기 때문에,[19] 음양오행론이나 육기론뿐만 아니라 오상(五常)과 사강

---

[19] 조동일은 〈호질〉을 평가하면서, 〈호질〉이 주제가 충분히 사건화되어 있지 않기 때문에 유기성이 떨어진다고 했으나, 이 점으로 볼 때 오히려 〈호질〉은 주도면밀한 구성법을 취하고 있다고 할 수 있겠다. 조동일의 견해는 조동일, 『문학사의 철학사의

(四剛)에 대한 유학자의 주장까지도 공리공론인 것으로 비판할 수 있고, 또 인간들의 잔혹함에 대한 작가의 비판도 절대적인 설득력을 확보할 수 있게 되는 것이다.[20]

이렇게 볼 때, <호질>에서 작가의 메시지가 이야기의 표면에 노출된 형태로 바로 전개될 수 있었던 것은, 작품 서두에 이미 범이 인간에 대하여 절대 우위를 점할 수 있는 존재로 상징화되었기 때문에 가능했던 것이다.

요컨대 <호질>이 전달하는 의미의 강력함과 설득성은 이와 같이 절대화된 '범' 상징으로 인해 가능했던 것이다.

V. 맺음말

본고에서 필자는 <호질>의 성격에 대한 그동안의 논의가 다소간 산만하게 전개되고 있음을 확인하고, 작품의 실상을 좀 더 객관적으로 평가함으로써, 기존의 견해 중 수정할 부분은 수정하고, 본고에서 재확인된 견해는 그것을 좀 더 명확히 지적하였다. 또 범의 비판적인 발언 중에서 관점에 따라 상대적인 입장을 취할 수 있는 내용이 있는데, <호질>은 작품 내적 구조방식을 통해 범을 절대화시킴으로써, 범의 비판 내용이 보다 설득력있게 소통되도록 했다. 그러면 본고에서 검토된 주요 내용을 간략히 정리해보기로 한다.

첫째, <호질>의 핵심 내용은 범을 등장시켜 1차적으로는 유학자들의 위선과 속물근성을 비판하고, 본질적으로는 다음 두 가지, 즉 오상(五常)

관련 양상』, 한샘, 1992, 258쪽.

[20] 이런 점에서 황패강이 범의 상징 의미를 냉정한 이성으로, 현실의 표피를 뚫고, 내부의 본질을 파악하는 국외자로서 절대자적 객관을 대표하는 종교적・구제자적 성격으로 파악한 것은 탁견이라고 생각한다.(황패강, 앞의 책, 앞의 논문) 다만 황패강은 범이 그러한 상징 의미를 가지게 되는 매카니즘에 대해서는 명확히 설명하지 않았다.

과 사강(四綱) 등의 유교윤리가 겉으로는 고상한 가치를 가지는 것처럼 보이지만 실제로는 별 실효성이 없음에도 불구하고, 그것들을 지나치게 강조하고 또 붓이라는 문자수단을 마치 병기 휘두르듯 하여 남을 해치는 유학자들의 행태, 그리고 천(天)의 자연질서를 훼손하는 인간 전체의 잔혹함과 약탈적 행위, 과도한 인위성 등을 비판하고자 한 것이다.

둘째, 기존의 논의에서 범을 청이나 청황제를 상징하는 것으로 본 견해가 있는데, 이러한 견해는 연암후지의 일부 내용을 고려하여 내린 평가이다. 위에서 정리한 바, 범은 유학자나 인간군상들을 비판하고 있는데, 범을 청이나 청황제로 보게 되면, 청이나 청황제가 유학자의 공리공론을 비판하고 인간의 잔혹함을 비판하는 것이 되니, 이는 사리에 맞지 않다. 그리고 기존 논의에서는 북곽의 상징 의미를 대단히 중시했는데, 북곽은 유학자의 위선과 속물근성을 비판하게 하는 1차적인 기능만 수행하는 것이기 때문에, 그리 큰 비중을 가진 인물이 아니다.

셋째, 범이 비판하는 내용 중에 유학자들의 음양오행론이나 육기론, 그리고 인간들의 잔혹성에 대한 문제에는 관점의 상대성이 개재한다. 음양오행론이나 육기론은 일방적으로 시비(是非)를 가릴 수 있는 문제가 아니다. 그리고 사물을 해치는 잔혹성에 대해서도, 범 역시 이 문제를 완전히 벗어날 수는 없다. 그런데 작품은 범을 절대적 존재로 격상시킴으로써 범의 발언에 절대적 권능성을 부여했다. 그리고 이를 통해 인간을 향한 소통을 보다 강력하고 설득력있게 했다. 범을 절대적 존재로 만든 것은 작품의 구조가 그렇게 했는데, 작가는 작품의 서두에 맹용과 범과 인간의 관계를 주도면밀하게 배치함으로써, 인간에 대한 범의 절대적 우위성을 확보했다. 〈호질〉의 이러한 구성방식이 〈호질〉의 문학적 성취를 더 높게 했다.

〔차충환〕

다산 잡문 연구

- 〈조승문(弔繩文)〉과 〈격사해(擊蛇解)〉를 중심으로

Ⅰ. 머리말

다산 정약용(1762~1836)은 경세치용(經世致用)의 성호학파(星湖學派), 이용후생(利用厚生)의 연암학파(燕巖學派) 사상은 물론 서학(西學)의 선진 과학·기술까지 두루 섭렵하여 조선 후기 실학을 집대성한 인물이다. 그에 대한 연구는 홍이섭의 연구 이래[1], 문학·철학·사회·과학·예술 분야 등 이른바 '다산학(茶山學)'이라는 독자적인 영역을 구축[2]하고 있다.

지금껏 논자들이 다산의 문학론이나 문학 세계에 대해 논할 때 주로 그가 남긴 2,200여 수의 시[3]를 대상으로 하였다. 이것은 시에 비해 상대적으로 적은 산문의 양이기도 하겠지만, 무엇보다도 다산이 패관(稗官)이나 소품(小品) 등과 같은 글에 대해 부정적 인식[4]을 가진 데 대한 연

---

1) 홍이섭, 『정약용의 정치경제사상 연구』, 한국연구도서관, 1959.

2) 윤사순 편, 『정약용』, 고려대 출판부, 1990 참조.

3) 김상홍은 다산의 시가 奎章閣本『與猶堂集』에는 1,195篇에 2,263首이고, 新朝鮮社本『與猶堂全書』에는 1,195편에 2,286首가 있다고 밝혀, 기존의 논자들이 2,500여 首라고 한 것을 바로 잡았다. (『다산 정약용 문학 연구』, 단대출판부, 1986(재판), 29~38쪽 참조.)

4) 『茶山詩文集』卷22, 「陶山私淑錄」참조.

구자의 선입견이 작용하지 않았나 생각된다. 그러나 다산은 문학성이
뛰어난 <죽대선생전(竹帶先生傳)> <장천용전(張天慵傳)> <조신선전(曹神
仙傳)> <정효자전(鄭孝子傳)> <몽수전(蒙叟傳)> 등의 전(傳)[5]과 <조승문
(吊繩文)> <격사해(擊蛇解)> <유곡산향교권효문(諭谷山鄕校勸孝文)> <전
라도창의통문(全羅道倡義通文)> <출동문(黜僮文)> <탐진대(耽津對)> <기
이(其二)> <기삼(其三)> <해조대(海潮對)> <신시대(蜃市對)> 등의 잡문(雜
文)[6]을 남김으로써 그의 문학 세계를 더 조망할 수 있는 실정이다.

이 중, 필자가 관심을 가진 것은 『다산시문집』 권22 「잡문」에 실린
<조승문(吊繩文)>[7]과 <격사해(擊蛇解)>[8]이다. 그 이유는 이 두 작품이
매우 짧은 글인데도 여러 서술 원리가 착종된 점, 구조적 성격엔 다소
차이가 나지만 의미 지향이 유기적이란 점 때문이다.

따라서 본고는 이 두 잡문의 갈래상 특징과 구조적 성격, 의미 지향
의 순으로 살피는 것이 목적이다.[9]

Ⅱ. 갈래상 특징과 구조적 성격

잡문은 중국 초(楚)나라의 궁정 시인이었던 송옥(宋玉, BC 290?~BC
222?) 때부터 있어 왔던 갈래이다. 곧 문의 능력과 재주는 있어도 세상

---

5) 김미란, 「茶山의 傳 硏究」, 최철 외, 『조선조 후기문학과 실학사상』, 정음사, 1987
   참조.

6) 잡문의 체계에 대해서는 조성을, 「정약용 저작의 체계와 與猶堂集 잡문의 재구성」,
   규장각 8, 1984가 참고된다.

7) <吊繩文>에 대한 본격적인 연구는 이원걸(「다산의 <吊繩文>에 반영된 애민 의식」,
   안동한문학연구 제7집, 1990)과 김상홍(「茶山의 <吊繩文>의 諷刺 世界」, 『漢文學論
   集』 제19집, 槿域漢文學會, 2001) 등이 있다.

8) 필자의 과문한 탓인지 <擊蛇解>에 대한 단독 논문은 찾지 못했다.

9) 주 텍스트 인용은 『與猶堂全書』 제1집을 국역한 민족문화추진회 편, 『다산시문집』
   1~9, 솔, 1996(중판 1쇄)으로 하되, <吊繩文> <擊蛇解>는 쪽수를 밝힌다.

사람들로부터 인정을 받지 못한 불우한 처지를 주(主, 작자의 독자적 사상)와 객(客, 당대의 지배 사상)의 대문(對問) 형식 속에, 주로 옛일에 가탁하여 자기의 사상을 피력함으로써 위안을 받는 글10)이다. 그러나 다산 잡문에 실린 〈조승문〉과 〈격사해〉는 대문 형식이지만, 그 내용은 민중의 억울한 사연을 천하에 알리고, 그 원인을 제거하려는 다산의 강한 목적 의식이 담겨 있어 기존의 잡문과는 다소 차이가 난다. 따라서 이 두 작품의 대문과 가탁의 성격을 통해 다산 잡문의 갈래상 특징을 알아보기로 한다.

먼저, 대문의 성격이다.

〈조승문〉의 대문은 주의 입장을 일방적으로 제시한 '제문(祭文)' 성격이다. 제문은 사자(死者)를 애도하는 애사(哀辭)다. 애사는 '원래 통상(痛傷)의 정을 중심으로 하되, 표현은 궁극적으로 애석하는 뜻을 다하는 것'11)이다. 따라서 이 작품은 민중의 억울한 영혼을 쉬파리떼에 비유해 그들을 위로하고 있기 때문에 비장감이 전체 분위기를 지배한다. 한편 〈격사해〉의 대문은 주와 객의 입장을 서로 주고 받는 '의론(議論)' 성격이다. 의론은 특히 정치적 사안에 대해 옳고 그름을 분명히 밝히기 위해 사리에 맞는 말로 자신의 의견을 개진하는 것12)이지만 이 작품은 잔악한 탐관오리들을 뱀에 비유해 이들을 죽여야 하는 까닭을 밝히고 있으

---

10) 宋玉含才, 頗亦負俗, 始造對問, 以申其志, 放懷寥廓, 氣實使之. … 託古慰志… 原玆文之設, 迺發憤以表志, 身挫憑乎道勝, 時屯寄於情泰; 莫不淵岳其心, 麟鳳其采, 此立本之大要也.(劉勰, 『文心雕龍』 권3 제14장, 「雜文」)

11) 原夫哀辭大體, 情主於痛傷, 而辭窮乎愛惜.(위의 책, 권3 제13장, 「哀弔」). 또 권2 제10장 〈祝盟〉에도 '제사의 본보기는 공손하고 슬퍼야 한다 (祭尊之楷, 宜恭且哀)' 고 하였으며, 徐師曾의 『文體明辯』, 「祭文」에도 유협의 말을 인용하여 좋은 제문의 본보기를 '恭(공손함), 哀(슬픔), 實(진실), 宜(드러남, 베풂)' 등을 강조했다. (劉勰云, 祭奠之楷 宜恭且哀 若夫辭華而靡實 情鬱而不宣 皆非工於此也).

12) 政則興議… 故議者, 宜言… 原夫論之爲體, 所以辨正然否.(위의 책, 권4 제18장, 「論 說」)

므로 분노감이 전체 분위기를 지배한다.

다음, 가탁의 성격이다.

이 두 작품은 동물에 가탁한 동물 우언(寓言)이다. 우언이 외부의 사물을 빌려 간접적으로 도(道)를 말하고자 하는, 곧 '자외논지(藉外論之)'[13]가 서술원리라면, 동물우언은 동물을 끌여들여 인간과 같은 양태에 비교해 인간 세계의 도리를 이야기하고자 한 작품군[14]이다. 동물우언은 다산이 평소 가지고 있던 현실비판과 저항의식 등을 직설적으로 표현할 수 없는 유배자의 신분에서 자신의 목적의식을 성취하는 데 매우 유효했을 것이다.

요컨대 이 두 잡문의 갈래상 특징은 '대문'과 '동물우언'이 착종[15]된 서술 원리에 〈조승문〉은 제문의 성격으로 비장감이, 〈격사해〉는 의론의 성격으로 분노감이 압도하는 작품이다.

그러면 이 두 작품의 구조적 성격을 알아보기 위해 전문(全文)을 도표로 나타내면 다음과 같다.

---

13) 『莊子』「雜篇」제27장 '寓言'. 윤주필은 우언 문학을 의론과 서사가 혼합된 갈래라 하고, 그 원리를 반드시 작품 외적 세계와 대비되며, 선행 작품이나 전범적 지식을 모방하며, 특수한 작품 내적 세계를 가상하며, 그러한 구현 원리들이 여러 층위를 구성한다고 하였다.(「한국 우언문학에서 여성적 주체의 변위와 의미」, 『한국고전여성문학연구』제2집, 한국고전여성문학회, 2001, 107쪽 참조.)

14) 김재환, 『한국 동물우화소설 연구』, 집문당, 1994, 34~42쪽 참조.

15) 김상홍도 〈吊繩文〉의 갈래를 쉬파리를 의인화한 '우언문', 문체는 서사증의 『文體明辯』에 따라 '文', 姚鼐의 『古文辭類纂』에 따라 '哀祭類', 句法 1연을 前 4言, 後 4言句를 위주로 하되, 후 4언에 '只'를 넣었고, '只'의 앞 자에 押韻하였다 하여 '楚辭'로 분류하였다.(앞의 논문, 2001, 203~214쪽 참조.) 반면 〈擊蛇解〉는 주와 객의 대립적 성격이 강하므로 서사성을 획득한다.

단계\n작품	현실 상황	현실 대응			전망
		객(客)	주(主)	주(主)	주(主)
⟨조승문⟩	1. 경오년 (1810) 여름에 쉬파리가 만연함.	2. 수많은 사람들이 만연한 쉬파리떼를 전멸시키려함.	3. 파리는 단순한 미물이 아니라, 기근과 혹한, 가혹한 징수에 죽어간 당시 백성들의 전신(轉身)이라며 죽이지 말라고 함.	4. 파리에게 소반에 모여 실컷 먹기를 권유함. 5. 파리에게 부모 처자를 데리고 와서 포식하기를 권유하며, 그들의 집은 이미 폐허가 된 상황을 말함. 6. 파리에게 굶주린 창자를 채우고 얼굴을 펴라고 말하며, 죽어서 이물로 변한 이유와 이젠 나비가 되어 날고 있는 모습을 말함.	7. 파리에게 아전들의 횡포가 아직 심하기 때문에 고을로 들어가지 말라고 함. 8. 파리에게 아전이 여태껏 거짓 보고(세상이 태평함)를 하고 있기 때문에 관(館)에 들어가지 말라고 함. 9. 파리에게 소인배 같은 아전의 횡포가 날로 심하기 때문에 환혼(還魂)하지 말라고 함. 10. 파리에게 구중궁궐에 가 충정을 호소한 뒤 남쪽으로 날아오라고 함.

단계\n작품	현실 상황	현실 대응			전망
		주(主)	객(客)	주(主)	주(主)
⟨격사해⟩	1. 교만방자히 횡행(橫行)하는 뱀의 잔악한 행위	2. 뱀은 덕으로 다스릴 일이 아님을 강조하고, 원정(園丁)에게 뱀을 반드시 죽이라고 서계(誓戒)함.	3. 간하는 자가 뱀의 본성(本性)을 들어 그들을 함부로 없애는 것은 불인(不仁)이라고 다그침.	4. 각종 동물의 양태와 고사(故事)를 들어 인신(人神)이 질시하는 뱀을 죽여야 한다는 논리를 강조함.	5. 뱀은 뿌리를 뽑아 진인(秦人)에게 먹이로 제공해야 한다고 함.

위의 도표에서 보듯 이 두 작품의 구조는 '현실 상황－현실 대응－전망'으로 전개되지만, 부분적으로 차이가 난다. 먼저, ⟨조승문⟩의 현실 상황은 경오년의 쉬파리떼의 출현이다. 창승(蒼蠅)[靑蠅]은 신화에서 귀찮

은 미물, 풍습에서 밉살스런 존재, 약삭빠름, 귀찮은 존재[착취배]16), 『
시경(詩經)』에서 참언(讒言)을 잘 하는 소인배로 풍자하는 등 주로 부정
적으로 쓰였다.17)

이처럼 사람들에게 매우 부정적으로 인식된 쉬파리떼가 출현하자, 마
을 주민들로 표상되는 객의 대응은 온갖 수단과 방법을 가리지 않고 이
들을 박멸하려 든다. 그러나 다산은 오히려 이를 제지하며 이들은 기근
과 혹한, 탐관오리들의 가혹한 수탈로 죽을 수밖에 없었던 당시 민중들
의 전신으로 치환하면서 사람들의 선험적 인식을 뛰어넘는다. 이어 다
산은 억울하게 죽은 당시 백성들의 넋을 위로하는 제문을 올리고, 그들
에게 하지 말아야 할 일과 할 일을 구체적으로 말한 뒤, 전망을 제시한
다. 따라서 <조승문>은 민중들의 원혼(冤魂)을 달래는 '해원(解冤) 구조'
이다.

다음, <격사해>의 현실 상황은 교만방자히 횡행하는 뱀의 잔악한 행
위이다. 사(蛇)는 신화에서 불사, 재생, 영생, 풍요, 다산(多産)18) 등을 상

---

16) 한국문화상징사전편찬위원회 편, 『한국문화상징사전』 2, 두산동아, 1996(초판 제2
쇄), 706~708쪽 참조.

17) 營營靑蠅, 止于樊. 豈弟君子, 無信讒言. 營營靑蠅, 止于棘. 讒人罔極, 交亂四國.
營營靑蠅, 止于榛. 讒人罔極, 構我二人.(『詩經』 <小雅・甫田之什・靑蠅>). 毛詩
序엔 '靑蠅, 大夫刺幽王也.'라 하여 '靑蠅'을 참언을 잘 믿는 幽王을 풍자한 시로 보
았다. 그리고 『詩經』 <齊風・雞鳴>에도 '雞旣鳴矣, 朝旣盈矣. 匪雞則鳴, 蒼蠅之聲.
東方明矣, 朝旣昌矣. 匪東方則明, 月出之光. 蟲飛薨薨, 甘與子同夢. 會且歸矣, 無
庶予子憎.'이라 하여 '鷄鳴'을 '蒼蠅之聲'으로 여기고 조정의 일을 게을리하는 왕을
풍자하기도 하였다. 이 외에도 『後漢書』의 <陳蕃傳>이나 歐陽修의 <憎蒼蠅賦>, 이
규보의 『東國李相國集』 권4 <古律詩> 98수에도 '蒼蠅'을 참언을 잘하는 '소인배'로
인식하였다. 다산 자신도 『다산시문집』 권4의 <追鹿馬行> '지금처럼 초막집에서 파
리떼에 시달리느냐(如今蓽屋苦多蠅)', 권12의 <蠅拂銘> '휘저어 가게 할 뿐 쫓아갈
것은 없으니(麾之去勿往追) / 갔다가 다시 오면 다시 또 휘젓고(去復來斯復麾) /
휘저어도 가지 않으면 그대로 둘 뿐이다(麾不去亦已之)' 등에서 쉬파리를 부정적으
로 인식하였다.

18) 한국문화상징사전편찬위원회 편, 『한국문화상징사전』 1, 두산동아, 1996(초판 제4
쇄), 326~327쪽 참조.『詩經』 <小雅・鴻鴈之什・斯干>에 '大人占之 … 維虺維蛇,

징하는 반면, 풍습에서는 오히려 혐오의 대상으로 쓰였다. 이처럼 뱀은 긍정과 부정이 교차하는 것으로 주로 인식되었지만, 다산 자신은 주로 수탈자인 탐관오리에 비유[19]하였다. 이들에 대한 대응 양상은 주의 입장에선 뱀은 사악한 존재이므로 덕으로 다스릴 수 없고 반드시 죽여야만 한다는 단호한 입장인 반면, 객의 입장은 뱀의 본성을 들어 함부로 없애는 것은 불인(不仁)이라고 맞선다. 이에 주는 각종 동물의 양태와 고사(故事)를 인용해 인신(人神)이 질시하는 뱀을 제거해야 한다는 논리를 더욱 강조하고 나아가 모든 뱀은 뿌리를 뽑아 진인(秦人)에게 먹이로 제공해야 한다고 역설한다. 이것은 인간과 동물의 본성이 다르다는 주의 입장과 각각 특성이 있다는 객의 입장, 곧 심성론적(心性論的) 의론[20]을 거쳐 결국 주의 입장으로 관철되어 전망을 제시한다. 따라서 <격사해>는 대립적 성격의 '의론 구조'이다.

요컨대 이 두 잡문의 구조적 성격은 <조승문>이 미물에 지나지 않는 쉬파리떼를 당시 억울하게 죽어간 민중들의 전신이라 비유하고, 이들의 원혼을 위로하고 전망까지 제시하는 '해원 구조'라면, <격사해>는 이런

女子之祥.'이라 하여 꿈에 뱀을 보면 딸을 낳는다는 풍습이 있었다.

19) 뱀을 탐관오리에 비유한 시는 <古詩二十七首>(『다산시문집』 권4)에도 나온다. 예 컨대 8수에 '홰나무 구멍에는 뱀이 와 더듬는다고(槐穴蛇來搜)', 15수에 '울타리에 긴 뱀이 걸렸으면(長蛇掛籬間) / 참새떼가 조잘조잘 사람에게 알리며(瓦雀噪報人)' 등이 그것이다. 물론 다산은 잡문 <耽津·其三>에서 '북방 사람이 탐진 땅에는 … 뱀이 꼬인다' 하자, 다산은 '하늘이 만물을 내는 것은 그것을 이용하여 보익하도록 함이며… 뱀이 사람을 무는 예는 극히 드물어서 천백 명 중에 한 사람이요, 또 문둥병·음위증·연주창·등창 등의 병을 앓는 자가 독사를 삶아서 먹든가 회를 쳐서 안주로 먹으면 침(鍼)이나 훈(熏)의 번거로움이 없이도 그 병이 잘 낫는다.'고까지 하였다. 이는 다산이 뱀의 양태를 긍정적으로 보고 인간에 비유한 것이 아니라, 약제로서 인간에게 이익을 주는 뱀을 부각시킨 것이다.

20) 이것은 다산의 心性論 중, 人性·物性의 相異의 강조와 같은 맥락이다. 곧 本然에서 인간과 사물이 相異하고, 知覺·運動·食色 같은 氣質之性에서 인간과 사물이 相同하다는 것이다.(금장태, 「다산 심성론의 체계와 쟁점」, 한국문화 26, 2000, 240~243쪽 참조.)

민중들의 아픔을 가져온 근본적 존재인 탐관오리들을 뱀의 양태에 비유
해 그들의 잔악상을 고발함은 물론 이들을 반드시 죽여야 한다는 의견
을 객과의 대립을 통해 증명한 '의론 구조'이다.

　이상에서 볼 때, 이들의 구조적 성격은 서로 유기적으로 작용하여 하
나의 독립된 작품처럼 작용하면서 문학성은 물론 다산이 전달하고자 하
는 강한 목적성까지 획득하는 효과를 거둔다.

Ⅲ. 의미 지향

　<조승문>과 <격사해>는 앞에서 보았듯 창승(蒼蠅)과 사(蛇)의 양태를
말하려는 것이 아니라, 결국 인간의 삶의 문제를 다룬 것이다. 곧 민중
의 현실적 억압 상황과 극복의지가 상징적으로 우의되어 의미[21]를 지향
한다.

1. 현실의 구조적 비리 고발과 인도주의 구현

　<조승문>을 쓴 시기는 경오년(庚午年, 순조 10, 1810년)이지만, 작품 내
적 시대적 배경은 기사년(己巳年, 순조 9, 1809년)이다. 이 때는 다산이 신
유사옥(辛酉邪獄, 순조 1, 1801년)으로 강진에 유배와서 머물 때로 기근과
혹한이 극심했던 해이다. 이 당시 강진의 비참한 상황은 다산이 김이재
(金履載)에게 보낸 편지에 매우 사실적으로 나온다. 이를 보면 다음과
같다.

---

21) <吊繩文>에 대한 기존 연구자들이 분석한 의미는 '기민에 대한 애상, 토색자들의
　　비리 고발, 수탈 당하는 민초의 삶 묘사, 君-民의 관계 회복을 통한 大同 사회 염원'
　　(이원걸, 앞의 논문 참조)으로 보았고, '饗人之愛, 告發과 諷刺, 寫實性과 以文匡正'
　　(김상홍, 앞의 논문, 2001 참조) 등으로 보았다.

탕(湯) 임금 이후로 이 같은 가뭄이 있었습니까? 지난 토발월(土發月)부터 입추(立秋)까지 단 세 차례의 작은 비가 내렸을 뿐, 5월 이후로는 하늘에 구름 한 점 없고 40여 일 동안 밤마다 건조한 바람이 불고 이슬조차 내리지 않아 벼는 말할 것도 없고, 기장·목화·깨·콩 따위와 채소·외·마늘·과일에서부터 명아주·비름·쑥까지 타서 죽지 않은 것이 없고, 대나무에는 대순이 나지 않고 소나무에는 솔방울이 달리지 않아, 흙에서 나서 사람의 입으로 들어갈 수 있는 것은 모든 것과 우리 백성의 일용에 필요한 모든 것들이 하나도 성장하는 것이 없으며, 샘이 마르고 도랑의 물이 끊겨 갈증에 대한 백성들의 근심이 주림의 근심보다 심하고 … 6월 초순부터는 유민(流民)이 사방으로 흩어져 울부짖는 소리가 곳곳에서 들리고, 길가에 버려진 어린아이가 수없이 많으니 마음이 아프고 눈이 참담하여 차마 듣고 볼 수가 없습니다.22)

위의 예문처럼 기근과 혹한은 천재(天災)임에 틀림없다. 그러나 다산은 〈조승문〉에서 이러한 천재의 심각성을 말하려는 것이 아니라, 천재의 구제에는 아랑곳하지 않고 도리어 피폐한 백성들의 고혈(膏血)을 짜내는 탐관오리들의 잔악한 행위로 죽을 수밖에 없었던 당시 민중들23)을 쉬파리떼에 비유하여 그들의 억울함을 위로하는 데 초점을 맞춘다. 〈격사해〉 또한 이 당시를 전후해 자행된 탐관오리들의 학정(虐政)을 뱀에 비유하여 그들을 죽일 수밖에 없는 이유를 강렬한 어조로 성토한다. 이처럼 다산은 경오년을 전후로 한 강진의 비참한 상황의 원인을 천재보

---

22) 『다산시문집』 권19 「書」 〈與金公厚履載己巳六月〉.
23) 이러한 맥락에서 지어진 글은 경오년에 폭풍우로 쑥밭이 되어버린 강진의 참상과 그 곳에서 살아가는 민중들의 고달픈 삶을 담은 〈鹽雨賦〉(『다산시문집』 권1), 기사년의 기근으로 말미암아 이듬해 입추까지 이루 형언할 수 없는 강진의 참담한 상황을 보고 시가로 옮긴 〈田間紀事〉 6편(흉년을 걱정한 시 – 〈采蒿〉〈拔麰〉〈熬粏〉〈有兒〉, 잔악한 현령을 풍자한 시 – 〈蕎麥〉, 백성들의 이산을 걱정하는 시 – 〈豺狼〉)(『다산시문집』 권5) 등이 있다. 이 외에도 다산은 민중의 아픔을 직시하고 시로써 형상화하였는데, 〈饑民詩〉(『다산시문집』 권2), 〈奉旨廉察到積城村舍作〉(『다산시문집』 권2), 〈哀絶陽〉(『다산시문집』 권4) 등이 그것이다.

다 현실의 구조적 비리[24]에 있음을 고발한 한편, 억울한 민중에겐 따뜻한 시선으로 보고자 하는 인도주의가 문면 곳곳에 배어 있다. 먼저, <조승문>에서 쉬파리떼의 출현은 일반 민중들에게는 눈엣가시 같은 존재이지만, 다산의 눈에는 기근과 혹한, 특히 탐관오리들의 가혹한 징수[25]에 죽어간 당시 백성들의 전신(轉身)인 것이다. 다산은 쉬파리떼를 귀찮은 존재로 보는 평범한 시각을 넘어 가혹한 징수에 죽어간 원혼들로 생각한 것은 다산이 현실의 구조적 비리를 예리하게 파악하고 있음을 반증한 것이다. 또한 그 이면에는 이러한 현실의 구조적 비리에 내팽겨진 민중들의 아픔을 자기의 아픔으로 내면화한다. 이처럼 억울한 민중들의 집단적 주검이 구더기가 되고 쉬파리로 화해 민가로 날아드는 광경의 발견은 현실의 구조적 비리 고발을 상징적으로 보여준다면, '너의 생명을 생각하면 저절로 눈물이 흐른다'[26] 하여 음식을 만들어 그들을 먹이는 장면은 다산의 인도주의의 구현이다.

뿐만 아니라 다산이 민중들에게 하지 말아야 할 일과 할 일을 제시하는 것 또한 이러한 관점에서 파악할 수 있다. 예컨대 아전들의 횡포가

---

24) 지금 호남(湖南) 일로(一路)에 근심스러운 일이 두 가지 있으니, 그 하나는 백성들의 소요이고, 하나는 관리의 탐학입니다. … 수령이란 사람들은 귀머거리인 양 전혀 들으려 하지 않고 감사(監司)란 사람들도 전혀 마음을 쓰지 않으니, 이는 마치 자녀가 미친병에 걸려 함부로 고함을 치고 난폭하게 행동하는 데도 부모(父母)·형장(兄長)이란 사람이 전혀 어디가 아픈지를 묻지 않는 것과 같습니다. … 탐관오리의 불법(不法)을 자행함이 해마다 늘어나고 갈수록 심해집니다. 6~7년 동안 동서로 수백 리를 돌아다녀 보니 갈수록 더욱 기발하고 고을마다 모두 그러하여 추악한 소문과 냄새가 참혹하여 차마 들을 수가 없습니다.(『다산시문집』 권19 『與金公厚』)

25) 경오년을 전후로 한 탐관오리들의 횡포는 <전간기사> 외에 경오년 6월에 쓴 『다산시문집』 권5 <龍山吏>에도 매우 사실적으로 그려져 있는데, 일부 소개하면 다음과 같다. '아전놈 왜 가지 않고 앉아 있을까(吏坐胡不歸) / 쌀독 바닥난 지 이미 오래거니(瓶甖久已罄) / 무슨 수로 저녁밥 지을 것인가(何能有夕炊) / 죽치고 앉아 못살게 하는 놈(坐令生理絕) / 동네마다 우는 굿이라네(四隣同嗚咽) / 소를 잡아 권문에 바치면(脯牛歸朱門) / 거기에서 인재가 드러난다네(才謂以甄別)'.

26) <吊繩文>, 115쪽.

여전하고 그 인간성을 믿을 수 없기 때문에 고을이나 관(館)엔 들어가지
말고 환혼도 하지 말라는, 곧 만연한 현실의 구조적 비리가 개선될 조짐
이 없는 이 현실에 더 이상 민중들이 희생되어서는 안 된다는 것이다.
그래서 원혼(寃魂)에 대한 해원(解寃) 의식에서 현실의 비참함과 이상적
사회의 괴리감을, 결국 '나비'로 승화하는 장면은 부조리한 현실고발과
인도주의[27])의 압권이다. 이를 보면 다음과 같다.

> 이에 허물을 벗고 변신하여 구속에서 벗어나고, 송장만 길가에 있어 행인
> 이 놀라곤 한다. 그래도 어린 아이는 어미 가슴이라고 파고들어 그 젖통을
> 물고 있다. 마을에서 그 썩는 시체를 묻지 않아 산에는 무덤이 없고, 그저
> 움푹 파인 구렁창을 채워 잡초가 무성하다. 이리가 와 뜯어 먹으며 좋아 날
> 뛰는데, 구멍이 뻐끔뻐끔한 해골만이 나뒹군다. 그대는 이미 나비되어 날고
> 번데기만 남겨 놓았구나.[28])

위의 예문에서 나비는 '가벼움과 변덕스러움'이라기보다는 '순수한 영
혼의 부활'[29]), 또는 민중들의 고달픈 삶을 보상하는 '자유인'임을 상징[30])
한다. '구더기→쉬파리→나비'의 과정으로 승화된 민중의 넋에 대한
보상은 현실의 구조적 비리를 타파할 수 있는 물리적 근거[31])가 된다.

---

27) 인도주의 사상의 구현은 현실 정치에 대한 비판적 시각에서 나옴은 주지의 사실이
   다. 이것은 특히 漢詩에서 두드러지게 나타나는데, 중국의 『詩經』은 물론 우리나라
   에서도 李奎報, 李齊賢, 李穀, 李荇, 李達, 權韠, 趙緯韓, 洪世泰, 丁若鏞, 趙秀三,
   金笠 등으로 맥을 이으며 한국 문학사에서 하나의 전통과 특색을 이루었다. (韋旭
   昇, 李海山・禹快濟 共譯, 『韓國文學에 끼친 中國文學의 影響』, 아세아문화사,
   1994, 153~174쪽 참조.) 이 중, 趙緯韓・洪世泰는 필자가 첨가하였음.
28) 〈吊繩文〉, 116쪽.
29) 한국문화상징사전편찬위원회 편, 『한국문화상징사전』 1, 앞의 책, 144~145쪽 참
   조.
30) '나비'가 '자유인'으로 상징되는 것은 劉會孟의 시에도 나온다. '無因化作千胡蝶,
   西蜀東吳款款飛' (李德懋, 『靑莊館全書』 卷69 〈寒竹堂涉筆〉 下)
31) 위의 도표 〈吊繩文〉 10이 해당된다.

이처럼 다산은 민중의 아픔을 자신의 아픔으로 동일시하며 구현한 인도주의는 그의 현실 비판과 등가됨을 알 수 있다.

다음, <격사해>는 교만방자히 횡행하는 뱀을 탐관오리에 비유하여 그들의 행위를 덕으로 다스릴 수 없다는 주의 입장과 뱀의 본성을 들어 함부로 없애는 것은 불인(不仁)이라 말하는 객의 옹호가 대립하며 의미를 구현하다. 주가 현실의 구조적 비리를 자행한 탐관오리들의 횡행을 조목조목 들어 고발했는가 하면, 객은 그러한 기득권을 가진 자들을 옹호하고 있는 입장이다. 이 작품은 <조승문>과는 달리 주의 일방적 입장을 제시하는 것이 아니라, 대립의 입장을 가진 간하는 자를 내세움으로써 동물우화류로 확대되는 단계를 보여준다. 다산은 뱀의 잔악한 행위를 들어 반드시 죽여 없애야 한다는 존재로 부각시키면서 그 이면에 신음하는 당시 민중들의 아픔을 역설적으로 드러내며 그들의 삶에 대한 연민을 강하게 풍긴다. 이를 보면 다음과 같다.

> 다산(多山) 선생이 다산관(茶山館)에 은거해 있는데, 성하(盛夏)가 되어 초목이 무성해지자 뱀이 꼬여 굼실댔다. … 특히 머구리와 올챙이는 작든 크든 가리지 않고, 비둘기·까치의 살진 것이나, 제비·참새의 파리한 것도 먹어서 토하는 법이 없다. 밤낮으로 수색하여 둥우리를 엎어 알을 찾아 삼키니, 그 혈맥이 다 없어짐에 초조히 부르짖는 어미들의 소리가 처량하고 애처롭다. 그러나 의로운 매도 오지 않고 새매도 한 마리 공격하지 않는다. 이에 교만방자히 횡행하여 배가 그만 울퉁불퉁해져 결핵(結核)이 된다. 그의 죄악이 이에서 더 클 수 없으니 덕으로 다스릴 일이 아니다.[32]

위의 예문에서 '머구리, 올챙이, 비둘기, 까치, 제비, 참새' 등은 잔악한 탐관오리들에 의해 억압을 받고 있는 민중이지만, 이들을 구해줄 '의로운 매나 새매'는 어디에도 찾을 수 없다. 이러한 막막한 현실이 바로

---

32) <擊蛇解>, 117~118쪽.

당시의 구조적 비리가 남발할 수 있는 환경이다. 따라서 다산은 민중들의 신고(辛苦)한 삶을 살게 한 탐관오리들의 잔악한 행위를 들추고는 이들을 덕으로 다스릴 수 없는 존재임을 밝힌다. 곧 이들의 '독에 쏘이게 되면 그만 생명을 잃게 되어 웅황(雄黃)도 그 벽사(辟邪)의 효험을 베풀지 못하고, 평제(萍虀)도 그 해독(解毒)의 이름에 부응하지 못하는'33) 낭패에 빠진다는 인식이 그것이다.

2. 현실참여를 통한 주체적 삶의 회복 의지

다산은 억울한 민중의 삶의 문제를 근본적으로 해결하기 위해 민중 스스로 현실에 참여할 것을 강하게 호소한다. 이것은 민중들의 주체적 삶을 회복하는 길로써 다산의 현실 개혁관과 맥을 같이 한다.

먼저, 〈조승문〉은 민중들에게 행동 요령과 금지 사항(도표 7, 8, 9)을 수동적으로 일러주다가 이내 진정한 해결책을 단호한 어조로 명시한다. 이를 보면 다음과 같다.

> 파리야, 날아가려거든 북쪽으로 날아가라. 북쪽 천리를 날아가 구중궁궐에 가서, 그대의 충정(衷情)을 호소하고 그 깊은 슬픔을 전달하라. 강어(强禦)를 겁내지 않고 시비가 없다. 해와 달이 밝게 비치어 그 빛을 날리니, 정사를 폄에 인(仁)을 베풀고 신명에 고함에 규(圭)를 쓴다. 뇌정(雷霆)같이 울려 천위(天威)를 감격시키면 곡식도 잘 되어 풍년을 이룰 것이다. 파리야, 그 때에 남쪽으로 날아오라.34)

위의 예문은 민중들의 의지적 행위를 통해 현실의 구조적 비리를 타파하고, 주체적 삶을 회복하자는 다산의 강한 메시지이다. 왕과 민중들

---

33) 〈擊蛇解〉, 118쪽.
34) 〈吊繩文〉, 117쪽.

의 중간자인 잔악한 탐관오리들이 있는 한 현실의 구조적 비리는 타파
할 수 없음을 인식한 것이다. 이에 모든 민중들이 직접 일어나 왕에게
자신들의 충정을 자세히 알리면 모든 정사가 인(仁)을 베풀 수 있어 마
을마다 풍년을 이룰 수 있다는 것이다. 이것은 왕과 민중간의 직접적 소
통 방식이다. 실제 다산이 인식한 민(民)은 군(君)이라는 개체(個體)에
대하여 또 하나의 다른 개체로서의 민이라고 볼 때, 둘의 관계는 군의
'위민(爲民)'이라는 정치적 기능과 민의 고유 기능으로서의 민권(民權)이
상호 보완적 관계35)에 있다는 것이다.

물론 조선 후기는 민중들의 현실참여도가 그 이전보다 많이 나아졌다
하더라도 극히 일부를 제외하고는 대다수의 민중은 가진 것이 없는 소
작농으로서 오히려 더 고통에 직면해 있었던 것이 사실이다. 더욱이 당
시 민중의 입장에서 왕께 직접 나아가 탐관오리들의 횡포를 호소한다는
것은 쉬운 일이 아니다. 그러나 다산은 쉬파리, 곧 민중들의 영혼을 동
원하여 불가능을 가능으로 치환하여 현실참여를 적극 권유한다. 이른바
'군(君)-민(民) 관계 회복을 통한 대동사회 염원'36)임과 동시에 '군(君)-
민(民)'은 수직적 관계가 아니라 평등한 관계, 심지어 군주의 마음까지도
바로 잡아야 할 대상37)임을 말한다. 여기에 다산의 철학적 인간관이 짙
게 깔려 있다. 물론 다산이 주체적 삶의 회복을 지향했다 해서 신분의
완전한 해방, 곧 '인간의 완전한 평등'38)을 지칭한 것은 아니다. 예건대

---

35) 田有二主, 其一王者也. 其二佃夫也. (『다산시문집』권9, 「疏」<擬嚴禁湖南諸邑佃
夫輸租之俗劄子>)

36) 이원걸, 앞의 논문 참조.

37) 정약용은 국풍시를 '大人'이 '諷人主'의 방식을 통하여 '한번 군주의 마음을 바로 잡
을 것(一正君)'을 책무로 삼는 시라고 정의하였다.(심경호, 「정약용의 국풍론」, 『조
선시대 한문학과 시경론』, 일지사, 1999, 572~573, 578쪽 참조.)

38) 『다산시문집』 권9 「擬嚴禁湖南諸邑佃夫輸租之俗箚子」에 '臣伏唯天地生物之理.
至公大慈. 一視同仁. 豈欲使百夫殫力. 以肥一夫哉.'(신은 삼가 생각하건대, 천지가
만물을 내는 이치는 지극히 공정하고 지극히 인자하여, 누구나 평등하게 대우하는

다산의 다른 잡문 〈출동문(黜僮文)〉에서 주인을 속이고 게으름을 피우는 종을 축출하는데, 이를 보더라도 다산은 신분의 완전한 해방보다는 각자의 신분에 맞는 주체적 삶을 주문한 듯하다. 이처럼 다산의 균형잡힌 현실적 세계관과 개혁관은 독자로 하여금 삶의 진정성을 읽게 한다.

다음, 〈격사해〉에서 현실참여를 통한 주체적 삶의 회복 의지는 도표 2, 4~5에 집중적으로 부각되어 있다. 주는 민중들의 억압적 상황이 야기된 것을 탐관오리들을 '마땅히 끊지 않아 된 것'39)이라고 자성하면서 그들을 반드시 죽여야만 하는 논리를 편다. 곧 '군(君)－민(民)' 관계의 회복과 민중들의 주체적 삶의 회복은 중간 착취자인 탐관오리들을 민중들이 직접 뿌리를 뽑아야 한다는 것이다. 그러나 당시의 기득권층도 만만찮음을 보여주는데, 곧 객이 뱀의 본성을 들어 주에게 반기를 든다. 이를 보면 다음과 같다.

> 선생께선 어찌 불인(不仁)을 말하는가. 무릇 하늘과 땅이 나누어지자 온갖 물건이 그 자연의 운명을 받아 충화(沖和)·여학(厲虐)이 각각 그 본성을 따르게 되었다. … 모든 물건이 똑같이 않은 것은 그 물건의 본성인 것이다. 우주가 널리 감싸 포용하므로 만물이 용납되지 않는 것이 없고, 신의 조화를 궁리해 보면 만물이 쓰이지 않는 것이 없다. 어지러이 널려 있어도 그 중정(中正)을 잃지 않는 것이 곧 천지의 커다란 본심인 것이다. 그러므로 뱀에게는 뱀의 본성이 있는 것인데, 선생께선 질시하기를 어찌 그리 극심히 하는가.40)

위의 예문처럼 객은 뱀의 본성이 있기 때문에 뱀 나름대로의 삶과 쓰

것인데, 어찌 백 사람으로 하여금 힘을 다하여 한 사람을 살찌우게 하려 하겠습니까?)라는 말이 나온다. 이것은 완전한 '평등 정신'을 가리킨다기보다는 인간의 신분에 맞는 '주체적 삶'은 보장받아야 한다는 것이다.

39) 〈擊蛇解〉, 118쪽.

40) 〈擊蛇解〉, 119~120쪽.

임이 있다며, 이를 처단하는 것은 이치에 맞지 않을 뿐만 아니라, 인(仁)
의 행위가 아니라고 강변한다. 객의 뱀의 본성에 대한 옹호에 대해 다산
은 품류의 상이(相異)를 들어 자신의 논지를 강화한다. 이를 보면 다음
과 같다.

> 아아, 어찌하여 그대는 품류(品類)를 모르는가. 사물을 생성(生成)함은
> 하늘이 하고 물건을 사용함은 사람이 한다. 그러므로 옹이가 많아 쓸모없는
> 저력(樗櫟)과 가시가 있어 먹지도 못하는 절명(菥冥)은 베어 버려 소나무
> 나 대나무를 잘 자라게 하고, 호랑이와 이리 등 살상하는 맹수를 죽여 없애
> 어 사슴이나 노루를 편하게 하고, 가라지를 제거하여 곡식싹을 실하게 하고,
> 돌을 쪼아 옥을 드러내고, 간사하고 아첨하는 무리를 쫓아내어 어진 신하를
> 보호하는 것이니, 이는 곧 천지의 지극한 인(仁)이다.41)

위의 예문은 다산의 존재론적 인생관을 피력한 것이다. 인간의 본성
은 다른 사물[동물]과 그 품류가 달라 도의(道義)와 기질(氣質)을 동시에
가지면서 그의 의지의 자유에 따라 결정할 수 있는 특수적 개인을 가리
킨다.42) 곧 다산은 인간의 마음이 본능으로 결정되는 것이 아니라, 심
(心)의 자주지권(自主之權)의 가능성 속에 열려 있다43)는 것이다. 간하
는 자의 뱀의 본성 운운은 말 그대로 금수(禽獸)의 본성이 결정된 존재
라면, 인간은 의지의 자유가 있기 때문에 '선(善)'한 일이든 '악(惡)'한 일
이든 모든 것은 자신이 결정하고 선택하고 책임진다는 것이다.44) 뱀은

---

41) <擊蛇解>, 120쪽.

42) 人性者, 合道義氣質二者而爲一性也. 禽獸性者, 純是氣質之性而已.(『與猶堂全書』
第2集 卷6, <孟子要義>). 금장태, 「茶山 心性論의 체계와 쟁점」, 『韓國文化』 제26집,
서울대학교 한국문화연구소, 2000, 234~235쪽 등 참조.

43) 금장태, 앞의 논문, 241쪽 참조.

44) 故天之於人, 予之以自主之權, 使其欲善則爲善, 欲惡者爲惡.(『與猶堂全書』 第2
集 卷1, <孟子要義>, 34쪽.)

탐관오리에 비유된 인물로서 이들 또한 도의(道義)와 기질(氣質)을 공유한 존재, 곧 심(心)의 자주권(自主權)을 악하게 행사함으로써 수많은 민중의 적이 되었음은 틀림없는 사실이기 때문에 마땅히 죽여 없애야 함은 자명한 것이다. 이 또한 민중들의 현실참여를 통한 주체적 삶의 회복에 대한 의지가 있을 때 가능한 것이다.

IV. 맺음말

지금까지 논의된 다산 잡문 〈조승문〉과 〈격사해〉를 간략히 요약·정리하면 다음과 같다.

첫째, 두 잡문의 갈래상 특징은 '대문'과 '동물우언'이 착종된 서술원리에 〈조승문〉은 제문의 성격으로 비장감이, 〈격사해〉는 의론의 성격으로 분노감이 압도하는 작품이다.

둘째, 두 잡문의 구조적 성격은 〈조승문〉이 미물에 지나지 않는 쉬파리떼를 당시 억울하게 죽어간 민중들의 전신이라 비유하고, 이들의 원혼을 위로하고 전망까지 제시하는 '해원 구조'라면, 〈격사해〉는 이런 민중들의 아픔을 가져온 근본적 존재인 탐관오리들을 뱀의 양태에 비유해 그들의 잔악상을 고발함은 물론 이들을 반드시 죽여야 한다는 의견을 객과의 대립을 통해 증명한 '의론 구조'이다. 이들의 구조적 성격은 서로 유기적으로 작용하여 하나의 독립된 작품처럼 작용하면서 문학성은 물론 다산이 전달하고자 하는 강한 목적성까지 획득하는 효과를 거두고 있다.

셋째, 두 잡문의 의미 지향은 현실의 구조적 비리 고발과 인도주의 구현, 현실참여를 통한 주체적 삶의 회복 의지를 강하게 제시하고 있는데, 이것은 다산의 철학적 인간관, 개혁 사상과 맥을 같이 한다.

그러나 본고는 다른 동물우언시[45]와의 면밀한 상호 대비를 통한 연구
가 되지 않아 다산의 전체적인 동물우언에 대한 성격이 나타나지 않은
문제점을 안고 있다. 여기에 대한 천착은 필자의 다음 연구 과제이다.

〔김진규〕

---

45) 범박하게나마 다산이 동물을 모티프로 한 시 중, 〈蟬唫三十絶句〉(『다산시문집』 권
6)처럼 서정성이 매우 뛰어난 작품도 있지만, 〈海狼行〉〈追鹿馬行〉〈不亦快哉行〉
〈烏鰂漁行〉(이상 『다산시문집』 권4) 〈獵虎行〉〈貍奴行〉〈田間紀事〉 중 '豺狼'(이
상 『다산시문집』 권5) 등 대부분은 동물 우언시다. 이는 어느 한 동물만이 시의 의미
를 지배하는 것이 아니라, 다른 동물들과 서로 관계를 맺어 의미를 생산한다. 이 중
〈不亦快哉行〉 중 일부를 소개하면 다음과 같다. 나무 끝을 맴돌면서 어미까치 짖어
대고(嘵嘵嗔鵲繞林梢) / 시커먼 구렁이가 둥지로 기어들 때(黑質脩鱗正入巢) / 어
디선가 목 긴 새가 왝하고 날아와서(何處戞然長頸鳥) / 성난 호랑이처럼 머리통을
쪼아대면(啄將珠腦勢如虓) / 그 얼마나 통쾌할까(不亦快哉). 여기서 '黑質'은 구렁
이를 지칭하는 것으로 당시 민중들을 착취했던 탐관오리라면 '鵲'은 힘없는 민중, '長
頸鳥'는 탐관오리를 물리치고 힘없는 민중을 구제해 줄 조력자로 비유되어 있는데,
이들은 서로 유기적으로 짜여져 시의 의미를 획득한다. 반면 〈弔繩文〉과 〈擊蛇解〉
는 비록 다른 동물이 많이 나타나긴 하지만 다산은 이들을 後景化시키고, 쉬파리와
뱀의 행위를 초점으로 하여 인간을 우의한다는 점에서 차이가 난다.

동물에 의탁한 인간의 노예 근성 풍자

― 김성한의 우화소설 〈개구리〉

I. 머리말

1950년 『서울신문』 신춘문예에 단편 〈무명로(無明路)〉가 당선되면서
부터 작품 활동을 시작한 작가 김성한은 장용학, 손창섭과 더불어 전후
신세대 작가 중의 한 사람으로 손꼽힌다. 초창기에 그는 단편을 주로 발
표했는데 이 시기의 대표적인 작품으로는 〈오분간〉을 비롯하여 〈자유
인〉 〈바비도〉 〈중생(衆生)〉 〈방황(彷徨)〉 〈개구리〉 등 20여 편이 있다.
당시 언론계와 출판계에서도 활약을 보였던 그는, 1956년에 〈바비도〉로
제1회 동인문학상을, 1957년에는 〈오분간〉으로 제5회 아시아 자유문학
상을 수상함으로써 비로소 주목받는 작가가 되었다. 이후 그는 1960년
대에 들어서면서부터 〈이성계(李成桂)〉 〈왕건(王建)〉 〈임진왜란(壬辰倭
亂)〉 등의 장편 역사소설을 발표하기도 한다.

그의 작품에 대해서는 그동안 '허무를 지향하는 몰의식의 세계'라는[1]
지적을 비롯하여 '자유를 향한 강렬한 저항 정신을 보여주는 작품 세
계'[2], '현실 인식을 강조하는 프로메테우스적 요소를 가진 문학'이라는[3]

---

1) 전영태, 「김성한 문학과 몰의식의 세계」, 『한국현대소설사연구』, 민음사, 1984, 450~
   462쪽.
2) 천이두, 「전후문학의 양상」, 『한국현대소설론』, 형설출판사, 1983, 257쪽.

등의 언급이 있어 왔다. 그러나 그의 소설은 무엇보다도 주지적이고 관
념적·추상적·형이상학적인 성격을 띠고 있다는[4] 점에서 널리 주목받
고 있다. 이 때문에 그는 차갑고 투명한 이성을 가진 작가, 냉철한 이성
과 지적 풍부함을 바탕으로 작품을 쓴 최초의 작가라는 평을 받기도 한
다.[5] 그뿐만 아니라 그의 소설은 풍자적 방법, 사실적 방법, 우의적 방
법 등 다양한 기법을 활용하여 폭넓은 내용을 드러냄으로써[6] 우리 소설
을 한층 현대화시키는 데 기여했다는 평가도 있다. 특히 그의 주지적이
고 풍자적인 소설 기법은 전후소설의 변모에 큰 작용을 했음은[7] 물론,
이러한 그의 문학적 특성은 우리 소설의 영역을 확대, 심화시키는 데 기
여하기도 했다.

　이 글에서 살펴볼 단편 〈개구리〉는 작가 김성한이 남다른 현실 감각
을 가지고 날카로운 풍자를 담은 그의 단편 중의 하나다. 이 소설은
1955년 〈제우스의 자살〉이라는 제목으로 발표된 것으로, 개구리의 세계
를 통해 인간의 노예 근성을 풍자하고 있는 그의 대표적인 단편소설이
다. 특히 이 소설은 그 배경이 인간 세계를 떠나 신화와 동물의 세계로
확대된 우화의 형식을 빌려 쓰고 있어 우리 소설 공간을 확대했음은 물
론, 새로운 기법의 실험을[8] 보여주고 있다는 점에서 보다 의미 있는 작
품이라 생각된다. 그러면 우화소설의 영역을 현대소설에서 맥을 잇고
있는, 비교적 보기 드문 형태의 이 작품은 구체적으로 무엇을 말하고자
한 것인가를 살펴보기로 하겠다.

---

3) 임헌영, 「실존주의와 1950년대 문학사상」, 『현대문학』 395, 1987, 11, 402쪽.
4) 이유식, 『한국소설의 위상』, 이우출판사, 1982, 200쪽.
5) 임헌영, 「김성한과 그의 작품」, 『한국문학대전집 27』, 학원출판공사, 1987, 424쪽.
6) 박유희, 「관념적 비판의식과 다양한 기법의 채택 – 김성한론」, 『1950년대의 소설가
　　들(송하춘·이남호 편)』, 도서출판 나남, 1994, 93~95쪽.
7) 신동한, 「김성한 편」, 『신한국문학전집』, 어문각, 1984, 395쪽.
8) 박유희, 앞의 책, 104쪽.

Ⅱ. 비루한 인간 속성 풍유(諷諭)

〈개구리〉는 현대소설에서는 흔하게 볼 수 없는 형태를 띠고 있는 소설이다. 우선, 소설에 등장하는 인물에서부터 그러한 면모를 살펴볼 수 있다. 작가는 이 소설에서 개구리, 독수리, 사자, 황새 등 동물을 등장시켜 이들 동물의 세계를 빌려 인간 세상의 이야기를 하고 있는 것이 다른 현대소설과는 구별되는, 이 작품이 가지고 있는 새로움이라 할 것이다.

평화로운 산골 연못에 살고 있는 개구리의 사회는 지도자나 왕의 개념이 없는 세상이다. 그러나 개구리로 태어난 것을 한탄하며 자기비하에 빠져 있는 그들은 올림프스산의 제우스신에게 찾아가 지도자를 달라고 요청한다. 제우스는 통치자를 원하는 개구리들의 어리석은 생각을 꾸짖으나, 그들의 간청에 통나무를 지도자로 보내준다. 그러나 그들은 자신들의 편의를 위해 또 다시 새로운 지도자를 원하게 된다. 결국 개구리들은 황새를 왕으로 맞이하나, 그 때부터 개구리 세상은 아수라장이 되어 연못에는 그야말로 일대 비극이 시작된다. 처음부터 자유로운 삶을 원했던 초록개구리는 제우스를 찾아가 왕을 없앨 것을 요청하나 제우스는 이 모든 것은 자초한 비극이라 한다는 것이 이 소설의 경개다.

앞에서도 언급했듯이 이 소설은 인간의 이야기를 하고 있는 작품이기는 하나 그 이야기를 동물들의 입을 통해 서술하고 있다. 이러한 유형의 이야기를 우화라고 한다. 일반적으로 우화는 도덕적 명제나 인간 행동의 원리를 예증하는 짧은 이야기로, 결론 부분에서 화자나 작중 인물 중의 하나가 경구(Epigram)의 형식으로 도덕적 교훈을 진술한다. 우화 중에서도 보통 가장 흔한 우화는 동물우화다. 동물우화에서는 동물들이 스스로 대변하고 있는 인간 유형처럼 말도 하고 행동도 하는 것으로 묘사하여[9] 인간 생활을 기지로써 풍자하고 윤리적 교훈을 준다. 다시 말하

---

9) M. H. Abrams, 최상규 역, 『문학용어사전』, 예림기획, 1997, 18쪽.

면 동물을 비롯한 사물의 입을 빌려서 그 속에 도덕적 교훈을 담아서 하는 비유의 이야기가 우화이고, 우화의 본질적인 문제들을 고수하면서 그 양적인 면과 질적인 면에서 한층 발전한 것이 우화소설이라고 할 때 그 중에서도 동물을 의인화한 것을 동물우화소설이라고 할 수 있다. 곧 동물우화소설은 인간 사회의 사상(事象)이나 인간 행위를 동물에 가탁(假託)하여 간단한 하나의 교훈적 명제를 훈시해 주는 단편담인 동물우화가 소설 형태로 발전한 것이거나, 그러한 동물우화의 속성을 지니고 있는 소설을 말한다고 하겠다.10)

이와 같은 동물우화소설은 일정한 도덕적인 교훈을 표현하고 인간사의 결점을 풍자하는 이야기가 중심을 이루고 있기 때문에11) 알레고리를 본질적인 특성으로 가지게 된다. 알레고리란 '다르게 말한다'는 뜻을 가진 그리스어 allegoia에서 유래된 말로 우의(寓意) 또는 풍유(諷諭)라고도 한다. 이는 행위자(agent)와 행동, 때로는 그 배경(setting)까지가 축어적이거나 일차적 수준에서 일관된 의미를 구성하고, 또 행위자와 개념과 사건의 이차적이고 상호 연관적인 수준을 의미하도록 고안된 서사물을 말한다.12) 알레고리는 보통 표면적인 의미와 이면적인 의미로 이루어진 이중적 의미를 가진 이야기 유형으로 나타나기 때문에 두 가지 수준에서 읽히고 이해되며 해석될 수 있다. 이러한 관점에서 볼 때 동물을 의인화한 동물우화는 1차적으로는 동물 세계의 이야기지만, 2차적으로는 인간 세계를 빗대어 말하고 있는 이중 구조를 가지고 있기 때문에 알레고리의 뚜렷한 한 예가 될 수 있다.13)

이와 같은 측면에서 보면 동물우화소설의 한 예가 되는 〈개구리〉 역

---

10) 김재환, 『한국 동물우화소설 연구』, 집문당, 1994, 11쪽.
11) 위의 책, 158쪽.
12) M. H. Abrams, 앞의 책, 15~16쪽.
13) 한용환, 「소설학사전」, 문예출판사, 1999, 306쪽.

시 동물 세계를 빌려 내용을 전개하고는 있지만 작가가 이 소설을 통해 말하고자 한 것은 인간 세상에서 벌어지고 있는 갖가지 제도와 모순을 풍자하기 위한 것이므로 알레고리의 좋은 예가 되고 있다.

우선 이 소설에서 작가는 인간 세상을 알레고리하기 위해 작품에 등장하고 있는 인물들의 성격을 긍정적인 측면보다는 부정적인 측면을 눈에 띄게 강조하고 있다. 다음의 인용문에서 그와 같은 면을 볼 수 있다.

> 한층 높은 바위에는 엄청나게 큰 검은 독수리가 두 눈을 번득이면서 버티고 섰다가 무어라고 소리를 냅다 지르니 뭇새들은 땅에 엎드려 국궁재배하고, 앵무새와 공작도 앞으로 나가 한번 읍하고 일어서 대령하였다. 독수리는 좌중을 한바퀴 휘익 돌아보고 나서 맨 뒤 땅바닥에 제창 엎드리지 않고 곁눈질하는 까투리를 쏘아보면서 고함을 지르자 앵무새가 받아서 재잘거렸다.[14]

위의 인용문에서는 앵무새, 공작, 까투리를 비롯한 뭇새들이 독수리에게 꼼짝 못하고 엎드려 절하는 모습을 볼 수 있다. 이와 같은 모습을 통해 알 수 있는 것은 독수리는 날짐승의 세계에서 폭군 혹은 독재자라는 사실이다. 그와 같은 독재자 옆에서 비위를 맞추기 위해 재잘거리는 앵무새는 독재자에게 아부하는 기회주의자 또는 간신배의 전형을 묘사한 것이라 하겠다.

뿐만 아니라 다음의 인용문에서,

> 단잠이 들었던 개구리들은 하늘과 땅이 한꺼번에 뒤집히는 듯한 소리에 놀라 깨었다. 사자를 선두로 한 짐승의 행렬이 지나가는 것이었다. 그때마다 골짜기는 쩡쩡 울리고 산천초목도 죄다 부르르 떠는 듯하였다. 재빨리 물 속에 뛰어든 개구리들까지도 와들와들 떨었다. 짐승들은 개구리 따위는 왼눈으로도 보지 않고 사자의 지휘하에 질서정연히 산을 넘어갔다. 몇 시간 전에 보고 감탄하던 독수리 따위는 문제도 안되었다. 어느 개구리 할 것 없

---

14) 김성한, 〈개구리〉, 『김성한 중단편전집』, 책세상, 1996, 106쪽.

이 간담이 서늘했다.15)

라 한 부분을 보더라도 짐승의 행렬에서 선두로 나선 사자는 골짜기를 쩡쩡 울리고 산천초목마저 떨 정도의 위엄 있는 인물로 나타나고 있다. 이는 백수(百獸)의 왕으로 군림하는 사자가 날짐승의 세계에서 독재자로 자처하는 독수리와는 비교가 안 될 정도의 폭군이자, 개구리 따위의 약한 동물에게는 관심조차 두지 않는 존재임을 말하고 있는 것이다. 동물 세계에서 벌어지고 있는 이러한 장면을 통해 작가가 말하고자 한 것은 세상이란 힘있는 자가 지배한다는 사실이다. 곧 작가는 이 세상은 강한 자는 먹고 약한 자는 먹히는 약육강식의 원리가 지배하는 사회이고, 인간 사회도 이와 다름이 없다는 사실을 지적하고 있다.

> "왕두 몰라? 저렇게 제일 잘난 작자를 왕이라구 하지. 개구리 세상은 참 데데해서 살 수가 있어야지. 왕두 없구. 더군다나 왕이 무엔지두 모르는 바 보천치라 기막힐 노릇이지."16)

위의 인용문은 온통 권력에 대한 욕심으로 가득 찬 얼룩개구리가 한 말이다. 얼룩개구리는 소설에서 시종일관 개구리로 태어난 것을 한탄하면서 스스로의 존재 자체에 만족하지 못하고 있다. 철저하게 자기 비하에 빠져 있는 이 얼룩개구리는 작품에서 정체성을 상실한 대표적인 인물로 그려지고 있다. 그뿐만 아니라 다음과 같은 인용문을 보면 얼룩개구리는 철저하게 사대주의에 물들어 있는 존재이기도 하다.

> …… 백수(百獸)에는 사자가 있어 다스리고, 백금(百金)에는 독수리가 통치하고 있사온바, 유독·신등 개구리만은 통치자 없이 제각기 제멋대로 날

---

15) 위의 책, 110쪽.
16) 위의 책, 107쪽.

치는 판국이노니 이를 가련히 여기사 조속한 시일 내에 임금을 내려 주시옵
소서…… 상하도 예의범절도 없이 제멋대로 날뛰는 이 현상을 어찌 가탄하
지 아니하오리까? 억센 힘으로 가련한 이 무질서, 군중을 꽉 틀어쥐고 질서
와 단계를 세워 빛나는 통치를 할 군주를 갈망함은 가뭄에 비를 기다리는
심정인가 하나이다.17)

인용문을 통해 알 수 있듯이 얼룩개구리는 한 지도자 밑에서 질서 정
연하고 위풍당당한 모습을 하고 있는 날짐승을 비롯한 뭇짐승들의 세계
를 부러워한다. 그는 통치자가 없는 개구리의 세계를 상하도, 예의 범절
도 없는 세상이라 비하하면서 개구리의 세계에 지도자를 내세워 무질서
를 질서로 정돈하기를 간절히 원한다. 이때 무조건 임금을 내려 달라 하
는 얼룩개구리의 성격은 주체성 없이 남에게 의지해 자기의 존립을 꾀
하려 하는 사대주의적 성격을 그대로 나타내고 있는 예가 되고 있다. 이
는 작가가 얼룩개구리를 통해 주체성 없이 남에게 의지하려 하는 인간
의 부정적 속성을 지적하고 비판한 것이라 하겠다.

그러나 끝까지 지도자를 앞세워 질서와 단계를 세워 통치를 할 군주
를 갈망하는 얼룩개구리의 요청에 제우스는 다음과 같이 꾸짖는다.

"너희들같이 어리석은 자의 눈에는 무질서로 보이리라. 그러나 그 뒤에는
더 높은 질서가 있다. 사자는 사자, 독수리는 독수리, 개구리는 개구리다. 애
써 멍에를 쓰자고 덤비는 그 심사를 모르겠구나. 이 땅 위에서 가장 행복한
것은 바로 너희들이니 돌아가 이 뜻을 뭇개구리에게 선포하고 아예 어리석
은 생각은 말라고 하여라."18)

인용문에서 제우스의, 사자는 사자, 독수리는 독수리, 개구리는 개구
리라 한 말은 각자 누구에게나 주어진 본분이 있다는 뜻이다. 그러나 그

---

17) 위의 책, 112쪽.
18) 위의 책, 같은 쪽.

본분에 충실하지 못하고 지도자를 내세워 그의 통치를 원하는 것은 진정한 행복을 누리지 못하고 애써 멍에를 씌워 거기에 구속당하려 하는 노예 근성에서 비롯된 어리석은 생각이라고 제우스는 꾸짖는다.

그럼에도 불구하고 지도자를 간절히 원하는 얼룩개구리의 요청에 의해 제우스는 통나무를 그들의 지도자로 보내준다. 있는 그대로의 세상에 만족하지 못하고 더 높은 무언가를 끊임없이 갈망하던 얼룩개구리는 통나무에도 만족하지 못하고 또다시 새로운 왕을 요청하게 된다. 이에 제우스는 황새를 왕으로 내려주게 되고, 이때부터 연못은 일대 아수라장이 되고 만다. 황새는 닥치는 대로 개구리를 잡아먹고 주체성 없는 얼룩개구리는 오로지 왕의 비위를 맞추느라 폭정과 폭압을 서슴지 않는 간신배 재상으로 변모한다. 이와 같은 얼룩개구리의 행동을 통해 작가는 주체성을 상실하고 오로지 힘과 권력에 빌붙어 아부하는 기회주의적인 인간과 그러한 인간들이 살아가는 세상을 알레고리하고 있다.

이 소설에는 기회주의적이고 비겁한, 사대주의에 물들어 있는 얼룩개구리 외에도 파랑개구리와 검둥이개구리가 등장한다. 이들은 얼룩개구리와는 달리 지도자가 무엇인지조차 모르는 순진하고 어리석은 우민(愚民)이다. 이러한 인물을 사회학적으로 즉자적(即自的) 민중, 곧 잠자는 민중이라고 한다. 이들은 자기가 민중이라는 자의식을 갖지 못하고 있다. 따라서 대부분이 대세에 영합하고 부화뇌동하는 우중(愚衆), 혹은 속물들이다. 이들은 지배자들에 의한 부당한 피지배를 깨닫지 못하거나, 깨달아도 그것을 억울하다거나 피해라고 느끼지 못하고 숙명으로 체념하도록 훈련된 민중이다. 그렇기 때문에 지배자의 입장에서 보면 이들은 편리하고 우직한 신민(臣民), 순종하는 양과 같은 민중이라 할 수 있다.

그런데 이들 즉자적 민중이 잠에서 깨어났을 때 대자적(對自的) 민중이 된다. 이들은 자신이 부당하게 조종, 동원되고 억울하게 빼앗기고 있으며 비참하게 따돌림당하고 있는 피지배자임을 깨닫고 그에 분개한다. 새롭게 자기와 세계에 눈든 이 대자적 민중은 결국에는 모순된 기존 질서를 바꾸기 위해 행동하게 된다.[19]

결국 이 소설에서 정체성을 상실한 속물로 묘사되고 있는 얼룩개구리나, 순진하고 무지한 양민(良民), 혹은 우민(愚民)으로 묘사된 파랑개구리나 검둥이개구리를 즉자적(卽自的) 민중이라고 한다면, 이들에 반기를 들고 있는 이 소설의 또다른 인물인 초록개구리는 대자적 민중이라 할 수 있겠다.

다음의 인용문에서 초록개구리는,

> "얼룩아 보기두 싫다. 높은 데서 뽐내지 말구 내려와. 네나 내나 마찬가지야. 지도자구 질서구 되지 못하게. 나는 이대루 자뿌라질 자유, 낮잠 잘 자유, 제멋대루 거꾸로 설 자유가 좋다."[20]

라고 하면서 지도자를 두고 그의 통치를 따르는 데에 이의를 제기하고 있다. 다른 개구리들은 지도자와 그의 통치를 따르자는 의견에 찬성하나 초록개구리는 지배와 피지배의 권력 중심의 구조보다는 스스로가 선택한 자유로운 삶을 강조하고 있다. 뿐만 아니라 얼룩개구리처럼 비겁하고 권력욕에 사로잡힌 지도자는 아예 필요 없다고 하여 다른 인물들에 비해 비교적 자존심 있고 용기 있는 인물로 그려지고 있다.

그러나 황새가 개구리 세상을 휩쓸어 폭군과 간신배가 지배하는 난세의 위기에 처하자 초록개구리 역시 제우스를 찾아가 의지하려 한다. 이로써 볼 때 이 소설에서 비교적 주체성이 있는 인물로 그려지고 있는 초록개구리 역시 스스로 자기 존재를 만들어 나가는 데 한계를 가진 인

---

19) 한완상, 「민중의 사회학적 개념」, 『민중(유재천 편)』, 문학과지성사, 1984, 58~64쪽.
20) 김성한, 앞의 책, 109쪽.

물에 그치고 만다.

결국 작가는 이 소설에서 개구리 세상에서 볼 수 있는 부정적인 성격의 인물과 그들의 행동을 통해 인간 세상에서 벌어지고 있는 갖가지 문제점, 즉 약육강식의 원리가 지배하는 사대주의에 물든 인간의 노예 근성을 알레고리하고 있음을 알 수 있다.

Ⅲ. 자초한 족쇄 － 신(神), 이념

작가는 이 소설에서 개구리 사회에서 벌어지는 이야기를 통해 스스로 우상을 만들어 그에 얽매여 살아가는 인간의 어리석음을 지적하고 있다. 인간이 믿고 따르는 신이라는 존재도 그렇고 다른 모든 제도도 마찬가지라고 하고 있다. 제우스가 한, 다음과 같은 인용문에 그와 같은 사실이 잘 나타나 있다.

"…… 저 아래 널리 퍼져 사는 사람이라는 동물이 있는데 이 동물들의 눈에는 내가 사람 모양으로 보인단 말이다. 그러기에 그자들은 자기들과 꼭 같은 꼬락서니를 한 대리석상을 신전에 모시고 굽신거리거든. 소는 소, 닭은 닭, 개는 개의 제우스를 가지고 있으니 내 어찌 유일자일 수 있겠느냐?"
초록이는 어리둥절하였다.
"그러면 결국은……"
"결국은 나는 없는 것이다. 너희들이 만들어낸 것이다. 의식의 조작이다. 의식에 뿌리박은 노예근성의 조작이다."21)

인용문에서 제우스는 신이란 유일한 존재도 아니고, 다만 인간들이 그들의 의식에서 만들어낸 존재에 불과하다고 말하고 있다. 이 말은 결국 신이라는 존재 자체가 없다는 뜻이다. 작가가 소설 속에서 한, 이와

---

21) 위의 책, 121쪽.

같은 말은 실존주의 철학에서 말하는 그것과 관련이 있다.

실존주의 사상가 중의 한 사람인 사르트르에 의하면 실존주의에는 두 갈래가 있다고 한다. 야스퍼스, 마르셀로 대표되는 기독교인으로서의 유신론적 실존주의와, 하이데거와 사르트르 자신을 들 수 있는 무신론적 실존주의가 그것이다.[22] 기독교인인 유신론적 실존주의자들은 사람이 자기 이상으로부터의 인격신의 구원을 믿는 신앙을 절대화함으로써 참된 자신의 삶의 뜻과 가치를 찾으려 했다. 반면에 무신론적 실존주의자들은 신의 구원 없이 자기의 의지를 절대화시켜 자기 존재의 의의와 가치를 찾으려 한 사람들이다. 신의 존재를 부정하는 이 무신론적 실존주의 사상에서는 실존하는 인간의 원형은 신의 권위를 부정하고 이에 도전하는 자라고 한다. 이 사상에 의하면 신이 없다면 무엇이고 허용될 것이고, 그것이 실존주의의 출발이라고 한다.[23] 이 소설의 경우 위의 인용문에서 제우스가 한, 신은 처음부터 아예 존재하지 않는다는 것은 곧 이와 같은 무신론적 실존주의 사상에서 말하는 것과 같은 맥락에서 이해할 수 있다.

"천국에 이르는 길은 험하고 그 문은 좁다 하오나 외람된 소원이오나 차라리 구차한 이 생을 버리고 영혼이나마 천국의 자유천지로 올 수는 없사오리까."

"천국? 천국이 어디 있다더냐?"

초록이는 순간, 고개를 들고 멍하니 입을 벌렸다. 천만의외였다.

"천국과 지옥은 지각 있는 온 생명이 나서 죽을 때까지 주야로 잊지 못하는 두 갈래 일인가 하나이다."

"허허, 그것은 다 의식 조작이다. 천국도 지옥도 아무 것도 없다. 없다. 아一무것도 없다."[24]

22) 사르트르, 『실존주의는 휴머니즘이다(방곤 역)』, 문예출판사, 1992, 13쪽.
23) 위의 책, 23쪽.

인용문에서 제우스는 천국과 지옥의 세계 역시 신과 마찬가지로 모두 의식의 조작에 불과하다고 말하고 있다. 신의 존재와 마찬가지로 천국과 지옥은 모두 인간의 의식에서 만들어낸 세계일 뿐, 실제로는 아무 것도 존재하지 않는다는 것이다. 따라서 이 세상에는 상을 주고 벌을 주는 인격신(人格神)은 처음부터 아예 존재하지 않는다고 한다. 뿐만 아니라 스스로의 의식이 만든 신은 마침내 인간을 노예로 만들고 말았다. 이는 이 소설에서 볼 수 있는, 개구리 세계에서 스스로 지도자를 원해 황새를 왕으로 얻게 되고 그 독재자의 통치로 고통과 비극을 자초한 것과 같은 맥락에서 이해할 수 있다.

역사적으로 볼 때 서양 사상의 근간을 이루는 두 가지 큰 흐름으로 헬레니즘과 헤브라이즘을 들 수 있다. 헬레니즘은 모든 것은 사람에게서 시작된다는 생각을 가진 사상으로, 무엇보다 개인의 행복과 개인의 구원을 중시했다. 인간 중심주의 사상을 바탕으로 한 헬레니즘은 이성을 중시하고 사물을 논리적·철학적·과학적으로 바라보고 생각했다.

한편, 헤브라이즘은 그리스도교의 종교 사상을 근간으로 한다. 여기에서는 신 중심의 사고가 지배적이므로 신의 은총을 받는 것이 행복의 기준이 된다. 따라서 내세적이고 이상적·정신적·금욕적인 면을 중시했으며 무조건 신에 복종할 것을 요구한다. 신은 모든 것을 초월한, 절대적인 이상으로 바라보기 때문에 인간은 철저하게 낮추고 인간을 오로지 신의 노예로 본다. 한마디로 철저한 신본주의라 할 수 있다. 이와 같은 신 중심주의 사상으로 인해 종교의 암흑기가 도래하고 인간은 마침내 종교의 노예로 전락하는 시련을 겪게 된다. 이 소설에서 작가는 헬레니즘과 헤브라이즘 시대를 거쳐 이제 더 이상 신은 존재하지 않는다는 신의 사망을 선언하기에 이른다.

---

24) 김성한, 앞의 책, 120쪽.

"그러하오나 제우스 신께서는 우주의 영원한 최고신인 줄 아옵나이다."
"아직도 꿈을 꾸는구나. 너희들 각자가 제각기 나를 잡아먹을 수 있다고
하지 않느냐? …… 그뿐이 아니다. 머지 않아 헤브라이 군신(軍神)이 눈부
시게 단장하고 에호바라는 이름으로 이 헬라스 땅에 들어와 온 생령의 의식
을 점령할 때, 나는 완전히 죽어버리고 어린이의 옛말책에 나오는 주인공으
로 떨어지고 말 것이다. 나는 의식에서 태어나 의식을 파먹고 사는 존재이
거든, 빤한 일이 아니냐? 그러기에 헤브라이의 군신은 현명하게도 이렇게
말하지 않느냐? 나는 너희들의 마음 속에 있다고……"25)

위의 인용문에서 제우스가 한, "나는 완전히 죽어버리고 어린이의 옛
말책에 나오는 주인공으로 떨어지고 말 것이다"라는 말에서 작가의 무
신론적 실존주의의 목소리를 들을 수 있다. 사르트르에 의하면, 실존주
의는 일관성 있는 무신론적 주장을 끝까지 견지하여 그로부터 결과를
이끌어내려는 노력이라고 한다. 따라서 실존주의에서는 신이 존재한다
손 치더라도 아무런 변화가 없을 것이라 한다.26) 사르트르뿐만 아니라
기독교의 전통을 부정하는 사상가인 하이데거와 니체 역시 신을 논하는
일 없이 세계와 인간의 존재를 해명하려 했다. 이들 중 니체는 키에르케
고르가 아직 신학적 입장에 사로잡혀 있었기 때문에 이끌어내지 못했던
무신론의 결론을 솔직 대담하게 공표한 가장 극단적인 사상가였다. 그
는 복종, 관용, 동정, 자비, 인내 등 기독교에서 미덕이라고 부르는 것은
약자와 가축 등과 같은 부류의 집단에게나 걸맞는 도덕이요, 위선일 따
름이라 하면서27) 기독교 윤리나 도덕을 초월한 상태에서 사유하려 했
다. 또한 그는 기독교적인 신의 등장이 지상에 최대의 의식을 자아내었
으나 이제 그 정반대의 운동이 전개되었다고 본다면, 신에 대한 믿음이

25) 위의 책, 122쪽.
26) 사르트르, 앞의 책, 49쪽.
27) 조가경, 『실존철학』, 박영사, 1995, 43쪽.

차츰 약화되어 간다는 사실로부터 거꾸로 죄의식이 감소되어 간다는 사실을 추리해 낼 수 있다고 했다. 나아가 그는 무신론이 궁극적으로 완전한 승리를 거둘 때 인류는 그 죄의식으로부터 완전 무결하게 구원하게 되리라고 전망했다.[28]

결국 작가는 이 소설에서 무신론적 실존주의에서 말하는 신의 존재에 대한 부정을 통해 신의 사망을 선언하고 있다. 작가는 신이란 의식이 만들어낸 우상, 즉 허상에 불과한 존재이므로 부숴 버려야 한다고 말하고 있다.

한편, 실존주의에서 말하는 인간이란 존재는 개념에 의해 규정되기에 앞서 먼저 실존하고 다음에 스스로 생각하고 행위함으로써 자기 자신을 만들어 나간다. 곧 인간은 어떠한 초월적 존재에 의해서 이미 만들어진 것이 아니라 스스로 생각하고 행위함으로써 자기 자신을 만들어 나가는 현실 존재다. 사르트르가 "사람은 스스로가 만들어 가는 것 이외에 아무것도 아니다. 이것이 실존주의의 제1의 원리이다."라 한 말에 그 사상이 응축되어 있다.[29] 사르트르는 인간은 이 세계에 아무 뜻없이 내던져져 있는 우연한 존재, 존재하지 않을 수도 있는 존재라고 생각하고 여기에서 인간의 자유가 비롯된다고 한다. 그리하여 인간은 자신의 선택과 책임 하에 스스로를 만들어 나가야 한다고 주장한다.[30]

뿐만 아니라 그는 인간 이외의 어떠한 초월적인 권위에도 의존하지 않는다. 창조신, 영원한 자연 법칙, 선천적 운명, 어떤 것도 인간을 규정해 주지 못하며, 우리에게 남은 길은 스스로 규정하는 것뿐이라고 하면서, 인간은 자기 이외에는 아무 것에도 책임을 돌릴 수 없는 절대적인

---

28) 위의 책, 45쪽.
29) 사르트르, 앞의 책, 16쪽.
30) 정명환, 「실존주의와 문학」, 『20세기 이데올로기와 문학사상』, 서울대학교 출판부, 1982, 40~41쪽.

자유 존재라고 하고 있다.[31] 그러나 모든 것을 만들 수 있고 동시에 부인할 수 있는 극단적인 자유는 결국 어느 지점에 이르러서도 인간 존재의 의미나 가치를 완성시켜 주지 못하는 까닭에, 자유는 또한 불안정한 것, 허무한 것이라는 소극적인 일면을 드러내 주기도 한다.[32] 따라서 이 소설에서 작가는 자유로울 수밖에 없는 존재가 불안과 공포에 직면할 때의 두려움을 다음과 같이 말하고 있다.

> 두 개구리는 더욱 무서웠다. 혹시나 제우스가 함정을 만들어 놓고 빠뜨려서 영겁의 지옥으로 몰아넣으려는 것은 아닌지? 이마를 땅바닥에 조아리고 숨도 크게 쉬지 못하였다.[33]

뿐만 아니라 이 소설에서 작가는 한 걸음 더 나아가, 현대는 새로운 신 아닌 신이 등장하여 인간을 속박하고 있음을 말하고 있다. 그는 이, 새로운 신 아닌 신의 등장으로 인해 세상은 싸움과 지옥으로 변해 버렸다고 한다. 다음의 인용문에서 그와 같은 사실을 찾아볼 수 있다.

> "섬기지 않고는, 굽신거리지 않고는 배기지 못하는 노예근성이여, 의식의 비극이여?……헤브라이의 신을 섬기다가 섬기는 데 지친 의식은 이십세기 후에 이즘이란 것을 꾸며내 가지고 그 밑에 굽신거리고, 이 있지도 않는 허깨비 같은 새로운 신의 명령이라 하여 피를, 많은 피를 흘리고 쓰러지리라. 간단없는 의식의 조직이여, 네 죄가 진실로 크도다."[34]

인용문의, "신을 섬기다가 섬기는 데 지친 의식은 이십세기 후에 이즘이란 것을 꾸며"냈다고 하는 구절에서 볼 수 있듯이 작가는 무신(無神)

---

31) 조가경, 앞의 책, 137쪽.
32) 위의 책, 115쪽.
33) 김성한, 앞의 책, 122쪽.
34) 위의 책, 같은 쪽.

의 세계인 20세기 현대에 새로운 신 아닌 신, 곧 이데올로기가 등장하여
인간을 속박하고 있다는 사실을 말하고 있다. 이데올로기란 인간이 살
아가면서 자연이나, 사회, 철학 등에 품고 있는 의식의 형태나 인간의
행동을 뒷받침해 주는 신념 체계, 또는 그에 수반하는 지식 일체를 의미
하는 것으로, 현대는 우리가 잘 알고 있듯이 자본주의, 공산주의, 보수
주의, 사회주의, 자유주의 등 수많은 이데올로기가 현존한다. 작가에 의
하면 이 이데올로기라는 것은 신이란 존재와 마찬가지로 인간의 의식이
만든 허상에 불과한 존재로, 이 역시 인간의 노예 근성에서 비롯된 것이
라고 한다.

이 소설이 발표된 1955년은 한국 전쟁 이후 사회적으로 굉장히 혼란
스러운 상황이었다. 이 소설에서 작가는 개구리 세상에서 일어나는 온
갖 추한 욕망, 다툼, 혼란을 통해 당시의 한국의 사회 현실도 6·25로
인해 혼돈과 상처를 입은 시대임을 말하고 있다. 특히 이와 같은 지옥과
같은 현실은 인간이 스스로 만들어낸 자본주의와 공산주의라는 두 이데
올로기가 원인이 되어 싸움이 일어난 결과이며, 이것은 한국의 비극뿐
만 아니라 나아가 세계의 비극으로 이어지고 있음을 상징적으로 보여주
고 있다.

결국 인간이 신을 찾는다거나 이데올로기를 만들어 힘과 권력을 얻기
위해 전력을 다하는 것은 스스로 만든 족쇄에 얽매이는 노예가 되는 결
과를 초래할 뿐이다.

> "간악도 힘이다. 힘있는 자가 없는 자에게 이기는 것은 대자연의 철칙이
> 다."……(중략)……"저 산에 핀 노란 꽃을 보아라. 지금 시름없이 꽃잎이
> 지고 있다. 저것이 만물의 운명이다."[35]

---

35) 위의 책, 121쪽.

위의 인용문에서는 결국 자연이 신이라고 하는 작가의 목소리를 들을 수 있다. 세상은 오직 자연의 지배를 받고 있을 뿐이라는 것이다. 황새는 개구리를 먹고, 개구리는 물고기를 먹고, 꽃은 피고 또 지는 등 이 세상은 대자연의 순리대로 진행된다. 작가는 오직 자연신만이 존재할 뿐이라는 이와 같은 사실을 통해 인간 역시 자연이나 생으로 회귀함으로써 각자가 맡은 본분을 다하는 것이 진리라 함을 강조하고 있다.

Ⅳ. 맺음말

전후 신세대 대표 작가 중의 한 사람인 김성한은 주지적이고 풍자적인 작품으로 그동안 화제를 모아 왔다. 이 글에서는 그와 그의 작품에 대한 기존의 논의를 바탕으로 하여 단편 <개구리>는 과연 작가가 무엇을 말한 소설인가에 대해 구체적으로 살펴보았다. 본론에서 살펴본 내용을 요약, 정리하여 결론으로 삼고자 한다.

<개구리>는 현대소설에서 비교적 보기 드문 우화의 형식을 띠고 있다는 점에서 우리에게 새로움을 가져다 준다. 동물우화의 형식으로 된 이 소설은 일정한 도덕적인 교훈을 주고 인간사의 결점을 풍자하는 이야기가 중심이 되고 있다. 이는 작가가 비속한 인간 세상을 알레고리하기 위함이라 생각된다. 특히 이와 같은 면을 부각시키기 위해 작가는 작품에서 부정적 성격을 띤 등장인물을 주로 묘사하고 있다. 동물의 세계에서 폭군이나 독재자로 군림하는 인물이나 간신배 기회주의자를 내세워 이 세상은 약육강식의 원리가 지배하고 있다는 사실을 알려줄 뿐만 아니라, 정체성을 상실한 인물을 통해 사대주의 사상에 물들어 있는 주체성 없는 인간의 부정적 속성을 비판하고 있다는 사실 등이 그것이다.

작가는 여기에서 더 나아가 개구리 사회에서 벌어지는 이야기를 통

해, 스스로 신이나 이데올로기를 만들어 거기에 얽매여 살아가는 인간
의 어리석음을 지적하고 있기도 하다. 작가의 이와 같은 사상은 무신론
적 실존주의 철학 사상에서 연원하는 것으로, 작가는 아예 신이라는 존
재 자체를 부정할 뿐만 아니라 의식이 만들어낸 허상, 곧 신을 없애 버
릴 것을 역설한다. 작가는 신뿐만이 아니라 20세기 현대에 새로운 신 아
닌 신, 이데올로기마저 인간을 속박하고 있는데 이 역시 노예근성에서
비롯된, 자초한 비극이라고 강조하고 있다. 이 소설이 씌어진 당시 6·
25 이후의 혼란스러운 한국의 현실도 자본주의와 공산주의라는, 인간이
만들어낸 이데올로기가 원인이 되고 있다는 사실과, 거기에서 나아가
이는 세계의 비극으로까지 이어지고 있음을 말하고 있다. 결국 작가는
이 세상, 만물은 자연이라는 거대한 신의 지배를 받고 있을 뿐 각자가
맡은 본분을 다하면서 살아가는 것이 진리라 함을 말하고 있다.

〔김도희〕

신선으로 되살아나는 희귀 곤충

― 이외수 풍유소설(諷諭小說) 〈장수하늘소〉의 의미

비교적 과작(寡作)이라 해야 할 이외수(李外秀)의 소설은 다른 작가의 그것보다 상대적으로 더 많은 시선을 끌어 온 것이 사실이다. 그것은 얼마만큼은 손톱을 길게 기르고, 나자렛 예수를 연상케 하는 아무렇게나 자라도록 내버려 둔 긴 머리 등의 특이한 외모라든지 좀체 세수도 하지 않고 이도 닦지 않고 사는 등 기인(奇人)의 그것이라 할 만한 그의 삶의 행적이라든가 신문연재 소설의 삽화를 그리는 것은 물론 때로는 만화 그리기에 몰두해 있는 모습 같은 것이 불러일으키는 호기심 때문이기도 할 것이다.

그러나 단순히 그 때문에 그가, 그의 작품이 사람들의 관심을 끄는 것은 절대로 아니다. 그것은 그의 소설이 다른 작가에게서 찾을 수 없는 독특한 성격을 가지고 있다는, 그 개성 때문이라고 보는 것이 옳을 것 같다. 예를 들면 그의 상당수의 소설에서는 탐미주의적인 귀기(鬼氣) 같은 것이 느껴지는데 그러한 면이 독자를 흡인하는 어떤 힘을 발휘하는 것인지도 모를 일이다.

Ⅰ. 문명세상의 신선 이야기

그러한 작가 이외수가 1980년대 벽두에 발표한 중편 〈장수하늘소〉는 많은 사람들의 화제의 대상이 되어 왔고 평단에서도 부단히 이 작품에 대한 언급이 있어 왔다. 우리나라에서는 긍정적인 시각에서 쓰여진 것이든 부정적인 시각에서 쓰여진 것이든 등선(登仙), 선화(仙化)의 이야기를 다룬, 흔히 신선소설(神仙小說)이라 부르고 있는 작품이 상당히 오래 전부터 있어 왔다. 17세기 허균(許筠)의 〈남궁선생전(南宮先生傳)〉에서 1900년 초엽의 〈옥루몽(玉樓夢)〉에 이르는 일련의 신선 등장의 소설들이 바로 그것이다.

그러나 1910년대 후반으로 접어들면서 그러한 이야기는 소설 문학에서 자취를 감추어 버렸다. 한국의 경우 이조(李朝)의 한문 단편 소설들이 고소설에서의 비현실적인 황당한 이야기를 그들의 세계에서 몰아낸 이래 소설은 현실에 발을 딛고 선 사실(寫實)의 세계를 찾기 시작했다. 신소설이 한때 이 사실주의적인 사조에 역행하는 경향을 보이기는 했지만 그것이 오래 주류를 거스를 수는 없었다. 그래서 근대문학이 문을 연 1920년대에 들어서서는 천상(天上), 선계(仙界), 도술(道術)이 등장하는 이야기는 이미 지난 시대의 유물이 되었고 그것은 그후 최근에 와서도 마찬가지였었다.

그런데 느닷없이 오늘날과 같은 첨단 과학문명의 시대에 〈장수하늘소〉란, 한 마리 희귀 곤충을 등장시키면서 이미 오래 전에 황당무계한 필희(筆戱)로 치부해 버린 그 신선 이야기를 다룬 소설이 발표되었고, 그것이 많은 독자를 사로잡고 있다는 것은 확실히 예사스런 일이라 할 수 없다.

필자는 이 소설이 그 전대까지의 신선(神仙)·선도소설(仙道小說)의 허탄성(虛誕性)을 그대로 가지고도 오늘날과 같은 사실주의 문학의 시대에 한 편의 문예작품으로 받아들여지고 있을 뿐 아니라 일반적으로 상당히 높은 수준의 작품으로 평가받고 있는 데에는 어떤 이유가 있는가가 궁금했다.

그리고 필자로서는 이 소설이 과거의 신선(神仙)·선도(仙道)를 소재로 한 소설들과는 어떠한 관계, 어떠한 거리를 가지고 있는가도 알아보고 싶은 것의 하나였다.

과거 신선·선도 이야기의 소설은 그 작가·그 소설·그 독자의 시대와 강한 연관 관계를 가지고 있었고, 그것은 이들 소설이 난세의 소산이라는 거의 일반적으로 받아들여지고 있는 학설[1]이 잘 말해 주고 있다. 필자는 그렇다면 이 소설이 발표된 시대, 1980년대는 그 전대의 신선·선도 소재 소설이 등장하던 시대와 어떤 성격적 유사성을 가지고 있는 것은 아닌가, 이 소설이 비현실적인 이야기를 하고 있으면서도 오히려 다른 소설보다 작가 당대의 현실과 더욱 강한 어떤 함수 관계를 가지고 있는 것은 아닌가, 만약 그러한 관계가 있다면 그것은 어떤 성질의 것인가도 고찰해 볼 필요를 느꼈다.

또 이 소설에서 주인공이 찾아가고 있는 선계(仙界)는 인간의 꿈이 실현되는 이상의 세계다. 그런 의미에서 이 작품은 일종의 낙원 이야기를 다루고 있는 소설이라 할 수 있다. 그렇다면 이 작품은 지금까지 우리가 읽어 온 낙원 모티프 소설들과는 어떤 맥락을 가지고 있는 것은 아닌지, 또 그들간의 성격상 유사성과 상이성은 각각 무엇이며 그것은 무엇을 의미하는가도 동시에 고찰해 보고자 한다.

Ⅱ. 선화(仙化)의 요건과 수련

<장수하늘소>에서는 '신선'이란 어휘가 여러 번 되풀이해 나오고 있다. 우리가 오래 전의 고소설이나 설화에서나 듣던 이 어휘는 의외의 신선감을 가지고 읽는 사람을 강한 힘으로 그 소설 속으로 끌어들인다. 이

---

1) 김현룡, 『신선과 국문학』, 평민서당, 1979, 13쪽.

소설은 신선 이야기임에는 틀림없지만 이 작품을 신선소설(만약 이런 용어의 사용이 허용된다면)이라 할 수는 없다.[2] 엄밀하게 말할 때 신선소설이라고 하려면 신선의 세계가 제재가 된 작품으로서 거기서는 신선의 움직임, 신선의 의식 세계 같은 것이 이야기의 중심이 되어 있어야 할 것이다.

그런 의미에서 <장수하늘소>는 한 인간이 신선이 되려는 발심을 하여 신선이 되기까지의 과정을 그린 신선수련소설(神仙修鍊小說)이라 해야 옳을 것이다. 그 과정은 주인공이 그 어머니의 뱃속에 들어있을 때부터 태어나 성장을 하고 도를 닦은 끝에 드디어 등선(登仙)을 하기까지의 이야기로 되어 있다.

일찍이 고대 중국에서부터 신선이 될 사람은 처음부터 범상한 사람과 다른 것으로 되어 있다. 중국 갈홍(葛洪)의 포박자(抱朴子)는 여러 선도(仙道)를 터득한 자는 모두 숙명(宿命)에 의해서 정해진 것인데 그것은 신선의 기(氣)를 만나 자연히 받는 것이므로 수태(受胎)의 날부터 이미 선도(仙道)를 믿는 성질을 지니고 있다고 하고 있다.[3] 우리나라의 경우 신선 이야기가 중국으로부터 전래했기 때문이겠지만 역시 고소설이나 설화에 나오는 신선이 된 사람은 '대체로 숙세(宿世)의 인연'이 있는 것으로 되어 있다.[4]

이 소설의 주인공, 나레이터 박형국의 동생 형기도 탄생 이전부터 신

---

2) 崔昌祿은 신선을 소재로 하거나, 仙道思想을 극명하게 드러내는 일군의 작품들을 신선류소설이라 하고, 이에 관해 쓴 책의 표제를 『韓國神仙研究』라 하여 신선류소설과 신선소설을 同義의 용어로 쓰고 있다.(崔昌祿, 『韓國神仙小說研究』, 형설출판사, 1989) 또 김현룡도 『三子類從記』를 '완전한 신선소설'이라고 해 '신선소설'을 일종의 장르 개념으로 쓰고 있다.(김현룡, 앞의 책, 95쪽) 그러나 두 경우 다 용어 사용에 있어서의 엄밀성은 비교적 약한 편이다.

3) 葛洪, 『抱朴子』, '諸得仙子 皆其受命 偶値神仙之氣 自然所稟故胞胎之中 已含信道之性'

4) 김현룡, 앞의 책, 90쪽.

선이 될 운명을 타고 난 것으로 되어 있다.

그의 어머니는 두 번이나 사산(死産)의 경험을 가지고 있었고 그를 임신하고 있을 당시에는 큰 충격으로 두 번이나 쓰러진 일이 있어 아무도 그의 정상적인 출산을 기대하지 않았었다. 그러나 그는 그 모든 사람의 의표를 찌르듯 보란듯이 아무 탈 없이 태어난다. 이 정상 탄생도 사람들을 놀라게 할 만한 것인데, 그 위에 그는 사람들을 더욱 놀라게 한다. 그는 애기가 태어날 때 반드시 내기 마련인 울음소리[呱呱의 聲]를 내지 않고 빙긋빙긋 웃음을 흘린 것이다.5) 이 탄생을 둘러싼 놀라움은 곧 사람들로 하여금 공포에 휩싸이게 하는 것으로 이어진다. 그가 태어난 지 사흘만에 마을 사람 두 명이 죽고, 한 달도 못 되어 다섯 명이 죽고 네 명이 다치는 광산 낙반 사고가 일어난다. 이는 그가 산 사람의 기(氣)를 빼앗고 태어난 것으로 볼 수 있는 것이다.6)

위와 같은 숙연(宿緣)은 그의 천성(天性)에서도 나타나게 된다. 신선이 될 사람은 몇 가지 요건을 갖추고 있는데 그 하나가 지성무욕(至誠無慾)의 성정(性情)이다.7) 형국은 자신이 중요하게 생각하는 입는 것, 먹는 일, 자는 일, 돈, 여자 따위가 동생에게는 전혀 안중에도 없었다고 해 그 요건을 갖추고 있음을 말해 준다. 또 신선이 될 사람은 덕을 가져 남을 미워하지도 않으며 참을성이 있어야 하는데8) 형기는 이러한 성격도 보여준다. 형국에 의하면 그의 동생은 '내가 남에게 맞아도 울고 내가 남을 때려도 우는 이상한 애'였다고 하고 있는 데서 그러한 일면을 볼 수 있다. 형기는 또 그 어머니로부터 아무 잘못도 없이 매를 맞을 때도

---

5) 산부인과 전문의에 의하면 정상분만아는 탄생과 함께 소리내어 울기 마련이고, 출생 2주 이상이 지나야 비로소 웃는다 한다.
6) 조동일, 「심령세계와 불모성의 세계」, 『언젠가는 다시 만나리』, 흔겨레, 1991, 361쪽.
7) 김현룡, 앞의 책, 44~46쪽.
8) 위의 책, 43~45쪽.

아무리 매질이 모질다 해도 결코 소리내어 울지 않고 약간 쉰 듯한 목소리로 그저 서럽게 서럽게 소리 죽여 울기만 했다고 하고 있는데 이 점도 그가 노하지 않고 원망하지 않고 미워하지 않는 천성을 타고났음을 말해 준다.

신선이 될 그의 숙연(宿緣)은 그의 풍모에도 나타난다. 신선이 될 사람은 도골(道骨)을 타고 태어나는 것으로 되어 있는데[9] 형기가 바로 그 경우임을 보여 준다. 형기가 다섯 살 때 그를 본 한 이상한 노인은 "몸에 서린 기운이 범상치가 않은 아이로다. 장차 막힌 하늘에 길을 내어 숨소리 한 번으로도 하늘 저쪽을 오가겠다. —하략—"고 하고 있는 대목이 그런 곳이다. 하늘 저쪽을 오간다는 것은 이승과 저승[冥府]을 내왕하는 이른바 통명(通冥)으로 신선의 활동을 의미하고 따라서 이는 형기가 신선이 될 것이라 함을 뜻하는 말이다. 그는 커가면서 이상하게도 얼굴이 점차로 희고 해맑아져서 날마다 증류수만 마시고 사는 아이처럼 되어간다.

신선이 될 사람은 도골을 타고 난 위에 선화(仙化)에 이르는 길을 가르쳐 줄 스승을 만나는 것[遇師]으로 되어 있다.[10] 이 소설에서 형기가 도를 가르쳐 줄 스승을 만나는 장면은 나타나 있지 않다. 그 대신 앞서 언급한 이상한 노인의 출현과 예언을 '우사(遇師)' 모티프의 굴절 변형된 이야기로 볼 수 있을 것 같다. 형기가 다섯 살 나던 어느 날 해질녘 느닷없이 나타난 이 노인은 그 차림부터가 예사롭지 않다. 형기의 어머니가 그에게 보리쌀 한 양재기를 주었을 때 그는 "나무관세음보살"하고 중얼거리고 있고, 그가 입고 있는 천만 번 기운 듯한 회색 누더기는 불승(佛僧)들이 흔히 입고 있는 헤어진 옷[11]과 같아 일견 중인 듯 하지만 목

9) 위의 책, 42~43쪽.
10) 위의 책, 46~47쪽. 葛洪, 『抱朴子』, '諸得仙者 必遭明師而得其法' -중략-
11) 불가에서는 이를 糞消衣[똥걸레 옷]라고 한다.

탁도 염주도 지니고 있지 않아 중으로 볼 수도 없다. 신선사상의 바탕이 된 도교는 중국에서 생겨 한국에 들어와서는 거기에 불교적인 요소가 많이 혼입되었는데 이 소설에 등장하는 이 괴노인의 행장이 그러한 면모를 보여주고 있다. 곧 이 노인은 신선이 될 운명을 타고 난 사람을 선계(仙界)로 이끌어주는 스승의 또 다른 모습을 보여주고 있는 것이다. 그러나 그는 직접 형기를 가르치고 있지는 않다. 그 대신 그는 형기의 어머니와 형에게 형기를 산으로 보내야 한다고 말한다. 이 위압적인 한 마디는 형기의 어머니에게 하나의 강박 관념이 되어 그것은 그 어머니로 하여금 형기가 산으로 가야 할 사람이란 고정 관념을 갖게 했고, 어차피 떠날 애에게 정을 주지 않겠다는 마음에서 형기에게 까닭 없는 매질을 하는 등 가학적인 행위를 하게 한다. 형기가 신선이 될 아이, 산으로 가야 할 아이란 노인의 그 말은 소설론에서 말하는 미래 불확실 예시로 앞으로 그렇게 될 수도, 되지 않을 수도 있는 일종의 신탁(神託)과 같은 것이지만, 형기의 어머니에게는 그것이 형기의 피할 수 없는 운명으로 받아들여진 것이다. 그리고 이 소설을 읽는 독자도 이 소설이 조성하고 있는 분위기에서 그것이 의심의 여지없이 사실로 나타날 앞 일로 받아들이게 되고, 그것이 어떻게 일어나게 될 것인가에 대해 호기심과 긴장을 느끼게 된다.

성장해 가면서 차츰 남다른 면을 보여 온 형기는 장성해지자 드디어 신선이 되려 한다. 형기는 먼 옛날 지구상의 과학문명이 극도로 발달했던 당시 우리들의 조상들이 지구를 더럽혀 온 죄수들만 남겨 놓고 지구를 떠나 찾아간 그곳, 곧 복락의 공간으로 가려 한다. 그는 그곳은 바로 극락이나 천당 같은 선경(仙境)으로 그 나라는 순수지성, 순수사랑, 순수영혼만의 덩어리로만 모여 사는 장소라고 말한다. 그는 거기로 가서 불로장생의 법을 닦아 사람의 지혜로서는 헤아릴 수 없는 신비로운 변화를 구속 없이 자유롭게 펼칠 수 있는 인격체, 곧 신선이 되려 하는 것이다. 그러나 그 신선의 세계는 비록 태어나기 전부터 인연을 가진 사람이라 해도 마음대로 간단히 갈 수 있는 곳이 아니다. 형기에 의하면 인간이 도달할 수 있는 세계는 여덟 단계로 구분되어 있는데 지구는 그 중 제 3단계에 불과한 것이다. 이 제 3단계와 그 저쪽의 세계는 함부로 넘볼 수 없는 아득히 멀고 중첩한 장벽이 가로 놓여 있는 곳이다. 선도(仙道)는 숙연(宿緣)만으로 되는 것이 아니고 거기에 인위(人爲)를 통일시켜야 비로소 이룩할 수 있는 것이다. 그래서 형기는 선도수련에 나선다. 허균(許筠)과 홍만종(洪萬宗) 이래 우리나라에는 신선가학(神仙可學), 곧 신선은 배움으로써 될 수 있다는 생각이 있어 왔는데[12] 형기가 바로 그 배움에 나서고 있는 것이다. 선도(仙道)의 공간은 주로 명산이나 천상으로 되어 있는데[13] 형기가 택한 곳은 그가 자라면서 언제나 건너다 보아 온 장암산이다. 그의 집과 장암산 사이에는 강, 언덕, 습지, 늪이 있고 장암산에서도 그가 도를 닦는 곳으로 삼은 상왕봉에 이르기까지에는 다시 깎아지른 절벽과 농무(濃霧)가 사람을 막아 가리고 있다. 이것은 속계와 선계 사이의 먼 거리, 그곳에의 입경(入境)의 어려움을 상징하고 있는 것으로 받아들여진다.

소년기에『믿거나 말거나』,『버뮤다 삼각해협』,『이집트 피라밋』,『지구의 7대 불가사의』,『인도의 요가』에 관한 책을 즐겨 읽던 형기는 고등학생이 되고부터는『주역(周易)』,『장자(莊子)』,『선가귀감(禪家龜鑑)』등의 책을 읽어 본격 수련의 모습을 보여준다. 신선이 되기 위한 수련에는 여러 가지가 있는데 여기서는 그에 대해 지나치게 언급할 필요는 없을 것 같으니 주인공 형기의 선화수련(仙化修鍊)과 관계된 면만 살펴보기로 하겠다. 형기는 자랄 때 흔히 한 자리에 똑같은 자세로 전혀 미동도 없이 앉아 있곤 했는데 그것은 마음 속의 욕심을 버리고 텅 빈 마음으

---

12) 최창록, 앞의 책, 101~102쪽.
13) 위의 책, 19쪽.

로 가슴 속을 맑게 하는 수련법, 곧 응신(凝神)·적조(寂照)의 모습을 보
여주는 것이라 할 수 있을 것이다.[14] 그는 스스로 자신이 마음을 비우
고 있는 중이라고 말하고 마음에 약간의 때가 끼어 있어 득도에는 이르
지 못하고 있다고 하고 있는 데서 이를 알 수 있다. 선화수련에는 또 해
가 뜨면 이를 부딪히고 햇빛 속에서 심호흡을 하는 복일기법(服日氣法)
이 있는데[15] 형기의 자랄 때의 다음과 같은 모습이 그와 관련이 있는
것으로 보인다.

> 동생은 어릴 때부터 몹시 섬약한 편이었는데 무슨 까닭에선지 햇빛만 찾아
> 다니는 습성에 젖어 있었다. 마치 햇빛 가루로만 숨을 쉬는 아이 같았다. 끝
> 끝내 햇빛속에 오두마니 앉아 있었다. 집에서 놀때 동생의 자리는 언제나 장
> 독대였다. 거기는 하루 종일 충분한 햇빛이 고여 있었다. 골목에서 놀때는 햇
> 빛을 따라 조금씩 자리를 옮겨 가며 놀았다. 마치 향일성 식물 같은 애였다.

형국이 군복무를 하고 있을 때 그들의 어머니가 교통사고로 세상을
떠나자 형기는 그 어머니의 장례를 치른 뒤 어디라 말도 없이 집을 떠
나 버리는데 이때부터 그의 본격 수련이 시작된다. 그는 여러 곳을 떠돈
다음 장암산 중턱의 토굴에서 기거하면서 새벽부터 한낮이 될 때까지
그 정상, 상왕봉에서 등선(登仙)을 위한 수련을 하고 있다.

이때는 그의 외관도 이미 과거와 딴판으로 달라져 머리카락은 수세미
처럼 헝클어져 있고 옷은 형편없이 너덜거리는 누더기다. 어느 날 갑자
기 집으로 돌아 온 그를 대한 형국은 동생이 '마치 어릴 때 보았던 그
괴상한 영감탱이의 젊었을 때를 보고 있는 것 같다'고 생각한다. 이는
곧 그가 상당히 깊은 경지의 도에 이르고 있다 함을 외적으로 드러내
보여주는 것이다. 이때의 형기는 식사도 범속한 사람들의 그것과 달라

---

14) 김현룡, 앞의 책, 50쪽.
15) 위의 책, 54~55쪽.

져 있다. 수련 중 집에 돌아 온 그는 저녁 때만 밥을 아주 조금 먹을 뿐, 아침에는 전날 자기 전에 준비해 두었던 한 모금 정도의 물만 마시고 점심 때에는 아주 작은 풀잎 하나나 과일 한 쪽만 먹는다. 그는 장암산에 들어가서는 버섯 종류와 풀뿌리, 나무즙만 먹고 지낸다. 신선은 벽곡(僻穀)이라 하여 인간이 먹는 것을 먹지 않고 진단(眞丹)·망초(芒硝)·복령(茯苓)을 찧어 백랍(白臘)과 함께 쪄서 만든 환약만 먹고 사는 것으로 알려져 있는데[16] 형기가 끼니 때에 취하고 있는 것이 바로 그와 다를 바 없다.

수련이 계속됨에 따라 형기는 차츰 신선의 경지에 가까이 가 있음을 보여준다. 신선은 몸이 가벼워 한 걸음에 몇 리씩을 갈 수 있는 이른 바 비상(飛翔)를 할 수 있는데 형기는 그 형과 장암산으로 되돌아갈 때 이 비상(飛翔)에 유사한 경신(輕身)의 방술(方術) 같은 것을 보여준다. 그는 무거운 짐을 메고도 전혀 힘들이지 않고 마치 평지처럼 험한 길을 가 형국은 그를 '귀신'이라고 하고 있는 것이다. 그러나 이러한 방술은 선도(仙道)의 목적이 아니고 수단에 불과한 소술(小術)이라 크게 주목할 것은 못된다. 그 형을 찾아왔을 때의 형기는 그보다 내적으로, 그 영혼이 신선에 바짝 다가가 있었다 함을 알 수 있다. 형국이 그에게 "너는 그럼 신선이 되어 있는 것이냐?"고 물었을 때 그는 좀 더 수도를 해야 한다고 대답하고 있으나, 자신이 '떠나기에 앞서' 산에서 내려 왔다고 말해 그때 이미 선화(仙化)의 시간이 임박해 있었음을 암시해 주고 있다.

이 소설의 결말, 클라이막스 단층에서 형기가 선화(仙化) 등선(登仙)을 하는 장면은 비현실적인 허구임에도 불구하고 강한 힘으로 독자를 신비와 황홀의 세계로 끌어들인다. 형국이 상왕봉 정상의 바위 위에 가

---

16) 위의 책, 55~56쪽. 洪萬宗의 『海東異蹟』은 임진왜란이 끝나자 의병장 郭再祐는 方術을 배우러 입산했는데 하루에 오직 松花 한 조각만 먹고 지냈다(惟日食松花 一片)고 해 역시 그가 僻穀를 행하고 있었다 함을 말해 주고 있다.

부좌를 틀고 미동도 않고 앉았는 동생의 등 뒤에 이르렀을 때 돌연 이
상한 현상이 일어난다.

　잠깐 사이 안개가 모두 걷히면서 햇살이 좀 더 강렬하게 퍼지고 있었다.
그리고 다시 나는 보았다. 햇빛보다 더 강렬한 빛줄기들이 그 투명체 모형
피라밋 중심부에서 돌연히 발생하더니 사방으로 피라밋 형상을 만들면서
공간속으로 사라져 버리는 것을.
　"쨍!"
　순간적으로 피라밋이 날카로운 소리를 발하며 깨어져 버리더니 얇은 얼
음처럼 스르르 녹아 버리고 있었다. -중략-
　다만 장수하늘소 한 마리만 남아 있었다. 그리고 넋을 잃고 서 있는 내 앞
에서 서서히 그 장수하늘소는 금빛으로 변하기 시작했다.
　보라. 그것은 다리를 조금씩 움직이고 있지 않는가. 다시 살아 나기 시작
했던 것이다.

갑자기 생겨나 어떤 형상을 만들면서 사라지는 광선의 다발[光束], 순
간적으로 녹아 버리는 고형의 물체, 그리고 오래 전 죽어 한 개의 뻣뻣
한 표본이 되어 있던 곤충이 되살아나는 충격에 정신을 차리지 못하고
있는 형국에게 또 한 번의 더욱 큰 충격이 온다.

　나는 나도 모르게 놀라움에 가득찬 목소리로 세차게 동생의 어깨를 흔들
면서 큰 소리로 동생의 이름을 불렀다.
　"형기야!"
　그때 동생은 마치 한 무더기의 잿더미가 무너지듯이 풀썩 맥없이 무너져
버렸다. 동생은 미이라처럼 죽어 있었다. 그리고 그 순간 장수하늘소는 요란
한 날개짓 소리로 떠오르더니 금빛 찬란한 모습으로 하늘 저편을 향해 날아
가고 있었다.

이 순간 형기는 신선이 된 것이다. 신선에는 세 종류가 있다. 신선이

되어 천상계로 올라가 천관(天官)이 되는 천선(天仙), 깊은 산속 또는 대
해(大海)의 외딴 섬이나 인적이 닿지 않는 동굴 속에서 사는 지선(地仙),
일단 죽은 다음 신선이 되는 시해선(尸解仙)이 그것이다. 형기는 바로
이 중 세번째인 시해선에 해당한다. 시해선이 되는 것도 등선(登仙)을
할 때 대낮에 만 백성이 지켜보는 가운데 하늘로 날아 오르는 백일승천
(白日昇天)이 가장 영광스러운 것으로 받아 들여지는데, 형기의 경우가
바로 그렇다.

그의 선화(仙化)는 아침 태양 아래에서 많은 사람은 아니지만 그 형이
목격하고 있는 가운데 이루어지고 있기 때문이다. 그는 풍악소리가 울
리는 가운데 선녀의 안내를 받으며[17] 운교(雲橋)를 타고 하늘로 오르고
있는 것이 아니라 그 육신이 일부의 시체로 바위 위에 눕고 있지만 오
랜 죽음에서 부활하여 눈부신 모습으로 하늘 저편으로 비상하는 장수하
늘소가 바로 그의 신선이 된 모습이기 때문이다.

Ⅲ. 모순과 악으로서의 속계

형기의 등선(登仙)은 오랜 수련의 결과 선계(仙界)로 들어간 것을 의
미한다. 또 다른 한편으로 그것은 그가 온갖 추한 욕망과 죄악으로 타락
하고 더럽혀진 속악세계(俗惡世界)를 떠나는 것이기도 하다. 형기가 떠
난 곳은 아득한 옛날 인류의 조상들이 버리고 떠나 버린 지구, 미래를
부정하고 타인을 인정하지 않으며 양심을 속여 자신의 현실만을 위해
더럽혀 버린 죄수들의 지구 그것이었다. 그는 그 조상들이 찾아간 '제4
차원의 세계'로 간 것이다.

---

17) 김현룡은 尸解仙의 白日昇天의 모습을 위와 같다고 말하고 있다.
김현룡, 위의 책, 36~40쪽.

한편 형국이 살고 있는 세계는 서로 상대에 상처를 내 가면서 단물만 빨아 먹으려고 덤비는 거짓의, 소유욕과 소비욕의 세계다. 거기에는 순수하고 청징한 사랑, 희생은 없고 서로 속이고 빼앗기만 하는 비정하고 야비한 죄악이 난무하는 곳이다.

이 소설의 부인물들 형국과 우희는 일견 서로 사랑하는 사이인 것 같지만 이해가 엇갈릴 때 그들은 서로가 상대에 흡반(吸盤)을 대고 이기에만 몰두하고 있었다 함이 드러난다.

거듭 형국을 사랑한다고 말하고 서로가 모든 것을 주고받은 사이이던 우희는 공대 졸업에다 보석상을 경영하고 있고 미남인 청년이 나타나자 상대적으로 형국에 비해 월등하게 좋은 '조건'을 택해 형국을 간단히 버리고 만다.

형국 쪽에서도 우희가 자신에게 냉담해진 끝에 다른 사람과 결혼을 하려 하자 그녀를 지하실에 감금할 계획을 세우는가 하면 관광지 같은 데 강제로 끌고 가서라도 억지로 자신의 소유로 하려 한다. 그는 또 우희가 자신의 아기를 가져 다른 사람과의 결혼이 이루어지지 못하기를 기원하고 있다. 그러니까 형국도 우희도 진실한 마음으로 서로를 사랑한 것이 아니라 육욕을 탐하고 조건을 탐한 이기의 인간들이었던 것이다.

또 형국의 생업은 희귀 곤충을 마구 잡아 돈과 바꾸고 있는 것으로 그 자체가 바로 형법을 범하고 있는 죄 짓기 그것이다. 그는 나비를 잡아 표본으로 만들어 일본에 밀매를 전문으로 하는 사람에게 팔아 그 돈으로 살아가고 있다. 그에게는 호랑나비나 제비나비는 바로 날아다니는 작고 아름다운 지폐인 것이다. 그는 스스로 자신이 '모든 곤충의 천적'이라고 말하고 있다.

형국의 경우 그러한 범죄행위는 같은 짓을 저지르고 있는 다른 사람보다 죄질이 더욱 나쁘다고 할 수 있다. 그는 대학에서 생물학을 전공한 사람이고 그 학문적 지식을 희귀 곤충의 씨를 말리는 데에 동원하고 있

는 것이다. 연구실이나 학술 조사에서 쓰여야 할 포충망·독통·독병·
삼각통·핀셋 등의 기구들이 살생에 쓰이고 있는 것이다. 생물에 대한
전문 지식을 가지고 있는 형국은 곤충들의 입장에서 볼 때 치명적인 적
이다. 그는 돈이 되는 것이기만 하면 곤충을 눈에 뜨이는 대로 마구 잡
아, 그 행위는 이미 채집이 아니라 대량포살(大量捕殺)이다. 그는 나비
들의 생태를 연구해 이를 이용하여 그 종류에 따라 일정한 길을 정해
놓고 날아다니는 이른바 접도(蝶道)를 찾아 막아서서 당밀(糖蜜)을 좋아
하는 놈은 당밀(糖蜜)로, 썩은 고기를 좋아하는 놈은 부육(腐肉)으로, 불
빛을 좋아하는 놈은 유아등(誘蛾燈)으로 꾀어 '날아 오는 대로 단 한 마
리도 살려두지 않고' 모조리 잡아버리고 있다.

이 소설에서 추악한 삶의 모습을 가장 잘 드러내 보여주고 있는 것은
곤충 남획, 밀매의 주범인 야마다라는 가명을 쓰고 있는 가짜 일본인이
다. 이 한국인 범죄자는 이 소설의 중반 이후까지 형국 등에게 희귀 곤
충을 잡아 자신이 그들에게 판 상자에 표본을 만들어 가져오게 해 그것
을 사서 일본에 몰래 팔아 넘기는 사람으로 알려져 있다. 그것만으로도
그는 조직적이고 계획적인 범죄를 저지르고 있는 셈인데 나중 그가 법
망에 걸려들어 조사가 진행되자 그것이 문제가 아닐 정도로 몇 겹의 죄
를 범하고 있었음이 드러난다. 그의 제1의 범죄는 잡아서도 수출을 해
서도 안 되는 곤충을 잡아 일본에 팔아 온 것이다. 그의 제2의 범죄는
그에게 곤충을 팔아 온 사람들을 속인 것이다. 그는 형국 등으로 하여금
상자 빽빽이 곤충을 채워 오게 하여 산 다음 그 각각의 상자를 세 상자
로 나누어 만들어 일본에 팔아 3배의 폭리를 취해 온 것이다. 그는 또
형국 등에게 일제라 하여 높은 값을 받고 표본 상자를 팔아 왔는데 그
것이 사실은 싼 값에 만들어진 국산이었다. 그는 그것을 일본인에게 팔
때에는 다시 표본 곤충값 위에 상자값을 따로 쳐 받아 한 개의 상자를
이중으로 팔아 왔음도 드러난다. 경찰은 또 그가 표본을 밀수출한 다음

일본으로부터는 일제 시계·카메라·화장품 등을 사들여 또 한 번의 밀수를 상습적으로 해 왔음도 밝혀낸다. 그의 마지막 범죄는 간통으로 그는 그에게 몇 겹의 사기를 당해 온 표본 납품자 정기문의 처와 불륜관계를 계속해 온 것이다. 작가가 '꿩 먹고 알 먹고 털 뽑아 이 쑤시는 격'이라고 한 말에 잘 나타나 있듯 그가 저지르고 있는 이 여섯 겹의 범죄는 그들의 세계가 얼마나 영악하고 썩어 있었는가를 극명하게 보여주는 대목이라 할 것이다.

정기문의 처와 그 가짜 일본인과의 추한 관계가 탄로남으로써 그들의 죄상은 백일하에 드러나게 되고 형국도 삼 년의 징역형을 선고받고 복역을 하게 된다. 형국이 들어 있는 감방에는 절도가 두 명, 폭행이 두 명, 사기와 특수강도와 강간이 각각 한 명씩 모두 8명이 수감되어 있다. 그들은 감방 안에서 한 달 평균 열두 명 꼴로 여자들을 강간한 도착적 성범죄자의 무용담을 되풀이해 듣고 그것으로 즐거움을 삼고 있다. 형국은 이러한 파렴치범들 속에서 그 전에 형기가 마음을 비워야 한다고 하던 말을 생각해 내고 그 말에 따르려 한다. 그는 감방 벽을 향해 가부좌를 틀고 앉아 단전호흡과 함께 동생이 권하던 바를 실행하려 하는 것이다. 그러나 실제로 그가 행한 것은 마음 비우기가 아니라 환상 속에 빠져들기였다. 그가 환상 속에서 되풀이한 일은 여자들을 만나 성교를 하는 것이었다. 그러니까 그것은 정신병적인 자기최면에 빠져드는 것으로 그는 마음을 비운 것이 아니라 마음 속에 추악함을 채우고 있은 것이다.

이와 같이 죄악으로 가득 찬 세상을 일찍이 꿰뚫어 본 형기는 이 세상에 성한 채 남아 있는 것은 거의 없는 상태라고 하고 있다.

지성도 사랑도 영혼도 모두 오염되어져 있어요. 심지어는 가장 깨끗해야 할 종교인들까지도 때로는 신의 사업을 빙자하여 세력다툼을 하고 재산 싸움을 하고 이기주의적인 행동들을 일삼는 수가 있습니다.

라고 한 말에 그것이 잘 드러나 있다. 작가가 형국이 밤중에 전등을 켜면서

> 내가 가라사대 형광등이 있으라 하시매 형광등이 있었고 그 형광등이 내가 보기에 눈부셨더라.

하게 한 말도 성경 구약 창세기 중의 일절에 대한 패로디로 보아야 할 것이다.

이와 같이 철저하게 부패 타락한 인간들은 그들끼리 상처를 내는 데서 그치지 않고 세상 전체를 해쳐 그로 인하여 병들어 죽어가게 하기에 이른다. 그것은 장암산과 동원시의 과거와 현재가 상징적으로 보여주고 있다. 과거의 장암산은 그 정기가 드센 산이었다.

> 그 산 어딘가에는 장수바위라는 거대한 바위가 있었는데 옛날에는 한 달에 한 번씩 크르릉 크르릉 울었다는 거였다. 그 울음 소리는 마치 천둥소리 같아서 약 백 리정도나 떨어진 곳 까지도 간간히 들렸었던 모양이었다. 그 바위는 바로 장암산의 뇌와 같은 역할을 담당하고 있던 아주 신령스런 바위로서 그 산의 모든 정기는 그 바위로부터 나왔고 그 산의 모든 지맥 또한 바로 그 바위가 다스려 왔었다는 거였다.

그러나 언젠가는 그 바위의 정기를 받아 큰 장수가 태어날 것을 우려한 일본인들은 그 바위의 정수리에다 굵고 긴 쇠침을 박아버렸고 그 후로 이 산은 기력을 잃어 폐산(閉山)이 되어 버렸다고 한다. 사람들은 그 이후로 그 산주변 역시 기력을 잃어간다고 믿고 있다.

> 하여튼 장암산은 뇌에 큰 부상을 입게 되었고, 그로부터 지맥과 정기가 극도로 약해져서 그 산 주변의 모든 것이 급격히 피폐해지기 시작한 모양이

었다. 동원시는 그 명목만 시(市)이지 사실은 군청 소재지만도 못한 몰골이었다. 동원시에서 약 십리 정도 떨어진 동북 쪽에 신동원이란 도시가 개발되어 지면서부터 시청도 그리로 옮겨져 버렸고 사람들도 거의다 몰려가버린 모양이었다. 그래서 동원시는 그야말로 빈민도시 그대로였다.

고 하고 동원시는 '조용히 몰락만을 기다리고 있는' 도시라고 부르고 있다. 장암산의 기력의 쇠퇴, 동원시의 황폐화의 원인으로는 위에서 본 바와 같은 여러 가지가 이야기되고 있지만 작가가 암시하고 있는 것은 그것이 이 땅에 사는 인간들의 가학의 결과라는 것이다.
　　형기는 이와 같은 추악한 죄악의 세상을 떠나 신선이 되려 했고 드디어 선화(仙化)에 성공하고 있다. 그러나 그의 수련은 그 일신의 등선(登仙)에만 매달려 있은 것이라고 보아서는 안 될 것이다.

IV. 등선(登仙)의 의미

　　형기의 선화(仙化)는 그의 육신이 죽음으로써 선계(仙界)로 들어가 신선사상의 핵심인 연년불사(延年不死)의 세계에 이른 것을 의미한다. 그는 그가 그 형에게 말한 아득한 옛날 인류의 조상들이 찾아 간 제4계로 간 것이다. 그곳은 인류의 가장 이상적인 세계, 복락의 공간이다. 그러나 형기의 등선(登仙)은 인류의 조상들이 선계(仙界)로 간 것과는 근본적인 면에서 그 성질이 전혀 다르다. 무엇보다 그 조상들은 그들의 등선(登仙)에서 모든 것이 다 이루어진 것으로 되어 있음에 반해 형기의 그것은 그 한사람이 신선이 되고 마는 데서 그치고 있지 않다는 점에서 성질상 차이가 난다. 그 조상들은 더렵혀진 지구 죄많은 인간들을 버리고 감으로써 거기서는 저주와 외면의 느낌을 받게 되는데 형기의 경우는 그렇지 않다. 그는 이 세상을, 인간들을 버리고 자신만이 빠져나가고 있지 않다. 그의 선화(仙化)는 동시에 병들어 죽어가고 있는 인간과 자연의 구원을 의미한다. 이 소설의 절정과 대단원 단층에서는 두 가지가 되살아나고 있는데 이에는 특별히 주목할 필요가 있다.

그 하나는 오래 전 죽어 뻣뻣한 표본으로 핀에 꽂혀 있던 장수하늘소의 부활이다. 이 곤충이 금빛 찬란한 모습으로 되살아나 힘찬 날갯짓으로 하늘 저쪽으로 아득하게 날아가고 있는 장면의 시각 이미지는 너무도 선명하여 독자의 뇌리에 각인되어 오래도록 남아 있게 된다. 형국은 그가 표본해 둔 그 장수하늘소가 없어졌을 때 한 순간 그것이 혹시 동생의 소행이 아닐까 하지만 그는 곧 그럴 리가 없다고 생각한다. 그는 장수하늘소는 바로 고액의 화폐와 바꿀 수 있는 것이므로 자신에게는 절실하게 필요한 것이지만 아무런 욕심도 없는 형기에게는 그 따위 벌레가 소용이 있을 리 없다고 단정적으로 생각한 것이다. 그러나 그것은 크게 잘못된 속단이었다. 자신이 장수하늘소를 잡았을 때 동생이 자꾸 풀어 주라고 하던 말을 예사로 들은 것부터가 잘못된 일이었다. 장수하늘소는 그에게보다 그 동생에게 더 필요한 것이었다. 형기는 그 형 앞에 나타나 자신이 떠나기에 앞서 '이 세상에다 남겨 놓고' 갈 그 무엇을 찾기 위해 수련 중이던 산에서 내려 왔다고 말하고 있다. 이 때 떠난다는 것은 곧 등선(登仙)을 의미하고 남겨 놓고 갈 그 무엇은 구해야 할 것, 되살려야 할 소중한 그 무엇을 의미한다.

이 소설에서 장수하늘소와 그 회생은 여러 겹의 중의성과 상징성을 띠고 있다. 장수하늘소는 천연기념물 제218호로 지정되어 있어 한 나라가 국법으로 보호하고 있는 곤충이다. 그리고 장수하늘소가 서식하고 있는 추전리라는 곳이 그 곤충의 발생지라는 이유 때문에 천연기념물로 지정되어 있는 것을 보면 이 벌레가 얼마나 소중한 것인가를 알 수 있다. 나라가 나서서 이 곤충을 보호하려는 것은 그 위풍 당당한 모습이 모든 곤충의 제왕답다는 것과 그 근록종(近綠種)이 중남미에서도 발견되어 아시아와 미주대륙의 고대 육속적(陸續的) 관계를 말해 주는 귀중한 자료로서의 가치가 있기 때문이기도 하지만 그보다는 그 곤충이 더렵혀진 환경과 물욕에 눈이 어두운 잔인한 인간들에 의해 절종(絶種)의 위기에 처해 있기 때문이란 것이 더 근본적인 이유이다.

장수하늘소는 물신주의·과학주의·합리주의에 의해 죽어가고 사라져가고 있는 진정한 가치를 가진 것을 상징한다. 그것은 인간의 타락으로 이 세상에서 사라져 가고 있는 이상·순수·정의·선·미이기도 한 것이다. 또 형기가 장수하늘소를 되살려내는 것은 그 곤충의 회생과 동시에 죄악의 구렁에 빠진 인간을 구원하려 한 것이기도 하다. 또 그에 의한 장수하늘소의 회생은 그의 형을, 그의 형이 저지른 죄에 대한 형벌에서 구한 것을 의미하고 있다. 표본실에 들어가 본 형기가 거기에서 나와 그 형에게 너무 많이 죽였다고, 속죄해야 하겠다고 말했을 때 형국은 "아우님께서 신선이 되시면 속죄시켜 주십쇼."라고 농담으로 받아넘기고 있지만 형기로서는 그 형의 죄가 심각한 것이었다. 동생은 죽어서 건조되어 있는 수백 마리의 곤충들이 발산하는 죽음의 냄새가 가득한 그 표본실 안에서 드디어 남기고 갈 그 무엇을 찾았던 것이다. 형기는 신선이 되면서 장수하늘소를 되살려냄으로써 그 형을 구원하고 죽어가는 자연을, 세계를 되살려 내기로 결심한 것이다.

형기가 선화(仙化)하는 순간 형국은 자신의 척추 속으로 날카로운 전류 같은 것이 수직으로 통과하는 듯한 충격을 받는다. 이때 그는 자신의 전신에 광선이 가득 차는 듯한 느낌을 받게 되고 귀에는 난타하는 종소리 같은 것이 들린다. 이것은 형기의 기(氣)가 그에게 전해져 온 것으로 이때 형기의 그 형에 대한 속죄, 구원의 기원이 받아들여진 것을 의미한다. 여기에서의 형국은 그 한 사람이 아닌 현세의 죄 많은 인간 모두를 뜻한다고 보아야 할 것이다. 그러니까 형기는 자신의 선화(仙化)의 순간에 인간·세상을 구한 것이다.

그의 등선(登仙)과 함께 또 하나 되살아난 것은 장암산이다. 이 산에는 일본인들이 그 정기로 인재가 나는 것을 막기 위해 이 산을 죽이려고 그 산의 지맥을 다스리는 바위 정수리에다 굵고 긴 쇠침을 박았다는 전설이 전해져 내려온다. 그때 그 바위에서 인간의 그것과 같은 피가 한 되나 흘러나왔다 한다. 그러나 사람들은 장암산이 완전히 죽지 않았다고 믿고 있다. 다행히 쇠침은 백회혈(百會穴) 한 복판을 정통으로 찌르지 못해 죽음을 면했다는 것이다. 노인네들은 장암산이 당분간 죽어 있는 상태의 산으로 언젠가는 되살아 날 것이라고 말한다.

형기는 등선(登仙)과 함께 이 폐산(閉山)을 되살린다. 그는 이 산의 한 바위에 박혀 있던 정 모양의 녹슨 쇠막대기를 뽑아 버린다. 장암산을 되살리려는 데는 이와 같은 물리적 외과적 처치도 중요했을지 모른다. 그러나 산을 되살리는 데 그보다 더 결정적인 역할을 한 것은 형기의, 죄 많은 인간 모두를 대신한 속죄의 몸짓과도 같은 수도(修道)였다고 보아야 할 것이다. 그의 수도(修道)는 자신의 등선(登仙)의 길이자 장암산을 되살리는 일이기도 했던 것이다. 주의 깊게 읽어보면 장암산은 형기의 수도(修道)가 계속됨에 따라 그에 호응하여 차츰 기력이 되살아나고 있음을 볼 수 있다.

형기가 그의 집 장독대에서 장암산을 바라보고 있을 때 산은 '새로운 생명들의 태동을 서두르고 있는 모습'을 보여준다. 이어 형기는 그가 그 산 속으로 들어가 그 산의 정상에서 본격적인 수도(修道)를 하고 있을 때 비로소 짐승들이 조금씩 모여들고 수목들도 조금씩 소생하기 시작했다고 말하고 있다. 형국이 감옥에서 나와 형기를 찾아갔을 때는 형기의 수도(修道)가 큰 진경을 이루고 있을 때다. 그때의 장암산은 '전보다 푸른빛이 한결 더 많이' 감돌고 있고, 거의 다 죽어 있는 것 같은 나무들의 가지 끝에도 듬성듬성 이파리들이 피어나 있었고, 땅에서는 땅에서 대로 풀들이 돋아나고 있다. 이렇게 기력을 회복한 장암산은 형기가 신선

(神仙)이 되는 순간 쇠침을 맞기 전과 같이 크르릉 크르릉 하는 기지개를 켜고 있다. 산은 드디어 되살아 난 것이다. 산의 회생은 물질·비정한 과학·욕망·싸움으로 썩어 죽어가는 세상이 영혼·정신·애정의 세계로 되살아 난 것을 상징한다. 형기가 되살리고 있는 장암산은 썩고 병들어 죽어가고 있는 상태에서 되살려야 할 현실 세계를 의미하고 있다. 그러니까 형기는 아득한 옛날 인류의 조상들이 그러했던 것과는 달리 죄인들과 죄인들의 세상을 저주하면서 버리고 떠난 것이 아니다. 그는 이 속악세계(俗惡世界)의 회생과 함께 그 길을 통해 자신의 선화(仙化)에 이르고 있는 것이다. 그러므로 그의 등선(登仙)은 개아적(個我的)이기적인 것이 아니라 나와 이웃의 구원을 동시에 성취하고 있는 것이다. 고대소설과 설화에서의 수련선도(修鍊仙道)는 개아중심(個我中心)의 득도(得道)라 할 수 있는데[18] 형기의 그것은 자신의 등선(登仙)과 함께 이타적(利他的)인 성격도 보여주고 있다는 점에서 소설 <장수하늘소>는 과거의 신선소설(神仙小說)·수련선화소설(修鍊仙化小說)들과 근본적으로 다른 성격을 보여주고 있다 할 것이다.

또 한 가지 간과해서는 안 될 문제는 이 소설에 대부분의 과거의 신선(神仙)·수련선화소설(修鍊仙化小說)에서 공통적으로 발견되던 현실 도피적 성격이 없다는 점이다. 이외수의 소설은 도피의 양상을 보여주고 있다고 하는 주장이 있다.[19] 곧 그의 소설은 세상과의 단절감을 그대로 수용한 채 개인 세계로 잠입하는 도피 양상과 자신을 단절시킨 세상에의 의도적 대항 곧 역설적 도피의 두 양상을 띠고 있다는 것인데 그 주인공이 세상을 등지고 산으로 들어가 신선이 되고 있는 이 소설이야말로 전자의 경우가 아닌가 할지 모르지만 사실은 그렇지 않다. 주인공은 추악한 세계와의 동화를 거부하면서 중병에 신음하고 있는 이 세계

18) 崔昌祿, 앞의 책, 75쪽.
19) 박덕규, 「투명한 죽음의 사회적 의미」, 『언젠가는 다시 만나리』, 흔겨레, 1991, 403쪽.

가 건강성을 회복하려면 비인간적인 과학화·물질적 욕망에서 벗어나
청정한 정신의 세계를 되찾아야 한다는 것을 깨우쳐 주고 있다. 그것은
형기에 대한 형국의 말과 형기가 그 형에게 한 말들에 잘 나타나 있다.

　동생이 가장 혐오하고 경멸하는 것은 바로 이 시대의 과학이라는 것이었
다. 이 시대의 과학이야말로 이 시대의 바보들이 만들어낸 인류 최고의 진
부한 미신이며 지상최대의 굿거리라는 거였다. 그것은 지금 인류 평화를 빙
자하여 인류 멸망을 재촉하는 데 무엇보다 앞장 서 있다는 주장이었다.

　"무엇이든 마음이 중요합니다. 마음의 눈이 뜨이지 않으면 단순히 눈에
보이는 것들밖에는 볼 수 없습니다. 사람들은 이제 거의가 눈에 보이는 것
들에게 점령당해 있어요. 나중에는 반드시 눈에 보이는 것들 때문에 몰락해
버리고 말지도 모릅니다."

　그러므로 이 소설은 현실비판의 성격을 띠고 있고, 따라서 이미 오래
전에 죽은 벌레를 되살리는 등 고대설화에서 흔히 보던 위선인적(僞仙
人的)인, 허탄(虛誕)한 방술이 등장하고 있지만 그러면서도 비현실적인
황당무계한 신선 이야기 아닌 알레고리에 의해 확대 심화된 리얼리즘의
미학세계라 할 수 있을 것이다.

　본래 신선사상은 난세의 소산이다. 전란이나 폭군의 학정으로 민생이
죽음과 같은 고통에 시달릴 때 사람들은 신선의 세계를 동경하게 되고
거기서 신선 이야기도 등장하게 되었다. 이 점에서는 <장수하늘소>는
고대의 수련선화소설(修鍊仙化小說)과 맥락이 닿는 바 있다. 이 소설의
작가는 오늘날을 불안하고 암울한, 희망이 보이지 않는 시대라고 하고
있는 데서[20] 우리는 오늘날과 고대수련선화(古代修鍊仙化) 소설·설화
시대의 유사성을 발견할 수 있겠기 때문이다. 그러나 앞서 말했듯이 이

---

20) 이외수, 「作家가 말하는 作品 세계」, 『들개』, 도서출판 동문선, 1991, 283쪽.

소설이 현실 도피 아닌 현실 비판의 소설이란 점에서 그 성격은 다시 확실하게 분기(分岐)되고 있다.

소설 〈장수하늘소〉는 현대를 살아가는 인간이 지향해야 할 바의 이상 세계의 모습을 제시해 주는 한 모금의 청량제와 같은 작품이라 해야 할 것이다.

V. 더 다듬어져야 할 문장

앞서도 언급했듯 이외수의 소설들이 독자를 끄는 것은 그의 기인(奇人)에 흡사한 사생활이라든지 심령의 세계 같은 우리가 지금까지 익숙하지 못한 이야기들을 한다는 것 등이 그 힘의 원천이 되고 있다. 이것은 아마 그와 그의 문학에 관심을 가진 사람들의 공통된 견해일 것이다.

그 외에 그의 소설에 대해서는 또 하나 일치되는 의견들이 있으니 그것은 그의 소설 문장에 관한 것이다. 곧 그의 문장이 독특한 개성을 가지고 있으며 그것이 한번 잡은 독자를 놓지 않는 힘이라는 견해가 지배적인 것이다. 그 중에는 그의 소설 문장이 보석처럼 반짝이는 것으로 그 묘미를 음미하면서 읽어야 그 작품의 참맛을 안다는 평가도 있고[21] 그의 문장이 치밀하고 감각적인 묘사를 구사하고 있어 산뜻한 감촉과 신선미를 안겨준다고 한 사람도 있는 등[22] 대체로 상찬 쪽의 견해가 지배적이다. 확실히 그의 문장은 감각적이며 재치 있고 어떤 의미에서 세련되어 있음을 부인할 수 없다.

그러나 그의 소설 문장에 전혀 문제가 없는 것도 아니다. 그 번떡이

---

21) 이광훈, 「시와 그림과 소설의 삼위일체」, 『언젠가는 다시 만나리』, 도서출판 흔겨레, 1991, 366쪽.

22) 조동민, 「삶의 형이상학, 그 고독의 늪」, 『언젠가는 다시 만나리』, 도서출판 흔겨레, 1991, 373쪽.

는 재치 예민한 감각이 경우에 따라서는 함정이 되고 있는 것이다. 그의 문장의 우수성을 말하고 있는 사람이 거기서 다시 '말장난을 위한 말'에 빠져들 위험을 안고 있음을 지적하고 있는 것도 그가 이미 그러한 점을 보여주고 있다는 것을 의미한다고 보아야 할 것이다.[23]

    〈장수하늘소〉에서는 그의 문장에 있어서 거의 언제나 긍정적인 면으로 평가되고 있던 재치·경쾌가 그 정도를 지나 경박한 언어유희에 이르고 있음을 발견할 수 있다. 형국이 장수하늘소를 잡았을 때 형기를 향해 한 다음과 같은 말이 그 예가 될 것이다.

> "아니다. 네가 말하는 건 사슴벌레야. 그리고 사슴벌레의 집게 같은 뿔은 사실 뿔이 아니고 턱이 발달한 거야. 신선이 그것도 모르냐. 이건 상당히 희귀한 곤충이야. 나는 한순간에 백만 원을 벌었다. 야마다, 현찰을 준비해 두어라."

    이 소설에 의하면 형국은 대학에 다니다 입대하여 군복무를 마치고 나와 복학했다가 학교를 그만두고 사회에 뛰어든 지가 삼 년이 넘는 사람이다. 그러니까 그의 나이는 서른에 가깝다고 볼 수 있다. 거기다 그는 동생 형기보다 여섯 살 정도 나이가 많은 것으로 되어 있다. 위의 다이얼로그는 아무리 언행이 가볍다 해도 서른 가까운 나이의 형이 여섯 살이나 아래인 동생에게 한 말로는 지나치게 경박한 것이라 하지 않을 수 없다. 그리고 거기서 우리는 이외수란 한 작가가 인공적으로 만든 한 등장인물이 작가가 조종하는 대로 말하고 있는 꼭두각시와 같은 느낌을 받게 된다.

    그리고 이 작품의 문장을 좀 더 자세히 읽어보면 요령부득이란 감을 주는 곳도 없지 않다.

---

23) 이광훈, 앞의 책, 370쪽.

"옛날의 신선들은 이런 피라밋도 없이 어떻게 신선이 될 수 있었냐?"
"이런 피라밋도 없이 신선이 되었다는 것을 형님은 어떻게 아십니까?"

위와 같은 대화 중 동생 형기의 말은 '옛날에는 피라밋이 없었다고 어떻게 단정합니까?'의 의미로 이에 계속되는

나는 할 말이 없었다. 동생은 피라밋을 단지 그 지역과 시대에 따라 피라밋이라고 부르지 않았을 뿐이지, 그때도 있기는 있었다는 주장이었다.

라고 한 지문을 읽고서야 분명하게 알 수 있다. 이 정도의 대화가 그러한 도움을 얻거나 깊이 뜯어 본 다음에라야 이해할 수 있게 되어 있다면 분명히 좋은 문장이라 할 수는 없을 것이다.

<장수하늘소>를 읽다 보면 작가가 이 작품을 쓴 후 원고 상태 또는 출판 과정에서 한 번이라도 읽어본 것인가 하는 의심이 들 정도로 문장이 제대로 다듬어지지 않은 곳을 자주 발견하게 된다.

① 동생은 우리가 전혀 모르는 사이에 이런 생활을 하기 위한 준비를 나름대로 준비하고 있었음이 틀림없었다.

② 표본상자 바닥에 곤충 바늘 자국이 찍혀 있는 것이 그 증거라고 할 수 있었다.

③ 몇 수십번씩이나 똑 같은 일만 반복해 나갔다.

①의 예문의 경우 방점친 부분(방점은 필자가 친 것임. 이하도 마찬가지.)은 '준비를 준비하고 있었다'는 말이 되어 제대로 된 성문이라 할 수 없다.

②의 예문의 경우 방점친 '곤충 바늘 자국'은 '곤충을 상자에 고정시켰

던 바늘 자국'의 뜻을 잘못 쓴 것이다.

③의 예문의 경우 방점친 '몇 수십번' 중 '수십번'이란 말은 의미상 '몇 십번'으로 위의 문장은 '몇 몇 십번'이란 말이 되어 바른 표현이 아니다.

이 소설에는 또 작가가 정확한 어의를 모르고 쓰고 있다고 밖에 볼 수 없는 말들을 더러 대하게 된다.[24]

① 나는 ~ 중략 ~ 희귀 곤충들을 무차별 남획해서 다른 나라에 밀매했다는 죄목으로 징역 3년을 언도 받았다.

② 댐이 생기고부터 이 도시와 연결 되어져 있던 몇 개의 군락들과 도로들이 수몰되어져 버리고 갑자기 이 도시가 고립 상태에 놓여지게 되었던 것이다.

③ 오랫 동안 어느 무인도에서 홀로 표류생활을 하다가 다시 돌아 온 듯한 기분이었다.

④ 그곳들은 멀리서 보면 마치 무슨 동물들의 오래 된 뼈들을 사열해 놓은 것처럼 보였다.

위에 인용한 문장 ①에서 방점 친 '언도'는 일제시대부터 써 오던 '언도(言渡)'란 한자어로 오래 전부터 '선고(宣告)'란 법률 용어로 바뀌었다. 따라서 이 말은 이제는 사어(死語)다.

예문 ②의 방점 친 '몇 개의 군락들'도 말이 안 된다. 여기서 '군락'은 한자어로 '군락(群落)'일 것이니 그 뜻은 '여러 부락'이다. 그러므로 이 어귀는 '몇 개의 여러 부락'이란 이상한 말이 되어 있는 것이다.

예문 ③의 방점 친 '무인도에서 - 중략 - 표류생활'을 했다는 구절도 말

---

24) 이런 경우는 그의 다른 작품에서도 발견된다. 특히 그의 단편 〈자객열전〉은 그 제목부터가 틀린 말이다. '열전'은 한자어로 '列傳'일 터인데 그렇다면 그것은 여러 사람의 전기를 차례로 적어 놓은 책을 의미한다. 그런데 이 작품은 한 사람의 자객 이야기로 되어 있다. 그러므로 그 제목은 '한 자객의 일대기'의 뜻을 담고 있어야 했다.

이 되지 않는다. '표류(漂流)'란 물 위에 둥둥 떠다닌다는 뜻이므로 '무인도에서 물 위에 떠다닌다'는 말은 있을 수 없다. 작가는 아마 '무인도에 표착(漂着)하여 오랜 세월을 보낸 다음'의 뜻으로 쓴다고 한 것 같은데 분명히 틀린 어귀다.

예문 ④에서 방점 친 '뼈들을 사열해 놓은'이란 말도 틀린 것이다. '사열(査閱)'은 장병들을 정열시켜 놓고 장비·사기 등을 검열하다의 뜻이다. 여기서는 '사열'이 아니라 '도열(堵列)' 또는 '진열(陳列)'이라 해야 맞을 것이다.

경쾌하고 재치 있는 문장이 나쁘다는 것은 아니다. 그것은 한 작가의 문장상의 개성일 수 있고 그것이 그의 강점일 수도 있다. 그러나 그것이 정도를 지나쳐 경박한 언어유희에 이르러서는 안 될 일이다. 또 다듬어지지 않은 문장은 작가의 불성실을 드러내 보여주는 것으로 독자에게 무시당한 기분, 어떤 배신감 같은 것을 안겨줌과 동시에 작품의 예술성도 크게 훼손하는 결과를 부른다. 또 적잖이 발견되는 정확, 적확하지 못한 어휘 구사는 작가의 기본적인 소양까지를 의심케 하는 것이니까 작가는 특별히 주의해야 할 일이 아닌가 한다.

〈장수하늘소〉에는 굳이 찾자면 위와 같은 부정적인 면이 있는 것이 사실이다. 그러나 그것이 전체 작품의 질을 결정적으로 떨어뜨리는 데 이르고 있는 것은 아니고 따라서 이 작품은 여러 가지 의미로 우리 시대 문학의 한 백미라 해도 과언이 아닐 것이다.

〔장양수〕

누에 유래담에 관한 고찰

I. 머리말

일본의 양잠 관계 연구가인 누노메 쥰로위[布目順郞]는 그의 저서 『養蠶の起源と古代絹』에서 규슈[九州]지방의 立岩遺跡·春日市門田遺跡·須玖岡本遺跡·肥前南高來郡三會村遺跡에서 출토된 검(劍)과 거울 등에 부착된 야요이[彌生] 시대 중기의 9개의 견제품을 한대(漢代) 오묘(五墓)에서 출토된 평견(平絹)의 짜임 밀도와 비교하여 일본의 것은 중국·낙랑에서 짜여진 비단에 비해 극히 거친 것이지만 그 품종은 한국 낙랑계의 삼면성(三眠性) 품종임을 과학적으로 분석하였다. 이처럼 일본의 양잠이 한국을 통해 수입된 것임을 밝히고 난 뒤

> 양잠이 처음 일본에 전해졌던 것은 당시의 일본인에게 일대사건이었음에 틀림없다. 그것은 중국에서 于 國에 또 세린다국에서 로마제국에 양잠이 전해진 것과 마찬가지로 획기적인 사건이었을 것이다. 그런데 그에 대한 아무런 전설도 남아 있지 않음은 무엇 때문일까? 記紀 등의 편찬에 관계한 사람들의 조상과는 무관계한 일이었을까?(布目順郞, 『養蠶の起源と古代絹』, 雄山閣, 1979, 20쪽)

라고 하여 양잠 수입에 관한 전설이 보이지 않음을 이상하게 생각하였

다. 필자는, 누노메 쥰로우[布目順郎]가, 일본의 양잠이 한국 낙랑계의 삼면성(三眠性) 품종이라고 한 과학적 분석의 결론을 참고로 하면서 고대의 여러 문헌 자료에 보이는 한일의 양잠관계 기록과 『삼국사기(三國史記)』「신라본기(新羅本紀)」 제2에 들어 있는 「아달라니사금조(阿達羅尼師今條)」에 보이는 한일관계의 특이성 등으로 『삼국유사』 권제1에 수록된 「연오랑(延烏郎) 세오녀(細烏女)」 설화는 바로 한일간의 양잠 견직과 그 기술의 문화사적 교류를 반영하는 설화라고 논한 바 있다.(이연숙, 「연오랑 세오녀 설화에 대한 일고찰 −한일양잠교섭사적 측면에서−」, 『국어국문학』 제23집, 부산대학교 국어국문학과, 1986)

이같이 연오랑 세오녀 설화가 한일간의 양잠 문화의 사적 교류 관계 자체를 반영한 설화라면 이와 관련하여 중국의 제문헌 그리고 일본의 三河國 北設樂郡 下津具村의 카구라[神樂] <누에고치>와 豊根村曾川의 카구라[神樂] <누에줍기>(早川孝太郎, 「蠶神祭文二章」, 『민족(民族)』 제3권 제4호, 1928.5) 등에 보이는 누에 유래담의 전파도 예상되었지만, 위의 논문에서는 한국 측의 자료가 발견되지 않아, 일본의 카구라[神樂]의 배후에는 중국으로부터의 양잠관계자들의 이동의 흔적이 보인다고만 언급함에 그쳤다. 그런데 마침 우리측에서도 누에 유래담에 관한 자료가 발견되었으므로 본 논문에서는 이 설화의 발생과 전파 관계를 살펴보고 나아가서 한국·일본에서 각각 어떻게 수용, 발전되어 갔는가를 비교 문화적 측면에서 논급해 보고자 한다.

이 논문은 「연오랑 세오녀 설화에 대한 일고찰」을 보충함과 동시에 누에 유래설화 자체의 비교 연구를 문화적 측면에서 고찰함으로써 설화를 수용·향유 변용시켜간 우리 민족정신과 문화의 특성을 밝힘에도 그 목적이 있다 하겠다. 나아가서 이를 계기로 사라져 가는 양잠에 관한 여러 설화, 민속 제의가 조사 연구되었으면 하는 바람이다.

Ⅱ. 한·중·일 문헌의 누에 유래담

누에 유래담이 중국·일본의 여러 문헌과 설화에서는 다소 보이나 한국에서는 그 자료가 영성하다. 이 관계 설화의 채록이 시급히 요청되거니와 본 논문에서는 전라남도 장성군(長城郡) 진원면(珍原面)에서 채록된 설화를 취하여 살펴보고자 한다.

그러면 서술의 편의상 먼저 한국의 진원면의 누에 유래담의 화소를 보이면 다음과 같다.

　　〈누에가 된 공주〉

　　① 옛날 마한에 臼斯烏旦라는 작은 부족국가가 있었는데 이웃나라로부터 자주 침공을 받았으므로 어떻게 적을 막아 사직을 지킬 것인가 하는 것이 왕의 걱정거리였다.

　　② 공주가 부왕의 근심하는 모습을 보고 누구라도 적장의 머리를 베어오는 자에게 자신을 아내로 준다는 방을 전국에 붙이도록 부왕에게 간청하였다. 왕이 처음에는 반대했으나 공주가 워낙 간곡히 청하므로 수락하여 신하들이 간하는 것도 듣지 않고 전국에 방을 붙였다.

　　③ 이때 왕궁의 마굿간에서 말이 기쁜듯이 울고는 멀리 사라져 갔는데 다음날 적장의 머리를 물고 왔다. 왕은 나라를 구한 영웅이라고 기뻐하며 말에게 王馬라는 이름을 붙여 주었다.

　　④ 이렇게 하여 臼斯烏旦國은 왕마로 인해 싸움에서 이겼으나, 공주가 말에게 시집보내 달라고 하므로 왕에게는 새로운 걱정거리가 생겼다. 왕은 말과 약속한 적이 없다고 하나 공주는 왕의 말씀은 곧 나라의 규칙이므로 상대가 비록 짐승이라도 약속을 지켜야 하므로 말에게 시집을 가겠다고 결심을 바꾸지 않았다.

　　⑤ 당혹한 왕은 초조한 나머지 왕마의 머리를 자르도록 명령하였다.

　　⑥ 공주는 말의 죽음을 슬퍼하여 말가죽이라도 기념으로 간직하려고 侍臣들에게 껍질을 벗기게 하여 나무에 걸어 말리고 매일 가죽을 쓰다듬으며 말을 생각하며 울었는데, 어느날 말가죽이 공주를 감아 하늘로 올라가 버렸다.

⑦ 왕은 그날부터 병이 들었는데 다음해 봄, 말가죽이 어느 시골 나뭇가지에 걸려 있다는 보고를 듣고 왕이 행여 공주를 찾을 수 있을까 하여 가본즉, 가죽은 썩어 있었는데, 내려서 펴보니 그때까지 본 적이 없는 작은 벌레가 가죽에 잔뜩 붙어 있었다.

⑧ 공주를 생각하며 왕이 울자, 옆에서 그 벌레는 공주와 王馬가 재생한 것이 틀림없다고 하며 그 증거로, 벌레의 입이 말의 입과 닮았고 벌레의 보드라운 감촉이 공주의 피부와 같음을, 또 그 움직임은 공주의 유연한 동작과, 풀잎 먹는 모양은 말이 풀을 먹을 때와 같음을 들었다.

⑨ 왕은 눈물을 흘리며 侍臣들에게 그 벌레를 잘 키우도록 명령하고는 틈이 있을 때마다 모습을 보러 갔다. 백성들은 왕의 명대로 이 벌레를 키워, 이윽고 나라 전체에서 사육하기에 이르렀는데, 이것이 누에이며, 말가죽이 걸려 있던 나무는 뽕나무이다. 자수를 좋아한 공주는 누에로 모습을 바꾸어 지금도 아름다운 실을 뽑고 있는 것이다.[1]

이상이 우리나라에 전해오는 누에 유래담인데, 주된 모티브는 말과 공주와의 합신재생(合身再生)에서 누에가 생겨나게 되었다는 것이다.

그런데 이 같은 유형의 설화는 중국의 여러 고문헌에 보이므로 이번에는 중국의 여러 문헌에 수록된 누에 유래담을 들어 보기로 한다.

중국에서는 누에 유래담이 진(晉)의 우보(于寶)가 편찬했다고 전해지는 가장 오래된 전설집인 『수신기(搜神記)』 권14에 먼저 보인다.

진원면(珍原面)의 설화의 화소 번호에 따라 전문을 인용하면 다음과 같다.

① 옛날 옛날에 한 사람의 남자가 있었다. 멀리 여행을 떠나 있었는데 그 집에는 다만 딸 한 명과 말 한 필만이 있었다. 딸이 그 말을 키웠는데 혼자 있는 외로움에서 아버지를 생각하였다.

② 이에 말에게 농담삼아 말하기를 "네가 능히 나를 위하여 아버지를 모

---

1) 박영준 편, 『한국의 전설』 제7권, 한국문화도서출판사, 1972, 177~180쪽.

시고 돌아올 수 있다면 나는 너에게 시집을 가겠다."고 하였다.

③ 말은 이 말을 듣자 이내 곧 고삐를 끊고 그 딸의 아버지가 있는 곳으로 갔다. 아버지가 말을 보고는 놀라고 기뻐하여 끌어 당겨 타니 말은 자기가 온 곳을 향하여 계속 슬프게 울었다. 그 아버지가 말하기를 "아무 일도 없는데 이 말이 이러하니 내 집에 무슨 일이 일어난 것이 아닐까"하고 곧 타고 집으로 돌아갔다.

④ 말은 짐승인데도 이같이 특별한 배려가 있었으므로 아버지는 여물을 많이 주고 잘 보살펴 주었으나 말은 먹으려고 하지 않았다. 딸이 나오거나 들어가는 것을 볼 때마다 기뻐하기도 하고 성내기도 하고 갈기를 흔들고 발을 차기도 하는 것이 한두번이 아니었다. 아버지가 이상히 여겨 가만히 딸에게 물으니 딸이 모든 것을 아버지에게 고하며 필시 이 때문일 것이고 하였다.

⑤ 아버지가 말하기를 두렵건데 집안을 욕되게 하는 말을 하지 말 것이며 또한 출입을 삼가라고 하였다. 이에 활을 쏘아 말을 죽이고 뜰에 껍질을 말려 놓고 아버지는 또 떠나가 버렸다.

⑥ 딸은 이웃집 여자아이와 함께 말 껍질이 있는 곳에서 놀다가 발로 짓밟으며 말하기를 "너는 짐승인데 무엇 때문에 사람을 아내로 맞으려고 하느냐? 이렇게 껍질이 벗겨져 고통을 당하는 것이 어떠냐?"고 하였다. 말이 채 끝나기도 전에 말 껍질이 갑자기 일어나 딸을 말아서는 사라져 버렸다. 이웃집의 여자아이가 놀라고 두려워하여 감히 구하지 못하고 그 아버지에게 달려가서 말하였다. 아버지가 돌아와서 찾아 보았으나 이미 사라지고 없었다.

⑦ 그 후 며칠이 지나 큰 나무가지 사이에서 찾을 수 있었는데 딸도 말껍질도 모두 다 누에로 변해 나무 위에서 실을 뽑고 있었다.

⑧ 그 누에고치 실은 두껍고 커서 보통의 누에와는 달랐다. 이웃 부녀들이 가지고 가서 키웠는데 그 수확이 몇 배나 되었다. 이로 인하여 그 나무를 뽕나무라 하였는데 뽕나무는 잃었다는 뜻이다. 이로부터 세상사람들이 다투어 그것을 심었다. 오늘날 기르는 것이 이것이다.[2]

---

2) ① 舊說 太古之時 有大人 遠征家無餘人 唯有一女 牧馬一匹 女親養之 窮居幽處 思念其父
② 乃戱馬曰 爾能爲我 迎得父還 吾將嫁汝

이와 똑같은 내용이 오(吳)의 장엄(張儼)이 편찬한 『태고잠마기(太古
蠶馬記)』[3]에도 보이는데, 이로 보아 『태고잠마기(太古蠶馬記)』는 『수신
기(搜神記)』를 그대로 따른 듯하므로 인용을 생략하거니와 당(唐)의 손
위(孫頵)가 편찬한 『신녀전(神女傳)』에 전하는 잠녀(蠶女)는 줄거리에 다
소의 차이가 있고 또 일본에 그대로 수입된 것이 남아있으므로 역시 전
문을 들어 보기로 한다.

① 蠶女는, 高辛帝 때 사람인데, 蜀地에 아직 君長을 세우지 않고 統攝
하는 곳이 없었다. 그 아버지가 이웃에 잡혀가서 이미 해를 넘겼다. 다만 타
던 말은 여전히 남아 있었다.

② 딸은 아버지로부터 소식이 없음을 걱정하여 침식을 잊기도 하였다. 어
머니가 이것을 걱정하여 사람들에게 맹세하여 말하기를 "아버지를 모시고
돌아오는 사람이 있다면 딸을 시집보내겠다."고 하였다.

③ 부하들은 단지 그 맹세를 듣기만 할 뿐 능히 아버지를 모셔오는 사람
이 없었다. 말이 그 말을 듣고 재빨리 뛰어 그 고삐를 끊고 사라졌다. 며칠
후에 아버지가 말을 타고 돌아왔다.

---

③ 馬旣承此言 乃絶韁而去 徑至父所 父見馬驚喜 因取而乘之 馬望所自來 悲鳴
不已 父曰 此馬無事如此 我家得無有故乎 亟乘以歸

④ 爲畜生有非常之情 故厚加芻養 馬不肯食 每見女出入 輒而怒奮擊如此非一
父怪之密以問女 女具以告父 必爲是故

⑤ 父曰 勿言恐辱家門 且莫出入 於是伏弩射殺之 暴皮於庭 父行

⑥ 女與隣女於皮所 戲以足蹴之曰 汝是畜生 而欲取人爲婦耶 招此屠剝 如何自
苦 言未及竟 馬皮蹶然而起 卷女以行 隣女忙怕 不敢救之 走告其父 父還求索
已出失之

⑦ 後經數日 得於大樹枝間 女及馬皮盡化爲蠶 而績於樹上

⑧ 其繭綸理厚大 異於常蠶 隣婦取而養之 其收數倍 因名其樹曰桑 桑者喪也 由
斯百姓競種之 今世所養是也(『百子全書』 중의 『搜神記』, 三~四丁)

3) 『수신기(搜神記)』와 완전히 같은 내용인데 다만 끝에 '案天官辰爲馬星 蠶書曰月
當大火 則欲其種 是蠶與馬同氣也 周禮校人職掌 禁原蠶者 注云 物莫能兩大 禁原
蠶者爲其傷馬也 從禮皇后親採桑 祀蠶神 曰苑窳婦人 寓氏公主 公主者女之尊親
也 苑窳婦人先蠶者也 故今世或謂蠶爲女兒者 是古之遺言也'라는 주가 덧붙여져
있을 뿐이다.(『舊小說』 甲集一 漢魏六朝, 19~20쪽에 수록되어 있음)

④ 이때부터 말은 울며 먹이를 먹으려고 하지 않았다. 아버지가 그 까닭을 물으니 어머니가 사람들에게 맹세했던 말을 하였다. 아버지가 말하기를 사람에게 맹세한 것이지 말에게 한 것이 아니라고 하였다. 어찌 사람을 사람 아닌 것에게 시집보낼 수 있는가 하며 다만 여물을 많이 주었다.

⑤ 말은 먹지 않고 딸아이가 출입하는 것을 볼 때마다 곧 화를 내고 분격함이 한두 번이 아니었다. 아버지가 화를 내어 말을 쏘아 죽이고 그 껍질을 뜰에 말려 놓았다.

⑥ 딸이 그 옆을 지나가자 말껍질이 갑자기 일어나서 딸아이를 말아서는 날아가 버렸다.

⑦ 열흘 쯤 지나서 껍질을 뽕나무 위에서 찾았는데 딸아이는 누에로 변해 뽕나무를 먹고 실을 뽑아 고치를 만들어 사람들에게 옷을 입게 했다.

⑧ 부모는 마음에 사무치도록 이를 생각하여 마지 않았다. 문득 보니 蠶女가 구름을 타고, 그 말이 모는데 시위하는 자가 수십 명이었다. 하늘에서 내려와 부모에게 말하기를 "太上이 내가 효를 다하고 마음에 義를 잊지 않았으므로 九宮仙嬪의 임무를 맡겨 하늘에서 장생하게 하였습니다. 아무 걱정마십시오." 이내 허무하게도 사라져 버렸다. 지금의 집은 什邡·綿竹·德陽 三縣의 경계에 있다. 해마다 누에를 비는 자가 사방에서 모여드는데 모두 영험을 얻었다. 宮觀의 여러 곳에는 女子像을 만들어 말껍질을 입힌다. 이것을 馬頭娘이라고 하는데 이것으로 蠶桑을 빈다.4)

---

4) ① 蠶女者 當高辛帝時 蜀地未立君長 無所統攝 其父爲隣所掠去已逾年 唯所乘之馬猶在
② 女念父隔絶 或廢飮食 其母慰撫之 因誓于衆曰 有得父還者 以此女嫁之
③ 部下之人 唯聞其誓 無能致父歸者 馬聞其言 驚躍振迅 絶其狗絆而去 數日乃乘馬歸
④ 自此 馬嘶鳴 不肯飮齒占 父問其故 母以誓衆生言爲之 父曰 誓于人而不誓于馬 安有人而偶非類乎 但厚其芻食
⑤ 馬不肯食 每見女出入 輒怒目奮擊 如是不一 父怒射殺之 曝其皮于庭
⑥ 女行過其側 馬皮蹶然而起 卷女飛去
⑦ 旬日得皮于桑樹之上 女化爲蠶 食桑葉吐絲成繭 以衣被于人間
⑧ 父母悔恨念之不已 忽見 蠶女乘流雲 駕此馬 侍衛數十人 自天而下 謂父母曰 太上以我孝能致身 心不忘義 授以九宮仙嬪之任 長生于天矣 無復憶念也 乃沖虛而去 今家在什邡 綿竹 德陽三縣界 每歲祈蠶者 四方雲集 皆獲靈應 宮觀諸

기본 줄거리는 다른 문헌의 것과 차이가 거의 없으나 이『신녀전(神女傳)』에서는 딸이 누에로 변했다가 그 효성스러움으로 인하여 천인(天人)이 되고, 따라서 중국의 십빈(什邠)·면죽(綿竹)·덕양(德陽) 부근에서는 이를 양잠신으로 신격화하여 여인상을 만들어 말가죽을 입혀서는 마두랑(馬頭娘)이라 이름한 뒤 양잠의 풍요를 빌었다는 내용이 덧붙여져 있다. 이로 보아 누에에 대한 유래담뿐만 아니라, 이를 신격화한 양잠신에 대한 제의도 널리 행해지고 있었음을 알 수 있는데, 이『신녀전(神女傳)』의 이야기는 일본의 에도[江戶] 시대(元祿五年 : 1692) 하야시 도슌[林道春](羅山)이『괴담전서(怪談全書)』에「마두랑(馬頭娘)」[5]이라는 제목 아래 소개하고 있으며『신녀전(神女傳)』에 보이는 것과 같은「마두랑(馬頭娘)」의 이야기는 일본 각지에 널리 전해지고 있다.

Ⅲ. 누에 유래담의 발생

위에서 중국·한국·일본에 전하는 누에 유래담을 고문헌을 중심으로 중요한 것만 들어 보았는데, 여기서는 그렇다면 이와 같은 유래담은 중국에서 어떻게 생성되었는가에 대해 논해 보고자 한다.

누에 유래담이 언제 발생했는지를 확인하기는 힘들다. 그러나 중국의 산동(山東) 지방을 그 본원(本源)으로 하는 양잠, 견직업이 황하남북(黃河南北)에 퍼져 B.C 1300년 경의 은(殷)나라의 갑골문(甲骨文)에 '상(桑)·잠(蠶)·사(絲)·백(帛)' 등의 문자가 나타나 있고 은대(殷代)의 동기(銅器)에 부착된 비단조각에서도 이때 이미 견직물이 존재했었음을 확인할 수 있는 바[6] 누에 유래담도 이미 이 시기에 산동 지방을 중심으

處 塑女子之像 披馬皮 謂之馬頭娘 以祈蠶桑焉(『唐代叢書』第九集 第百十八帙 神女傳 一, 32丁)

5)『怪談名作集』,『日本名著全集』10, 日本名著全集刊行會, 1927, 390~391쪽.

로 생성되었으리라 추측된다.

그런데 누에 유래담에는 말과 처녀와의 결혼에 의해서가 아니라, 정원에 풀어 놓은 말이 황녀(皇女)의 아름다운 모습을 보고 일방적으로 연모한 나머지 죽어서 누에로 바뀌어 비단실을 뽑아 황녀 몸에 걸쳐짐으로써 뜻을 이루었다는 유형[7]도 보이므로 생성 초기의 원형이 어떤 것이었나를 밝히는 것 역시 힘든 작업이다. 그러나 본 논문에서는 그 원형 자체를 밝히는 것이 목적이 아닐 뿐만 아니라, 말이 황녀를 일방적으로 연모하여 죽어 누에가 되었다 하더라도 내면구조는 말과 처녀와의 관계로 이루어져 있어 근본 모티브에는 별 차이가 없으므로 그렇게 문제시되지 않으리라 보아진다.

그러므로 여기서는 누에 유래담에 말과 처녀를 결합시켜 이 설화의 생성에 작용한 고대인의 사유·연상에 대해 서술해 보기로 한다.

먼저, 부인이 아니고 처녀를 등장시킨 것은『시경(詩經)』「대아(大雅)」의 <첨공(瞻卬)>에 '婦無公事 休其蠶織'이라 함에서 보듯이 양잠·견직이 여성의 소관이되 그 실의 섬세함과 누에의 부드러운 감촉과의 연상에서라 하겠으나 말의 등장은 말 머리의 생김새와 누에 머리의 생김새가 유사하기 때문이라 하겠다.

중국측의 『수신기(搜神記)』·『태고잠마기(太古蠶馬記)』·『신녀전(神女傳)』등에서는 이에 대한 언급이 보이지 않으나 진원면의 자료에서 벌레의 입은 말의 입과 매우 닮았고 벌레의 감촉은 공주의 부드러운 피부 그대로이며, 움직임은 공주의 우아함을 연상시키고, 잎을 갉는 모양은 말이 풀을 뜯어 먹을 때의 모습이라고 한 데서 누에의 입이 말머리의 생김과 유사함으로 인해 말과, 처녀의 결혼담을 연상한 것이라 생각되어진다.

---

6) 『服裝大百科事典』上, 文化出版局, 1969, 214쪽.
7) 上垣守國,『養蠶秘錄』, 東洋文庫 소장본, 1803.

이와 더불어 누에의 머리, 혹은 등에 있는 반점이 말발굽과 비슷한
것도 또한 크게 작용했으리라 보아진다.

일본에는 이와 같은 누에 유래담이 널리 전하고 있는데 그 중에서도
'말머리를 한 흰 벌레가 생겨났다. 그것을 뽕잎으로 키웠다[岩手縣 二戶
郡 鳥海村]라든가 '그러므로 누에의 머리에는 말발굽의 흔적이 있는 것
이다[福島縣 相馬郡 上眞野村 小山田]라고 덧붙인 것8)이 있다. 이 부분
은 누에 유래담이, 양잠업에 종사하고 있어 구태여 설명을 덧붙이지 않
더라도 너무나 당연한 것으로 믿고 있던 사람들의 주변에서 벗어나 이
설화가 이야기 자체의 흥미로 인해 널리 전파되어간 단계에서 첨가된
것이라 보아진다. 이것은 장성군(長城郡) 진원면(珍原面)의 누에 유래담
에서, 신하가 말가죽에 붙어 꿈틀거리는 벌레를, 공주와 왕마의 환생이
라고 했을 때 왕이 의구심을 표하면서 그 이유를 묻고 있는 데서도 확
인해 볼 수 있다.

진원면(珍原面)의 설화의 이 부분에서 채록자의 창의성이 곁들여졌다
하더라도, 이같은 임금의 의구심은 오히려 누에를 본 적이 없는 이들의
그것을 채록자가 대변하는 것이라 볼 수 있겠기 때문이다. 이같은 의문
에 대해 누에가 말과 처녀의 환생임을 누에의 생김새의 특징을 들어 이
야기함으로써 듣는 이에게 단순한 흥미에 덧붙여 이야기를 신뢰할 수
있도록 하는 기능을 아울러 지니게 하였던 것이라 보아진다. 그러나 이
것은 단지 후에 이야기에 표면화되었다는 것일 뿐이겠으며, 말과 처녀
의 혼인을 연상한 누에 발생담의 창시자들은 누에의 생김을 하나의 요
인으로 하여 이야기를 엮어내고 또 굳게 믿었던 것이라고 생각된다.

이와 같이 누에 유래담의 발생에는 첫째로 누에의 생김의 특징이 큰
요인으로 작용하고 있음을 알 수 있는데, 이로써 말과 처녀의 혼인 관계

---

8) 今野圓輔, 『馬娘婚姻譚』, 岩崎美術社, 1983, 164쪽.

를 합리화시킬 수 있었던 것이겠다.

이상에서 본 바와 같이 누에의 생김과 더불어 말과 처녀의 결혼 모티
브가 형성되었음을 알 수 있는데 이 설화에서 또 하나 주목되는 것은
말과 처녀의 죽음에 의해 누에가 생겨났다는 누에 발생 자체에 관한 사
유이다.

세계의 여러 신화에는 중국의 반고신화(盤古神話)[9], 그리고 리그베다
에 보이는 인도의 신화(神話)[10] 등에서 볼 수 있듯이 우주와 인류의 기
원이 사체(死體)에서 시작되었다고 보는 것이 있다. 사체화생(死體化生)
모티브는 우주 기원과 인류 기원뿐만 아니라 농작물·동물의 기원신
화[11]에도 보이는데, 이것은 희생제의나 성년식 등에서 볼 수 있듯이, 원
시인들에 있어서 새로운 생·창조 그리고 풍요의 전제로서 죽음이 하나
의 필수 요건으로 받아들여지고 있었음과 관련지어 생각할 수 있겠다.

---

9) 반고(盤古)가 죽어 그 숨결은 풍운(風雲), 목소리는 천둥, 왼쪽 눈은 태양, 오른쪽
   눈은 달, 팔다리는 산, 혈맥은 강, 살은 흙, 머리카락은 별, 피부의 털은 초목(草木),
   이빨과 뼈는 금속과 돌로 되고 땀은 비로 변했다는 것이다.(松村武雄 編,『中國神
   話傳說集』, 社會思想社, 現代敎養文庫, 1983, 11쪽)

10) 신(神)이 프루샤라는 거인을 희생으로 죽이니 머리는 천공(天空)이, 양쪽 다리는
    대지(大地)가 되고 눈에서는 태양, 정신에서는 달, 호흡에서는 바람, 입에서는 브라
    만, 양쪽 팔에서는 쿠샤트리아, 팔꿈치에서는 농민, 발에서는 천민이 생겨났다고 했
    다.(大林太郎,『神話學入門』, 中央公論社, 1979, 100쪽)

11) 일본의『고사기(古事記)』상권에 오곡(五穀)의 기원이 '速須佐之男命(스사노오
    神)이 또 먹을 것을 大氣津比賣神(오호게츠히메 神)에게 구하였다. 이에 大氣津比
    賣神이 코, 입, 엉덩이로부터 여러 가지 맛있는 것을 내어 각종 음식을 만들어 바칠
    때에 速須佐之男命이 그 모양을 가만히 살펴보고는 不淨하게 바친다고 생각하여
    大氣津比賣神을 죽여 버렸다. 이에 살해된 신의 머리에는 누에가, 두 눈에는 볍씨
    가, 양쪽 귀에는 조가, 코에는 小豆가, 陰部에서는 보리가, 엉덩이에서는 大豆가 생
    겨났다. 이에 神産巢日御祖命[가미무스히노미오야노神]神産巢日(카미므스히 : 生
    産을 담당하는 神)의 母神]이 이것을 취해서 種子로 하였다'고 되어 있다.
    [(速須佐之男命)又食物乞大氣津比賣神 爾大氣都比賣 自鼻口及尻 種種味物取
    出而 種種作具而進時 速須佐之男命立伺其態 爲穢汚而奉進 乃殺其大宜津比賣神
    故 所殺神於身生物者 於頭生蠶 於二目生稻種 於二耳生粟 於鼻生小豆 於陰生麥
    於尻生大豆 故是神産巢日御祖命 令取玆成種](『古事記』, 岩波書店, 1981, 84쪽)

이들 사체화생(死體化生) 모티브의 우주 기원 신화와 마찬가지로 누에 유래담에서도 누에가 말과 처녀의 죽음을 전제로 하여 그것이 화생(化生)한 것이라고 사유되었던 것은 우주를 반고(盤古)의 사체(死體)가 화생(化生)한 것으로 본, 반고신화(盤古神話)에 나타나 있는 중국인의 우주관이 근저에 작용했기 때문이라 보아진다.

결국 이 누에 유래담은 반고신화에 보이는 고대 중국인의 사체화생 우주관을 바탕으로 하면서, 누에가 실을 토하는 것에서 베를 짜는 처녀의 모습을, 그리고 누에의 입이 말의 머리와 닮았을 뿐만 아니라 머리와 등에 있는 무늬가 말발굽과 유사하다는 누에의 생김의 특징으로 말과 처녀의 혼인담을 결구(結構)한 것이라 보아진다.

이 설화는 우주 기원 신화에 널리 보이는 사체화생 모티브와 혼인 모티브를 근간으로 하여 누에의 발생이라는 새로운 생명의 탄생으로 연결짓고 있어 신화적 사유 구조를 보이고 있다고 하겠다.

Ⅳ. 누에 유래담의 전파

이상으로 누에 유래담의 발생에 대해 이에 작용했으리라 생각되는 고대인의 사유·연상을 중심으로 살펴보았거니와 이번에는 그 전파에 관해 논급하기로 한다.

장성군(長城郡) 진원면(珍原面)의 자료에서 보면 누에는 마한(馬韓)의 구사오차(臼斯烏且)에서 발생한 것으로 되어 있다. 이것은 일본의 경우에 있어서도 마찬가지로 각 지방의 누에 유래담과 양잠신 제문(祭文)을 보면 누에는 대체로 그 지방에서 발생한 것으로 되어 있다.

그런데 이 누에 유래담은 누에의 존재 없이는 그 발생을 생각할 수 없는 것인데, 누에가 처음부터 한국·일본에도 있었던 것이 아니고 본

산지인 중국에서 수입된 것임을 생각한다면, 여기에는 동시 발생설을 생각할 수 없을 것이다.

물론 일본의 경우 누에는 계모가 전처의 딸을 미워하여 배에 실어 떠내려보냈는데 그 딸이 화생(化生)한 것이라고 하는 색다른 유형12)이 없지도 않다. 그러나 이것은 중국·한국에서는 보이지 않으므로 양잠 수입후 일본인들이 독창적으로 만들어낸 것이라 볼 수 있겠고 또 배에 실려 떠내려 왔다 함에서 이 설화도 역시 양잠이 외국에서 수입된 것임을 반영한다 하겠다. 그런데 일본에 널리 유포되어 있어 양잠신 제문에도 보이는 중국의 누에 발생담과 같은 내용, 즉 말과 처녀의 혼인담은 처음 중국에서 발생된 것이라 하겠다.

설화의 전파에는 문헌을 매개로 한 것과 사람의 이동에 의한 구승(口承)을 통한 것을 생각할 수 있다.

그런데 이 누에 유래담이 이미 중국의『수신기(搜神記)』등에 수록되어 있으므로 한국의 경우, 이와 같은 문헌을 통한 전파도 생각할 수 있다. 일본의 경우도 이미 앞에서 본 바와 마찬가지로 에도[江戶] 시대 하야시 도순(林道春)의『괴담전서(怪談全書)』에 보이는 「마두랑(馬頭娘)」이 『신녀전(神女傳)』의 「잠녀(蠶女)」와 똑같으므로『신녀전』의 직수입에 의한 전파를 볼 수 있다.

『신녀전』은 물론『수신기』등의 문헌이 현존 일본의 양잠신(養蠶神) 제문(祭文) 등에 끼친 영향을 생각할 수 있지만 문헌 이전에 사람의 입을 통한 전파가 있었으리라 본다. 이 경우에는 단순한 흥미 위주로 이야기 자체만 전파될 수도 있지만 세키 게이고(關敬吾)가 설화 연구의 과제로 든 10항목 중 9번째에서,

---

12) 今野圓輔, 앞의 책, 176~182쪽.

　　설화는 어떤 문화와 함께 유입되었는가 하는 문제이다. 설화의 여러 민족
간의 일치 또는 유사는 민족의 접촉 내지는 교통에 의한 借用에 의한 것이
라고 한다면 단순히 설화만이 전파했다고는 생각할 수 없다. 어떤 다른 문
화도 또한 당연히 함께 전파되었을 것이다. 그것이 어떤 문화이었는가는 설
화의 비교 연구에 있어 중요한 과제이다.13)

라고 했듯이 어떤 문화와 함께 수입됨이 일반적이다.

　　이렇게 생각하고 본다면 누에 유래담도 비단·양잠 수입과 함께 전파
되었으리라 본다.

　　한국의 경우 『삼국사기』에,

　　· 왕이 6부를 순회하면서 백성들을 위무했는데 왕비 알영도 따라갔다. 농
사짓기와 뽕나무 기르기를 권장하고 독려하여 토지에서 얻는 이익을 다하
게 했다.14) (「新羅本紀」 第一 始祖赫居世居西干條)

　　· 3년(82) 봄 정월에 왕은 영을 내렸다. (中略) 마땅히 담당자를 시켜서
농사와 누에치기를 권장하고 무기를 벼리어서 뜻밖의 일에 대비할 것이
다.15) (上同 婆娑尼師今條)

　　· 38년(20) 3월에 사자를 보내어 농사와 잠업을 권장하게 하고 급하지 않
은 일로 백성을 소란하게 하는 일은 모두 금지했다.16) (「百濟本紀」 第一
始祖溫祚王條)

라는 기록이 보여 일찍부터 양잠이 행해지고 있었음을 알 수 있다. 또
『한서(漢書)』 권28 하의 「지리지(地理志)」 낙랑군조(樂浪郡條)에 낙랑군

---

13) 關敬吾,『日本昔話集成』第一部, 角川書店, 1950, 48쪽.
14) 十七年 王巡撫六部 妃閼英從焉 勸督農桑以盡地利
15) 三年春正月 下令曰 (中略) 宜令有司 勸農桑 練兵革以備不虞
16) 三十八年 (中略) 三月 發使勸農桑 其以不急之事擾民者 皆除之

(樂浪郡) 25현 중에 잠태현(蠶台縣)이 들어 있는데 누노메 쥰로우(布目順郎)는 '태(台)'자에는 '기른다[養]'의 뜻이 있으므로 잠태현(蠶台縣)은 양잠현(養蠶縣)이라고 할 수 있다고 하고, 잠태현의 누에는 고대 중국 화북지방(華北地方)에서 널리 사육된 삼면계(三眠系) 품종과 같은 계통이라고 보았다.[17]

『삼국사기』나 『한서』의 기록으로 보아 일찍부터 양잠이 수입되어 성행했음을 알 수 있는데 누에 유래담도 양잠 수입과 함께 한반도에 전파되었으리라 생각된다.

일본의 경우 양잠 견직이 행해진 것을 내보이는 신빙성이 있는 가장 오래된 사료로는 중국 『삼국지(三國志)』 「위지(魏志)」 왜인조(倭人條)에 보이는 '種禾稻 紵麻蠶桑 緝績 出細紵 縑絹'[18]이라 한 기록을 들 수 있다. 그런데 일본의 규슈[九州] 유적에서 출토된 견직물로 보아 일본의 양잠은 중국이 아니라 한국 낙랑계(樂浪系)에서 수입된 것이라 한 누노메 쥰로우(布目順郎)의 설[19]을 토대로 하고, 또 연오랑 세오녀 설화가 한일간의 양잠 견직의 문화 교섭 관계를 반영하고 있다는 점[20]을 감안한다면, 누에 유래담도 일본에 건너간 한국의 양잠 관계자들에 의해 전해진 것이 아닐까 한다.

이것을 뒷받침하는 것으로는 일본의 『일본서기(日本書紀)』 권제1 신대상(神代上)에 보이는 사체화생(死體化生) 신화의 이형(異型)에서 볼 수 있다. 즉 여기서는 월야견존신(月夜見尊神)에게 보식신(保食神)이 살해되었는데 그 이마에서는 우마(牛馬)가, 목에는 율(栗)이, 눈썹에는 누에 고치가, 눈에서는 패(稗), 배에서는 도(稻), 음부(陰部)에서는 대두(大

---

17) 布目順郎, 앞의 책, 12~14쪽.
18) 『三國志』第三十 魏書 烏丸鮮卑東夷傳三十
19) 布目順郎, 앞의 책 참조.
20) 이연숙, 앞의 논문 참조.

豆)·소두(小豆)가 생겼으므로 그것을 아마테라스오오미카미[天照大神]
에게 바치니, 아마테라스오오미카미는 율(栗)·패(稗)·맥(麥)·두(豆)를
육전종자(陸田種子)라 하여 처음으로 경작하게 하고 누에고치를 입 속
에 넣어 실을 뽑았다고 하였음에서이다. 아마테라스오오미카미가 누에
고치를 머금고 실을 뽑았다고 했음과 아마테라스오오미카미가 신의(神
衣)를 짤 때 스사노오노미코토[須佐之男命]가 반마(斑馬)의 껍질을 벗겨
그 방에 떨어뜨렸으므로 직녀(織女)가 놀란 나머지 죽었다는 내용21)을
아울러 생각하면, 이 신화는 양잠신(養蠶神)의 제의적 모습을 보여준 것
이라고도 볼 수 있겠는데22) 그 이면에는 누에 유래담이 있었으리라 생
각된다. 이 점과 함께, 아마테라스오오미카미가 일본의 하미코[卑彌乎]
라는 설(說)23)을 고려하고 하미코[卑彌乎]가 신라 아달라왕(阿達羅王) 때
우호 관계를 요청했는데 연오랑 세오녀 설화가 아달라왕 때의 이야기로
되어 있는 점 등을 고려하면 일본에의 누에 유래담의 전파에는 한국의
양잠 관계자들의 이동이 작용했음을 추찰할 수 있는 것이다.

결국 한국과 일본에도 중국 고문헌에서와 같은 누에 유래담이 보이
나, 누에의 존재 없이 그 설화의 발생은 생각할 수 없고, 또 누에가 중
국에서 발생한 것이므로 한국·일본의 누에 유래담은 먼저 중국에서 발

---

21) 이연숙, 위의 논문 참조.
22) 田蒙透는『일본서기(日本書紀)』중의 우케모치노카미[保食神]의 사체의 각 부분
의 명칭과 거기에서 생긴 농작물·가축의 명칭과를 대비하여 Ma-ra(頂)는 Màr(馬),
čà(顙)(雅語體는 co)는 čo, Nun-sep[Mayu, Mayo](眉)은 Ko-ti[Mayu, Nayo](繭), N
un(眼)(古體Nu)은 Nui(稻와 稗), Pài(腹)는 Pye(稻), Po-ti(陰)는 Po-ri(麥),
Kkong-mun(陰部에 있는 문)은 K'ong(大豆)에 대응하는 것이라 하였다. 누에를 제
외하고는 모두 한국어의 音으로는 일치하므로 田蒙透는 이 신화기록에 한국인의 참
여를 생각했는데 [「上古に於ける稻作と稻及ひ米の名に見る日鮮關係」,『國學院
雜誌』49卷 4號, 1933, 19~33쪽], 누에 부분이 일본어의 음에 일치함은, 일본인들이
양잠 수입이라는 획기적인 문화 충격과 함께 발음의 일치에서 누에를 사채화생(死
體化生) 신화에 덧붙이고, 제의를 반영하는 신화도 기록한 것이 아닌가 한다.
23) 安本美典,『卑彌乎の謎』, 講談社 現代新書, 1975, 52쪽.

생하여 전파한 것이라 볼 수 있는데 이 전파에는 문헌도 매체로 작용했
겠지만, 그 이전에 이미 비단·양잠의 문화 수입과 함께 전파되었으리
라 보인다. 또 일본 유적에서 발굴된 야요이[彌生] 시대 견제품이 한국
낙랑계(樂浪系) 품종에 의한 것임으로 보아 일본의 양잠 수입은 바로 중
국으로부터 직수입한 것이 아니고 한국을 통해서 이루어진 것임을 알
수 있으므로 누에 유래담도 역시 일본에 이주한 한국계 양잠 관계자들
에 의해 전파되었지 않았나 싶다.

V. 누에 유래담의 한국적 수용 양상

지금까지 누에 유래담의 생성과 전파에 대해 살펴보았거니와 이제 마
지막으로 누에 유래담의 한국적 수용에 대해 일본과의 비교 문화적 측
면에서 논하기로 한다.

먼저 진원면(珍原面)의 자료를 중국 고문헌의 누에 유래담과 비교해
보면 화소별로 부분적 차이를 볼 수 있다. 그 중에서 중요한 것만 들면
먼저 누에의 발생지를 마한(馬韓) 구사오차국(臼斯烏且國)으로 토착화하
고 있다는 것이다. 그 다음은 중국 측에서는 처녀의 아버지가 오랜 기간
동안 집에 돌아오지 않았다는, 개인의 일이 사건의 발단이 되어 있음에
비해 우리나라에서는 이웃 나라의 침공이라는 국가적인 일과 관련되어
있다는 것이다. 그리고 무엇보다 주목되는 것은 중국 측에서는 약속이
지켜지지 않자 말이 분격하므로 사살되었음에 비해 우리나라에서는 왕
마(王馬)라는 이름을 붙여 주었다는 것 뿐, 말의 공주에 대한 감정은 일
체 배제되어 있는데, 오히려 공주가 부왕이 한 약속을 지키기 위해 말과
결혼하려 하므로 사살된 것으로 되어 있다는 점이다.

이처럼 진원면(珍原面)의 자료는 중국의 누에 유래담과 같은 구조를

이루고 있으면서도 부분적으로 변용을 보이고 있다.

이에 비해 일본에서는 말과 처녀의 혼인에 의한 누에 유래담이 널리 분포되어 있을 뿐만 아니라 맹인(盲人) 무녀(巫女)가, 끝에 여자와 말머리 모양을 각각 새긴 뽕나무로 된 2개의 신체(神體)를 들고 누에 내력을 푸는 제문(祭文)에는, 처음에 처녀의 출생담이 덧붙여져 있어 구조의 변화까지 보이고 있다. 여러 제문 중에서 北津輕郡 金木町 新富町의 <킨만장자(長子) 이야기>에 보이는 처녀의 출생담의 중요한 부분을 인용해 보면 다음과 같다.

> (長者에게는 아이가 없었는데) 21日 馬頭觀音에게 아이를 점지해 달라고 빌었다. 점지해 주기는 하지만 인간의 性은 점지해 줄 수 없다. 어떤 性이라도 좋다고 하였으므로 점지해 주었다. 애기는 빨라 10월이 되었다. 태어난 것은 여자아이였다. 어디서나 주위 사람에게 보이면 어디에도 없는, 보고 싶지 않은 아이지만 [오시메님]이라고 이름을 붙였다. 아이가 귀엽다고 생각하여 어디에도 나간 적이 없었다. 망아지 사오면 타고 노는데 좋을 것이라 하여 망아지 사러 갔다.[24]

이처럼 일본의 누에 유래담이 한국을 통해 전파되었을 것임에도 불구하고 오히려 일본 각지에 널리 분포되어 있으며 설화도 성장 발전해 갔음에 비해 한국의 경우는 이 계통의 설화가 거의 소멸하여 버린 것을 볼 수 있는 것이다. 이것은 아르네(Anti Aarne)가,

> 설화가 한 지방에서 다른 지방으로 전파될 때에 설화 속의 미지의 사물의 토착화가 일어난다. (중략) 이 현상은 설화 연구에 있어 중요한 의의를 지닌다. 미지의 것이 알려져 있는 것으로 변하는 것은 사물에 한정된 것이 아니고 이야기의 훨씬 깊은 곳까지 미치는 것이다. 이야기가 한 민족에서 다른 민족에게 전파된 경우 그 내용의 중요한 것은 함께 전파된다고 하더라도 개

---

24) 수野圓輔, 앞의 책, 95쪽.(현장성을 살린 채록을 필자가 그대로 번역하였다)

개의 특징은 事態・관습・세계관・종교 등에 적응할 수 있는 것이다.[25]

라고 했음에서도 볼 수 있듯이 설화를 수용하는 측의 문화・세계관에 의한 변용으로 설명할 수 있겠다.

중국 지명이 마한(馬韓)의 구사오차국(臼斯烏且國)으로 된 것도 설화의 토착화에 의한 것이겠으나 모티브의 부분적 변용, 그리고 우리나라에서 누에 유래담이 소멸해 간 것은 우리 민족의 문화・세계관으로 설명할 수 있겠는데, 본 설화에서는 말이 중요한 요소로 되어 있으므로 결국은 말에 대한 관념 혹은 신앙을 살펴봄으로써 그 원인을 찾아볼 수 있지 않을까 한다.

첫째 생각할 수 있는 것은 일상생활에 있어서의 말과 여성과의 관계이다. 일본의 경우에는 마구간이 가족과 같은 지붕 밑에 있어 말과 사람과의 생활 공간이 같았을 뿐만 아니라, 일반 대농가에서 수십 마리의 말에게 아침 저녁으로 먹이를 주는 것은 여성들이었다고 한다.[26]

우리나라의 경우도『삼국사기』권제45「열전」제5 온달조(溫達條)에, 공주가 온달에게 장사꾼의 말은 사지 말고 국마로서 병들어 내버린 것을 가려 사오게 해서는 정성껏 길렀다고 하였고 열전 제8 설씨녀조(薛氏女條)에서도 설씨의 약혼녀 가실(嘉實)이 설씨녀의 아버지를 대신하여 정곡(正谷)에 적을 방어하는 당번으로 갈 때에 말을 설씨녀에게 맡기며 기를 사람이 없으니 남겨 두어 뒷날에 쓰도록 하라고 한 데서 여성이 말을 기르기도 했음을 알 수 있다. 그러나 이것은 부득이한 경우에 한해서였을 것이니 온달조(溫達條)에서도 뒤에서는 3월 3일 왕이 사냥할 때 온달도 자기가 기른 말을 타고 갔다고 했을 뿐만 아니라『삼국사기』권제13「고구려본기」제1 동명성왕조(東明聖王條)에 금와왕이 주몽에게

---

25) 關敬吾 譯,『昔話の比較硏究』, 岩崎美術社, 1983, 47∼48쪽에서 재인용.
26) 今野圓輔, 앞의 책, 159쪽.

말을 먹이게 했다는 것으로 보아 말을 사육하는 것은 일반적으로 남성
의 소관이었음을 알 수 있다.

이와 같이 일상 생활에 있어 말과 여성과의 관계도 한국·일본의 누
에 유래담의 변용과, 보존에 작용했으리라 보아진다.

둘째로 생각할 수 있는 것은 말에 대한 신앙 문제이다.

일본의 경우 이미 『고사기(古事記)』의 신화에서 팔백만 종류의 신의
존재를 인정하고 있는데[27] 모든 사물을 신격화하는 일본의 범신론적 세
계관은 역시 말도 쉽게 신격화할 수 있었기 때문이라 보아진다. 그런 까
닭에 앞의 제문(祭文)에서 보았듯이 불교 수입 후에는 마두관음(馬頭觀
音) 신앙을 수용하여 처녀가 말과 혼인하게 된 것은 처녀가 그 출생에
있어 이미 인간이 아닌 다른 성(性)을 타고 났기 때문이라고 불교적 인
과설을 덧붙여 신의 내력을 말하는 구조로 발전해 갈 수 있었던 것이라
여겨진다.

그에 비해 한국의 경우는 어떠한가를 살펴보기로 한다.

고대에 있어서의 말 신앙에 대해 살펴볼 수 있는 자료로는 『삼국사기』
권제20 「고구려본기」 제8 영양왕(嬰陽王) 23년 춘정월조(春正月條)에,

> 地神을 남쪽 桑乾水 위에 제사지내고, 上宰를 臨朔宮 남쪽에 제사지내
> 고 馬祖를 薊城 북쪽에 제사지냈다.

고 하는 기록이 보일 뿐이다.

그러나 『삼국사기』 권제1 「신라본기」 제1 파사니사금(婆娑尼師今) 8
년조에 가소성(加召城)·마두성(馬頭城)을 가야와의 국경에 쌓았다고 하
는 기록을 비롯하여 지명에 마읍성(馬邑城)·마천성(馬川城)·마미지현
(馬彌知縣)·마수산(馬首山)·마령(馬嶺)·왕마현(王馬縣)·마령현(馬靈

---

27) 여기서 팔백만이라 함은 매우 많다는 뜻이다.

縣)·마두책(馬頭柵) 등 '마(馬)'자가 들어간 지명이 많이 보이는 것과 조공이나 항복할 때에 말을 많이 바치고 있고[28] 또 나라의 멸망을 알리는 징조로 말이 나타나고 있음[29]으로 보아, 고대에 있어서 말은 교통수단으로써 뿐만 아니라 병마로써 국방의 중요한 수단이었기에 그에 대한 신앙이 있었으리라 보아진다. 지명 마두성(馬頭城)이라는 것도 말머리가, 외부로부터 재액이 들어오는 것을 막아 준다는 속신을 반영한 것이 아닌가 생각되지만 고기록에 마제(馬祭)에 대한 구체적인 언급이 없으므로 그 실상을 파악하기는 힘들다.

그러나 말이 신의 탈 것, 그리고 희생으로 사용되었음은 『삼국유사』 권제1 신라시조(新羅始祖) 혁거세왕조(赫居世王條)에,

> 楊山 밑 蘿井 곁에 이상한 기운이 전광처럼 땅에 비치는데 흰말 한마리가 꿇어앉아 절하는 형상을 하고 있었다. 그곳으로 찾아가 살펴보니 붉은 알 한 개가 있는데 말은 길다랗게 울다가 하늘로 올라가 버렸다.[30]

라는 기록과 『삼국사기』「신라본기」제6 문무왕조(文武王條)에 문무왕이 부여융(夫餘隆)과 흰말을 잡아 맹세했다고 하였음, 또 「열전」제1 김유신(金庾信) 16년조에 흰말을 잡아서 별이 떨어진 곳에 제사지냈다 하였음에서 볼 수 있다.

또 『시용향악보(時用鄕樂譜)』에 무가(巫歌)〈군마대왕(軍馬大王)〉이 들어 있음으로 보아, 신화에서는 신좌(神座)로 사유되었고, 실생활에 있어서는 교통·국방의 수단으로 중요시되었던 말에 대한 관념이 무속신앙

---

28) 『三國史記』 新羅本紀 第一 赫居世居西干 五十三年條, 新羅本紀 第九 景德王 三年條 高句麗本紀 第三 太祖大王 六十九年條, 高句麗本紀 第七 安藏王 五年條 등에 보임.

29) 『三國史記』 百濟本紀 第六 義慈王 十五年條

30) 楊山下蘿井傍 異氣如電光垂地 一白馬跪拜之狀 尋撿之 有一紫卵(一云大卵) 馬 見人長嘶上天

으로 이어져 있었음을 볼 수 있지만 불교적인 측면으로는 발전되기 힘
들지 않았나 생각된다. 이것은 말이 신좌이지만 『삼국유사』에 보면 제
불(諸佛)은 주로 구름이나 연화대를 타고 있으며 또 권제5 경흥우왕조
(憬興遇王條)에 경흥이 말을 타고 입궐하려 할 때에 문수사의 문수보살
이 현신하여 이를 깨우쳤다는 것이 보이는데 찬자가, 미륵보살이 말을
탄 비구승은 부처를 보지 못하게 할 것이라고 한, 『보현장경(普賢章經)』
의 기록을 인용하고 있음을 보아서도 알 수 있다.

이러한 문화적 차이에서 한국의 누에 유래담은 일본의 양잠신 제문
(祭文)에서 보듯이 불교적으로 윤색 발전될 수 없었던 것이라 보아진다.

마지막으로 또 생각할 수 있는 것은 말이 남성 상징이며 성적 요소를
내포하므로 이에 대한 사유의 차이이다.

여성이 말에게 먹이를 주고 돌보는 일본에 있어서도 여성이 말에게
음부를 보여서는 안 된다는 엄한 금기가 있고,[31] 또 우리나라에서 여성
이 말띠일 경우 좋지 않다고 하는 것이나 『시용향악보(時用鄕樂譜)』의
〈군마대왕(軍馬大王)〉의 대왕이라는 이름 등으로 보아 말은 남성 상징임
을 알 수 있는데, 이와 같은 성적 요소도 한국·일본에서의 누에 유래담
의 변용에 작용했으리라는 점이다. 일본 문학은 에로티시즘이 그 하나
의 특징이기도 하지만 일본의 누에 유래담은 그들 고유한 에로티시즘과
불교 수입 후의 마두관음(馬頭觀音) 신앙과를 결부시켜 말과 처녀의 혼
인담을 미화시켜 간 것을 볼 수 있다. 즉 일본의 양잠신 제문(祭文)에는
장자(長者)에게는 말이 많았는데 그 중에서 천단쿠리케라는 말이 너무
나 훌륭하므로 그 모습에 매혹되어 딸이 말에게 자기의 심정을 토로함
으로써 말도 딸을 사랑하게 되고 이로 인해 말이 사살되는 것으로 되어
있다. 처녀의 아버지의 귀가나, 나라의 평정이라는 외적 조건이 없이 처

---

31) 今野圓輔, 앞의 책, 160쪽.

녀와 말의 순수한 사랑 이야기로 변용되어 있는 것이다.

이것은 관음보살이 점지한 처녀이고, 또 그 처녀가 원래 인간의 성 (性)이 아니었으므로 말과 결합하게 되는 것은 불교적 인연관에 따른 필연적인 귀결이겠지만 이 설화에서 아무런 부자연스러움도 느끼지 않고 오히려 순수한 것으로 변용시켜 간 데에는 일본인들의 에로티시즘이 작용했으리라 보아진다.

거기에 비해 우리나라의 누에 유래담에서는 외적의 침공이라는 국가적인 일이 사건의 발단이 되어 있고 이와 더불어 왕마(王馬)가 적장의 목을 물고 오나 공주에 대한 말의 감정 표출 부분이 일체 배제되어 있다. 오히려 공주 쪽에서 부왕이 한 말은 국가적 공약이므로 나라의 공약을 위해 말에게 시집가려고 하고 있어, 평강공주가 비록 농담삼아 한 말이었다 할지라도 왕의 약속을 지키기 위해 온달에게 시집간 것과 같은 구조를 보이고 있다. 이와 같이 말과 처녀의 성적인 감정의 교류보다는 충·의리 등이 중요시되고 있어 변용을 보이는데, 이것은 유교 이념이 우리의 정신 구조를 크게 지배한 문화적 배경에 의한 것이라 할 수 있겠다.

이것은 신라시대에 밀교가 국가 수호단인 화랑도와 밀접한 관계를 지녔던 미륵보살 등과 결합하여 호세구국적(護世救國的)인 측면과 개인의 현세이익적 측면이 강조되어,[32] 밀교 본래의 성적 요소를 내보이는 성격은 배제되어 수입되었음에서도 마찬가지로 확인할 수 있다.

이상과 같은 성 관계를 금기시·죄악시하는 문화적 배경으로 인해 양잠 수입과 함께 전파되어 널리 분포되었으리라 생각되어지는 누에 유래담이 민간에서 자연히 쇠퇴, 소멸되어 갔다고 보아지나, 그래도 전라도

---

32) 김승찬, 「鄕歌의 密敎的 考察」, 『인문논총』 제23집, 부산대학교, 1983.
  이연숙, 「韓國上代詩歌文學에 있어서의 密敎的 性格考究」, 『조선학보』 제121집, 조선학회, 1986. 10.

지방에서 자료가 채록되었음은 마한(馬韓) 부족 국가가 북쪽 대륙의 선진 금속 문화를 지녔던 집단에 의해 건설된 부족이었던 때문이 아닐까 한다.

누에 유래담의 발생지인 중국이나, 일본에 그것을 전파시켜 준 한국보다 발생지에서 먼 주변국인 일본에서 더 널리 유포·향유·보존된 것은 이와 같은 문화적 차이에 의한 것이라 할 수 있겠다.

Ⅵ. 맺음말

이상으로 중국·한국·일본에 널리 보이는, 말과 처녀의 결혼에서 누에가 생겼다는 누에 유래담의 발생을 누에의 형태적인 측면에서 살핀 뒤, 전파 관계, 그리고 한국·일본에서의 수용과 변용 관계를 한일의 비교문화적 측면에서 고찰해 보았는데, 결론을 말하면 다음과 같다.

첫째, 누에 유래담은 반고신화(盤古神話)에 보이는 고대 중국인의 사체화생(死體化生) 우주관을 바탕으로 하면서, 누에가 부드럽고 섬세한 실을 토하는 것에서 베를 짜는 처녀의 모습을, 그리고 누에의 머리가 말의 머리와 닮았을 뿐만 아니라 머리와 등에 있는 무늬가 말발굽과 유사하다는 누에의 생김새의 특징으로 말과 처녀의 혼인담을 연상한 것이라 보았다. 이 설화가 사체화생 모티브와 혼인 모티브를 근간으로 하여 누에의 발생에 연결짓고 있어 죽음·성적 교합·생이라는 신화의 복합적 사유 구조를 보임은 이 설화의 발생이 오래된 것임을 말하는 것이라고 논하였다.

둘째, 누에 유래담은 누에의 존재 없이는 생각할 수 없으므로 양잠이 중국에서 시작된 것인 만큼 이 설화도 중국에서부터 전파된 것이라 보아지는데, 여기에는 『수신기(搜神記)』·『신녀전(神女傳)』과 같은 문헌에

의한 전파도 있었겠지만, 그 이전에 이미 비단·양잠이라는 문화 수입
과 함께 그 관계자들의 입을 통해 전해졌으리라고 보았다. 그리고 일본
의 양잠은 한국을 통해서 수입되었던 만큼 이 설화가 전파된 데에는 한
국의 양잠관계자들이 작용했던 것임을 살펴보았다.

셋째, 외국의 설화가 수입될 때는 반드시 수용국의 문화와 세계관에
의해 변용되어 수용되는데, 누에 유래담의 한국적 수용에 관해 일본과
의 비교 문화적 측면에서 말에 대한 신앙을 중심으로 하여 살펴보았다.
일본은 범신론적 세계관과 그들 문화의 한 특성인 에로티시즘으로 인해
불교 수입과 함께 누에 유래담을 불교적으로 윤색시키기도 하면서 널리
전파시켜 갔음에 비해 우리나라의 누에 유래담에서는 말과 처녀의 결합
관계에 성적인 요소가 배제되고 의리 관념이 강하게 나타나고 있으며,
이 유형의 설화는 민간에서 거의 소멸하였는데, 이것은 우리나라의 말
신앙과 함께 성적인 것을 금기·죄악시하는 유교적 윤리가 우리의 정신
구조를 강하게 지배한 문화적 배경에 의한 것이라고 보았다.

〔이연숙〕

편집 후기

　이 논총은 동물우화소설을 중심으로 동물 관련 서사문학 연구 성과를 한자리에 모은 것입니다. 이런 기획을 하게 된 것은 아직까지 이런 내용의 단행본이 세상에 없기 때문이기도 하지만, 무엇보다도 평생 동물우화소설을 연구하고 정년을 맞으신 여강(如岡) 김재환(金在煥) 선생님의 학덕을 기념하기 위해서였습니다. 먼저 우리의 취지에 흔쾌히 동감하고 옥고를 보내주신 필자들께 깊은 감사를 드립니다.

　처음 주제를 내걸고 경향 각지의 전공 학자들께 원고를 청탁한 것이 벌써 2년의 세월을 훌쩍 넘겼고 여강 선생님께서 정년을 지나신 지도 그만큼의 시간이 흘렀습니다. 출간이 많이 지연된 점, 편집 실무를 맡은 사람으로서 몹시 송구스러울 따름입니다. 비록 늦었지만 일이 성사되고 보니, 한편으로는 참여하고 성원해주신 여러분들과 학문적 교감과 인간적 정의를 나눌 수 있어 무척 기쁩니다.

　함께 애쓴 김진규, 김도희, 박선희 선생 그리고 흔쾌히 출판을 맡아주신 보고사 김흥국 사장님과 편집담당 이경민씨께도 감사의 말씀을 전합니다.

21세기 첫 닭띠 해에

안영훈 삼가 씀

윤승준(단국대 강의교수)　　　　이신성(부산교대 교수)
김광순(경북대 명예교수)　　　　권영호(경북대 전임연구원)
민　찬(대전대 교수)　　　　　　이원수(경남대 교수)
이지영(이화여대 전임연구원)　　임성래(연세대 교수)
장장식(국립민속박물관)　　　　김재환(동의대 명예교수)
장홍재(신구대 교수)　　　　　　정출헌(부산대 교수)
김진규(동의대 강사)　　　　　　차충환(경희대 연구교수)
김도희(동의대 강사)　　　　　　장양수(동의대 교수)
이연숙(동의대 교수)

한국고전서사문학연구총서 ⑤

한국서사문학과 동물

2005년 3월 19일 초판 발행

편저자　김재환
펴낸이　김흥국
펴낸곳　도서출판 보고사

등록　1990년 12월(제6-0429)
주소　서울시 성북구 보문동 7가 11번지
편집부 922-5120~1, 영업부 922-2246, 팩스 922-6990
홈페이지　www.bogosabooks.co.kr
메일　kanapub3@chol.com

ISBN 89-8433-299-2(93810)
정가 25,000원

▶잘못된 책은 교환하여 드립니다.